FREE FIGHTER

BILLIE MORGAN

FREE FIGHTER

Creuser au plus profond de soi. Trouver. Déterrer. (S')exposer.
Se rendre vulnérable.
Et vivre.
Prouver qu'on est vivant.

Pour toutes les Annabelle qui portent des cicatrices...
Vous êtes belles. Vous êtes fortes.
Be yourselves.

Spéciale dédicace à Thomas, qui m'a inspiré Angel et qui,
à mes yeux, est un super-héros.

Pour Dany, « The machine »,
et mon amie Stef, sa femme merveilleuse !

PROLOGUE

Assassin…

Mes yeux me brûlent. J'ai beau être habitué à entendre ces mots, ils n'en font pas moins mal. Peut-être même que je les supporte de moins en moins bien. S'ils n'avaient pas été proférés par ma propre mère, la personne les prononçant aurait déjà été démolie par mes poings, tant la haine qu'ils suscitent me consume.

Mais ils sortent de sa bouche à elle.

Et elle a raison, je le sais bien.

Mais putain, ce que ça fait mal.

Je donne un coup de pédale rageur sur mon vélo, fendant la nuit tiède et déserte sur l'avenue. Je m'imagine à tout instant foncer sur un réverbère. Plonger devant le tram qui me dépasse en redémarrant avec son ding ding caractéristique. Trop tard. J'ai envie de hurler. J'ai tellement envie de me débarrasser de cette enclume dans mon estomac qui me cloue au sol, me fait glisser dans les ténèbres, dans les enfers éternels.

Mais ma mère a raison. Et cette douleur est mon châtiment.

Je suis un assassin.

Plus je m'éloigne du quartier minable où elle s'est enterrée, plus j'ai envie d'exploser. Pourquoi est-ce que j'ai répondu à son appel? Je savais très bien dans quel état elle était. Je savais les saloperies qu'elle allait me balancer. Et pourtant, j'y vais chaque fois, dès qu'elle claque des doigts. C'est mon devoir, de m'occuper de ma mère. C'est à cause de moi si elle n'a plus personne. Elle aussi, elle est ma pénitence. C'est plus fort que moi. C'est comme regarder la lame du couteau qui va vous poignarder et ne rien faire pour l'arrêter.

Il n'y aurait plus qu'à fermer les yeux, et tout serait fini.

Je roule rageusement, me moquant de la voie cyclable, du sens unique de circulation que je brave, du trottoir que je pourrais emprunter, me foutant d'un appel de phares qu'un conducteur isolé m'adresse. Je lui fais un doigt d'honneur et il me klaxonne.

Je me fous de tout.

Alors que j'arrive à une intersection, mon regard tombe sur un groupe de cinq personnes. J'avise tout de suite la bande de Marcello, dont le chef se distingue par son crâne rasé et entièrement tatoué et par les serpents qui dépassent de ses deux épaules sous son marcel blanc.

Exactement ce qu'il me faut.

Sans réfléchir, débordant d'une haine dévastatrice et viscérale, je pile à deux mètres d'eux, provocateur, les yeux projetant des flammes de colère. Leurs rires et leurs éclats de voix s'arrêtent instantanément. Ils se retournent comme un seul homme pour me dévisager avec étonnement, puis avec férocité en me reconnaissant.

Oui, les Ritals ne portent pas le Grec que je suis dans leur petit cœur.

Une vieille histoire de rivalité entre nous.

On est en août. À Grenoble, dans une ville universitaire qui compte plus de soixante mille étudiants chaque année, mais qui est désertée pendant les vacances d'été. Il est plus de minuit, un samedi soir. La nuit est à nous.

Nous sommes seuls.

Nous sommes fous.

– Qu'est-ce que t'as, Pappas? Tu cherches les emmerdes?

Pas de préambule. Pas de préliminaires. Je ne réponds rien et Marcello se détache du groupe pour s'arrêter à un pas de moi, tandis que je descends de vélo et que je jette négligemment mon Rockrider à deux mille cinq cents boules dans les buissons qui bordent l'avenue.

Je serre les poings contre mes cuisses, sentant l'adrénaline familière ruer dans mes veines. Les fourmis dans mes doigts s'infiltrent jusqu'à mes coudes, mes épaules, s'enroulent autour de mon cou. Cette chaleur que je ressens à l'intérieur de mon âme avant de me battre est jubilatoire. La vie qui pulse dans mon corps dans ces moments-là est mon petit shoot à moi. Les quatre mecs qui l'accompagnent se mettent à m'encercler, et même s'ils semblent menaçants avec leurs muscles bandés, leurs dégaines de durs, leurs sourires de déments piquetés d'or ou d'argent, je n'ai pas vraiment peur.

Quoi que vous me fassiez, j'ai connu pire.

L'un d'eux, dans mon dos, a un ricanement ; la chair de poule picore ma peau, mais je ne la ressens pas. Marcello frappe le premier, aussi vif que l'éclair, d'un crochet du droit qui éclate dans ma mâchoire. Je ne veux pas me défendre, je ne suis pas venu les provoquer pour ça, mais c'est l'instinct de survie, j'imagine. Je me mets à rendre les coups.

Assassin !

1

Annabelle

J'augmente le son.

Les larmes inondent mes yeux, floutant la route devant moi, me laissant un éclair de visibilité le temps de couler sur mes joues, jusqu'à ce que mes paupières se gonflent à nouveau d'eau salée. Je frappe le volant de frustration. Beyoncé chante un remix de « Crazy In Love », une version lente, désespérée, blessée. Je m'arrête à un feu rouge et étouffe un sanglot. Même quand je n'ai pas de témoin, même quand personne ne peut m'entendre, je me retiens, je refoule. Je ne laisse pas le monstre s'emparer de moi.

Surtout, à quoi bon pleurer pour ça?

C'est le passé.

J'ai chaud, beaucoup trop chaud sous ma chemise que j'ai boutonnée jusqu'en haut, et soudain, j'étouffe. Le feu passe au vert, mais je me mets à griffer le tissu autour de mon cou comme s'il était vivant et cherchait à me tuer. Cette pensée m'angoisse davantage et, dans la panique, je ne trouve pas les boutons du col, bien trop petits, pas faits pour être boutonnés. Plus je tire, plus j'étouffe.

Respire. Pense à la respiration.

Je me mets à appliquer les conseils de mon psy, à qui pourtant je ne parle jamais, et compte dans ma tête.

Inspiration, un, deux, trois, quatre. On bloque.

Expiration, un, deux, trois, quatre, cinq. On bloque.

Et on recommence.

La chanson s'arrête, puis reprend depuis le début. Les mains toujours agrippées à mon col trop serré, les yeux fermés, je me concentre sur mon souffle. Jusqu'à ce qu'il s'apaise. Jusqu'à ce que je puisse ouvrir les yeux sans avoir l'impression que la voiture virevolte comme dans une tornade. Petit à petit, mes doigts trouvent les minuscules trous et les boutons cèdent un à un. Je pousse un soupir de soulagement en écartant la chemise qui me colle à la peau, dans cette nuit d'août étouffante. J'ouvre toutes les fenêtres.

Pas un brin d'air dans cette ville. Même la nuit.

Une voiture arrive à toute allure dans mon rétroviseur, trois garçons se penchent aux fenêtres, hurlent et tapent sur leur carrosserie en me doublant et en grillant le feu qui vient de repasser au rouge.

– Connards.

Mon insulte se perd dans l'habitacle et je baisse le son. Quelle idée d'écouter des trucs aussi déprimants ? Je lance une playlist au hasard, avec mon portable connecté aux enceintes de ma voiture, souris malgré moi en entendant Fréro Delavega entonner « Sweet Darling » et je me mets à chanter. Ça me détend toujours. Quand le feu repasse au vert, j'accélère tranquillement dans l'avenue déserte. Un groupe de jeunes sortent d'un bar, rient, s'accrochent les uns aux autres dans la joie, la bonne humeur et l'ivresse sans doute. Je les regarde avec nostalgie.

L'insouciance.

Voilà un mot que j'ai oublié depuis longtemps. Je quitte le boulevard, les yeux dans le vide, ne voyant même plus la route, perdue dans mes pensées. Je viens de quitter Gauthier et sa bande de potes devant l'entrée de la boîte de nuit. Il avait beau me supplier du regard, je n'ai pas pu entrer. Pourtant je l'ai suivi, bien décidée à aller au-delà de mes peurs. J'ai garé ma voiture sur le parking, je me suis préparée mentalement à sauter le pas ; entrer dans ce club, être comme tous les jeunes de 18 ans. Mais je ne sais pas faire semblant, je ne sais plus sourire, je ne sais pas m'amuser. Je n'arrive plus à danser, boire un verre entre amis, me laisser regarder.

Le regard...

Danser, si, je peux le faire : seule dans ma chambre. M'imaginer être la plus belle femme du monde, la plus désirable, la plus forte, j'y arrive parfois, dans l'intimité de ma maison. Jusqu'à ce que je croise mon reflet dans le miroir. Alors je redescends sur terre.

Je mets la main sur la portière, la laissant tomber à l'extérieur, et soupire. Dans quelques semaines, il me faudra retourner au lycée, et j'en ai autant envie que de me pendre. Je n'ai pas le temps de regretter ma pensée morbide qu'un mouvement attire mon attention, au début du boulevard qui me ramène chez moi. Instinctivement, je baisse le son de la musique et ferme les fenêtres.

Ça se bat, là, juste devant moi.

Je n'ose plus avancer, le ventre noué rien qu'à l'idée de passer à côté de la rixe, à l'idée d'être repérée, même en sachant qu'il suffirait d'un coup d'accélérateur de mon Alfa pour les semer en un rien de temps. Soudain, je regrette ce joli Stelvio que mes parents m'ont acheté pour mes 18 ans, deux mois plus tôt. Il est beau, racé, rouge, mais ne passe pas inaperçu, ce que je désire au plus profond de moi. Ils pensent que ça me forcera à sortir de ma coquille, à me sentir libre et à me sociabiliser. Pour le moment, j'ai surtout roulé de longues heures en écoutant la musique, seule.

Je serre convulsivement mes doigts sur le volant, le regard braqué sur les cinq – non, sur les six mecs qui se tapent dessus.

Je le lâche quelques secondes pour me saisir de mon portable posé sur le tableau de bord, hésitant à composer le dix-sept.

Le moteur ronronne doucement, la sueur coule dans mon dos, et même le long de mes tempes. Le téléphone glisse de mes doigts moites. Et si je tournais à droite pour les contourner largement, et que je faisais un grand détour pour rentrer chez moi ? L'idée est tentante. Je n'ai aucune intention de me faire remarquer.

Tout à coup, je réalise qu'il n'y a qu'un seul mec qui se prend les coups, un brun. Parfois, un ou deux gars le ramassent par terre, pendant qu'un autre se défoule sur lui.

Merde, un passage à tabac !

Je ne peux plus partir en fermant les yeux, sans rien faire ! Il se défend, donne des coups, repousse ses adversaires, mais à cinq contre un, il n'en sortira jamais entier. Ces gars me donnent froid dans le dos, avec leurs crânes rasés et leurs tatouages.

Soudain, un éclair brille dans la nuit, sous l'éclairage public. La lame d'un couteau. Je lâche mon portable en la voyant s'enfoncer dans le corps du brun aussi facilement que dans du beurre. Puis celui qui a frappé lève la lame de nouveau.

Un sentiment étrange s'empare aussitôt de moi. Le besoin de venir en aide à quelqu'un. Le besoin d'être active, et non plus spectatrice. Sans comprendre ce qui m'arrive, j'écrase la pédale de l'accélérateur et le groupe se rapproche de plus en plus, à une vitesse étourdissante. Deux mecs rasés tournent la tête de mon côté, crient, mais je ne m'arrête pas. Je fonce dans le tas, mon véhicule rebondit durement sur le trottoir. Je hurle quand deux corps roulent sur mon capot, frappent de leur dos le pare-brise, puis je recule de plusieurs mètres pour revenir sur la chaussée. Mon cœur bat si fort qu'il me déchire la poitrine. Je n'entends plus rien, sauf les battements sourds dans mes oreilles. Je me penche sur mon sac à main et en sors mon arme de défense.

Noire, elle ressemble à un vrai pistolet ; elle est juste plus grosse, avec quatre recharges de gaz à l'intérieur visibles sur le canon. Je descends de la voiture en la pointant droit devant moi.

Quatre hommes ahuris me dévisagent. Deux à terre, deux debout face à moi. Le cinquième tient toujours sa victime sur le sol, un pied sur sa poitrine. Possédée, je hurle :

– J'ai appelé les flics, barrez-vous !

– Putain, elle m'a déboîté l'épaule ! crie un homme à terre.

Celui qui se tient le plus près de moi, à moins de cinq mètres, me dévisage longuement dans un silence de mort.

Mais pourquoi ils ne se barrent pas ?

Les serpents qui entourent ses épaules, la gueule ouverte, leur langue fouettant sa peau sont effrayants. Il a un regard de tueur. Il y a de la rage démentielle dans le fond de ses yeux noirs.

– Barrez-vous ! hurlé-je à nouveau.

En dernier recours, j'actionne le laser de mon arme sur le mec en face de moi. Il baisse la tête sur le point rouge lumineux sur sa poitrine, puis relève des yeux excédés sur moi. Il n'a pas peur. Il n'a pas l'intention de bouger. Mes mains commencent à trembler. Ils auraient dû partir en courant, non ? Et moi, j'aurais dû rester enfermée dans ma voiture. J'ai bien conscience qu'il est trop tard pour ça. Je n'aurai jamais le temps de m'y réfugier avant qu'ils ne me rattrapent.

Et là, le miracle se produit.

Plus loin, sur un boulevard, une sirène retentit. Quelqu'un a-t-il appelé les flics ? Un habitant, témoin de la rixe ? Un des hommes à terre se relève et aide son pote blessé à faire de même, tout en criant :

– On s'casse ! Je l'ai crevé !

Il parle de quoi ? Merde, il parle de quoi, là ?

Tout à coup, ils ramassent des choses par terre et détalent, mais le plus effrayant me jette un regard enflammé. Il lève le bras devant lui, pointe un doigt taché de sang dans ma direction.

– Je me souviendrai de toi, gamine.

Sa voix est rauque, dure, glaciale. Je me mets à trembler si fort que je sens mes genoux s'entrechoquer. Puis il se détourne et part en courant. La sirène se rapproche encore, avant de s'éloigner. Puis une autre. Ce n'était pas pour nous. Je mets de longues secondes à réaliser ce que je viens de faire. À quoi j'ai échappé. Que se serait-il passé, si le cri des sirènes ne les avait pas fait fuir? Est-ce que j'aurais eu le cran d'appuyer sur la détente, même si cette arme ne contient que du gaz?

Un gémissement me tire de ma torpeur et j'exhale un long souffle que je retiens depuis que j'ai quitté ma voiture. Puis je me précipite sur le brun qui est à terre. Sans même réfléchir à mes gestes, je tâte le haut de son corps à la recherche de blessures. Je n'ai vu qu'un coup de couteau, mais il peut en avoir reçu plusieurs. Il est complètement sonné, et protège son visage avec son avant-bras gauche, me laissant le champ libre. Je suis stupéfaite de constater sa carrure : il est grand, musclé, avec des biceps bien rebondis quand il lève les deux bras au-dessus de sa tête, de larges épaules, des abdominaux durs sous le tee-shirt que je soulève à la recherche d'une plaie. Son cou aussi est costaud, large, tendu. Il gémit, bascule doucement la tête de droite à gauche, sur le trottoir encore tiède de la canicule.

Quand je m'arrache enfin à ma contemplation et baisse les yeux sur le bas de son corps, je me traite d'idiote. Sur son jean noir, une trace de sang impressionnante s'élargit, poisseuse. En plein dans la cuisse.

– Putain!

Je relève la tête, observe les alentours, mais tout est calme. Désert. Il n'y a pas une seconde à perdre. Chercher de l'aide, sonner aux immeubles ne me servira à rien, à part perdre un temps qu'il n'a pas.

Je retire ma chemise, soulagée de me retrouver en débardeur ; sans perdre de temps, je la noue autour de sa cuisse, sans trop la serrer pour ne pas faire un garrot, et fais une boule avec les manches pour comprimer au maximum la plaie. Puis je me mets debout et tire sur sa main.

– Allez, lève-toi !

Bien sûr, il ne bouge pas d'un pouce. Rien que son bras me semble peser un âne mort. Je m'accroupis de nouveau au-dessus de son corps, me penche sur son visage.

– Eh, oh ! Lève-toi !

Il essaye de fixer son regard sur moi, et malgré la situation, mon cœur part au triple galop et me remonte dans la gorge. Il a des yeux très clairs, mais pas bleus. Gris, sûrement. Puis il les ferme en serrant fort les paupières. Je le gifle.

– C'est pas le moment de dormir !

Il les rouvre et fronce les sourcils.

– Aide-moi à te mettre debout !

– Pourquoi ?

Ses gémissements se transforment en rire.

Il est bourré ou quoi ?

– Tu es blessé, ça se voit pas ?

C'est pas le moment de faire de l'humour, mais je suis sur le point de faire une crise de nerfs. Et il ne m'aide pas beaucoup.

– Allez, bouge !

Je tire de nouveau sur son bras ; cette fois, il se redresse en prenant appui de sa main libre derrière lui sur le bitume. Son arcade sourcilière gauche saigne, maculant son visage de sang. Je déglutis péniblement tant ma bouche est sèche.

– Viens dans ma voiture. Juste là.

Il se met péniblement debout, s'appuyant lourdement sur mes épaules, me poussant vers le sol avec son poids, mais je ne pense plus à rien à part l'emmener à l'hôpital. Le traîner jusqu'à la portière arrière est laborieux mais j'y arrive. Je l'ouvre et il s'affale sur le siège, les jambes au-dehors de la voiture. Je le pousse pour le forcer à s'allonger. Je me mets à lui parler, portée par le stress :

– Allonge-toi sur le dos, pour faire saigner ta plaie le moins possible. Voilà.

Il gémit en se haussant sur la banquette arrière et je positionne sa jambe pour diriger la plaie vers le haut. Je déglutis en constatant que ma chemise est déjà imbibée de sang. Il y en a partout. Je me penche entre les deux sièges avant pour fouiller dans mon sac à main et pousse un cri de victoire en dénichant un petit paquet de mouchoirs non entamé. Mon père s'amusait souvent à me donner des astuces pour sauver des vies avec ce qu'on a sous la main. Je l'insère entre la plaie et ma chemise nouée pour contrôler l'hémorragie, puis pose la main du blessé dessus.

– Appuie fort sur la cuisse !

Il obtempère, s'accrochant d'abord à ma main quelques instants, et ce geste, sûrement un réflexe, me donne une bouffée de chaleur. Je le délaisse pour me glisser rapidement derrière le volant. Je fais demi-tour, mets mes warnings et m'engage dans l'avenue à contresens pour rejoindre au plus vite l'hôpital.

– Je t'emmène aux urgences. On va bien s'occuper de toi. Je connais du monde, là-bas, mon père est chirurgien, d'ailleurs il est de garde cette nuit. Je suis bénévole dans une association de secourisme, et…

Ses gémissements sourds sont de plus en plus étouffés. Je jette un regard désespéré dans le rétroviseur, le baissant au maximum pour voir mon rescapé.

– Ma mère est anesthésiste, mais elle est à un congrès, à Paris, et… tu m'entends ? T'es toujours là ?

Je me retourne carrément et constate qu'il est inconscient.

– Merde ! Crève pas dans ma bagnole !

Je récupère mon téléphone et compose un numéro personnel qui donne dans le bureau des urgences, un que je connais par cœur. Une voix s'élève dans mes haut-parleurs et je m'écrie dans mon kit mains libres Bluetooth :

– C'est la fille du Dr April ! Il est de garde ! J'arrive aux urgences avec… (j'hésite une seconde) un ami, il est blessé, peut-être l'artère fémorale, il saigne beaucoup. Il est dans les vapes.

Je donne un coup de klaxon à une bande d'ados qui marchent au milieu de la route et ils s'écartent de mon chemin.

– Je suis là dans une minute !

J'ai toujours mes warnings, et je fais rugir plus d'une fois le moteur de ma voiture neuve. Je suis dans un état proche de l'euphorie ; je n'ai jamais connu une telle montée d'adrénaline, elle pulse dans chaque atome de mon être. Je m'engage sur le perron des urgences et fais crisser mes pneus. Avant même que je ne sorte de ma voiture, un homme que je n'ai jamais vu, vêtu d'une blouse blanche – sûrement un infirmier – analyse rapidement la situation en ouvrant la portière arrière. Il jure et repart au pas de course, avant de revenir presque aussitôt avec deux collègues et un brancard. Puis Loïc, un urgentiste que je connais un peu, arrive en trottinant et me lance un regard plein de questions. Il est venu chez moi pour un barbecue deux semaines auparavant.

– Mince, Annabelle, tu rigolais pas quand tu disais qu'il perdait du sang !

– Bien sûr, je sais un minimum de quoi je parle !

Mes parents sont médecins. Je veux faire médecine. Et même si je suis déglinguée de l'intérieur comme de l'extérieur, je sais que je ferai un bon docteur. Un jour.

Oui, plus tard. Quand ça ira mieux.

Ils le mettent rapidement sur le brancard. Je jette un coup d'œil affolé au blessé, qui est inerte et pâle comme un mort.

Non, non, pas ça.

Il est hors de question que j'aie secouru puis transporté à l'hôpital, dans ma voiture neuve, un macchabée ! Les pensées stupides qui m'assaillent m'aident à tenir, à dédramatiser la situation. Je chasse mes longs cheveux sur le côté gauche de mon cou, comme un bouclier, puis emboîte le pas à l'équipe médicale.

– Laisse-nous faire notre travail, Anna, me renvoie Loïc d'un geste de la main, et va bouger ta voiture !

Je m'arrête net dans l'entrée, entre les portes vitrées qui restent ouvertes.

– Il a un pouls ?

– Anna, la voiture !

Je jure, repars me glisser derrière le volant et abandonne ma voiture à cheval sur le trottoir quelques mètres plus loin, pour ne pas bloquer l'entrée des urgences.

Quand j'en sors, j'avise les taches sombres sur ma banquette arrière et m'empresse de regarder ailleurs en claquant la portière. Je ne sais pas pourquoi, mais je ne veux pas qu'il meure.

***

Sa respiration est régulière. Dans son lit d'hôpital, il est pâle, mais pas le moins du monde chétif. Il est imposant. J'ai déjà remarqué sa taille haute, sa carrure de rugbyman, ses épaules développées. Ses bras nus aux veines saillantes sur les draps. Ses mains écorchées tatouées de têtes de mort.

Il dort.

Il a été opéré, transfusé. L'artère fémorale avait été fissurée mais pas complètement sectionnée. Si je n'étais pas intervenue, il se serait vidé de son sang. J'ai attendu des heures, incapable de reprendre le chemin de ma grande maison où personne ne m'attend. Je n'ai même pas pu voir ou parler à mon père, puisque c'est lui qui a opéré mon John Doe. Loïc est venu me trouver, dans le couloir où j'attendais en me rongeant les ongles, pour parler un peu avec moi et me reprocher de ne pas avoir appelé une ambulance.

Je n'ai pas pu m'y résoudre. Je connais la procédure, bien sûr, mais j'ai voulu m'en occuper moi-même. La peur de perdre du temps qu'il n'avait pas, savoir que l'hôpital était si proche… Ça avait été instinctif. Et je suis plutôt fière de moi et du résultat. Je n'ai pas perdu mon self-control, j'ai agi avec méthode, et le fait qu'il dorme à un mètre de moi me prouve que j'ai pris la bonne décision.

Je fais partie d'un groupe de bénévoles dans le secourisme, et l'année précédente, j'ai passé beaucoup de temps dans diverses manifestations. J'ai encadré des concerts, des sorties scolaires, j'ai assisté à quelques accidents agricoles ou de circulation. Mon père adore me faire des mises en situation, même quand c'est devant mon bol de céréales du matin. Il ne s'arrête jamais. Il me répète toujours qu'un bon geste peut sauver une vie.

Mais jusqu'à ce soir, je n'avais jamais vraiment « sauvé une vie ».

J'ai secouru, aidé, oui, mais pas sauvé.

Et lui, là, il me doit la vie. C'est un sentiment étrange.

Je mets mon sac à main sur mes genoux, farfouille dedans pour en sortir un paquet de M&M's au beurre de cacahuètes que mes parents me rapportent de l'aéroport chaque fois qu'ils partent en voyage ou en congrès hors du pays. Je le pose sur la table à roulettes que j'ai glissée devant moi, avec une bouteille de Coca prise au distributeur dans le hall de l'hôpital, puis récupère mon portable. J'ignore le texto de Gauthier.

[Bien rentrée, Nana?]

Je déteste ce surnom. Nana, c'est le chien de Wendy dans *Peter Pan*. Nana, c'est un nom ridicule de petite fille. Ou de chien. Ce n'est pas moi, quoi qu'il en dise. Pourquoi continue-t-il à me traiter comme une gamine? Comme si j'étais fragile? Que j'allais m'effondrer?

C'est pas ce que tu fais depuis un an?

La tête me tourne tout à coup et je bondis. Je ne veux pas m'endormir. J'avise le lever du soleil par les stores à moitié fermés de la chambre et me dirige vers la fenêtre pour admirer la vue. Les montagnes de Belledonne sont majestueuses, comme toujours. Elles me mettent du baume au cœur chaque fois que je pose les yeux sur elles. En un battement de paupière, je revis mes randonnées en famille, mes journées au ski, les vias ferratas. Que de bons moments. C'est ma terre, mes racines, et je m'y sens profondément attachée.

Je soupire bruyamment en posant les yeux sur mon jean et mon débardeur maculés de sang. *Son sang.*

Mince, j'en ai même dans les cheveux. Je me rends dans la salle de bains pour me laver les bras, les mains, me passer de l'eau sur le visage.

Quelle nuit de folie.

J'ai l'impression d'avoir pris plusieurs années en quelques heures. Je sens que je viens de changer, même sans savoir du tout en quoi. Ma vocation n'a jamais été aussi forte. Mon besoin de venir en aide est encore plus présent, plus limpide. Comme si j'avais toujours un peu douté mais que maintenant j'étais sûre de moi.

Je serai médecin. Pédiatre. Voilà bien la seule spécialité médicale où les patients ne peuvent pas vous décevoir.

Je me poste au pied du lit d'où je l'observe. Puis je m'approche de lui. Le brassard passé autour de son bras se gonfle et je vérifie sa tension. J'éloigne le pied à perfusion qui me gêne et rapproche mon visage du sien. Je ne sais pas pourquoi je fais ça. Pourquoi je suis encore là. J'aurais dû m'en aller dès que l'équipe médicale a pris le relais.

Je pose ma fesse droite sur le lit, près de sa hanche, et détaille son visage, qui porte encore des traces de sang. On lui a recousu l'arcade sourcilière, mais à part ça, il est quasi intact. Il a su se protéger des coups. Ses cheveux noirs sont presque rasés sur les côtés, mais plus longs sur le dessus et rabattus en arrière. Des tatouages de type polynésien se devinent sous ses cheveux et un peu partout sur son crâne. Il a des traits virils et pourtant fins ; une barbe d'un jour ou deux, pas plus, lui ombre la mâchoire. Son nez présente une petite bosse, en haut de l'arête, comme s'il avait été cassé puis ressoudé. Ses lèvres sont pleines, ourlées sans être trop charnues. Je lui donne dans les 25 ans.

Un frisson parcourt ma peau moite. Il est beau. Est-ce pour cette raison que je suis encore là ? Qu'est-ce que j'attends, au juste ?

Il m'intrigue. J'adore les tatouages mais je n'ai jamais osé sauter le pas, je réfléchis encore à ce que je veux sans arriver à me décider sur un dessin. Je redoute aussi un peu la réaction de mes parents, plutôt traditionnels. Pas sûr qu'ils apprécient que je me marque à vie. Lui a l'air d'en avoir beaucoup.

Mon regard glisse sur les dessins à portée de moi, sur son cou, où des pinces de scorpion dépassent de chaque côté de sa blouse, comme pour l'étrangler. Le corps de l'animal doit certainement se trouver dans son dos. Je promène lentement le regard sur lui, profitant de son inconscience pour faire des choses que je n'aurais jamais imaginé faire en temps normal, avec n'importe qui, même Gauthier. Dévisager. D'aussi près. Rien que la proximité de ce corps viril me fait battre le cœur un peu trop vite.

Comme prise d'une urgence, je bondis du lit pour me rendre dans la salle de bains et trouve un gant en tissu que j'imbibe d'eau tiède. Puis je reprends ma place et entreprends d'effacer les dernières traces ensanglantées sur son visage.

Qu'est-ce que je fais ?

Quand ma mission est terminée, je tends la main et me mords le bord de la langue en arrêtant mon geste. Mais c'est plus fort que moi. Il dort, de toute façon, il ne peut rien faire. Il ne peut pas me regarder. Encore moins me voir. Alors je pose finalement mon index sur sa pommette. La chaleur de sa peau m'étonne, m'attire, et comme si ce contact m'avait soudée à lui, je suis incapable de le retirer. Je le fais glisser dans la rugosité de sa barbe, sur ses joues, jusque dans le creux souple entre le menton et la bouche.

Alors que j'enlève mon doigt pour me lever et retourner dans la salle de bains, une main attrape brutalement mon poignet et je hurle. Je crie si fort que ma voix se casse à mi-chemin et s'évanouit dans la chambre. Mon cœur semble vouloir me perforer les côtes tant il bat fort, et par réflexe, je plaque mon autre main sur ma bouche, comme pour m'empêcher d'émettre un nouveau son. Mes yeux fous se portent sur la main qui me tient. Tatouée d'une demi-tête de mort et d'une lettre sur chaque phalange.

DEEP.

Je n'ose pas lever les yeux, mais le fais au prix d'un effort surhumain alors que mon sang pulse toujours aussi fort dans mes veines. Mes iris percutent ceux, calmes et sereins, de mon inconnu. D'une teinte gris très clair tirant sur le bleu. À part son bras qui vient de bouger, il est immobile. Puis ses sourcils se froncent et il papillote des cils, comme pour fixer l'image qu'il regarde. Par réflexe, je donne un coup de coude pour me dégager de sa poigne mais il me relâche au même moment et je glisse du lit. Je recule précipitamment en avisant mes bras nus, mon débardeur taché de son sang, et je ramène mes cheveux sur le côté gauche de mon cou, comme j'en ai pris l'habitude. Les pointes tombent sous mon sein.

Il porte la main sur son visage, puis sur la perfusion plantée dans le dos de sa main, apparemment en quête d'explications.

– Tu es à l'hôpital.

Je me rapproche et il tourne la tête dans ma direction, l'air toujours perdu. Je reste à bonne distance pour continuer, en croisant les bras sous ma poitrine :

– Tu as été opéré, même transfusé, tu avais perdu beaucoup de sang. Tu as reçu un coup de couteau dans la cuisse, il a frôlé l'artère fémorale…

Il n'écoute pas. Il a l'air complètement sonné. Il se met à marmonner tout bas, mais je ne comprends pas ce qu'il dit. Je fais un pas de côté pour me saisir de la télécommande du lit.

– Tu veux que je redresse le dossier? Tu verras mieux où tu es. Attention, dis-moi si tu as un vertige.

Il met ses mains sur son crâne et le frotte vigoureusement tandis que le haut du lit se plie lentement pour le mener à une position semi-assise. Je me sens prise au piège quand ses prunelles claires se posent brusquement sur moi, et je recule en lâchant la télécommande qui fait un bruit mat en cognant contre le montant du lit. Il fronce toujours les sourcils, l'air très sérieux, comme s'il n'était pas certain de ne pas être en train de rêver. Sans un mot, je prends le verre que j'ai rempli quelques heures plus tôt et m'approche pour lui proposer à boire. Il ne dit rien quand je le porte à sa bouche, et quand ses lèvres s'entrouvrent, la chair de poule hérisse les poils de mes bras. J'incline le verre, renversant de l'eau sur son menton, et si j'en fixe obstinément le rebord, c'est parce que je sais qu'il ne m'a pas lâchée d'une seconde du regard.

Est-il tellement dans les vapes qu'il n'a pas conscience de ce qu'il fait?

Il s'essuie la bouche avec son bras quand je recule, et je me mets à lisser mes cheveux sur le côté, inlassablement, pour me calmer, me rassurer.

Mais qu'est-ce que je fous là, sérieux?

Et pourquoi il ne parle pas?

– Tu vas bien? Tu as du mal à parler? Tu es peut-être muet? Ou alors, tu dors? Tu es somnambule?

Comme s'il allait me répondre si c'était le cas!

L'esquisse de sourire qui fleurit sur ses lèvres me renseigne. Il ne dort pas. Ce petit mouvement a illuminé une partie de sa figure et une bouffée de chaleur me monte au visage. Soudain, je me sens très vulnérable. Trop. Alors je fais ce que je sais faire de mieux.

Feindre l'indifférence.

Attaquer.

– Tu as de la chance que je sois passée par là, cette nuit. Tu t'es fait attaquer par un groupe de cinq mecs, et ils t'ont poignardé. Je t'ai emmené dans ma voiture, jusqu'aux urgences, d'ailleurs elle est dans un sale état, je ne sais pas comment je vais la nettoyer…

Il essaye de parler mais se met à tousser. Il ferme les yeux et bascule la tête en arrière sur son oreiller. Je me remets à déblatérer, toujours debout plantée près de son lit, plus pour me calmer que pour lui donner des explications, mais c'est plus fort que moi. La nervosité me rend bavarde. Il se remet à psalmodier – d'abord si doucement que je ne l'entends pas, puis sa voix couvre la mienne et j'arrête un instant de jacasser. J'ai l'impression qu'il pleure, mais il met brusquement son avant-bras sur ses yeux, comme quelques heures plus tôt dans la rue, et cette fois j'entends distinctement ses paroles.

– Va-t'en. Laisse-moi tranquille.

Ses premiers mots pour moi me fendent le cœur. Un étrange sentiment mêlé de honte, de déception et de colère, s'abat sur moi et je me tourne vers la fenêtre pour cacher les larmes qui me brouillent la vue. J'ai soudain envie de rentrer chez moi. De prendre une douche et de m'effondrer sur mon lit. De pleurer.

Tous les mêmes.

Tous des connards !

Je me dirige vers la porte de la chambre et jette un dernier regard en arrière. Il a les yeux fermés, la tête enfoncée dans l'oreiller. Il dort.

Il. Dort. Putain !

Je retiens un cri de frustration et décampe aussi rapidement que possible. Anita, à l'accueil, me salue mais je l'ignore et cours presque pour rejoindre l'entrée du bâtiment, avant que les premières larmes ne coulent sur mes joues, mais c'est trop tard. Je pleure pour de bon en déboulant sur le trottoir humide et étouffant, et quand j'atteins ma voiture, un sanglot me soulève la poitrine.

Quelle ingratitude ! Quel con !

Quelle soirée de merde !

Je fais un rapide exercice de respiration pour me calmer, assise derrière le volant, pour pouvoir rentrer chez moi sans provoquer un accident. Puis je fais demi-tour, musique à fond, et repasse dans ma tête les dernières heures intenses que je viens de passer.

Si j'ai été apeurée quand j'ai aperçu la rixe, un feu s'est propagé en moi lorsque j'ai appuyé sur l'accélérateur pour foncer dans le tas de brutes. Puis il a tout ravagé quand j'ai pointé mon arme de défense comme si j'étais Beatrix dans *Kill Bill*, et même si j'ai eu un instant de doute, ils sont enfin partis et j'ai pu m'occuper du blessé. L'ai transporté à l'hôpital.

Merde.

Pendant de longues minutes, peut-être des heures, tandis qu'il se faisait opérer et que je ne savais rien de son état, s'il allait vivre ou mourir, j'ai arrêté d'y penser. Arrêté de m'apitoyer sur mon sort. Ça ne me fait pas cet effet, quand je pratique mon bénévolat de secourisme. Non, rien n'est comparable à ce que j'ai vécu cette nuit.

Une bouffée de pure adrénaline.

Est-ce dû au danger? Au fait de n'avoir aucun contrôle sur la situation? De laisser parler mon instinct? Ou d'être tombée sur un garçon aussi mystérieux? Trouble? Je ne sais même pas son nom, je n'ai pas eu le temps de fouiner dans le dossier médical, de chercher son portefeuille dans ses affaires. Il m'a vexée et je suis partie.

Pourquoi me suis-je crue spéciale, tout à coup? Pourquoi ai-je attendu des heures dans sa chambre? Qu'est-ce que je croyais? Qu'il allait me sauter dans les bras, reconnaissant?

Mais quelle conne!

Je tourne sur l'avenue, la dernière avant d'arriver chez moi, et lance un regard à l'endroit même où la scène a eu lieu, seulement quelques heures plus tôt. Le soleil s'est depuis longtemps levé, mais la rue n'est pas très fréquentée en ce dimanche matin, et je ralentis en mettant mes warnings. Je me gare à cheval sur le trottoir et descends de voiture. La vue des taches de sang sur le bitume me tord le ventre, et pas d'excitation. Une larme roule de nouveau sur ma joue et c'est là que je le vois. Un vélo, à moitié dissimulé par un buisson.

Tout à coup, j'imagine ce garçon rentrant de chez sa petite copine ou s'y rendant, puis se faisant agresser par une bande de voyous. Ma colère contre ce John Doe descend d'un cran et je m'approche du vélo. Je suis étonnée qu'il soit toujours là.

Dans cette ville, les vélos disparaissent plus vite que les M&M's une fois le paquet ouvert. Il est grand et lourd, à l'image de son propriétaire. J'hésite un instant, me demandant si c'est bien le sien, mais il y a peu de chance qu'il ne le soit pas. Alors je le roule jusqu'à mon coffre, que j'ouvre. J'essaye pendant plus de dix minutes de l'enfourner dans ma voiture en entier, et quand je comprends, épuisée, que c'est peine perdue, je laisse la moitié pendre dans le vide et le coffre ouvert. Je n'ai que quelques centaines de mètres à faire, de toute façon.

Je roule à une allure de tortue et actionne le portail automatique de chez moi, puis décharge mon fardeau, que je cache dans le garage. Je ne sais pas vraiment ce que je vais en faire, mais c'est toujours mieux que de le laisser dans la rue.

Et puis, je pourrai toujours le rendre à son propriétaire?

Je monte les marches du rez-de-chaussée pour rejoindre ma chambre ; déjà, je retire mon débardeur et déboutonne mon jean pour entrer dans la salle de bains attenante. Je me sens harassée, vidée, fourbue, mais tellement vivante. J'en ai des fourmis dans tout le corps. Je fais couler de l'eau chaude, me savonne jusqu'aux cheveux, puis baisse le thermostat jusqu'à ce que l'eau soit bien fraîche. Je sors de la douche, les idées un peu plus claires. J'attrape une serviette et me sèche rapidement.

Il n'était pas dans son état normal, à son réveil. C'est sûr. La preuve, il s'est rendormi très vite. Est-ce qu'il m'a vraiment chassée? Avait-il conscience de ce qu'il faisait, disait? Et si je retournais le voir, demain, en lui proposant de lui rendre son vélo?

Mais est-ce que j'ai envie de prendre le risque de me faire jeter à nouveau?

Je n'ai pas vraiment le temps de réfléchir à la question. Je m'écroule sur mon lit et m'endors en quelques secondes.

2

Pappas

J'ai vaguement conscience de dormir. Longtemps. Profondément. Comme si j'étais shooté ou après un mauvais trip, dans le mal, incapable de me relever du lit où j'ai échoué. Des douleurs un peu partout, mais ça, j'ai l'habitude. Une côte fêlée, des coupures, des bleus épars sur mon corps, qu'est-ce que ça peut faire?

Mon corps n'est qu'une enveloppe. Une carapace.

Une coquille vide.

C'est les douleurs dans ma tête que je n'arrive plus à gérer. Et de la voir sans arrêt, aussi. Entre les mots durs de ma mère et son regard silencieux et accusateur à elle, mon cerveau est sur le point de sauter comme le bouchon d'une bouteille de champagne qu'on aurait longuement secouée.

Qu'on me foute la paix, merde!

Je l'ai encore aperçue, dans les brumes de mon sommeil. Mais pour la première fois, elle n'était pas une enfant. J'ai vu ses lèvres remuer, mais le son était assourdi, c'était un bourdonnement sourd, comme le chant des abeilles en été, quand je m'allongeais dans le jardin avec Inès et qu'on restait là, paisiblement, à se tenir la main, à se parler d'amour, à se regarder dans les yeux.

À contempler nos mensonges.

Sa silhouette est restée floue, cependant. Je ne l'ai pas reconnue. Normal, elle n'avait plus 5 ans. Il me semble avoir vu très nettement son visage pendant quelques secondes, des yeux perçants, des sourcils et des cils fournis, mais c'est tout. Pourquoi elle ne me laisse pas tranquille ? Qu'est-ce qu'elle cherche tant, à part m'avoir à l'usure ?

Se venger en me tourmentant ?

Je gémis en essayant de me tourner sur le côté, mais rencontre une résistance. Une gêne dans la main. J'en tiens une bien bonne, je n'ai jamais été aussi groggy après une soirée, que ce soit à cause du sexe, de la drogue ou de l'alcool.

Ou des trois à la fois.

Et puis ça sent bizarre. Qu'est-ce que j'ai encore foutu ? Je suis où, bordel ? Même en restant sur le dos les yeux fermés, rien ne m'est familier. Je tire d'un coup sur mon bras en grognant pour pouvoir le passer au-dessus de ma tête et appuyer l'avant-bras sur mes yeux douloureux.

– Isaac ?

C'est plus un coassement qu'autre chose tant ma gorge est sèche. Je tâtonne à la recherche d'un corps ou d'un toucher familier et bute contre une sorte de barrière. Alors j'ouvre tout doucement les yeux, presque contre ma peau, avec un pressentiment si monstrueux que mon estomac se soulève et je hoquette. Puis j'abaisse lentement mon bras pour regarder autour de moi.

Putain de merde.

Pas besoin d'être Frankenstein pour comprendre que je suis dans une chambre d'hôpital. Mon regard se braque par réflexe sur la fenêtre tandis que tout mon corps se crispe, se tend, se prépare au pire. Il fait presque nuit, mais j'aperçois encore la silhouette des montagnes au loin et mon estomac se révolte à nouveau.

Non, non. C'est fini, tout ça.

C'est déjà plus que je ne peux en supporter. Je balance le drap qui me couvre et mes jambes par-dessus le lit dans un même mouvement. Ma tête tourne immédiatement, et je la prends à deux mains avant de souffler bruyamment plusieurs fois. Quand la pièce arrête de tanguer, je me lève plus doucement et m'approche à pas mesurés d'une petite armoire. En un tas bien ordonné, je trouve mes affaires, ou plutôt ce qu'il en reste. Mon portefeuille et mon portable sont là, mes clopes, mes chaussures, et c'est tout.

C'est quoi ce bordel ? Je ne suis sûrement pas arrivé ici à poil ! Où sont mon pantalon et mon caleçon ? Mon tee-shirt ?

Je fourre mes maigres possessions dans mes baskets et m'éloigne du lit quand je me rends compte que je traîne derrière moi une perfusion reliée à un pied sur roulettes. Je m'y cramponne pour m'aider à marcher jusqu'à l'entrée de la chambre, et sur une tablette, devant l'unique fauteuil de la chambre, un paquet de couleur rouge attire mon attention.

Un paquet de bonbons ?

Sans réfléchir, comme si je ne voulais rien laisser derrière moi, je le mets également dans mes chaussures. Puis je risque un œil dans le couloir. Il est faiblement éclairé. J'entends un bruit de télé, un bip-bip entêtant au loin, mais sinon, personne.

On est quel jour ?

Le soir, déjà. Vu la couleur du ciel, près de vingt heures. J'avance dans le couloir, vaguement conscient d'exposer mon cul nu dans ma blouse ridicule, et chaque nouveau pas me rend un peu de ma lucidité.

Faut que je me casse d'ici.

Je passe devant une grande salle de repos pour le personnel, vide, et m'apprête à continuer mon chemin quand je distingue une veste en jean sur un portant, de coupe féminine. Je passe prudemment la tête par l'entrebâillement de la porte et avise des tables, des revues, un coin cuisine. Sur une étagère un peu bordélique, un petit tas de tissu blanc. Je m'en approche et me mets à fouiller dedans.

Des blouses et des pantalons.

Je fais rapidement le tri en rejetant au sol tout ce qui n'est clairement pas à ma taille, garde deux pantalons et une blouse, prends le chemin de la sortie, puis je m'éloigne dans le couloir, mon fardeau sous le bras. Je vois un grand espace central désert avec des toilettes et mon cœur bondit d'espoir en reconnaissant des portes d'ascenseur. J'entre dans les W.-C. en faisant bien attention de ne pas relever la tête sur le miroir en face de moi et arrache ma perfusion qui se met à pisser partout. Je constate rapidement que du sang jaillit également du dos de ma main et je m'empresse de retirer mon pyjama d'hôpital. Je déchire un long bout de tissu avec mes dents et je l'enroule autour de ma paume pour stopper le flux rougeâtre qui coule par terre et manque de me faire glisser. Puis je mets le pied dans le premier pantalon, qui ne passe pas le stade de ma cuisse musclée.

Merde !

De toute façon, je viens de le tacher avec mon sang. Je le retire précipitamment et essaye l'autre. Il est trop grand mais tient sur mes hanches, et remonte largement au-dessus de mes chevilles. Enfin, j'enfile la blouse à manches courtes qui craque presque au niveau de mes biceps et me comprime complètement le torse.

Tant pis.

J'enfile rapidement mes chaussures et sors des toilettes, mes maigres possessions à la main, en laissant un beau bordel derrière moi. Je distingue deux voix féminines sur ma droite, un rire cristallin, et j'attends que les pas s'éloignent pour sortir de ma cachette. Je presse le bouton de l'ascenseur frénétiquement en lorgnant de tous les côtés jusqu'à ce que les portes s'ouvrent, et je me propulse à l'intérieur. Je ferme les yeux. Mon cœur bat furieusement contre mes côtes, la tête me tourne mais il me faut de l'air.

Il faut que je respire. Que je sorte d'ici. Vite.

Quand je me retrouve au rez-de-chaussée, je braque mon regard sur les portes d'entrée qui me semblent trop loin. Je me focalise dessus en ignorant les pas qui se rapprochent de moi, ainsi que la voix qui m'interpelle.

– Monsieur ?

– Foutez-moi la paix ! crié-je.

J'avance en boitillant comme si ma vie dépendait de ma capacité ou non à sortir de cet enfer.

Pourquoi je boite ?

Enfin, les portes s'ouvrent. L'air tiède de la soirée me frappe au visage et je respire à pleins poumons. Je me penche sur un banc pour reprendre mon souffle mais, de peur qu'on ne vienne me chercher, je reprends ma route laborieusement jusqu'à apercevoir les rails du tram. Et je reste là, debout, cramponné à une rampe de sécurité, en attendant qu'une rame arrive.

Comment j'ai atterri à l'hôpital ? Est-ce que j'ai eu un accident ? Je me suis peut-être fait renverser par une voiture avec mon vélo ? Où est Isaac ? Et Eric ? S'ils savaient où je suis, ils m'auraient apporté des vêtements, et ils ne m'auraient pas laissé tout seul. À moins qu'ils soient hospitalisés eux aussi ?

Est-ce que j'ai pris le coup de trop ?

Celui qui rend amnésique, fou, idiot ? Celui qui marque la fin ?

Le tram qui va dans mon sens arrive enfin et j'y entre en validant mécaniquement ma carte qui se trouve toujours dans mon portefeuille. Je ne me sépare jamais de mes papiers. Je m'assois sur une banquette, et seulement quand le tram repart, je m'autorise à souffler. À respirer.

Si ce n'était pas pour ma mère, ça fait bien longtemps que j'aurais quitté cette ville de merde. Trop de mauvais souvenirs.

Je rouvre les yeux et avise un groupe de jeunes, dans le fond, qui me regardent avec curiosité. Ils sont une douzaine, autant de filles que de garçons, et portent des vêtements larges et décontractés. Une blonde est vêtue d'un débardeur tellement échancré qu'on voit tout son soutien-gorge.

Une gêne dans ma cuisse attire mon attention et je baisse le nez sur mes jambes. Une petite tache de sang semble s'élargir de seconde en seconde. Je mets les coudes sur mes genoux, la tête dans mes mains, pour réfléchir, essayer de me souvenir.

Je me vois donner des coups et en prendre, c'est tellement banal que ça aurait pu être des souvenirs de la veille ou de la semaine précédente. Je revois ma mère, en larmes, vautrée sur le tapis de son salon, accrochée à sa bouteille de gin comme elle l'aurait été à la main de son mari, à l'époque où ils étaient heureux. Je suis certain de l'avoir portée jusqu'à sa chambre, de l'avoir mise au lit, fermé les rideaux, apporté un verre d'eau que j'ai posé sur sa table de nuit.

Puis j'ai repris mon vélo sous le bras et descendu les douze étages à pied. Je suis parti en me sentant comme une merde, comme d'habitude. Après… Plus rien.

Un coup d'œil par la fenêtre m'apprend que je suis arrivé sur le campus. J'appuie sur le bouton d'arrêt et me dirige vers le groupe de jeunes, qui cesse de parler pour me dévisager. Personne n'ose m'adresser la parole et je descends du tram sans attendre.

Il fait complètement nuit, maintenant. Je m'allume une clope et longe l'avenue bordée d'arbres du campus, tout en serrant mes affaires de ma main libre. C'est seulement à ce moment-là que je réalise que j'ai mon téléphone.

Mais quel con !

J'aspire une longue bouffée avant de composer le numéro d'Isaac. Qui répond à la deuxième sonnerie.

– Ouais?

– Isaac? Putain, t'es où?

– Hein? Chez mes vieux. C'est à toi qu'il faut demander ça. Je t'ai attendu, hier.

– Hier?

– Oui, on était chez toi, peinard, et tu m'as planté pour aller chez ta mère, une urgence, comme d'hab. Et t'es jamais revenu. Des potes ont débarqué, on a fait la fête, la routine, quoi.

– Ça veut dire qu'on est dimanche soir?

Je commence à me souvenir de la journée du samedi. On avait prévu de se mettre minable chez moi, mais ma mère a téléphoné en début de soirée. Et je n'ai pas pu m'empêcher de répondre, même en sachant que j'allais le regretter.

Comme d'hab.

– Ça va pas? demande Isaac plus fermement. T'as fait quoi, hier?

Je soupire longuement et reprends une taffe.

– Je viens de me réveiller à l'hôpital.

– Quoi?

– Et je sais pas du tout ce qu'il s'est passé. Je me souviens de rien.

– T'es où? À l'hôpital?

– Non, je rentre chez moi. Je me suis cassé.

– OK, j'arrive.

– Non, c'est pas la peine…

Je sais que son père est malade. S'il reste chez ses parents à 23 ans, c'est surtout pour les soutenir. Eux et ses trois petits frères.

– J'arrive, je te dis.

Je n'insiste pas. Je ne suis pas en état.

– OK.

Je ne sais pas pourquoi je suis si crevé, si faible, ce n'est pas dans mes habitudes. En général, je dors à peine six heures par nuit, je m'entraîne aussi souvent que nécessaire, avec ou sans Eric et Isaac, je mange et glande la plupart du temps.

Je jette mon mégot par terre et le piétine un moment. Il ne manquerait plus que je foute le feu au campus.

Taré, mais pas pyromane.

Je reprends ma route, croise quelques connaissances qui me saluent de loin sans qu'aucune prenne la peine de m'approcher, me demander si ça va, pourquoi je suis accoutré comme ça. Je suis connu, mais de loin.

Réputé, respecté. Craint, surtout.

On ne devient pas ami avec un mec qui vous fait peur. Logique. Quand j'aperçois l'entrée de l'ancienne salle de sport, le soulagement m'arrache presque des larmes. Je pousse la porte qui n'est jamais verrouillée et reste un moment stupéfait par le bordel qui règne à l'intérieur. C'est une ancienne salle de sport pour les étudiants qui a été abandonnée lors de la construction d'une nouvelle à deux rues de là. Les murs sont craquelés et fendillés, tagués à certains endroits ; il y a des fuites dans la salle d'eau, et même des trous un peu partout sur le sol en ciment, mais c'est là que j'ai élu mes quartiers. Jusqu'à ce qu'on me foute à la porte, ce qui n'est encore jamais arrivé. C'est même Eric qui m'a poussé à m'y installer.

Eric, prof à l'université. Spécialiste dans les sports de combat.

Il sait que c'est mieux que de vivre avec ma mère. Et avec mon parcours scolaire chaotique et mon absence de travail, impossible de louer un logement. Alors je crèche dans ce taudis. Qui est devenu mon chez-moi, depuis maintenant trois ans.

L'espace est grand, plus de cent mètres carrés, avec des ouvertures de style vasistas au niveau des plafonds tout autour de la grande salle qui donnent une impression de luminosité, mais ne font que ressortir l'état piteux de l'endroit. La moitié gauche n'est occupée que par le matériel abandonné là : un sac de frappe pend du plafond, deux paniers de basket se font face, et j'ai installé un banc de musculation et un rameur. De l'autre côté, j'ai aménagé l'espace pour en faire un coin pas trop dégueulasse et surtout pour y faire la fête avec mes potes : deux grands canapés face à face, avec une grande table basse au milieu ; le coin cuisine est équipé du strict nécessaire – une cuisinière avec un four que je n'utilise que pour stocker une partie de mon herbe et des clopes, un grand frigo qui ne contient quasiment que des boissons, et une table de bar avec trois tabourets qui sépare les deux espaces. Tout est de la récup, qui date du temps où j'ai emménagé alors que je n'avais qu'un billet de dix euros en poche. Je pourrais me faire plaisir en rachetant des meubles ou même un lit décent, mais finalement, vivre chichement n'est pas pour me déplaire.

Un paravent sépare le coin vestiaire et salle d'eau de ma « chambre » au bout du couloir. Une pièce d'à peine dix mètres carrés, avec une sorte de fenêtre à guillotine pour toute ouverture. C'est un ancien bureau.

Je n'ai qu'une envie : m'effondrer sur un des deux canapés. Mais leur état m'en dissuade : ils sont recouverts de miettes de chips ou d'autres substances méconnaissables. Le sol est jonché de bouteilles de bière et de mégots, des boîtes de pizzas s'empilent sur la table basse et dans le coin cuisine, et j'en ouvre trois avant de dénicher une part inentamée. Je la mange en continuant mon inspection. Je trouve des capotes usagées, des cendriers remplis à ras bord, et même une petite culotte devant le vestiaire. Je soupire en passant derrière le paravent et grimace en constatant que, bien sûr, mon lit n'a pas été épargné. Les draps sont roulés en boule, une odeur nauséabonde flotte dans l'air, et je grogne en ouvrant l'unique fenêtre. Je donne un coup de hanche pour me débarrasser de mon pantalon de malheur qui tombe à mes pieds, retire la veste et le bandage autour de ma main qui ne saigne plus et entre dans le vestiaire, où quatre douches se côtoient. Il y a toujours l'eau courante et l'électricité dans le bâtiment, puisque les étages servent encore pour des cours, et bien que tout le monde sur le campus sache que je squatte là, personne ne me cherche d'embrouille. J'ai le soutien d'Eric.

Et de mes poings.

Je me savonne rapidement ; je n'éprouve jamais de plaisir à prendre une douche. Elle ne délasse pas mes muscles endoloris, elle n'apaise pas le feu dans mes jambes, elle ne calme pas le volcan dans mon cerveau.

Après ça, je n'ai que la force de m'écrouler sur le canapé après l'avoir débarrassé de ses détritus.

Et c'est comme ça qu'Isaac me trouve : en calbute, une main fouillant nerveusement dans mes cheveux mouillés, l'autre soutenant ma cigarette qui se consume. Et à moitié somnolent.

– Hé, mec ! T'es mort ?

Je donne une tape dans la main d'Isaac qui plante son doigt dans ma joue. Je grogne et lutte pour ouvrir les yeux. C'est pas humain d'être aussi beau. Il ressemble à une statue de cire, avec sa peau mate, sa bouche de mannequin aux lèvres pulpeuses, et surtout ses yeux clairs. Il est moins musclé que moi, mais il prend plus soin de son corps.

On est amis depuis cinq ans – depuis qu'on a partagé un joint dans la cage d'escalier du nouvel immeuble de ma mère. Je m'inquiétais pour elle, il m'a assuré qu'il ne lui arriverait rien. Il habitait là, lui aussi. Dans ce putain de quartier rongé par la déchéance. Je me plains :

– T'abuses, Zac, vous avez mis un sacré bordel.

Il se redresse et regarde autour de lui, l'air faussement contrit.

– J'te jure, c'était pas comme ça quand je suis parti.

– Mais bien sûr. Tu peux aller me chercher l'herbe ? J'ai besoin d'un joint.

Il s'éloigne en direction de la cuisine et je me redresse pour m'asseoir. Je m'en fous du bordel. Mes amis trouvent toujours la porte ouverte. Les profiteurs aussi, mais je sais les différencier. La seule chose que je ne supporte pas, c'est qu'on me vole, étant donné que je ne ferme jamais à clé. Ce n'est arrivé qu'une fois, on m'a dérobé ma sono et mon ampli, les seuls objets de valeur que je possède. J'ai besoin de musique. De musique et de coups, ce sont mes seuls impératifs. Quand j'ai retrouvé les voleurs, ils ont amèrement regretté de s'en être pris à moi. L'info a circulé. Plus personne n'ose me prendre quoi que ce soit, désormais.

Le sachet atterrit devant moi sur la table basse et je vois du coin de l'œil Isaac en train de bazarder tout ce qui traîne dans un sac-poubelle. Boîtes en carton, bouteilles en verre, tout finit au même endroit. Je n'ai pratiquement pas de vaisselle, le rangement est plutôt rapide.

– Balance les fringues aussi, lancé-je en roulant mon joint.

Il obtempère, bien qu'il regarde deux fois la culotte devant les vestiaires, comme s'il se demandait où il l'avait déjà vue. Il entrepose trois sacs pleins devant la porte d'entrée et la laisse grande ouverte pour aérer, puis passe un bon coup de balai. Il a allumé l'halogène près du canapé en arrivant et il se laisse lourdement tomber sur les coussins avec un soupir de lassitude, comme s'il venait de récurer la place pendant trois heures. Puis il se penche pour m'observer, le bout de ses doigts fins se frappant les uns contre les autres, comme un tic. Je suis en train de lécher le papier pour le refermer quand je lève les yeux sur lui : il a bloqué.

– Quoi ?

– Tu saignes.

Je baisse alors le regard sur ma cuisse, qui coule encore.

– Merde, j'avais oublié.

Avant que j'aie le temps de réagir, Isaac me lance un chiffon et je le mets sur ma plaie. Puis je la regarde enfin plus attentivement.

– J'ai eu des points, apparemment.

– Sur le sourcil aussi.

– Ah ?

Je touche mon visage et réalise qu'effectivement, on m'a recousu à cet endroit-là. Je hausse les épaules, comme si ce n'était pas important.

– Qu'est-ce qui t'est arrivé, alors ?

– Je t'ai dit, j'en sais rien. Je me suis cassé avant de parler à qui que ce soit.

– Toi et les hôpitaux…

Isaac sait pourquoi je hais ces endroits, il n'a pas besoin d'explications. Même quand j'ai des blessures importantes, une épaule déboîtée, un hématome imposant, je n'y vais jamais. Je me fais soigner par des amateurs sur le campus, des médecins en devenir, ce n'est pas ça qui manque, dans le coin.

– D'après ce que je vois, commence-t-il en se penchant par-dessus la table basse entre nous pour mieux m'observer, tu t'es battu. T'as de nouvelles marques sur le torse, sur ton bras, ces deux coupures, et puis tu t'es réveillé à l'hôpital. T'as dû prendre un mauvais coup. Tu veux que j'appelle Jérémy ?

– Ça va passer, grogné-je.

Je ne lui parle pas de ma vision de la jeune fille. Il n'est pas au courant de ça, je veux que personne ne sache. On me prend déjà pour un barge, pas la peine d'en rajouter.

– Tu devrais te tenir tranquille jusqu'à ce que ça ne saigne plus, dit-il avec un signe de tête vers ma cuisse. Et par « rester tranquille » je veux dire allongé. Et par « rester allongé » je veux dire sans une meuf au-dessus de toi pour te chevaucher.

J'étouffe un rire en allumant mon joint, puis aspire une longue bouffée avant de le lui tendre. Il se lève pour se mettre à côté de moi, bascule en arrière avec les pieds sur la table, et je l'imite en attendant qu'il fasse tourner. C'est notre moment. Souvent on fume, ou boit, tout en laissant un silence apaisant nous envelopper. On se confie, parfois. C'est comme ça qu'il m'a appris que son père avait un cancer. Qu'un de ses frères était passé aux drogues dures et s'était fait embrigader par la bande de Marcello pour dealer dans le quartier.

– Le premier combat de la rentrée est prévu samedi prochain. Tu seras d'attaque? demande Isaac en envoyant une volute de fumée au plafond.

Je lui prends le bédo des doigts et encrasse mes poumons avant de répondre.

– Toujours.

– C'est le premier, faut pas te rater. Ça donne le ton pour le reste de l'année.

– Justement.

– Il paraît qu'il y a un nouveau qui veut se frotter à toi. Il vient de Turquie et il a entendu parler de toi quand il s'est inscrit sur le campus. Je crois qu'il fait des études de biologie.

Je hausse les épaules. Ils veulent tous se frotter à moi. Ils le regrettent tous.

– Qu'il vienne. Eric revient bien demain?

– Moui.

Je souris. Zac fume rarement des joints, ça l'endort.

Je lui donne un coup de coude et il sursaute. Eric est parti en vacances avec sa famille depuis quatre semaines et il a promis de venir me voir en rentrant. Il me manque, en tant qu'ami autant qu'en tant qu'entraîneur. J'ai usé mes nerfs sur mon rameur et le sac de frappe tout l'été, j'ai bien besoin de lui et de ses conseils.

Eric m'aide à me canaliser, à utiliser ma force à bon escient, mais il ferme les yeux sur tout le reste. Les combats, il ne veut pas en entendre parler. Pour lui, c'est contraire à l'éthique. Pour autant, il ne peut pas s'empêcher de vouloir me prendre sous son aile. C'est Isaac qui nous a présentés quatre ans auparavant, quand il a compris que j'avais besoin d'expulser une rage qui me dévore.

– J'en ferai qu'une bouchée, dis-je en formant des ronds avec la fumée.

– Fais traîner un peu, quand même. Tu sais comment c'est.

Je ricane. C'est Isaac qui s'occupe d'envoyer un message à tous ses contacts concernés, au dernier moment, pour leur indiquer le lieu où se déroulera le combat. Un samedi sur deux, de septembre à fin juin, je me bats avec qui veut. On prévoit souvent jusqu'à trois mecs, qui défilent le temps de la soirée. Si l'un a le dessus, je l'affronte à nouveau le samedi suivant. Mais c'est rare.

C'est du *free fight* complet. On est là pour se défouler. Il n'y a que trois règles : pas de morsure. Pas dans les yeux. Pas d'armes. Juste la puissance des corps.

La première fois, c'était il y a plus de deux ans, on a fait ça pour s'amuser. Un mec m'a cherché, dans un bar, on s'est donné rendez-vous dans un garage pour être tranquille, et une bande de curieux nous a suivis pour nous regarder nous affronter. J'adore me défouler sur un gars qui croit être plus fort que moi. J'aime entendre les autres nous acclamer, nous encourager, nous inciter à taper plus fort. C'est la seule chose qui m'indique que je vis encore.

Le seul moment où je sens que quelque chose coule dans mes veines.

Isaac s'est tellement éclaté ce soir-là qu'il a eu cette idée de combats clandestins, de lieux tenus secrets jusqu'au dernier moment pour exciter les passions, et surtout, de faire payer à l'entrée. Payer pour voir. Payer pour assister à la violence. Il est doué avec les réseaux sociaux, il connaît du monde avec la fac, il s'est montré un parfait organisateur. Il m'a même demandé de choisir un pseudo, pour que ce soit plus marrant. Alors pour le *fight*, je suis Hermès.

Je le laisse faire. On se partage le butin à parts égales.

C'est la seule chose qui me tire du lit le matin. M'entraîner. Être le plus fort.

Jusqu'au combat suivant.

– Si tu gagnes trop vite, les gens vont se lasser.

Je jette mon mégot dans une bouteille sur la table qui a survécu au rangement d'Isaac, sans pour autant me lever. Je suis trop crevé.

– Vous vous êtes bien amusés hier? Roxanne ne devait pas passer?

Il ricane.

– Si, elle et ses copines sont bien venues. Elle était fâchée que tu ne sois pas là, elle a passé la soirée à faire la gueule. En revanche, sa copine Pauline m'a trouvé à son goût.

Il fait jouer ses sourcils fournis et je ris.

– C'est toi qui as foutu le bordel dans mon pieu?

– Non. Elle a préféré qu'on fasse ça devant tout le monde.

Quand je comprends qu'il a dû baiser à l'endroit même où repose ma tête, je pousse un grognement en me redressant sur un coude, et il éclate de rire.

– Elle a choisi le banc de muscu, relax!

Je laisse retomber ma tête qui tourne de plus en plus. J'aurais peut-être dû m'abstenir de fumer, finalement. Roxanne me cherche depuis des semaines, elle a été obligée de rester à Grenoble pendant les congés d'été et s'est vengée en flirtant avec le danger.

C'est-à-dire moi. Elle n'est pas tout à fait à mon goût, et certainement trop coincée pour moi qui aime qu'une femme prenne des initiatives. Je la laisse mariner, pour voir ce qu'elle a dans le ventre.

Pour le moment, pas grand-chose.

Elle est plus du genre à se faire belle et attendre qu'on la remarque en ignorant le reste du monde. Très peu pour moi. Je ne suis pas du genre à me mettre à genoux pour une meuf, aussi jolie soit-elle. Et plus je lui résiste, plus ça l'énerve. Je n'ai pourtant pas la réputation d'être un mec gentil. Je sais qu'elles jasent entre elles, les filles qui passent dans mon lit. Elles savent que je ne suis pas un tendre, que je peux même être brutal. Il n'y a qu'à me regarder me battre.

Je suis un monstre. Peut-être pas extérieurement, mais à l'intérieur, il n'y a personne. Quant à mon enveloppe physique, elle ne m'intéresse pas. Elle n'est là que pour encaisser les coups.

Je m'aperçois qu'Isaac ronfle. Je mets un moment à me lever, passe par la cuisine pour boire à grandes gorgées à même le robinet, puis me dirige vers ma chambre. Je râle en me rappelant qu'il n'y a pas de drap sur mon lit. J'en étale un que je sors de mon placard et je m'écroule dessus sans l'enfiler correctement sur le matelas.

Avant de sombrer, j'entends la voix de ma mère comme si elle se tenait à côté de moi.

Assassin.

3

Annabelle

Je donne un coup de pied rageur sur le trottoir pour me propulser sur mon skate, en proie à tellement de sentiments contradictoires que je jure en accélérant l'allure.

Il n'est plus là.

Alors que j'ai pris mon courage à deux mains, alors que j'ai espéré le revoir et me rendre compte que notre premier échange verbal a été une erreur due à la surdose de médicament qui circulait dans ses veines, lui, il s'est barré ! Apparemment, entre huit heures et dix heures du soir la veille, heure à laquelle son absence a enfin été remarquée. Le con a fouillé dans le bureau des infirmières, arraché sa perfusion près des ascenseurs et s'est simplement éclipsé de l'hôpital.

Mais qui fait ça ?

J'étais venue avec la ferme intention de ne pas me laisser déborder par ma timidité, par mon manque d'assurance, j'avais pris sur moi et décidé de lui dire ses quatre vérités s'il se montrait désagréable. C'est quand même grâce à moi s'il est encore de ce monde, non ? Est-ce que je ne donne pas trop d'importance à mon geste ? Que se serait-il passé, si je n'étais pas intervenue in extremis ?

Il serait mort. Voilà ce qui se serait passé. Saigné comme un animal sur le trottoir.

Et maintenant, comment faire pour le revoir? Connaître le son de sa voix? La vraie couleur de ses yeux? Venir dans sa chambre pendant qu'il était encore à l'hôpital, comme si de rien n'était, c'était une bonne chose. Une super idée.

Bonjour, je viens voir comment vous allez. Je passais dans le coin, mes parents travaillent ici, alors j'en profite. Si vous me devez la vie? Mais oui, c'est vrai ça! Je n'y pensais même plus! Ah ah ah.

Mais je n'ai plus d'excuse toute faite, maintenant! Pourtant, je ne peux pas me résoudre à ne jamais le revoir. C'est d'une telle injustice! Quelles sont mes chances de croiser de nouveau sur mon chemin un type pareil?

Zéro.

Et il vient de me filer entre les doigts.

Ton vélo, tu pourras toujours courir pour le récupérer!

J'enfonce sur ma tête ma casquette qui vibre sous le vent et pivote pour prendre un virage. Pourquoi je lui en veux autant? Est-ce le fait d'être parti sans même un petit message pour la personne qui lui a sauvé la vie? Ou parce que les films que je me suis encore faits dans ma tête seront toujours mieux que la triste réalité? Après tout, lui, il n'a rien demandé.

Certainement pas de se faire poignarder dans la rue.

L'espace de quelques heures, j'ai cru que ma vie prenait un chemin différent. Qu'elle avait peut-être enfin un sens. Et pourtant, je me sens de nouveau creuse. Ce que j'ai ressenti en lui portant secours…

Déjà envolée. Cette sensation de vibrer. D'être, enfin.

Depuis un an, depuis mon accident, je me sens dépossédée. Comme si on m'avait volé une part précieuse de mon être et que je ne me sentais plus en sécurité nulle part. Je n'arrive pas à sourire sans me traiter de menteuse, j'ai perdu mon insouciance. Tout me semble décalé, moi la première. J'ai le sentiment d'avoir pris une belle claque et qu'elle a modifié toute ma vision de la vie.

Oui. C'est exactement ça. J'ai enfin ouvert les yeux sur la nature humaine.

Je me suis levée très tard le dimanche, en début d'après-midi, et ma mère était rentrée de voyage. Elle prenait un déjeuner léger avec mon père en parlant sur la terrasse protégée du soleil par l'auvent naturel en laurier, et son sourire en me voyant m'a réchauffé le cœur. Et pendant tout le temps où elle nous a raconté son congrès, alors que je touillais mon café au lait distraitement, une question tournait dans ma tête, encore et encore.

Qui est ce garçon ?

Tout à l'heure, quand j'ai compris qu'il était parti, j'ai pensé à fouiller dans les ordinateurs pour dénicher son nom ou une adresse, mais ils n'ont jamais été sans surveillance pendant mon passage, et je veux rester discrète. Je connais les codes, j'ai déjà fait deux stages à l'hôpital. Et puis, même en connaissant ces informations, qu'est-ce que ça changerait ?

Rien. Du. Tout.

Je ne vais pas débarquer chez lui pour lui demander des comptes !

Non. Je dois faire une croix sur cette histoire. Et c'est ce que j'ai le plus de mal à digérer. Je voulais au moins connaître son nom. Je suis certaine que c'est le genre d'anecdote que j'aurais pu raconter à mes enfants : comment j'ai compris que j'allais faire un bon médecin.

Eh bien, pour ma petite histoire, tu seras John Doe, alors.

Et j'oublierai délibérément de relater la façon dont tu m'as foutue à la porte de ta chambre comme une malpropre.

Quand j'arrive au skatepark devant la caserne, je fais un petit signe à Gauthier, qui glisse sur des rails et me rend mon salut. Ses cheveux châtains sont en pagaille et dressés sur sa tête, il porte un short large et un vieux tee-shirt à l'effigie de Bob Marley. Je m'arrête à sa hauteur.

– Hé, Nana ! Tu aurais pu passer hier ! Tu faisais la gueule ?

– Non, j'étais juste crevée.

Après une crise de panique, j'ai besoin de solitude et de repos. Je force ma voix pour qu'elle paraisse enjouée.

– Et toi alors, raconte ta soirée !

Sa grimace me fait sourire.

– Bof, tu sais ce que c'est. Je me suis un peu fait chier, avec Mathieu qui attire toutes les filles, y en a que pour lui. La seule qui me branchait ne faisait pas attention à moi, et j'avais pas envie de danser. C'est nul que tu sois partie…

La culpabilité me tord le ventre, mais les yeux gris de mon inconnu s'imposent à moi et je me lance dans le récit le plus extraordinaire de mon existence.

– Tu déconnes ! s'exclame Gauthier quand j'ai terminé, pourquoi tu ne m'as rien dit avant ?

Je roule doucement, les yeux dans le vague, toute à mes souvenirs.

– Je sais pas, tout ça me paraît encore irréel. Et puis tu aurais entendu comme il m'a jetée de sa chambre !

– Il était sûrement super mal, il ne voulait pas qu'une inconnue assiste au spectacle. Il ne savait pas qui tu étais ni ce que tu faisais là, c'est évident.

Je grommelle, boudeuse et énervée qu'il prenne sa défense au lieu de le descendre en règle, comme je m'y attendais.

– À ton avis, qu'est-ce qui l'a amené à se battre ? me demande Gauthier subitement.

C'est l'un de nos jeux favoris, depuis qu'on est enfants : se créer des histoires, donner à un simple inconnu un costume qu'il ne revêtira jamais. On reprend de la vitesse sur nos skates, côte à côte.

Je connais Gauthier depuis qu'il a emménagé dans la maison

voisine, quand j'avais 6 ans. On a mis presque deux ans avant d'oser s'adresser la parole : on est aussi timides l'un que l'autre, et on ne doit cet exploit qu'à nos mères qui ont organisé un apéritif entre voisins.

On a le même âge, on pratique le même sport, le skate, on a pour but de faire tous les deux des études de médecine, mais il m'a laissée en cours de route l'année dernière, quand j'ai raté tout un cycle scolaire, celui de terminale au lycée.

Alors qu'il va intégrer la première année commune des études de santé dans quelques semaines, je dois retourner au lycée pour passer mon bac, avant de pouvoir le rejoindre sur le campus. Nos projets sont tombés à l'eau : on aurait dû prendre une colocation, faire nos études, réviser et passer nos examens ensemble. Maintenant, quoi qu'il arrive, on aura un an de décalage.

Encore une injustice!

Je surgis comme un boulet sur le spot, plie les genoux en arrivant sur le *spine*, et fais une figure au sommet avant de retomber sur mes roues. Puis j'avoue à Gauthier que j'arrive tout droit de l'hôpital, que je voulais le revoir.

– Et alors? s'impatiente-t-il.

– Il n'était plus là, articulé-je entre mes dents.

Je l'ai vraiment mauvaise.

– Il est déjà sorti?

– Il s'est barré hier soir, apparemment. Sans rien dire à personne.

Je m'attends à tout sauf à ce que Gauthier éclate de rire.

– Tu trouves ça drôle?

– Il a pas l'air très net, ton gars! Un inconnu qui se fait tabasser, qui se casse de l'hosto, la nuit sans prévenir... C'est peut-être un criminel? Il est recherché par la police?

– Arrête, t'es con.

Et si c'était ça...?

Malgré moi, nos jeux familiers me rattrapent et me font sourire.

– Peut-être que sa copine a été kidnappée et qu'il est parti à sa recherche, continué-je, avant même d'être remis de son opération.

– Pfff, t'es trop fleur bleue. Il est plutôt parti à la recherche des mecs qui l'ont planté.

Cette idée me donne des sueurs froides et je fais sauter mon skate pour le rattraper entre mes mains. Puis je le remets sur ses roulettes, pensive.

– J'aurais dû fouiller dans son portefeuille quand j'en avais l'occasion.

– Ou alors…

Gauthier se penche sur moi, ses pupilles marron clair tirant sur le jaune scrutant les miennes, alors qu'il est à peine plus grand que mon mètre soixante-quinze, et je hausse un sourcil interrogateur. Je recule le visage pour qu'il ne se retrouve pas trop près.

– … tu as tout inventé ?

Je lui frappe l'épaule et il repart sur son skate en riant. Je me lance derrière lui.

– Et le vélo, je l'ai inventé, peut-être ? crié-je en le rattrapant.

Je donne un coup d'épaule à Gauthier qui bifurque pour tomber dans le *bowl* et enchaîner des figures en l'air en prenant toujours un peu plus de vitesse. Je le rejoins pour qu'on roule en cadence et il se met à parler tout en skatant :

– En tout cas, si tu ne le revois jamais, j'hérite de son vélo !

– *Deal* !

Gauthier est un éternel optimiste, qui sait si bien me rendre le sourire. Il a appris à voir la vie du bon côté. Il ne voit jamais le mal dans le cœur des gens. C'est pour ça qu'à lui non plus, je n'ai pas dit la vérité sur mon accident.

Celui qui m'a coûté un an de ma vie.

4

Annabelle
Il y a un an

Il fait une chaleur d'enfer. Je ne me souviens pas d'avoir autant étouffé dans mon propre corps, et on n'est que fin juillet. Il paraît que la canicule va bientôt faire place à un été plus doux, mais pour le moment, ça fait deux jours que je suis cloîtrée chez moi. Les volets sont fermés, l'obscurité de la maison est un cocon, alors qu'à l'extérieur le trottoir semble brûler sous mes pieds. Je prends des douches fraîches deux fois par jour, qui ne sont plus qu'un lointain souvenir au bout de dix minutes, quand mon corps se remet en surchauffe. Ma seule arme contre la canicule : mes longs cheveux, qui, une fois imbibés d'eau froide coulant dans mon dos, me permettent de prolonger une illusion de fraîcheur sur mon corps.

Gauthier est en vacances depuis une semaine maintenant, et je me languis déjà de lui. Il est parti faire le tour de l'Italie avec sa mère, et ne doit pas rentrer tout de suite. On se parle via WhatsApp, on se textote jusque tard dans la nuit, mais ce n'est pas comme l'avoir avec moi. Je passe beaucoup de temps à lire ou peindre dans un des bureaux de la maison, je regarde des films ou des séries.

Mes parents sont à une soirée organisée par l'hôpital, dans un hôtel du centre-ville. Ils doivent aborder certains problèmes que des patients ont rencontrés, avant de finir dans une ambiance plus décontractée. On est samedi soir, ils sont partis depuis plus d'une heure, et je vais en profiter pour me faire un plateau-repas devant l'écran télé géant. J'adore le salon, c'est une de mes pièces favorites : les grandes baies vitrées donnent à la fois devant la maison et côté jardin, les couleurs sont claires et apaisantes, les plantes démesurées de ma mère offrent à l'ensemble un effet jungle qui me donne envie de me pelotonner dans le divan couleur crème avec un bon roman. La pièce s'ouvre sur la cuisine ouverte, moderne et spacieuse.

J'ai peint une partie de l'après-midi, un paysage de montagne que je travaille depuis bien deux semaines. Ma mère aime mes tableaux, elle a suspendu une de mes toiles dans l'entrée, une autre dans la montée d'escalier. Même si je me dis qu'elle les exhibe pour me faire plaisir, je me sens transportée de fierté chaque fois que je pose les yeux dessus. J'ai terminé récemment un portrait flou de Gauthier et moi allongés dans l'herbe. On nous reconnaît à nos signes distinctifs : mes longs cheveux blonds et mes yeux verts, ses cheveux ébouriffés et son sourire enjôleur.

Je repose mes pinceaux en soupirant : s'il est déjà huit heures du soir, la luminosité est toujours aussi éblouissante dehors, et quand j'entrouvre la fenêtre du bureau pour chasser les odeurs de térébenthine, je suis agressée par la chaleur. Je laisse malgré tout la pièce s'aérer et je saute dans la douche sans même me regarder dans le miroir : j'ai désespérément besoin de me prélasser sous l'eau froide. Je reste bien dix minutes sous le jet, le visage relevé pour profiter au maximum de la fraîcheur, avec mes cheveux qui me tombent sur les reins. J'ai souvent voulu les raccourcir, mais gâcher des années à les laisser pousser pour les couper en quelques minutes me rebute trop. J'ai juste opté pour un dégradé autour du visage, histoire d'avoir une coiffure un peu plus recherchée. J'aime les tresser à la Pocahontas, même si ça fait un peu gamine.

J'enfile rapidement un short et un débardeur, sans prendre la peine de mettre de sous-vêtements : il fait assez chaud comme ça. Le tissu me paraît brûlant après la douche mais je ne peux pas me balader toute nue dans la maison ! Si je n'ai aucun problème pour dévoiler mes jambes sous mes microshorts, j'ai un peu plus de mal avec le haut. Je n'ai jamais aimé ma poitrine ronde, que je juge trop menue. Heureusement, les soutiens-gorge donnent l'illusion d'un peu plus de profondeur.

Dans la cuisine, je me sers un verre de sirop et le remplis avec l'eau glacée du frigo américain. Je le bois à moitié avant de m'occuper de ma casserole : ce soir, ça sera spaghettis. J'avise un reste de poulet à la moutarde, le hume et remercie ma mère de trouver le temps de cuisiner. C'est son passe-temps quand elle n'est pas à l'hôpital, et je me rends compte de ma chance, même si je me sens un peu seule, parfois. J'aurais bien aimé avoir un frère ou une sœur pour tout partager.

Mais j'ai Gauthier.

Je souris en pensant à lui tout en allumant le feu sous ma casserole pleine d'eau. Je me prépare un plateau avec un morceau de comté que je commence à grignoter, puis je me rends dans le salon et allume la télé pour chercher un film intéressant sur le replay de Canal.

Ouh, Robert Pattinson. Adjugé.

Sans même regarder le titre du film, je le lance et le mets sur pause le temps de préparer mon plateau. Au moment où je finis de râper mon fromage, on sonne à la porte d'entrée. Je fige mon geste, en me demandant qui peut bien venir à cette heure-ci. Je me lave les mains et me dépêche de me diriger dans l'entrée.

– Oui ?

Je n'ai plus 5 ans, je viens d'en avoir 17, et je pense avoir le droit maintenant « d'ouvrir à des inconnus ». Pourtant, je me rapproche de la porte doucement, en tâchant de distinguer par la vitre fumée la silhouette de mon visiteur.

– Annabelle, tu es là ? C'est Baptiste.

Je relâche mon souffle et m'empresse de tourner la clé dans la serrure. Baptiste travaille à l'hôpital avec mes parents depuis plus de dix ans, il est cardiologue.

Je le connais depuis que je suis môme.

5

Pappas
De nos jours

Depuis plusieurs jours, le campus est en effervescence et reprend vie après les vacances d'été. La rentrée est proche pour beaucoup, même si la plupart des cursus ne commencent pas avant quelques semaines. Les étudiants emménagent, prennent leurs marques, commencent à creuser leur trou. J'accélère l'allure, sans plus ressentir le tiraillement dans ma cuisse.

Je me suis tenu tranquille presque deux jours jusqu'à ce que je n'en puisse plus de rester immobile à glander. La plaie ne s'est pas rouverte et a arrêté de saigner. J'ai fait des exercices en douceur, sous la direction d'Eric qui a surveillé mes blessures comme on couve son poussin. Le fait que je ne me souvienne pas de ce qui est arrivé ne l'a pas rassuré. Il a appelé l'hôpital qui n'a rien voulu lui dire de mes conditions d'hospitalisation, encore moins par téléphone, pour cause de confidentialité. Et moi, hors de question que j'y refoute les pieds.

Il fait toujours aussi chaud dehors, les filles se baladent en robe ou short qui dévoilent leurs jambes, et je ne me gêne pas pour les mater en passant. Je récolte quelques œillades appuyées mais ne réponds pas aux sourires bienveillants ou aguicheurs. Je ne comprends pas ce que les femmes me trouvent, à part mon corps musclé. Je ne me regarde jamais dans la glace. J'arrive déjà à peine à rester en place quand ma coiffeuse habituelle s'occupe de moi, et la plupart du temps je ferme les yeux le temps qu'elle finisse. Je raccourcis ma barbe à la tondeuse, au-dessus d'un lavabo, quand j'ai la flemme de me raser.

Je déteste les miroirs.

Je dépasse trois femmes portant des sacs de voyage, qui marchent en direction de leur dortoir, et elles me regardent toutes avec une curiosité non feinte. Je porte un short large en jean et un tee-shirt noir. Les muscles, les tatouages, un air renfrogné, il n'en faut pas plus, j'imagine. La plupart du temps, je n'ai même pas à ouvrir la bouche. Et je n'ai qu'à me servir pour prendre ce qui me fait envie.

La violence, la laideur, la haine.

Voilà ce qui les fait mouiller.

Je n'éprouve aucun remords à traiter les femmes comme je le fais. Elles ne cherchent rien de plus qu'à s'encanailler, vivre le frisson que je leur procure. Et c'est dans les combats et dans la baise que j'exsude ma noirceur. Avant qu'elle ne m'engloutisse pour de bon.

Vider un peu le surplus, avant de me remplir à nouveau.

Je pousse la porte de chez moi, en râlant parce que mon vélo est toujours introuvable. Je ne peux pas imaginer vivre sans pouvoir me déplacer sur mon deux-roues, et vu le prix qu'il m'a coûté seulement trois mois plus tôt, ça me fait mal au cul de devoir déjà le remplacer.

Je pose mon kebab sur la table basse, à côté de ce paquet de bonbons rouges que j'ai interdit à Isaac de manger, lui qui bouffe tout ce qui traîne, et vais me chercher une bière dans le frigo. Je ne sais toujours pas comment il a atterri dans cette chambre d'hôpital, cinq jours plus tôt, et je finis par me dire que je vais devoir y faire un tour si je veux éclaircir le mystère. Mais pour le moment, je préfère encore me creuser la cervelle et trouver tout seul.

Et puis après tout, c'est pas si important, si?

Je décapsule ma bière sur le rebord de la table et lève les yeux sur la porte d'entrée, où une silhouette se découpe soudain en contre-jour. Je pense tout de suite à ma bande de potes habituelle qui doit passer en début de soirée, mais il est encore un peu tôt pour ça. Puis un homme pénètre chez moi, rapidement suivi par quatre autres. Je les reconnais instantanément. Ils sont cinq. Cinq Italiens au crâne rasé et marcel blanc ou noir recouvrant à peine leur torse imposant, aux tatouages agressifs et menaçants, et, sur leurs visages déformés par la colère, des sourires vicieux. Des sourires purement sadiques.

Instinctivement, je serre mon poing libre le long de mon corps, sentant un calme familier fuser dans mes veines et envahir mon corps. C'est ce que je ressens avant un combat. La sérénité avant la tempête. L'œil du cyclone.

Et à cet instant, je suis en plein dedans.

Tout à coup, un flash m'aveugle et je me rappelle ce qu'il s'est passé le samedi soir précédent. Je rentrais de chez ma mère, je les ai aperçus et je me suis posté devant eux, avec l'air de celui qui veut se battre. J'en avais tellement besoin, à ce moment-là – besoin d'avoir mal et qu'on me mette une branlée. Et c'est ce qu'ils ont fait. L'un d'eux a dû me planter une lame dans la cuisse. Et maintenant, ils veulent quoi? Finir le travail?

– Tiens, tiens, Pappas, bien remis? demande Marcello, leur chef de bande.

Ils se postent en arc de cercle autour de moi, bloquant le passage. L'un reste à côté de la porte, la ferme et s'y appuie contre pour interdire toute entrée. Ou toute sortie. Quoi qu'ils aient décidé de me faire à ce moment-là, je n'y échapperai pas. Et de toute façon, ce n'est pas mon genre de fuir.

– Pourquoi tu parles comme si tu étais surpris de me voir? dis-je nonchalamment en buvant une gorgée de bière. C'est bien toi qui te pointes chez moi, non?

Il perd son sourire et m'envoie un regard chargé d'aversion. Il est susceptible et ne supporte pas qu'on se moque de lui. Ils ne sont qu'une bande de brutes incultes et ils le savent. Ils ne valent rien, et certainement pas mieux que moi. Sauf que moi, je ne me prends pas pour ce que je ne suis pas.

Marcello n'apprécie pas vraiment la petite renommée que j'ai acquise avec les *fights*, encore moins depuis qu'avec Isaac, on s'est mêlés de son business pour retrouver son frère. Dont on ne sait toujours rien, soit dit en passant. À croire qu'il s'est volatilisé.

Il claque des doigts sans me lâcher du regard et trois de ses chiens s'approchent de moi. Deux m'agrippent les bras pour les immobiliser pendant que le troisième m'enserre le cou. J'étouffe un rire tandis qu'ils me forcent à approcher du canapé.

– À trois pour me maîtriser? Où sont tes couilles, Marcello?

Il m'envoie un coup de coude en plein dans la figure et je vois des étoiles pendant quelques secondes. Ils m'obligent à m'asseoir, et celui qui me tient comme un chien en laisse plante son genou dans mes couilles, me coupant le souffle. La douleur m'arrache des larmes qui restent bien bloquées sous mes paupières, floutant ma vue. Derrière le canapé, Marcello empoigne mes cheveux et tire en arrière, me forçant à lever les yeux sur lui pour le regarder.

– Tu te crois si fort, Pappas? T'aurais pas dû nous chercher, samedi soir. C'était justement ce qu'on attendait. Que tu fasses ton malin.

Il me tire plus fort, m'obligeant à me courber davantage, mais je ne ressens rien d'autre qu'une gêne dans le cuir chevelu.

– Et on t'aurait fini comme il faut si ta pute n'était pas intervenue.

Ma quoi ?

Je fronce les sourcils sous l'effort de la concentration.

De qui il parle, bordel ?

– Alors on va finir le travail.

Il me relâche, mais avec un malabar maintenant chacune de mes épaules et l'autre le genou toujours dans mon entrejambe, je ne peux pas faire grand-chose. Je redresse lentement la tête pour le suivre des yeux tandis qu'il fait le tour du canapé.

– Si t'étais un vrai mec, attaqué-je, tes clebs resteraient dehors pendant qu'on règle nos comptes. On peut même le faire devant un public, à la loyale.

Il ricane en s'approchant encore. Il a pris la bière sur le bar que je viens de sortir du frigo et la porte à ses lèvres.

– Un de tes combats, tu veux dire ? Tu crois que je veux payer pour te casser la gueule ?

Un sourire idiot étire mes lèvres. Comme si trois gros bras n'étaient pas en train de me broyer les os et les couilles.

– Pour toi, je le fais gratos.

– Oh, non. J'ai mieux pour toi.

Il porte sa main libre dans son dos et en sort un flingue. Je perds toute assurance et mon corps se crispe jusqu'au bout de mes orteils. Celui qui me tient par le cou me lâche pour me donner une petite claque mais je ne bouge pas d'un cil. Il recule, et Marcello approche à sa place, entre mes jambes. Il se penche sur mon visage et son odeur de tabac froid et de sueur me sature les narines.

– On va faire un petit jeu.

Il se recule, pose ma bière sur la table, et malgré ma haine, je vois ses doigts trembler. Il est complètement fou. Ou peut-être sous l'effet du crack ou d'autres substances qu'il s'envoie dans le nez. Il se redresse et parle sans vraiment me regarder, comme s'il était tout seul et qu'il faisait le tour de la maison.

– Chez moi, on l'appelle le baiser de la mort. Tu connais?

Il lève son revolver au niveau de ses yeux, puis ouvre le barillet, faisant tomber toutes les balles au sol dans une succession de bruits mats. Je n'arrive même plus à avaler ma salive. Je n'ai aucun contrôle, aucun pouvoir sur la situation. Ce que je ressens à présent n'est rien en comparaison du plaisir qui afflue dans mes veines lors de mes *fights*. Ici, je suis face à un fou qui, pour une raison incompréhensible, veut ma mort. Et même si c'est un peu ce que je cherche à chaque journée de ma putain de vie, la savoir peut-être si proche, vraiment proche, me soulève l'estomac. Je sens que ma peau se couvre de sueur, une goutte coule le long de ma tempe.

Alors c'est ça, mourir?

Et si finalement, c'était juste ça? Pouf, une balle dans la tête ou en plein cœur?

– Parce que j'en ai marre d'entendre parler de ta petite gueule. Parce que j'en ai marre que tu te prennes pour le plus fort. Le meilleur.

De quoi il parle? Moi, me croire le meilleur?

– Et parce que je ne supporte pas qu'on interrompe ce que j'ai commencé…

Il se penche et ramasse une unique balle. Qu'il met dans le barillet, toujours grand ouvert. Il jette un coup d'œil vers son collègue, resté devant l'entrée, qui entre et referme la porte en faisant un signe de tête affirmatif. Je ne l'ai même pas vu ni entendu sortir.

– Tu vois, tu aurais dû crever sur le bitume, quand Julio t'a embroché. Alors je vais remédier à cette erreur. Et si tu survis à ça, peut-être qu'on te laissera tranquille.

Bien sûr, je sais que cette bande, plutôt ce gang, ne me porte pas dans son cœur. On se jette des œillades meurtrières quand on se croise, moi parce qu'ils ne cherchent qu'à semer le chaos dans la violence et l'anarchie et qu'ils ont déjà cherché des crasses à la famille d'Isaac, mais eux, je ne sais pas pourquoi ils me détestent autant. Et si jusqu'à présent je n'ai jamais eu affaire directement à eux, je connais leurs méthodes.

– J'ai dit quelque chose qui t'a offensé, Marcel? provoqué-je comme s'il n'était pas en train de faire rouler le barillet à toute vitesse.

Il le claque en fermant les yeux, le connard en jouirait presque. Et tout à coup, je me retrouve avec une arme pointée sur mon front. Mon cœur bat si fort que je sens mon sang pulser dans mes oreilles. Si je savais qu'il était taré, je ne pensais pas sérieusement qu'il irait jusqu'au bout.

Ses deux acolytes me lâchent et regagnent la sortie au trot. Ont-ils peur des taches de sang?

Voilà, maman. J'ai enfin ce que je mérite.

– Un dernier mot, avant que je te crame la cervelle?

J'essaye de le regarder dans les yeux, mais difficile à faire avec le canon planté dans le front et son bras tendu dans mon champ de vision. J'appuie sur le flingue en me redressant, les yeux bien ouverts brûlant de rage.

– Tue-moi.

Jamais je n'ai été aussi prêt de ma vie. Ma fin, ça fait huit ans que je l'attends. Un doute, aussi fugace qu'inattendu, passe dans les yeux noirs et vides de Marcello, et je vois ses doigts entrer en mouvement. Le clic de son flingue vibre dans chaque atome de mes os et l'espace de quelques secondes qui paraissent durer des heures, plus personne ne respire dans l'entrepôt. Il est le premier à réagir, en éclatant de rire. Et quand je réalise ce qu'il vient de faire, ce à quoi j'ai échappé, je m'écroule sur le dossier du canapé et ferme les yeux le temps de digérer et de refouler ma nausée.

– Ah, mon connard ! crie l'autre taré.

Un de ses hommes approche en me jetant un regard étrange. Empreint de crainte et de respect.

– Faut se casser. Il commence à y avoir du monde.

J'ai l'impression que je viens de me pisser dessus, mais mon short est sec. Je veux me lever pour les foutre à la porte, me défendre enfin, mais je ne peux plus bouger. Mes jambes sont en béton. Je ne sens plus rien.

Non, non. Ça ne va pas recommencer.

Marcello reprend ma bière et la boit cul sec, puis il me lance un objet qui rebondit sur mon torse.

– Cadeau. Si l'envie te prenait de te foutre en l'air tout seul. Tu rendrais service à tout le monde.

Je ne regarde même pas ce que c'est, je le fixe lui, sans pouvoir réagir. Puis son visage se déforme de nouveau. De colère ?

– Tu as vraiment une chance de cocu. Tu passeras le bonjour à ta pute.

Ma pute, encore ?

La porte s'ouvre, faisant entrer un vent chaud jusqu'à moi, et je reste le regard dans le vide pendant longtemps. La scène qui vient de se jouer est si irréaliste que je cherche autour de moi des traces de drogues que j'aurais pu avoir ingérées. Mais non. Il n'y a que ce putain de sachet de bonbons sur la table basse et mon kebab qui me rappellent que tout est vrai. Quand je veux bouger, me lever, mes jambes sont si lourdes et inutiles que je retombe sur les coussins. Quelque chose glisse sur le côté et ma main tâtonne jusqu'à toucher l'acier de l'arme qui vient de m'épargner.

– Pourquoi tu as fait ça ? lui demandé-je comme si je parlais à un enfant.

Comme c'est tout ce dont je suis capable, je m'écroule sur le côté et mets mes avant-bras sur mon visage pour me cacher et étouffer les sanglots secs qui me secouent.

***

Il y a huit ans
Après

J'ai 16 ans, et le sentiment que ma vie est terminée. Non, ce n'est même pas un sentiment, c'est une certitude. La foudre a frappé à notre porte, nous a emportés et nous a éparpillés aux quatre coins du monde. L'instant d'avant, tout était si calme, si paisible, si prévisible. Et puis, on ferme les paupières et la douleur nous percute. Nous divise. Nous anéantit.

Je suis cloué dans ce lit depuis des jours, qui me paraissent des années. Dix, je crois. Je ne supporte plus de regarder par la fenêtre, d'apercevoir ces montagnes où je ne grimperai plus jamais, où je n'irai plus faire du vélo de descente. Je me sens tellement mort de l'intérieur que le simple fait de respirer me demande un effort considérable.

Je ne veux pas de la vie.

Inès vient de sortir de ma chambre, en larmes. Je viens de lui dire exactement ce que son regard me supplie de faire depuis que je suis ici : je l'ai quittée. Elle n'avait pas assez de courage pour le faire elle-même, elle n'arrivait pas à piétiner mon cœur, alors je l'ai fait à sa place. Quand elle a levé son regard rougi vers moi, en m'assenant que la vie, c'est pour les vivants, j'ai compris. Elle a tout à fait raison. Et il n'y a aucune raison que je l'entraîne dans la tombe avec moi. Si je n'imagine pas aimer un jour à nouveau, je ne peux pas la retenir contre son gré.

Elle n'a qu'à se casser, puisque c'est tout ce qu'elle veut. Elle ne comprend rien, de toute façon. Je suis mort, ce jour-là, pourquoi ne le voit-elle pas ? Mes jambes inertes et inutiles en sont la preuve, pourtant. Elle n'a encore jamais baissé les yeux dessus, malgré le fait qu'elle vienne chaque jour.

La culpabilité, quelle plaie.

Moi aussi, je ne peux pas les regarder. Quand j'ai pris conscience de la situation, je n'ai plus desserré les dents pendant des jours. C'est trop dur d'imaginer la fin, alors que tout ne faisait que commencer. Les potes, les nanas, les baisers volés sur les bancs du stade, le ski, le vélo, le foot, les sorties sportives, tout ça c'est du passé. On me dit que c'est peut-être provisoire, mais moi je sais. Je le sens. Je ne sers plus à rien.

J'en ai marre de ces odeurs. Désinfectant, bandages, gel hydroalcoolique ; celle de mon propre corps, cette sueur qui me colle à la peau, parce que je ne peux pas me lever et aller prendre une simple putain de douche.

Mon père fait irruption dans la chambre, aussi léger et transparent que les rideaux de la cuisine, ceux avec des fleurs sur l'ourlet. Il avance comme s'il glissait sur le sol en lino, ne me regarde pas et va se planter devant la fenêtre. Il ne m'a même pas dit bonjour. Bien sûr, on sait tous les deux que ce n'est pas un bon jour, comme tous les autres, mais quand même ! Et maman, elle est où ? Pourquoi n'est-elle pas venue depuis trois jours ? Elle croit que je perds le compte, tellement je suis lobotomisé ?

J'ai le sentiment d'être enfermé dans une petite boîte et j'ai envie de hurler jusqu'à me brûler les poumons, jusqu'à me déchirer la gorge, jusqu'à en crever. Putain, j'aurais préféré crever. Soudain, les épaules de mon père tressautent. Il est toujours de dos, porte les mains à son visage et étouffe des sanglots. J'oublie aussitôt ma misère, mon incompétence, mon égoïsme, et les larmes montent et remplissent mes paupières.

– Papa ?

Je suis de nouveau un petit garçon. Comme quand j'étais enfant et que je faisais un cauchemar, je l'appelle car je ne peux pas aller à lui. Je répète, plus fort, parce que ses gémissements couvrent le son de ma voix. Alors il se retourne enfin et s'affale sur les genoux, devant mon lit, au niveau de mon torse. Il se met à chercher mes mains, que je lui cède, le cœur en miettes. Il me serre au niveau des coudes, mes doigts trouvent ses cheveux sur sa nuque et je me raccroche à ce toucher familier.

Mes yeux embués se braquent sur la fenêtre. Je regarde les sommets d'où partent les deltaplanes faisant des taches de couleurs dans le ciel bleu, et je sais. Il n'a pas besoin de dire avec des mots ce que mon âme a déjà compris.

Je sais.

6

Pappas
De nos jours

La fête bat son plein. La sono crache une playlist aléatoire de Spotify sur le thème de la house, les corps se pressent dans des danses plus ou moins décentes, l'alcool coule à flots, et je déambule dans les pièces du rez-de-chaussée, ma bière à la main.

Je viens de me débarrasser de ma poche de glace qu'Isaac m'a obligé à mettre sur mon épaule, luxée pendant mon dernier *fight* plus musclé que les précédents. Le fameux Turc, Dogan, s'est montré plus coriace que sa petite taille ne le laissait supposer, et la fatigue des deux autres combats aidant, il ne m'a pas loupé. Il n'a pas réussi, cependant, à se relever après un crochet dans la tempe qui l'a assommé un moment. Si au bout de dix secondes l'adversaire reste à terre, le combat est terminé. Je suis venu le voir, après, tandis qu'il reprenait ses esprits, et on a discuté un moment.

Ce soir, les réjouissances ont lieu dans une maison cossue sur les hauteurs de Grenoble, que les propriétaires ont délaissée le temps du week-end. Leur fils s'est empressé de la proposer à Isaac, qui ne s'est pas fait prier. On y est encore.

On s'est une nouvelle fois fait pas mal de blé.

Jérémy, un apprenti médecin qui nous suit régulièrement dans nos délires, s'est occupé des blessés, et même si on me rabâche que je dois voir un vrai médecin de temps en temps, je ne le fais jamais. Peut-être le jour où je serai incapable de me lever le matin… ? Jusque-là, tant que je peux m'entraîner, boire et baiser, je n'en vois pas l'intérêt.

Je passe derrière Roxanne, qui danse avec sa bande de copines, et elle tourne la tête pour me regarder avec des yeux qui suintent le sexe. Elle semble amochée, moins coincée que d'habitude. Elle sourit, se frotte contre mon jean en se cambrant et je l'enlace. Ses longs cheveux noirs cascadent dans son dos. Je mets mes mains sur son ventre pour la plaquer plus fort contre mon bassin, sa tête dodeline sur mon épaule et je l'embrasse dans le cou. Elle semble moins froide que les autres fois où je l'ai vue, plus accessible, plus malléable.

Je glisse mes mains sur ses hanches pour la balancer en rythme avec la musique et elle passe ses bras derrière ma tête, me force à me pencher pour l'embrasser. Je le fais d'abord doucement, cherchant dans ce contact ce qui me manque, mais je n'arrive toujours pas à oublier ma douleur. Alors, comme si je voulais la punir d'être incapable de me vider la tête, je l'embrasse plus rageusement, sentant monter en moi un désir brutal qui demande satisfaction. Je remonte une main dans ses cheveux pour l'agripper et appuyer plus fort ses lèvres sur les miennes. Son gémissement se répercute dans ma bouche et mon autre main se faufile entre ses jambes. Elle se tortille, le tissu fin de sa robe n'empêche pas la chaleur de ma main d'irradier dans son entrejambe et je grogne quand elle se décolle de moi pour rire nerveusement devant ses amies, qui nous regardent avec des yeux ronds.

OK, pas assez bourrée.

Je la rattrape par le bras pour l'attirer à moi et lui murmure à l'oreille :

– Tu restes un peu, ce soir?

Elle me fait un sourire entendu avant de me donner un baiser chaste sur les lèvres, puis retourne avec ses copines. Elles gloussent quand je m'éloigne, si fort que leurs éclats de voix couvrent la musique déjà à fond. Si j'avais pensé trouver un peu de réconfort dans ses bras, je me trompais lourdement.

Depuis que j'ai eu la visite de Marcello et sa bande, deux jours plus tôt, je me sens encore plus à l'étroit dans ma peau que d'habitude. Après avoir eu un flingue braqué contre mon front, j'aurais dû vouloir profiter de la vie, arrêter mes conneries, trouver un sens à ma pitoyable existence. Mais plus je cherche, plus le vide me tend les bras. Je ne me sens ni invincible ni chanceux, comme l'a suggéré l'Italien.

Je me sens toujours comme une merde.

Je repars en direction de la cuisine pour me dénicher une nouvelle bière et trouve Isaac en grande conversation avec Anaïs. Je m'arrête une seconde pour les observer. Elle, les cheveux blond clair courts et rabattus sur un côté de la tête, avec son piercing, un anneau noir sur la lèvre inférieure et sa tenue à la fois sexy et décontractée, le coude posé négligemment sur une table. Lui, métis aux yeux clairs, avec un corps de sportif et la taille élancée, les bras croisés sur son torse. Il a été son coach pendant un moment, et elle a encore renforcé sa jolie silhouette sculptée. Ils se sont connus à la fac, s'entendent bien, et s'ils font un beau couple sur le papier, la seule idée d'en former un leur donne la nausée.

Anaïs m'a tourné autour un moment, et par respect pour Zac et notre amitié, je n'ai rien tenté, d'autant que je ne l'aurais pas traitée avec plus d'égard que les autres filles. Et puis, au bout d'un moment, elle a vu. Ma noirceur, ma douleur. La brutalité dont je ne sais pas me défaire. Petit à petit, on est devenus un trio, avec Isaac comme pièce maîtresse.

Elle est belle, a eu plusieurs mecs depuis que je la connais, chacune de ses histoires semble compter pour elle, et pourtant, c'est elle qui y met un terme chaque fois. Elle ne se confie pas autant à moi qu'elle ne le fait avec Isaac. Lui a un truc qui pousse les gens à se dévoiler. Il y est même arrivé avec moi, bien qu'il ne connaisse pas tout de ma vie.

Je me faufile jusqu'à eux, et ils me regardent arriver, avec mon mètre quatre-vingt-huit. Isaac me fait les gros yeux en me voyant sans la glace et je lève les yeux au ciel, exaspéré.

– Lâche-moi, Isaac ! Je m'amuse, merde. Donne-moi plutôt une bière.

Il n'a qu'à se pencher pour se servir dans l'évier rempli de bouteilles et de glaçons. Anaïs se marre en portant le goulot de la sienne à ses lèvres, et je les observe un moment. La danse lascive avec Roxanne m'a un peu chauffé, mais j'ai besoin de plus pour m'exciter vraiment. Je compte bien l'honorer un peu plus tard, mais je dois m'avouer qu'elle ne me fait pas vraiment bander. Son air de sainte-nitouche me refroidit, d'autant que je sais qu'elle a su se mettre à genoux pour Isaac quand j'étais à l'hôpital, et ce con a attendu la fin du combat de ce soir pour me le dire. Il sait pourtant que je n'en ai rien à branler d'elle. Qu'elle le suce ne me fait ni chaud ni froid.

Et finalement, c'est ce qui m'a décidé à coucher avec elle. Si l'imaginer en train de chauffer mon pote me donne envie de la lui mettre bien profond, dans l'ensemble, sa personne ne m'attire pas. En revanche, la luminosité d'Anaïs, sa jolie bouche galbée, ses yeux pétillant d'intelligence…

Je me sens grossir et je pose mes fesses sur le bord d'une table tout en plaçant mes mains jointes devant mon entrejambe, avec ma bière calée au milieu pour camoufler mon état d'excitation. Je mets un moment à comprendre qu'Isaac me parle, et encore, je m'en aperçois parce que même Anaïs me dévisage avec ses grands yeux de biche.

– Eh, si vous voulez une chambre, y en a au moins cinq à l'étage.

Anaïs se détourne de moi pour lui donner une claque sur la tête et je bois une gorgée en ricanant. Il continue :

– Non, parce que là, tu la déshabilles littéralement du regard, Pappas ! T'as faim ou quoi ?

– Ouais, j'ai la dalle.

– Oui, ben vous êtes gentils les mecs, intervient Anaïs, mais j'ai mon mot à dire, non ?

– Non.

Avec Isaac, nous répondons en même temps à sa question rhétorique, ce qui la fait hurler, et on éclate de rire. Elle nous frappe tour à tour, et ma trique retombe aussi vite qu'elle est venue. Quand on arrête de se marrer à ses dépens, Anaïs commence à nous raconter comment elle a rencontré son dernier mec, et je perds le fil quand elle détaille le menu du restaurant où il l'a amenée pour leur premier rencard.

Putain, ce qu'elles sont bavardes.

Comme d'hab, je bois. Je me mets minable, je drague, attire Roxanne dans le jardin, elle qui ne demande que ça.

– Ça t'excite de me regarder me battre ?

Elle plante ses yeux dans les miens, sans toutefois répondre. Son air faussement ingénu m'agace.

– Toi, ça t'excite, dit-elle en mettant sa main sur mon sexe gonflé entre nous.

Elle n'aurait pas pu être plus éloignée de la vérité. Je décide de ne pas chercher à parler ni à la contredire et reprends nos jeux de langues. Je continue, perfide :

– Ça t'a plu de sucer mon pote ?

Elle ouvre les yeux pour me sonder tout en se trémoussant

contre moi, et son regard se voile.

– Quoi ?

Le mensonge. L'hypocrisie.

Je tourne la tête vers Isaac, à l'écart sur un transat, tout seul.

– Viens, Zac.

Il tressaille, alors qu'il nous mate en train de nous chauffer depuis le début. Et si Roxanne le regarde approcher avec des yeux grands ouverts, elle sait très bien où je veux en venir. Je les laisse s'amuser ensemble un moment, et quand ils sont nus, je me joins à eux.

Comme d'hab.

7

Annabelle

Un grondement retentit au loin et se fond dans le brouhaha des étudiants qui parlent, rient, se lèvent pour partir. J'en fais autant en mettant de l'ordre sur mon plateau, et Gauthier m'emboîte le pas. Il commence tout juste les cours ; pour ma part, je n'ai eu que deux heures de maths dans la matinée et ne reprends pas avant quinze heures. J'en ai profité pour rejoindre mon ami sur le campus, qui m'a fait visiter ses salles d'amphi avant de m'inviter au resto U. Il peste toujours sur le fait qu'il a dû commencer les cours sans moi, en habitant chez sa mère le temps que je passe mon bac et intègre l'université.

J'ai beau lui dire que je suis la première dégoûtée, il râle sans cesse à ce sujet, comme pour me remonter le moral.

– Tu sais, tu as le droit d'être excité par la fac. Je ne vais pas t'en vouloir, lui expliqué-je en poussant la porte qui s'ouvre sur le trottoir encore chaud de septembre.

Il met ses mains dans les poches de son jean et le vent ébouriffe ses cheveux châtains. Son air bougon est adorable, mais il ne va pas foirer sa première année pour moi.

– Pense à l'avance que j'aurai sur les autres, l'année prochaine. Je vais potasser tes cours encore mieux que toi. Et puis, tu pourras toujours redoubler ta première année pour qu'on soit de nouveau à égalité.

– Tu rêves, Nana.

Il grogne en s'éloignant et je ris en sortant les clés de voiture de mon sac. J'ai été tentée de venir en skate, mais les rues cabossées du campus ne sont pas idéales, et arriver au lycée en sueur ne me réjouit pas plus que ça. Une nouvelle bourrasque me fait chanceler et me tire des larmes. Je me protège comme je peux en rabattant mes cheveux d'un côté de ma tête mais ils s'envolent dans tous les sens.

– L'année prochaine, on fera ce qu'on a prévu, m'assure-t-il en me plantant un bisou sur la joue. À ce soir, Anna.

– Merci pour le repas ! crié-je à Gauthier qui s'éloigne en hâtant le pas.

Le ciel ne va pas tarder à s'ouvrir en deux pour nous inonder. Les orages d'été peuvent être assez violents, dans le coin. Je m'installe avec soulagement au volant de ma voiture, quand je vois un attroupement de jeunes au niveau de mon coffre qui me barrent le passage, m'empêchant de sortir de ma place de parking. J'attends donc patiemment qu'ils se dispersent, je ne vais quand même pas les klaxonner ?

Je regarde l'heure sur mon tableau de bord, puis de nouveau dans le rétroviseur, quand une silhouette me fait rater un battement de cœur. Je me retourne sur mon siège pour mieux voir, plisse les paupières, pas certaine de ce que je discerne, mais quand un garçon s'éloigne en lui faisant un *check*, je le reconnais parfaitement.

Le garçon de l'hôpital. Mon John Doe.

Ma gorge se dessèche tout à coup, je me sens rougir jusqu'à la racine des cheveux et j'ai soudain beaucoup trop chaud, avec ma veste demi-saison. Le vent fait valser ses cheveux noirs, il grimace face à l'agression de la bourrasque, mais il est toujours aussi beau que dans mon souvenir, beaucoup plus, même, inconscient que je l'observe. Je me crispe en le voyant s'éloigner et panique complètement quand il quitte définitivement mon champ de vision. Alors je bondis hors de ma voiture en serrant mon sac contre moi et m'éloigne à mon tour en verrouillant mon Alfa. Je me mets presque à courir pour voir où il disparaît et trébuche sur le trottoir. Je le suis un moment, sans plus me préoccuper de l'heure, de mon cours que je risque de manquer, ni des gouttes de pluie chaudes qui s'écrasent sur mon front.

Telle une boussole qui suit le nord, j'avance à l'instinct.

Il s'engouffre dans un bâtiment d'étude un peu miteux, et je passe la porte à mon tour. Mais quand je pénètre dans une vieille salle de gym, je regrette aussitôt ma précipitation. Il est évident qu'elle est abandonnée, et les canapés dans un coin m'indiquent qu'elle sert plus de squat que d'endroit où faire des matchs de basket. Je me sens tellement stupide que je regarde autour de moi en ouvrant de grands yeux étonnés. Je fais un pas en avant en crispant mes doigts sur l'anse de mon sac et m'apprête à faire demi-tour, quand une voix grave s'élève en même temps qu'un nouveau grondement de tonnerre se fait entendre.

– Tu cherches quelque chose ?

Je sursaute violemment et tente de trouver d'où vient la voix. Mon John Doe est tellement immobile que je ne l'ai pas remarqué en entrant. Il se tient dans un coin sombre de la salle, devant une sorte de bar improvisé, penche légèrement la tête sur le côté pour me dévisager avec intérêt. Et un peu d'amusement. Avec mes tennis blanches, mon jean slim et ma veste beige boutonnée jusqu'au cou, je détonne dans le décor.

J'ai fait une croix sur les explications de cette nuit-là. Les phrases stupides que j'ai travaillées en me rendant à l'hôpital. Le prétexte pour le revoir n'a plus lieu d'être, maintenant, et je n'ai rien préparé de mieux. Je pensais vraiment ne jamais recroiser sa route. Comme a dit Gauthier, c'est peut-être un criminel en cavale ?

Le bruit d'une canette qu'on décapsule pschitte dans l'air lourd et quelque chose frappe contre le mur, dehors. Les éléments se déchaînent. Il porte son Coca à ses lèvres sans me quitter des yeux. Je commence à me sentir franchement mal à l'aise. J'ai l'impression d'avoir couru pendant des heures, j'ai trop chaud, mon sang pulse douloureusement dans mes veines et mes jambes me soutiennent à peine.

Qu'est-ce que je fais là ?

– Je…

Impossible d'en dire plus. Je suis en train de me ridiculiser. La sueur perle sur ma nuque, je la sens couler entre mes omoplates. Il fouille dans la poche arrière de son bermuda déchiré et en extrait un paquet de cigarettes. Il en prend une et balance le paquet sur le petit bar. Puis, tout en la portant à ses lèvres, il me demande :

– T'es étudiante ? Tu t'es trompée de salle.

Je ne peux même pas sourire, comme je le fais intérieurement. Non, impossible de détacher mon attention de sa voix chaude et grave, du filtre de la cigarette qui caresse plusieurs fois ses lèvres avant d'être pris au piège. Il allume sa clope et j'avance d'un pas, puis un autre. J'ai le sentiment qu'il ne va pas me jeter, et je ne veux pas partir.

Pas avant qu'il ne sache qui je suis.

Et ce que j'ai fait.

Il porte un tee-shirt noir qui moule son buste sculpté, et je constate que je ne me suis pas trompée : il est bien bâti. Sa peau est bronzée, mettant en valeur ses yeux clairs qui me tétanisent. Il y a la coupure récente sur son sourcil que je connais, que j'ai même nettoyée à l'hôpital, et je bloque dessus tout en cherchant avidement mes mots.

– Je cherchais…

Il aspire une grande bouffée de nicotine en plaçant le filtre de sa cigarette à la jointure de ses doigts, sa paume masquant en partie le bas de son visage. Comme s'il désirait se cacher. Je scrute un moment les tatouages sur le dos de sa main droite, les lettres *DEEP* sur ses phalanges que j'ai déjà déchiffrées à l'hôpital, et quand il s'assoit sur un tabouret et place son autre main sur la table, je peux voir la suite du message, sur les doigts de sa main gauche.

DOWN.

Quand il recrache sa fumée sur ma figure, je constate que j'ai avancé jusqu'à lui comme si j'étais aimantée. Mon attitude semble plus l'amuser que l'agacer. On entend vaguement les rafales de vent à l'extérieur, étouffées par la taille de la pièce, mais les vasistas au niveau du plafond sont sombres et prouvent que l'orage est là. Peut-être même qu'il pleut déjà. L'obscurité a envahi l'espace mais il n'esquisse pas un geste pour allumer une lumière. Comme s'il se complaisait dans les ténèbres.

– Tu cherches Isaac? demande-t-il sans me quitter des yeux.

Il boit une nouvelle gorgée et je sens ma propre gorge plus sèche que du papier de verre. Je fronce les sourcils, sans comprendre de qui il me parle, et soupire. Comment aborder le vrai sujet avec lui?

– En fait, commencé-je en me lançant, c'est toi que je voulais voir.

Il hausse un sourcil interrogateur, sans chercher à soulager ma gêne. Alors j'agrippe mon sac et débite tout d'une traite, en bloquant mon regard sur sa canette de soda :

– Il y a quelques semaines, un samedi soir, je t'ai vu te battre, dans la rue. Tu as pris un coup de couteau et je t'ai transporté aux urgences dans ma voiture. Je… Quand je suis revenue te voir, quelques jours plus tard, tu étais parti. Et je voulais…

Je relève enfin les yeux sur lui et son air soudain impénétrable me frappe en plein cœur. D'amusé, il est passé à dur comme de la roche. Je constate une fois de plus la couleur étrange de ses yeux, d'un gris clair troublant, mais toute chaleur a déserté son regard.

– Qu'est-ce que tu voulais ? demande-t-il sèchement. Pourquoi tu es revenue à l'hôpital ?

– Je ne sais pas.

J'ai murmuré. Mon cœur bat si fort qu'il me fait mal en frappant mes côtes. Je me sens tout à coup mal à l'aise, pas à ma place, comme s'il voulait me mettre dehors avec des mots blessants.

Comme quand il était à l'hôpital et qu'il m'a demandé de partir.

La honte ne m'empêche pas de lever les yeux sur son visage et je me sens envahie par un manque de reconnaissance terriblement blessant. Je ravale mes larmes. Je décide d'être complètement honnête avec lui, je pressens que c'est la dernière fois que je le vois.

– Pourquoi tu es si agressif tout à coup ?

Ma franchise paraît le surprendre et il reprend une taffe sans me répondre. Il crache de nouveau la fumée sur mon visage et je grimace en me retenant de respirer cette odeur immonde.

– Tu n'as toujours pas dit ce que tu voulais.

Sa voix a perdu toute trace de sympathie. Soudain, je veux lui prouver qu'il n'est qu'un imbécile et je raffermis ma voix.

– Je suis secouriste. Je t'assure que si je n'avais pas été là, ce soir-là, tu te serais vidé de ton sang sur le trottoir. On t'a opéré, transfusé.

Il paraît un instant ébranlé par les informations que je lui donne, puis prend une dernière taffe de nicotine avant de laisser tomber sa cigarette dans la canette.

– T'as fait ton job, quoi. Tu veux une médaille ?

Je me sens bouillonner comme s'il m'avait insultée. Il se prend pour qui ? Pourquoi il est si détestable, tout à coup ?

– Tu voulais que je te dise merci, peut-être ? continue-t-il, intraitable.

Je suis sans voix.

Mais quel connard !

Je suis affreusement déçue. J'avais espéré qu'un mec aussi canon pouvait également être gentil et qu'on pourrait peut-être discuter un peu, je ne sais pas moi, mais être aussi con... ! Je me sens brûler de l'intérieur et je m'avance jusqu'à me pencher au-dessus du bar. Mais même en étant debout et lui assis sur son tabouret, il me domine encore de sa taille.

– Ils t'ont attaqué et saigné comme un porc ! Heureusement que j'étais là !

Je n'ai pas envie de me vanter de mon geste, mais le fait qu'il s'en foute me donne envie de lui prouver que c'était important. Je ne bouge pas d'un cil quand il se rapproche à son tour en se mettant debout et que son odeur me sature les narines. Un mélange de cigarette, de lessive et de parfum subtil. J'en oublie de respirer. Je m'en veux de ressentir cette euphorie à sa proximité, alors qu'il est aussi méchant.

– Tu crois peut-être que tu m'as rendu service ? dit-il entre ses dents.

– De toute évidence, tu aurais préféré crever !

J'ai crié et il ne cille pas.

– Et t'as dégueulassé ma bagnole avec ton sang !

Il m'a mise dans un état de nerfs insupportable, et alors que je pense avoir tout entendu, il éclate de rire. Je recule, choquée par son attitude, mais en même temps fascinée par l'éclat inattendu de ses traits et le son de son rire.

Ce mec est un malade.

Il se détourne et se penche sur le côté pour atteindre le petit frigo qu'il ouvre. Il en sort une deuxième canette et la pose sur le bar, devant moi. J'ai la respiration anarchique et mon regard tressaute de sa boisson à son visage comme si j'allais la lui jeter à la figure. Il est peut-être déséquilibré, mais ce n'est pas mon cas.

– C'est bon, bois un coup. Excuse-moi de ne pas partager ta joie de m'avoir « sauvé ».

Il a insisté sur le dernier mot, comme s'il ne me croyait pas. Sur le point d'exploser, je donne un coup rageur dans le tabouret avec mon pied et au moment où je fais demi-tour, mon regard accroche le paquet de M&M's que j'ai oublié dans sa chambre ce soir-là et je rabats brutalement ma main dessus en hurlant :

– Et ça, c'est à moi !

Je m'élance vers la porte mais je n'ai pas fait deux mètres que quelque chose s'enroule autour de mon bras et me propulse en arrière. Sa main.

– Attends, pardon.

Je me dégage vivement et il lève les mains en l'air, pour me montrer qu'il ne me veut pas de mal.

– Je ne sais pas ce qu'il s'est passé, justement. Excuse-moi, je suis fatigué. Tu as fait quoi ?

Je suis raide comme un piquet et il pose une main dans mon dos pour m'entraîner vers les canapés. Je résiste un quart de seconde et le laisse faire. Il donne une petite impulsion sur mes épaules pour me forcer à m'asseoir, ce que je fais du bout des fesses. Je me sens prête à bondir à tout moment. Il a clairement un grain.

Mais merde, qu'est-ce qu'il est beau.

Il s'éloigne un instant pour aller ouvrir la porte d'entrée et une bouffée d'air frais pénètre dans la salle, ainsi que le son tapageur de la pluie. On a dû perdre dix degrés en quelques minutes et je ne regrette plus ma veste. Puis il va chercher la canette qu'il repose devant moi, sur une immense bobine en bois qui lui sert apparemment de table basse. Enfin, il s'installe en face et se rallume une cigarette. Il se carre dans son canapé et souffle doucement la fumée. Elle s'échappe délicatement de sa bouche de manière presque sensuelle, comme si elle lui caressait les lèvres avant de s'évaporer. Je suis envoûtée par son sex-appeal.

– Raconte-moi, dit-il en regardant le plafond.

Comme je ne dis rien, il ajoute :

– S'il te plaît.

Je tripote nerveusement l'anse de mon sac toujours accrochée à mon épaule et me lance. En essayant de ne pas donner trop de détails inutiles, je lui rapporte ma soirée et la scène que j'ai interrompue.

– Attends, dit-il en se redressant. Tu as foncé dans le tas avec ta voiture? Tu les as menacés avec une arme de défense?

Je rougis. Je n'ai raconté ça qu'à Gauthier, et je n'arrive toujours pas à comprendre où j'ai trouvé l'audace de faire tout ce que j'ai fait. Il me scrute un moment quand je hoche la tête, puis articule :

– Montre-moi.

Je déglutis en ouvrant mon sac, je sais de quoi il parle. Cette arme de défense, qui a coûté assez cher, ne me quitte jamais, je l'ai depuis presque un an. Elle ressemble à une vraie arme, seul le « canon » est plus gros, possédant quatre cartouches de recharge de gaz pour pouvoir neutraliser plusieurs individus presque simultanément. Elle a même un viseur laser. Il la prend dans ses grandes mains tatouées, la retourne, la soupèse, siffle entre ses dents, puis me la rend.

– Continue.

Je lui explique son opération, que mon père a pratiquée, son réveil difficile, en omettant les raisons de mon départ précipité. Il n'a pas l'air de se souvenir de moi et ce constat me soulage malgré tout.

Quand mon récit est terminé, que sa cigarette est consumée, le silence s'éternise, ponctué par le grondement du tonnerre et le bruit de la pluie qui tombe en rafales, créant un rideau opaque devant la porte.

– Pourquoi tu es revenue à l'hôpital, deux jours plus tard?

Je suis incapable de le regarder en face, à présent. Comme s'il pouvait lire sur ma figure que je le trouve beau. Fascinant. Qu'il m'attire et me trouble sans que je sache en expliquer les raisons.

– Je ne sais pas, soufflé-je.

– Tu veux quelque chose en échange?

Je tique et me redresse pour voir s'il est sérieux.

– Pardon?

– Comme tu disais en débarquant tout à l'heure, tu cherches quelque chose. C'est quoi?

– Je ne veux rien en échange, dis-je d'une petite voix.

– Tout le monde veut quelque chose.

Les larmes me montent de nouveau aux yeux. Il voit le mal partout! Je me remets debout et l'accuse :

– Je ne t'ai pas secouru pour avoir quelque chose en échange!

Il se lève à son tour et réplique sur le même ton :

– Peut-être pas, mais tu es maintenant ici pour cette raison.

Je tape du pied sur le sol défoncé devant tant de méfiance et m'écrie de nouveau :

– Merde! Je voulais juste te revoir!

Et, mortifiée, je fuis devant cet aveu. Arrivée à la porte, je me retourne sans le regarder pour lâcher une dernière bombe.

– Et j'ai ton vélo.

Je m'élance en courant sous le déluge. L'eau froide s'abat soudain en trombe sur mon crâne, me noyant presque sous la surprise, mais je ne m'arrête pas et baisse la tête en respirant par la bouche. Je ralentis quelques dizaines de mètres plus loin, puis me retourne une dernière fois. Quand je le vois franchir la porte dans une posture furieuse, je reprends ma course en ravalant un cri. Je cours dans l'herbe détrempée pour rejoindre ma voiture et tout à coup, je suis propulsée en avant. Il a bondi sur moi et a pivoté pour tomber sur le dos. Ma chute est amortie par son torse dans mon dos et je me tortille en tentant de me redresser mais il me maintient fermement. Je proteste en avalant la pluie et donne de grands coups de pied pour qu'il me lâche. Je crie pour me décharger de la tension qu'il a fait naître en moi et de la déception qu'il m'a causée.

– Arrête, putain ! hurle-t-il à son tour.

Il arrive à se retourner en glissant sur mon corps pour se retrouver au-dessus de moi et me plaque les poignets de chaque côté de ma tête, son corps viril m'écrasant de tout son poids. Il reprend son souffle contre moi et j'arrête de me débattre. Je ne peux pas ouvrir les yeux à cause de la pluie et il me comprime les poumons. Mais je sens. Je sens la chaleur de son corps qui semble bouillonner sous l'orage, je sens son haleine sur ma joue, son torse qui se soulève et écrase ma poitrine par intermittence. La position de nos corps me semble soudain indécente et terriblement excitante.

– Comment ça, tu as mon vélo ?

– Je l'ai trouvé en rentrant chez moi. Tu aurais préféré que je le laisse sur le trottoir, lui aussi ?

Avec notre proximité, son ricanement ne m'échappe pas mais je ne peux toujours pas ouvrir les yeux pour le regarder. Enfin, il se redresse pour me libérer et la pression sur mon corps qui s'envole est autant un déchirement qu'un soulagement. Je me mets sur les genoux et m'essuie le visage, repoussant mes cheveux qui tombent sur mes yeux.

– J'en ai besoin ! dit-il l'air presque désolé en se redressant. Je ne pensais pas le retrouver un jour.

Il en parle comme s'il était son meilleur ami. Je me mets debout en même temps que lui, glisse dans la boue, et il me rattrape par le coude. Il est tellement déroutant. Un moment il est exécrable, et l'autre il me donne envie de l'aider. Je soupire.

Autant en finir.

– Viens avec moi, je t'emmène le récupérer.

Après tout, il n'est pas à moi, et je n'ai aucun droit sur son vélo. Et puisqu'il ne fait aucun geste pour me retenir, je ne vais sûrement pas le forcer à me revoir.

– Tu es en voiture ? demande-t-il, soudain sur la défensive.

– Oui.

– Donne-moi ton adresse, je viendrai demain.

Il m'énerve !

– Pourquoi pas maintenant ? T'as l'habitude de donner des ordres tout le temps ?

Fais ci, dis-moi ça…

– Je suis plein de boue, je vais encore plus dégueulasser ta voiture.

Malgré l'eau qui ruisselle sur son visage, son sourire en coin ne passe pas inaperçu et je suis encore plus agacée qu'il m'attire autant, alors qu'il me donne toutes les raisons de le détester.

J'écarte les bras, excédée.

– Tu m'as regardée ?

– Oui.

Son sérieux me fait déglutir et je frissonne. Aussitôt, je n'ai plus envie que d'une seule chose : prendre un bain. Chaud. Je lui donne mon adresse.

– Viens demain, vers dix-sept heures.

Je ne rajoute pas qu'il n'y aura personne à cette heure-ci, que même Gauthier ne pourra pas fouiner. Et pourquoi j'ai envie d'être seule avec lui ? Je suis clairement masochiste. Je m'éloigne en essayant de ne pas glisser à nouveau, sans me retourner, histoire de sauver un peu la face, et me rends compte que je ne connais toujours pas son prénom ni lui le mien. Je repense à ce tatouage sur ses doigts, *DEEP DOWN*.

Oui, apparemment, ce mec est tombé bien bas.

8

Pappas

Je reprends le chemin de mon squat avec l'eau dégoulinant sur mon visage. Quand je franchis le seuil, je me dirige droit vers la cuisine pour m'ouvrir une bière, puis trouve un chiffon qui traîne sur l'évier et m'essuie distraitement le visage et les bras.

Je repense à cette drôle d'arme que cette fille se trimballe dans son sac. De quoi a-t-elle peur? De qui se protège-t-elle?

Je remarque ma chair de poule, me débarrasse de mes vêtements boueux que j'abandonne en tas dans la cuisine et me dirige vers la salle de bains. Je prends une douche, l'esprit toujours en ébullition, les pensées tournées vers cette fille étrange que j'ai plaquée dans la terre détrempée, quelques minutes plus tôt. Le souvenir de l'excitation que m'a procuré son contact sous ses ruades me fait durcir sous le jet d'eau et je repense à l'odeur de ses cheveux et de son parfum quand je l'ai entraînée sur le canapé. Même là, le fait qu'elle résiste m'a donné envie de tout faire pour qu'elle reste.

Je sors de la douche avec une trique douloureuse mais me refuse à la satisfaire. J'enfile un boxer et vérifie mes messages sur mon portable. Je dois voir ma mère demain, et la maison de la fille est sur mon chemin. Je n'ai même pas pensé à lui demander son prénom.

Et après tout, quelle importance?

– Pappas! hurle la voix d'Isaac, côté salon. Amène-toi, c'est l'heure!

Je quitte la chambre en mettant mon short et constate qu'il pleut toujours aussi fort. Mon ami se débarrasse de ses vêtements trempés qu'il jette dans un coin et se retrouve rapidement dans la même tenue que moi. Il me balance des gants de boxe à la figure que je réceptionne d'une poigne ferme.

– Et l'échauffement? demandé-je en les laissant tomber sur le sol.

– T'as pas commencé? fait-il distraitement en tapotant sur son téléphone. Allez, *go*.

Je grommelle en me mettant au travail, le dos et les bras toujours humides après ma douche. Je trottine dans l'espace mis à ma disposition, en effectuant des *shadows*[1], des pompes et différents sauts. Isaac se joint à moi quand il se décroche enfin de son portable, puis se consacre entièrement à mon entraînement pendant plus de deux heures. On se partage les gains des combats à parts égales, et c'est largement justifié. Eric arrive en fin d'après-midi et je l'affronte durant encore une bonne heure.

Quand ils partent tous les deux, il fait nuit, l'orage n'est plus qu'un souvenir, et j'ai réussi à me vider la tête pendant une partie de la journée. Hélas, quand je me retrouve seul sur mon canapé, à manger un sandwich froid au poulet, mes pensées se dirigent automatiquement vers cette fille qui s'est pointée chez moi. Je revois ses yeux si charismatiques, ceux que j'avais cru rêver à l'hôpital. Ce n'est donc pas Elia en version adolescente que j'ai vue à ce moment-là. Non, c'est cette fille.

Cette inconnue.

Qui a pris des risques pour moi. Et moi, je l'ai traitée comme si elle me faisait profondément chier, comme si je me foutais

1. Coups de poing dans le vide.

de tout. C'est ce qui m'énerve autant. Je ne veux pas donner d'importance à ce qu'elle a fait, tout comme l'arme de Marcello n'aurait pas dû m'épargner.

Je n'ai pas besoin de tourner la tête pour savoir qu'Elia se tient là, sur le canapé, impassible, dans sa robe bleue qu'elle aimait tant, dans ses petites ballerines noires avec un nœud sur le sommet. Ses cheveux noirs bouclés l'auréolent comme un ange, mais son visage lisse est fermé. Accusateur.

***

Je grimpe les étages au petit trot, en jetant un coup d'œil par les fenêtres de la cage d'escalier chaque fois que je passe devant. La ville m'apparaît de plus en plus en plongée. La vue peut être très jolie, quand on oublie dans quelle cité décrépite on se trouve.

Douze étages, et à peine essoufflé.

Mais devant la porte, j'hésite. Soupire. Je tâte la poche arrière de mon jean large et prends mon paquet de clopes. J'en sors une, passe le bout sur mes lèvres, comme un tic, avant de la pincer vraiment et de l'allumer. Je me frotte le front avec l'autre main, puis j'insère ma clé et entre sans alerter ma mère sur ma présence. Aussitôt, l'opacité de l'air me fait grimacer et jurer en grec, ma langue maternelle. Je me dirige tout droit vers la fenêtre du salon pour l'ouvrir en grand. Si je fume quelques cigarettes dans la journée, ma mère avoisine les deux paquets par jour, et ne prend pas la peine d'aérer son appartement. Elle alterne avec la bouteille, selon son humeur du moment.

– Maman ?

Je fais un rapide état des lieux et passe de pièce en pièce dans cet appartement de cent quarante mètres carrés, bien trop grand pour elle seule. Je n'y suis resté que deux ans, et je l'ai suppliée de prendre autre chose à mon départ. Mais une de ses amies, grecque également, l'a poussée à la rejoindre dans cette cité, et elle ne veut plus aller ailleurs. Elle s'est terrée dans son trou et n'est pas prête à en sortir.

Elle aussi se punit.

Sans surprise, je la trouve sur son lit, tout habillée, par-dessus les couvertures en bataille. Le son de la télévision est coupé, les images défilent dans un silence glaçant. Son regard est vide. J'ouvre sa fenêtre, laissant entrer le soleil et la chaleur de ce début d'après-midi.

– T'as fait des courses, *mama* ?

Sans attendre sa réponse qui ne viendra pas, je retourne dans la cuisine, vérifie l'état des placards et du frigo, et soupire en les trouvant presque vides. Elle n'est pas dans un bon jour.

Depuis des années, elle n'est pas dans un bon jour.

Je fais le tri dans le courrier que je viens de prendre dans la boîte au rez-de-chaussée, récupère une lettre pour moi, à l'en-tête de l'hôpital, et la fourre dans ma poche. Officiellement, j'habite toujours ici. Puis je sors la poubelle de sous l'évier et me mets à jeter les détritus qui jonchent les tables, le plan de travail, les chaises. Je ramasse ses vêtements et les lance un par un dans le tambour du lave-linge. Je viens régulièrement, et pourtant, chaque fois que j'arrive, l'appartement est dans un état vraiment dégoûtant, à croire qu'elle le fait exprès pour que je range tout derrière elle. Elle mange essentiellement des plats tout faits ou ceux fournis par ses voisins qui passent souvent la voir, et elle arrive encore à en mettre partout. Je ramasse plusieurs bouteilles de gin vides, j'en compte presque une par journée écoulée. Je vide les cendriers, nettoie des éclaboussures suspectes autour de l'évier et sur le tapis du salon. Ça pue de partout, c'est sale, et je ne supporte pas cet appartement. Il est pourtant magnifique ; le salon est surélevé par rapport au reste de l'espace, la vue est grandiose sur les montagnes, mais il me rappelle chaque jour la déchéance de notre vie.

DEEP DOWN.

Je retourne dans la chambre de ma mère qui n'a pas bougé d'un iota.

– Maman, va prendre une douche.

Ses habits sont tachés, elle sent la sueur et l'alcool rance, même de là où je me tiens, au pied du lit. Elle relève doucement la tête, son regard passe de l'écran de la télévision à mon torse et change. Il prend vie une seconde, s'anime, avant de se remplir de larmes.

C'est la goutte d'eau.

– Putain, sors de ce lit ! hurlé-je en tirant sur les draps. Lave-toi, sors de cet appartement ! Va prendre le soleil, va respirer dehors ! Merde !

Je quitte sa chambre en donnant un coup de poing sur la porte qui rebondit violemment contre le mur. Elle commence vraiment à m'inquiéter. J'ai peur de la laisser toute seule, peur qu'elle ne foute le feu à l'appartement avec une clope ou en se faisant à manger. Son état de santé me préoccupe également, elle part complètement à la dérive.

Je suis si impuissant… Ça me met dans un état de tension extrême. Je ne supporte pas de ne pas avoir prise sur ma vie, sur celle des gens que j'aime. J'ai besoin de sentir que je peux faire la différence, que je peux venir en aide à ma famille. Mais je me sens si seul et si inutile. Ça me bouffe.

Je m'assois rageusement sur une chaise de la salle à manger et sors une autre clope que je fourre entre mes lèvres dans un geste sec. Je l'allume tout en secouant frénétiquement mes genoux sous la table, et force mon regard à se river sur autre chose que les photos qui peuplent ce mausolée. Quand le bruit de l'eau qui coule arrive jusqu'à moi, je pousse un soupir de soulagement.

Elle a déjà fait quelques séjours à l'hôpital, le dernier suite à une chute dans l'escalier de l'immeuble. Elle s'est ouvert le crâne, mais elle était tellement bourrée qu'elle ne s'en est pas rendu compte. C'est une voisine qui a suivi les traces de sang et l'a trouvée devant la porte arrière du bâtiment, assise sur les marches, en train de pleurer. Elle est restée quelques jours dans le service addiction, mais a fêté sa sortie avec une bouteille de Martini. Elle n'a même pas attendu une journée pour se remettre à boire.

Elle se rend parfois à l'hôpital, sous des prétextes bidon. La majorité du personnel la connaît, et la renvoie chez elle avec une tape dans le dos. Plus personne ne cherche à savoir ce qu'il lui faut pour aller mieux. Moi, je sais ce qu'elle cherche dans ce putain d'hôpital.

Elle cherche son enfant.

J'ai envie de lui dire qu'elle n'a qu'à venir me voir, de temps en temps, parce que moi, ma sœur, je la vois tous les jours. Sauf que j'aurais tout donné pour qu'elle me foute la paix.

Ma mère fait son entrée dans le salon avec la démarche silencieuse d'un spectre. Elle est pâle, maigre, et je grogne en constatant qu'elle ne s'est pas lavé les cheveux, dont les mèches grasses retombent sur son front. Mais elle a changé de vêtements, c'est déjà ça. Elle se plante devant le comptoir de la cuisine et se sert un café que j'ai préparé pendant que je rangeais. Puis elle s'approche de moi et je suis stupéfait qu'elle pose un mug fumant devant moi. Je lève les yeux sur elle, juste quelques secondes, parce que je ne peux soutenir son regard vide qui s'égare sur la vue depuis la baie vitrée ouverte. Un vent frais post-orage court sur mes bras nus, chassant l'odeur de renfermé de l'appartement. Elle prend une cigarette dans mon paquet sur la table et l'allume sans dire un mot.

– Pourquoi tu restes ici ? commencé-je en écrasant mon mégot dans le cendrier. Pourquoi tu ne refais pas ta vie ailleurs ?

Elle me répond sans se départir de son air absent.

– J'en ai pas le droit.

– On pourrait refaire notre vie ensemble, dans le Sud, par exemple. Sans souvenirs, sans montagnes, avec le soleil…

– Je veux pas la quitter, me coupe-t-elle.

C'est toujours le même refrain. Je connais sa réponse automatique, mais j'ai l'espoir secret qu'un jour, elle me dise oui. Qu'un jour, elle me sourie, me regarde enfin, et me demande de l'emmener loin d'ici.

– Tu vas mal. Tu ne peux pas rester comme ça, insisté-je.

– Tu l'as peut-être abandonnée, mais je ne le ferai pas. Pas une seconde fois, chuchote-t-elle en portant sa tasse de café à ses lèvres.

Ses paroles coulent en moi comme un poison. Chaque fois, ça me brûle de l'intérieur, ça fait toujours aussi mal. Je me sens rougir de honte. Je grince entre mes dents :

– Je ne l'ai pas abandonnée…

Ma mère soupire. Son cœur s'est endurci, il est désormais aussi froid et dur que la pierre tombale de sa fille. Je ne supporte plus ces couteaux qu'elle enfonce dans mon âme, dont les cicatrices pourrissent un peu plus chaque seconde qui passe. Je serre les mâchoires, connaissant les mots qui vont suivre. C'est comme un rituel vicieux.

– C'est ta faute, tu le sais bien.

Assassin !

Je n'en peux plus. J'abats mes deux poings sur la table qui tressaute sous la violence, mon café se renverse et je me lève en donnant un grand coup de pied dans le canapé qui croise ma route.

– Tu me fais chier !

Elle est toujours aussi immobile. Impassible.

– J'en ai marre de tes conneries !

Je traverse le salon à grandes enjambées, ouvre la porte d'entrée à la volée qui claque contre le mur et prends la direction de l'escalier, que je dévale d'une traite jusqu'au rez-de-chaussée.

Courir, courir, courir.

S'évader. Oublier.

Je sors machinalement mon portable en accélérant ma foulée, me connecte à une playlist et déroule les écouteurs qui quittent rarement ma poche. Je les plante dans mes oreilles, puis je me mets vraiment en mouvement. La musique explose dans ma tête, coule dans mon corps, noyant ma peine, ma détresse, mon désarroi. Mon impuissance.

Quand je cours, je ne suis plus rien, plus personne. Je fais un grand tour, sans même remarquer le chemin que j'emprunte. Quand Coldplay chante « The Scientist », je ne peux empêcher ma vue de se brouiller et je renforce mon allure. À un moment, je me retrouve à remonter l'avenue Marcelin Berthelot et je ralentis. Ce n'est pas l'heure convenue avec la fille, mais je vais attendre devant chez elle. Je vais récupérer mon vélo et ne plus jamais entendre parler d'elle.

Je suis essoufflé, assoiffé, et me poste sous l'ombre d'un arbre qui me permet d'observer la rue et les alentours. C'est cossu, il n'y a que quatre maisons dans cette avenue, bien dissimulées derrière des grilles et des arbres qui ont survécu à la modernité et aux nouvelles constructions. Celle de la fille est une maison d'architecte, de ce que j'en vois, avec de grandes ouvertures sur l'extérieur, un design épuré et apaisant. Une petite brise souffle, faisant voleter les mèches humides de mes cheveux sur mon front.

J'attends, adossé à un muret, la musique inondant toujours mes oreilles, me coupant du reste du monde. Je mets une main dans ma poche et rencontre l'enveloppe que j'ai récupérée chez ma mère, la sors et l'ouvre. Stupéfait, je découvre un compte-rendu d'hospitalisation datant de plus de deux semaines, avec un courrier sur les recommandations après une transfusion, les rendez-vous à prendre à l'hôpital pour un suivi, d'autres conneries que je ne lis pas.

Je froisse le papier dans mon poing, en proie à une panique grandissante.

Elle disait vrai…

Je pensais qu'elle avait enjolivé son rôle dans cette drôle d'histoire, qu'elle en rajoutait pour, peut-être, m'impressionner. Se mêler de ma vie. Je n'imaginais pas vraiment qu'elle m'avait sauvé de l'exsanguination sur ce trottoir. Peut-être même à quelques mètres de là.

Je me sens tellement con qu'une vague de découragement me terrasse. Je ne sais jamais comment me comporter. Comment réagir. Comment alléger le fardeau qui m'enfonce chaque jour un peu plus dans le sol boueux de mon existence.

Je ne sais pas respirer sans que ce soit douloureux.

Elle débarque enfin, je ne l'entends pas arriver avec la musique à plein volume ; en revanche, quand mon regard se pose sur elle, je la contemple à mon aise, de loin. Elle porte un sac à dos, un pantacourt noir et une chemise bleue remontée jusqu'au cou alors qu'il fait chaud, bien dans les trente degrés, et qu'en plus elle arrive sur un skate. Elle le manie avec beaucoup de dextérité et le fait voleter en l'air en stoppant devant son portail. Ses cheveux longs sont attachés en une queue-de-cheval à moitié défaite par sa course, son casque blanc n'enlève rien de sa beauté. Oui. Elle est jolie. Toute en finesse et en douceur, ça se sent à des kilomètres. Comme l'odeur d'une rose embaume un jardin, sa gentillesse semble l'auréoler et s'épanouir autour d'elle.

C'est la première chose qui m'a frappé chez elle, quand elle a déboulé chez moi. Son innocence. Sa pudeur. Et si je n'ai rien de gentil, je ne peux pas être indifférent à son aura. Bien malgré moi, j'ai envie de goûter un peu sa fraîcheur, savoir ce que ça fait de ne plus sentir cette saleté sur ma peau. Cette souillure qui me répugne.

J'ôte mes écouteurs et traverse le boulevard, le cœur battant la chamade pour autre chose que la baston, comme ça ne m'est pas arrivé depuis des années.

9

Annabelle

Je pousse la porte du portail en fer, mon skate sous le bras, tout en détachant mon casque de ma main libre. J'ai encore le temps avant que John n'arrive, presque une heure, et je voudrais prendre le temps de me recoiffer un peu, peut-être même passer une autre tenue.

Ben voyons… Comme si ça allait changer quoi que ce soit…

Il a beau être exécrable, je ne supporte pas l'idée qu'il ne me regarde pas, qu'il me trouve insignifiante. En même temps, je ne vais pas agiter une cloche au-dessus de ma tête, si?

Je monte les quelques marches qui mènent à la porte d'entrée en détachant mes cheveux, pose mon skate contre le mur, même si ça fait hurler ma mère, et bascule mon sac à dos sur mon bras pour récupérer mes clés de maison. Je fouille à l'intérieur, me courbant de manière disgracieuse, agacée qu'elles aient encore glissé dans le fond, quand je mets finalement la main dessus.

– Salut.

La voix, si proche, me fait crier et sursauter. Je me retourne d'un bond et mon casque m'échappe, il tombe aux pieds de John Doe qui soulève un sourcil et se penche pour le ramasser.

– Pardon, je ne voulais pas te faire peur.

J'ai conscience de mes yeux écarquillés par la surprise et de ma position ratatinée contre la porte d'entrée, mon sac de cours serré contre ma poitrine comme un bouclier. Je me redresse, en ayant soudain tellement chaud que j'ai l'impression d'avoir sauté dans un bain tout habillée. Je me sens si gauche, si empotée en sa présence !

Et maintenant, je dois être rouge comme une tomate. Super.

– Qu'est-ce que tu fais là ? J'avais précisé dix-sept heures.

Il hausse les épaules, insensible à mon ton accusateur, et fourre ses mains dans ses poches arrière, faisant saillir ses épaules rondes. Les muscles de ses bras ressortent sur son tee-shirt bleu nuit, humide de transpiration au niveau du torse et qui moule son corps à la perfection. Il porte un short déchiré sur la cuisse. Ses poches semblent bien remplies, leur poids faisant descendre la ceinture sous la taille, au niveau des hanches. Il fait un bruit de gorge pour attirer mon attention et je me concentre à nouveau sur son visage. Ce que je lis sur ses traits me déride tout à fait.

Il me bouleverse. Ses yeux gris sont rougis, son front est chiffonné de petites rides d'inquiétude, et il dégage un je-ne-sais-quoi de perturbant. Il semble accablé, aujourd'hui. Ses cheveux, arborant la même coupe que quand je l'ai emmené à l'hôpital, sont très courts sur les côtés, mais plus long sur le dessus, et retombent en mèches rebelles sur son front.

Il refait son petit bruit de gorge et je me secoue enfin. J'ouvre la porte avec ma clé et pénètre dans la maison, la laissant ouverte pour qu'il puisse me suivre s'il en a envie, ce qu'il fait. Quand je l'entends derrière moi, je vais dans la cuisine, un grand espace avec un puits de lumière venant du plafond. Je laisse mon sac sur l'îlot et ouvre le frigo pour me donner une contenance.

– Tu veux boire quelque chose ?

– Je veux bien de l'eau, s'il te plaît.

Je me sers un verre de limonade et lui remplis un grand verre d'eau, qu'il descend en quelques longues gorgées. Quand il le repose sur la table entre nous, je demande :

– Un autre?

Il opine avec un bref sourire, presque désolé, et je le ressers. Le verre subit le même sort. Je lui remplis une troisième fois sans lui proposer, en lui adressant un sourire, et m'adosse au plan de travail pour siroter ma limonade. J'essaye de ne pas le regarder, mais c'est dur. J'ai rarement vu un garçon de cette trempe. Il semble brut, et pourtant fragile. Il sait aussi bien être poli que grossier.

En gros, il fait ce qui lui chante.

– T'es pas à la fac?

Sa question me prend au dépourvu et je détourne le regard, comme si je lui avais menti la veille, alors qu'il ne m'a pas vraiment demandé si j'étais étudiante. Il a simplement supposé.

– Non, j'ai redoublé ma terminale l'année dernière.

Pourquoi je lui dis ça? « Je suis en terminale », c'est tout aussi bien.

Oui, mais je ne veux pas qu'il me prenne pour une ado, pour une gamine. Redoublé, ça veut dire un an de plus. Il semble sincèrement surpris.

– Tu n'as pas l'air d'être le genre à avoir des problèmes en cours, explique-t-il.

La moutarde me monte au nez.

– Et c'est quoi mon genre? Bon chic bon genre? Première de la classe?

Je prends conscience en prononçant ces paroles que c'est exactement ce que j'étais. Avant.

– Même les bourges ont des problèmes, grincé-je en croisant les bras comme une gamine.

Il fait le tour de l'îlot central entre nous et je me ratatine contre le plan de travail. Pourquoi je me sens si stupide quand il me regarde ? Et pourquoi il se rapproche ?

Où est mon sac ?

Je le repère sur l'îlot et, soulagée, reporte mon attention sur lui.

– Je ne voulais pas te vexer. C'est juste que tu sembles intelligente, oui, du genre à avoir de bonnes notes. Pas celui de rater ton bac.

Je baisse les yeux pour ne pas le voir, mais ses jambes restent dans mon champ de vision.

– Je n'ai pas passé mon bac. J'ai juste… raté mon année.

– Qu'est-ce que tu faisais sur le campus ?

– Mon ami vient d'y faire sa rentrée.

J'ai si chaud ! Pourquoi il s'est posé à moins d'un mètre ? Va-t-il penser que « mon ami » signifie « mon petit copain » ? Je commence à sentir l'odeur de son parfum, qui est complètement étranger aux fragrances dont je suis entourée, d'habitude, et elle allume des lucioles dans mon ventre. Il me tétanise, m'ébranle, me donne envie de pleurer. Il croise les bras sur son torse et s'appuie d'une épaule sur le frigo, perpendiculaire à moi. Si près.

– Je te fais peur ?

Sa question m'horrifie. Non seulement il a remarqué mon trouble et ma gêne, mais en plus il me le fait remarquer ! Il veut me mettre encore plus mal à l'aise ? Je trouve enfin le courage de lever les yeux et de plonger dans les siens. Son air malicieux est craquant et je sens tout mon corps tressaillir.

– Non, dis-je d'une petite voix.

Son sourire s'élargit. Il se penche légèrement en avant, me faisant déglutir.

– Tu devrais, pourtant.

Mon cœur bat trop fort, faisant pulser mon sang et me donne chaud, si chaud… Soudain, je repense à mes cheveux sûrement ébouriffés, à ma chemise immonde, et je glisse les deux mains dans ma chevelure pour la ramener sur le côté et la lisser machinalement. Je n'ai même pas pensé à le faire avant et ce constat me donne le courage de continuer cette conversation vraiment étrange.

– Pourquoi?

– Tu ne me connais pas. Tu m'invites à entrer chez toi, il n'y a personne d'autre, qui te dit que je ne vais pas te faire de mal?

– Je t'ai sauvé.

Son froncement de sourcils interloqué m'arrache un sourire spontané.

– Et...?

À mon grand désarroi, il se rapproche encore et je recule instinctivement, alors que je n'ai qu'une envie, celle de le toucher, juste pour voir s'il est bien réel. Mon regard se porte machinalement vers mon sac de cours, où mon arme de défense attend d'être utilisée. Mais je sais, je sens que je n'en ai pas besoin. Soudain, il passe son bras de l'autre côté de mon corps, m'emprisonnant tout à fait, et mes doigts se crispent dans mes mèches. Mon regard reste rivé sur son torse dont il m'impose la présence si près de moi. Je tremble mais ne dis rien.

– Tu crois que ça m'arrêterait? Tu ne me connais pas. Tu crois que j'en ai quelque chose à foutre?

Son ton presque désespéré me fait relever la tête et ses iris gris me percutent avec une puissance qui me cloue au sol. Je pourrais me soulever sur la pointe des pieds pour l'embrasser, il a fléchi les coudes pour rapprocher son visage près du mien, et pourtant je reste incapable d'esquisser le moindre geste. Il sent si bon. Ses traits virils et son attitude me fascinent.

– C'est moi qui ai cherché la bagarre, cette nuit-là. Je ne me suis pas fait agresser. Parce que c'est ce que tu crois, non?

Cette confession me révolte.

– Pourtant, tu n'as pas l'air d'être du genre suicidaire, répliqué-je sur le même ton qu'il a employé pour me juger quelques minutes plus tôt.

Le sourire qu'il esquisse fait s'envoler des papillons dans ma poitrine et il se recule tout à fait en se tournant vers la fenêtre dans un même mouvement. Le manque qui m'envahit soudain me tord l'estomac.

– Pourquoi tu as une arme de défense pareille dans ton sac? La plupart des filles se contentent d'un spray au poivre.

– Je ne suis pas la plupart des filles.

Il a la manie de changer de sujet si vite que j'en oublie pourquoi il m'a énervée une seconde plus tôt. J'ai envie de m'approcher de lui, de me plaquer contre son dos large, de le contempler, le respirer, le toucher sans qu'il me regarde. Je soupire et prends une gorgée de ma limonade qui pétille dans ma bouche.

– Tu as l'habitude de faire ça? La dégainer sur des inconnus?

Ses questions me désarçonnent, et je parle sans réfléchir.

– Pas du tout. Je ne sais pas pourquoi j'ai réagi comme ça. L'instinct, sans doute.

Il passe une main derrière lui et sort un paquet de cigarettes de sa poche arrière. C'est étrange de lui parler alors qu'il me tourne le dos. En même temps je ne me sens plus aussi stupide, et je réponds avec plus de spontanéité à ses questions, sans rougir ou me ridiculiser.

– Et… ça t'a fait quoi?

Je souris au souvenir de l'adrénaline qui a pulsé dans mes veines, au sentiment euphorique qui m'a portée, à la joie presque délirante que j'ai ressentie en conduisant ce garçon aux urgences. Était-ce dû au fait d'avoir porté secours à un passant et d'avoir eu la certitude d'être à ma place parmi les sauveteurs, le personnel médical ? Ou à la rixe que j'ai interrompue ? À l'arme que j'ai brandie ? La seule chose dont je suis certaine, c'est que j'ai adoré ce moment. Il m'a fait vibrer. M'a rendue à la vie.

– C'était… jouissif.

Le mot que j'ai osé employer en la présence de mon John Doe me pétrifie et quand il se retourne et fonce sur moi, je réprime un cri de terreur et d'excitation, bloquant ma respiration. Il se remet dans la même position qu'il vient de quitter, bras autour de moi, visage penché en avant sans pour autant me toucher, et plisse les paupières.

– Comment tu peux dire ça ? Je suis sûr que tu n'en sais rien.

Je me sens rougir sous l'affront et l'insulte à peine voilée de fille coincée qu'il vient de me cracher à la figure, et si ses yeux n'avaient pas pétillé d'espièglerie, j'aurais donné un coup de genou dans son entrejambe à ma portée.

Non ?

Avant que je n'aie le temps de répondre, il se recule doucement et porte sa cigarette à sa bouche sans me lâcher du regard, la faisant glisser sur ses lèvres comme une caresse, comme il l'a déjà fait la première fois, et je scrute ses gestes, oubliant déjà ses mots blessants. Son attitude est dérangeante, pourtant j'ai envie qu'il continue. Me parler, me taquiner…

Et toi, qu'est-ce que tu cherches, John ?

– Alors, mon vélo ?

Il se détourne comme si nous venions de parler de la météo, s'éloigne de la cuisine pour gagner l'entrée, et le bruit d'un briquet qu'on allume se fait entendre. Je relâche enfin mon souffle et le rejoins. Il est dehors et fume tranquillement, debout dans l'allée gravillonnée. Je le dépasse en frôlant son bras et ce simple contact me donne la chair de poule. Je contourne mon Alfa et ouvre la portière côté passager pour prendre la clé du garage dans la boîte à gants. Je l'actionne d'où je suis, une fesse posée sur le siège, en sécurité dans l'habitacle, et je le regarde du coin de l'œil dans le rétroviseur. Il semble perdu dans ses pensées.

Il m'a déjà oubliée.

Je pénètre dans le garage double sans attendre davantage, déjà déprimée à l'idée de ne jamais le revoir. Je me sens si bête. Il a sûrement une copine quelque part, et même si ce n'est pas le cas, qu'est-ce qu'il m'aurait trouvé ? Il doit avoir l'habitude des filles qui n'ont pas froid aux yeux, qui savent se mettre en valeur dans de jolis vêtements, dévoiler un décolleté pigeonnant, exposer un postérieur bombé. Moi ? Je n'ai rien de tout ça.

Je sais encore moins draguer.

Quand j'arrive devant le vélo, dans le fond de la pièce, je me retourne pour lui parler, prête à lui dire de me rejoindre mais il est déjà là, presque contre moi. Je sursaute sous l'effet de sa proximité, m'énervant encore une fois de ce qu'il me déstabilise autant, et il soupire dans l'obscurité et la fraîcheur relative du lieu.

– Merci de l'avoir récupéré.

Pas un merci pour l'avoir sauvé, mais un vélo, c'est sacré ?

Il va me rendre chèvre.

Quand il se penche et pose ses lèvres sur ma joue, un feu d'artifice explose dans ma poitrine. Le contact, inattendu, bref, chaud et absolument délicieux me fait fondre. L'odeur de la cigarette qu'il vient de fumer ne me dérange même pas, elle fait partie de lui. J'ai la gorge si sèche, comme si j'avais avalé du sable, que j'ai du mal à articuler.

– De rien.

Il s'empare du guidon et s'attelle à mettre son vélo dehors. Je commence à paniquer et le suis, les pensées en ébullition. Je ne veux pas qu'il parte.

– Au fait, comment tu t'appelles ?

Il s'arrête un instant, contemple les cailloux à mes pieds sans vraiment se retourner, et dit simplement :

– Pappas.

Il a prononcé le *s* avec un léger accent, et avant que j'aie eu le temps de l'intégrer, il enfourche déjà son vélo. J'accélère l'allure pour le dépasser et me mets dos au portail pour l'empêcher de sortir. Il se redresse sur sa selle, un pied au sol pour garder l'équilibre, et croise les bras, dans l'attente.

– Tu avais raison, dis-je, le cœur battant.

– À quel sujet ?

– Je veux quelque chose en échange.

Il se rembrunit, mais devant le petit sourire en coin qui étire mes lèvres, il se déride. Puis il soupire.

– Et tu veux quoi, alors ?

Merde, je veux quoi ?

Le silence s'éternise, et il doit se douter que je bluffe. Je n'ai évidemment pas prévu de lui demander quoi que ce soit, mais c'est tout ce que j'ai trouvé pour le retenir. S'il avait demandé mon numéro, proposé qu'on se revoie, n'importe quoi, je ne serais pas allée à cet extrême.

Tout, mais pas cette impassibilité.

– Je… Je vais y réfléchir.

Il me détaille avec surprise et lâche un petit rire sans joie. Puis j'ouvre le portail et me décale pour le laisser partir. Arrivé à ma hauteur, il s'arrête, comme s'il allait ajouter un commentaire, puis donne un coup de pédale pour s'éloigner sur l'avenue. Mon cœur se gonfle d'anxiété en le regardant s'éloigner.

– Quand tu sauras, tu sais où me trouver ! crie-t-il à mon intention.

Je me mords la lèvre pour refréner l'excitation qu'il a fait bouillir en moi, l'espoir qu'il vient de faire germer dans mon esprit. J'ai envie de sautiller dans tous les sens. Au lieu de ça, je referme le garage, rejoins la cuisine où j'ouvre mon sac de cours pour commencer un devoir de mathématiques. Je ne peux pas m'empêcher de sourire comme une idiote. Jusqu'à ce que je réalise.

Il ne m'a toujours pas demandé mon prénom.

10

Pappas

J'esquive un crochet du droit, réplique avec un coup de coude dans les côtes, et Isaac se plie sur le côté en poussant un cri rageur.

– Doucement, Pappas ! On y va mollo, on a dit !

– TU as dit, répliqué-je en sautillant sur place.

Depuis quelques jours, je suis intenable. Je suis impatient de m'entraîner, commence mes échauffements tout seul, et quand je ne boxe pas, je me fais chier. Je vais courir, faire quelques courses à la supérette à l'entrée du campus, pars profiter des montagnes sur mon vélo avant l'hiver. Jamais le manque d'activité ne m'a fait cet effet-là. Je ne veux surtout pas me retrouver seul à seul avec mes pensées.

Mes fantômes.

Eric doit me coacher demain, vendredi, avant mon deuxième combat de l'année universitaire. Le reste du temps, c'est surtout Isaac qui s'y colle pour me garder en forme. Eric m'enseigne le combat, purement et simplement, les techniques d'attaque et de défense, quand mon ami entretient ma musculature et mon endurance. Ils me sont aussi précieux l'un que l'autre, que ce soit pour l'amitié ou pratiquer le sport.

– Je sais pas ce que tu as, depuis quelques jours… s'essouffle Isaac.

Il se baisse et me tacle au niveau du genou, moins fort que ce que je mérite, puis reprend :

– … mais t'es déchaîné…

Il halète et j'effectue une rotation en me protégeant le visage, toujours. Je me retrouve face à la porte ouverte, et quand une silhouette féminine se découpe en contre-jour et que je reconnais les cheveux blonds cascadant autour du visage invisible, je me prends un coup de poing en plein dans la mâchoire et je jure en me rattrapant de justesse pour ne pas m'étaler sur le sol instable.

– Putain, Zac !

– Mais qu'est-ce que tu fous ? Oh, et puis merde, tu l'as pas volé !

Depuis le début de l'après-midi, je le frappe quand ce n'est pas nécessaire, je n'écoute pas ses instructions, j'ai clairement envie de me battre. J'ai hâte d'être à samedi.

– Abruti, dit-il entre ses dents.

Puis il se retourne pour voir ce qui m'a distrait, alors que j'étais si concentré l'instant d'avant. Quand je me bats, je suis inébranlable. Pourtant, cette crevette vient de nouveau faire irruption dans mon espace vital, et je me prends une droite !

Je marche à grandes enjambées vers elle, en attrapant au passage ma bouteille d'eau par terre. Elle semble tétanisée par la scène qu'elle vient de voir. Toujours ce tic de triturer ses cheveux ou son sac.

– Encore toi !

Elle se crispe sans bouger néanmoins, et je bois à longues rasades. Je peux facilement descendre trois litres de flotte par jour. Je m'approche d'elle, trop près, dans la volonté de l'indisposer avec mon odeur de sueur et ma brusquerie légendaire, mais ses pupilles dilatées plantées dans ses iris verts m'envoient des messages contradictoires. Sa bouche est légèrement entrouverte et pour la première fois, je pose vraiment mes yeux dessus. Ses lèvres sont pleines et au naturel, sans artifice. Ses yeux sont légèrement maquillés, faisant ressortir la singularité de ses traits.

– Tu fais de la boxe? demande-t-elle d'une petite voix impressionnée.

Elle cherche visiblement à me dérider et à faire la conversation, mais je ne vais pas lui donner ce plaisir.

– Je cueille des fraises, ça se voit pas?

Elle plisse les yeux en faisant la moue et merde, elle n'en est que plus jolie. Isaac choisit ce moment parfait pour intervenir.

– Mais qu'il est con, celui-là.

Il me pousse vigoureusement avec son épaule et se plante devant elle, dragueur.

– Salut, moi c'est Isaac. Pourquoi tu te gardes toujours les jolies filles pour toi? ajoute-t-il à mon intention.

Ladite fille rougit en regardant ses pieds et j'esquisse un sourire satisfait. Sans le vouloir, il va m'aider à la mettre mal à l'aise et à la faire déguerpir. Elle n'a rien à faire dans mon taudis. Avec un paumé dans mon genre.

– Viens boire un truc, dit-il à la blonde, on a fini l'entraînement.

Je grommelle en me poussant pour la laisser entrer. Isaac essuie son torse nu avec son tee-shirt ramassé sur le canapé et se dirige vers la cuisine. Toujours dans l'espoir qu'elle se décourage, je prends la direction de la salle de bains sans prévenir personne. Je me déshabille et prends une longue douche. Avec un peu de chance, elle sera partie à mon retour. Je me paye même le luxe de me masturber, en m'imaginant entre ses jambes, sous une pluie battante, son petit corps mince gigotant sous le mien. J'accélère mes caresses brutales, l'esprit voguant dans les senteurs fruitées de cheveux blond cendré. Celles que j'ai senties quand j'ai posé mes lèvres sur sa joue, le jour où elle m'a rendu mon vélo.

J'ai ressenti un truc étrange, face à cette fille compatissante qui s'est donné du mal pour me protéger, elle a même pensé à récupérer mon vélo abandonné. Je sais bien que je ne mérite pas ses attentions, surtout après la manière dont je la traite depuis qu'elle est venue à moi, et ça ne rend son geste que plus noble. Soudain, alors que je récupérais mon bien dans son garage, j'ai voulu la sentir de plus près. L'approcher encore un peu, peut-être la toucher, quitte à la souiller. Ce petit baiser chaste sur la joue m'a brassé, réveillant une faim dont je n'avais pas conscience.

Je jouis en imaginant sa bouche tordue par le plaisir.

J'ai vu où elle habite. J'ai bien regardé les meubles, les tableaux, l'univers qui l'entoure. Réconfortant. Douillet. Opulent. Et si j'ai connu les mêmes privilèges à une époque, c'est fini à présent, je sais que je n'y retournerai jamais.

Quand on tombe trop bas, on n'a plus la force de se relever.

Même si cette fille m'intrigue de plus en plus, chaque fois qu'elle débarque dans ma vie, je sais qu'elle va juste perdre son temps à me tourner autour. Et je n'ai pas envie d'attendre qu'elle se rende compte de son erreur. Je n'ai aucune envie de la voir se détourner de son plein gré, dégoûtée ou apeurée. Je préfère encore la chasser moi-même, avant qu'elle ne creuse trop profondément.

Je sors de la douche, nu comme un ver et sans me sécher, comme d'habitude, et entre dans ma chambre pour enfiler un boxer propre. Je m'apprête à mettre un tee-shirt quand j'entends un son mystérieux et incongru dans mes murs. Le son d'un rire féminin. Qui semble ricocher jusqu'à moi, m'attirant irrésistiblement.

Partagé entre l'agacement et la curiosité, je longe le couloir et m'arrête à l'entrée de la grande pièce pour observer la scène devant moi : la fille, confortablement installée sur mon canapé, son sac posé par terre à ses pieds, les doigts autour d'une canette de soda. Détendue, souriante. Le visage rayonnant. Et mon pote, cet idiot, qui fait le pitre devant elle, piétinant le sol en faisant de grands gestes pour mimer certainement une bagarre, la fait marrer avec son bagou légendaire. À moitié nu, je m'approche sans bruit en fourrageant dans mes cheveux mouillés. Quand la fille tourne son visage vers moi, sa bonne humeur semble s'envoler comme une nuée d'oiseaux face à un chat prédateur. Je ne peux empêcher un sourire amusé de fleurir sur mes lèvres face à ce changement d'attitude. Elle détaille ma silhouette et mon torse nu avant de porter son attention sur les craquelures du sol en béton, les joues soudain rouge pivoine.

Finalement, c'est amusant de la déstabiliser.

Et puis je repense à Marcello, aux risques qu'elle a pris sans le vouloir, et je m'installe lourdement sur le canapé en face, sans cacher mon inimitié. Elle relève de temps en temps la tête, comme si c'était plus fort qu'elle, surprend les flammes dans mes yeux et la rabaisse aussitôt.

– Pappas, t'aurais pu me dire que tu avais rencontré ta sauveuse ! Cette nana mérite une médaille !

Elle lui a déjà tout raconté ! J'aurais préféré oublier cette histoire, ne pas avoir à justifier quoi que ce soit – sûrement pas devenir le pantin de cette fille sous prétexte qu'elle m'est venue en aide, alors que je ne lui ai rien demandé.

Oui, après tout, je ne lui ai rien demandé !

Pour toute réponse, je grogne en me servant une cigarette dans le paquet sur la table. Je fume trop. Mais tant que ça ne m'empêche pas de frapper, je continue. Rien ne doit m'empêcher de frapper. La fille relève les yeux et suit mes gestes, même quand je mets le filtre dans ma bouche. J'allume ma clope et souffle la fumée dans sa direction, comme on enfume un terrier pour faire déguerpir le renard qui s'y cache. Ses cheveux sont toujours répartis de chaque côté de son visage, descendant sur sa poitrine cachée par un sweat qui remonte jusqu'au cou. Un slim noir et des baskets blanches. De premier abord, c'est une fille qui a une jolie silhouette et qui sait se mettre en valeur, alors pourquoi porter des hauts aussi étriqués par cette chaleur?

Isaac prend un ballon de basket dans un vieux panier en tissu à côté du canapé et se met à dribbler, peut-être pour casser ce silence oppressant et cette gêne palpable que ma présence a déclenchés.

– Alors, des projets pour ce soir? demande-t-il, concentré sur son jeu.

Je porte mon attention vers mon ami, qui m'ignore et fait tourner le ballon sur son index. Celui-ci tombe sur le côté, Isaac le ramasse et recommence.

Non, mais je rêve ou il la drague?

– Oui, je... répond-elle en s'éclaircissant la gorge avant de continuer, je vais à une soirée étudiante, avec mon ami Gauthier.

Elle a une voix douce, un peu feutrée, comme si elle s'excusait d'être là. Zac dribble encore avant de lancer le ballon en l'air.

– Quel genre?

– Soirée médecine.

Oui, bien sûr.

Il siffle entre ses dents et le ballon entre dans le panier qui se trouve à quelques mètres de là, puis il trottine pour aller le récupérer. Il est increvable, lui aussi.

– C'est les meilleures!

Ça, on est bien placés pour le savoir. On s'incruste souvent dans ce genre de soirées, l'alcool et les désinhibitions étant bien plus présents que n'importe où ailleurs. On n'en rentre jamais seuls, même Anaïs vient avec nous quand elle est célibataire. Le fait que cette jolie poupée innocente va se jeter dans la gueule du loup, encore une fois, m'énerve et j'interviens enfin.

– Je te vois pas vraiment dans ce genre de soirées, dis-je méchamment.

Elle m'observe un petit moment aspirer ma nicotine avant de répliquer :

– Oui, j'ai remarqué que tu juges beaucoup sans savoir.

Isaac éclate de rire, et même elle esquisse un sourire canaille, fière de sa repartie. Je me retiens d'en faire autant, je n'ai pas l'habitude qu'on me remette à ma place, et c'est plutôt agréable, cette petite joute verbale. Je reprends une taffe et bascule mon bras libre derrière ma tête, faisant saillir mon biceps, et elle rougit de nouveau. Alors que je ferme les yeux en expulsant la fumée au plafond, je repense aux caresses que je viens de me donner sous la douche, aux cochonneries que j'ai imaginées avec cette fille aux premières loges et je me sens dangereusement pulser dans mon entrejambe. Je bondis d'un coup pour aller chercher un short dans ma chambre et prends quelques minutes pour me calmer.

Quand je reviens, Isaac est en train de pianoter sur son téléphone, lui et la fille sont debout.

– Au fait, je t'ai pas demandé ton prénom, dit-il en reportant son attention sur elle.

Elle tourne la tête à mon approche et pointe légèrement le menton, comme une pique qu'elle me destinerait.

– Annabelle.

Merde.

Je ne voulais pas savoir son prénom. Imaginer des choses sur elle. La connaître. Je viens déjà de me prendre une droite par sa faute, après, ça sera quoi?

– C'est noté, Annabelle. J'ai ton numéro, maintenant.

Je serre les mâchoires, réprimant mon envie de me défouler sur Isaac qui drague cette meuf sous mon nez, et encore plus agacé que ça me dérange. Après tout, je la traite comme une moins-que-rien, normal qu'elle se sente flattée des attentions du beau métis, non? Mais s'il commence à la fréquenter ou qu'elle s'approche trop de mon cercle, je vais moi aussi devoir la côtoyer, et ça, pas question ! Je refuse qu'elle se détourne, comme l'a fait Anaïs quand elle a commencé à creuser la surface.

Je ne veux pas salir sa pureté.

Cette fille a raison. Je me raccroche aux apparences, parce que je ne veux pas qu'on découvre les meurtrissures qui pourrissent en moi. Que les gens s'arrêtent au superflu, ça m'arrange. Et ça me donne une bonne excuse pour les fuir. Je me détourne d'eux et remplis un verre d'eau que je bois cul sec. Je l'entends partir.

– Peut-être à plus tard, ronronne Isaac, et le bruit d'une bise claque dans l'air.

Je repose brutalement mon verre sur la gazinière qui fait un bruit métallique, puis je m'active pour ranger un peu. Je ne possède pas grand-chose, mais mes amis sont plus bordéliques que moi. Quand j'ose enfin regarder mon ami du coin de l'œil, je le vois avec le sourire en banane et il a la tête du mec qui n'en peut plus de se retenir de se marrer.

– T'as un problème ? l'attaqué-je en balançant un mug à la poubelle.

Je jure en le récupérant et le mets dans l'évier pour le laver plus tard. Si je me mets à jeter le peu de vaisselle que j'ai…

– T'es tordant.

– Je vois pas ce qui est drôle.

Il pose ses pieds sur la table basse et croise les chevilles tout en suivant mes gestes des yeux.

– Tu veux pas plutôt m'aider, râlé-je, au lieu de te rincer l'œil ?

Il hausse un sourcil circonspect.

– Détends-toi, Pappas. Y a pas tant de bordel que ça.

Je grogne en l'ignorant et lui tourne le dos.

– Charmante, ta secouriste.

Comme je ne réponds pas, les doigts crispés sur le bord du bac à ordures, il insiste.

– Je crois que je suis sur la bonne voie, avec elle, t'en penses quoi ? À moins qu'elle ne te branche ?

Je lui lance un tel regard assassin qu'il explose de rire.

– C'est bon, je déconne, j'y toucherai pas !

Malgré moi, je me détends instantanément et arrête de m'acharner sur la poubelle que je repose par terre.

– Tu fais ce que tu veux, bougonné-je.

– De toute façon, c'est clairement mort pour moi, ajoute-t-il.

Il me fatigue. Il ne peut pas dire les choses simplement ? Je soupire en le rejoignant et m'affale sur le canapé, à la place exacte que la fille vient de libérer. Elle est encore tiède. Peut-être a-t-elle même son odeur… ?

– Elle te dévore des yeux.

C'est tellement grotesque que j'en avale ma propre salive de travers.

– Elle mate la marchandise, tenté-je une fois calmé, comme toutes les autres.

Isaac repose ses pieds par terre et se penche vers moi, coudes sur les genoux. L'air sérieux.

– Non, c'est autre chose. Elle est devenue complètement différente, quand t'as débarqué après ta douche.

– Je lui fais peur.

Nouvel éclat de rire de la part de mon ami qui commence un peu à me les briser menu.

– Peur ! Mais bien sûr. Et quand elle s'est mordu la lèvre en te bouffant littéralement des yeux, elle avait peur aussi ?

C'est stupide, mais les constatations d'Isaac éveillent quelque chose en moi. Le besoin de sentir ce regard à nouveau. De ressentir cette chaleur dans mon ventre.

– Elle est belle, avoué-je à contrecœur.

– Elle est canon ! Et je suis sûr que sous ses fringues, elle cache un corps de rêve.

Je fais comme si je n'avais pas remarqué ses courbes qu'elle planque sous les tissus et lui demande s'il a un lieu pour le *fight* de samedi.

– J'ai deux options, tu sais que je me décide au dernier moment. C'est pas évident de trouver des endroits adaptés pour le monde qu'on rameute, maintenant. Mais il fait encore chaud, et il y a un immense parking avec un vieil entrepôt en périphérie de la ville qui n'est pas sécurisé. Je pense qu'on va aller là-bas.

– Et après, comme d'hab?

On se fait toujours un petit after, comme dans la maison la dernière fois. Quand c'est impossible de rester sur place, on le fait chez moi. Chacun se ramène avec de l'alcool et de la nourriture.

– On mange avec Anaïs et on va faire un tour à cette soirée? demande Isaac en me sortant de ma torpeur.

– Quelle soirée?

– Celle d'Annabelle.

– Ça va pas? Pourquoi on irait là-bas?

– À ton avis? Pour cueillir des fraises?

Il ricane en se foutant de ma gueule et je lui fais mon plus beau doigt d'honneur avant de répondre.

– Anaïs a un copain, elle voudra pas y aller.

Dès qu'elle a un mec, celle-là, elle devient une nonne, alors qu'elle est la première à déboucher les bières et rouler des joints. Ça me dépasse, qu'on se transforme en présence d'une autre personne. Je ne vois pas l'intérêt de sortir avec quelqu'un si c'est pour cacher sans arrêt qui on est vraiment. Autant être seul.

Moi, ça me convient très bien.

– Non, fait Isaac en envoyant un texto de son portable. Ils ne sont plus ensemble. Une histoire de baiser raté qui n'était pas parfait.

Je ne fais pas attention au tee-shirt que j'enfile avant de partir ni à la brise qui fait frissonner Isaac, qui me tend le sweat qu'il a emporté pour moi. Je marche à ses côtés sans dire un mot, perdu dans mes pensées. Anaïs habite à deux rues du campus, et je ne me déplace qu'à pied, en vélo ou en tram. Elle nous a préparé un plat de pâtes, nous présente trois de ses amis, et on mange tous ensemble, dans son studio un peu trop étriqué à mon goût. Je les suis quand ils décident de se rendre à la soirée.

Celle où il y a la fille que je ne veux pas voir.

On monte tous dans le tram pour retourner sur le campus où a lieu la petite fête. Il y a un monde de malade devant les grilles du bâtiment, et Anaïs fend la foule en exhibant des préventes pour nous tous. L'alcool a déjà sérieusement attaqué la plupart des étudiants, et tout à coup, je me sens déplacé. J'ai 24 ans, n'ai pas fait d'études, qu'est-ce que je fous là ? J'abandonne mes amis pour me faufiler jusqu'au bar. La musique est assourdissante, la foule danse en une masse compacte, certains ne se gênent pas pour se peloter devant tout le monde.

Je mate d'ailleurs un couple entreprenant tout en attendant mes bières, quand une tête blonde familière arrive sur moi. Elle se jette carrément dans mes bras en se mettant sur la pointe des pieds et je l'enlace par réflexe, pour nous empêcher de tomber. Son parfum sucré me saute aux narines, je l'inspire en la pressant contre moi, dans cet un instant volé. Ses cheveux effleurent mes doigts dans son dos et soudain je la repousse pour qu'elle me lâche.

– Tu es venu ! s'écrie-t-elle pour couvrir la musique.

Elle porte la même tenue que quelques heures plus tôt, et je suis stupéfait de voir qu'elle arbore encore son sweat, alors qu'il fait une chaleur de four et que la plupart des mecs sont même torse nu et les filles en débardeur échancré.

Qu'est-ce qu'elle cache ?

– Je peux pas rester, je suis avec des amis, tenté-je de me défiler.

– Je sais ! s'exclame-t-elle trop fort.

Alors j'avise qu'elle est un peu ivre, juste ce qu'il faut pour qu'elle se détende et perde son air timide.

– J'ai vu Isaac, vous êtes à notre table, là-bas.

Elle m'indique la direction, et le sourire entendu d'Isaac, derrière une petite table ronde de bar contre le mur, me donne envie de me barrer et de les planter là, mais le serveur me tend un plateau avec les boissons et je me mets en route derrière la blonde. Mon regard glisse par réflexe vers son postérieur moulé dans son slim et je manque de renverser mon plateau quand un mec me bouscule. Je l'insulte copieusement et continue ma course en ignorant les regards qui se braquent sur moi quand je pose mon fardeau. Avec excitation, elle fait les présentations que j'ai ratées avec sa bande de copains et s'attarde sur un garçon qui me transperce de ses prunelles marron clair, presque jaunes. Il enlace la secouriste par la taille avec son bras, comme en propriétaire, et elle prend distraitement son verre, sans se rendre compte de l'attitude de son copain qu'elle a appelé Gauthier.

Anaïs a une conversation animée avec un gars autour de la table que je ne connais pas, même s'il a bien cinq ans de moins qu'elle, s'ils sont tous en première année de médecine. Isaac n'a pas perdu de temps et discute tour à tour avec deux filles. Et l'autre, là, Gauthier, pourquoi il me regarde comme ça ? Comme s'il voulait me cogner ?

Tu veux ma photo, mec ?

Il se penche régulièrement dans le cou de la blonde pour lui parler, profitant du monde et du bruit pour se coller à elle. Je sors une clope et ignore les regards outrés des futurs médecins qui m'entourent, prenant même un malin plaisir à souffler la fumée partout autour de moi, comme si je marquais mon territoire, et ricane tout seul en voyant Isaac piocher nonchalamment dans mon paquet. Je regarde tout autour, matant les filles qui se trémoussent et me demandant si j'ai envie de draguer ce soir.

À un moment, je percute que c'est notre groupe de nanas que je fixe, et plus particulièrement une blonde trop habillée. Elle sourit, l'alcool semble avoir fait sauter ses inhibitions. Elle n'a plus rien de la jeune fille timide et sans doute complexée qui s'est présentée à moi, quelques jours plus tôt, et qui m'a ouvert les portes de sa maison.

Assis sur un tabouret, je discute un peu avec les personnes présentes autour de la table, mais n'ayant jamais été étudiant, je n'ai pas grand-chose à leur raconter. Nous n'avons rien en commun, et je suis si taciturne qu'ils renoncent assez rapidement à me faire la conversation. Isaac, en revanche, est à l'aise comme un poisson dans l'eau et tellement sociable que je me demande, l'espace d'un instant, comment on est devenus amis.

Ah oui. En fumant de l'herbe.

La fille tente plusieurs fois de me faire venir avec eux pour danser et rien que cette idée est grotesque. Je ne danse que devant un challenger. Quand elle vient reprendre son souffle et se servir dans le pichet d'eau qu'une bonne âme a apporté, je jurerais qu'elle fait exprès de coller son corps contre mes jambes, mes genoux, de poser sa main sur mon bras quand un couple la bouscule pour passer. Sa candeur est déroutante. L'innocence de son regard me fait culpabiliser d'être aussi exécrable avec elle, alors qu'elle cherche à attirer mon attention. Quand j'ignore pour la troisième fois une question qu'elle me pose, elle se penche sur moi et je crois l'espace d'un instant qu'elle va m'embrasser. Mon cœur rate un battement mais elle bifurque vers mon oreille en se raccrochant à mes épaules.

– Pourquoi tu ne veux même pas me parler?

Elle plonge ses prunelles vert-marron dans les miennes et soudain, j'ai envie d'être loin d'ici. Loin de tout ce qui me dépasse, de toute cette violence dont je suis le fondateur, loin de tous ces souvenirs que je me trimballe comme les chaînes aux pieds des prisonniers.

– Je veux pas te faire de mal, dis-je si bas qu'elle ne doit pas m'entendre.

Pas à toi.

Mais la vraie raison, c'est plutôt que je ne veux pas lui laisser l'opportunité de m'en faire. Si je laisse une fille pareille entrer dans mon univers, rien de bon n'en ressortira, c'est assuré. Acté. Et je ne suis pas du genre à ne pas rendre les coups.

– Comment tu te sens?

Je me prends cette question comme un uppercut en plein dans les gencives. Qui me demande comment je vais? me sens? Personne, et encore moins les jolies filles. Je réalise qu'elle parle sans doute de ma blessure à la cuisse, de mon opération, et je secoue les épaules. Devant ses sourcils levés, je me force à répondre oralement.

– Ça va.

Puis je rapproche nos têtes pour qu'elle m'entende bien.

– Tu devrais aller poser tes questions à quelqu'un d'intéressé.

Mon bras se lève automatiquement tandis qu'elle se recule et une mèche de ses cheveux se retrouve à glisser entre mes doigts. Un éclair de panique brille dans son regard et j'y lis tant de douleur que je la lâche et me recule sur mon tabouret pour me mettre debout. Elle chiffonne mon tee-shirt dans son poing et me crache au visage :

– Je t'entends me rejeter. Mais tes mots sont des mensonges.

Et elle me libère pour aller se réfugier à côté de son copain qui me fusille du regard. Ses paroles m'ébranlent. Comment elle fait pour me sonder aussi bien ? Je l'ignore, fais abstraction de sa perspicacité et contourne la table pour me pencher à l'oreille d'Isaac.

– Invite-la, samedi.

Il se retourne et semble chercher autour de lui une explication logique à mes paroles.

– Hein ?

– La fille ! Invite-la au combat.

Pour qu'elle sache. Qu'elle me voie vraiment. Et qu'elle disparaisse de ma vie aussi vite qu'elle y est entrée. Jamais elle n'aura envie de me fréquenter, pas après avoir vu les coups que je suis capable de donner en toute impudence. En toute insolence.

J'aime faire du mal, ça me fait vibrer, et il est temps qu'elle s'en aperçoive. Quand Anaïs passe à côté de moi en rajustant son débardeur collé à sa peau par la sueur, je l'attrape par la taille et la fais pivoter pour me placer face à la blonde. Elle pousse un cri de surprise en se rattrapant à mes manches. Elle est petite, plus que la secouriste en tout cas, et je dois me pencher pour lui parler :

– Tu veux toujours un baiser parfait ?

Et avant qu'elle ne puisse répliquer, je l'embrasse en pressant bien mes lèvres sur les siennes, avant de les relâcher pour engouffrer ma langue dans sa bouche. Elle gémit quand nos langues se caressent et sa respiration s'accélère tout contre mon visage. Elle a un goût familier d'alcool et je la penche en arrière pour mieux appuyer mon baiser. Il dure un certain moment, Anaïs se laisse aller en griffant la peau de mon cou et, putain, c'est pas désagréable, même si je fais ça pour de mauvaises raisons. Je me détache d'elle et elle me tapote la joue avec un sourire presque blasé.

– Pas mal, affirme-t-elle avant d'éclater de rire.

Puis, sans autre préambule, je récupère mes clopes sur la table.

– Je me casse ! crié-je à Isaac en me détournant du groupe qui s'est un peu dispersé.

Comme si j'avais le feu au cul, je me fraie un passage jusqu'à la sortie. Je me retrouve en tee-shirt dans la nuit froide de septembre, j'ai laissé le sweat sur un tabouret, et mets les mains dans mes poches en hâtant le pas. Je suis presque prêt à m'élancer pour courir quand une voix claire s'élève dans la nuit.

– Attends !

– Mais c'est pas vrai !

Quel pot de colle ! Il faut que je sois cruel pour qu'elle comprenne ? Je me retourne au moment où elle arrive à ma hauteur, et son air déterminé me frappe en plein cœur. Pour la première fois, elle semble sûre d'elle, forte, fière et prête à mordre.

– Tu me dois toujours un service.

Et sur ces paroles, elle tourne les talons en faisant valser ses cheveux et s'éloigne de moi, qui ne peux que la reluquer tandis que ses hanches chaloupent dans son effort pour marcher vite.

11

Annabelle

Je m'éveille le samedi matin avec le sourire aux lèvres. C'est plus fort que moi. Le rêve torride que j'ai fait, avec un grand boxeur aux multiples tatouages mystérieux, m'a déclenché un orgasme alors que j'étais encore à moitié endormie. Il glissait ses mains sur mon corps, j'étais allongée sous lui, nue… Ses doigts qui se perdaient entre mes cuisses… Rien que d'y repenser, je sens mon clitoris pulser et je gémis en me tournant sur le ventre, écrasant mon visage dans mon oreiller.

J'ai bien compris que Pappas fait tout pour m'éloigner de lui, mais il ne me donne que plus de raisons de le pourchasser. C'est un peu comme si je voulais tester ses limites, en plus des miennes. Il a plusieurs fois fait allusion au fait qu'il allait me faire du mal, et cette attention masquée me touche déjà plus qu'il n'est convenable. Il me jette des mots cruels à la figure, mais il se rapproche physiquement de moi, touche une mèche de mes cheveux, frôle mon corps, comme si c'était plus fort que lui.

Et s'il est beau, charismatique et a un corps magnifique, son regard est pourtant l'aspect de lui qui me perturbe le plus. Il le vieillit. Il est trop grave, trop triste, trop empreint de lassitude et de désillusion. Il n'y a que lorsque je le provoque qu'il s'allume un peu, comme une luciole dans le noir. J'adore voir ses pupilles s'éclairer d'amusement.

Je relève la tête de mon coussin et récupère mon portable sur la table de nuit. Le cœur battant, je relis pour la énième fois le message que j'ai reçu la veille, alors que je m'endormais le nez dans mon bouquin à dix heures du soir à peine un vendredi.

[Salut, la secouriste-de-Pappas,
ça te dirait une soirée
riche en émotions fortes,
demain soir?
Je te donnerai le lieu et l'heure
à dix-neuf heures.
Sois des nôtres. Isaac]

Je n'en reviens toujours pas qu'il utilise mon numéro de téléphone, et si vite. Je n'arrive pas à savoir s'il me drague ou s'il est comme ça avec toutes les filles. Il est parti de la soirée avec une autre bande, dont deux filles qui semblaient se disputer ses attentions. De ce que j'ai vu à la soirée étudiante, il est très entouré, sociable, et sa beauté ne fait aucun doute. Elle est plus noble, plus racée que celle de Pappas.

Pappas…

Lui est brut. Bestial. Inatteignable. Sa virilité suinte par tous les pores de sa peau, et sa fragilité qu'il masque comme un pro ne le rend que plus désirable à mes yeux. Parfois, une brèche s'entrouvre et je l'aperçois, si percutante, le temps d'un battement de cils.

Et ce message… Pappas est-il au courant? Sera-t-il présent? À moins que ce ne soit une invitation d'Isaac personnellement? Et que veut-il dire par « émotions fortes »? Je me doute bien qu'il ne va pas me donner l'adresse d'une fête foraine…

Un maelström de sensations m'envahit. Je revois par flashs décousus Pappas ému de voir son vélo dans mon garage, son air agacé et intéressé à la fois quand j'ai révélé mon prénom, chez lui, son admiration quand je lui ai rappelé sèchement qu'il me devait un service, jeudi soir. Je ne sais toujours pas lequel, mais ça n'a aucune importance. J'envisage de plus en plus de lui demander de m'apprendre à boxer. Ce serait le moyen parfait pour le côtoyer, mais j'ai tellement peur de me ridiculiser. À part le skate, je ne suis pas une grande sportive. Il y a bien quelques randonnées en forêt avec mes parents ou Gauthier, des sorties au ski l'hiver, mais pas aussi souvent que je le voudrais, mes parents étant rarement présents en même temps à la maison, et encore moins en même temps que moi. Ils sont très pris.

Je relis ma réponse ridicule.

[Avec plaisir.]

Et dire qu'elle m'a demandé une demi-heure d'intenses réflexions… Et que je l'ai envoyée avant de tomber de sommeil… Il m'est déjà arrivé d'envoyer un texto à un garçon qui me plaisait sans avoir de réponse, alors je préfère ne pas insister et ne pas trop montrer à quel point cette proposition me fait plaisir.

Mais, et si Pappas n'est pas là, ce soir?

Et si Isaac m'a invitée à une soirée louche? Et s'il veut juste me mettre dans son lit? Peut-être que le Pappas en question n'en a tellement rien à faire de moi qu'il se fiche que son copain s'intéresse à moi. Pourtant, le terme employé pour me qualifier, « secouriste-de-Pappas », montre mon lien avec son ami. Un lien indéfectible.

Je sais bien que je ne les connais pas. Je ne sais rien d'eux. Ils sont peut-être l'un comme l'autre des garçons peu fréquentables, ils sont peut-être violents, dangereux, ou pire encore. Mais je sens au fond de moi que ce n'est pas le cas.

Et puis, j'irai avec Gauthier. Reste à le convaincre.

Je suis résolue à aller là où on me dira d'aller, mais pas sans mon ami. Je ne vais pas me jeter seule dans la gueule du loup.

Je suis curieuse et excitée rien qu'à cette idée, mais je ne suis pas complètement folle non plus.

Une bouffée de chaleur se répand dans mon ventre et fuse entre mes jambes.

Je vais le revoir.

Ce soir.

Je bondis de mon lit, en ayant hâte que la journée passe, et m'habille d'un jean large et d'un haut manches trois quarts, banal, malgré la chaleur toujours présente. Je tresse mes cheveux sur le côté, puis descends prendre mon petit déjeuner. J'ai rendez-vous avec mon psy dans une heure, et je ne comprends pas pourquoi mes parents m'obligent à y aller alors que ça ne sert absolument à rien. Je ne veux pas lui parler. Je n'ai rien à lui dire.

Pourtant j'en ai marre d'être cassée. D'être celle qui va mal. Mes premiers jours de cours se sont bien passés, la rentrée ne m'a pas fait rechuter, qu'est-ce qu'il leur faut comme preuve pour qu'ils comprennent que ça va ? Que je n'ai pas besoin de ces séances ? J'ai beau vivre dans une famille aimante, j'ai du mal aujourd'hui à y trouver ma place. C'est à eux que je voudrais parler, mais ça ne sort pas. C'est trop enfoui pour être prononcé à voix haute, surtout devant eux. Alors je ne dis rien et serre les dents chez le psy. Lui aussi ne peut pas comprendre.

Je soupire en préparant un plateau de jus de fruits et de tartines, que je mange devant la télé. Puis je range et vais me laver les dents. Je dois rejoindre Gauthier au skatepark après ma séance, et peut-être passer un bout d'après-midi avec lui. Mon cœur se serre à l'idée qu'il se fasse de nouveaux amis à la fac et s'éloigne de moi. Avant de mettre mon sac sur le dos, je lui envoie un texto.

[On fait un truc ce soir?]

Bien trop vite, j'arrive chez le médecin. Tout est à ma portée, dans cette ville, tout est presque trop facile. Trop fade.

Si prévisible.

J'envoie le skate sous mon bras et escalade les marches qui mènent au troisième étage de ce petit immeuble au bout d'une ruelle. Je sonne à la porte tout en l'ouvrant et m'installe sur une chaise, en attendant mon tour. Je sors mon portable et l'enveloppe qui clignote me fait bondir le cœur. La réponse de Gauthier.

[OK.
On voit tout à l'heure.
À+ Nana.]

Je souris comme une idiote à l'idée de la soirée qui s'annonce, quand la porte du fond de la salle s'ouvre sur une femme que je ne connais pas. Son sourire chaleureux me met aussitôt en confiance, ainsi que son corps bien en chair et sa tenue décontractée.

– Bonjour, Annabelle. Le Dr Jabot est absent cette semaine, je te propose qu'on fasse une séance ensemble, ça te va?

Alors que je pourrais en profiter pour m'éclipser, je me lève en hochant la tête et la suis à l'intérieur du bureau habituel de mon psy. Je m'installe à ma place sur un fauteuil en cuir, le skate posé pas loin, mon sac sur les genoux, et elle se carre dans le jumeau juste en face. Elle prend un carnet et un stylo. Elle commence par me poser des questions sur mon identité, ma famille, mon environnement, et ça m'agace aussitôt. Mon psy connaît tous ces renseignements, c'est un ami de mes parents, pourquoi on perd notre temps? Pour une seule séance? Je le lui dis.

– Je te propose quelque chose. Je ne sais rien de toi. Je ne connais pas tes parents. Ni ta vie, ton histoire. Je ne sais pas pourquoi tu es là, devant moi. Je ne sais rien. C'est à toi de m'informer de tout ce que tu juges nécessaire que je sache.

Je la regarde. Elle me fait un sourire avenant et plein de compassion ; et peut-être parce que c'est une femme, ou parce que ses mots m'ont touchée, ou alors c'est la faute à toutes les émotions des dernières semaines, mais mon estomac se soulève, se crispe, et des larmes emplissent mes yeux. Mes lèvres tremblent et ma voix force le barrage de mes dents.

– J'ai eu un... accident.

– Et tu veux en parler?

Je détourne les yeux et les laisse glisser sur une boîte de mouchoirs posée en évidence sur un guéridon. Je hoche la tête.

***

En sortant de l'immeuble, je me sens très lasse. J'ai pleuré presque toute la séance, et pour la première fois en presque un an, j'ai activement participé. J'ai voulu me délester de ces souvenirs, de ces gestes que je ne comprends pas encore aujourd'hui, de ce sentiment d'injustice qui me colle à la peau. Je roule sans me préoccuper de la route que j'emprunte et je me rends compte que je suis sur le spot où Gauthier m'attend avant même de comprendre comment j'y suis arrivée. Pourtant je voulais rentrer chez moi, m'allonger sur mon lit et pleurer.

Pour ce temps perdu.

Pour ce bout de moi qu'on m'a volé et que je ne retrouverai jamais.

Pour ce garçon aux yeux envoûtants qui me chasse de sa vie.

Pour sa brusquerie qui me donne envie de le serrer dans mes bras.

– T'as une petite mine, Anna.

Gauthier se penche sur moi pour me faire la bise et soudain je m'accroche à lui et l'étreins. D'abord surpris, il me rend mon accolade en me balançant légèrement de droite à gauche, me fait décoller de terre et me fait rire en me serrant à m'étouffer.

– Mauvaise séance ?

Je hausse les épaules.

– Je crois que c'est le contraire. J'ai... parlé.

– T'as parlé à Dr Jabot-le-nain-raboté ?

Je ris à ce surnom ridicule que j'ai donné à mon psy bien plus petit que la moyenne. Je mets le pied sur ma planche et la fais rouler sans monter dessus.

– Non, une remplaçante.

Gauthier siffle. Il sait que c'est un grand pas que je fais en acceptant la thérapie.

– Tu vas la revoir ?

– Oui. Elle va s'installer dans le cabinet en tant qu'associée et reprendre mon dossier.

– C'est bien, Anna. Un pas en avant.

J'opine, le cœur lourd. Me confier, même si ça a été peu, m'a épuisée.

– Alors ? demande mon ami en fourrageant dans ses cheveux. On fait quoi ce soir ? Marathon Netflix ?

Soudain, la perspective de la soirée « émotions fortes » me donne un coup de fouet et je saute sur mon skate.

– J'ai mieux ! Un peu de piquant et beaucoup de mystère !

Gauthier me rejoint et roule à mes côtés. Je lui raconte le message énigmatique que j'ai reçu. Bien sûr, il me fait la morale.

– Tu le connais à peine, Annabelle ! (Oups, quand il dit mon prénom en entier, ça pue les emmerdes.) Ils ont pas l'air net, lui et son pote !

– Pourtant, je t'ai vu discuter avec Anaïs.

– Oui. Mais elle, c'est pas eux.

Je vois bien le topo. En gros, il peut s'amuser parce qu'il est un garçon, mais pas moi ?

– Allez, insisté-je, on fait un tour, si c'est louche on s'en va ! Peut-être qu'il y aura Anaïs ? Tu voudrais pas la revoir ?

– Arrête. Je suis un merdeux pour elle.

– Tu n'as pas envie... commencé-je.

Mais je m'arrête net. Je veux lui rappeler l'adrénaline que j'ai ressentie lorsque j'ai conduit Pappas à l'hôpital, cette excitation que j'éprouve en sa présence, l'ennui et la morosité de notre vie. Ma vie.

– ... de vivre autre chose ? T'amuser ?

Il grommelle. On a toujours été « sages ». On passe du temps ensemble, surtout à faire du skate ou des sorties au cinéma. On se promène en ville, on boit un verre dans un bar, on voit des amis, mais rien d'exceptionnel, on traîne ensemble. On a essayé de fumer une cigarette, le jour de ses 15 ans, et il a vomi dans la poubelle de sa chambre. On boit de l'alcool de temps en temps, quand on fait des soirées, mais tout ça reste très soft. On n'a jamais été attirés par les abus ou le fait de repousser nos limites, peut-être parce que nos parents ne nous en accordent pas beaucoup. On les fixe à notre manière.

– Pourquoi tu veux y aller, Anna ? Vraiment ?

Je ralentis en le croisant dans le *bowl* et nos regards s'accrochent plusieurs fois. Il déteste que je tourne autour du pot. Il aime l'honnêteté, avec moi plus qu'avec personne d'autre.

– Je veux le revoir, avoué-je.

Il ne dit rien pendant un long moment. Je crois qu'il a décidé d'ignorer ma supplique à peine voilée, quand sa voix retentit derrière moi :

– D'accord. Mais si c'est louche, on dégage direct.

– OK !

Gauthier skate en silence tandis que je passe mentalement en revue ma penderie et les affaires qu'elle contient. Ça fait longtemps que je n'ai pas été si émoustillée à l'idée de sortir et de me faire belle pour attirer l'attention d'un garçon.

Même si celui-ci se démène pour regarder ailleurs.

***

J'ai détaché mes cheveux, qui me tombent dans le milieu du dos et ondulent autour de mon visage. Je me trouve plutôt pas mal, mais sans rien de particulier. J'ai plus d'une fois voulu épiler mes sourcils fournis pour leur donner une ligne fine et élégante, mais Gauthier m'a démontré par A plus B à quel point ce serait une erreur. Il m'a sorti des photos du top model Cara Delevingne sur Internet, et il faut dire qu'elle est sacrément belle. Il m'assure que ça fait tout mon charme et que je ne suis pas comme tout le monde. Il est dix-neuf heures passées, et toujours pas de message d'Isaac.

Et s'il m'a oubliée ?

Quand Gauthier arrive, on mange tranquillement une pizza que ma mère a préparée, tout en parlant de tout et de rien. Nous nous comportons presque comme des frères et sœurs, chacun a la clé de la maison voisine et personne ne se formalise qu'on se balade d'une demeure à l'autre. Le seul impératif : prévenir où on est.

Lorsque le bip de mon téléphone retentit, on se regarde une microseconde avant qu'il ne se jette dessus pour me le dérober.

Je sais que ça ne sert à rien de me battre avec lui alors j'attends en pianotant avec mes ongles sur le comptoir qu'il ait fini de fouiller dans mon portable.

– Demain, je change mon code! m'exclamé-je.

Il me le rend enfin et je m'empresse de lire le texto d'Isaac.

[Rendez-vous à vingt heures
sur le parking du champ fleuri
à la sortie de la ville.
N'en parle à personne.
Tu peux prendre des boissons.
Isaac]

– N'en parle à personne, singe Gauthier d'une voix niaise. Et tu crois toujours que ce mec est réglo?

Soudain, mon estomac se crispe et me coupe l'appétit.

– Y a rien là-bas, insiste-t-il. C'est désaffecté depuis des années, même les flics n'osent plus y faire des rondes à cause des squatteurs.

– On a dit qu'on y allait, alors on y va.

Gauthier se lève de son tabouret pour prendre un yaourt dans le frigo tout en m'observant m'agiter nerveusement. Il se rassoit mais ne touche pas à son dessert.

– Il te plaît vraiment?

Je me sens rougir et m'agite pour le cacher.

– Qui ça? Isaac?

– Non. L'autre.

Je m'arrête pour le regarder et juger sa réaction. Il paraît peiné. Un peu en colère.

– Et alors? C'est quoi le problème?

– Ce mec est dangereux.

– Et tu vois ça à quoi? Ses tatouages?

– Non. À son regard. Son attitude distante et méprisante. On dirait que tout le monde le fait chier.

Et si c'est le cas? Est-ce que c'est si mal? Il a le droit de ne pas être dans son assiette, non? Je me mets en quête d'enlever une tache invisible sur l'îlot en grattant avec mon ongle.

– J'ai envie de le connaître.

– Et lui?

Bonne question. Jusqu'à présent, il est clair que mon attirance est à sens unique.

Gauthier conduit dans les avenues encombrées de Grenoble un samedi soir, dans sa Clio modeste qu'il s'est payée après son bac. Sa mère vit sur une grosse somme d'argent qu'elle a touchée à la mort de son mari des années plus tôt après la naissance de son unique enfant, et il travaille depuis l'âge de 16 ans pour participer aux dépenses de la maison. Il met plus de trente minutes pour arriver au lieu de rendez-vous, et j'essaye de me persuader qu'il n'a pas fait exprès de prendre le chemin le plus long pour y aller. Je suis à cran et ne tiens plus en place, gigotant sur le siège passager comme s'il me brûlait les fesses.

– Arrête ça, tu me stresses, grogne-t-il en quittant la rocade. Je comprends pas pourquoi tu te mets dans un état pareil.

Je lui adresse un signe de la main agacé tout en me perdant dans le paysage nocturne, voulant dire par là qu'il est temps qu'on parle d'autre chose. Soudain, je remarque une série de voitures devant nous, leurs feux stop illuminant le parking.

– T'es rassuré? demandé-je à Gauthier en inspectant les alentours. Il y a du monde. Isaac me découpera pour me manger un autre jour.

Je descends de voiture en fermant ma parka fine que j'ai enfilée avant de partir, et passe mon sac par-dessus mon épaule. Il fait de plus en plus frais, surtout le soir, et je ferme le premier bouton au niveau de ma poitrine. Gauthier glisse sa main dans la mienne pour qu'on suive les groupes qui se pressent tous dans la même direction.

C'est alors que je remarque qu'il y a beaucoup de garçons. Certains font peur, avec des tenues agressives, des mines impatientes, des piercings partout sur la figure, l'excitation se lisant dans leurs yeux. Les filles sont en groupes également, ou disséminées avec leurs copains au bout de leurs mains, mais elles sont beaucoup moins nombreuses. Je me presse contre l'épaule de Gauthier qui passe un bras rassurant autour de ma taille. La foule s'arrête et on attend notre tour. Je remarque alors qu'on fait la queue pour entrer dans une sorte d'entrepôt qui a brûlé l'année dernière et n'a jamais été reconstruit. Je me demande, l'espace d'une seconde, si le lieu est sécurisé ou si on risque de se prendre la moitié du toit restant sur la tête, mais la clameur qui m'entoure, les rires, et même une chanson au loin font taire mes hésitations.

On est tous dans le même bateau, maintenant.

Quand c'est notre tour, je suis soulagée de voir la tête connue d'Isaac, qui s'est teint ses cheveux courts en blanc, et qui est tellement étonné de me voir que je lui demande :

– Tu m'as invitée, tu te souviens?

Il jette un coup d'œil à Gauthier, ne dit rien et se penche sur moi pour me parler à l'oreille, me séparant de mon ami quand il me tire à lui.

– Pappas sera content de te voir, même s'il ne le montre pas.

– Il est où? demandé-je innocemment.

– Pour vous, c'est gratuit, rajoute-t-il avant de me pousser en avant sans me répondre et de crier : Au suivant!

Je me fais rapidement entraîner avec Gauthier et cet endroit ressemble de plus en plus à une soirée étudiante, même si ça tient plus de la rave-party que de la simple soirée entre potes. La luminosité vient de trois projecteurs répartis dans les coins. Il fait malgré tout sombre et de plus en plus chaud. Un bar improvisé est installé dans le fond, et je m'y dirige, plus pour m'occuper l'esprit que par réelle soif. J'achète une bière pour Gauthier à un prix indécent et une bouteille d'eau pour moi que je débouche pour boire à longues gorgées. Je n'ai rien pu avaler, mon estomac est crispé d'appréhension, et cette ambiance est étrange. Les gens ont l'air d'attendre quelque chose, je surprends des conversations dont je ne comprends rien. Ça parle de combats. De Hermès, qui est un champion. De deux petits nouveaux qui vont s'en prendre plein les dents. Gauthier m'a lâchée mais se tient toujours près de moi, aux aguets, et je lance un coup d'œil inquiet aux murs noircis et à la charpente qui n'a pas l'air d'être très solide.

Tout à coup, mon bras est tiré en arrière, et la rudesse de ce geste n'appartient pas à mon ami, je le sais déjà. Je fais volte-face et bute sur le corps massif de Pappas torse nu, en pantalon de jogging gris, dont les muscles bandés font reculer la foule autour de nous. Un léger voile de sueur recouvre sa peau, la faisant luire sous les lumières. Il fait peur, c'est un fait. Son attitude froide, son regard accusateur qu'il porte sur tout et tout le monde…

– T'es venue, Anna machin?

Il me fait un peu mal mais je me redresse comme je peux pour ne pas être écrasée par sa grande taille, et avale la distance entre nous au point de toucher ses pieds avec le bout de mes tennis. J'approche ma bouche de son oreille pour couvrir le bruit autour de nous et articule :

– Belle.

Puis je me recule légèrement pour scruter ses traits sérieux et accablés, presque désolés. Il n'a toujours pas lâché mon bras et j'aperçois Gauthier dans ma vision périphérique, qui fulmine à quelques pas de là.

– C'est. Anna. Belle.

Enfin, il desserre son emprise et j'ai envie de lui crier de me toucher à nouveau, alors qu'il m'a sûrement fait un bleu. Le feu dans ses pupilles me réchauffe le cœur et je me fais violence pour ne pas effleurer sa peau. Les pinces de scorpion tatouées sur ses épaules entourent son cou, et pour la première fois, je remarque des ailes qui remontent sur ses pectoraux.

– Tu n'as rien à faire dans cet endroit, crache-t-il soudain.

– C'est à moi de juger, non? Et toi, qu'est-ce que tu fais là?

Son demi-sourire sombre me donne la chair de poule, l'excitation se mêlant à la méfiance. Dur de savoir s'il est amusé ou impatient de dévorer sa proie. Il met ses mains en coupe autour de mes mâchoires, me provoquant des millions de frissons délicieux jusqu'au bout des pieds et murmure :

– Tu vas bientôt le découvrir.

Je tends le visage dans l'espoir que sa bouche se pose sur la mienne, les yeux fermés, et s'il reste quelques instants sans bouger, il finit par se reculer et me lâcher pour de bon. Je sens immédiatement un grand vide en moi et soupire de frustration. Pourquoi est-il venu me voir? Si je l'énerve tant, n'est-ce pas plus simple de m'ignorer, tout bonnement?

Gauthier se remet à mes côtés et foudroie son dos du regard tandis qu'il s'éloigne, fendant la foule sans se retourner. Le corps du scorpion s'étale bien entre ses omoplates.

– Il voulait quoi?

– Je t'avoue que j'ai rien compris.

– Si on n'était pas bloqués ici, je te forcerais à partir tout de suite.

Je lui fais face pour le regarder dans le fond de ses yeux ambrés.

– Je veux être là, Gauthier. Je veux rester. Arrête de vouloir me mettre dans une bouteille en verre, d'être rabat-joie et profitons, tu veux bien ?

Je cherche Isaac des yeux. Deux autres garçons se tiennent maintenant de chaque côté de la porte, où plus personne n'entre. Apparemment, tout le monde est arrivé. Mais pour faire quoi ?

Alors je suis les gens qui s'attroupent, remarque des échafaudages longeant les murs où certaines personnes sont installées. Tous regardent dans la même direction. Il fait très chaud dans cet endroit empli de testostérone, et la moitié des garçons présents sont torse nu. Je me débarrasse de ma parka et la pose sur mon sac, toujours contre moi. Gauthier nous mène dans un renfoncement et grimpe sur des caisses retournées pour mieux voir. Je m'accroche à lui pour en faire autant.

Un espace a été délimité au centre de la foule par des sortes de poteaux guide-file, avec des lanières rouges, et tout le monde semble attendre le début… d'un combat ? Plus j'y pense, plus l'ambiance, l'excitation des gens et les propos que j'ai surpris semblent confirmer cette probabilité. Soudain, une musique retentit dans l'entrepôt et je tends le cou pour mieux voir. Où sont Isaac et Pappas ? De ce que j'ai compris, le premier s'occupe des entrées, quant au second… Après cinq bonnes minutes d'une musique entraînante qui fait taire tout le monde, Isaac saute par-dessus les sangles et se plante au milieu de l'espèce de scène improvisée. Alors un silence religieux se fait. Les gens autour de moi semblent savoir exactement ce qu'il se trame, et j'en veux à Isaac de ne m'avoir rien dit. Je me sens idiote, même si l'exaltation ambiante est contagieuse.

– Tout d'abord, clame-t-il, merci à tous d'être venus ce soir. Je vous promets un spectacle que vous n'allez pas regretter !

Cris de la foule. J'avale ma salive qui se bloque dans ma gorge. Il y a une onde de violence dans l'air, elle s'insinue sous ma peau et fait battre mon cœur. Gauthier est très attentif à tout ce qui nous entoure. Le connaissant, il a déjà répertorié les sorties de secours et le moyen le plus rapide pour y accéder.

– Hermès est en forme, il commencera ce premier round avec Dogan, qui désire sa revanche !

Ah, le fameux Hermès dont j'ai entendu le nom ce soir.

– Suivi de Julio et Marcus !

Nouveaux cris. Qui sont ces gens ? Des hommes qui vont se battre entre eux ? Le fameux Hermès semble être le point culminant de tout ce show.

– Je vous rappelle qu'au moindre débordement, on annule les combats sans remboursement, et qu'aucune intervention de votre part ne sera tolérée. Sauf les cris ! Lâchez-vous !

Et c'est ce qu'ils font. J'avise alors à ce moment-là qu'il y a beaucoup, beaucoup plus d'hommes que de femmes. Je suis contente d'être venue avec Gauthier, même si je me doute bien qu'en cas de « débordement », il ne sera pas de taille à affronter qui que ce soit. Il ne s'est jamais battu et n'a pas du tout un caractère querelleur. Il est plus du style à apaiser les tensions qu'à jeter de l'huile sur le feu.

Tout l'inverse de Pappas, d'après ce que j'ai pu constater.

– Pour commencer, votre favori, Hermès !

Quand celui-ci saute par-dessus les lanières pour atterrir dans le carré dégagé, mon cœur cesse de battre. C'est Pappas. Il a la même tenue que quelques instants auparavant, quand il est venu me parler, un simple jogging qui moule ses fesses et un peu ses cuisses suivant ses mouvements. Son torse puissant ainsi exposé est magnifique, ses muscles roulent sous chacun de ses pas ; son cou me semble plus épais, plus imposant, plus agressif. Il a le visage légèrement penché en avant, avec ses cheveux noirs tombant sur son front, comme s'il refusait de regarder qui que ce soit en face. Il passe devant Isaac qui lui parle à l'oreille, et il se retourne pour pointer son regard dans ma direction. Nous sommes séparés par une quinzaine de mètres, pourtant ses pupilles atteignent leur cible en une demi-seconde, comme s'il savait que j'étais là et qu'il voulait s'en assurer lui-même. Il s'immobilise et bloque sur nous. Moi. Je sens tout mon corps se tendre devant cet intérêt à peine dissimulé, mon cœur se réveille et part dans une course qui m'essouffle. Je sens la sueur couler dans mon dos.

– T'as toujours pas peur de lui? siffle Gauthier à côté de moi.

Mais je ne peux rien dire, je suis scotchée par l'intensité de son regard et le fait qu'il m'ait cherchée dans la foule. Isaac reprend les rênes du show.

– Et notre premier concurrent, Dogan!

Ce dernier fait son entrée et je suis stupéfaite que ce gringalet, petit d'après ce que je constate quand il passe près d'Isaac et Pappas, puisse rivaliser avec l'armoire à glace face à lui. Ils se font un *check*, comme de vieux copains, chacun ayant les mains bandées. Puis Isaac annonce le début des hostilités en faisant résonner un klaxon à air comprimé.

Si Dogan ne paye pas de mine au premier abord, je comprends vite que la force musculaire ne fait pas tout. Il est vif, sec comme un bâton de bois, mais rapide et vicieux dans ses attaques. Il ne semble pas avoir de limites dans les coups portés, et je suis grisée de pouvoir dévorer Pappas du regard sans me sentir jugée cette fois, le voir évoluer sur la piste, sautiller, parer et donner les coups avec une agilité déconcertante. Il n'en est pas à son premier combat, c'est ma seule certitude. Il protège son visage et ses impacts sont puissants, il n'a pas besoin de cogner souvent sur son adversaire pour le mettre KO. C'est comme s'il s'était déjà battu avec lui et avait devancé son jeu. Isaac compte dix secondes avant de déclarer Hermès vainqueur pour ce premier round. Le combat a duré une dizaine de minutes.

Isaac annonce vingt minutes de pause avant qu'Hermès n'affronte Julio, mais personne ne bouge de sa place, dans l'attente de la suite. Pour ma part, je suis toujours estomaquée par le spectacle qu'on vient de me servir. Je n'aime pas la violence ; j'avais été à deux doigts d'abandonner Pappas à sa rixe, cet été, pour ne pas me mêler d'une histoire qui ne me regardait pas, pour ne pas risquer que la situation ne se retourne contre moi, pour qu'on me laisse tranquille… Mais là, c'est différent. L'adrénaline semble contaminer toutes les personnes présentes, hommes comme femmes. Il règne une ambiance clandestine et féroce qui me fait vibrer. Et puis, le regard de feu de Pappas sur moi, avant de commencer le combat… Ai-je rêvé son intérêt? M'a-t-il bien regardée, moi et pas quelqu'un d'autre? Ou alors je prends mes désirs pour la réalité?

Ça ne serait pas la première fois…

Gauthier est immobile à mes côtés, serrant les dents dans l'attente que tout se termine vite, je le connais bien. Tout ça ne le réjouit pas, bien au contraire. Pas comme moi… Je me sens excitée et stressée à la fois et c'est délicieux.

Le deuxième round est annoncé avec Julio, et je retiens mon souffle quand le nouveau fait son entrée. Il est massif, aussi grand que Pappas, et tout aussi impressionnant. Son crâne est entièrement rasé, son torse et ses bras sont recouverts de motifs tatoués incompréhensibles d'où je suis. Je ne distingue pas un centimètre de peau disponible non coloré.

Le combat commence trop vite, Julio se montre très agressif dès le départ. Pappas se contente, les premières minutes, d'esquiver les attaques et certainement d'évaluer le jeu de son adversaire, qui, d'après ce que j'ai compris, a déjà eu l'occasion de faire de même en observant Pappas se battre avec d'autres.

Ce que je ressens en assistant à ce combat m'ébranle complètement. Je comprends, en les regardant évoluer ensemble, que l'excitation que j'ai ressentie après avoir emmené Pappas à l'hôpital n'était pas due qu'à mon geste spontané. Elle tenait de lui, de cette attraction que j'ai tout de suite éprouvée tandis qu'il gisait sur le trottoir. Il dégage quelque chose de brutal mais fragile – c'est dans son regard sombre et désenchanté, dans sa manière primitive de se mouvoir. Je suis ensorcelée, je le réalise en le voyant prendre des volées de coups plus puissants les uns que les autres, sautiller dans tous les sens comme si ça ne le touchait pas, comme s'il ne ressentait pas les déchirures de sa peau et le sang qui coule. J'ai autant envie de voir la suite du combat que de me précipiter pour panser ses blessures et prendre soin de lui.

Je suis fascinée par ce que je vois. La violence, les hommes et femmes qui hurlent pour les encourager, le grondement de la foule… L'excitation est contagieuse, j'ai envie de sauter en l'air pour soutenir Pappas à mon tour. J'oublie mes peurs, mes craintes, ma timidité face à la force de mon John Doe.

Tout à coup, il plie ses genoux, bondit en envoyant un uppercut en plein dans le menton de Julio, qui saute en l'air sous l'assaut et retombe brutalement en arrière. Julio reste prostré, sonné, ses jambes s'agitent comme si elles refusaient de perdre ce combat, mais sa tête pensante est d'un avis différent. Isaac sonne la fin de ce deuxième round.

Je tourne la tête vers Gauthier, qui n'est toujours pas très détendu, mais semble moins réfractaire à l'ambiance. Il a compris qu'on était coincés ici et qu'il était plus sage d'en profiter. C'est du moins ce que je crois, jusqu'à ce qu'il me fasse son sourire narquois et sûr de lui qui m'horripile aussitôt.

– Ce mec est un animal, fait-il quand la deuxième pause est annoncée. Tu es vaccinée, maintenant?

Je relève le menton et descends de mon perchoir, bouscule la foule comme je peux sans toutefois réussir à faire bouger les gens, ignore l'exclamation de Gauthier resté en arrière et arrive dehors pour respirer à pleins poumons. Il fait froid, à côté de la fournaise de l'entrepôt, mais cet air frais et pur me fait du bien. J'entends alors des voix plus loin, et deux grandes silhouettes se profilent, illuminées par la lune, tandis que j'approche. Ils fument. Isaac est le premier à me voir. Pappas fixe le sol, le bout incandescent de sa cigarette brille près de sa bouche.

– Ça te plaît? me demande le métis en jetant son mégot au sol.

Mais je ne réponds rien, toujours sous le choc de ce que je viens de découvrir sur lui, sur eux, sur leurs activités louches et très certainement illégales. Pappas garde les yeux braqués sur le sol, comme s'il était honteux, les fesses appuyées sur le mur et le buste penché en avant, tout en tirant sur sa cigarette avec cette sensualité qui me trouble toujours autant.

– T'es pas partie en courant? me fait-il sans me regarder.

– Tu as mal? demandé-je pour toute réponse.

– Mal?

Il tourne enfin son visage vers moi, les reflets de la lune n'éclairant que son profil racé, et je n'hésite qu'une seconde pour m'approcher de lui et tenter d'examiner plus près les meurtrissures sur son corps. Il frissonne mais ne semble pas s'en apercevoir, sa peau est toujours recouverte d'un fin film brillant de sueur. Il jette sa cigarette à peine consumée qui s'écrase plus loin dans une gerbe d'étincelles. Puis il m'attrape le poignet et me tire à lui, en reposant son dos sur le mur. J'avise qu'Isaac n'est plus là et que je n'ai plus du tout froid. La chaleur de son corps est une vraie fournaise et s'il ne me plaque pas contre lui, c'est tout comme. J'en ai les jambes qui flageolent.

– Mal? répète-t-il avec de l'incompréhension dans la voix.

Je peux voir ses yeux scanner mon visage mais s'arrêter plus volontiers sur ma bouche.

– Tu te bats avec trois personnes différentes, ça doit être épuisant, surtout avec les deux derniers, qui n'ont pas ta fatigue des précédents combats.

Son petit sourire en coin fait se contracter des muscles au plus profond de moi et j'humidifie mes lèvres soudain sèches. Il écarte légèrement les jambes, fait glisser ses mains de mes poignets à mon dos avant de m'attirer plus près de lui pour me placer au milieu, et mon sang pulse si fort dans mes veines que je me sens brûler de l'intérieur. Son regard dérape dans mon cou et peut-être dans mon décolleté, mais je me contente de garder les bras le long du corps. Je me sens si gauche, je ne sais pas quoi faire, je n'ose pas le toucher.

Touche-moi.

– Et pourtant, je les écrase, fait-il si près de mon visage. Je les pulvérise.

Je sens ses doigts sur mes reins, par-dessus ma chemise, qui pressent, roulent, remontent avant de redescendre. J'ai très envie d'effleurer mes cheveux, de tripoter mon sac, de piétiner le sol, mais je ne bouge pas. Je suis envoûtée. L'électricité qu'il fait naître dans mon bassin est comme des milliers de papillons qui volettent et me chatouillent de l'intérieur. C'est délicieux. Il émane de lui une odeur à la fois virile et sucrée, il ne sent pas la sueur, pas vraiment. C'est autre chose.

– Une gentille petite fille comme toi ne devrait pas se retrouver là, dit-il avant de se pincer le coin des lèvres avec ses dents en un geste terriblement sexy.

– Pourquoi tout le monde me dit ça ? Je fais encore ce que je veux, non ?

– Qui, tout le monde ?

Son attention est focalisée sur ma gorge, comme s'il avait envie de croquer dedans, tel un vampire assoiffé de sang. Il ne me regarde pas dans les yeux.

– Gauthier, chuchoté-je comme un aveu.

Je commence à ne plus sentir mon bassin ni la zone de mon dos soumise à ses caresses légères.

– Il a raison.

– Pourquoi tu n'arrêtes pas de me répéter ça ? Pourquoi tu me rejettes tout le temps ?

Son regard remonte lentement vers mes prunelles, en passant par mon cou, ma bouche, mon nez. Comme s'il se repaissait de mes traits. Les mots méchants qu'il m'a balancés me reviennent en mémoire, sa manière grossière de me traiter depuis le début, alors même que je lui ai porté secours.

– Pourquoi tu me détestes ?

Il appuie plus fort dans mon dos pour me rapprocher encore, de sorte que nos visages sont si proches que nos nez se touchent, mais je n'ose toujours pas bouger, à peine respirer.

– Je ne te déteste pas. C'est juste que ce n'est pas ta place.

– Ici ?

Il hausse les épaules et soupire.

– Au squat. Ici, pour ce combat. Là, tout de suite, avec moi.

– Pourquoi ?

Une main quitte mon dos et se faufile sur mon flanc, effleure mon sein avant de s'enrouler dans mon cou et de se perdre dans mes cheveux. Il se penche pour que nos lèvres se touchent et mon cœur tressaute dans tous les sens, me faisant mal, me coupant le souffle. Il écrase mon pubis contre le sien, je sens son excitation dure à travers mon pantalon et cette constatation me donne un coup de fouet. Soudain, mes mains se trouvent dans ses cheveux, je fourrage dedans comme si j'en avais rêvé toute ma vie, et je laisse échapper un faible gémissement, qu'il avale. Sa bouche s'ouvre légèrement, il goûte mes lèvres avec sa langue, en mordille une avant de m'embrasser à nouveau. Tout mon corps n'est qu'une boule enflammée, chaque terminaison nerveuse de ma peau est sollicitée, enchantée. Son odeur m'enivre, son goût de cigarette est si ténu que je ne le sens pas. C'est son odeur à lui et elle me fait décoller.

– Pappas !

Isaac crie dans l'entrepôt et il grogne en me forçant à reculer. Je constate que j'ai fermé les yeux quand je les rouvre pour me perdre dans sa contemplation. Sa chaleur m'est arrachée avec la force d'une gifle et je me mets à trembler, comme si je sentais que cette parenthèse merveilleuse était terminée.

Pappas se redresse complètement, me dominant de sa grande taille, et son air sauvage réapparaît sur son visage.

– Je crois que je te fais peur. Et je crois que tu aimes ça.

Peut-être, oui. Il est brutal, primitif, certainement un peu cruel, à voir la façon dont il me traite et joue avec moi. Il est fort et peut m'écraser comme une coquille de noix, si l'envie lui prend. Pourtant, il vient de m'embrasser avec une délicatesse que je n'ai jamais connue, et rien que cet instant volé vaut largement les tourments qu'il m'a fait subir depuis le début.

– J'ai un peu peur, c'est vrai. J'avoue. Et pourtant, je sais que tu ne me feras pas de mal. Étrange, hein ?

Il ne répond pas et se décale sur le côté, jusqu'à ce que la morsure de la nuit s'engouffre sous ma chemise et me fasse violemment frissonner. Il est de nouveau froid et distant et cette constatation me peine. Ce baiser qu'il vient de me donner ne signifie certainement rien pour lui, tout au plus un interlude appréciable avant de se battre à nouveau.

Il est si lunatique. Un coup il m'attire à lui, un autre il me repousse avec tant de hargne… Des mots gentils, puis des paroles blessantes…

– Je te pensais plus avisée que ça.

Il me tourne le dos et s'engouffre dans l'entrepôt par une ouverture latérale.

– Tout le monde se trompe sur moi! crié-je dans le vide qui me tétanise tout à coup.

Des larmes s'échappent de mes cils et roulent sur mes joues, que j'essuie rageusement. Les montagnes russes qu'il me fait vivre sont épuisantes. L'euphorie qui m'a gagnée quand il m'a tenue dans ses bras s'évapore dans la solitude de la nuit. J'entends un coup de klaxon strident à l'intérieur, suivi de cris masculins. L'humidité de l'air s'infiltre dans mes os et je fais demi-tour pour rejoindre Gauthier dans l'entrepôt, où la chaleur ambiante me saute à la figure. Je vois d'un simple coup d'œil que mon ami a déserté notre spot et je le cherche un instant, me dirigeant vers le bar improvisé qui a disparu, quand il me saisit par le bras. À sa douceur malgré sa colère, j'ai reconnu son toucher.

– T'étais où? Tu ne peux pas faire ça, Anna! C'est complètement inconscient! Je crois que tu ne réalises pas dans quoi tu es tombée!

Je fixe son visage déformé par la colère et l'inquiétude, et je suis contente d'avoir un ami si fidèle. Je ravale mes larmes en l'entraînant dans un coin d'où on pourra voir la suite des combats. Je sais très bien dans quoi je suis tombée.

Une belle mare de boue.

Je ne sais plus quoi faire, comment me comporter. L'ignorer? L'oublier? Retourner à ma petite vie de lycéenne comme si de rien n'était? C'est impossible. Je veux aller plus loin. Je veux le pousser encore, qu'il assume ses réactions contradictoires, qu'il crache vraiment ce qu'il a dans les tripes. Il a l'air de se retenir de me dire ce qu'il souhaite au fond, et je ne vais plus me contenter de le titiller avant de partir en courant. Non, je vais assumer mon attirance et ses conséquences.

Tout à coup, tout le monde s'agite et je comprends que j'ai raté la fin du combat. Je ne sais même pas qui a gagné, s'il y a un gagnant dans l'histoire, tellement je suis perdue dans mes pensées. Gauthier se précipite à l'extérieur en me traînant derrière lui et j'entends les gens parler d'une soirée dans la salle de sport. Je comprends qu'ils parlent de chez Pappas, ce squat où je me suis déjà rendue, et je sais que je n'y échapperai pas. Je dois y aller moi aussi. Je demande à Gauthier de me ramener à la maison, mais quelque chose dans le ton de ma voix doit le renseigner sur mes intentions.

– Pas question. Tu n'iras nulle part toute seule. Tu crois que je ne sais pas où tu vas te précipiter après mon départ?

– Ça ne va pas te plaire, Gauthier.

– Justement. Je t'accompagne.

Je suis agacée mais soulagée de ne pas être complètement seule. Même si les soirées étudiantes ne sont pas toutes innocentes, avec l'alcool coulant à flots et les jeunes se lâchant souvent plus que de raison, je pressens que les réunions avec ces garçons sont encore d'un autre gabarit.

Je m'engouffre dans la voiture et Gauthier s'installe derrière le volant sans desserrer les dents. On doit attendre que la masse compacte de voitures se dénoue pour pouvoir partir ; en attendant, il allume le moteur pour mettre un peu le chauffage. Je pose la tête sur la vitre, toute aux sensations que Pappas a éveillées en moi autant par ses mots que par ses gestes.

Je ne te déteste pas.

Des nuées de papillons me réchauffent le cœur et je ferme les yeux. La texture de ses cheveux, si fins et si doux sous mes doigts, la fermeté de ses lèvres et la chaleur de sa langue dans ma bouche… Je croise les jambes en réprimant un gémissement de frustration.

Il a soufflé sur des braises. Des braises dont je n'avais même pas conscience. Le feu se propage à présent. Il attend d'être apaisé, soit en jetant de l'eau dessus…

… soit en s'embrasant jusqu'à épuisement.

12

Pappas

Je déchire la nuit sur mon vélo, le long de la piste cyclable qui serpente dans la ville. Isaac m'a forcé à enfiler un pull et même une veste, alors que je sens encore la sueur couler dans mon dos, et si ça n'avait tenu qu'à moi, je serais parti torse nu.

Dans mes veines dévale encore l'excitation de la soirée, je suis un peu fourbu mais sans plus. Je me suis battu comme s'il m'avait poussé des ailes, et j'espère que ce n'est pas à cause de l'autre. Celle qui m'a attisé de son regard, pulvérisé de son innocence quand elle m'a rejoint dehors. Celle à qui j'ai volé un baiser chaste et pourtant presque trop indécent. Je me suis retenu d'empoigner son cul pour qu'elle enroule ses jambes autour de ma taille et que je sente son intimité contre mon érection douloureuse. Cette frustration, cette douleur sourde m'a fait comprendre à quel point je ne peux pas y céder. Céder à cette envie dévorante et bestiale. Elle a sûrement l'habitude des mecs romantiques, de ceux qui emmènent une nana au resto et au cinéma avant de l'étaler sur un lit recouvert de pétales de roses. Moi, je les jette sur un matelas miteux avant de les prendre comme un sauvage.

Je ne sais pas faire autrement et je n'ai jamais cherché à faire différemment.

Je n'ai jamais rien eu de précieux entre les bras, et ce n'est pas près de changer. Je donne un coup de pédale rageur en pénétrant sur le campus, et l'agitation autour de mon squat m'indique que la soirée a déjà bien commencé. J'ai mis un certain temps à rentrer à vélo, mais pour rien au monde je ne prendrais un autre moyen de transport. Je descends de la selle et entre dans mon trou en faisant rouler mon vélo que j'attacherai plus tard dans le vestiaire. Pour le moment, les lieux sont investis par une bonne soixantaine de personnes, et d'autres arrivent encore. Mon gros ampli, relié à un téléphone portable, crache de la musique house et couvre les voix.

Je vois plus de filles que lors du combat dans l'entrepôt, aux décolletés tapageurs et jeans moulants. La secouriste a éveillé une faim vorace qu'il va me falloir vite apaiser. C'est tellement rare que je bande comme un âne sans que la fille cherche à me soulager que mon érection était devenue une torture, mais encore plus appréciable. C'est bizarre comme sentiment. Comme si l'attente était meilleure que l'orgasme potentiel.

Sans me préoccuper de personne, je prends une bière dans mon frigo plein à craquer et file dans ma chambre. Je récupère un jean, un tee-shirt et un boxer dans ma commode avant de me rendre dans le vestiaire pour prendre une douche. Je l'expédie rapidement, même si l'envie de me caresser est tenace. Je veux une fille. M'enfoncer dans des chairs humides et besogner jusqu'à en perdre la tête et ne plus penser à rien.

Je m'habille et retourne au salon où Isaac fait son show habituel, entouré de groupies. Je scanne la salle du regard pour dénicher une fille *open* et en trouve deux ou trois qui me lancent des œillades puant le cul à plein nez. L'une d'elles m'est familière, j'ai déjà couché avec elle. Une brune avec une coupe au carré strict, je me souviens l'avoir prise par-derrière et qu'elle avait crié comme une diablesse en jouissant. C'était dans les vestiaires.

Puis je la vois, elle.

La secouriste. Avec son garde-chiourme qui regarde tout ce petit monde comme s'il allait charger d'un instant à l'autre. Bordel, mais qu'est-ce qu'elle fout là ? C'est Isaac qui lui a dit de venir ? Je me détourne pour ne pas la voir, mais son odeur est encore dans mes narines, sa chaleur sur le bout de mes doigts, alors que je n'ai caressé que son cou et ses cheveux. Sa chute de reins, aussi, c'est vrai. Hum… Sa manière docile de se laisser faire quand je l'ai goûtée… Puis de s'animer et s'accrocher à mes cheveux comme si elle allait sombrer…

Cette fille est dérangeante. Je veux qu'elle voie par elle-même que je ne suis pas fait pour elle, qu'elle n'a rien à faire à traîner dans mon entourage. En me battant devant elle, j'ai voulu lui envoyer à la figure ma monstruosité, ma rage, mon cerveau déglingué. Et elle a vu. Mais elle est toujours là.

La petite fille en elle a peur, c'est certain. Mais il y a autre chose. Comme un défi dans le fond de ses yeux. Et les défis, moi, j'adore ça. Je suis un challenger.

Du peu que je sais d'elle, j'ai compris qu'elle est courageuse. Que sous son vernis de fille coincée et timide, elle a du cran. Son cerveau semble se vider en ma présence, mais elle ne se laisse pas faire. Elle relève le menton bravement et répond à mes attaques.

Voyons voir ce que tu vas penser de ça.

Je m'approche d'un groupe près de la cuisine, et plus précisément de la fille au carré qui se retourne pour venir ronronner dans mon cou. Elle est petite, mais avec ses talons aiguilles de quinze centimètres, elle donne le change.

– T'es pas avec ton mec, aujourd'hui ? demandé-je en regardant par-dessus son épaule.

Elle est passée où, la blonde ?

– Non, pas ce soir.

Je m'en fous qu'elle soit maquée. Je trouve même que ce n'en est que meilleur. Ce n'est pas le fait de prendre ce qui n'est pas à moi qui me plaît, mais de savoir qu'elle n'attend vraiment rien de ce coup d'un soir que je lui offre. Je me concentre sur son décolleté et passe mes mains de chaque côté de sa taille. Elle sent bon, même si son odeur ne réveille rien en moi.

Pas comme tout à l'heure.

J'avais envie de la renifler comme un animal, cette blondinette qui tremblait entre mes bras, sous les lueurs de la lune. Je ne comprends pas pourquoi elle me fait autant d'effet alors que j'ai tant de femmes autour de moi, plus excentriques, plus entreprenantes, clairement plus expérimentées.

Quand elle m'a demandé si j'avais mal… Qui me demande ça, sérieux? Je n'ai plus 5 ans. Je n'ai pas pris un coup sur le nez pendant la récréation. Je suis un homme, fort, combatif. Je suis une machine. Personne ne prend soin de moi, même si Isaac ou Eric jouent parfois les mères poules.

Mes mains s'égarent sur le fessier rebondi de la fille (Fanny?) qui presse sa poitrine contre mon torse. Elle va droit au but, c'est ce que j'aime avec elle. Déjà la première fois, elle m'a traîné dans les vestiaires à peine arrivée. C'est souvent l'effet que ça fait aux filles, de me voir me battre. Ça les émoustille. Et elle, elle assume pleinement ses désirs.

Je vois du coin de l'œil Isaac parlant avec Gauthier et la blonde, qui elle me regarde sans flancher. Elle ne semble pas se rendre compte de la brune qui se suspend à mon cou, comme s'il n'y avait que moi dans cette salle et que le reste ne comptait pas. Elle me dévore de ses yeux de chatte sauvage. Ce constat réveille ma queue et je me presse un instant contre Fanny sans m'intéresser davantage à elle. Ce soir, comme beaucoup d'autres, c'est son corps que je veux. J'attrape une bouteille de gin qui traîne sur le bar de la cuisine et bois au goulot comme si c'était de l'eau. Le liquide me brûle l'œsophage sans que le goût me procure un apaisement quelconque. La tête me tourne un instant et je ferme les yeux. Le seul réconfort dans ma vie, c'est quand je donne des coups. Le reste n'est qu'un leurre.

Même le sexe n'est qu'une illusion.

Une bouche se pose dans mon cou et j'aurais donné cher pour que ce soit les lèvres de la blonde sur ma peau. Mais je sais que ce n'est pas elle. Elle ose à peine me toucher, je lui fais bien trop peur.

Et pourtant, elle est toujours là.

Toujours les yeux clos, je saisis la mâchoire de Fanny avec mes deux mains pour guider nos bouches qui se rejoignent. Elle m'embrasse goulûment, et j'y réponds sans ménagement. Je veux me perdre. Tout oublier.

– Viens, lui dis-je en prenant sa main et en l'entraînant dans le couloir.

Je fonce droit devant sans faire attention aux autres, la tirant derrière moi. Je prends la direction de ma chambre, mais ne la jette pas sur le lit. Aussi légère qu'une plume, je saisis ses hanches pour la soulever et l'asseoir sur ma commode. Elle enroule automatiquement ses jambes autour de ma taille et reprend ma bouche en plaçant ses mains dans mon cou. Je l'embrasse tout en passant mes doigts sous sa tunique, défaisant son soutien-gorge, me glissant dessous pour malaxer ses seins. Elle se frotte sans ménagement en écartant les cuisses, s'excitant au contact de mon sexe dur sous mon jean. Elle me mord la lèvre inférieure, me faisant jurer.

– Putain, Fanny !

D'habitude, je suis le premier à avoir ce genre de comportement. Je tire les cheveux, m'enfonce profondément pour ressortir et recommencer, je fais crier, un peu de douleur, beaucoup de plaisir. Mais ce soir-là, j'aurais préféré plus de douceur, de découverte.

– C'est Mélanie, halète-t-elle en me mordant l'oreille.

OK. Une autre fois pour la délicatesse, alors.

En quelques secondes, elle se retrouve complètement à poil, ne gardant que ses talons pour le fun. Puis elle s'accroche à moi en me ceinturant de ses cuisses et je la porte jusqu'au lit, où je réussis à baisser mon pantalon avant de m'assoir. Elle sort une capote de je ne sais où, la déroule sur ma queue et s'empale sur moi avant même que mon boxer soit sur mes cuisses. Je me penche en arrière pour la laisser mener la danse.

Soudain, mon regard est attiré par un mouvement venant de l'entrée de la chambre et je me fige. Je n'aurais pas été étonné de voir un couple ou une autre fille nous rejoindre, ça n'aurait pas été la première fois. Mais je reconnais en une seconde cette silhouette, cette chevelure longue et ondulée, cette chemise blanche dont le bouton du haut a sauté, révélant le haut de sa poitrine. Elle semble tétanisée par la scène mais incapable de bouger. Ça n'aurait pas pu mieux tomber. En me voyant forniquer, elle va comprendre qu'elle n'a rien à foutre avec moi.

Quand nos regards se croisent, je suis stupéfait par la colère qu'elle me jette en pleine face. Elle bouillonne, et pourtant elle reste plantée là. Mais putain, pourquoi elle se barre pas ? Si elle croit que je suis un mec bien, un romantique, un gentil, il est temps qu'elle ouvre les yeux ! Et qu'elle me foute la paix !

Regarde ce que je suis capable de faire, après t'avoir embrassée ! Comme je suis dégueulasse !

J'ai envie de lui crier de se casser, mais j'en suis incapable. Je suis hypnotisé par le feu de ses iris et par l'orgasme que je sens monter jusque dans ma colonne vertébrale quand elle me foudroie ainsi. Ça m'excite de la provoquer, et putain, encore plus qu'elle me regarde pendant qu'une autre me chevauche. C'est comme si je la baisais, elle. Cette idée me propulse et je suis incapable de plus me contrôler, je me redresse en saisissant le cul de Fanny, ou Mélanie, et accélère la cadence pour mon propre plaisir jusqu'à partir en de longs jets qui me secouent et me coupent le souffle. Puis je la lâche pour qu'elle continue ses va-et-vient à son rythme et jouisse à son tour.

Quand j'ouvre les yeux à nouveau, Anna machin a disparu.

***

Ce matin, je m'éveille, seul, dans mon lit à l'hygiène douteuse, sentant encore sur mes doigts l'odeur du sexe de la dernière fille que j'ai eue entre les mains. Après Mélanie, je suis retourné à la fête où je n'ai plus croisé la secouriste ou son ami. J'ai continué à boire, à fumer, j'ai même improvisé une petite salsa avec une blonde qui a aussi fini dans mon lit, en fin de nuit ou au petit matin, difficile à affirmer dans l'état où nous étions.

En tout cas, la fille est partie. J'aurais été incapable de me souvenir précisément de ses traits, encore moins de son prénom. Ça m'arrange quand elles disparaissent sans demander leur reste.

Après une bonne douche et un quart d'heure de vélo, je me retrouve au pied de l'immeuble de ma mère. Avant de monter les douze étages, j'envoie un texto à Isaac pour savoir s'il est bien rentré chez lui, puis j'en avise un que je ne me souviens pas avoir envoyé. Le destinataire est : « La secouriste ».

Merde.

02:37
[Déjà partie? Quelque chose
t'a mise mal à l'aise?]

Elle n'a pas répondu.

Maintenant que je lis ce message, je me souviens d'avoir fouiné dans le portable d'Isaac pour trouver son numéro. Il n'était pas sous les A. J'ai fait défiler tous ses contacts (et il en a des centaines, ce con!), de plus en plus énervé de ne pas trouver facilement ce que je cherchais, jusqu'à tomber sur le bon, qu'il avait intitulé « Secouriste de Pappas ».

Anna bidule, c'était trop facile.

Puis j'ai envoyé mon texto, à un moment de la soirée où j'étais persuadé qu'elle était bel et bien partie. Ça m'a un peu déçu. J'aurais aimé qu'elle montre ses griffes, pas qu'elle se terre dans son trou. Après ça, j'ai dragué jusqu'à ramener une autre fille dans mon lit. Je suis content, maintenant, elle ne remettra plus les pieds chez moi.

Le cœur lourd, je descends de vélo, le prends sur mon épaule et entame l'ascension des étages un peu moins vivement que les autres fois. L'état de ma mère empire de jour en jour, et je suis à deux doigts de l'enfermer de force dans un centre de désintoxication – un vrai, où elle restera plusieurs semaines, pas seulement quelques jours, et avec des professionnels prêts à creuser dans sa tête pour en faire sortir le pus qui prend possession de son âme.

Mais je me suis renseigné. Ce n'est pas si facile. Le malade doit faire les démarches de lui-même, c'est le premier pas vers la guérison.

On ne guérit pas un patient contre sa volonté, m'a-t-on répondu au téléphone.

Connerie!

Et quand elle se sera foutue en l'air, ce sera la faute à qui? La mienne, parce que je suis parti, moi aussi, avant de l'étrangler pour ne plus l'entendre me rabaisser, m'accuser? Une fois, j'ai été à deux doigts. Elle est si haineuse, parfois, que je me sens prêt à tout pour la faire taire. Ce jour-là, j'ai quitté le domicile en rage, roulé des heures en pleine nuit et j'ai dormi sur le campus, dans cette salle pourrie qui me sert de logement à présent. Eric m'a trouvé le matin, en venant récupérer du vieux matériel pour le donner aux plus nécessiteux. Il m'a fait comprendre qu'elle ne servirait plus, désormais. Que plus personne ne s'en souciait, pour le moment. C'était une main tendue. Je n'avais jamais pensé à l'abandonner elle aussi, ma mère, mais elle me faisait tant de peine que l'idée m'avait réjoui. Enthousiasmé, même.

C'était ça ou je foutais le feu à l'appartement.

Arrivé sur le palier, je profite de quelques minutes de répit pour regarder par la fenêtre du couloir et m'allume une clope. Je pompe dessus comme si je lui faisais payer les malheurs de ma vie, puis je mets la clé dans la serrure. Je suis accueilli par l'éternelle puanteur d'un appartement qui n'a pas été aéré depuis des jours, un mélange de renfermé, d'humidité, de cigarettes et de bouffe qui moisit dans un coin.

Je laisse mon vélo dans l'entrée et commence par ouvrir les fenêtres. En revenant sur mes pas, j'avise le robinet de la cuisine qui est ouvert et l'éteins en jurant. Depuis combien de temps coule-t-il ? J'appelle ma mère, les nerfs déjà plus tendus que les cordes d'une guitare, et fais mon tour d'inspection habituel. Linge sale traînant partout, bouteilles vides, cendriers pleins… Je viens de faire le même ménage chez moi quelques heures plus tôt, j'en suis coutumier. Des mégots et de la cendre jonchent le sol, même celui du couloir, qui est moquetté. Il est piqueté de trous plus ou moins gros, et c'est un miracle si l'appartement n'est pas encore parti en fumée.

Je ne vois ma mère nulle part et compose son numéro de téléphone. Bien sûr, elle ne répond pas. Je lui laisse un message en faisant mon rangement. Je jette dans la poubelle la moitié du contenu de son frigo qui commence à verdir, mets de l'eau à chauffer pour cuire des pâtes, refais couler du café. J'en bois des litres. Je me promets de faire des courses dans la semaine, de préférence un matin très tôt pour ne pas la croiser dans l'appartement.

Je suis en train de me rallumer une cigarette en contemplant Grenoble quand la porte d'entrée claque. Je ne me retourne pas, pour ne pas me prendre sa déchéance en pleine gueule. Mais elle vient jusqu'à la fenêtre et je suis obligé de la regarder. Elle est pieds nus, porte une robe noire dont une bretelle tombe sur son bras, révélant son décolleté encore pigeonnant. Elle a toujours été une belle femme, avec des cheveux bruns bouclés, des yeux verts perçants, *comme Elia.*

Cette pensée me frappe soudain.

Est-ce pour ça qu'elle se détruit ? Pour ne plus contempler sa fille dans son reflet ?

Elle prend une clope dans mon paquet et l'allume comme si je n'étais pas là. Elle se plante à côté de moi et son regard dérive sur les montagnes. Je me retiens de me détourner de son odeur corporelle, un mélange d'alcool rance, de beuh, de sueur et de sexe. Je serre le poing sur ma cuisse, me retenant de dire quoi que ce soit qui me retomberait encore dessus. Est-ce qu'elle se protège seulement dans ses rapports ? Ça m'étonnerait. Elle a dû se taper un mec de l'immeuble, vu qu'elle arrive pieds nus. Cette idée me révulse et je retourne dans la cuisine pour me servir un café et lui remplir un mug. Je le pose sur la table en guise de réconciliation, comme souvent, et elle s'en saisit sans me regarder.

Sans jamais me regarder.

Je m'assois sur une chaise, à bonne distance, et serre tellement les mâchoires que j'en ai mal aux dents. J'en ai marre qu'elle me punisse. Me fasse payer un crime que je me reproche chaque seconde de ma putain de vie. Je n'ai pas besoin d'elle pour me flageller, je sais le faire tout seul comme un grand. J'aimerais juste qu'elle ne me haïsse pas à ce point.

– Tu viendras avec moi au cimetière, aujourd'hui?

Sa voix éraillée me fait frissonner. Rien qu'à l'idée de contempler la tombe de ma sœur me fait remonter de la bile dans la gorge. La première fois que j'y suis allé, ce n'est pas en petite robe et chaussures vernies qu'elle m'est apparue, mais défigurée, pleine de sang, pleurant, gémissant, appelant ma mère. J'en ai vomi mes tripes sur une tombe voisine, laissant ma mère à son recueillement aveugle. Je ravale la salive qui jaillit dans ma bouche et réussis à articuler :

– Je peux pas.

Elle a un reniflement de dédain avant même que je ne finisse ma phrase.

– Toujours trop occupé.

– C'est pas ça, tu le sais bien.

Mais non, en fait, elle ne sait pas, parce qu'elle ne m'écoute pas, jamais. Elle ignore. Elle se perd. Elle se meurt. Et elle m'entraîne dans sa chute.

– Tu ne l'as jamais aimée, de toute façon.

Je me lève brutalement, butant sous la table avec mes cuisses, et renverse le reste de mon café. Comme d'hab.

– Arrête de dire des conneries! Pourquoi tu me balances des horreurs tout le temps?

– Parce que c'est ta faute, tu le sais bien, dit-elle d'une voix lente et glaciale.

C'est son rituel, mais aujourd'hui il me donne envie d'écraser sa tête contre la fenêtre, de regarder le sang gicler sur la vitre comme une décoration d'Halloween, de l'entendre crier sa douleur. Peut-être lui renvoyer la moitié de la souffrance qu'elle m'inflige.

Je récupère mes clopes sur la table et m'approche d'elle qui contemple toujours le vide. Je me penche pour lui parler à l'oreille.

– Ce n'est pas que ma faute, articulé-je.

Elle tique. C'est entrer dans son jeu, mais je suis à bout. Il est grand temps que je rende les coups. La douceur ne marche pas? *Eh ben merde! Va pour la haine!*

– Je crois que c'est pour ça que tu te détruis. Tu t'en veux et tu me le fais payer. C'est tellement plus simple que d'assumer ta part de responsabilité. Je ne me laisserai plus faire. J'en ai marre.

Elle reste le regard braqué au-delà de la fenêtre.

– J'en ai marre de m'occuper de toi. De t'entendre dire de la merde. De ramasser et de nettoyer ta merde. Tu n'es même pas capable de me regarder en face.

Elle ne bouge toujours pas.

Son mépris, sa honte, son dégoût me remplissent chaque fois à m'en faire déborder, jusqu'à ce que j'écoule le surplus en me battant. En expulsant de mon corps ces saletés qu'elle ancre profondément en moi. Chaque fois, je me dis que c'est la dernière, que je ne reviendrai pas. Et chaque fois, je reviens.

Je m'éloigne du déchet qu'est devenue ma mère et gueule en ouvrant la porte :

– Fais-toi soigner, merde!

Et je la claque derrière moi. Je dévale l'escalier comme un automate, débouche sur la rue pour me rendre dans un autre immeuble à côté, sans réfléchir, sans même respirer, et je remets mon vélo sur mon épaule pour grimper neuf étages. Je sonne sans poser mon deux-roues dont le tube central me mord la chair. La porte s'ouvre sur la mère d'Isaac qui essuie ses mains sur un torchon et sourit en me reconnaissant. Si son mari est noir comme la nuit, elle est blanche comme la lune. Ses cheveux châtains sont complètement bouclés et auréolent son visage presque poupin. Ses iris marron clair brillent toujours d'un éclat amusé et espiègle, un peu comme son fils. Cette femme est l'incarnation de la gentillesse. Son visage change du tout au tout en voyant mon air fermé et éteint et elle me fait entrer en me rappelant de laisser mon vélo dans l'entrée. Je m'exécute et pénètre dans le salon chaleureusement décoré, où la télé tourne en fond sur une émission de décoration d'intérieur. Elle ne manque jamais un épisode, qu'elle regarde en préparant à manger – c'est à ça qu'elle occupe la plupart de son temps libre. Mme Siaka aime cuisiner et prendre soin de sa famille. Je les connais depuis cinq ans, et je ne sais pas comment j'aurais fini sans eux et la soupape qu'Isaac m'a permis d'ouvrir régulièrement dans les *free fights*.

Je m'assois sur une chaise de la salle à manger, les mains croisées sur le plateau de bois de la table, les yeux rivés sur mes tatouages, ne voyant rien, juste un brouillard épais. Mon genou se met à tressauter et des mains rassurantes se glissent sur mes épaules. C'est un électrochoc qui me sort de ma torpeur, je ferme les yeux et ma tête bascule en avant, jusqu'à ce que mes cheveux frôlent la peau de mes doigts. Je ne connais pas la tendresse, je ne sais plus. Les filles que je me tape s'en vont dès qu'elles ont eu ce qu'elles voulaient, et je n'ai jamais rien fait pour les retenir. Je suis lentement redevenu un animal sauvage à force de manque de contact et de compassion. À force de violence et de haine. D'indifférence et de regrets.

– Il ne faut plus aller la voir, Angel. Tu te fais du mal.

J'étouffe un gémissement en sentant ses doigts maternels effectuer un petit massage circulaire autour de mon cou et j'enserre ma tête avec les mains. Je ne peux pas en vouloir à ma mère. Elle me détruit petit à petit, mais elle a toutes les raisons de le faire. Elle a raison.

Tout est entièrement ma faute.

Je suis un monstre.

***

Huit ans plus tôt
Avant

Inès vient de m'envoyer un message, justement celui que je n'attendais plus. Elle me confirme que ses parents partent pour la journée et que la maison est à nous. Ça fait des semaines qu'on attend ça, pouvoir enfin être tranquilles sans nos parents dans la pièce à côté pour nous surveiller ou nous empêcher de faire ce qu'on meurt d'envie tous les deux.

L'amour.

Je bondis hors de mon lit où je me suis allongé pour écouter de la musique avec mon casque sur les oreilles, et je commence à remplir un sac à dos. Je suis nerveux, mes mains sont moites et je les essuie sur mon short. Elle habite à quelques kilomètres à peine et je m'y rends à vélo, pour aller plus vite. Aujourd'hui marque un tournant dans notre histoire. Aujourd'hui, on va enfin aller jusqu'au bout. J'en meurs d'envie depuis que j'ai glissé mes doigts dans sa culotte et que je l'ai fait jouir en l'embrassant et en la caressant tendrement. Elle aussi m'a souvent masturbé, et j'ai tellement hâte d'entrer en elle, de sentir ce que ça fait. Ce n'est pas l'idée d'être enfin « un homme » qui me transporte, mais celle d'être en pleine connexion avec la fille que j'aime. De partager avec elle ce que personne n'a partagé jusque-là.

Je fourre dans le sac une boîte de préservatifs et la planque sous mon maillot de bain et un tee-shirt de rechange.

Au cas où *mama* vérifie.

Officiellement, Inès m'invite à me baigner pour la journée. Officieusement, je perds ma virginité avec ma copine qui me supporte depuis plus de dix mois ! Je déboule de l'escalier, le cœur battant, m'apprête à ouvrir la porte d'entrée quand la voix de *mama* m'arrête sur le seuil.

– Tu vas où ?

– Chez Inès ! crié-je en franchissant le seuil avant qu'elle ne me retienne.

– Non, non ! Pas maintenant !

La déception me fait trébucher dans l'escalier qui mène à l'allée dallée de notre grande maison. Je reviens sur mes pas, abattu, et me dirige vers le son de la voix de ma mère : la cuisine.

– *Mama* ! Inès m'attend !

– Non, j'ai besoin de toi ici, Angel.

Je grince des dents. Le monde entier est contre nous, on ne va jamais arriver à avoir un peu d'intimité. Les vacances d'été sont bientôt terminées ; on aura du mal à se dégager du temps ensemble, Inès partant dans une école spécialisée dans la botanique en septembre.

– Mais pourquoi ?

Je la vois mettre des verres à vin et une bouteille de blanc, qu'elle sort du frigo, dans un sac thermos. Quand elle soulève le sac, il a l'air bien lourd.

– Je m absente, tu dois garder Elia.

– Mais Inès m'attend ! Tu vas faire quoi ?

Ses joues rosissent, et je sais très bien ce qu'elle va faire. J'ai vu ce qu'elle a préparé. Elle s'apprête à rejoindre mon père, qui est directeur dans une usine plus loin dans la vallée, sur son lieu de travail. Je sais même ce qu'elle a derrière la tête, et ça m'écœure. Je suis déjà assez gêné quand j'entends mes parents… faire ce qu'ils font dans leur chambre, mais quand je les vois se regarder comme s'ils allaient se jeter dessus devant nous, ça m'écœure. Ils ont beau s'aimer et se bécoter comme au premier jour de leur rencontre, ils pourraient se montrer plus discrets, quand même.

De déception, je balance mon sac par terre.

– C'est pas juste ! Après je pourrai plus la voir, tu le sais !

– Angelo, tu la verras demain. Allez, je vous laisse.

Elle met son lourd sac en bandoulière et sa jupe semble si aérienne quand elle quitte la cuisine d'un pas léger pour convoler jusqu'à son mari. Je jure en entendant la portière de la voiture claquer, puis le bruit du moteur. Je m'approche de la fenêtre et la regarde s'enfuir en me laissant la responsabilité d'Elia, qui s'approche de moi à petits pas en laissant traîner son doudou dans son sillage. Elle bâille et se frotte les yeux en m'appelant de sa petite voix douce. Je baisse les yeux sur elle. Elle qui, depuis cinq ans, est le centre de l'attention de mes parents. Elia qui, pour une raison inconnue, me réclame toujours des câlins et des bisous, plus qu'à son propre père, souvent absent de la maison. Je sais bien que ce n'est pas sa faute si ma mère m'en laisse souvent la garde pour sortir le soir, ou en journée quand elle veut faire une course, et que je ne me sens pas libre, malgré mes 16 ans et demi, de faire tout ce que mes copains font.

Elle tire sur le bas de mon tee-shirt et je me retiens de la bousculer.

Ce n'est pas sa faute. Ce n'est pas sa faute.

Elle porte une jolie robe bleue bouffante comme elle les aime, « comme une princesse », dit-elle souvent, et de jolies chaussures vernies pour parfaire le tout. Elle est adorable et ne ferait pas de mal à une guêpe même si celle-ci la piquait. Je soupire en l'ignorant et reporte mon attention dehors. Il fait un temps magnifique, parfait pour se baigner.

Parfait pour retrouver Inès.

Je jure en sortant mon portable de ma poche pour prévenir ma copine, me retiens encore une fois d'envoyer Elia bouler alors qu'elle enserre ma jambe comme pour me faire un câlin non consentant, puis une idée germe en moi.

J'avise la vieille Polo qui me sert à apprendre à conduire. C'est une des rares choses que mon père fait avec moi. Il m'a déjà emmené dans des parkings déserts le dimanche pour que je m'entraîne à passer les vitesses, gérer les pédales. Puis sur des routes de campagne, pour partager un moment complice avec moi. J'ai commencé la conduite accompagnée et j'ai le sentiment d'être né avec le volant entre les mains. Moi qui adore faire du vélo, je suis certain que j'aimerais encore plus rouler dans un quatre-roues. Je m'accroupis pour avoir le visage tiré d'Elia face au mien. Elle bâille puis fourre son pouce dans la bouche. Elle est fatiguée, c'est bientôt l'heure de sa sieste.

Je décide en cet instant que rien ne m'empêchera d'aller rejoindre Inès. Que la petite va s'endormir et me laisser passer un moment avec ma copine, comme c'est prévu. Au pire, je la mettrai devant un Disney. Je ne peux pas perdre du temps à aller chez ma copine à pied, en portant Elia dans mes bras. Avec un peu de chance, elle va s'endormir rapidement. En voiture, je mettrai à peine cinq minutes pour la retrouver. Je ne pense pas à ce que mes parents vont dire quand ils apprendront que j'ai pris la Polo sans leur autorisation, s'ils s'en rendent compte, et de plus avec Elia. Je risque d'être puni jusqu'à ma majorité.

Mais merde, je dois y aller.

– On va faire un petit tour, d'accord?

Elle opine et s'accroche à mon cou de son bras libre, tourne la tête pour que sa joue repose sur mon épaule et je la soulève dans mes bras comme si elle ne pesait rien. Au dernier moment, je pense à prendre son maillot de bain dans la buanderie, et sa serviette avec les petits cœurs.

Elle va adorer se baigner.

13

Annabelle
De nos jours

J'inspire un bon coup avant de franchir la porte de la salle de sport. Je viens de finir mon dernier cours de la journée, et mon skate m'a guidée droit jusqu'ici, comme si je ne possédais plus de libre arbitre. Mon corps bouge à ma place, réfléchit à ma place. Je pose mon skate contre le mur à côté de la porte et m'approche, aussi discrète qu'une petite souris. Isaac et Pappas se battent.

Ils sont concentrés ; Isaac parle sans arrêt, lui donnant des instructions, et Pappas s'exécute. Personne ne m'a vue ni entendue franchir le seuil. Pouvoir observer l'objet de mon obsession sans qu'il se sache épié est grisant. Il semble être complètement différent ainsi, alors qu'il ne fait rien de particulier. C'est dans sa posture, le relâchement de son corps, peut-être. Son visage détendu, malgré l'effort évident fourni pour parer les coups. Il est de profil par rapport à moi et je m'avance sans faire de bruit jusqu'au canapé, où je me laisse glisser, mon sac de cours sur les genoux.

À un moment, Pappas se retrouve face à moi, son regard pivote une demi-seconde, et nos iris s'accrochent. Mon cœur bondit, cherche une sortie, et tout mon corps s'enflamme quand il continue son entraînement comme s'il n'avait rien vu. Je me sens toujours honteuse et sale par rapport à la scène que j'ai surprise samedi soir, mais je suis quand même revenue, c'est plus fort que moi. Je revois, l'espace d'une seconde, le corps de la fille, son dos nu, ses fesses rebondies qui ondulent sur lui.

Lui qui m'a happée de ses prunelles et ne les a plus quittées, même en jouissant dans le corps d'une autre. Cette scène m'a autant choquée qu'excitée. Le voir coucher avec une fille alors que quelques heures plus tôt, il m'attirait à lui et me donnait un baiser torride, c'est à n'y rien comprendre. Et pourtant, plutôt que de me vautrer sur mon lit et de pleurer pendant des jours en imaginant toutes ces choses qu'on aurait pu vivre ensemble s'il ne cherchait pas à tout casser systématiquement, j'ai fait comme si ça ne me touchait pas. J'ai vu Gauthier dimanche après-midi, on a regardé des séries en se goinfrant de pop-corn arrosé de soda. Je m'inquiète de ne jamais le voir réviser, mais il me répète qu'il gère.

Alors je le laisse gérer.

Ce lundi matin, je me suis levée avec une résolution nouvelle. Celle d'aller jusqu'au bout. Jusqu'au bout de quoi, c'est la question épineuse. Qu'il baise une nana sous mes yeux, tant pis ! Je ne vais pas me détourner de mon but. J'avance, et mes pas me mènent à lui.

Isaac annonce la fin de l'entraînement et se retourne pour prendre une bouteille d'eau sur la table de la cuisine. Il m'aperçoit et son visage de marbre se fend d'un grand sourire.

– Anna !

Je l'ai prévenu, samedi soir, que je quittais la soirée. Quand j'ai repris mes esprits face à la vision du corps de Pappas entrant dans un autre, j'ai presque couru jusqu'à la salle principale et j'ai cherché, paniquée, Gauthier qui discutait avec Isaac. J'ai simplement regardé mon ami qui a tout de suite compris et fait un *check* au coach sportif avant de m'entraîner en me tirant par la main. Il était content que j'ouvre enfin les yeux et me détourne de ces garçons. Sauf que je suis partie pour mieux revenir, plus forte, mieux armée.

Plus déterminée.

Je ne veux pas qu'il m'oublie. Qu'il pense à une autre. Pappas passe devant moi sans un regard et se dirige dans le couloir. Tout aussi rapidement, l'eau de la douche se met à couler. Je suis déçue qu'il m'ignore, mais c'était à prévoir. C'est humiliant comme situation, j'ai envie de partir sans demander mon reste, ne jamais revenir et les oublier. Mais je sors de mon sac ma liseuse que je trimballe partout tel un talisman, et Isaac s'installe en face de moi en s'essuyant le cou avec une serviette. Il porte un débardeur déchiré et ses muscles sont plus fins que ceux de Pappas.

– Vous faites ça souvent?

Je n'ai pas eu l'occasion de le questionner sur leurs activités, et je veux en savoir plus. Il sait de quoi je parle et ne se fait pas prier pour me donner des explications.

– Deux fois par mois. Je donne le nom du lieu au dernier moment, par texto.

– Tu n'as pas peur qu'on vous dénonce?

Son haussement d'épaules indifférent me renseigne. *Non.*

– Je donne cette info à des gens de confiance. S'il y a une fuite, je remonte la source et je fais payer celui qui m'a trahi.

Sa voix s'est complètement refroidie en prononçant ces derniers mots et il plante son regard dans le mien, comme une menace. C'est la première fois que je ressens de l'appréhension face à ce garçon. Je sais maintenant que lui aussi peut se montrer aussi féroce que Pappas. Il le cache simplement mieux que lui. Il sourit de nouveau comme si de rien n'était.

– Comment tu peux avoir confiance en moi? demandé-je, intriguée. On ne se connaît pas.

– Je le sens.

– C'est parce que j'ai l'air d'une fille à papa?

Il se penche en avant en écartant les cuisses, faisant remonter son short tout en haut et je détourne le regard de lui, gênée.

– C'est parce qu'il te plaît.

Je rougis si fort que je me sens suffoquer par la chaleur soudaine qui rugit dans mon corps. Je veux nier, me montrer indifférente et blasée, mais ce n'est pas mon genre. Je n'aime pas mentir.

Et putain, oui, il me plaît.

– Ce n'est pas réciproque.

Isaac ricane mais ne me détrompe pas. Cette conversation est gênante, mais puisque Pappas refuse de m'adresser la parole, il faut bien que je prenne mes renseignements par un autre moyen.

– Il n'arrête pas de me dire qu'il va me faire du mal, ajouté-je.

Je redresse la tête pour affronter le beau métis qui me scrute toujours comme s'il était fasciné par ma personne.

Pourquoi est-ce qu'il ne dit pas le contraire?

« Mais non, tu vas voir, quand tu auras appris à le connaître, tu te rendras compte qu'il est adorable, dans le fond… »

Je le regarde à mon tour sans savoir quoi ajouter, quand il affirme très vite :

– C'est à lui qu'il fait le plus de mal.

Puis il bondit du canapé au moment où Pappas fait son entrée dans le salon, ne portant qu'un boxer blanc mettant en valeur la couleur dorée de sa peau. Ce garçon n'a décidément aucune pudeur, alors que la mienne m'étouffe. Il grogne en constatant que je suis toujours là. Je déglutis en serrant convulsivement ma liseuse entre mes doigts. Isaac rassemble ses affaires dans un sac de sport et parle doucement à Pappas sans que j'entende ses mots, puis me fait un signe de la main avant de franchir le seuil et de partir. Soudain, c'est comme si un éléphant s'était assis sur ma poitrine, je suis incapable de respirer, de parler, de bouger. Pappas prend une cigarette sur la table et se pose à la place qu'Isaac vient de déserter. Pile en face de moi. Je suis fascinée par son corps si beau et si bien dessiné et je ne peux retenir mon regard. Il se promène. S'abreuve de la texture que je devine de sa peau, des dessins sombres qui courent et s'enroulent sur ses poignets. Sans aucune discrétion.

Pappas allume sa clope comme il sait si bien le faire, en frottant le filtre sur ses lèvres avant de le pincer et d'allumer l'autre bout. Il souffle la fumée lentement, langoureusement, avec toujours ce geste inconscient de se cacher une partie du visage avec ses doigts. Ses cheveux encore mouillés de la douche gouttent sur son front. Il a toujours la même coiffure, qui lui va comme un gant. Je comprends en le scrutant que les demi-crânes tatoués sur ses mains ne sont en fait qu'un seul et même tatouage, coupé en deux. S'il joint les mains, pouce contre pouce, le dessin prend tout son sens.

Quand j'ai enfin le courage de lever les yeux et de le regarder en face, son air grave me terrifie. Des papillons s'envolent de mon estomac contracté pour emplir ma gorge, ma poitrine, mon ventre. Ce n'est plus du sang qui coule dans mes veines, mais de la lave. Il me voit. Vraiment. Plonge ses iris gris clair dans les miens comme pour sonder mon âme. Sans se détourner, sans vouloir me faire changer d'avis, cette fois. Je suis aimantée par ce regard. Incapable de bouger ne serait-ce que mes orteils dans mes tennis. Le temps s'arrête.

Et je prie pour qu'il ne reparte jamais.

***

Je reviens le mardi, et le même manège recommence. Le mercredi, il n'y a personne quand je franchis le seuil de la grande salle. Elle me paraît affreusement hideuse sans la présence de Pappas pour l'embellir. J'hésite une seconde entre attendre et m'installer comme si de rien n'était, ou m'en aller. Mais ça aurait été le laisser gagner cette guerre du silence, alors je dépose mon sac sur le canapé, avant de me diriger vers la cuisine. J'ai conscience d'abuser, mais ça ne m'empêche pas de fouiner un peu. Je prends la direction du couloir étroit, dont une percée dans le mur mène à des vestiaires. Je vois deux cabinets et quatre cabines de douche, dont seule une semble fonctionner. Un flacon de savon unique, qui doit servir aussi bien pour les cheveux que pour le corps, est posé sur une petite étagère. Une serviette est suspendue juste devant, encore humide. Je l'effleure du bout des doigts et rapproche mon nez pour la renifler. Elle ne sent pas l'humidité ou le renfermé. Elle sent son odeur.

Je frissonne en observant cette drôle de salle de bains. Quand je pivote vers les lavabos, je constate que le grand miroir est brisé. Tous les morceaux coupants ont été jetés, ne laissant en place que ceux encore accrochés malgré le choc. Je m'en approche. Mon image m'apparaît fragmentée. Je note à ce moment-là que Pappas ne semble pas du tout s'inquiéter de son image, à part sa coupe de cheveux et sa barbe qui sont régulièrement raccourcies, d'après ce que j'ai pu constater. Sur une petite planche en bois qu'il a posée sur une partie du grand lavabo, sa brosse à dents, un peigne qui me fait sourire, du dentifrice. Et c'est tout.

De plus en plus intriguée, je me dirige vers la chambre, chassant de mon esprit les images de cette horrible soirée qui m'assaillent sur-le-champ. Avant même de surprendre le couple, je les ai entendus. Je cherchais les toilettes et j'ai suivi le son de leurs voix, comme possédée. Je savais ce qu'ils étaient en train de faire, leurs gémissements, ou plutôt son gémissement à elle était sans équivoque. Mais j'ai eu besoin de constater de mes propres yeux si ce que je soupçonnais était en train de se passer. Je ne m'attendais pas à ce que Pappas me fasse une déclaration d'amour, après m'avoir embrassée à l'entrepôt, mais une telle gifle…

Et quand il m'a vue… C'est comme si ça l'excitait. Que ça décuplait son plaisir. J'étais fascinée. Blasée. Terriblement excitée.

Je mets quelques secondes pour entrer dans la pièce, touche son déodorant, ne trouve pas de parfum, ouvre un tiroir de vêtements, l'odeur de la lessive me saute au visage. Il a beau vivre dans un taudis, il sent bon, son linge aussi, il prend soin de son hygiène corporelle. Il doit aller régulièrement dans une laverie du campus. L'estomac crispé, je balaye du regard son lit, ses draps froissés, son unique oreiller, imaginant une fille nue enroulée autour de son corps, repue de plaisir. Les larmes me montent aux yeux et je les refoule. Je quitte cette pièce le cœur en vrac, attrape mon sac sur le canapé et sors sans un regard en arrière.

Le quatrième jour est le plus éprouvant. Je suis au campus pour faire des photocopies et j'entends le nom d'Hermès. Aussitôt, tous mes sens s'éveillent et je me rapproche du groupe de filles qui discutent.

– Vous vous rendez compte qu'il aurait pu mourir à 16 ans à peine? s'exclame une petite blonde sur le ton de la conspiration.

Mon cœur cesse de battre à cette idée.

– T'es sûre que c'était si grave? demande une voix.

– Oui, mon frère était dans sa classe quand c'est arrivé, on était presque voisins. Ça a marqué tout le village, vous pensez bien. J'étais petite, mais je me souviens du choc de ce terrible accident de voiture.

– Un truc de fou.

– On a tous pensé qu'il allait rester paralysé à vie. C'est un miracle qu'il puisse encore marcher.

J'ai du mal à respirer, l'imaginer dans une scène d'accident me tétanise et ma panique se réveille. Je compte dans ma tête. Une troisième voix, insensible et dénuée d'empathie, gémit presque et je me retiens de me retourner pour la faire taire.

– En tout cas, ça aurait été dommage ! Il a un de ces culs ! Et ces tatouages... Hmm !

Écœurée, choquée par ce que je viens d'apprendre, j'oublie mes photocopies et prends le chemin de la salle de sport avec des questions plein la tête.

Isaac est là. Pappas commence tout juste l'entraînement, il fait des échauffements. Si le premier me salue chaleureusement en sortant des gants de son sac de sport, le second m'ignore superbement, allant même jusqu'à me bousculer avec son épaule quand il passe tout près de moi et se penche sur la table basse pour prendre sa bouteille d'eau. Ce contact m'électrise tout entière. Le point culminant de cette décharge se loge dans mon clitoris et je cache mon émoi en m'effondrant sur le canapé. Je n'ai jamais été autant stimulée par un garçon. Je n'imagine même pas l'effet que ça aurait sur moi s'il me touchait vraiment. Et surtout, s'il me touchait là où je crève d'envie qu'il le fasse. Cette idée tourne en boucle dans ma tête pendant les deux heures où je le mate sans vergogne, où je me mords les lèvres pour m'empêcher de dire une bêtise qui me ridiculiserait encore plus à ses yeux.

Je pense sans arrêt à la douceur de ses lèvres sur les miennes, à l'entrepôt. Je m'endors avec cette pensée, en rêve la nuit, me réveille avec ce manque grandissant en moi.

Ce jour-là, je n'ouvre même pas mon sac.

Non, je rentre chez moi dans une torpeur proche de la transe. Il m'a juste frôlée et ça a suffi à me transformer en guimauve pendant deux heures, et même plus.

Je veux qu'il me caresse. Non. Qu'il me touche, tout simplement. Avec son regard d'acier, avec ses doigts écorchés, avec ses mains brutales.

Je veux qu'il me donne quelque chose de lui.

14

Pappas

En ce vendredi après-midi, les étudiants bouclent leurs sacs, remplissent les voitures pour s'enfuir du campus l'espace d'un week-end. Pour ma part, je moisis dans ce trou depuis si longtemps que j'ai oublié comment était le paysage en dehors des montagnes du Vercors, de Belledonne et de la Chartreuse. La liberté pour certains. Une prison pour moi.

Je prends une cigarette et me dirige vers la porte pour l'ouvrir en grand. Il pleut des trombes d'eau depuis une heure, créant des flaques impressionnantes à l'entrée de la salle, d'autres plus grandes encore dans les allées défoncées du campus. J'allume ma clope en inspirant profondément la fumée qui encrasse mes poumons. Je ferme les yeux.

Anna machin est en train de me rendre dingue. Cette manière de s'incruster chez moi, de me fixer comme si elle léchait mon corps avec ses iris d'une couleur indéfinissable, et pourtant de piquer un fard et baisser les yeux dès que je m'approche d'un peu trop près. Je pensais la déstabiliser avec mon silence, mais c'est comme s'il lui donnait des forces.

Alors que j'aspire ma dernière taffe, je la vois qui déboule en courant devant chez moi, sans doute pour se protéger au maximum de la pluie qui ruisselle pourtant comme si elle sortait d'une piscine, et stoppe net sa course à un mètre de la porte tandis qu'elle me remarque, mon corps bloquant l'accès à la salle. Je jette mon mégot dehors d'une pichenette en la regardant de la tête aux pieds. Elle porte une veste légère avec une large capuche, mais ses longs cheveux blonds s'échappent au niveau de l'encolure et ils sont trempés. La lanière de son sac de cours barre son buste camouflé, son jean est sombre tellement il est imbibé d'eau, ses chaussures, des petites baskets noires, n'ont pas meilleure mine et pataugent dans la flotte. Elle reste plantée sous la pluie en sachant très bien qu'elle ne passera pas le barrage de mon corps si je ne le veux pas. Je suis là, à l'abri, sentant l'humidité et des gouttelettes s'écraser sur mon visage et mes bras nus tandis qu'elle est dehors, dans le froid, le vent et la pluie. Avec un regain de pitié, je m'écarte. Elle regarde droit devant elle, lève le menton et entre. Je secoue la tête de dépit.

Cette fille est une plaie.

Elle est tellement dégoulinante qu'elle n'ose pas s'avancer dans mon taudis, et je la délaisse pour aller chercher une serviette dans ma chambre. Quand je reviens, elle a abaissé sa capuche et pianote sur son téléphone. Je le lui prends des mains. Elle ouvre de grands yeux, surprise que j'ose instaurer un contact entre nous, même aussi ténu que ça, et je lui lance la serviette à la figure. Elle me jette un regard furieux mais commence à s'essuyer. Son mascara a coulé, donnant à ses yeux si singuliers une nouvelle force, moins propre et nette que d'habitude. Un peu plus animale. Quand je sens ma queue s'éveiller au souvenir d'un rêve dont elle était l'héroïne, je me détourne en direction de la cuisine et remets discrètement mon sexe en place, pour que mon début d'érection soit moins flagrant. Je me sers un café dans mon bol mais ne le touche pas. Il fume encore.

Je me retourne et m'adosse au frigo pour la détailler. Elle s'essuie les cheveux en se penchant légèrement en avant, en m'ignorant. Ou plutôt, en faisant comme si ma présence ne la chamboulait pas, alors qu'elle lance de petits coups d'œil furtifs dans ma direction, l'air de rien, pensant sans doute que je ne les remarque pas.

Cette nana est vraiment un boulet.

Elle joue les timides mais revient tous les jours.

J'hésite une bonne minute en la contemplant, puis grogne et retourne dans ma chambre. Je trouve un tee-shirt à manches longues et un short long que je ne mets plus parce que ma masse musculaire, qui a doublé en quelques années, m'en empêche désormais. Je la rejoins et lui tends les vêtements sans la regarder. Quand je sens qu'elle ne fait pas un geste pour s'en emparer, je tourne la tête pour l'interroger du regard.

– C'est pas la peine, merci, dit-elle comme si je lui proposais un tas de merde.

Je me plante devant elle et ses yeux s'agrandissent de surprise. Je lèche des yeux ses lèvres à moitié bleuies par le froid, ses mâchoires, descends sur son haut en dentelle à col montant et manches longues qui cache tout le spectacle de sa poitrine moulée. J'en ai marre qu'elle vienne ici et s'incruste, mais je donnerais cher pour la toucher comme j'y pense de plus en plus.

À cause d'elle. Elle s'impose, force mes pensées salaces.

Je me concentre à nouveau sur son visage et plante mes iris acier dans son regard tendre.

– Soit tu te casses, soit tu te changes. Tu comptes rester plantée debout, trempée ? Ou t'asseoir sur le canapé, sèche ?

Je me fous comme de l'an quarante qu'elle mouille mon canapé pourri en s'installant dessus dans ses fringues mouillées. Mais je sais qu'elle ne s'en fout pas. Elle a de l'instruction, elle. De l'éducation. De la bienveillance.

Tout ce que je n'ai plus.

Elle fronce ses sourcils qui m'envoûtent de plus en plus, pince ses lèvres que j'ai envie de goûter à nouveau, de réchauffer, et pour la décider, j'attrape sa main qui pend le long de son corps. Elle sursaute au contact de ma paume chaude et je la vois littéralement frissonner. De mon autre main, je lui fourre les vêtements entre les doigts et m'écarte, puis je donne une petite impulsion dans son dos, au niveau de ses reins, *de sa putain de chute de reins*, et la pousse vers le couloir de la chambre. J'en profite pour mater son cul tandis qu'elle s'éloigne à contrecœur avec son fardeau.

À son retour, je suis installé dans un canapé. J'ai de nouveau rempli le bol que j'ai posé sur la table basse à son intention, j'ai déniché une vieille couverture que j'utilise en hiver et je l'ai déposée en offrande juste à côté. Je ne me gêne pas pour la détailler, comme elle le fait quand je suis en train de m'entraîner, et la rougeur soudaine de son visage me confirme qu'elle l'a remarqué. Elle porte mon short qui lui arrive sous les genoux mais a remis ses tennis mouillées, comme si elle voulait être prête à s'enfuir à tout moment.

Elle est avisée, finalement.

Elle a mis également mon haut, mais je vois bien le sien, par-dessous le large col, et je grogne de déception. Je n'aurais pas été contre voir un peu de chair, cadeau dont elle est très avare. Elle suit mon regard et explique :

– Il était sec.

Je ne réponds rien. Je ne veux pas la mettre à l'aise, juste qu'elle se réchauffe avant de partir. Sans me demander mon avis, elle s'empare de la couverture, l'enroule autour de ses épaules et s'assoit en tailleur en face de moi, à même le sol défoncé, puis elle se penche pour saisir le bol de café, qu'elle croit pour elle. Elle enroule ses doigts autour de la porcelaine et ferme les yeux comme si ce contact la réchauffait de l'intérieur. Elle les rouvre et rougit.

– Tu n'as jamais froid? demande-t-elle en désignant mes bras nus et mon tee-shirt.

Je ne réponds pas, ne hausse pas les épaules, ne cille même pas. Elle porte le bol à ses lèvres, s'accommodant de mon mutisme, souffle délicatement avant de prendre une gorgée. Sans s'en rendre compte, elle pousse un faible gémissement de contentement et putain, je sens ma queue tressaillir à nouveau.

– Pourquoi tu viens ici? bougonné-je.

Elle plante ses iris dans les miens, cherchant peut-être la bonne réponse, et me scrute par-dessus le bol. Elle souffle encore sur le breuvage, me donnant une vision de sa bouche en cœur beaucoup trop sexuelle, et je me penche en avant pour prendre une cigarette, fuyant l'attraction. La tentation. Je fume trop quand elle est là.

– J'ai envie… de te voir.

Je sens qu'elle ne ment pas. Peut-être même qu'elle ne sait pas faire. C'est une chieuse, mais une chieuse honnête, même si la vérité l'embarrasse, je l'ai tout de suite remarqué.

– Pourquoi?

C'est à peine une question. Je taquine la cigarette, l'allume, et pendant tout ce temps, la secouriste a oublié qu'elle avait un cerveau. J'ai envie de sourire à l'idée que je la mets dans cet état, mais je me force à rester impassible.

– Pourquoi? demandé-je plus fort.

Elle se reprend, regarde le sol et repose le bol vide sur la table entre nous. La couverture glisse sur son épaule.

Putain, pourquoi tu es encore habillée?

– C'est ma gentillesse qui t'attire?

Elle se mord la joue, retient un sourire.

– Mon hospitalité?

Ses lèvres s'étirent vraiment et elle ose un coup d'œil vers moi, pour être certaine que je suis bien en train de plaisanter avec elle, moi, le mec taciturne qui ne lui a pas adressé la parole depuis quatre jours alors qu'elle était là au moins deux heures chaque fois.

– J'aime ta déco, dit-elle enfin. C'est… épuré.

Elle ose à peine me regarder, de peur d'aller trop loin, de me vexer. Que je la remballe. C'en est presque touchant, cette manière de toujours me scruter pour étudier mes réactions.

– Tu peux aussi bien faire tes devoirs chez toi, dis-je méchamment pour remettre les pendules à l'heure.

Elle rougit, détourne les yeux et s'agite sous la couverture.

Touché.

Je me rapproche du bord du canapé, me penche en avant en prenant une bouffée de nicotine et crache la fumée dans sa direction. Elle sent que j'ai encore changé d'humeur, aussi vite que l'orage éclate dans cette ville de jeunes cons, et s'est blindée.

Bien.

– Moi, je sais ce que tu viens faire ici. Ce que tu regardes.

Je pose ma clope à même la table et retire mon tee-shirt d'une main. Elle s'est de nouveau décomposée et je suis certain qu'elle n'a plus froid, à présent. Je me lève. Ses prunelles tombent au niveau de ma ceinture où une fine ligne de poils noirs court depuis mon nombril pour venir mourir dans mon boxer. Ses yeux s'agrandissent. Je reprends ma cigarette et continue de fumer, aspire une taffe, puis deux, le temps de me calmer. Mon érection n'est plus un secret pour elle, et je sens que je me contrôle de moins en moins. Cette fille réveille des pulsions en moi, l'envie de faire autant de mal que de bien.

L'envie de briser cette image de petite fille modèle.

L'envie de la faire crier de plaisir.

Voir son visage se crisper au moment de l'orgasme…

Quand je porte les mains à mon bouton, elle lève soudain les yeux. On se regarde tandis que le bruit de ma braguette que je déboutonne est le seul son qui accompagne celui de la pluie. Dans ses iris, soudain, la panique.

– C'est ça que tu veux?

– Qu'est-ce que tu fais? s'inquiète-t-elle d'une voix tremblante.

– Eh ben, il est temps que je te donne ce que tu es venue chercher.

Je fais un pas de côté, prêt à contourner la table et m'approcher d'elle, et elle saute en l'air comme une flèche qu'on aurait tirée d'un arc. Elle se retrouve debout en un rien de temps, la couverture tombe à ses pieds et elle s'éloigne en direction de la cuisine, vu que si elle s'était dirigée vers la porte d'entrée, je l'aurais interceptée.

Elle a vraiment peur, cette fois! Peut-être qu'elle va enfin comprendre, maintenant.

– Pourquoi tu me fuis? Je suis pas assez bien pour toi?

Elle s'est réfugiée derrière le bar minable qui tient miraculeusement sur trois pieds et réalise qu'elle s'est mise dans une belle merde. J'ai quand même du mal à comprendre son attitude. Elle me cherche depuis des semaines, et maintenant qu'on entre dans le vif du sujet, elle décampe?

– Arrête, Pappas…

– Pourquoi? grondé-je. Je te fais peur? Enfin?

J'avale les mètres qui nous séparent d'une démarche féline et ses yeux s'agrandissent d'effroi à chaque nouveau pas. Elle regarde frénétiquement derrière moi, en quête d'aide certainement, cherche des yeux son portable qui est encore dans ma poche arrière. Je le sors, le bazarde sur le bar et elle se jette dessus. Mais n'est pas assez rapide. J'intercepte son poignet et elle pousse un cri plaintif. D'appréhension? De douleur? D'excitation?

Sa tenue n'est pas alléchante, pourtant, la voir dans mes vêtements attise le feu dans ma queue qui se gonfle d'attente. J'imagine son petit cul frottant contre le tissu qui a touché ma peau et je n'ai plus qu'une envie : entrer en elle.

Je sais que je lui plais. Qu'elle me cherche. Alors? Qu'est-ce qu'elle a, merde?

J'ai saisi qu'elle est différente des pimbêches que je me tape, mais elle ne reste pas moins une femme qui me désire clairement, même Isaac me l'a confirmé. Pourquoi jouer les prudes? Comme maintenant, où elle ferme les yeux sans se débattre, alors que je la tiens toujours par le poignet, et qu'elle me supplie silencieusement de lui donner un baiser?

Je me plaque contre elle en la reculant jusqu'à l'évier de la cuisine. Elle a complètement oublié son portable. Elle semble inerte face à moi, sans libre arbitre, comme si je prenais possession de son corps sans même être à l'intérieur.

Bandant.

Elle est grande, je n'ai qu'à baisser le menton pour effleurer ses cheveux, alors que je suis moi-même proche du mètre quatre-vingt-dix.

Taille mannequin.

Je l'écrase et elle ne dit rien. Je renifle sa chevelure, elle tend le visage vers moi, lève la tête et m'implore silencieusement de l'embrasser. Je sens sa peau, son odeur de crème, de parfum sucré, de pluie. Je suis très sensible aux odeurs, d'où mon hygiène parfaite. Et elle, putain ce qu'elle sent bon. Mon nez parcourt ses pommettes, remonte sur ses sourcils, refait le tour de sa mâchoire avant de lui donner ce qu'elle veut.

Je pose mes lèvres sur les siennes, et j'ai aussitôt besoin de plus. Elle se cambre par réflexe pour m'accueillir, plaquant son bassin contre le mien, et j'empoigne ses hanches pour qu'il n'y ait plus un seul millimètre d'espace libre entre nous. Mon érection, dure, la fait gémir tandis qu'elle lève les mains pour les passer dans mes cheveux. Je me retiens d'incliner la tête en arrière pour apprécier son contact, le prolonger. Elle ne doit pas voir, pas savoir à quel point j'aime cette caresse. À quel point ça me touche, quand elle pose les doigts sur moi.

Oui.

J'avoue.

Ça me remue. Me titille. Déclenche un besoin viscéral que j'ai oublié, cette douceur dans ses gestes, cette timidité qu'elle brave quand je la provoque. Elle ne va pas droit sur ma queue. Elle n'écarte pas les jambes avant même que j'ouvre mon pantalon. Non. Elle déguste, apprécie, savoure comme si c'était la première fois qu'elle ressentait le désir.

Comme si c'était la dernière fois...

Je grogne quand elle s'empare de ma lèvre inférieure et j'incruste mes doigts dans la chair tendre de ses hanches. Je déteste aimer ça. Je déteste me sentir vulnérable, dépendant, redevable. J'exècre le fait de constater qu'elle n'a qu'à passer sa main dans mes putains de cheveux pour que j'aie encore plus envie d'elle.

Cette gentillesse... Cette innocence...

J'ai soudain envie de revenir sur mon plan de départ, la faire partir, aller assez loin dans ma brusquerie pour qu'elle n'ait plus envie de revenir, pour la faire déguerpir pour de bon. Je m'arrache à son étreinte et elle pousse une plainte débordante de frustration quand je me recule. Elle est obligée de poser les mains sur l'évier pour se donner une contenance et fait la moue en guise de question.

– Je savais qu'il n'y avait que ça qui t'intéressait.

Elle fronce les sourcils, sentant que super connard est de retour.

– Ça t'excite de me voir me battre? Prendre des coups?

Elle secoue la tête mais je fonds sur elle si vite qu'elle ravale sa réponse. Je la capture avec mon bras gauche contre l'évier et plaque la paume de ma main droite sur son sexe. Elle sursaute en s'emparant de mon bras, prête à me repousser. Mais la moiteur que je sens à travers le short me fait crépiter d'impatience. Je suis à deux doigts de perdre le contrôle. Cette fille m'obsède et j'ai besoin de la besogner pour me débarrasser de cette obsession.

Elle a perdu ses mots. Elle est visiblement partagée entre céder sous mes doigts et m'arrêter. Elle ferme les yeux. Je bouge un peu, massant de ma paume son clitoris, tâtant sa fente avec le bout de mes doigts.

– T'es comme toutes les autres. Tu aimes la violence.

Mon ton froid et ma manière d'insister sur le dernier mot lui font rouvrir les yeux. Qui sont accusateurs. Et elle comprend. Trop tard. Avec une lenteur calculée, j'enserre sa taille et la retourne. Elle tente bien de se débattre, mais je suis bien plus fort qu'elle, petit fétu de paille. Je m'appuie contre son cul, acculant son pubis contre le métal froid, frotte mon sexe libéré de mon jean mais encore prisonnier de mon boxer entre ses fesses. Putain, comme je rêve de son cul.

Je me penche pour lui susurrer à l'oreille :

– Je sais que ça te fait mouiller.

Ses mains sont de part et d'autre de l'évier, je ne la vois plus et c'est très bien comme ça. Je la sens tressaillir. Parfois, elles aiment que ce soit brutal, mais ne l'avoueraient pour rien au monde. Je ne l'ai pas classée dans cette catégorie, mais je me suis peut-être trompé. Toujours lentement, je bascule ses cheveux du côté gauche de son épaule et embrasse la peau chaude de sa nuque. Elle gémit encore, se cambre instinctivement, venant se presser encore plus contre moi, et qu'est-ce qu'elle est réceptive. C'est comme si chaque toucher, chaque frôlement déclenchait une série de réactions là où je ne les attends pas. Toujours en découvrant la peau de son cou avec ma bouche, je remets mes mains sur ses hanches, puis glisse mes doigts sous l'élastique du short. Elle est tellement absorbée par mes baisers qu'elle ne le remarque pas tout de suite. C'est quand je me glisse sous sa culotte qu'elle réalise et tente de m'échapper. Mais plus elle essaye de se soustraire à moi, plus elle se frotte, et plus elle m'excite.

– Je sais que c'est ça que tu es venue chercher depuis le premier jour.

Elle stoppe sa rébellion au son de ma voix. Puis se rend compte qu'elle aussi en est pourvue.

– Arrête…

Son ton est faible, comme si elle ne pensait pas ce qu'elle dit.

– Pourquoi ? Tu n'arrêtes pas de me dire que tu veux quelque chose de moi.

J'empoigne ses cheveux pour tourner son visage vers le mien et me penche à peine pour l'embrasser à pleine bouche. Sa taille est idéale pour la mienne. On s'emboîte à la perfection. Tandis qu'elle se remet à onduler sans s'en rendre compte, venant titiller ma queue déjà bien tendue, je saisis franchement l'élastique du short et le baisse d'un coup. Cette fois elle crie, et se sert de ses deux mains pour me retenir. Mais je suis parti, et putain, elle ne demande que ça. Je la penche en avant, en tenant toujours sa chevelure dans ma main gauche, puis finis de descendre le tissu, qui entraîne sa culotte. Elle pousse un autre cri alors que je découvre le plus beau cul que j'ai jamais vu. Rebondi. Laiteux. Il paraît tendre et musclé à la fois.

Elle commence à franchement se débattre et essaye de se redresser, mais je suis plus fort.

– Arrête, Pappas !

– C'est pas ce que tu veux de moi ?

Je donne un coup de reins franc qui la fait tressauter et gémir.

– Pas comme ça, halète-t-elle.

– Pardon? demandé-je en la rapprochant de moi, jouant de son corps comme un félin le ferait de sa proie avant de lui donner le coup de grâce.

– Non, arrête…

Je lâche ses cheveux et empoigne son cul à deux mains, la plaquant toujours contre le meuble. Je touche sa peau veloutée et je rêve de m'y enfoncer. Qu'est-ce qu'elle est douce.

– J'ai compris, chuchoté-je. Tu préfères de ce côté?

Elle se raidit entre mes bras. Je précise, pour être bien clair :

– Dans le cul?

Je le caresse et elle rue. Quand je porte la main à mon sexe, pour le libérer de mon caleçon, elle panique et j'entends un sanglot dans sa voix, quand elle répète :

– Arrête, s'il te plaît…

Je tique et cesse de bouger. Je ne l'aurai pas prise aussi brutalement. Les préliminaires ne font que commencer, mais je n'ai pas le temps d'ouvrir la bouche qu'elle lâche, entre deux hoquets, entre deux murmures :

– Je suis vierge…

Alors là, je me fige comme si elle venait de me couper les couilles d'un coup de lame. Je me recule d'un bond pour m'éloigner le plus possible, comme si je venais de me brûler le bout de la queue. Je me cogne contre le bar et elle remet son short en se retournant pour me faire face. Je détourne les yeux.

Tout à coup, j'ai honte. De l'avoir provoquée, d'avoir joué, de lui avoir fait peur. Je voulais juste aller loin pour qu'elle se casse, mais comme elle ne partait pas, je me suis dit qu'une bonne partie de jambes en l'air, après tout, ça ferait du bien à tout le monde. Mais elle vient de lâcher une bombe à laquelle je ne m'attendais pas du tout.

Je me sens humilié. J'étais à deux doigts de perdre le contrôle, elle m'a dit plusieurs fois d'arrêter mais je ne l'ai pas écoutée, en pensant… qu'elle ne le pensait pas vraiment. Que c'était pour m'exciter. M'aguicher.

J'ai honte, putain j'ai honte!

Je rajuste mon jean, ma trique a miraculeusement diminué de volume, je respire fort en refermant les boutons tant j'ai envie de me frapper. Brusquement, une vague de haine afflue dans mon crâne. Je lui en veux de m'avoir provoqué alors que je sais que concrètement elle n'a rien fait pour, du coup j'enrage encore plus d'être aussi con, d'avoir cru qu'elle n'était qu'une salope sous ses airs innocents alors qu'elle est vraiment innocente. Que depuis le début, elle ne ment pas. Elle ne joue pas.

Elle ne joue pas, bordel.

Quand sa main frôle mon épaule, je la dégage d'un grand coup sec.

– Casse-toi, lâché-je entre mes dents serrées.

Je ne veux pas l'épier, être le témoin de sa déception ou de sa peine, ou de je ne sais quoi d'autre. Je ne veux pas qu'elle me regarde. Je veux juste qu'elle se barre, putain!

– Dégage, merde! crié-je en m'éloignant.

Je serre les poings sur mes cuisses, souffle de plus en plus fort et bruyamment, sentant monter en moi un besoin bestial de cogner qui ne trouvera pas d'exutoire ce soir. Et comme elle ne bouge toujours pas son cul, prostrée, je la bouscule en me dirigeant vers le couloir. Je cogne contre le mur en entrant dans la chambre et laboure ma commode de coups. Je sens le bois craquer. Exploser. Je pousse des cris de bête.

Je me sens si minable. D'avoir été si brutal, d'avoir cru à un jeu que j'étais le seul à jouer. De savoir que maintenant, je ne saurai jamais ce que ça fait. D'être en elle. De la posséder. De la laisser me gouverner. De la laisser m'amadouer.

Bon débarras!

Quand je n'ai plus rien à casser dans ma chambre, je retourne dans le salon, où il n'y a plus de trace d'Annabelle. Je rassemble mes poings et inflige un *haymaker*[1] à mon bar miteux qui éclate de toutes ses échardes et s'écroule à mes pieds. Cette technique, interdite depuis plus de cent ans dans tous les sports de combat confondus, m'a été apprise par Eric. Il m'a toujours rabâché que pour savoir combattre, il faut savoir se contenir. Connaître tous les mouvements, en sachant pertinemment que certains peuvent tuer. En être conscient.

Et putain, si je pouvais me l'infliger, je n'hésiterais pas.

1. Technique de coups de poing liés l'un dans l'autre, portés au niveau de la tête.

15

Annabelle

Je cours sous la pluie. Je regagne ma voiture en plongeant à moitié dans les flaques, en glissant dans la boue sur une bordure de verdure que j'emprunte pour aller plus vite, mes larmes salées se mêlant à la pluie froide qui se déverse sur moi. J'ai juste eu le temps d'attraper mes affaires avant de m'enfuir à toutes jambes. Le fracas venant de sa chambre m'a épouvantée, plus que n'importe quel geste déplacé qu'il a eu envers moi. Je repense aux paroles d'Isaac en ouvrant la portière et en m'installant derrière le volant.

« C'est à lui qu'il fait le plus de mal. »

J'aurais dû être plus claire dès le début, ne pas m'imposer comme je l'ai fait. Je lui ai donné une fausse impression de moi, de mes attentes. Je n'irai pas jusqu'à dire que je l'ai bien cherché, juste que j'ai ma part de responsabilité et que je ne lui en veux pas.

Enfin, pas trop.

Après tout, il a su s'arrêter à temps. Même s'il a eu le temps de voir et de toucher mes fesses…

À cette pensée, je sens mon corps et mon visage me picoter, chauffer. J'ai adoré qu'il me plaque contre l'évier, sentir la fournaise de son corps se propageant au mien, m'insufflant la vie qu'il lui manque. Et puis, qu'est-ce qu'il embrasse bien… C'est comme s'il mettait toute sa douceur dans cette partie de son corps incontrôlable : ses lèvres. Et quand il se lâche ainsi, il est lui-même, sans filtre.

Impulsif.

Indomptable.

Il a voulu me faire peur et ça a dérapé. Ça arrive. J'aurais pu réagir plus vivement, le frapper vraiment, lui dire clairement que je n'en avais pas envie… Mais ça aurait été mentir. Car j'ai envie de lui, de sa bouche, de ses caresses, simplement je ne sais pas faire, j'ai peur. Peur d'avoir mal la première fois, et peur qu'il me repousse encore plus fort après. Je suis terrifiée à l'idée qu'il me prenne pour une fille facile, alors que je n'ai aucune idée de l'endroit où je mets les pieds.

Ce n'est pas comme si je n'avais jamais flirté avec un garçon non plus. Embrasser, ça oui, avec deux copains. Quelques caresses furtives sous le tee-shirt ou par-dessus le pantalon. Mais jamais comme ça… Je ne suis jamais allée plus loin. Et depuis un an, je ne peux même pas imaginer laisser un garçon me toucher. Mais le désir de Pappas, aussi pur que le mien, m'a transcendée, transportée… jusqu'à ce qu'il rejoue au con avec moi et me retourne en me parlant de mon cul.

Rien que d'y repenser, je sens mon pouls qui s'accélère et je fais enfin démarrer mon véhicule. Malgré les trombes d'eau qui se déversent du ciel, les étudiants s'agitent, claquent les coffres, et je dois attendre plusieurs minutes pour quitter le campus encombré.

Je dégouline d'eau, inonde ma voiture, tremble de froid. Je dois admettre que j'ai adoré qu'il perde le contrôle… à cause de moi.

Jusqu'où serait-il allé, sans ma confession ? Tout à coup, il m'a regardée comme si je le dégoûtais. Comme si je l'avais dupé, depuis le début. Je frissonne au souvenir de son regard froid et vide qui m'a à peine effleurée, avant qu'il ne saccage tout dans sa chambre. Je ne veux surtout pas qu'il croie que je l'ai manipulé, que je veux me jouer de lui, alors que c'est tout le contraire. Je suis spontanée en sa présence, tellement que je me pointe chez lui sans plan précis en tête. Sans réfléchir à ce que je vais lui dire. Ou faire.

Je réponds simplement à un appel plus fort que moi.

J'actionne le bip de mon portail et me gare devant le garage. Mes parents ont l'habitude de se placer derrière moi, nous utilisons aussi bien la voiture que le tram. J'en sors sans plus me préoccuper de la pluie.

Au point où j'en suis.

Quand je déboule dans l'entrée, laissant derrière moi un parquet imbibé de mes traces de pas, je suis surprise de trouver ma mère en train d'emballer de la nourriture. Elle me regarde avec étonnement, se demandant certainement comment j'ai pu me mettre dans cet état en marchant de ma voiture à la maison, puis passe à autre chose.

– Tu tombes bien, ma puce, j'allais t'appeler. Ça te dit un week-end à la montagne? Ils annoncent du beau temps à partir de demain. Ça fait si longtemps qu'on ne s'est pas retrouvés, tous les trois... Papa finit dans deux heures et ne reprend pas avant lundi matin ; moi aussi. C'est parfait.

Elle arrête ses préparatifs et me dévisage vraiment. J'ai soudain peur de ce qu'elle peut lire en moi, alors j'acquiesce en me débarrassant de mon sac et de ma veste que je n'ai pas pris la peine de remettre en partant. J'envoie valser mes tennis, je la vois hausser un sourcil élégant devant mon étrange tenue et je me précipite dans l'escalier.

– D'accord. Je file sous la douche, je suis gelée!

Je fais exprès de bien taper mes pieds sur l'escalier en bois pour que le bruit couvre une éventuelle question et claque ma porte.

Je voudrais voir Gauthier, mais je ne suis pas sûre de pouvoir lui dire ce qu'il vient de se passer. Il serait capable de débarquer chez Pappas pour lui demander des comptes, et ça serait la pire idée du siècle.

Je décide de garder ça pour moi.

Je ne suis pas encore prête à renoncer à lui.

***

Ce week-end avec mes parents m'a fait un bien fou, même si je n'ai pensé qu'à des yeux gris tout le temps. En mangeant, en jouant à des jeux de société, en marchant au milieu d'une forêt. À ses mains, ses bras puissants, l'odeur virile de son cou… La texture de ses lèvres, de sa langue…

Le lundi matin, je me dis que je ne peux pas rester sur cet échec. Que cette attraction que je ressens ne peut pas mourir de cette façon. Si j'ai souffert de cette altercation, je sais que lui aussi, vu sa manière de réagir. Je me promets de ne plus rien lui cacher, de ne rien omettre, mais je dois le voir, au pire une dernière fois. Il doit comprendre que je ne lui en veux pas. Je me sens prête à déballer tout ce que j'ai dans les tripes, pour aller au bout de mon besoin de lui.

Quand je franchis le seuil de la grande salle, à dix-sept heures, il n'y a pas trace de présence dans la pièce. Je soupire de frustration mais avance quand même. Je suis étonnée de voir qu'il ne ferme jamais à clé ; j'ai repéré une sono, il y a son vélo, même s'il l'attache dans les vestiaires, ce que j'ai constaté la dernière fois que j'ai fouiné. Après, il est vrai que personne ne doit s'amuser à lui chercher des embrouilles.

J'enlève mon sac de cours pour le poser par terre et un mouvement sur le canapé me fait hurler de frayeur. Il est là, allongé, et se redresse sans me quitter des yeux. Mon cœur tambourine à un rythme endiablé et je fais un pas alors qu'il s'assoit avant d'attraper son paquet de cigarettes sur la table. J'avance doucement, reste aux aguets au cas où il s'énerve vraiment et me demande de ne jamais revenir. Je le ferais s'il me le demandait. Et je reste persuadée que c'est la raison pour laquelle il n'a jamais prononcé ces mots.

Je m'installe en face de lui, ma veste boutonnée jusqu'en haut, mes cheveux tressés sur le côté dont j'attrape le bout pour le tripoter entre mes doigts. Je suis frappée par son allure : épaules basses, yeux rougis faisant ressortir la couleur de ses iris, mine accablée, cheveux ébouriffés. Il a sûrement passé un week-end pourri, alors que personnellement j'ai pris mon shoot d'air pur et de soleil. Mon cœur se serre devant son désarroi évident, cette peine qu'il dissimule. Il porte un tee-shirt noir, un jean clair déchiré au niveau des cuisses. Dû à l'usure, pas à la mode. Il prend garde de souffler la fumée sur le côté pour ne pas me gêner et cette attention me touche. Quand il parle enfin, d'un ton dépité, alors que ça fait bien cinq minutes que je suis là, je déchante.

– T'es revenue.

J'ai décidé de mordre en retour, de dire ce que je pense avant de ne plus jamais en avoir l'occasion.

Le tout pour le tout.

– Oui.

– Tu es comme la moisissure, quand on croit en être débarrassé, tu réapparais, constate-t-il sans méchanceté, presque à contrecœur. Tu t'incrustes partout.

Je renifle de dédain.

– Pourtant, la pourriture, ça n'a pas l'air de te déranger, dis-je en désignant du menton son logement miteux.

Il lève finalement les yeux vers moi et me dévisage. Ses yeux me bouffent littéralement et je me sens chauffer de l'intérieur. Tous mes atomes sont au garde-à-vous.

– C'est vrai, dit-il enfin en se carrant plus confortablement dans le canapé. Je m'en accommode.

Ce ne sont que quelques paroles en l'air, et pourtant elles me réjouissent.

Il m'accepte ? s'accommode de moi ? se résigne à ma présence ?

Il me regarde encore longtemps, avant de s'éclaircir la gorge.

– Pardon, Annabelle.

À ces deux mots, mon cœur fond. Les sentiments qu'il déclenche en moi sont si profonds, si forts que je sais, en contemplant ses yeux rougis et les cernes qui les entourent, que ce sera lui. Il me demande pardon, et m'appelle enfin par mon prénom. C'est aussi précieux qu'un traité de paix.

– Tu peux m'appeler Anna. Si tu veux.

Il prend une bouffée délicate et souffle la fumée en l'air.

– Je préfère Annabelle.

– Pourquoi ?

Je ne peux pas m'empêcher de creuser, toujours plus loin.

– Parce que tu es belle, Anna.

Cet aveu me coupe le souffle, tout en provoquant un envol de papillons dans mon ventre. Je baisse les yeux sur le sol, mais les relève aussitôt.

Plus de faux-semblants.

– Merci, soufflé-je en réponse. Et toi ?

– Quoi, moi ?

– Comment tu t'appelles ?

Il ne dit rien, se doute bien que je sais que Pappas n'est pas un prénom. Il serre les mâchoires en se penchant pour jeter son mégot dans une canette vide. La secoue, comme pour gagner du temps.

– Personne ne le sait. Sauf Isaac et sa famille.

– Je ne le dirai pas, promis.

Mais il n'ajoute rien, soudain fermé comme une huître. Il croise les bras, comme s'il se demandait si tout ça en valait la peine. Avant qu'il ne change d'avis à mon sujet, je lance :

– C'est Angel ?

Il sursaute presque en braquant son regard sur moi, furieux, interloqué, et son froncement de sourcils énervé vaut tous les mots.

– C'est le prénom que j'ai lu sur le bol de café.

– Putain, dit-il en grinçant des dents. À cause d'un putain de bol de café.

– Pourquoi tu veux pas qu'on le sache ? Que je le sache ?

– Je ne suis plus Angel.

– Tu es Hermès ?

Il redresse la tête, presque arrogant. Oui. Hermès. Le boxeur. La brute. Il reprend une cigarette et je me fais violence pour ne pas lui faire la morale.

Une chose à la fois.

Et puis il est tellement sensuel, quand il fume… Comme lorsque j'étais insouciante, avant l'accident, je sors la première énormité qui me vient à l'esprit.

– Hermès, c'est une marque de cigarettes ?

Et là, quelque chose se passe. Brise la glace entre nous. Il éclate de rire, et ce son est fantastique, surtout quand il est accompagné de la transformation de ses traits. Ceux-ci s'illuminent, amusés, et mon cœur trébuche en voyant pour la première fois une fossette sur sa joue. Je ricane pour masquer ma gêne.

– Une quoi ? fait-il en reprenant son sérieux.

– C'est pas ça ?

– Pas vraiment, non. Je vois même pas avec quoi tu peux confondre. Camel ?

Il rit encore une fois avant de reprendre son sérieux.

– Non. On était assez croyants, dans ma famille. D'où mon prénom. Hermès est celui qui conduit les âmes en enfer.

Cet aveu me rend muette. Je ne comprends pas pourquoi il s'est donné un tel surnom, ce n'est pas très gai. Mais rien n'est joyeux, chez lui. C'est la première fois qu'il parle aussi ouvertement, qu'il rit. Je suis sur le bon chemin.

Mais pour aller où ?

– C'est aussi le nom d'un dieu, ne puis-je m'empêcher d'ajouter.

Il ne rit plus et m'apostrophe :

– Tu as trouvé quel service tu veux?

Je reviens à la réalité et la pensée qui vient juste de me traverser l'esprit me liquéfie sur place. Je m'agite et baisse les yeux sur mes chaussures.

– Non.

– Menteuse.

– Pourquoi? demandé-je en le regardant droit dans les iris.

– Tu as pensé à quelque chose, là, tout de suite. J'ai bien vu. Dis-moi.

Mes lèvres sont scellées et il se rapproche doucement du bord du canapé. De moi. Il aspire la fumée, qui ressort si lentement de sa bouche que je me demande comment il fait pour la retenir. Puis redemande, d'une voix cajoleuse :

– Dis-moi, belle Anna.

– Je voudrais…

Jamais mon visage n'a été aussi près de la combustion. Mais je dois le dire.

– … que tu couches avec moi.

J'ai lâché ma bombe et il reste complètement statique, la fumée bleutée de sa cigarette s'enroulant dans l'air me fascine, et je prie pour que les dernières secondes ne soient jamais arrivées. Puis il s'écrie :

– Mais t'es complètement barjot!

Il se lève d'un bond, s'agite en tirant sur sa cigarette comme un forcené.

– Mais ça va pas ! Ça t'a pas suffi, la dernière fois ?!

Il frotte ses cheveux de sa main libre, luttant peut-être entre céder à ma proposition et appeler l'hôpital psychiatrique. Je prends mon courage à deux mains et assume mes propos.

– C'est mon service. Après, on sera quittes.

– Non, non ! J'touche pas à ça ! T'es qu'une gamine ! T'as quel âge, hein ? T'es encore au lycée !

– J'ai 18 ans, dis-je crânement, même si je les ai depuis à peine deux mois (ça, il n'a pas besoin de le savoir). Et puis, ça te posait pas de problème, vendredi, mon âge.

– Oui, mais c'était avant de savoir.

– Savoir quoi ?

– Mais que… que… t'es vierge !

– Pourquoi tu dis ça comme si c'était une maladie ?

– Vu tes divagations, t'es effectivement malade ! Trouve-toi un gentil garçon, tiens, un mec de ton âge ! Perdez votre pucelage ensemble.

– C'est toi que je veux.

Il arrête de faire les cent pas et me regarde à nouveau. Je me sens si petite et rabaissée que je me lève à mon tour.

– Tu as bien vu que je suis pas un gars bien.

– M'en fous. C'est toi que je veux.

– Je suis pas ton copain.

– Je sais.

– Je suis pas gentil.

– Je ne suis pas d'accord.

Mon petit sourire en coin le déride et il cesse de paniquer. Il soupire en fourrageant dans ses cheveux de plus en plus hirsutes sur sa tête.

– T'es coriace, grogne-t-il.

– Tu viens juste de le remarquer?

Il sourit franchement et fait un pas dans ma direction. Instinctivement, je me recule, mon cœur bondissant de tous les côtés.

– Tu as peur de moi, constate-t-il en détournant la tête.

– Ce n'est pas de toi que j'ai peur…

Je me force à avancer et pose mes doigts sur son biceps gonflé, chaud, dur. Il regarde mon geste, si las que j'ai de la peine pour lui. Quoi qu'il ait vécu dans la vie, ça l'a foutu en l'air. Mon estomac se tord de compassion.

– … c'est de ce que je ressens.

– Et tu ressens quoi? murmure-t-il.

– Tu avais tort, vendredi, quand tu as dit que j'aimais la violence, dis-je en ignorant sa question. J'aime la fragilité sous ta brutalité.

Je me rapproche pour me placer complètement face à lui. Sa bouche est au niveau de mon front et je lève les yeux pour chercher à capter son regard, à lui prouver que je ne crains pas son comportement. Quand enfin nos regards se percutent, je me sens trembler.

– Tu es fort, pourtant je te sens vulnérable.

– Pourquoi ça te plaît? Tu veux en profiter?

Sa question me blesse mais je comprends. Du moins, je comprendrai un jour, j'en suis sûre. Comment on en arrive à douter de tout et de tout le monde. À ne plus croire en rien.

– Non. Je trouve ça beau. J'ai juste envie… de me serrer contre toi. Que tu me prennes dans tes bras. Sans me brusquer. Sans me provoquer.

Il s'éloigne d'un pas et j'ai peur d'être allée trop loin, de le faire fuir avec mes mots. J'ai l'impression qu'il n'ose plus me toucher, comme si son contact allait me briser pour de bon.

– Montre-moi, dit-il d'une voix rauque.

– Quoi?

Il recule et se rassoit sur le canapé.

– Montre-moi à quel point c'est ce que tu veux. Ce service que tu me demandes.

Soudain, j'ai peur de comprendre son insinuation et la déception me cloue sur place. Je serre les poings. Les dents. Je repense à cette arme de défense qui alourdit tout le temps mon sac.

– Je ne me mettrai pas à genoux, articulé-je en pensant qu'il me réclame une fellation.

– Ce n'est pas ce que je te demande.

Je m'approche de lui et il me tend la main. Je suis si touchée par ce geste que je la prends, me délectant de la chaleur qu'il dégage, tout le temps. Puis, tout à coup, il donne une impulsion qui me déséquilibre et je tombe sur lui, entre ses jambes. Je me suis rattrapée de justesse avec un genou entre ses cuisses et il attrape mon cou de sa main libre pour me parler à l'oreille.

– Montre-moi ce que tu as dans le ventre. À quel point tu as envie que… je sois ton premier. Montre-moi que tu n'as pas peur que je te touche.

Il dit ça comme si c'était désolant. Comme si j'allais le regretter. Mais j'ai vu à quel point il parvient à se maîtriser. Je sais, je sens au fond de moi qu'il peut se montrer doux. Qu'il le sera. Et c'est tout ce dont j'ai besoin.

Je comprends le message et m'installe à califourchon sur lui. Il se mord le coin des lèvres et je l'observe, dans cette position qui me donne contrôle et liberté. J'enlace son visage avec mes mains, touche sans retenue ses cheveux doux et fins, la cicatrice sur son arcade sourcilière qui date du premier jour de notre rencontre, trace le contour de sa pommette et mon index échoue sur le *v* parfait de sa lèvre supérieure.

– L'arc de Cupidon, soufflé-je stupidement.

– Quoi ?

– C'est comme ça que ça s'appelle.

Je la caresse, cette lèvre si tendre, si moelleuse, alors que son propriétaire est si dur. Envers les autres, mais surtout envers lui-même. Il a placé ses mains de part et d'autre de son corps, comme pour être certain de ne pas entrer en contact avec moi si je ne le demande pas, alors je tire sur ses avant-bras, saisis ses grandes mains et les place autour de ma taille. Comme il ne bouge toujours pas, je me penche sur lui, l'entends prendre une profonde inspiration et lui chuchote :

– Tu as le droit, tu sais.

Je baisse ses mains plus bas et je l'entends gémir. Je remonte le long de ses bras en le laissant à son tourment, glisse mes doigts dans les manches de son tee-shirt, avant de les ressortir pour caresser son cou. Il bascule la tête en arrière, ferme les yeux et je remonte ma main droite dans sa crinière sauvage. Son visage tendu vers moi est si beau, si tentant, que je me penche pour poser mes lèvres sur les siennes. Ses mains prennent doucement vie alors que je le savoure, tendrement, sans rien forcer, sans rien précipiter. J'ai envie de passer mes doigts partout sur lui, de l'absorber, et je pose ma main gauche sur sa joue en renforçant mon baiser. Quand ses mains appuient sur mes hanches pour me rapprocher de lui, j'écarte les cuisses plus largement pour être plus près de lui.

Encore plus près.

Je suis si proche de lui que nos corps se fondent, que son érection dure frotte contre mon entrejambe offert et humide, et je me mets à onduler sur lui. C'est instinctif. Le plaisir que j'en ressens est plus délicieux que tous les orgasmes que je me suis donnés seule, alors qu'on ne fait que se frotter l'un contre l'autre.

Son odeur suave, que la cigarette ne parvient jamais à masquer, sa tendresse quand il remonte les mains dans mon dos, le velouté de ses lèvres…

Quand sa langue entre dans ma bouche, je me sens partir dans un tourbillon de pulsions. Je me frotte plus vigoureusement, chaque coup de langue me donnant envie d'écarter plus les cuisses, ce que je fais. Il le remarque et grogne dans ma bouche, saisit mon bassin pour que mon point culminant soit pile à la bonne place contre son anatomie et avale mon gémissement de plaisir. J'ai chaud, beaucoup trop chaud avec ma veste, et quand il me lâche pour la déboutonner, j'arrête tout de suite son geste.

– Mais tu dois mourir de chaud, explique-t-il.

– Laisse, murmuré-je en ondulant de plus en plus fort.

Il capitule et se mord la lèvre, que je happe tant le plaisir que je sens monter en moi me bouleverse. Je me suis déjà frottée contre ma main, contre un oreiller, et j'en passe… mais contre un homme? Contre lui? Pappas?

Angel…

Le plaisir devient une brûlure dans mon sexe, comme une supplique pour qu'il me déshabille, me caresse, me dévore. Mais je continue, en accentuant certains mouvements quand je vois qu'Angel est proche d'exploser, lui aussi. Ça me plaît de le mettre dans cet état, même si je doute qu'il puisse se contenter d'un frottement par-dessus des vêtements. Je l'embrasse encore, oubliant tout ce qu'on s'est dit avant, toute cette peine qu'il s'est donnée pour m'éloigner de lui, en sentant que tout est en train de changer.

Quand l'orgasme me secoue, je m'appuie plus fort que jamais, c'en est presque douloureux. Je halète contre sa bouche, continue d'écarter les cuisses comme si le show ne faisait que commencer, comme si l'apéritif avait assez duré. J'ouvre les yeux sur Angel qui transpire, son front est constellé de gouttelettes de sueur. Il empoigne mon bassin, m'intimant l'ordre muet de continuer de bouger sur lui. Je m'exécute, presque prête moi aussi à remettre ça, et je comprends, alors qu'il se mord les lèvres et presse son érection contre moi, qu'il jouit à son tour. Silencieusement. Maître de lui. Presque comme s'il voulait que ça passe inaperçu.

Alors je me détends contre lui, me penche jusqu'à ce que nos bustes se touchent, et l'enlace. J'encercle son cou de mes bras et pose ma tête dessus, comme si j'allais m'endormir, alors que je n'ai jamais été aussi éveillée de toute ma vie. Il bascule la tête en arrière contre mon avant-bras et je tourne le visage vers lui, lui embrasse la joue. Je vois son profil sourire et je sais qu'il ne va pas me repousser.

– Ça te va, comme preuve de motivation ?

Son rire me fait tressauter et je me redresse pour lui faire face. Il me repousse, le temps de glisser sa main dans son pantalon et, d'après ce que je vois, remettre son sexe en place. Il me jette un drôle de regard, presque honteux, avant de me laisser me repositionner sur lui.

– Enlève ta veste.

Son ton est étrange. Je me fige dans ses bras et attrape mes cheveux sans lui répondre.

– Enlève ta veste, répète-t-il d'une voix plus forte.

– Pourquoi ?

Il se penche en avant, me faisant basculer en arrière, et je me raccroche à ses épaules pour ne pas tomber, ce qui a l'air de lui plaire. Son petit sourire fendille mon cœur déjà en miettes à cause de lui.

– Qu'est-ce que tu caches, Anna-foutrement-belle ?

Je ris malgré mon appréhension en tirant sur sa manche et il me redresse. Puis il recommence à déboutonner ma parka et chasse mes mains quand j'essaye de l'en empêcher.

– Pourquoi tu fais ça? demandé-je d'une voix soudain apeurée.

– Tu crois peut-être perdre ta virginité avec ce truc?

Je me mords la lèvre. Effectivement, je lui demande de coucher avec moi, alors qu'il n'a jamais vu le grain de ma peau.

– Tu veux voir la marchandise avant de te décider, c'est ça?

Mon ton se veut joueur mais il voit le trouble dans mon regard. Je le laisse faire, et quand il descend ma parka sur mes épaules, puis le long de mes bras, je l'aide en plaçant ces derniers dans mon dos. Il se rapproche pour m'aider à retirer le vêtement, et son odeur m'affole les sens.

Je porte un haut bleu à manches longues, simple, qui moule ma poitrine jusqu'au cou. Je replace ma tresse sur mon côté gauche mais il la repousse dans mon dos.

– Je veux voir.

– Tu veux voir mes seins?

– Non, réplique-t-il du tac au tac. Je veux juste voir ce que tu mets tant de hargne à me cacher.

Oui. Mes seins, donc.

Quand il voit ma réticence, il se recule pour me libérer, s'adosse au canapé et prend un air sérieux.

– Tu crois que je baise avec des vêtements? C'est ma part du deal. Montre-moi.

Montre-moi, Annabelle, que tu es une gentille fille.

Je chasse cette voix qui me traumatise, me hante, me harcèle, et plonge mes yeux dans le gris de ceux d'Angel. Je me raccroche à ce que j'y lis – de la détermination, mais aussi beaucoup de bonté. D'empathie. Alors j'enlève le haut en passant les bras par-dessus ma tête, en espérant être avalée et rejetée dans une autre dimension. Je savais bien que ce moment arriverait un jour, et le voilà. Je jette mon pull par terre et ne le quitte pas des yeux, comme si je pouvais le renfiler par la pensée. Dessous, je porte un débardeur en dentelle.

– Alors?

– Alors quoi?

– Qu'est-ce que tu caches?

Je tourne le visage vers lui, abasourdie. Non, il est sérieux.

– Tu ne vois pas?

– Dis-moi, Annabelle.

Je sens mes yeux se remplir de larmes. En fait, il n'a pas regardé. C'est mon visage qu'il fixe.

– J'ai eu un accident. L'été dernier.

Il attend. Je continue.

– Je… j'ai renversé une casserole d'eau bouillante sur moi. J'étais en train de me relever, dans la cuisine, et… bref, l'eau s'est renversée sur moi. Sur l'oreille, le cou. Sur l'épaule. Sur ma poitrine.

Je le sens se crisper et je vois ses lèvres se pincer, mais il ne bouge pas, ne baisse pas les yeux sur mon corps. Alors je prends sa main droite et la pose dans mon cou, côté gauche. Pour qu'il sente la texture de ma peau, différente là où l'eau l'a marquée. Je tressaille à ce contact qui me fait mal, et enfin il regarde. Il se penche de nouveau en avant, comme si je ne pesais rien sur lui, puis semble m'oublier pour se focaliser dessus.

Sur ma cicatrice.

Du bout de l'index, il en dessine les contours. Il part d'en haut, du lobe fripé de mon oreille, descend dans le cou, suit la trajectoire que l'eau a creusée, jusqu'au bord de mon sein, parce que je ne portais pas de soutien-gorge quand c'est arrivé. La peau, monstrueuse, tantôt blanche tantôt rosée, est encore boursouflée. Et le sera toute ma vie.

– J'ai passé deux semaines à l'hôpital. Fait des cures thermales. Mais c'est toujours là.

Il embrasse mon épaule et je ferme si fort les yeux que des larmes s'échappent et coulent sur mes joues. Sa bouche se déporte sur mon cou, le haut de mon bras, me chatouille les côtes.

– C'est tout?

– Pardon?

J'ouvre les yeux, pas certaine d'avoir bien entendu.

– C'est ça que tu caches? Je m'attendais à ce que tu aies des écailles de dragon, plaisante-t-il.

J'en ai juste le caractère, ai-je envie de lui répliquer, mais je reste muette de gratitude.

– Tu es le seul à… l'avoir vue.

– Et Gauthier?

Je me recule pour le jauger.

– Sérieux? Tu mets des semaines à retenir mon prénom, mais celui de Gauthier, il passe tout seul?

– Je n'ai jamais eu aucun problème pour retenir ton prénom, répond-il avec une espièglerie que je ne lui connais pas.

Je ne me sens pas laide dans son regard, pourtant j'ai envie de m'enfuir. Parce que j'ai souffert, parce que j'ai encore mal, un an après, et parce que je suis incapable, encore aujourd'hui, d'entrer dans une pièce quand un plat chauffe sur la gazinière.

Il ne me repousse pas, n'est pas dégoûté, s'en fout royalement.

Dans son regard, je me sens normale. Ni jugée ni rejetée.

– C'est moche, lâché-je en retenant de nouveau mes larmes.

Il me saisit à bras-le-corps et me bascule tout à coup sur le canapé, m'allonge et me recouvre de son corps. Il chasse ma tresse que j'ai coiffée pour qu'elle camoufle les dégâts, embrasse mon cou et je gémis. Sa main s'égare sur mon sein, prisonnier du tissu de mon soutien-gorge, l'effleure, comme s'il n'osait encore pas. Il se tient sur son coude gauche et me caresse de sa main droite. Parfaitement dans l'axe pour toucher la laideur de ma peau. Le bout de ses doigts m'électrise, réveillant la douleur, l'angoisse, la monstruosité qui me caractérisent désormais.

Quand il remarque mon émoi, il demande :

– Pourquoi tu pleures ? Je te fais mal ?

C'est inconfortable, mais pas douloureux. Je secoue la tête.

– Ça a dû être très dur, cet accident. Douloureux. Tu en as bavé.

Je fais oui de la tête. Alors, sans m'en rendre compte, je me confie comme je ne l'ai jamais fait.

– Je suis hideuse.

Il me fait taire d'un baiser.

– Tu es magnifique.

– Tu n'as pas tout vu.

– J'en ai vu assez pour savoir. Crois-moi, tu es beaucoup plus belle sans tes vêtements. Et encore, comme tu dis, je n'ai pas tout vu.

Son haussement de sourcils joueur me fait rire, pourtant je continue :

– Je suis déformée.

Il emprisonne mes mains au-dessus de ma tête et son regard redevient dur.

– Écoute-moi bien, Anna. Tu es belle. Répète après moi.

– Quoi ? C'est ridicule.

Mais je sens de nouveau les larmes affluer. Je me maudis de craquer devant lui. Je devrais être plus forte. Je devrais aller de l'avant, arrêter de m'apitoyer comme je le fais depuis un an. C'est assez long. Mais devant sa réaction, sa sollicitude, son désir de moi alors qu'il a vu, je m'effondre. Je ravale un sanglot.

– Répète, Anna. « Je suis belle. »

Mais ma gorge a soudain doublé de volume, des larmes coulent le long de mes tempes. J'entends ce qu'il me dit, mais j'ai du mal à le croire, encore plus à le dire. Il fait pivoter ma tête de son index sur mon menton pour que je le regarde en face, et ce que je lis dans ses iris éloigne mon angoisse comme des plumes portées par le vent. Il murmure contre ma bouche :

– Allez…

– Je… suis belle.

Je relâche mon souffle, soulagée. Ce n'était pas si terrible. Quand il me contemple ainsi, je suis vraiment prête à dire n'importe quoi. Il se cale entre mes jambes et lâche mes mains. Il me lèche les lèvres avant de continuer :

– Je suis unique.

– Je suis unique.

Quand je sens son sexe dur chercher le mien, j'écarte plus largement les cuisses. Il me renifle le cou comme un animal avant de saisir mon sein dans sa main.

– Je suis exceptionnelle.

– Pfff.

– Répète.

Son coup de bassin me fait pousser un cri et si je tremble, ce n'est plus de colère contenue. J'ai terriblement envie qu'il se frotte sur moi comme je l'ai fait, pour jouir à nouveau entre ses bras.

– Je suis… exceptionnelle.

Il grogne comme si je venais de lui faire un compliment ou une caresse intime, et je meurs d'envie de glisser ma main dans son boxer. De toucher sa peau, là, en dessous.

– Putain, Annabelle…

Il ondule son bassin et je relève les jambes que je crochète autour de sa taille, pour le sentir d'une manière différente. J'ai envie d'arracher ma petite culotte et de sentir ses doigts en moi.

– Ça t'excite, en fait, hein? demandé-je entre deux baisers enflammés.

Il se redresse, sévère, et répond :

– Putain, oui. Qu'est-ce que tu m'excites…

Et tandis qu'il glisse sa main entre nous, que sa paume recouvre mon sexe par-dessus mon pantalon pour bouger en rythme avec mes soupirs, que je sens monter en moi le plaisir qu'il sait si bien me procurer, j'oublie.

J'oublie que si j'ai tant la haine par rapport à ces cicatrices, c'est que rien n'était ma faute. Parce qu'on m'a imposé cette monstruosité, parce que cet accident que je raconte n'en était pas vraiment un. Parce que, comme je crève d'envie de le révéler, cet accident est en fait une agression. Et alors que je me consume d'envie de crier au monde ma douleur, l'injustice que j'ai subie, je me force à sourire, à reprendre le dessus, à me prouver que ça ne m'affecte pas. Je veux être plus forte que ça.

Je veux me prouver qu'il ne gagnera pas.

Il n'aura pas ma dignité.

16

Annabelle
Un an plus tôt

– Annabelle, tu es là ? C'est Baptiste.

Je relâche mon souffle et m'empresse de tourner la clé dans la serrure. Baptiste travaille à l'hôpital avec mes parents depuis plus de dix ans, il est cardiologue.

Je le connais depuis que je suis môme.

Je passe la tête par la porte et il me sourit. Il est vêtu d'un pantalon de costume et d'une chemise aux manches retroussées, sans cravate. Il arbore un bouc que je trouve démodé, des cheveux poivre et sel qui lui donnent du charme, et un regard bleu acéré, aussi clair qu'un ciel d'été sans nuage. Il a l'air las. Je suis presque aussi grande que lui, même pieds nus.

– J'allais me rendre à la soirée d'Arnaud et ton père m'a demandé de récupérer un dossier qu'il a oublié. Dans son bureau, je crois. Il m'a dit qu'il te prévenait de mon arrivée.

– Ah, j'ai laissé mon portable à l'étage.

J'ouvre plus grand la porte nonchalamment et les yeux de Baptiste changent de ton. De las et éteints, ils semblent soudain éveillés d'un intérêt nouveau. Sans comprendre pourquoi, alors que je le connais depuis que je suis enfant et qu'il m'a vue jouer dans mon jardin, je me sens trop exposée dans mon short et mon débardeur et m'empresse de me détourner pour aller à la recherche dudit dossier.

– Il a donné un nom? Une couleur de pochette?

Mon père range tous ses dossiers par couleur et par catégorie. Un vrai maniaque. Je pénètre dans son antre au rez-de-chaussée et me penche sur le bureau en bois patiné planté au milieu de la pièce pour atteindre la pile de dossiers dans le coin. Je la retourne pour pouvoir lire les titres et cite le premier de la liste.

– Marcus? crié-je en direction de la porte.

Mais Baptiste m'a suivie et le nom que je viens de crier meurt sur mes lèvres quand je le surprends tout près. Je sursaute et il sourit. Il y a une drôle d'odeur qui émane de lui, peut-être celle de l'alcool, mais je n'en suis pas certaine.

– Un dossier bleu. Affaire Baccard.

Sa proximité me gêne et je me décale sur le côté, hanche contre le bureau, pour ne pas avoir l'impression qu'il reluque mes fesses pendant que je cherche. Sans arriver à donner une explication logique, cet homme m'a toujours mise mal à l'aise. C'est peut-être dans son regard trop bleu et trop froid, ou peut-être par sa manière de parler de sa femme qui vient de le quitter. Sa fille de 12 ans est partie avec elle dans le Sud de la France, et mon père a souvent laissé entendre qu'il se sentait abandonné. Après avoir mis le bazar dans l'organisation de mon père, je trouve enfin la bonne pochette et la lui tends, triomphante. Mais son expression me fait déchanter.

Il y a quelque chose dans son regard qui me glace le sang.

Quelque chose d'inapproprié. De dangereux.

Je croise les bras pour cacher mon corps trop exposé dans mon fin débardeur, surtout sans sous-vêtements, me trouve soudain déplacée alors que je suis dans ma maison et que ce n'est pas à moi de baisser les yeux. Tandis que je pense qu'il va s'en aller pour retrouver les autres à leur petite réunion, il se cale sur le bureau de la même façon que moi, l'air détendu.

– Tu es à la fac, c'est ça?

– Non, encore l'année de terminale à la rentrée, et ensuite fac de médecine.

– Tu as une spécialité en tête?

Qu'est-ce qu'il me veut? Il ne voit pas que j'étais occupée?

– J'hésite encore...

Je préfère rester vague, je n'ai pas envie de lui raconter ma vie, encore moins me confier. Il ne m'a jamais inspiré confiance, surtout quand je me retrouve seule avec lui. Mais je fais ce que je m'applique toujours à faire, en toutes circonstances : je souris pour cacher ma nervosité.

– Tu ne t'ennuies pas trop pendant l'été, quand tes parents travaillent?

– Non, j'ai de quoi m'occuper.

Je sors du bureau pour lui signifier que j'ai des choses à faire et qu'il peut s'en aller maintenant, et il me suit dans l'entrée.

– Tu as bien de la chance. Moi, Manon est partie avec sa mère depuis dix jours, la maison est si calme...

Il prend un ton triste et je le pense sincère quand sa voix se voile sur ses derniers mots.

– Je ne sais pas si tu es au courant, reprend-il, mais ça y est, Joséphine m'a quitté, il y a quelques mois...

– Oui, papa m'a dit.

Il a traversé une mauvaise passe, l'an dernier, on l'a même hébergé quelques semaines. Je ne l'ai pas beaucoup croisé pendant cette période, il occupait une chambre au bout du couloir de l'étage, partait tôt le matin et rentrait tard le soir. On a partagé quelques repas avec mes parents, surtout.

– Comment on peut quitter son mari, Annabelle?

Je tique sur sa question, aux aguets, son ton vient de changer.

– Un mari sincère, honnête, fidèle? martèle-t-il. Qui a toujours apporté le pognon à la maison?

– Je… je ne sais pas.

Il commence à me faire flipper. Il me met mal à l'aise. Pour la première fois, je remarque ses vêtements froissés, les boutons ouverts du col, son air égaré. Il a un peu bu, je le comprends maintenant. Il devient de plus en plus agressif et je prie pour qu'il s'en aille. J'entends un bip plus loin, celui de la machine à glace qui a terminé son brassage, et j'en profite pour me rendre dans la cuisine, passer outre le regard qu'il pose sur moi, un regard qui n'a rien d'innocent et qui n'a pas sa place ici, sous mon toit. Je file jusqu'au plan de travail, sors le bac à glace de l'appareil et ouvre le frigo pour placer la glace dans le congélateur, pour mon dessert, tout à l'heure.

S'il veut bien me laisser tranquille!

Quand je me relève, en cherchant une repartie qui lui fera comprendre qu'il doit partir maintenant, je pousse un petit cri de surprise en le découvrant derrière la porte du frigo, avec toujours cet air étrange dans le fond des yeux.

– Pardon, je t'ai fait peur? Toi, je suis sûr que tu traiteras bien ton mari. Rappelle-moi, tu as quel âge?

– 17 ans, dis-je en reculant.

Il se rapproche et je fronce les sourcils, de plus en plus étonnée par son attitude. Qu'est-ce qu'il veut, à la fin?

– 17 ans…

Son air rêveur me donne des sueurs froides. Tout chez lui me donne tout à coup la nausée. Je laisse une main sur le plan de travail en reculant, en cherchant à ne pas montrer qu'il m'inquiète.

– Tu es une femme maintenant, hein, Anna?

Je déglutis, incapable d'articuler le moindre mot cohérent.

– Je suis sûr que tu es gentille avec ton copain. Tu en as un?

Je secoue la tête, en sentant des larmes me monter aux yeux. Je ne souris plus du tout.

Pourquoi il ne s'en va pas?

– Déjà quand je dormais ici, j'ai remarqué la façon dont tu me regardais. Tes sourires…

Il est malade!

Il fait un pas de plus, et je me retrouve contre le mur du fond de la cuisine, acculée comme un animal, alors que lui est devant le plan de cuisson. J'avise la casserole où l'eau bout depuis un moment, le couteau qui m'a servi à couper mon fromage, bien trop petit pour me défendre.

Défendre? Non, mais il se passe quoi, là?

Tout à coup, il me prend le poignet et je pousse un petit cri défensif en me cognant le coude contre le mur. De son autre main, il touche ma joue comme s'il essuyait une tache invisible.

– Tout doux, Anna, je vais pas te faire mal. Je suis seul depuis si longtemps, tu sais aussi que ma femme ne voulait plus coucher avec moi? Hein? Tu le sais, ça aussi, que depuis des mois, elle me faisait tourner en bourrique!

Sa colère me percute, me tétanise. Son geste déplacé et sa proximité me coupent la voix. Son haleine chargée d'alcool me révulse, il est si près de moi que je sens son parfum, trop lourd, et la chaleur moite qu'il dégage. Mon cœur fait des bonds dans ma cage thoracique et je me sens si mal.

– Tu voudrais être gentille avec moi, Anna?

Je déteste tout. Sa manière de susurrer mon prénom comme s'il me connaissait bien et avait tous les droits de m'approcher, de me parler comme il le fait. Comme si on était intimes. Je déteste son odeur. Je hais cette attente que je lis sur son visage. Je déteste détourner les yeux pour ne pas fondre en larmes, et encore plus le danger que je sens monter entre nous, ce sentiment que tout est en train de basculer.

J'exècre les seuls mots qui arrivent à franchir ma bouche :

– Je comprends pas…

Je voudrais être plus forte. Le repousser avec violence, cette même violence passive qu'il m'impose. Je voudrais lui cracher à la figure, lui demander de partir, de me laisser tranquille. Mais tout ce que j'arrive à faire, c'est secouer la tête et répéter cette phrase stupide.

Je comprends pas.

– Pas avec moi, Anna. Une jolie fille comme toi voit bien de quoi je parle.

Il pose une main sur mon bras nu et le caresse comme si j'étais un chat sauvage à apprivoiser.

– Tu vois bien de quoi je parle, hein… ?

Tout à coup, il attire mon poignet qu'il tient toujours fermement et plaque ma paume contre son entrejambe. Il est dur et je mets un moment avant de comprendre qu'il est en érection. Il grogne en appuyant plus fort. Je suis paralysée. C'est comme si mon corps ne savait plus se mouvoir, ne savait plus être. Il subit.

– Voilà, c'est ça… Tu vois… Tu veux être gentille ? Ça sera notre secret… Montre-moi, Annabelle, que tu es une gentille fille.

Je n'arrive qu'à secouer la tête, encore et encore, les yeux hermétiquement fermés sur ce qu'il est en train de faire. Lui dire d'arrêter serait m'avouer qu'il est bien en train de se passer quelque chose d'anormal, et c'est tellement irréel… Dix minutes plus tôt, je me préparais un plateau-repas, prête à regarder un bon film, et maintenant… ? Un homme que je connais depuis des années, en qui mes parents ont confiance, est en train de se masturber sur ma main ! Cette pensée me fait l'effet d'un électrochoc et j'ouvre les yeux. Je tente enfin de me libérer mais il me tient fort et s'avance même jusqu'à me plaquer contre le mur. Je me sens étouffer sous son poids, les deux poignets emprisonnés entre nous.

– Arrêtez… gémis-je.

– Tu préfères comme ça, avec un peu plus d'action? Je suis pas contre…

Quand sa bouche s'abat sur mon cou, je me mets à ruer de toutes mes forces, et quand sa langue gluante me lèche la peau, je sens le désespoir m'envahir.

– Arrêtez! crié-je cette fois.

– Qu'est-ce qu'il y a? Ça te plaît plus, maintenant?

Il se frotte toujours énergiquement sur ma main et c'est de plus en plus dégoûtant.

– Tu veux déjà passer aux choses sérieuses?

Ses paroles sont comme des braises jetées en pleine face et je panique. Je tente de le rouer de coups, ma main gauche se libère et je vise le visage. Mais il m'empoigne rapidement les cheveux et les tire si brutalement que je crie et me retrouve à genoux, avec l'impression qu'il vient de me scalper. J'ai les mains libres à présent et pourtant je suis de nouveau paralysée par la stupéfaction et la douleur.

– C'est comme ça que tu veux faire, Anna? Ça me va aussi.

Il ouvre sa braguette avec la main qui ne me tient pas, à quelques centimètres de mon visage, et je recommence à me débattre alors qu'il sort son érection de son pantalon. C'est la première fois que je vois le sexe d'un homme, et j'ai envie de vomir. Il est large, plus court que ce que j'imaginais dans mes lectures romantiques, et son odeur, un mélange de sueur et d'urine, me donne aussitôt des haut-le-cœur. Il le presse sur mon visage et raffermit sa poigne dans mes cheveux. Son autre main me maintient la nuque, je sens ses ongles s'enfoncer dans la peau de mon cou.

– Je suis sûr que t'es une championne pour ça…

J'ai les deux mains sur ses avant-bras, je fais tout pour le faire lâcher prise, j'essaye de le griffer mais mes ongles rongés sont inutiles. La douleur dans mon cuir chevelu, la honte que je ressens et mon aversion font jaillir des larmes de mes yeux. Je l'entends grogner et il donne des coups de bassin contre mon visage, faisant monter en moi une rage dont je ne soupçonnais pas l'existence. Il tire soudain plus fort encore sur mes cheveux et m'arrache un cri de détresse, vite étouffé par son sexe répugnant qu'il fait entrer dans ma bouche.

C'est juste à ce moment-là que je comprends qu'il est en train de me violer. Quelques secondes semblent flotter autour de moi, où je n'entends plus que quelques bruits incongrus, témoins de mon avilissement. L'eau qui bout, juste au-dessus de moi. Les grognements immondes que fait ce porc en bougeant contre la poupée que je suis devenue. Mes cris plaintifs qui s'échappent de ma gorge obturée. Et là, je me transforme en bête.

Je mords.

Toute la force que j'aurais aimé avoir avant qu'il ne me mette à genoux, je la mets entre mes mâchoires et je mords dans cette chair dure et répugnante, qui devient presque élastique sous mes dents, en poussant un hurlement sauvage qui se mêle à celui de mon agresseur. Il recule et me lâche si vite que je tombe en avant, mes mains me rattrapent de justesse alors qu'un haut-le-cœur me plie en deux devant lui.

– Espèce de salope !

Et là, alors que je me redresse, une seconde de flottement entre la vie et la mort. Puis une souffrance indescriptible. Je suis plongée dans la lave, ma vue se brouille, un hurlement me déchire les tympans, me brûle la gorge, me consume tout entière. C'est moi qui hurle, c'est moi qui bondis dans le salon, c'est moi qui pousse des cris de bête.

– Arrête, arrête, calme-toi ! me secoue l'autre qui m'a rattrapée et m'empêche de sortir de la maison.

Parce que c'est ce que j'essaye de faire, sans comprendre ce qu'il vient de se passer. Tout ce dont j'ai conscience, c'est la douleur. Telle que je ne l'ai jamais vécue, jamais conçue, jamais imaginée même dans mes pires cauchemars.

Je suis une torche vivante, et je brûle.

Il m'entraîne en arrière, en direction de la salle de bains du rez-de-chaussée, et je vois comme dans un rêve décousu la cuisine où de l'eau inonde le carrelage, la casserole renversée est tombée devant l'îlot. Il me propulse sans ménagement dans la cabine de douche et allume le jet qui me procure instantanément un bien-être intense quand l'eau fraîche coule dans mon cou.

– Arrête de beugler !

J'ai mal à l'épaule et tente de regarder pourquoi, tout ce que je vois c'est ma peau, rouge, très rouge, qui commence déjà à se couvrir de cloques.

– Merde, c'est pas joli, dit-il pensivement.

Je le regarde, hébétée.

C'est un cauchemar.

Sa voix trahit sa panique.

– Oui, c'est vraiment pas joli. Je vais t'emmener à l'hôpital.

Je ne comprends plus ce qu'il me dit. Il me répète que je me suis relevée en m'agrippant au plan de travail et que la casserole s'est renversée. Qu'il m'a trouvée dans cet état, en venant récupérer le dossier. Qu'il va bien s'occuper de moi. Que je suis si maladroite. Et je me sens tellement misérable, tellement vulnérable en cet instant où je me consume dans les flammes de l'enfer, que je le crois. Il va m'aider et je le crois.

Je tremble de chaud, je claque des dents, j'étouffe mes gémissements de douleur.

Il dit que c'est ma faute, en me caressant tendrement les cheveux, tout en conduisant. Il redevient l'ami de mes parents, celui qui fait des blagues pendant les repas en faisant un clin d'œil.

Souffrance.

Enfer.

Maman, j'ai mal.

Putain, qu'est-ce que j'ai mal.

17

Pappas
De nos jours

Je suis en train de m'entraîner avec Eric, quand je vois Annabelle arriver. J'essaye de rester de marbre, de parer les coups, d'écouter mon coach et d'ignorer la fille, mais je me sens si euphorique que je souris.

Cette nana est exceptionnelle.

Du coin de l'œil, je la vois s'avancer vers le canapé qui nous fait face, s'asseoir en serrant son sac contre elle, se carrer dans les coussins sans jamais me quitter des yeux. Ils sont toujours aussi magnifiques, grands ouverts, comme pour se repaître de la scène qui se déroule devant elle. Je ne porte qu'un short et mes baskets. Je sais que mes tatouages et mon corps musclé m'habillent mieux qu'aucun vêtement ne le fera jamais. Je sais qu'elle aime ce qu'elle voit.

Ses cheveux sont détachés, ils coulent sur sa poitrine comme une parure. Sa veste est boutonnée jusqu'en haut et je fronce les sourcils. Elle semble le remarquer et commence à se débarrasser de son sac qu'elle pose à ses pieds. Après, Eric me donne un coup dans la pommette, gentiment mais fermement, pour que je me concentre à nouveau et c'est ce que je fais. Sauf quand je la vois s'attaquer à ses boutons, faire glisser sa veste le long de ses bras, se cambrer pour la retirer, faisant pointer ses seins.

Je crois que comprenant que c'est peine perdue, Eric a lâché l'affaire et suspend l'entraînement, mais non, il pivote pour que je sois obligé de tourner le dos à ma secouriste. C'est à ce moment-là que je réalise qu'il est inutile de résister.

Cette fille aura ma peau.

Quand elle m'a fait cette proposition stupide de coucher avec elle, j'en suis tombé sur le cul. Elle est complètement folle, je ne vois pas d'autre explication. Elle n'a pas conscience de ce qu'elle me demande ni de ce qu'elle va perdre dans l'histoire. Je l'ai prévenue que je ne suis pas son copain, que je ne suis pas un gentil. Qu'elle ne s'attende pas à des fleurs, des courbettes, des gestes tendres, des mots doux susurrés dans l'oreille, des rendez-vous donnés au cinéma, des restos. Parce qu'elle n'aura rien de tout ça. C'est ce que je lui ai expliqué, avant qu'elle ne rentre chez elle.

« Je ne serai jamais ton petit copain, ai-je précisé sur le pas de la porte.

– J'ai bien compris. T'inquiète pas. »

– Pappas !

Je sursaute à la voix d'Eric, me prends un *kick* dans le genou et m'affale sur le béton comme une merde.

– Quand tu seras plus concentré ! On arrête là pour aujourd'hui !

Je m'en veux un peu, je sais qu'il prend sur lui et sur son temps de travail pour venir s'occuper de moi et de ma technique, et je viens sans doute de le décevoir. Je me relève en voyant ma sueur s'écraser sur le sol, et déjà Eric s'essuie avec sa serviette.

– On se voit jeudi, et tâche de te recadrer.

Puis son ton change et devient doux quand il se tourne vers Annabelle et qu'il s'adresse à elle :

– Jeune fille… À bientôt.

Avant que j'aie le temps de le rattraper, il s'en va, me laissant dégoulinant. On s'est entraînés deux bonnes heures, c'était la fin de la séance, de toute façon. Je me demande s'il ne l'a pas fait exprès pour me foutre la honte devant la blonde. Je récupère ma serviette et me frictionne le crâne avec, avant d'essuyer mes bras et mon torse. Je sais qu'elle me regarde, alors j'en rajoute un peu. Elle a beau être vierge, elle fout le feu à mon pantalon rien qu'en posant ses yeux félins sur moi. Et depuis que je l'ai touchée…

Je l'ignore encore un moment, celui qu'il me faut pour aller dans la cuisine boire à grandes gorgées dans ma bouteille d'eau. J'ai du mal à capter ce qu'elle attend de moi, ce qu'elle espère. Il faut que je sois le plus clair possible sur ce qui va se passer entre nous. Qu'elle n'attende rien de plus.

Ce qui va se passer…

Je ne réalise toujours pas que je lui ai dit oui. Oui pour coucher avec elle, comme si on concluait un accord. Oui pour la dépuceler. Au début, ça m'a tant déboussolé que j'étais à deux doigts de lui saisir le bras pour la faire dégager pour de bon. Je ne touche pas à ça ! Ça sent les emmerdes à plein nez. Je l'ai provoquée pour voir ce qu'elle avait dans le ventre. Voir si c'est vraiment ce qu'elle veut.

Mais quand elle m'a chevauché…

La sentir se frotter sur mon érection comme une petite chatte, savoir qu'elle n'a aucune expérience mais me laisse les rênes de son plaisir est si stimulant. Je la mets dans tous ses états, d'un coup de langue, d'un frôlement avec le bout de mes doigts, d'une caresse légère avec mon nez pour mieux la sentir. Qu'est-ce que ça donnera quand je m'enfoncerai en elle ?

À cette idée, je sens ma queue pulser dans mon entrejambe et je la contemple enfin, appuyé contre mon frigo. Elle soutient mon regard, comme pour me défier de la rejoindre et d'honorer ma part du marché. Je sais que je devrais lui dire non. Que je vais la faire souffrir quand je me tournerai vers une autre fille, quand j'irai draguer après un *fight*, quand une autre se glissera dans mon lit. Je fonctionne comme ça depuis tant d'années que je ne sais pas faire autrement.

En prenant la décision de faire taire mes questionnements dignes d'un feuilleton télé, je m'approche d'elle d'une démarche assurée et je peux voir ses yeux s'agrandir de surprise, son corps se tendre dans l'attente de mon prochain coup. C'est comme ça que j'ai décidé de gérer cette affaire.

Un combat à mener.

Tout d'abord, l'échauffement.

Arrivé à sa hauteur, je réalise que son attitude tendue et crispée quand je m'approche d'elle n'a finalement rien à voir avec l'appréhension. Non. C'est de l'excitation. Grisé par cette constatation, je me mets à genoux pour être en phase avec elle, entoure sa taille fine avec mes mains et l'embrasse en la rapprochant de moi, sans toutefois la toucher avec mon corps. Et si elle est d'abord surprise par ma spontanéité, elle se reprend bien vite en étant la première à forcer mes lèvres avec sa langue, en passant ses doigts dans mes cheveux humides de transpiration. Je gémis en me reculant et notre baiser qui s'achève claque dans l'air.

Je souris devant son regard voilé de frustration.

– J'ai besoin d'une douche, expliqué-je en me reculant encore.

– Ça ne me dérange pas, dit-elle avant de mordre distraitement dans la pulpe de sa lèvre inférieure.

Putain…

Pour imager ses propos, elle pose deux doigts sur ma tempe et suit la trajectoire de la sueur qui tombe dans mon cou, puis elle les remonte pour entourer ma mâchoire et reprendre ma bouche. Je ferme les yeux, désarmé par sa douceur, ébranlé par sa simplicité.

– Je sens la sueur… tenté-je entre deux coups de langue.

– Pas du tout… soupire-t-elle en plaçant ses bras autour de mon cou.

Quand elle se plaque contre moi, je m'assois sur mes talons pour qu'elle puisse m'enfourcher et, bordel, c'est si bon que je parcours son corps avec mes mains impatientes. Son dos, ses épaules, je remonte dans sa nuque pour l'encercler, appuyer son baiser qui m'enflamme. Sa langue joue, taquine, s'enroule, et les gémissements qui s'échappent de sa gorge pulsent directement entre mes cuisses et mon anatomie tendue. Elle commence à se frotter, les genoux de chaque côté de moi, comme si c'est tout ce qu'il est possible de faire pour un homme et une femme. Se frictionner.

Je compte bien la détromper.

Mes mains s'aventurent sous son pull et elle a un geste de défense qui m'arrête net. Je l'interroge du regard et elle se recule, comme gênée de nous interrompre.

– Enlève ça, dis-je en posant un baiser sur ses lèvres fermées.

Le haut de son corps se couvre de plaques rosées et je sais qu'elle est gênée de se dévoiler à moi. Je suis sur le point de lui rappeler qu'il faudra bien qu'elle se mette à poil à un moment donné, mais je préfère être plus délicat et embrasse son menton. Puis son cou. Je respire son odeur qui me dilate les poumons, soupire quand elle donne un coup de bassin inconscient, masse ses cuisses offertes avec mes paumes.

– Anna… diablement belle.

Je remonte les mains jusqu'à ses fesses, que j'empoigne pour la presser fort contre moi. Elle se cambre en gémissant.

– Laisse-moi, Anna… Laisse-moi te voir.

Je glisse à nouveau sous son pull, caresse son dos nu, soulève le tissu, cherche à aller plus loin dans la découverte. Quand je la force à lever les bras, elle se laisse faire sans m'aider à lui retirer son bouclier et replie ses bras contre sa poitrine encore dissimulée par son soutien-gorge. Ma bouche se pose dans le creux entre les clavicules, ma main gauche part à l'assaut de son sein droit qui n'est pas blessé et quand je l'empaume et que je lèche sa peau à la lisière de la dentelle, je suis récompensé par le râle qu'elle pousse et par le mouvement impatient de sa main plaquée contre la mienne qui m'encourage à aller plus loin. Alors je me faufile dessous tout en dégrafant son soutien-gorge, et presse son mamelon avec mon pouce dans le même mouvement. Je me redresse pour l'allonger sur le canapé et soulève définitivement son sous-vêtement pour engloutir son sein. Il tient dans ma main, la pointe érigée est minuscule, je prends un plaisir de dingue à en sentir la dureté sous ma langue, à le pincer entre mes lèvres.

Je recommence le même manège avec l'autre et elle ne me repousse pas quand je pars à l'assaut de sa blessure. Je ne sens rien de particulier sous mes doigts, et quand j'ouvre les yeux sur sa cicatrice, je suis un instant déstabilisé par le sentiment qui s'empare de moi. Une rage qui n'a rien à voir avec celle qui m'anime lors des combats. J'ai mal pour elle. Je vois la marbrure qui couvre la moitié de son sein, j'imagine son horreur en constatant qu'elle ne sera plus jamais la même. Qu'elle a peut-être remis en cause le fondement même de sa féminité.

Je lève les yeux sur son visage. Je découvre ses paupières à demi fermées, ses joues rosies, ses lèvres gonflées par nos baisers, ses cheveux blonds épars sur le canapé et merde, qu'est-ce qu'elle est belle. Si désirable. Je reprends mes caresses sur sa poitrine avec une main pour chaque sein, embrasse son ventre offert, respire sa peau, plonge ma langue dans son nombril. Elle donne de petits coups de reins dans le vide et je crève d'enfoncer ma langue en elle pour la soulager.

Connaître le nectar de son désir.

– Tu es si belle, Anna… Qu'est-ce qui te dérange autant?

Elle se trémousse, je pince le bout de ses seins tout en posant ma bouche sur son entrejambe pour la forcer à parler. Comme elle ne dit rien, je rejoins mes mains sur son ventre, insère mes pouces sous son jean, fais mine de vouloir lui enlever mais remonte taquiner ses mamelons. Elle cherche à m'emprisonner avec ses jambes en nouant ses chevilles dans mon dos et en m'attirant à elle à la force de ses cuisses, et j'apprécie ses efforts. Mais je ne bouge pas d'un cil. J'embrasse de nouveau son nombril.

– Dis-moi.

– C'est… commence-t-elle.

– Oui?

– C'est horrible. Si moche.

– Pas du tout. C'est ton histoire.

– Les gens ne savent pas comment réagir. La plupart du temps, ils font comme si de rien n'était, et c'est encore pire.

– Je croyais que j'étais le seul à avoir vu tes cicatrices?

– Pendant des semaines, j'ai porté des bandages, puis j'ai eu un corset pour comprimer les marques et éviter les boursouflures. Je ne pouvais pas tout cacher, à l'époque, pas comme maintenant.

Je mords dans son flanc et elle s'interrompt avant de continuer.

– Ils voient ma laideur et se détournent.

– Tu n'y es pas du tout, Anna. Quand un mec te regarde, je t'assure qu'il se fout de la couleur et la texture de ta peau. Quand un mec te regarde, il voit ton petit cul de skateuse…

Je glisse mes mains sous son corps pour imager mes paroles et malaxer ses fesses rebondies par le sport.

– … il mate tes seins provocants…

Je repars à l'assaut de sa poitrine qui pointe.

– … il contemple tes yeux profonds de sorcière…

Quand je remonte pour retrouver sa bouche, elle s'agrippe à mes cheveux et m'attire à elle avec brusquerie, impatience, et je serre ses hanches pour la hisser plus haut sur le canapé, avant de m'allonger sur elle. Je m'amuse à onduler contre sa chatte brûlante, par-dessus son jean qui me gêne mais ne m'empêche pas d'éprouver un plaisir sauvage. Je grignote son cou, caresse son sein, tout en bougeant sur elle comme si je lui faisais l'amour.

– On le fera vendredi, dis-je soudain, étonné moi-même d'avoir pris les devants d'une situation dont je ne voulais pas au départ.

Je tire sur son soutien-gorge qui repose toujours sur ses avant-bras et elle m'aide à le lui retirer pour que j'aie enfin le champ libre. Posté sur mon coude, je l'admire un moment et viens me perdre dans son regard implorant.

– Vendredi ? Mais on est mardi…

Son impatience me fait sourire. Je bascule mes fesses en avant et elle ferme les yeux dans la friction de nos deux corps trop habillés.

– Je veux que tu sois complètement à l'aise avec moi. Je veux que tu te déshabilles toi-même. Que tu n'aies pas peur de mon regard.

Elle gémit, peut-être de résignation, sûrement de frustration, et je suis plus que déterminé à lui faire vivre le grand frisson. À lui prouver à quel point elle mérite tout le plaisir que je compte bien lui donner. Oui, je veux qu'elle attende toujours le meilleur d'elle-même et des autres. Je veux lui offrir une première fois qu'elle n'oubliera jamais.

Qu'est-ce que ça peut me foutre ?

C'est en voyant sa cicatrice que j'ai compris.

Elle a souffert, c'est évident, et je veux lui offrir ce qu'aucun autre ne lui a donné. C'est sûrement ça, être le premier, finalement.

C'est graver dans la mémoire d'une femme un des plus beaux souvenirs qu'elle puisse avoir de sa vie.

Et pour la première fois, je veux être digne de la mission qu'on m'a confiée.

***

– Ta première fois ?

Voilà bien une demi-heure que la secouriste a décidé de stopper nos ébats pour qu'on ait le temps de discuter un peu avant qu'elle ne rentre chez elle. Je ne vois pas bien l'intérêt, puisque le but est de prendre notre pied ensemble, et c'est plutôt bien parti. Mais j'ai décidé de la laisser mener sa barque comme elle l'entend.

Vendredi, tu seras à ma merci.

Cette idée me trouble et je me penche sur la table basse pour prendre mes clopes. Je ne sais pas pourquoi j'ai fixé une date, comme un rendez-vous. Je voulais lui laisser le temps de se préparer ; nous offrir l'occasion de nous découvrir avant de sauter le pas. Je veux surtout qu'elle se donne à moi entièrement, sans pudeur, sans honte, sans aucune barrière.

Trois jours devraient suffire.

Elle prévoit de passer à la salle tous les jours jusque-là. Je ne l'ai pas dissuadée, je sais qu'on ne fera pas que discuter, loin de là. Et je veux à tout prix qu'elle soit prête. Je remplirai ma part du marché, mais elle doit, de son côté, être absolument sûre d'elle. Sinon, je ne ferai rien.

Hors de question que je la brutalise encore.

– Ma première fois ? répété-je pour gagner du temps en allumant ma cigarette. Rien de mémorable. J'avais 18 ans, c'était avec une fille dans une soirée, je me rappelle même pas son prénom. On était bourrés, je suis même pas sûr qu'on se soit protégés.

– 18 ans?

Son ton choqué me fait lever les yeux sur elle.

– C'est ça que tu retiens, mon âge?

– C'est juste que… Je sais pas, tu n'as pas l'air d'avoir de problème pour avoir une fille dans ton lit.

Elle détourne le regard, rougit, et je me retiens de rire devant sa gêne. Je souffle la fumée sur le côté pour ne pas la déranger.

– Je n'ai pas toujours été comme aujourd'hui.

– C'est-à-dire?

Je hausse les épaules.

– Attirant? Qu'est-ce qui te plaît chez moi? Mes muscles? Ma taille? Mes tatouages?

– C'est tes yeux, dit-elle en s'agitant sur le canapé en face du mien. Ta gueule d'ange.

Je la fixe pour de bon, pour voir si elle a fait exprès de faire cette comparaison par rapport à mon prénom qu'elle n'est pas censée connaître. Son petit sourire en coin me renseigne et je reprends une taffe.

– À 18 ans, j'étais maigre, je vivais une sale période, et crois-moi, j'étais pas aussi populaire qu'aujourd'hui.

– Et tu te protèges, maintenant?

– Oui. Et je suis clean. Mais on mettra une capote, t'inquiète pas.

Le fait de mentionner notre future soirée la met dans tous ses états et je ris tout seul. Elle est si candide. C'est… rafraîchissant.

– Et maintenant, ta sale période est passée?

Je grogne pour toute réponse. Évoquer des sujets en rapport avec le service que je vais lui rendre est une chose, mais parler de ma vie privée en est une autre. Elle insiste :

– Quand on voit où tu vis… Ce que tu fais…

– Ce que je fais de ma vie? la coupé-je. Ça ne regarde que moi.

– D'accord.

J'aspire une dernière bouffée, tout en me calant dans le canapé pour la savourer jusqu'au bout, bascule ma tête en arrière pour cracher la fumée vers le plafond.

– C'est pour ça que t'as pas passé ton bac, l'année dernière? À cause de ton accident? C'était quand?

Ma succession de questions semble la surprendre, mais la faire parler lui donnera moins le temps de me tirer les vers du nez.

– Fin juillet. À la rentrée, j'étais sortie de l'hôpital, mais j'étais incapable de franchir le seuil de la porte de la maison. J'ai fait une sorte de dépression, je suis devenue claustrophobe. Au bout de deux mois, j'ai commencé à suivre des cours sur Internet, mais je n'arrivais à rien. J'ai négocié une année sabbatique et mes parents ont accepté en échange...

Elle arrête son monologue, comme si elle se rendait compte qu'elle en disait trop.

– Tu vois, tout le monde veut quelque chose en échange, tenté-je pour détendre l'atmosphère.

Son petit sourire me confirme que j'ai tapé dans le mille en évoquant notre premier face-à-face, bien des jours plus tôt, et j'attends la suite.

– ... de séances chez le psy.

– Ah, OK. Ça me semble raisonnable. Pourquoi tu voulais pas le dire? T'as encore honte de voir un psy?

– Tu es un peu du genre à juger, explique-t-elle en triturant le tissu de sa chemise.

– Tu peux être franche avec moi. Je veux que tu le sois.

Même si je ne compte pas me livrer à elle, j'ai envie qu'elle le fasse pour moi. Je veux creuser sa carapace jusqu'à la décortiquer. Avant d'aspirer et de dévorer sa chair tendre. Je repense à ses soupirs, à ses gémissements au moment de jouir et je me lève pour me poser à côté d'elle, maintenant que j'ai fini ma clope.

Je pose la main sur son genou, j'ai encore envie de son contact, mais surtout, bordel, qu'est-ce que j'aimerais qu'elle me touche. Mais c'est son service à elle, pour elle, hors de question que je lui demande quoi que ce soit en retour.

– Pourquoi tu me demandes cette faveur?

Pas besoin de précision, on sait tous les deux de quoi je parle. Je me tourne pour lui faire face, mon épaule perpendiculaire au dossier du canapé, et ma main remonte le long de sa cuisse. Elle ferme les yeux en frémissant et en se laissant aller.

– Pourquoi tu ne sors pas avec un mec de ton lycée? De ta classe? C'est important, une première fois. Il faut bien choisir.

– Je croyais... que le plus important était d'en avoir envie?

– Pourquoi tu n'attends pas de trouver le bon?

Mon pouce se loge dans son aine tandis que mes autres doigts viennent caresser l'entrée de son sexe que je sens humide sous mes doigts, et j'entame un massage lent et sensuel. C'est plus fort que moi. Je n'ai jamais autant aimé faire jouir une fille. C'est si facile avec elle.

Elle soupire, gémit, ondule sur ma main.

– J'ai trouvé le bon...

Je me penche sans cesser mon manège et embrasse sa bouche. Et quand elle enfouit ses deux mains dans ma chevelure en caressant mon crâne, je sens ma résolution flancher. Je ne rêve que d'une chose : l'allonger et la pénétrer jusqu'à épuisement. Ma langue taquine la sienne pour lui montrer ce qui l'attend et j'avale les petits cris qu'elle pousse en se frottant plus fort sur ma main. Avant qu'elle ne parte en spasmes incontrôlables, et avec une dextérité que je ne pensais pas avoir, je lui déboutonne son jean avec ma main gauche et la glisse sous sa culotte. Je trouve immédiatement les lèvres délicates de son sexe que je frôle pour la première fois, humides, brûlantes, j'y fais glisser mon majeur et la pénètre un peu, ce que la position et les vêtements me permettent, et elle ne fait rien pour me retenir. Au contraire, elle tente d'écarter plus les cuisses, gémit en ruant et enfonce sa langue dans ma bouche comme pour me dévorer. J'appuie plus fermement ma main sur son pubis, mes doigts fouillant sa chair, et quand ses gémissements sont clairement des cris de jouissance, j'accélère le mouvement et la pression sur son bas-ventre. L'entendre jouir est presque aussi bandant que la sentir se contracter autour de mes doigts.

Mon sexe est si dur qu'il me fait mal, je vais encore devoir me soulager tout seul, mais pour une fois, je ne pense pas à moi et à mon plaisir. J'ai décidé de la respecter et de ne m'occuper que d'elle. Cette générosité ne me ressemble pas, mais je sais qu'elle le vaut. C'est ma façon de me faire pardonner ma brutalité et mon habitude de la jeter chaque fois qu'elle venait à moi. J'ai pris la décision d'honorer notre marché, et j'irai jusqu'au bout.

Elle reprend ses esprits en haletant dans mon cou, alors que ma main est toujours dans sa culotte, caressant tendrement ce sexe qui m'appelle, dans une insouciance postorgasmique. J'en profite pour embrasser sa peau, sentir son odeur, même si je me mettrais à genoux pour qu'elle me prenne en main et soulage ma queue gonflée, par n'importe quel moyen.

– Oh, pardon… dit-elle en se reculant et en s'arrachant de notre étreinte.

– Quoi ?

Elle ne semble pas se rendre compte que mes doigts sont toujours nichés au chaud, ni de la position qu'on offre, sur mon canapé déglingué.

– Je t'ai griffé l'épaule… Pardon.

– Pas grave, j'ai rien senti, murmuré-je avant de l'embrasser en prenant sa nuque dans ma main.

Alors que mes doigts reprennent leur danse en elle, le bruit de la porte qui s'ouvre à la volée nous fait sursauter. Je les retire et Annabelle bondit presque en l'air en se détournant pour se reboutonner. Je prends le temps de redresser mon sexe tendu dans mon pantalon en grognant avant de tourner la tête pour voir qui vient nous emmerder.

– Pappas, j'ai un truc pour toi, lance Isaac qui n'a pas conscience que je suis à deux doigts de lui sauter à la gorge. Oh, salut, Annabelle !

Quand elle se retourne, la rougeur de ses joues est un délice pour les yeux. Mon regard descend sur ses hanches et j'imagine tout de suite la saveur de ses lèvres, en bas. Je sais que jusqu'à ce que je puisse m'amuser vraiment avec elle, dans trois jours, je ne me l'enlèverai pas de la tête.

Après, tout redeviendra comme avant.

Elle cessera de me hanter. J'aurai assouvi ma curiosité de son corps, rassasié mon désir d'elle, et je pourrai de nouveau regarder d'autres fesses, d'autres poitrines, je pourrai à nouveau reprendre le cours de ma vie.

En attendant, je ne pense.

Qu'à.

Son.

Cul.

Isaac se pose devant moi et sans doute ma gueule du mec dont on vient d'interrompre un coït, et hausse un sourcil franchement comique. Il a décoloré ses cheveux en blanc, et merde, ça lui va bien.

– Je dérange, peut-être ?

– Pas du tout ! s'empresse de répondre Annabelle. Bonjour et au revoir, je m'en allais.

– Mouais.

Elle s'approche d'Isaac et lui plante un bisou sur la joue en me fixant dans les yeux, et peut-être que je la mate comme si j'allais la courser dans la rue et la retourner sur une bagnole. Elle me fait un sourire timide avant de prendre son sac et de lancer un « salut » enjoué.

Elle n'est pas venue me faire un dernier baiser. Une dernière caresse dans mes cheveux. Et c'est tant mieux. Elle a compris qu'elle n'a rien à attendre de plus de notre accord, et je suis soulagé à l'idée qu'elle ne va pas le regretter.

Parce qu'il est évident qu'elle n'aura rien d'autre.

– T'as progressé, avec la secouriste? Je croyais que tu voulais pas la voir.

Pour toute réponse, je grogne en récupérant une clope dans mon paquet, la dernière. Je l'allume en sentant sur mes doigts l'odeur d'Annabelle et je soupire en me laissant tomber dans le fond du canapé.

– Tu voulais quoi? demandé-je à mon ami qui est toujours debout à me contempler comme si je portais des collants roses et un tutu.

L'image que je viens de graver dans ma tête me fait ricaner, ce qui accentue l'incompréhension d'Isaac. Il s'assoit en face de moi et ouvre son sac.

– J'ai des gants pour toi. Hyper légers, ça remplacera les autres qui partent en lambeaux… T'es sûr que ça va?

– Ouais, pourquoi?

– Tu as l'air…

Mais il ne finit pas sa phrase, peut-être parce que je suis en train de le fusiller de mes prunelles grises dures comme de l'acier. Je porte de nouveau ma clope à mes lèvres et la retire de l'autre main, pour renifler encore discrètement l'odeur sucrée d'Anna.

Encore trois jours.

Et tout redeviendra comme avant.

Isaac me parle une bonne heure de samedi, du lieu de mon *fight*, mais je l'écoute à peine. Déjà, je lui fais entièrement confiance, il gère tout d'une main de maître, mais surtout, j'ai la tête ailleurs, peut-être entre les cuisses d'une jolie blonde qui se sert de moi pour arriver à ses fins. Mon portable vibre sur le canapé et mon cœur bondit de crainte : si c'est un message de la secouriste, c'est qu'elle n'a rien compris et qu'on ne peut pas aller plus loin. Il faut qu'elle se mette dans le crâne qu'on ne fera jamais rien de banal ni de normal, du moins dans son monde à elle. En même temps, je ne suis pas prêt à renoncer à cet accord qu'on a conclu, et je m'apprête à la recadrer sèchement quand je constate que c'est un message d'Anaïs. Isaac vient de recevoir le même sur ce groupe qu'on s'est créé sur WhatsApp. Elle nous demande si on sort, jeudi soir. Je suis sur le point de répondre non, mais pourquoi? Parce que j'ai des projets pour vendredi? Je ne vais pas m'empêcher de vivre, si? Isaac s'est déjà empressé d'envoyer des émoticônes avec des clins d'œil et des langues qui pendent, rajoute que oui, bien sûr, quelle question?

J'hésite. Je n'ai pas très envie de sortir, mais l'idée de me retrouver tout seul, peut-être en tête à tête avec ma défunte sœur, me décide. J'envoie un pouce levé. Toujours aussi bavard, même dans les messages. Anaïs demande si je garderai la langue dans ma bouche cette fois. Je ris carrément avec Isaac et trouve un gif avec une tête de vache qui agite en gros plan sa langue dans tous les sens d'une façon répugnante, mon pote hurle de rire en se frappant la cuisse et je me lève pour aller nous chercher des bières.

Le monde ne va pas s'arrêter de tourner, hein?

***

La semaine est passée si vite que le vendredi matin, je me réveille d'une humeur particulièrement enjouée. J'ai un entraînement en début d'après-midi avec Isaac, qui n'a pas compris pourquoi j'avais décalé notre horaire habituel. Je lui ai servi une excuse bidon avec ma mère. La vérité, c'est que je veux me débarrasser de notre entraînement le plus vite possible, pour ensuite me focaliser entièrement sur la blonde qui s'impatiente de plus en plus.

Mercredi, on a eu une petite heure, elle avait un rendez-vous important (le psy, ai-je supposé), et on s'est surtout bécotés. Le jeudi, hier, elle a débarqué en plein entraînement avec Eric, et cette fois, j'ai fait comme si elle n'était pas là. Je n'ai pas pensé à ses seins blancs, ronds, tenant parfaitement dans ma main, je n'ai pas pensé à son nombril que j'ai tant aimé mordre, je n'ai pas pensé à son cul bombé et doux comme du satin.

J'ai écouté mon coach, même quand j'entendais en écho les gémissements de la blonde au summum de sa jouissance, son petit rire poli quand elle est gênée, le bruit qu'a fait son sac la dernière fois qu'elle l'a laissé tomber par terre parce que je lui ai sauté dessus comme un malpropre.

Et quand il a gueulé : « Allez! Plus fort! Plus fort! », j'ai essayé de ne pas m'imaginer en train de la labourer par-derrière. Ouais. Deux heures d'entraînement intense sans penser à elle. Quand il est enfin parti, je n'ai pas eu le temps d'aller me doucher qu'elle me sautait déjà dessus en retirant son sweat, et même si elle portait un débardeur en dessous, c'est un grand pas qu'elle faisait vers moi. Je l'ai plaquée sur la gazinière, pour voir si elle se rappelait la dernière fois bestiale où j'ai fait ça, mais sa manière de glisser sa main dans mon short et de caresser ma fesse m'a renseigné : elle ne m'en tient pas rigueur.

Même sa façon de pardonner mes erreurs est altruiste.

Ce jour-là, je l'ai soulevée et assise sur le meuble, m'insérant entre ses jambes, pour qu'elle puisse approfondir ses caresses. Mes soupirs et mes baisers enflammés ont dû la décider, elle s'est aventurée devant. Et quand ses doigts ont touché mon sexe gonflé, dur et impatient, elle s'est mordu les lèvres. Avant de s'enhardir. Elle me fait tellement de bien sans rien faire de particulier que c'en est presque agaçant. C'est son innocence qui me met dans cet état? Le fait qu'elle n'a aucun point de comparaison? Ou que chaque geste, chaque caresse est en totale improvisation? J'ai bien vu qu'elle n'osait pas trop me prendre en main, comme si elle avait peur de me blesser. Alors j'ai posé mes doigts sur les siens, serré ma queue pour qu'elle comprenne qu'elle pouvait y aller, et entamé des va-et-vient qui m'ont donné de plus en plus envie de me fondre en elle.

Quand elle a pris le rythme, j'ai rapidement senti monter mon point de non-retour. Cette nana me retourne la tête. Alors je me suis faufilé dans son legging pour lui rendre le plaisir avec mon pouce et peut-être jouir avec elle.

– Je suis pas ton copain, ai-je gémi tandis qu'elle me faisait décoller.

– Je sais, a-t-elle répondu en accélérant la cadence.

C'est comme un jeu, maintenant. Elle m'a laissé venir le premier, ses yeux semblaient me supplier de la prendre. Je fantasme depuis si longtemps sur ce moment où elle poserait enfin ses mains sur ma virilité que j'ai joui profondément, secrètement fier de maculer ses mains de mon foutre. Je ne lui ai pas laissé le temps de s'essuyer ni même de réagir, j'ai glissé mes doigts le long de sa fente, inséré le majeur et l'index que j'ai crocheté comme pour la harponner. Elle a crié en plantant ses ongles dans mes épaules, j'ai remué encore et encore, même quand je l'ai sentie se contracter entre mes doigts et que je l'ai embrassée comme si je la baisais avec ma langue.

C'était de bons moments.

Je mets le café à couler et vérifie mon portable. Pas de texto de ma secouriste. Elle a beau m'avoir chauffé pendant des heures et des heures, pendant des jours, en soulageant à peine ma trique douloureuse, je n'ai pas ressenti le besoin de ramener une fille chez moi, la veille. J'ai son parfum dans les narines, sur le bout des doigts, je n'en veux pas d'autre. Et puis, je veux aussi profiter de cette soirée. Profiter pleinement de m'enfoncer enfin en elle et savourer le moment que j'attends avec impatience. Je ne vais pas le gâcher avec une inconnue, quand même, si?

Je prends mon bol fumant et regarde autour de moi. C'est le même décor que d'habitude, dans cette grande salle décrépite, et je réalise seulement à ce moment-là que je ne peux pas la dépuceler sur ce vieux canapé pourri. Non. Une première fois mérite un lit. La moindre des choses, non?

Je pose mon café et vais dans ma chambre où je grimace à la seule vision de mon pieu. Je dors la plupart du temps à poil sous des draps, je rajoute juste une couverture en hiver. Est-elle frileuse? Va-t-elle passer la nuit avec moi? Même si je ne tiens pas à me réveiller à ses côtés, comme un gentil petit couple, encore moins lui servir le café au lit, je ne vais pas la mettre dehors comme une moins-que-rien après lui avoir fait l'amour. Ce sera la seule et unique fois, elle pourra dormir là, un peu de respect. Mais pas comme ça.

Je récupère tous les draps, même la taie d'oreiller, et les mets en boule pour les laver plus tard, quand j'irai faire des courses. Je me sers d'un tee-shirt qui traîne pour balayer la poussière sur ma table de nuit, la petite lampe posée dessus, et même sur ma commode à moitié défoncée. J'ouvre la petite fenêtre qui laisse entrer un mince filet d'air.

En retournant dans le salon, je réalise qu'il est déjà midi. Je bois mon café, mets mon linge sale dans un sac de sport et roule jusqu'à la laverie avec mon vélo. Le temps que le cycle s'effectue, je me rends dans une supérette, ouvre un sandwich que je commence à manger en faisant mes courses, puis hésite dans le rayon des alcools. Je ne sais pas si elle voudra quelque chose, mais dans le doute, je prends des bières aromatisées aux fruits (les préférées d'Anaïs, elles sont plus sucrées, elle devrait aimer), une bouteille de tequila, une de blanc doux, et même de la limonade, je l'ai déjà vue en boire chez elle. J'avise des bougies, repasse devant le rayon plusieurs fois, comme si elles pouvaient me dénoncer ne serait-ce que de penser à les acheter, comme un type romantique, mais leur odeur de chiottes me dissuade. Je mets également dans mon panier des gâteaux, des chips, tout ce qui pourrait éventuellement lui faire envie, et je n'oublie pas le café. Et, comme je ne sais plus si j'ai du stock, une boîte de capotes.

Je ne sais pas pourquoi, la vue de cette boîte violette m'excite et me culpabilise en même temps. J'ai toujours été réglo avec les nanas avec qui je couche ; la plupart me connaissent, moi et ma réputation de mec insaisissable, inébranlable, inatteignable. Elles n'essayent même plus de me faire changer, de m'amadouer. Elles prennent ce que je leur donne, sans rien attendre en retour.

Je ne suis pas sûr que ce soit vrai pour Annabelle. Elle vaut clairement mieux que ça, et même si elle ne le dit pas, il est évident qu'elle va en attendre plus. En même temps, elle m'a demandé ça comme un service.

Et qui je suis, pour refuser de rendre service ?

Ma façon de désensibiliser notre acte en le comparant à un match de boxe me plaît de plus en plus. On a fait l'échauffement, les répétitions (oh, oui !) et le rappel des règles. Il ne reste plus que le match en lui-même.

Après avoir payé, je reprends la route, préviens Isaac que

j'arrive au cas où il m'attendrait déjà chez moi, et fourre mon linge dans le sèche-linge. Quelque chose me tord les tripes. Peut-être ce sandwich dégueu que je viens d'avaler en trois bouchées? En observant mes draps tourner à travers l'immense hublot, je repense à ma première fois ratée, bâclée. On était en soirée, j'étais clairement bien bourré, mais la fille, pas tant que ça. Elle me connaissait pour avoir été dans le même lycée que moi ; elle avait entendu, bien sûr, mon histoire tragique, mon accident et ses conséquences. Elle s'était mise en tête de me coller comme une sangsue, comme si elle me faisait une fleur. Je sentais bien que je lui faisais pitié, dans cette soirée où tout le monde dansait et se bécotait, et où moi je ne voulais que faire la gueule dans mon coin en enquillant les *shooters* et les bières. J'étais furax qu'elle vienne me chercher, alors que tout ce que je voulais, c'était boire tout seul et me retourner le cerveau.

Oublier, oublier, oublier.

Elle avait promis de me faire oublier. Elle m'avait susurré à l'oreille que le meilleur moyen, c'était encore de baiser. Je ne lui avais pas dit que j'étais puceau, même si je pense qu'elle s'en est rendu compte quand j'ai éjaculé au bout de cinq minutes en m'étouffant dans son opulente poitrine, tandis qu'elle me chevauchait sur un canapé.

Soudain, je me sens fébrile. Je couve peut-être un truc. J'espère juste que quoi que ce soit, ça ne va pas gâcher sa soirée. Je n'ai jamais couché avec une vierge. C'est un terrain nouveau, inédit, interdit.

Finalement, c'est un peu une première fois pour tous les deux.

J'espère juste être assez fort pour repousser mes démons qui me hantent depuis des années, pour réussir à oublier la dernière fois où j'ai ressenti une telle impatience. Et où j'ai dû en subir les conséquences.

***

Huit ans plus tôt
Pendant

Je jure une nouvelle fois en me rendant compte qu'il n'y a pas de siège auto dans la Polo et laisse Elia sur la banquette pour courir jusqu'au garage. On vient d'en racheter un, dernière génération, qui est dans la voiture de ma mère ; je prends l'ancien, tout à fait correct, et cours l'installer à l'arrière de la voiture.

Je ne suis pas complètement inconscient non plus.

Une fois bien sanglée dans son siège confortable et familier qui ne sent pas le neuf, Elia fourre son pouce dans sa bouche et serre son doudou contre son visage de l'autre main. Je pose un baiser sur son front avant de jeter mon sac à dos sur le siège avant et je me glisse derrière le volant, excité et impatient. Inès n'habite pas loin, j'ai juste la nationale à traverser, sinon nos maisons sont respectivement assez isolées du reste de la circulation, et en été, les routes sont plutôt désertes ici.

Inès, me voilà !

Je vérifie la jauge d'essence, attache ma ceinture, règle le rétroviseur central et démarre. Elia s'est déjà endormie, confiante, le soleil inondant son joli visage. J'enclenche la marche arrière doucement pour ne pas la réveiller, recule et fais demi-tour dans l'allée. Puis j'avance tranquillement dans le chemin plus ou moins inégal qui me mène jusqu'à une intersection. Je mets le clignotant, tourne à droite et roule encore un petit kilomètre sans croiser âme qui vive avant d'arriver aux abords de la nationale. Je me positionne devant le stop et scrute la route.

Elle est grande, comme un ruban de soie, dégagée, et semble fumer sous la chaleur accablante du soleil. Je dois la traverser et aller tout droit, puis sur un autre chemin, et rouler encore presque trois kilomètres avant d'arriver chez Inès. Mes mains sont moites sur le cuir du volant. À droite, bien plus loin, un camion. Sur ma gauche, une seule et unique voiture qui a mis son clignotant pour tourner à droite, dans l'intersection où je me trouve.

C'est parti.

Au moment où je m'engage, je me rends compte que la voiture sur ma gauche ne ralentit pas. Qu'elle se rapproche à une vitesse irréelle. Qu'elle n'a pas l'intention de tourner. Ni de ralentir. Et qu'elle file droit devant, droit sur nous. Je donne un coup d'accélérateur en fixant un point devant moi, pour ignorer mon cœur qui essaye de sortir par ma gorge, et alors que je nous crois sortis d'affaire, le pare-chocs avant de la berline tape contre l'arrière de ma Polo et je me crispe sur le volant tandis que la voiture effectue des tours sur elle-même, sans toutefois quitter la route, par miracle. Le choc m'a semblé durer une éternité, alors que ce n'était qu'une ou deux secondes. Le calme qui nous environne me donne des sueurs froides, et je me retourne pour voir comment va Elia. Son visage est crispé, elle est désorientée, je vois bien qu'elle est sur le point de pleurer, de crier. Mais elle va bien. Puis, tout aussi rapidement, à travers la fenêtre arrière du véhicule, j'aperçois un camion, celui que j'ai déjà repéré, foncer sur nous à la vitesse d'un boulet de canon.

Alors que je pensais que c'était une aubaine de n'avoir pas quitté la route, je comprends qu'il aurait mieux valu atterrir dans les champs, hors de la circulation.

Cette idée n'a pas le temps de quitter mon cerveau qu'un bruit étourdissant mêlé de cris, de klaxons et de tôles qui s'entrechoquent explose dans mon cerveau. Je me sens propulsé, enroulé, broyé de tous les côtés par des dents acérées, la douleur s'infiltre dans tous les pores de ma peau, je suis incapable d'émettre un son, d'ouvrir les yeux sur l'horreur que j'ai causée, et même quand je sens le mouvement s'arrêter, ma tête continue sa course.

Encore et encore.

Mon corps me fait si mal que je demande à la mort de venir me prendre.

Tout, tout pour effacer cette douleur atroce qui coule dans mes veines, incruste mes os, remonte dans ma bouche, s'écoule de mon nez. Je ne pensais pas que c'était possible de souhaiter la mort, surtout quand on s'apprêtait, quelques secondes auparavant, à rejoindre une fille fantastique et faire l'amour pour la première fois.

Avant de sombrer dans l'inconscience, je revois nettement le visage d'Elia et j'entends le cri qu'elle n'a jamais poussé.

18

Annabelle
De nos jours

On est vendredi, et je suis complètement obsédée par Angel. Ma matinée se passe dans le flou le plus total, je ne sais même pas à quel cours je me suis rendue. Je me souviens simplement d'un écran qu'un prof a allumé pour nous montrer un bout de reportage, mais à quel sujet… ?

À midi, je suis incapable de manger, je délaisse le groupe de filles avec lequel je traîne vaguement, puisque je suis redoublante et que je ne connais personne, et me rends à pied chez moi sans que personne fasse attention à mon absence. Je me laisse tomber sur le divan moelleux de mes parents et soupire en serrant un coussin contre moi. Je m'allonge en chien de fusil et laisse mes pensées divaguer, le sourire aux lèvres.

Le fait qu'Angel me désire vraiment et ne va pas simplement se contenter de me dépuceler en dix minutes me rend bêtement heureuse. Il prend le temps de m'éveiller à la sensualité, aux caresses, au plaisir. Et quand il m'a posée sur le meuble de la cuisine, m'a caressée entre mes jambes écartées… J'ai tout de suite voulu le toucher, tenter de le marquer comme il le fait si bien avec moi. Sa réaction a été à la hauteur de mes attentes, je n'ai jamais fait du bien à un garçon, mais alors lui… Carrure de boxeur, coiffure de malfrat, yeux de tueur, attitude de brute et pourtant… Il fond sous mes doigts comme un glaçon en plein soleil.

Je suis euphorique de le mettre dans cet état, même si je ne sais pas s'il s'en contente ou s'il est allé voir ailleurs pour se soulager vraiment. Après tout, on s'est excités mutuellement sans aller plus loin, pour un garçon comme lui, ça ne doit pas être évident. Qu'est-ce que ça me ferait, si je savais qu'il allait voir ailleurs ? Je préfère ne pas savoir.

M'imaginer qu'il se garde pour moi.

Comme il n'a pas cessé de me le répéter, je ne suis pas sa copine. Il n'est pas un tendre, pas mon copain ni même un pote, et la leçon est bien ancrée en moi. Je ne me fais pas d'illusions, même si mon cœur saigne à savoir que d'ici demain, je ne le verrai plus. Ne l'embrasserai plus. Ne le sentirai plus.

J'étouffe un sanglot, mon humeur changeant aussi vite que celle d'un enfant de 4 ans. Je ne peux pas m'empêcher de ressentir de la peine, du désespoir, même si je préfère crever que le lui avouer. Il serait capable de tout annuler. J'aime mieux jouer la fille blasée, sûre d'elle, et aller jusqu'au bout. C'est ce que je désire par-dessus tout.

Qu'il soit mon premier.

Je m'endors en rêvant de lui. Je vois son visage grave, presque impassible, comme la première fois où je l'ai chevauché et qu'il a joui en se frottant contre moi. Il s'est retenu cependant, comme si sa pudeur l'empêchait de se lâcher vraiment. Lui aussi va de plus en plus loin dans les caresses, dans les mots qui sonnent comme des confidences, dans les jeux de regards. Comme si quelque chose se nouait entre nous.

Je me réveille en pleurant. Parce que je sais qu'il n'y aura jamais rien de plus, parce que je pressens qu'il ne reviendra jamais sur sa parole, parce que ça serait un aveu de faiblesse. Parce que, comme il me l'a répété encore et encore, il est une brute. J'ai beau lui dire qu'il est parfait et que je le veux tel qu'il est, il reste sourd.

Je constate que mon cours de l'après-midi va commencer dans cinq minutes, et je décide que je n'irai pas. J'ai passé la veille à m'épiler, faire des soins à mes cheveux, me prélasser dans le bain en promenant mes mains sur mon corps comme si c'étaient les siennes. Le résultat a été décevant, et je me suis couchée avec un bon roman qui m'a changé les idées deux bonnes heures. Jusqu'à ce que j'éteigne la lumière et ressasse le fait qu'il devait être, au moment même où je pensais à lui, en train de draguer dans une soirée étudiante, voire pire.

Je me lève du canapé comme si je traînais un boulet derrière moi, chipe une pomme dans la cuisine en sentant mon ventre gargouiller et croque dedans en allant dans ma chambre. Au dernier moment, je bifurque dans la salle du fond, mon antre à moi : mon atelier peinture. Comme si j'étais en transe, je m'installe sur mon tabouret pivotant, choisis mes pinceaux et étale des couleurs sur ma palette. Je fixe la toile pendant une minute ou deux, puis me mets à l'œuvre. Je ne l'ai pas touchée depuis des jours, depuis que Pappas a posé ses mains sur moi, mais aujourd'hui j'ai besoin d'expulser mon appréhension, mon stress dans mon exutoire, et je suis possédée.

Je perds la notion du temps, comme si mon inconscient avait besoin d'une distraction, et je reprends mes esprits en entendant la porte du rez-de-chaussée claquer. Je sursaute, cherche mon portable pour connaître l'heure, fonce dans la chambre où je l'ai laissé et constate que c'est déjà la fin de l'après-midi. Même si on ne s'est pas donné d'heure, *surtout pas de rendez-vous comme un petit couple*, j'ai pris l'habitude d'aller le voir plus tôt que ça, et il faut encore que je me douche. Heureusement, j'ai décidé de ma tenue la veille, un slim noir avec une tunique colorée boutonnée sur le devant. J'attache mes cheveux et me lave rapidement, retouche mon maquillage léger en rajoutant du mascara, m'habille et mets deux bonnes minutes à me décider si je ferme ou pas le premier bouton de ma tunique. J'en dénoue un, puis deux, le rattache et mon regard tombe sur mon reflet. Je suis un peu échevelée, mes joues sont rosies à cause de mon agitation, mon cœur tambourine et j'ai le sentiment qu'on peut voir ses coups frapper ma cage thoracique.

Excitée, angoissée, fébrile, je descends l'escalier et croise ma mère qui range les provisions dans le frigo. J'ai demandé à Gauthier de me couvrir, sans lui dire ce que j'allais faire ce soir-là. On s'est vus le mercredi en fin de journée, on a regardé un film dans sa chambre et j'ai réussi à ne pas le harceler sur ses cours qu'il n'a pas l'air de potasser souvent. Quand je lui ai demandé s'il pouvait être mon alibi du vendredi, il a attendu la fin du film pour me demander où je comptais me rendre. Avec qui. Si j'allais rentrer de la nuit.

« Je ne sais pas », a été ma seule réponse.

Et c'est vrai. Avec Pappas, on ne sait jamais où on fourre les pieds, c'est ma seule certitude le concernant. Je m'approche de ma mère et la regarde avec tendresse. Elle se met à me raconter une anecdote sur sa journée et je lui rappelle que je dois y aller, avant de lui claquer un baiser sur la joue. Dans ma voiture, je mets la musique à fond et chante à tue-tête pour penser à autre chose.

Tout mais ne pas songer à ce que je m'apprête à faire. Et surtout, avec qui.

***

Quand je franchis le seuil de la salle, mon cœur se serre d'angoisse. Tout est calme et il n'y a pas de signe d'une présence humaine. Il est près de dix-neuf heures. Entre les travaux sur la route et les étudiants qui rentraient chez eux pour le week-end, j'ai mis un certain temps à gagner le campus avec mon Alfa. J'avance côté salon, pose mon sac sur le canapé et retiens mes larmes.

A-t-il changé d'avis? Pourquoi n'est-il pas en train de finir son entraînement avec Isaac?

Alors que j'ouvre mon sac pour chercher mon portable, j'entends du bruit côté vestiaire et je me tourne au moment où Angel arrive en enfilant un tee-shirt. De l'eau ruisselle sur sa peau, comme s'il ne savait pas à quoi servait une serviette, et il ne me repère pas tout de suite. Son visage est fermé. Il se dirige droit vers le frigo et je me lève. Il tourne la tête, m'aperçoit enfin, esquisse un léger sourire, presque une illusion. Il croise les bras au lieu de se servir et attend en me regardant.

Il me scanne de la tête aux pieds, et pendant ce temps, je déboutonne ma veste en chassant mes cheveux qui retombent librement autour de mes épaules. Je laisse tomber le vêtement sur le canapé et m'approche doucement de lui. J'ai remarqué qu'il n'y a plus de bar dans son coin cuisine, je me demande ce qu'il en a fait. Il porte un jean clair et un tee-shirt tout simple, blanc, qui fait ressortir ses tatouages et sa peau hâlée. Il est si beau que mon cœur se serre. Il ne bouge pas d'un cil, même quand je suis si proche de son corps verrouillé que ses bras effleurent ma poitrine.

– Je pensais que tu ne viendrais plus, souffle-t-il tout bas en fixant ma bouche.

– Je pensais que tu avais changé d'avis, réponds-je sur le même ton de confession.

Je pose mes mains sur ses avant-bras, mais il ne bronche toujours pas.

– J'ai pas vu l'heure passer…

Je me sens obligée de m'expliquer, me justifier. Je rêve ou il me fait la gueule ? Ou alors c'est encore un jeu, pour voir « ce que j'ai dans le ventre » ? Il veut que je sois entreprenante ? Que je me rattrape d'arriver si tard ?

Je me hisse sur la pointe des pieds, me rapproche de ses lèvres sans toutefois les toucher. Mes seins pressent maintenant son torse et mes mains remontent de ses épaules à son cou.

Je vais le faire flancher.

Je fais glisser mes doigts sur son crâne, dessine le contour d'un tatouage maori près de son oreille, remonte sur le haut de sa tête. Il ferme les yeux en faisant gronder sa gorge. Quand il la bascule légèrement en arrière, je donne une impulsion sur mes pieds pour fondre sur sa bouche, et je l'embrasse comme on a appris à le faire ces derniers jours, avec lenteur et sensualité. Puis il s'anime tout à coup, dénoue ses bras et m'enlace en me serrant fort contre lui. Ses mains empaument immédiatement mes fesses et me plaquent contre lui. Sentir son érection virile contre mon bassin me fait gémir dans sa bouche et il se passe un moment avant qu'on ne se détache, autant essoufflés l'un que l'autre.

– T'as pas vu l'heure passer, hein ?

Oui, il me faisait bien la gueule. Je n'imaginais même pas qu'il puisse m'en vouloir d'arriver tard, et je suis surprise de découvrir cette facette de sa personnalité. Je croyais que rien ne le touchait.

J'ai eu tort.

– J'étais… nerveuse. J'ai peint pour me détendre.

Il hausse un sourcil, comme pour que j'en dise plus sur mes activités, mais je me détourne pour regagner le canapé. Je ne sais pas ce qu'on va faire exactement, où, pendant combien de temps, mais j'angoisse de plus en plus. Le baiser enflammé qu'on vient d'échanger m'a relaxée, mais maintenant qu'il est terminé et qu'on s'est mis à parler, je sens le stress me gagner à nouveau.

– Je pensais que tu étais du genre à prévenir, dit-il avec amusement tout en se penchant sur le frigo pour prendre une bière. Tu veux boire un truc? Soft, alcool?

Je réfléchis à peine avant de répondre :

– Alcool.

Il se fige une seconde, laisse sa bière sur le plan de travail et récupère des petits verres et une bouteille transparente. Il pose le tout sur la table, va chercher encore de la limonade et s'assoit en face de moi pour nous confectionner des *shooters* de tequila avec les moyens du bord. Puis, sans me lâcher du regard, il me tend un verre, trinque et le boit cul sec. J'en fais autant et tente par tous les moyens de ne pas tousser en sentant la brûlure dans mon œsophage, mais je n'arrive qu'à m'étouffer à moitié et me détourne avec des larmes plein les yeux. Il rit un peu, prend son paquet de cigarettes mais le repose finalement sur la table.

– Alors? insiste-t-il. T'es pas du genre à envoyer un texto?

– Je n'ai pas ton numéro, dis-je la voix enrouée.

Il fronce les sourcils, nous ressert.

– Si. Je t'ai déjà envoyé un message.

– Je l'ai tout de suite effacé après l'avoir lu, dis-je d'une traite.

Il remplit son verre d'alcool, sans mélanger avec de la limonade comme pour le mien.

– Pourquoi?

Je prends mon verre sans attendre et le vide d'un trait, en faisant attention cette fois à ne pas m'étrangler. J'ai besoin de me sentir différente, ce soir. J'ai besoin, non pas de courage, mais d'aide pour lâcher prise.

– J'étais très énervée. Voir ça, après… notre baiser. Je ne voulais pas être tentée de m'en servir.

Je n'insiste pas plus, n'en rajoute pas sur la peine que ça m'a fait, le déchirement de le voir faire l'amour avec une autre, alors qu'il m'avait invitée à le voir boxer, alors qu'il m'avait attirée à lui pour un baiser de fou, le meilleur de ma vie.

Jusqu'à ce que je l'embrasse à nouveau.

Sans que je m'y attende, il se penche par-dessus la table entre nous et attrape mon sac. Je le regarde fouiller dedans, sans savoir ce qu'il cherche, sans m'énerver de le voir braver mon intimité, je n'ai rien à cacher, et il sort mon arme de défense. Il me regarde avec un mélange de curiosité et de malice.

– C'est pas pour toi, expliqué-je.

Il plisse les yeux comme pour me sonder.

– Je n'ai rien dit, fit-il finalement.

Je reprends mes affaires et les repose à côté de moi.

– Et t'es du genre impulsive, alors? dit-il avant de vider son verre.

Je le regarde en face, en sentant la chaleur de l'alcool courir dans mes veines.

– Je suis du genre à ne pas me laisser faire, murmuré-je comme si je n'osais pas l'avouer.

– Je te crois. Tu as faim?

Son changement de ton me ramène sur terre mais je reste concentrée sur son visage. Sa gueule d'ange bafouée.

– Non.

– OK. Alors, on passe aux choses sérieuses?

Oh. My. God.

Je me sens m'empourprer, et ses petits mots me font transpirer, tout à coup. Mon cœur bat des records de vitesse et ma bouche se dessèche en un claquement de doigts. Je suis sûre qu'il l'a fait exprès, juste pour me voir me décomposer. Mais je suis bien décidée à assumer mon désir, mon envie, mon service, alors je commence à déboutonner ma tunique et ses iris changent de ton. Sa pomme d'Adam s'agite dans sa gorge. Il joue avec le paquet de cigarettes sur la table, le faisant tourner, sans se détourner de mes doigts qui s'agitent, et si je le connaissais mieux, je penserais qu'il est nerveux.

Le grand Hermès, nerveux à l'idée de coucher avec une fille?

Hilarant.

Cette pensée grotesque me quitte et je fais tomber ma tunique sur mes hanches. Je ne porte que mon soutien-gorge, en dessous.

– Tu veux que je mette de la musique? demande-t-il alors que je me lève pour faire tomber le tissu par terre.

Il s'extrait du canapé sans attendre ma réponse et va chercher son portable dans la cuisine. Il pianote un instant dessus avant de se diriger vers son ampli, qu'il allume. Aussitôt, une musique douce se déverse dans la pièce et je frissonne. Je ne connais pas le groupe, mais je me sens transportée par les voix et les instruments qui chantent. En revenant vers moi, il fait un détour, récupère un objet près du banc de musculation et se dirige droit vers la porte d'entrée, qu'il ferme à clé. Quand il se retourne, son attitude a changé.

Mais il ne me fait toujours pas peur.

– Pour qu'on soit tranquilles, explique-t-il en s'avançant avec la démarche d'un félin affamé.

Je hoche la tête. Mon cœur fait des loopings, et quand il fond sur ma bouche, m'enserre la taille avec ses grandes mains écorchées, remonte dans mon dos dénudé, j'ai envie plus que jamais de me fondre en lui. De ne faire qu'un avec ce corps, de le toucher au plus profond de son être, de l'ébranler, le secouer. Je veux qu'il se souvienne de moi aussi sûrement que je ne l'oublierai jamais, même si je sais que c'est un rêve de gamine. Demain, il s'intéressera à une autre fille, touchera d'autres peaux, et je chasse cette pensée tandis qu'il glisse une main dans mon slim et sous ma culotte pour caresser mes fesses. Je me cambre contre lui, sentant toute mon énergie se ruer vers cette zone ultrasensible qu'il a apprivoisée au fil des jours, me sentant me ramollir et me liquéfier de l'intérieur.

Je le veux.

Il passe une main dans mon cou meurtri et je ne le repousse pas. Il ne semble même pas se rendre compte de la différence de texture, tout occupé qu'il est à me dévorer, à m'absorber. Il tire légèrement sur mes cheveux pour me forcer à incliner la tête en arrière, approfondit notre baiser et tout à coup, je ne porte plus de soutien-gorge. Ses deux mains se retrouvent à encercler ma taille, mes côtes, mes seins, ses pouces en taquinent les bouts dressés, me faisant gémir de frustration. Je sens son sourire sur ma bouche et je tire sur ses cheveux pour le punir de me torturer.

– Impatiente ?

Pour toute réponse, je me mets en tête de déboutonner son pantalon. Alors ses yeux se rivent à mes prunelles, avant qu'il ne pose son front sur le mien dans un soupir attendrissant. J'ai du mal, tant son jean est tendu, à défaire le premier bouton, mais tous les autres suivent comme s'ils comprenaient l'urgence. Quand j'écarte le tissu de son boxer, il arrête mon geste.

– Attends, dit-il en me prenant la main.

Puis il se détourne et m'entraîne à sa suite. On longe le couloir étroit pour arriver dans cette pièce où je me suis juré de ne plus jamais mettre les pieds. Mais quand je constate la propreté des lieux, la lampe sur la table qui diffuse une douce lueur car recouverte d'un tissu, que je sens l'odeur de lessive et remarque les draps propres et le lit fait, mon estomac se serre à nouveau. Je m'arrête sur le seuil, touchée, retournée. Il avance encore et pivote pour m'observer.

– Tu préfères qu'on reste dans la salle ? Sur mon canapé déglingué ?

Je secoue la tête en sentant l'émotion m'étreindre la gorge.

Pourquoi se donne-t-il tant de mal? Il fait ça avec toutes les filles? Il se penche sur la table de nuit, ouvre un tiroir et en sort un préservatif. La réalité me rattrape et j'ai soudain trop chaud. Je croise les bras sur ma poitrine à découvert.

– J'ai… je me sens pas bien.

Je ne sais pas pourquoi avec lui, je dis tout ce qui me passe par la tête. Je n'ai pas de filtre, je ne veux pas en avoir. Je veux me sentir entière.

Il abandonne aussitôt le petit sachet sur le lit et s'approche de moi, l'air soucieux.

– C'est parce que tu es nerveuse?

Ça ressemble plus à une affirmation qu'à une question et je fuis son regard, sentant un creux grandir en moi. Il pose deux doigts sur mon menton pour me forcer à le regarder.

– On arrête quand tu veux, dit-il en posant un baiser chaste sur mes lèvres.

Ses mains reprennent leur danse sur le haut de mon corps, avant de filer sous mon pantalon. Alors je décroise les bras pour les enrouler autour de son cou, écrasant mes seins sur son torse dur et chaud. Il se recule juste le temps de retirer son tee-shirt d'une main habile, pour que nos peaux fusionnent, me serre un bref instant dans ses bras et je me sens déjà beaucoup mieux. Mes mains viennent à leur tour sentir la douceur de ses fesses en se faufilant sous le boxer et il descend mon slim sans entraîner ma culotte. Il commence à se baisser en faisant courir ses lèvres brûlantes sur mes épaules, entre mes seins, me fait sentir ses dents autour de mon nombril et je m'agrippe à ses cheveux en me cambrant. Je ne m'étais pas rendu compte qu'il me débarrassait de mon pantalon, jusqu'à ce que je me retrouve à moitié nue devant lui toujours à genoux.

– Annabelle… chuchote-t-il dans l'obscurité.

Il me malaxe les fesses, qui deviennent une boule de feu entre ses mains. Il nous fait pivoter pour que je me retrouve dos au lit et entreprend de baisser ma culotte. Je retiens son geste et il relève la tête.

– Tu vas aimer, je te le promets.

Sa confiance fait tomber mes inhibitions et je me mords la lèvre inférieure, pour lui donner carte blanche. Il commence par embrasser mon ventre, faire courir sa langue sur ma peau, et je ne sens pas le tissu glisser le long de mes jambes, tant je suis ébranlée par les sensations qui fusent en moi. Je ne sais pas si c'est comme ça chaque fois, mais pour moi c'est exceptionnel. Il passe une main entre mes jambes par en dessous pour me forcer à les écarter un peu, ses doigts sont partout et quand sa langue glisse entre les plis de mon sexe, j'étouffe un râle et tire sur ses cheveux.

– Ne te retiens pas, gronde-t-il. Il n'y a que nous…

Puis tout à coup, comme s'il venait de changer d'idée, il se redresse, me soulève par les hanches et me pousse sur le lit. Son regard sauvage sur moi est grisant. Je referme les cuisses par réflexe, une fois allongée, pour me cacher, et il fait tomber son pantalon par terre.

– Qu'est-ce que t'es belle, Anna…

En caleçon, il pose un genou sur le lit et me force à écarter les jambes, me faisant exploser de bonheur. Quand il prend les devants, sûr de lui, de son plaisir et du mien, je me sens prête à braver toutes mes peurs, toutes mes appréhensions. Il me fait un effet de dingue. Les dessins noirs sur ses mains, dans son cou et sur son torse le rendent plus pur à mes yeux, plus vulnérable. Puis sa bouche fond sur mon sexe. Je comprends immédiatement pourquoi il me préfère dans cette position. Je suis plus détendue, écarte les jambes de plus en plus, comme pour l'inciter à aller plus loin, plus fort, plus longtemps. Sa langue tourne autour de mon clitoris, descend pour s'enfoncer avec une douceur que je ne savais pas possible, me faisant littéralement frémir de l'intérieur. Ses mains caressent mes fesses, mes cuisses, un doigt vient taquiner l'entrée de mon sexe, me faisant gémir. Je ne sais pas ce que je veux, mais je le veux très fort.

Quand il délaisse mon intimité pour remonter avec une lenteur digne d'une torture, me laissant béante en bas, j'ondule du bassin pour toucher son corps qui se dérobe. Il se plaque contre moi quand son torse est au niveau de mon ventre, embrasse mes seins, en lèche la pointe. Je sens sa peau chaude contre mon intimité et je geins pour l'attirer à moi, pour qu'il m'embrasse, pour qu'il me soulage. Il revient enfin à ma bouche, son goût est différent, plus animal, sexuel. Il m'électrise.

Quand il ondule contre mon corps, je le sens nu tout contre moi. Son sexe dur, long et bandé frotte contre ma cuisse. Il attrape mes cheveux et les tire, je halète en lui offrant ma gorge à dévorer.

– Si tu savais comme j'ai envie de te prendre comme un sauvage… M'enfoncer en toi jusqu'à t'entendre crier et supplier de te faire jouir… De partout, dans toutes les positions…

Ses murmures sont des braises, ses mots des flammes qui viennent m'engloutir. Je sais qu'il se retient, je m'en doute. Mais il a l'air d'apprécier la scène autant que moi, et ça, c'est un cadeau inestimable. Il refrène sa bestialité pour être doux avec moi, et j'en pleurerais presque de reconnaissance.

– T'as envie de moi, Annabelle ?

Quand son doigt glisse en moi en prononçant mon prénom, je me cambre, griffe son bras, plie les genoux pour l'inciter à plus.

– Tu es bien silencieuse tout à coup, dit-il en l'enfonçant plus loin.

– Et toi, bien bavard, répliqué-je en cherchant ses prunelles grises.

Je vois de l'amusement dans ses yeux, jusqu'à ce que ma main trouve son sexe et l'empoigne. Il grogne, donne un coup de bassin entre mes doigts et je me surprends à vouloir y apposer ma bouche. Son sexe est si doux sur ma paume, un peu moite d'excitation, si ardent. Il se recule pour échapper à ma caresse en fondant sur mes lèvres.

– Ce soir, c'est que pour toi…

– Un peu pour toi aussi, quand même… lui rappelé-je, taquine.

Je sens son sourire sur ma peau.

– Oui, mais toi tu ne fais rien… C'est moi qui régale…

Il reprend sa danse sensuelle avec ses doigts en moi et je me cambre sans pour autant le lâcher. Après tout, je ne fais pas grand-chose, j'ai juste ma main autour de lui… Il finit par se redresser et me contemple, posté sur ses genoux, son sexe long et dur dressé entre nous. Ses yeux sont incandescents. Il se mord le coin des lèvres et commence à se masturber comme si je n'étais pas là et pourtant en me dévorant des yeux. Cette vision me trouble et m'excite à la fois, comme un plongeon dans son intimité profonde. Il se penche pour récupérer le préservatif à côté de moi et je lui vole un baiser quand il se redresse. Il recouvre son sexe d'une façon mécanique, sans même regarder ce qu'il fait, et je prends conscience de son expérience. Mon trac refait surface. Il doit le sentir car il se penche et m'embrasse lentement, tendrement, avant de reprendre ses caresses intimes.

– Ne réfléchis pas, Anna…

– Je croyais que t'aimais pas mon surnom.

– Anna? Anna… Ça roule sous la langue…

Il se dit brut, pourtant il me manipule avec une telle délicatesse… Il dit ne pas être mon copain, et pourtant je me sens traitée comme une reine…

– Il y a autre chose qui roule sous ma langue… dit-il en reprenant sa descente jusqu'à mon entrejambe écarté.

Puis il replonge en moi, alternant avec des coups de langue sur mon clitoris, et je me sens sur le point de basculer. Quand il remonte une dernière fois, près de mon visage, je m'accroche à ses épaules, cherche sa bouche, comme la supplique muette de ne plus me laisser.

– N'oublie pas…

– Tu n'es pas mon copain, le coupé-je presque sèchement alors qu'il se positionne entre mes jambes.

– Non, tu peux arrêter quand tu veux…

Je m'en veux d'avoir rappelé ses règles à la con alors qu'il n'y pensait pas une seconde, mais il m'embrasse, me faisant tout oublier, et quand son sexe commence son avancée dans mon intimité, par pur réflexe, je me sens me crisper. Il se soutient sur son coude gauche et se maintient en place avec sa main droite entre nous, tandis qu'il pousse encore une fois. Je pince les lèvres, sentant monter en moi une intrusion de plus en plus puissante, et il fait courir sa main sur mon sein à sa portée. Il respire profondément dans mon cou, bascule pour se plaquer complètement contre moi et je m'accroche à sa nuque comme si je me noyais. Il pousse encore et je retiens mes larmes, alors que ses lèvres courent sur ma mâchoire.

– Pardon, dit-il en commençant à onduler entre nous. Je te promets que ça sera meilleur, après.

Après ? Après quoi ? Il compte me refaire ça souvent ? Ou il veut dire avec mes prochains copains ? Je fais taire les questions qui fusent dans ma tête, mais qui sont là pour me faire oublier ma douleur. Je le vis tout à coup comme un passage obligé qui m'a coupé tout plaisir qu'il a pourtant su me procurer, juste avant. Il se redresse pour cueillir mes larmes du bout des lèvres qu'il fait courir ensuite partout sur mon visage.

– Je te jure que ça sera tellement bon, après… Tu me crois ?

J'ouvre les yeux pour lui répondre sans avoir à parler. Il ondule, s'enfonce encore et encore, et au bout d'un moment, je dois reconnaître que la douleur fait place à un inconfort plus que supportable. Mais je suis loin de l'extase qu'il m'a déjà donnée et que j'attendais. Ma seule réussite, à ce moment-là, c'est d'avoir le corps puissant et si impressionnant d'Angel en moi. Angel, pas Pappas et encore moins Hermès.

Je me concentre sur ses réactions à lui plutôt que sur ma douleur. Ses yeux fermés puis braqués sur moi l'instant d'après. Les muscles de ses bras et de ses épaules qui semblent vouloir m'engloutir, la tension que je lis sur son visage, l'effort qu'il fournit pour ne pas aller trop vite, trop fort, pour me ménager. À un moment, il glisse une main sous mes fesses, faisant basculer mon bassin, et je sens la pénétration d'une manière différente, mon clitoris est plus stimulé et je recommence à sentir les prémices du plaisir, même si je n'arrive pas vraiment à me détendre avec son engin démesuré planté en moi. Je suis tellement focalisée sur lui que je sens qu'il s'excite de plus en plus, il m'embrasse avec bestialité, donne des coups plus énergiques et je ne peux pas m'empêcher, alors qu'il est clairement en train de jouir, même silencieusement, de murmurer son prénom comme une protection.

– Angel…

Ses mâchoires sont contractées, de la sueur coule de son front sur ma poitrine quand il se redresse pour me contempler.

– Pardon, je pouvais plus me retenir…

Étrange comme il passe son temps à s'excuser tandis qu'il me fait l'amour, alors qu'il m'en veut quand je lui sauve la vie.

– Tu es si étroite, dit-il en guise d'explication.

Il est toujours logé en moi, je m'accroche désespérément à lui en sentant que s'il s'éloigne maintenant, quelque chose se brisera entre nous.

– C'est une mauvaise chose? demandé-je pour gagner du temps.

– Oh, non, pas du tout. Au contraire.

Il sourit et pose un baiser sur le bout de mon nez. Il continue ses va-et-vient comme par réflexe, et je réponds aux pressions qu'il fait machinalement en bougeant sous lui. Quand il fait mine de se retirer, je le retiens.

– Attends… J'ai moins mal comme ça.

– C'est parce que j'ai joui, je suis moins dur.

– Continue, s'il te plaît…

Il ne se fait pas prier et reprend les mouvements sensuels de son corps.

– C'est bon de te faire l'amour, Anna. Tu es si tendre, si innocente, si réceptive…

Ses mots coulent en moi, me détendant complètement entre ses bras, maintenant que je ne me sens plus tiraillée de l'intérieur. Il n'y a que les frottements de nos bassins l'un contre l'autre qui comptent et le plaisir refait surface, différent de l'électricité brute qu'il a fait naître avec ses doigts sur mon clitoris. Ici, le plaisir est plus sourd, plus profond aussi. Ses mains parcourent mon corps là où c'est possible, accessible, dans mes cheveux, sur mes flancs, mes fesses, il murmure des mots que je ne comprends pas, qui ne sont pas mon langage mais me bercent. Quand je sens la vague de plaisir commencer son ascension, il s'en rend compte et bute un peu plus fort sur mon pubis. Je gémis en rythme avec ses coups de boutoir, tire sur ses cheveux, écarte encore les cuisses malgré la douleur lancinante qui se mêle au plaisir que je ressens, et son bas-ventre tape encore et encore, me faisant jouir plus fort que les fois précédentes. Quand je m'effondre entre ses bras, épuisée physiquement et moralement, plus souple qu'une poupée de chiffon, il fait pleuvoir des baisers sur mon visage et se retire enfin. C'est comme s'il m'arrachait quelque chose du plus profond de mon être et je gémis en serrant les cuisses.

– J'imagine que tu vas sûrement avoir mal quelques jours, mais ça ira mieux après, dit-il en retirant le préservatif.

Il fait un nœud avec une technique longtemps éprouvée et le laisse tomber au pied du lit. Je bascule sur le côté pour lui tourner le dos, récupère l'unique oreiller pour enfouir mon visage dedans, pour qu'il ne me regarde plus. Je suis soudain gênée d'être nue devant lui, et je sais que c'est ridicule puisqu'il vient quand même de me faire l'amour. Mais la réalité me rattrape, je sais que je n'ai pas le droit d'attendre des mots doux, des câlins, des baisers maintenant qu'on n'est plus dans le feu de l'action. Et pourtant, il vient se lover contre moi, embrasse ma nuque, m'enserre de ses bras, me réchauffe de sa chaleur corporelle. Je me blottis contre lui, prenant tout ce qu'il sera capable de me donner, là, tout de suite.

– Tu as mal? demande-t-il soudain.

Le monde se remet petit à petit à tourner. J'entends distinctement la musique qui chante dans le coin salon, je sens l'odeur de lessive de ses draps, celle de savon sur la peau de son bras et je soupire. Il ne me met pas dehors.

– Oui.

Il me serre un peu plus fort, comme pour se faire pardonner, et je ne comprends pas pourquoi tout est si mal fait. Pourquoi il s'interdit de me laisser entrer dans son monde, pourquoi il érige des murs entre nous, pourquoi il m'a rejetée avec tant de hargne pour finalement me traiter avec tant de délicatesse. Pourquoi il me faudra partir sans rien attendre de plus.

– On va patienter un peu pour le deuxième round, alors, fait-il si près de mon visage avant de pousser un profond soupir dans mes cheveux.

Je ne sais pas si j'ai bien entendu. Il compare bien notre coït avec un match de boxe? Sa chaleur devient étouffante, ses bras lourds sur mon corps, comme s'il cherchait à m'enfoncer dans le matelas, pourtant je suis incapable de bouger. Je ne veux pas crever cette bulle où je me suis enfermée. Mon ventre se met à gargouiller mais il ne réagit pas. Et quand sa respiration régulière me berce, je comprends qu'il s'est endormi.

Cette constatation me tétanise. Que suis-je censée faire, maintenant? M'endormir à mon tour, en sachant qu'il ne veut pas de moi? Pourquoi a-t-il parlé d'un deuxième round, puisqu'on ne doit pas se revoir? A-t-il prévu de me faire l'amour toute la nuit? Et que va-t-il se passer, demain, à la lueur du jour? Quand je partirai au petit matin comme toutes les filles qui ont défilé dans son lit?

Soudain, je me sens de trop. Étrangère. Insignifiante. Et j'étouffe. Je me glisse hors du lit, hors de ses bras, déclenchant des douleurs de courbatures dans mes cuisses et à l'intérieur, et il se retourne sur le ventre sans se réveiller. À genoux sur le sol froid en béton, nue et frissonnante, je le contemple, lui et sa beauté, son corps d'athlète, ses tatouages énigmatiques, le scorpion qui escalade son dos, sa noirceur à peine dissimulée. Et je me remets à pleurer. Je récupère mes vêtements éparpillés et enfile ma culotte puis le reste dans le couloir. Il n'y a pas de lumière de ce côté-là mais je me repère grâce aux lueurs extérieures qui filtrent par les fenêtres au plafond, fonce sur le canapé et cherche mon portable dans mon sac. Je m'attendais à ce qu'il soit à peine vingt heures, mais il est plus de minuit. Soit notre corps-à-corps a duré bien plus longtemps que je n'imaginais, soit j'ai beaucoup cogité pendant qu'il dormait, collé contre moi.

Je plaque mon sac tout contre mon ventre comme une armure, prête à plonger la main dedans à la moindre menace, puis tourne la clé dans la serrure et retrouve la fraîcheur de la nuit de septembre. Je file dans les rues désertes, chaque pas étant douloureux, trouve ma voiture et m'y engouffre. Sans penser, je mets la radio, enclenche la marche arrière et m'engage sur la route. Et avant que je ne puisse comprendre ce qui m'arrive, je me retrouve à toquer à la porte de la chambre de Gauthier. Je vois de la lumière sous sa porte mais il met un moment à venir m'ouvrir. Quand il le fait, son visage familier et l'inquiétude que je lis dans ses yeux font craquer quelque chose en moi et je fonds en larmes.

Il me fait entrer, puis me tient à bout de bras et finit par me serrer contre lui. Derrière son épaule, j'avise son lit aux draps froissés, l'ordinateur posé sur un coussin, le casque relié qui est tombé du lit.

– Je voulais pas te déranger, dis-je en reniflant bruyamment.

– Tu ne me déranges pas du tout. Qu'est-ce qui ne va pas?

– J'ai pas envie d'en parler…

– Ah, logique, fait-il dans une grimace en m'arrachant un sourire.

Je ris avec lui mais il reprend son sérieux.

– Ta soirée s'est mal passée? fait-il, tout à coup sur la défensive.

Son air énervé me fait secouer la tête énergiquement.

– Non, pas du tout. On en parlera une autre fois, OK?

Il grommelle et se rallonge sur le lit en me laissant de la place.

– Tu regardais quoi? Pas un film de cul, j'espère.

Il pouffe en ramassant son casque et le débranche.

– Non, ça, c'était avant.

– Hé, dégueu!

Il me fait un sourire mi-figue, mi-raisin, et je ne saurai jamais si c'était une blague ou non. J'essuie mes larmes et fais tomber mon sac avec ma veste sur sa moquette.

– Tu veux qu'on regarde un truc? propose-t-il.

Je m'installe à mon tour en posant ma tête sur son épaule, comme on a pris l'habitude de le faire. La luminosité de l'écran me fait fermer les yeux.

– Surtout pas, chuchoté-je. Continue comme si j'étais pas là.

Il remet son film en lecture, qui est en VO, et je laisse une douce torpeur m'envahir. Gauthier est mon meilleur ami, l'unique, sa présence seule me rassure, m'apaise, me réconforte. Je me sens partir dans le sommeil en pensant à Angel.

Je n'ai pas toléré d'être une fille de plus.

Pas supporté de prendre le risque de lire l'embarras dans son regard, au petit matin.

Pas assumé le doute que mon exaltation soit à sens unique.

J'ai préféré fuir et ne jamais savoir.

19

Pappas

C'est la musique douce dans le salon qui me sort de mon sommeil, qui ressemble plus à un coma, mais pas éthylique, pour une fois. Je ne sens pas ma tête tourner, je n'ai pas la nausée, je mets juste un certain temps à me situer. Dans mon lit.

Je me retourne sur le dos et contemple le plafond. Et c'est seulement à ce moment-là que je percute. Elle est où ? Quelle heure il est ?

Je me redresse comme si j'étais sur ressort et observe la pièce autour de moi. Les draps froissés, l'oreiller par terre, la lumière toujours allumée sur la table de nuit mais étouffée par un tee-shirt. Pas de trace de la secouriste. La seule chose qui m'atteste que je n'ai pas rêvé les quelques heures que je viens de vivre et dont les souvenirs affluent par vagues, ce sont les traces de sang sur mon drap, discrètes, presque invisibles. Je ne me souviens pas exactement à quel moment je me suis assoupi, juste que j'étais très fatigué. J'ai très peu dormi la veille, pris d'insomnie, j'ai fait de la corde à sauter jusqu'à épuisement au beau milieu de la nuit et me suis assoupi deux heures avant de commencer la journée.

Je ne saisis pas pourquoi elle n'est plus là. Nu, je me lève, enfile un calbute, me rends directement dans le salon et regarde mon portable.

Il est sept heures trente, pas de message, pas de mot expliquant son absence. Toutes ses affaires ont disparu. J'avise la porte d'entrée, qui est mal refermée et vibre sous le vent qui s'est levé.

Je sais qu'on avait un accord. Une nuit. Un dépucelage. En règle. Je crois avoir été à la hauteur.

Alors, pourquoi j'ai ce goût amer dans le fond de la gorge?

Je me dis qu'elle est peut-être sortie chercher le petit déjeuner. Qu'elle va débarquer d'un moment à l'autre, avec sa bonne humeur qui me crispe, ses sourires que je veux effacer, son innocence que je veux lui voler.

Trop tard.

Peut-être qu'elle a détesté notre nuit et n'a pas voulu m'affronter ce matin pour me dire la vérité. Que c'était nul et qu'elle regrette de m'avoir fait confiance. Qu'elle aurait mieux fait de me laisser crever sur le trottoir, qu'elle aurait dû laisser tomber l'idée de creuser un peu sous ma carapace.

Dans ce combat que j'ai mené avec elle, je sais désormais que j'ai perdu mon round.

Je me prépare du café machinalement, en fais largement plus au cas où elle arrive, mais plus les minutes passent, plus je me dis qu'elle a décampé tôt ce matin pour ne pas avoir à assumer notre nuit, et ça me fout les boules. Est-ce que je me défile, moi? Est-ce que je me casse sans rien dire?

Je vais ouvrir la porte d'entrée, autant pour aérer la pièce que pour voir le temps qu'il fait. Du vent, des nuages, des mauvaises ondes.

Tout ce qu'il me faut.

Je vais prendre une douche insipide et m'habille avec un jean et un sweat. Je ne supporte plus d'être chez moi, tout à coup. Je ne veux pas avoir l'air d'attendre qu'elle revienne. Je décroche mon vélo, enfonce les écouteurs dans les oreilles en passant le fil par-dessous le tissu, balance une playlist avant de fourrer mon portable dans ma poche de pantalon et sors braver le vent qui cherche à me renverser. C'est dingue comme il souffle fort, il est annonciateur d'orage.

Je roule. À chaque coup de pédale, je revis ma soirée avec elle. Les regards qu'on a échangés. Les baisers qu'on s'est donnés. Les caresses timides ou effrontées. Sa surprise. Sa douleur. Mon plaisir.

J'ai essayé de tenir au maximum pour qu'elle s'habitue à mon invasion et puisse en profiter un peu, après le coup de la souffrance, mais c'était comme la cocotte qui est sur le point d'exploser, après ces jours à nous chauffer, j'ai eu besoin d'évacuer. Et qu'est-ce que c'est bon, d'être en elle… Comme un cocon, un abri, un jardin secret, paisible. Un endroit protégé des malheurs, de la brutalité, de mon impuissance. En elle, je n'ai plus peur de rien. Je n'attends plus rien. Ni la vengeance, ni les règlements de compte, ni le pardon, ni la mort.

En elle, il n'y a que le calme.

La sérénité.

L'apaisement.

Je jure en me prenant un nid-de-poule et m'écarte d'un mètre sur la route, une voiture me klaxonne, je l'entends par-dessus la musique mais ne me retourne pas. Je ne porte pas de casque, pas de protection, alors que je monte sur cette route de Meylan en direction du nord. Je n'ai pas conscience du chemin que j'emprunte. Du fait de courir après mon passé. De grimper de plus en plus haut, jusqu'à l'épuisement, de rouler toujours plus loin, et quand le paysage familier et pourtant différent de mes souvenirs défile devant mes yeux, je resserre ma prise sur mon guidon. Je laisse la musique m'envahir et m'emplir.

Hier, Elia n'est pas venue me tourmenter. Et à croire que ça me manquait, me voilà en train de la chercher.

Il y a plus de monde, plus de voiture, plus de ralentisseurs, plus d'arbres, plus de maisons dans ce qui était autrefois des champs, au bord de la nationale, mais quand je passe à l'endroit où ma voiture a fini en bouillie sur la route, j'arrête de respirer. Mon regard happe la silhouette d'un bonhomme noir sur le bord de la chaussée, qui symbolise une victime de la route. Une petite victime de 5 ans.

Une victime que j'ai tuée.

Je trace. Continue mon chemin. Ignore les gouttes qui s'écrasent sur mon visage. La soif me déchire la gorge mais ni la fatigue ni la douleur physique ne me font ralentir. J'ai besoin de tuer le temps. Je n'aurais jamais dû venir ici, où les souvenirs me mettent plus K.-O. que n'importe quel adversaire que j'affronte les soirs de match.

Il commence à pleuvoir à verse, le ciel s'assombrit. Mon téléphone émet des bips réguliers, me faisant comprendre que la batterie sera bientôt à plat, et je décide de rentrer, non pas chez moi, si j'ai encore un chez-moi, mais là où j'existe. Là où je trouverai toujours refuge.

C'est le petit frère d'Isaac qui m'ouvre et me regarde comme si j'étais un monstre de foire. Je suis trempé de la tête aux pieds, mon vélo m'écrase l'épaule. Je le dépose dans l'entrée en entrant comme si j'étais chez moi. D'ailleurs, Manoé retourne dans le salon sans plus se préoccuper de ma présence. Je retire mon sweat et mes chaussures pour ne pas tout dégueulasser dans l'appartement et m'avance dans le coin cuisine. Mon torse se couvre de chair de poule, j'ouvre un placard et prends un verre que je remplis plusieurs fois d'eau. Et c'est seulement quand on me touche l'épaule que je constate que j'ai toujours mes écouteurs plantés dans les oreilles.

– Quoi? dis-je en les retirant.

– Il n'est que quatre heures, qu'est-ce que tu fous là ? me demande Isaac en ouvrant le frigo.

Je hausse les épaules. J'ai roulé toute la journée. Sans boire ni manger. À quelques heures d'un match, ce n'est pas l'idée du siècle.

– Où sont tes parents ? demandé-je en reprenant mon souffle pour l'empêcher de se préoccuper de moi.

– À l'hôpital.

– Merde.

Je le suis dans sa chambre, une pièce de presque seize mètres carrés. L'appartement est immense, plus grand encore que celui de ma mère. Cinq chambres, trois salles de bains. Je m'assois sur le lit et Isaac sur sa chaise de bureau. On se fait face, comme quand on était ados. Je me demande à ce moment-là à quel moment on a grandi, si on a grandi un jour.

– C'est ton père ?

Isaac acquiesce en tripotant l'étiquette de la bouteille de soda qu'il vient de prendre dans la cuisine. Il ne dit rien pendant de longues secondes, le regard perdu dans le vague où il essaye de trouver les mots, et moi de contrôler les battements de mon cœur après mon escapade.

– Il supporte mal son nouveau traitement. Ils envisagent de l'arrêter.

Je me fige. Qu'est-ce que ça signifie, exactement ? Stopper les soins ? N'avoir plus d'espoir de guérison ?

Mais je ne dis rien, me contente d'être un supporter silencieux dans sa peine et son combat. Il se lève et arpente la chambre.

– Pour le *fight* de ce soir, ça sera à Saint-Martin-d'Hères, dans le sous-sol d'un parking, commence-t-il en débouchant la bouteille. Tu as trois adversaires, dont Andreas, que tu as déjà combattu l'année dernière.

Je mets les coudes sur les genoux, la tête entre les mains et frotte mon cuir chevelu, encore et encore. Rien à voir avec la sensation de plénitude quand la blonde passe ses doigts dedans.

Je me lève d'un bond, encore énervé de penser à elle, et rejoins Isaac qui continue à me donner les détails de notre soirée tout en observant la cité par la fenêtre. Il n'a pas la plus belle vue, celle de ma mère, à quelques mètres de là. Ma mère que je n'irai pas voir aujourd'hui, je m'en fais la promesse. Je suis assez remonté comme ça. Je lui prends la bouteille des mains et bois, pour m'occuper.

– Va prendre une douche, t'es gelé et trempé.

Je m'aperçois que je grelotte et que j'ai mouillé son lit avec mon pantalon. Isaac soupire, comme si j'étais un gosse indiscipliné, puis ouvre son placard. Il me jette un jogging et un autre sweat à capuche, m'interroge du regard, mais comme je ne comprends pas, il s'approche de moi et met les doigts dans mon pantalon. Puis me déboutonne le jean.

– Qu'est-ce que tu fous? dis-je sans ciller en soutenant son regard.

– T'as besoin d'un caleçon ou pas?

– Tu peux pas demander?

Il est très proche de moi, on fait presque la même taille, son souffle erratique balaye ma joue, et ce n'est pas la première fois qu'Isaac me cherche. Je ne prends jamais ses provocations au sérieux. Aujourd'hui, la menace qui plane sur sa famille lui donne le droit de péter un plomb, même s'il ne s'y autorise jamais.

– Alors?

Il lève un sourcil interrogateur et je recule.

– Ça ira.

Je connais le chemin et m'enferme dans la salle de bains. Je me lave plus longtemps que d'habitude, non pas parce que je me prélasse sous l'eau chaude, mais parce que je me perds dans mes pensées. Ou plutôt, dans un petit cul bombé et doux comme de la soie. Je me masturbe vigoureusement, en m'imaginant labourer la secouriste comme je me suis retenu de le faire au moment de la pénétrer, la veille, pour ne pas lui faire trop mal. Je comprends alors que ma colère envers elle tient plus de la frustration. Je voulais la baiser encore. Lui faire prendre du plaisir avec ma queue, comme elle en a pris avec mes doigts. Et elle s'est barrée avant que je n'apaise mes tensions et mon fantasme naissant.

Avant que je ne sache ce que ça fait, de la posséder vraiment. Dans le plaisir partagé.

J'étouffe un gémissement en jouissant dans ma main, plus remonté que jamais. Cette rencontre ne m'aura apporté que des ennuis. Elle m'a embobiné, comme je l'avais craint. M'a entraîné dans son délire de dépucelage. M'a laissé croire qu'elle était une romantique, alors qu'elle s'est cassée de chez moi après qu'on a couché ensemble. Sans un mot. Sans même un merci.

Sans un regard pour moi.

Je jure en me retenant de cogner contre le mur.

Quand on se rend au lieu du *fight*, en début de soirée, je suis fébrile. Je cherche du regard la blonde, je sais qu'Isaac lui a envoyé le même message qu'à tout le monde. Mais je ne la vois pas. J'interroge mon ami du regard, du fond du parking improvisé en salle de boxe, mais il secoue la tête. Elle n'est pas venue.

Ce soir-là, mon premier adversaire est mis K.-O. en moins de trois minutes avec un crochet dans la tempe. Cet abruti sait attaquer mais pas se défendre. Je me fais engueuler par Isaac parce que ça va trop vite. Il ne m'a même pas touché.

Le second challenger met plus de temps à comprendre qu'il ne m'aura pas. Il déclare forfait quand je l'accule au sol et que je me défoule sur ses côtes, à califourchon sur lui. Zac me tire en arrière pour m'empêcher de le finir.

C'est Andreas qui me fait oublier ma morne vie. Le combat dure longtemps, on se jauge, se juge, se titille, se blesse. J'éprouve presque du plaisir quand il me met une raclée. Je lui souris quand il met fin à son *jab*[1] et il m'envoie une grimace en retour. Je crois qu'on est aussi déglingués l'un que l'autre. Il kiffe autant que moi de se battre et de prendre des coups, je peux le lire dans ses yeux. Notre combat dure bien une dizaine de minutes, sans qu'un vainqueur soit déclaré. On décide de se finir dans quinze jours, dans un endroit plus sécurisé où on ne risque pas d'être dérangés. Juste lui et moi, à la manière d'un vrai match de boxe, sur plusieurs rounds.

Les spectateurs présents approuvent, crient, font des paris.

Hermès contre Andreas.

Je regarde une dernière fois autour de moi, mais n'espère plus rien. Mon dernier espoir s'est envolé quand j'ai ouvert les yeux ce matin, seul.

L'exaltation, que j'ai entraperçue cette nuit, ce n'est pas pour moi. Ça ne le sera jamais.

Je suis trop brisé.

***

Ça gueule dans tous les sens.

La musique crache de la techno à fond dans mon ampli qu'Isaac a branché sur son téléphone, après l'avoir ramené de notre lieu de *fight*. Les gens crient, rient, s'enivrent, s'appellent, s'enlacent, s'embrassent. J'ai à peine conscience d'être chez moi, il y a tant de monde que je ne distingue pas mes canapés. Anaïs est là, elle me prend dans ses bras un bref instant, m'étreint, me dit des choses que je n'entends pas.

1. Direct du bras avant appuyé et rapide.

Je suis complètement torché.

Pour une fois, je suis rentré tout de suite chez moi, avec Andreas et un groupe de potes, en prenant le tram. Arrivés au squat, deux médecins en devenir se sont occupés de nous, ont vérifié l'état de nos os, de nos peaux, de nos mains, sans se préoccuper de ce qui compte vraiment.

L'état dans notre tête.

L'un d'eux, Jérémy, m'a même recousu sous le menton, il sait que je ne rechigne pas et il adore s'occuper de moi après mes *fights*. Une poupée humaine, voilà ce que je suis pour lui. Un cobaye. Une douche rapide plus tard, avec Andreas dans la cabine d'à côté, je suis allé accueillir les premiers flots d'invités.

J'ai bu de la bière, fini la bouteille de tequila sans la prêter à personne, mis la main sur un cul ou deux en passant, parlé un moment avec Andreas qui cherche un entraîneur. Égoïstement, je ne lui ai pas parlé d'Eric, je veux me le garder pour moi. J'ai dévoré une pizza entière qu'une livreuse nous a apportée en ouvrant des yeux ronds sur nous, boxeurs, encore torse nu. On lui a proposé de rester, et elle a promis de revenir après son service.

J'ai tenu des propos incohérents en grec. J'ai hurlé dans ma chambre que personne n'avait le droit d'y entrer. Pour être sûr qu'un couple n'allait pas y forniquer, j'ai déplacé la commode que mes poings ont éventrée et j'ai barré le passage. J'ai chanté sur un rock remixé avec Anaïs, et elle a tellement ri qu'elle s'est roulée par terre. Quand je l'ai aidée à se relever, je me suis un peu égaré, je lui ai caressé les fesses en me disant que, décidément, Annabelle m'a plus frustré qu'autre chose. Que j'ai besoin d'aller plus loin.

Mais plus loin avec elle.

Alors je suis allé m'effondrer sur le canapé en tétant une autre bouteille pêchée au hasard sur une planche posée sur des tréteaux et qui, apparemment, servait de table improvisée. Je me suis fait aborder par plusieurs filles, parfois en même temps, mais je ne me souviens plus de ce que je leur ai dit. Je crois avoir parlé de chattes mal baisées et de salopes infidèles. Mais je ne suis pas certain. Je suis en revanche persuadé d'avoir reçu un verre d'un liquide pétillant dans la figure et d'avoir ri.

Une aberration. C'est bien la première fois que je me marre quand je suis bourré.

Là, j'ai un moment de lucidité, la foule est moins dense, les jeunes plus pétés, j'ai un truc gluant dans les cheveux et mon tee-shirt est humide. Isaac est assis par terre et roule un patin à une brune qui est peut-être Roxanne, mais elles se ressemblent toutes quand on n'a pas les yeux en face des trous. Andreas est à moitié endormi en face de moi, une femme sous chaque bras. Je me lève en titubant, cherche dans mon four mon sachet d'herbe et un paquet de cigarettes neuf. Je défais l'emballage en cherchant des yeux un briquet et trouve une boîte d'allumettes dans un sac féminin. Je roule mon joint debout au-dessus de la gazinière, puis le glisse sur mon oreille. Quand je vais aux toilettes pour pisser, je ne pige pas pourquoi ma commode est plantée dans le couloir. Et quand je reviens dans le salon, je manque de me casser la gueule en apercevant la secouriste debout près du banc de muscu, ses cheveux blonds cascadant dans son dos. Mais un mec devant elle l'enlace, l'embrasse, et je comprends que ce n'est pas celle que je crois et que je suis un gros connard.

Qu'elle ne reviendra jamais.

J'allume mon joint en donnant un coup de pied dans l'épaule d'Isaac, toujours à moitié avachi par terre. La brune lui caresse le ventre et se penche pour soulever son tee-shirt. C'est bien Roxanne. Je ne fais pas de commentaire quand nos regards se croisent ni quand elle se redresse pour embrasser Isaac sans se détourner de moi. Je tire une taffe, deux, puis tends mon bédo à mon pote qui le fait passer sans fumer. Je grince des dents en voyant Roxanne se servir, puis elle le fait tourner à Andreas qui est réveillé, tout à coup. Il fume en observant le joint, en connaisseur, et regarde mes doigts tripoter la ficelle de mon short.

Je me suis changé quand?

Je fixe Andreas qui fait de même. Je sens que j'ai trouvé un pote de baston. Un sur qui je peux cogner en toute impudence, et qui ne retiendra pas ses propres coups. Un mec aussi barge que moi, qui n'aura pas peur de me faire mal et de se défouler. Il esquisse un sourire, comme s'il avait suivi le cheminement de mes pensées, avant de se pencher pour me tendre le joint.

Quand ma petite sœur s'invite à la fête, je sais que la soirée est terminée. Elle est debout, à côté d'Isaac qui est sur le point de se faire violer par la nympho. Je refuse de la regarder, de la voir, je ferme les yeux et pense, à la place, à la secouriste. Juste histoire de me changer les idées.

À sa peau douce. À son rire gêné.

À la chaleur dans mon ventre quand je me suis endormi lové contre elle.

***

Je pense à la blonde. Beaucoup trop.

Son silence radio m'enrage. Elle n'a pas répondu au texto d'Isaac, elle n'est pas venue au *fight*, comme si elle n'avait jamais existé. Comme si elle n'avait jamais squatté ma salle, mon chez-moi, pendant des heures, des jours, comme si elle ne m'avait pas cassé les couilles avec ses questions à la con, comme si elle ne m'avait jamais embrassé.

Jamais caressé, jamais fait courir l'électricité dans mes veines d'une simple pression de ses doigts. Jamais réveillé une bête sauvage et pourtant plus sage que celle que j'affronte chaque jour.

Je me sens abandonné, et je hais cette sensation.

Le vendredi midi, je réalise que j'ai vérifié mon portable toute la semaine, peut-être dans l'attente d'un message de la blonde, et me remémore à peine à ce moment-là qu'elle n'a plus mon numéro. Je me sens tellement ridicule que je prends mon vélo et file comme un forcené en direction de sa maison.

Ça doit cesser.

Quand j'arrive, tout est calme. C'est le début de l'après-midi, je patiente en faisant un tour de quartier avec mon vélo, puis me rappelle les adresses de spots pour le skate et me rends sur le premier. Il est désert. Le deuxième à côté du quartier de Bonne est bondé, mais plus de jeunes qui se posent sur les bancs après leurs achats dans les boutiques. Il y a bien un groupe de skateurs, mais je ne reconnais pas sa silhouette. À l'idée de bientôt la revoir, je sens mon estomac faire des cabrioles. Je bois une gorgée dans ma gourde entre mes jambes pour le calmer et reprends la route. Je repasse devant sa maison et descends de vélo pour l'attendre.

Je patienterai des heures s'il le faut.

Elle arrive à pied, seule, doucement, calmement, comme si elle était à moitié endormie. Ses cheveux flottent au gré du vent, elle donne parfois un petit coup de tête pour dégager son visage de mèches égarées. Elle porte un jean foncé et son éternelle veste boutonnée jusqu'en haut, d'après ce que j'aperçois. Le sac sur son dos semble peser une tonne et la pousser vers le sol. Elle paraît triste, et cette idée me rend horriblement content.

Je suis un monstre.

Je quitte mon point de surveillance, traverse la rue en poussant mon vélo, et arrive à sa hauteur avant qu'elle n'ouvre le portail. Elle écarquille les yeux à ma vue et presque aussi rapidement, ils se gorgent de larmes. Ils sont rougis, ses traits sont tirés, comme si elle ne dormait pas beaucoup la nuit. Je pose mon vélo contre son portail et retire mes écouteurs.

On se regarde sans rien dire. Elle a perdu sa tchatche habituelle.

Quand une mèche de cheveux lui barre le visage, je tends le bras et lui frôle la peau du bout des doigts. Elle ferme les yeux à ce contact et je me rapproche. Elle ne fera pas le premier pas. Alors que je voulais lui envoyer ma haine, ma rancœur et ma frustration dans les gencives, je ne trouve plus mes mots maintenant qu'elle se tient devant moi. Elle me semble si fragile, si vulnérable. Je soupire.

– Pourquoi tu es partie?

Elle rouvre les yeux et m'interroge en fronçant les sourcils.

– Samedi matin, tu n'étais plus là, expliqué-je, même si pourtant ça me paraît clair comme de l'eau de roche.

– C'était le deal, non? On est quittes.

Elle finit sa phrase en tournant la tête sur le côté, sans me regarder, presque écœurée. Sans me toucher. Je fais glisser ma main le long de son épaule, de son coude, de son poignet. Love sa main dans les deux miennes. On dirait un oiseau apeuré, et je m'en veux de la terroriser à ce point.

– Pourquoi tu es partie? répété-je. La vérité. Je me fous du deal.

Je me rapproche encore, n'ai qu'à baisser la tête pour sentir son odeur sur sa joue, dont je me repais comme si je n'allais plus jamais y avoir droit. Son souffle s'accélère, je la vois s'humecter les lèvres sous mes cils à demi fermés, et merde, qu'est-ce que j'ai envie de l'embrasser. Sa réponse me parvient comme une confidence.

– Tu ne veux pas de moi, chuchote-t-elle si près de ma bouche.

Je sais bien que tout est ma faute. Je lui ai tellement rabâché que je n'étais pas son copain, je lui ai bien fait comprendre qu'elle ne devait rien en attendre de plus. Mais je ne m'attendais pas une seule seconde, moi, à vouloir plus. À désirer quelque chose d'autre. Je me souviens avec une netteté dévastatrice le moment où elle a murmuré mon prénom, Angel, pendant qu'on faisait l'amour, comme si elle-même n'en revenait pas.

– Isaac t'a invitée, samedi soir, ronchonné-je comme un con.

– Isaac. Pas toi.

Tu la veux?

Tu la veux, putain?

Et pour la première fois de ma misérable vie, je me rends compte que j'ai l'occasion d'avoir quelque chose de précieux. De rare et d'inestimable. Pour la première fois, je réalise que cette fille au cœur d'or est tombée dans mon existence comme un caillou jeté dans le lac, créant des remous, des ondulations, brassant la vase, affolant les poissons. Et que pourtant, c'est la seule chose de bien qui me soit arrivée de toute ma vie.

Eh merde. Oui, je la veux.

Et elle?

Je pose sa paume sur mon ventre. Soulève mon sweat pour qu'elle sente ma peau brûlante, pour tester sa réaction. Elle se rapproche d'elle-même en étouffant un petit gémissement que je trouve adorable. Elle touche mes muscles en remontant sur mes pectoraux, son autre main se pose sur mon épaule par-dessus le tissu et elle se perche sur la pointe de ses pieds pour se hisser à ma hauteur. Mon côté joueur prend le dessus.

– Tu as envie de m'embrasser, Annabelle?

Nos bouches sont à un souffle de se frôler, je bande plus au manque de contact à cet instant précis que si je l'embrassais vraiment. Sa main baladeuse contourne mon flanc et trouve mon dos, descend sur mes reins et je crève d'envie de l'empoigner et lui écarter les cuisses.

– Tu veux… ?

Je n'ai même pas le temps de finir ma phrase qu'elle se jette sur ma bouche avec voracité, plonge sa main dans mes cheveux et s'y agrippe désespérément. Son gémissement de bonheur est avalé quand je réponds à son empressement, la plaquant contre moi pour lui faire sentir mon érection. Je retire ce que j'ai dit. Rien n'est plus bandant que le contact de sa langue sur la mienne.

– Ça me dérange pas que tu viennes à la salle, dis-je entre deux baisers.

Elle hoche la tête en me regardant et reprend ma bouche d'assaut.

– Quand tu veux, ajouté-je.

Je pivote pour l'aplatir contre le portail de tout mon poids et elle grogne d'impatience. J'ai envie de m'enfoncer en elle pour entendre encore sa voix prononcer mon prénom comme une litanie. J'ai envie de lui arracher ses fringues et dévorer son corps nu. Avec mes yeux, mes mains, mes dents, avec ma langue.

– Tu viendras ? Ce soir ?

Elle fait glisser une de ses mains contre mon jean, trouve mon érection et je grogne quand elle la presse avec délicatesse et maladresse. Je ne pensais pas pouvoir éprouver autant de plaisir sans qu'on cherche à m'en donner. Je m'arrache de son corps pour qu'elle écoute bien ce que je vais dire.

– J'ai envie de te voir.

Elle s'approche à nouveau mais je la repousse d'une main sur sa poitrine, et je la regarde sévèrement.

– Mais je ne suis pas ton copain.

Je ne veux pas savoir ce que je suis. Je veux juste continuer à pouvoir la toucher. La découvrir. La faire crier de plaisir. À ce moment précis, rien ne compte plus pour moi que de savoir qu'elle viendra me voir quand elle en aura envie. Elle plisse son front, semble reprendre ses esprits, réfléchir ; elle se mord la lèvre dont je suis la courbe des yeux et acquiesce.

– Ça me va. Tant que tu me laisses entrer…

Je ne veux pas savoir si elle parle de ma salle miteuse, de ma vie, de mon cœur.

– Par contre je t'appelle pas Pappas, ajoute-t-elle, catégorique.

Intrigué, je la contemple encore, avant d'abdiquer :

– OK, mais pas devant mes potes.

Intérieurement, je jubile. Elle poursuit :

– Et si tu as quelque chose à me dire, à me demander, fais-le toi. N'envoie pas ton copain.

Son ton est sévère et je hausse un sourcil interrogateur.

– Je te trouve bien confiante pour me parler comme ça… Mais je suis d'accord. On se dit les choses franchement. Sans faux-semblants.

Ça me plaît de savoir qu'on sera honnêtes l'un envers l'autre, même si c'est pour s'envoyer chier.

– C'est un nouveau deal? demande-t-elle d'un ton taquin.

Je vais pour l'embrasser encore et elle me propulse au sol avec un seul mot.

– Angel, murmure-t-elle en plissant les yeux comme si les lettres de mon prénom étaient des bonbons qui explosaient sous sa langue.

Je déteste sentir mon estomac se dilater à ce son qui sort de sa bouche. Je déteste les crépitements dans mon ventre. Sentir le désir me brûler la queue avec une telle ardeur que je ne suis pas certain de pouvoir attendre encore le soir pour avoir satisfaction. Je recule. Son air accablé me fait rugir de plaisir, à l'intérieur.

– Où tu vas? demande-t-elle avec une moue boudeuse.

– J'ai entraînement avec Isaac. Tu viens ce soir?

Elle se pince encore la lèvre avec ses dents et je m'éloigne. Si je reste une seconde de plus, je la prends sur le trottoir. Je lui dis. Elle rougit.

J'enfourche mon vélo et me sauve en fonçant droit devant. Sans me retourner, en paix.

Je sais qu'elle viendra.

20

Annabelle

Je le regarde s'éloigner, le cœur en vrac. Quand il s'est matérialisé, si près de moi, alors que je pensais l'avoir perdu pour toujours, mon pouls s'est emballé à une vitesse vertigineuse. Ça fait une semaine que je me traîne comme une âme en peine, en sachant qu'on n'a plus de raison de se voir, à présent.

On est quittes, après tout.

Et je n'ai plus envie de me faire traiter comme une moins-que-rien. Pas après ce qu'on a vécu ensemble, la tornade d'émotions qu'il a fait naître si facilement. Comme réagirai-je, s'il m'ignore encore, me parle mal ou pire, me demande de partir pour de bon ? Moi aussi, j'ai mes propres limites.

Sa beauté brute m'a encore frappée de plein fouet. Ses yeux étaient un peu rougis, peut-être à cause de la fatigue. Des plis soucieux barraient son front, des questions débordaient de ses yeux gris si profonds. Ses actes sont en parfaite incohérence avec ses mots. Toujours.

Comme les deux faces d'une seule et même pièce, il possède deux côtés en parfaite opposition.

Un doux, l'autre dur.

Un tendre, l'autre côté froid comme la pierre.

Si une infime partie de lui veut bien de moi, je n'hésite pas une seule seconde. Je saute pieds et mains liés, quitte à me ramasser plus tard. Tant pis. Toute la peine du monde n'est pas vaine, si c'est pour avoir le droit de le toucher. Avec mes doigts ou mes mots, qu'importe. Je veux le marquer. Le faire réagir. Et pour la première fois depuis que je le connais, il est venu à moi.

Je viens de marquer un point.

Ce constat me donne des ailes quand je m'engouffre dans ma maison en abandonnant mes affaires dans l'entrée. Mes parents ne sont pas encore rentrés du travail et ils doivent passer le week-end chez des amis dans le Sud. J'ai déjà prévenu que je ne souhaitais pas les accompagner et que j'avais des révisions. Je compte avoir mon bac avec une mention, et ils savent que je peux me jeter à corps perdu dans un projet, quel qu'il soit.

Aujourd'hui, mon projet s'appelle Angel.

Ça fait trop tôt, si j'y vais maintenant?

Oui, bien sûr. Je vais attendre au moins cinq heures de l'après-midi pour aller chez lui. C'est à peu près l'heure à laquelle il commence son entraînement avec Isaac. Pour essayer de penser à autre chose, et pour être débarrassée des corvées, j'ouvre mon sac de cours et commence une dissertation qu'on doit rendre dans un mois. Je préfère noter mes idées tant qu'elles sont encore fraîches dans ma tête. Je m'installe sur l'îlot central de la cuisine et passe mon temps à lever les yeux sur l'horloge du four, tout en mâchouillant mon stylo. Quand un temps décent s'est écoulé, je file dans ma chambre, puis sous la douche, me lave les cheveux, les dents, me rase les aisselles comme si j'allais faire la connaissance du prince d'Angleterre. Je trouve un jean moulant et un joli débardeur noir dans ma penderie, je rajoute un gilet rouge par-dessus et souris à mon reflet. Avant de me remaquiller, me parfumer et de brosser ma chevelure mouillée. Je décide de la laisser sécher à l'air libre, la secoue dans tous les sens, créant des ondulations sur mes épaules. Par réflexe, je passe ma masse de cheveux sur le côté gauche de mon épaule, puis les remets en place. Je soupire devant mon reflet.

On a beau dire, on a beau me rabâcher que je suis toujours la même, que je suis toujours aussi jolie, que rien n'a changé, le regard des autres est différent. Même ma mère me considère avec crainte, comme si j'allais m'écrouler d'un instant à l'autre. Il est vrai que pendant des mois après mon accident, je suis restée muette. Amorphe. Je n'avais pas d'énergie, même quand Gauthier venait me rendre visite. Il se contentait de s'allonger à mes côtés sur mon lit, on regardait des séries, des films, on riait, parfois. Mais la plupart du temps, je ne disais rien. Ne faisais rien.

Un jour, mon père s'est énervé. Il m'a dit que rien n'altérerait ma beauté, pas même des cicatrices, aussi laides soient-elles. Tous pensent que je suis vaniteuse, que je pleure cette beauté que je n'aurai plus jamais, mais ils ne savent pas. Et c'est pour cette raison que je ne leur en veux même pas, parce qu'ils ignorent tout.

Un homme a usé de sa force et de son influence sur moi pour m'avilir, me forcer à faire des choses que je ne voulais pas, et quand j'ai trouvé le courage en moi de me défendre, j'en ai payé le prix fort. Tout le monde a gobé le coup de l'accident. Je suis parfois si tête en l'air, si maladroite, personne n'a soupçonné quoi que ce soit. Je n'ai pas nié, pas craché ma vérité. Je me suis simplement laissée sombrer dans des eaux troubles, entre cauchemar et réalité. Et maintenant? Il est juste trop tard.

Je me regarde soudain avec froideur. Pousse mes cheveux pour me dévisager. Contempler cette laideur qu'un pervers a gravée en moi pour toujours. Le lobe de mon oreille est fripé, déformé. Dans mon cou, longeant l'artère carotide, une piste rosée et creusée dévale jusqu'à mon épaule, un bout du chemin tracé se perd rapidement dans mon dos, le plus gros des dégâts se passant devant. J'écarte d'un coup d'épaule mon gilet, et, prise d'une frénésie, retire mon débardeur, m'arrache presque mon soutien-gorge. Je veux savoir ce que voit Angel quand il pose ses yeux acier sur mon corps informe. Sur environ quinze centimètres d'épaisseur depuis mon épaule, la cicatrice descend sur le côté extérieur de mon sein et finit par une pointe, telle une flamme à l'envers. L'eau a creusé la peau pendant plusieurs jours, telle une lacération, sans faire couler le sang. La morphine qu'on m'a donnée pendant ce temps ne me faisait pas perdre de vue la raison pour laquelle j'étais à l'hôpital, dans le service des grands brûlés.

Parce que je ne me suis pas laissée faire.

Loin de me rendre plus forte, cette idée me tétanise. Ça sera quoi, la prochaine fois? Quand je suis enfin sortie dans la rue, juste pour me promener, pour prendre un peu l'air, je l'ai fait seule, surtout sans Gauthier. Je ne voulais pas qu'il sache qu'un porc m'avait mise à genoux et avait abusé de moi. C'était trop immonde. J'avais envie de vomir chaque fois que j'y pensais. Et ma punition pour ma rébellion me mettait plus bas que terre. J'allais devoir vivre avec. Je suis allée dans un magasin d'armes dans une petite rue non loin de chez moi. J'ai demandé la meilleure arme de défense sur le marché. J'en suis repartie allégée de cinq cents euros, mais forte d'un pouvoir nouveau.

Celui de ne plus jamais me laisser maltraiter.

Comment Angel peut-il me regarder nue sans être dégoûté? Sans détourner les yeux? Ma cicatrice est immonde. Elle me fait mal, physiquement et moralement. Chaque fois que mes yeux tombent dessus, je revois la scène dans la cuisine. J'entends mon cri inhumain quand l'eau a percuté ma peau avec la force d'un camion-citerne. Ma panique. Mon désespoir.

Mais que voit Angel?

C'est cette ignorance des autres qui me pousse à me cacher. Cette façon qu'ils ont de détourner le regard, et de faire comme si ce n'était rien. Mais c'est tellement plus douloureux que de contempler en face les marques de ma peau. Angel se trompe. Je ne me cache pas parce que j'ai honte. Je me cache parce que j'en ai marre qu'on fasse comme si je n'avais rien.

Il ne veut pas que je me cache, mais je le fais si naturellement, maintenant…

Je remets mes vêtements avec un poids sur ma poitrine. Je n'aurais pas dû me regarder. Chaque fois, j'en sors déprimée. J'hésite même à aller retrouver Angel, mais à l'idée qu'il m'embrasse, qu'il pose ses mains sur moi, je me sens bouillonner d'impatience. Sans plus croiser les miroirs, je dévale l'escalier et écris un mot à l'intention de mes parents que je laisse dans la cuisine. Quand je prends mon portable pour le mettre dans mon sac, je vois que j'ai un message et l'ouvre en pensant que c'est Gauthier qui me demande si on se voit ce soir.

[Tu n'auras plus d'excuses.]

Je ne connais pas l'émetteur et sais bien sûr qu'il s'agit d'Angel. Il s'assure que j'ai son numéro, et même si son ton évoque une menace, mon cœur fait des sauts dans ma cage thoracique. Souriant bêtement, je récupère mes clés et ferme la porte de la maison. Je conduis comme un automate jusqu'au campus, en prenant soin de chanter aussi fort que possible, pour me décharger du stress que ce garçon emmagasine en moi. Il sait me pousser à bout, et j'ai appris à lui renvoyer la balle avec une certaine euphorie. J'adore quand il se donne la peine d'éveiller des choses en moi, même quand c'est de la colère.

Maintenant, tout ce qu'il ravive, c'est un désir ardent.

Quand je passe le seuil, Angel discute avec Isaac dans le coin cuisine face à moi, tandis que le métis me tourne le dos. Il a levé le bras en l'air pour boire à sa bouteille et fige son geste une seconde, le temps de faire pétiller ses prunelles en m'apercevant, comme un salut discret. J'esquisse un sourire en me dirigeant vers eux, je ne sais pas comment me comporter devant les autres. Pourtant, j'essaye de ne rien attendre. Pas de baiser. Pas de caresses furtives. Pas devant témoins.

Isaac se retourne pour suivre l'intérêt d'Angel qui s'est focalisé sur moi et me salue chaleureusement.

– Annabelle ! Ça fait un moment. T'étais partie où ?

Je hausse les épaules, ne sachant pas ce qu'il sait de nous.

– Je ne savais pas que j'avais un droit de visite obligatoire, hasardé-je.

Isaac se marre avant de boire à longues gorgées et Angel s'adosse à la gazinière. Un sourire fleurit sur ses lèvres, puis il croise les bras. Avant, j'avais la réplique facile. J'avais du répondant, et ça faisait rire tout le monde. Jusqu'à mon accident.

Je n'arrive pas à détacher mes yeux du corps à moitié nu d'Angel, de la sueur qui roule sur sa peau, dévale les muscles de son ventre, se perd dans la fine ligne de poils noirs qui descend dans son short…

– Quoi ? demandé-je sans me détourner de mon obsession.

Puis je me rends compte qu'effectivement Isaac m'a posé une question, mais quand je m'arrache à ma contemplation, il s'est éloigné et récupère ses affaires sur le canapé. Gênée, je me tourne vers lui et ignore le petit rire amusé d'Angel dans mon dos.

– Qu'est-ce que tu disais ?

– J'y vais, j'ai un rencard, fait-il en ignorant ma question. Je suis comment, les gars ?

Les gars? Bon, si je fais partie de leur bande de potes, c'est mieux que rien.

– Si tu restes dans cette tenue, c'est dans la poche, dis-je avec un sourire sincère.

Si Isaac a une musculature plus fine, plus discrète que celle d'Angel, il n'en reste pas moins un très beau garçon, d'une beauté plus raffinée, peut-être. Il rigole en balançant son sac sur son épaule et nous souhaite une bonne soirée. Quand je me retourne, je suis seule. J'entends alors seulement l'eau couler plus loin dans les vestiaires, et tente de me détendre. Je m'assois sur le canapé, retire ma veste et sors ma liseuse. J'essaye de ne pas être perturbée par l'attitude d'Angel en me disant que ce n'est pas contre moi, qu'il a un côté rustre et que je dois juste passer au-dessus des apparences.

Quand il s'installe brutalement à côté de moi, je sursaute dans un cri perçant et fais tomber ma liseuse par terre. Il se marre en la ramassant mais ne me la rend pas.

– Tu lis quoi? demande-t-il en cherchant les informations sur mon écran.

– Un polar. Tu es tombé à pic dans une scène glauque.

J'aperçois en premier ses pieds nus qui, sans que je comprenne pourquoi, me bouleversent. Puis ses mollets musclés, ses genoux recouverts d'un short long en jean, son torse moulé dans un vieux tee-shirt délavé élimé à l'encolure et aux manches. Quand je le dévisage en face, je me rends compte qu'il me dévore des yeux. Comme s'il voulait s'emplir les pupilles pour se faire un stock d'images à regarder, plus tard.

– Tu devrais t'acheter une télé.

Mon affirmation idiote l'amuse.

– Pourquoi?

– C'est sûrement plus intéressant à regarder que moi, dis-je en ne plaisantant qu'à moitié.

– Oh, non, je crois pas, fait-il si bas que je l'entends à peine.

Il se rapproche et se penche sur moi, me prend au dépourvu en m'embrassant presque délicatement et je lâche tout pour m'accrocher à son cou. Il me saisit par la taille et me soulève, m'incitant à le chevaucher, ce que je fais.

– Alors, ça marche comment? soufflé-je contre sa bouche.

Il grogne avant d'appuyer mon bassin contre le sien, me faisant sentir son désir, puis répond enfin.

– De quoi?

– On s'embrasse pas devant les autres, c'est ça?

– Hum. À peu près.

– Dis-moi, je voudrais pas faire une bêtise devant tes amis. Ils savent… pour nous?

– Non, j'en ai pas parlé. Et toi, à Gauthier?

– Pareil. Alors, on fait quoi?

– Je sais pas, j'y ai pas réfléchi. Je n'aime pas les effusions en public, c'est vrai.

– Effusions?

– Ouais. Je suis moins con que j'en ai l'air.

Je laisse échapper un rire nerveux et il reprend ma bouche d'assaut. Quand sa langue s'engouffre entre mes lèvres, je gémis et m'arrache à ses bras.

– Et en privé?

Ses yeux me sourient, ils pétillent d'une malice enfantine et me font battre le cœur à une vitesse vertigineuse. Je me sens chauffer de l'intérieur, un volcan prêt à exploser. Il se penche en avant, me faisant basculer en arrière et s'amuse de me voir m'accrocher à ses épaules pour ne pas tomber.

– En privé… C'est *open bar*.

Il se réadosse au canapé et commence à défaire mon gilet, bouton après bouton, sans me lâcher des yeux.

– Ça te va comme ça, ou tu veux un contrat?

Je me dis qu'on verra au fur et à mesure, que je m'adapterai à ses humeurs, à ses attentes, que je ne veux pas me montrer chiante, collante, gamine. Alors j'acquiesce.

– Bon. Parce que j'ai des idées à te soumettre…

– Ah?

Ses doigts éraflés retirent le gilet, frôlent ma peau, me faisant frissonner de chaud. D'impatience.

– Tu es partie tellement vite, la dernière fois, que je n'ai pas eu le temps de te montrer tout ce que tu devrais savoir…

Quand il empaume ma poitrine par-dessus mon débardeur et fourre son nez dedans en prenant une grande inspiration, je me sens vibrer, littéralement, entre les cuisses. Je passe inlassablement mes mains sur ses épaules, remonte sur sa nuque, commence à onduler sur lui sans même m'en rendre compte. Il me met dans un état proche de la transe. Je fais des gestes instinctivement, comme me frotter contre son érection, c'est comme s'il m'envoûtait de ses yeux démentiels. Je me sens tellement en sécurité dans ses bras, malgré son côté sauvage et un peu abrupt… il m'a déjà démontré que les apparences ne sont que ça : des apparences.

Pour lui montrer que je suis prête à changer, à évoluer, à cesser de me cacher, je retire mon débardeur en croisant les bras et le passe par-dessus ma tête. Il remet aussitôt son visage contre ma poitrine, qu'il embrasse, cajole, respire. Je me cambre, le faisant gémir contre moi. Ses mains se baladent dans mon dos, remontent jusqu'à ma nuque pour chuter de nouveau à la lisière de mon pantalon. En une seconde, il me débarrasse du dernier rempart contre ma monstruosité, ma nudité. Par réflexe, je croise les bras sur mes seins et il fronce les sourcils.

– N'importe qui peut entrer, tenté-je d'expliquer pour masquer mon embarras.

Ce constat semble l'amuser. Voire l'exciter.

– Et alors ? Si quelqu'un entre, il se passera quoi ?

Je me sens rougir et je déteste ça. Je ne supporte pas que mes émotions se lisent sur mon visage. Angel se penche pour poser ses lèvres sur ma mâchoire. Sa langue glisse jusqu'à mon cou et il continue de me caresser, en déclenchant des millions de frissons sous ma peau à découvert.

– Tu te sentirais gênée ? insiste-t-il.

Je me tortille pour essayer d'échapper à ses assauts et réfléchir correctement.

– Bien sûr, haleté-je.

– Ça t'excite pas un peu ?

Il déboutonne mon jean et je jure que mon cœur va imploser dans ma poitrine. Je secoue la tête mais quand il se penche à nouveau et se décolle du canapé, je l'aide à retirer son tee-shirt. Il le lance négligemment sans me quitter des yeux, récupère mes poignets pour poser mes mains sur ses pectoraux, sur les ailes déployées. Il ferme les yeux. Alors je prends le temps de le parcourir, tracer du bout de l'index les pinces de scorpion qui semblent l'étrangler. Je remarque pour la première fois des petites cicatrices qui parsèment son torse, essentiellement d'anciennes coupures. Je me courbe pour les embrasser, le sentir encore une fois. Une de ses clavicules est décalée par rapport à l'autre, stigmate, certainement, d'une fracture mal remise. Son odeur de savon, de chaleur presque animale me pulvérise les narines. Je remonte mes doigts en les plantant dans son crâne, reprends sa bouche en m'agitant comme une furie. Il se glisse dans mon pantalon défait, enrobant mes fesses de ses larges mains tatouées et quand je me soulève légèrement, il cherche à m'en délivrer. Je me remets debout pour retirer mon jean et me retrouve en petite culotte, devant cet homme qui me taille en pièces d'un simple regard. Je me mords la lèvre en lui indiquant le couloir d'un coup de tête, et son petit sourire en coin me fait comprendre qu'il a très bien compris où je veux en venir.

– On est très bien ici, fait-il, joueur, en soulevant son bassin.

En un mouvement souple, il se débarrasse de son short qui tombe à ses pieds nus. L'énorme bosse qui déforme son boxer me fait palpiter un instant de crainte, je n'ai pas encore vraiment regardé son sexe, je l'ai juste touché dans des gestes presque provocateurs. Et si dans ma main il me semble démesuré, ce n'est rien en comparaison de ce que je vois en le lorgnant de plus près. Comme s'il avait deviné ma réticence, il ne cherche pas à enlever son caleçon mais me tend la main pour que je revienne me nicher contre lui.

– Viens, dit-il d'un ton rauque qui me décide.

Il attend que je reprenne ma place à califourchon sur lui pour poser ses mains sur mes seins, comme pour les cacher aux yeux du monde.

– Tu as encore peur de moi, Belle Anna?

Je ne peux pas lui mentir alors je détourne la tête. Il place ses mains sur mes reins pour me rapprocher au plus près de lui. La chaleur qui irradie de son anatomie se propage à mon sexe de plus en plus humide se frottant lascivement sur lui. Il sourit contre ma bouche en accentuant nos pressions, le désir monte en moi comme un grimpeur assoiffé de sensations fortes sur la montagne. Je sens déjà que mon ascension sera parsemée de dangers, mais que la vue sera magnifique, tout en haut.

– Tu sais que je ne te ferai jamais mal, hein? Pas comme ça, en tout cas. Tu es trop pure… trop délicieuse… Je veux que tu t'amuses, cette fois.

Je ne comprends pas ce qu'il dit et le regarde droit dans les yeux. Après avoir mordu dans sa lèvre inférieure.

– Je suis ton *toy boy*… Fais de moi ce que tu veux.

J'arrête de m'agiter, mais il donne un coup de bassin pour m'encourager. Je n'ai jamais imaginé avoir le dessus dans nos relations sexuelles, du moins pas si vite. Je me sens comme un bébé qui fait ses premiers pas, je ne sais pas encore courir, et c'est pourtant ce qu'il me demande. Il enfouit son poing dans mes cheveux et tire dessus pour me rapprocher de lui.

– Je te promets que ça sera bon, cette fois… murmure-t-il dans le creux de mon oreille.

Ses mots sont incroyablement érotiques. Je constate que s'il est très taciturne la plupart du temps, il se transforme quand il fait l'amour. Il est volubile, passionné, très expressif dans sa manière de s'exprimer. À l'inverse de moi, qui deviens muette d'émotion.

– Tu as oublié d'enlever ce truc, dit-il en claquant l'élastique de ma culotte.

Je sursaute et me redresse pour qu'il puisse m'en défaire. Je suis à genoux devant lui, le ventre au niveau de son visage, et il en profite pour glisser sa langue dans mon nombril, comme un préambule suggestif à la suite des événements. J'ai à peine soulevé un genou qu'il me rassoit d'autorité sur ses cuisses, ma culotte gisant encore sur l'autre jambe, ce que je trouve tout à fait décadent.

– Qu'est-ce que tu m'excites, Anna… si douce, si désirable…

Comment peut-il parler de moi comme ça ? Moi, désirable ?

– J'ai envie de te prendre tellement fort… mais je me retiens. Pour toi…

Je me dis, l'espace d'une seconde, que je voudrais tant avoir l'occasion de faire l'amour avec lui de la manière dont il l'évoque. J'espère de toutes mes tripes qu'il m'en donnera la chance. Celle de le connaître assez pour le laisser faire de mon corps ce que bon lui semblera.

Je suis complètement nue sur lui, et je n'ai pas peur. Je ne me sens pas vulnérable, mais incroyablement forte. Ce géant tatoué, éraflé des coups qu'il a souvent reçus et donnés, abîmé certainement autant de l'extérieur que de l'intérieur, est complètement à ma merci. Je le domine. Le contrôle. Simplement en ondulant sur son érection. Tout à coup, je veux plus, je veux tout, je le veux entièrement. L'électricité qu'il fait naître dans mon clitoris devient insupportable, j'ai besoin qu'il vienne me soulager.

Je glisse des doigts timides dans son boxer et il se soulève immédiatement pour s'en débarrasser. Je n'ose cependant pas baisser les yeux. Je sais que c'est stupide vu ce qu'on s'apprête à faire, ce qu'on a déjà fait, mais c'est plus fort que moi. Il se penche en avant, récupère son short et un préservatif dans sa poche arrière. Il déchire rapidement l'emballage et l'enfile sans me quitter des yeux. Il passe ensuite une main derrière ma nuque pour appuyer un baiser, et je fais de même, lui arrachant une plainte. J'ai remarqué comme il aime que je frotte son cuir chevelu tatoué de motifs mystérieux, et j'adore le rendre fou. Je ne m'en prive pas pendant qu'il presse sa main gauche dans mon dos pour me rapprocher encore, écarter mes cuisses au maximum. Je me retrouve complètement écartelée, mon clitoris à nu frotte contre son érection bouillonnante et je me sens défaillir. On a déjà fait l'amour ensemble, pourtant j'ai l'impression que c'est la première fois qu'on est si proches l'un de l'autre.

Je le vois porter ses doigts à sa bouche dans un geste terriblement érotique, les lécher avant de venir effleurer mon sexe, pour l'humidifier encore plus.

– Hmm… gémit-il. Tu es trempée…

Ma poitrine moelleuse s'écrase contre son torse ferme, mes cuisses frottent contre les siennes et nos langues se mélangent, je le veux en moi mais je m'affole autant de la douleur que du plaisir que je vais éprouver.

Quand il comprend que je suis sur le point de jouir, il me soulève par les hanches, ne me laissant pas le temps de réfléchir. Je le regarde, alors qu'il tient son membre d'une main et que je reste en équilibre au-dessus de lui, puis il me fait comprendre que je dois m'abaisser, ce que je fais, avec une lenteur non calculée. Je me laisse doucement glisser sur son sexe dressé, en ressentant tout sauf de la douleur. Un peu de crainte, vite balayée par les vagues qui me transpercent au fur et à mesure qu'il s'enfonce en moi. J'y vais doucement, pour tout ressentir, pour ne pas me brusquer, et ce geste que je fais pour me protéger semble le mettre dans tous ses états. Il se mord le coin des lèvres avant de prononcer des mots que je ne saisis pas, comme la dernière fois. Quand j'en suis à la moitié, il passe une main entre nous et commence à me caresser avec son pouce. Mon clitoris ultrasensible répond automatiquement et je m'enfonce plus vite sans m'en rendre compte. Quand je suis au bout, il bascule la tête en arrière et je me penche pour garder le contact, baiser sa pomme d'Adam et respirer son odeur. Ses deux mains se reposent sur mes hanches, m'incitant par un mouvement subtil à me balancer. C'est dix fois meilleur que la fois où je me suis frottée sur lui et où j'ai joui sans aucune pudeur, par-dessus nos vêtements.

La sueur perle sur son front quand il se redresse, dans un effort peut-être pour ne pas me brusquer, pour me laisser mener notre danse érotique jusqu'au bout. À chaque balancement de mon corps, je sens le plaisir fuser toujours plus loin, irradiant mes cuisses, mes mollets, mes orteils. Il remonte dans mon ventre, pulse dans mes seins, jusqu'à la pointe durcie qu'Angel avale et aspire comme si nos deux corps liés pouvaient communiquer d'une manière encore plus puissante. Et c'est ce qui se passe.

Il se soulève pour accompagner mon corps en fusion, je m'agite avec de plus en plus de fureur, sentant monter en moi un orgasme jamais exploré, juste effleuré. Mon plaisir tient autant à notre position physique qu'à la force qu'Angel a su m'insuffler en m'installant sur lui, en me demandant de me servir de lui comme jouet sexuel. Impulsivement, je resserre ma prise dans ses cheveux. Il bascule la tête et donne des à-coups plus profonds, plus impérieux. Je me sens me déconnecter de tout ce qui nous entoure, je crois que même si quelqu'un entrait à ce moment-là, ça ne m'arrêterait pas. Rien ne peut se mettre entre lui et moi. Quand je commence à jouir, je me mords la lèvre et étouffe mes cris de plaisir.

– Regarde-moi, Anna !

Son ton et son ordre me déconcentrent, mon orgasme semble planer entre nous et j'obéis. Il enfonce ses doigts dans la chair tendre de mes hanches et je gémis en reprenant ma cadence, mon regard perdu dans l'acier de ses iris.

– Ne te retiens pas. Jamais avec moi.

Il donne un coup de hanche sec, me faisant crier de surprise. Puis un autre. Je me jette sur sa bouche avec désespoir tandis que mon orgasme remonte la pente, pour aller encore plus haut que ce que je pensais possible. Il ne semble jamais vouloir s'arrêter. Je sens Angel se crisper entre mes cuisses, il pousse un râle en continuant à me guider sur lui et j'explose enfin. En mille morceaux. Je me sens flotter dans une bulle protectrice, dans les bras de cet homme fort que je sens pourtant brisé au point de vivre dans un taudis. Je m'écroule sur lui, soudain molle et complètement inutile, et il me serre contre lui. Mes bras autour de son cou sont mon seul refuge.

Je me sens encore crépiter contre lui, à l'intérieur, et il attend quelques minutes avant de me demander de me retirer.

– Pour enlever la capote, dit-il en guise d'excuses.

Je m'exécute, en sentant tout de suite des douleurs dans mes cuisses fuser, mais c'est plus des douleurs de courbatures liées à ma position inhabituelle. Il se baisse pour prendre son caleçon et l'enfiler. Aurait-il froid, finalement ? Rien ne semble le toucher, pas même la température de la pièce, qui pourtant me fait frissonner. Il le remarque et me jette mes affaires sans ménagement.

– Habille-toi. Il n'y a pas de chauffage, ici.

Je m'exécute, ne sachant toujours pas sur quel pied danser, avec lui. Et maintenant ? Est-ce que je dois rentrer chez moi ? Rester un peu avec lui ? Je suis paumée. Je me rhabille, rassemble mes affaires, légèrement honteuse. Pas d'avoir fait l'amour avec lui, mais de la manière distante dont il se comporte tout à coup. Il se lève et se dirige vers le coin cuisine. Quand je mets ma liseuse dans mon sac, prête à partir, il se retourne et fronce les sourcils.

– Tu fais quoi ?

– Je... rentre chez moi.

Sur le point d'ouvrir le frigo, il se fige. Croise les bras.

– On avait dit qu'on serait honnêtes, la secouriste.

– Et alors ? demandé-je, des larmes dans la voix.

– Alors dis-le, dit-il froidement.

– Dire quoi, Pappas ?

Je me lève, blessée par son indifférence, par sa froideur après le moment qu'on vient de partager.

– Tu veux que je reste ? le défié-je. Dis-le !

– Tu veux rester ? Dis-le !

Son ton est plus taquin que le mien, ses lèvres esquissent un sourire que j'ai envie de lui faire ravaler.

– On va pas s'en sortir, dis-je finalement d'un ton fataliste avant de placer mon sac sur mon épaule.

Il comprend que je suis sérieuse, au bord des larmes, et se rapproche de moi. Il me domine largement, même si je suis grande et que j'ai remis mes chaussures.

– On avait dit pas de mensonges, Anna. Qu'est-ce qu'il y a?

– Je… je ne sais pas si tu veux que je reste, dis-je finalement.

– C'était si bon, Anna, tu ne trouves pas?

Il répète mon prénom comme s'il cherchait à m'amadouer, et merde, ça marche. Il se rapproche encore, pose son front sur le mien. Il a la chair de poule mais ne semble pas s'en apercevoir. Ses mains encerclent mon visage et je ferme les yeux. Ce n'est pas humain, les montagnes russes qu'il me fait vivre.

– Peut-être que je ne le montre pas mais… j'ai envie que tu restes. Tu as faim? J'allais voir s'il reste quelque chose dans le frigo.

Je me sens bête, tout à coup. Je me suis promis de ne pas m'emballer, de le laisser venir à moi, et voilà que je m'emporte comme une détraquée parce qu'il ne m'a pas embrassée et câlinée après m'avoir fait l'amour.

Je ne suis pas ton copain.

Soudain, ces paroles prennent tout leur sens. Je réalise tout ce qu'il va me manquer, dans cette étrange relation, tout ce sur quoi je dois tirer un trait. J'ai envie de pleurer, mais j'ai encore plus envie qu'il me prenne dans ses bras, qu'il m'embrasse à nouveau, qu'il me touche encore, même si c'est juste dans le but de coucher avec moi. Alors j'acquiesce et ravale le sanglot qui cherche à m'échapper.

– Tu devrais t'habiller, dis-je pour détourner le sujet. Tu as froid.

– Ah…? Oui. Dans une minute.

Il se détourne pour repartir en direction de la cuisine et je fais tomber mon sac sur le sol. J'admire son postérieur bombé sous son boxer et le balancement félin de ses hanches, le roulement de ses épaules quand il soulève une bouteille d'eau pour boire.

Bordel, je vais finir dingue avec ce mec.

***

Angel me propose une boîte de gâteaux à grignoter, un verre d'alcool que je déguste comme un bon vin, assise près de lui à même le sol, avant de me susurrer à l'oreille qu'il a encore envie de moi. Ces simples mots déclenchent une escalade de frissons dans mon échine, tandis que ses doigts remontent sur ma cuisse. Cette fois, c'est lui qui me fait l'amour en m'allongeant sur le canapé.

Personne ne vient nous interrompre.

Chaque fois qu'on remet ça, c'est encore meilleur que la fois d'avant. Il éveille mon corps si subtilement, si sensuellement… Tout chez lui est excitant, même quand il parle dans cette langue que je ne reconnais pas. Quand il est proche de l'extase, de la jouissance, il semble se perdre au plus profond de lui.

Après notre dernière éteinte, il me propose de prendre une douche, ce que j'accepte avec plaisir. J'imagine alors qu'il viendra me rejoindre, comme dans les films, et qu'on se savonnera mutuellement ou qu'on se chauffera sous le jet. Mais l'eau est tiédasse, limite froide, et s'il me rejoint, c'est uniquement pour faire un passage éclair sans se préoccuper de la température de l'eau. Je le regarde faire avec une curiosité proche de la fascination. Ce mec a des comportements vraiment déstabilisants. Il ressort de la cabine aussi vite qu'il est arrivé, en me regardant à peine. Il me balance que je peux utiliser sa serviette, et il quitte le vestiaire sans se sécher. Sans sentir la morsure du froid.

Quand je le rejoins dans le salon, crispée par ma douche bâclée, il se prépare un joint, en jean, torse nu, mais les pieds dans des baskets, cette fois. Mon entrejambe est un peu douloureux, mais c'est une sensation exquise. Elle me rappelle ce qu'on partage. Il est tard et je commence à tomber de sommeil.

– Tu es venue comment? me demande-t-il alors que je bâille sans aucune discrétion.

– Voiture.

Il hoche la tête distraitement avant de lécher le rebord du papier et de le rouler pour en faire un cône. Son téléphone, sur la table entre nous, vibre, ce qu'il a déjà fait plusieurs fois pendant la soirée. Il y a jeté un regard discret à un moment, mais je n'ai pas vu qui essayait de le joindre un vendredi soir.

Une sex friend?

À cette idée, mon estomac se tord, alors même qu'on a passé ces heures-là ensemble, chez lui, dans la chaleur de son canapé, même déglingué. Je devrais peut-être en être fière? Qu'il m'ait choisie moi et pas une autre?

Oui, mais demain?

– Je te raccompagne à ta voiture, fait-il en allumant son joint avec un briquet qu'il laisse tomber ensuite sur la table en se levant.

L'odeur de son joint nous précède dans la rue. Il a enfilé un sweat à capuche à même sa peau et je n'ai qu'une envie : y faufiler mes doigts pour sentir à nouveau la rudesse de ses muscles, la douceur de sa peau. Mais je me l'interdis, je me dis qu'on ne se connaît pas assez, qu'on n'est pas assez intimes, alors qu'on a fait l'amour plusieurs fois. Quelle ironie! Un peu déçue de nos échanges froids après nos étreintes torrides, j'ouvre ma portière sans le regarder, mais il rabat brutalement sa main dessus, la faisant claquer dans la nuit. Je tourne le visage pour le dévisager, perplexe.

– N'hésite pas à revenir, Annabelle, dit-il les yeux brillants.

À cause de moi, ou de la drogue douce qu'il vient d'ingérer?

– Tu as mon numéro, maintenant. Tu n'auras plus d'excuses, me rappelle-t-il en aspirant une bouffée.

Il recrache la fumée en levant le nez en l'air pour qu'elle file haut entre nous au lieu de me déranger. Me reproche-t-il subtilement le fait que je ne lui ai pas répondu, quelques heures plus tôt? Son message n'attendait pas de réponse et il était convenu qu'on se voie.

– Toi non plus, répliqué-je en rouvrant la voiture.

Je le regarde, dans l'attente d'un geste d'affection qu'il n'esquissera pas, et avant d'être trop déçue, je me glisse derrière le volant. J'ai la désagréable sensation qu'il attend quelque chose de moi sans avoir le courage de le dire. J'arrive dans une maison vidée de parents, complètement frigorifiée, et je reprends une douche bien chaude avant de me couler sous mes draps. Je prends quelques secondes à rêvasser, enroulée dans ma couette, dans un bien-être intense, en sentant encore le long de ma colonne vertébrale la caresse de la grande main d'Angel, en me berçant du son qui vibre dans sa gorge quand l'excitation monte, sa manière de me serrer avec une certaine violence juste après la jouissance.

Le lendemain, ma première pensée est pour lui et je regarde mon téléphone. Pas de message. Je ne laisse pas la déception s'emparer de moi et prends les devants. Je réfléchis de longues minutes, allongée sur le ventre, pour ne pas passer pour une écervelée ou, pire, une nana accro.

Ce que je suis, pourtant.

J'ai conscience de l'avoir dans la peau. Depuis le premier jour où je lui ai porté secours à quelques centaines de mètres de là. Si je me retiens de me jeter dans ses bras quand je l'aperçois, c'est juste par peur de le braquer et de le faire partir en courant.

Baby step.

Tout comme il m'initie aux plaisirs charnels, je me sens l'envie de l'apprivoiser pour qu'il se comporte plus normalement, qu'il arrête en tout cas de tout faire pour me tenir à distance.

Le cœur battant, j'envoie mon message, que je n'espère pas trop niais.

[Bien dormi
en pensant à toi.]

Quand mon portable reste silencieux plus de trois minutes, je m'insulte mentalement de ne pas avoir posé une question. Pourquoi attendre une réponse qui n'a pas lieu d'être ? Je me lève en rabattant la couverture de manière théâtrale et m'habille chaudement. Le froid est tombé vite et mon pull à col roulé semble me protéger des regards ignorants sur mon corps meurtri. Je me force à laisser mon téléphone sur le lit et descends prendre mon petit déjeuner, puis remonte en quatrième vitesse pour le récupérer. Quand je vois la notification du message, je me précipite pour lire ce qu'Angel m'a répondu.

[Moi aussi.]

Ça peut paraître complètement ridicule, peut-être qu'il a à peine regardé mon message avant d'y répondre, peut-être qu'il ne le pense pas, pourtant ces deux mots me mettent d'excellente humeur toute la journée. Je révise, peins, en me forçant à ne pas lui écrire pour ne pas l'étouffer. Le laisser venir à moi, un peu. En fin de journée, je comprends que je ne le verrai certainement pas et quand Gauthier me propose un cinéma, j'accepte avec un plaisir non dissimulé. On ne se voit pas beaucoup, ces derniers temps, et il commence à me manquer.

On se rejoint devant chez lui et on prend le tram jusqu'au Pathé Chavant, en parlant de nos cours respectifs. On fait la queue sur le trottoir. Tout le monde se précipite pour voir le dernier *Star Wars* qui est pourtant sorti depuis un moment déjà, et on se décide pour un autre film. On achète du pop-corn, on critique les publicités qui durent une éternité, il me fait rire en brossant un portrait hilarant de ses professeurs de fac. J'essaye, j'essaye vraiment de tout mon cœur de ne pas penser à Angel. Mais rien que le fait de prononcer son prénom dans ma tête me met dans tous mes états ; je suis harcelée par le gris de ses yeux, par sa rudesse, par sa délicatesse. Je suis terrorisée à l'idée qu'il se lasse de moi et passe à la suivante sans plus d'égards. Je repense à toutes ces mises en garde que tout le monde juge bon de m'envoyer à son sujet, même lui.

Plus d'une fois, je suis sur le point de tout dire à Gauthier. Mais je crains tellement qu'il me juge, qu'il critique Angel, que je me retiens. Je ne veux pas avoir à le défendre, je ne veux pas me justifier. Après la séance, Gauthier me propose de boire un verre dans le bar jouxtant le cinéma, mais le monde agglutiné devant les portes en attendant qu'une place se libère me dissuade et on reprend le tram pour aller chez lui. On boit notre dernier verre ensemble, dans sa chambre, en parlant de tout et de rien, comme avant.

Je me fais violence pour ne pas consulter mes messages. Je vais me coucher en tentant d'ignorer la déception qui me grignote la peau. Il n'a pas pensé à moi aujourd'hui.

Le lendemain, dimanche, je me lève et pars directement dans mon atelier, m'enferme deux bonnes heures avant de descendre dans la cuisine me faire un café. Même si j'ai l'habitude de ne pas voir souvent mes parents à la maison, savoir qu'ils sont bien partis pour le week-end me déprime un peu. Je n'aime pas me sentir seule dans cette grande maison. En remontant avec mon mug fumant, toujours dans mon pyjama pilou, je récupère mon portable sur mon lit et manque de renverser mon café. Un message. Du calme, c'est peut-être Gauthier.

Mais c'est Angel.

[Tu veux qu'on se voie?]

Je vérifie l'heure de réception – dix heures vingt – et l'heure actuelle. Presque midi.

Merde.

Je m'empresse de lui répondre en espérant qu'il n'a pas changé d'avis.

[Maintenant
c'est toujours bon?]

Je fais les cent pas dans ma chambre, sors plusieurs hauts moulants avant de me décider pour un rouge pétant et un slim noir, le cœur au bord des lèvres et l'estomac en vrac.

Je vais finir avec un ulcère, à cause de lui.

J'ai bien conscience de me stresser toute seule, mais c'est un garçon tellement extraordinaire que je ne peux pas faire autrement. Il me met dans tous mes états. J'ai bien remarqué toutes les femmes qui lui tournent autour, je ne suis pas stupide. J'ai vu les regards énamourés, emplis de désir, qu'il suscite, même s'il semble plutôt imperméable à cette contemplation. Enfin, j'entends le bip d'un message.

[OK.]

Je décolle en fonçant dans la salle de bains pour me donner figure humaine, m'habille en vitesse et attrape mes clés sur la console de l'entrée. J'arrive en moins de dix minutes sur le campus, les rues sont toujours plus ou moins désertes le dimanche. Quand je pousse la porte de la salle, Angel est en short et baskets, allongé face au sol, il fait des pompes, en équilibre sur sa main gauche. Je le contemple un moment, et quand il tourne la tête vers moi, mon cœur dégringole dans ma cage thoracique.

Je suis foutue. Il m'a bel et bien ensorcelée.

***

La semaine passe à une vitesse vertigineuse. J'explique à Angel, quand je le quitte le dimanche en fin d'après-midi, que j'ai deux devoirs importants dans la semaine et que je dois travailler. Si je souhaite avoir mon bac avec mention, je ne dois pas lésiner sur les efforts. Il m'écoute sans rien dire, retrouvant son mutisme habituel. Ce n'est pas grave s'il ne dit pas grand-chose, il encaisse beaucoup, garde tout pour lui.

Sauf quand il fait l'amour.

Dans ces moments-là, il abat ses barrières, me laisse m'engouffrer sous sa carapace, me permet d'apercevoir le vrai Angel. Et même s'il redevient froid dès qu'il se retire de moi, je sais, je sens que ça peut changer. Je veux le croire.

Je fais tout pour ne pas l'envahir, ne pas trop m'imposer. Je serais mortifiée s'il me demandait de partir. Je passe deux soirs chez lui durant la semaine, interromps chaque fois un entraînement avec Isaac ou Eric. Je sors des livres et lis distraitement mes cours, sans en comprendre un traître mot. Je le regarde frapper, esquisser, se protéger. Son jeu de jambes comme une danse de la mort, son visage crispé et concentré. Le petit sourire qui fleurit sur ses lèvres quand ses iris d'acier se posent sur moi, l'air de rien. Je me sens rougir au souvenir de ses baisers, de ses mains sur mon corps, de ses gémissements de jouissance.

Vendredi soir, mes parents sont ravis que je sorte à nouveau, même si je ne leur dis rien de mes fréquentations. Ils constatent que j'ai retrouvé le sourire. Le regard de ma mère posé sur moi quand on se croise ne trompe personne : elle sait que j'ai un garçon dans la peau. Je ne la détrompe pas mais ne me confie pas non plus, je ne me sens pas prête. Je ne sais pas quoi leur dire sur cette étrange relation qu'ils condamneraient peut-être. Je ne veux prendre aucun risque. Je veux vivre dans ma bulle, tant que ça dure.

Isaac ne fait pas de commentaires quand il me voit débarquer, il m'apostrophe en donnant des indications à Angel sur son endurance, comme si j'étais une pote de leur petite bande. Anaïs arrive à la fin de l'entraînement des deux acolytes et me jette un drôle de regard avant de s'asseoir à côté de moi. Puis elle se relève et se sert dans le frigo, me ramène une canette que je bois en essayant de ne pas dévorer Angel des yeux. J'imagine que ses amis ne sont pas dupes, ou alors ils pensent que je cours après Angel et que je n'ai aucune chance. Je ne dis rien. Je reste à ma place. Ombre silencieuse.

Isaac et Angel vont prendre une douche, et quand Anaïs répond à un coup de fil, je comprends à sa conversation qu'elle est là parce qu'ils ont prévu de sortir tous ensemble. Angel ne m'en a pas parlé, je me sens ridicule et un peu honteuse, comme si je passais mon temps à m'incruster, même s'il ne dit rien pour me dissuader de rester. Alors qu'ils sont encore dans le vestiaire, je me lève précipitamment et rassemble mes affaires.

– Tu t'en vas? demande Anaïs en raccrochant.

– Oui.

– Tu viens pas avec nous?

Où? Avec qui? Je me retiens de pleurer tant je me sens rejetée et enfile ma veste sans répondre.

– Passez une bonne soirée, dis-je avec un sourire en me précipitant à l'extérieur.

Je marche vite, mes larmes roulent sur mes joues.

Je ne suis pas ton copain.

Finalement, je ne sais pas si je vais supporter tout ça. Cette ignorance, cette manière de me traiter tantôt comme si j'étais un trésor, tantôt comme si je l'encombrais. Dès qu'on est seuls, il se jette sur moi, en m'embrasant littéralement, et l'instant d'après, il redevient froid et distant. Je sais bien que si on se voit, ce n'est que pour faire l'amour. Ou baiser, je ne sais pas comment il appelle ça. Si on n'a pas prévu de coucher ensemble, je n'ai rien à faire dans son entourage. Ça me paraît clair.

– Annabelle !

Le ton est accusateur. Je ne me retourne pas, mais j'entends les pas se rapprocher. Je panique, je ne veux pas qu'il me voie pleurer, qu'il comprenne que je ne supporte pas cette situation. Il serait capable d'y mettre fin, et ce n'est pas ce que je veux non plus.

Je ne sais pas ce que je veux, merde. À part le garder.

Quand sa main s'accroche à mon coude, je suis obligée de me retourner, alors qu'on se tient au milieu de la route. Il fait froid, l'obscurité envahit petit à petit le campus, avalant les nuages noirs qui se sont accumulés toute la journée. Je le dévore des yeux. Ses cheveux mouillés en pagaille gouttent sur son front, sa bouche est tordue dans un rictus agacé, son air rageur me met du baume au cœur et pourtant je comprends que notre situation ne lui plaît pas tant que ça, à lui non plus. Il ne sait pas mieux que moi comment se comporter. Il porte son sempiternel ensemble tee-shirt et jean ; il ne semble pas sentir la morsure du froid, alors qu'on est au mois d'octobre et que je grelotte sous ma veste.

– Pourquoi tu te casses comme ça ? C'est une mauvaise habitude que tu as.

– J'ai pas l'impression que tu aies envie que je reste.

– Je t'ai demandé de partir ?

Effectivement, non. Je me sens bête, mais ne me laisse pas démonter.

– Si tu avais envie que je reste avec vous ce soir, tu m'aurais parlé de ta soirée. Non ?

– Alors c'est une règle ? Il y a des codes que je ne connais pas ?

– Apparemment, oui.

Et je reprends ma route, d'autant plus qu'une voiture arrive et ralentit devant nous. Il me rattrape à nouveau et me force à faire volte-face.

– Mais arrête de faire ça, c'est chiant !

– Pourquoi tu m'as rien dit au sujet de cette soirée ? Si tu avais envie que je vienne, tu m'en aurais parlé avant.

– Franchement ? J'avais oublié. Et depuis quand je te dois des comptes sur ma vie ? Tu as l'air d'oublier ma seule condition…

– Oh, non, j'oublie pas. On est pas « ensemble », tu n'es pas mon « copain ».

J'ai osé. J'ai esquissé des guillemets avec mes doigts sur les mots clés, et je me sens si ridicule sous son regard amusé… Je reprends, l'air détaché :

– D'ailleurs j'ai des projets ce soir, moi aussi.

– Ah bon ? Alors pourquoi ça t'emmerde autant que je ne t'aie rien dit ?

Je me dégage de sa poigne qui me maintient toujours le bras et regarde ailleurs en continuant mon mensonge.

– Question de principe. Je me suis sentie bête devant Anaïs.

– OK.

– OK.

Alors qu'il se détourne, je crie dans son dos :

– Tu avais envie que je vienne ?

– Tu le sauras jamais, jolie Anna… dit-il par-dessus son épaule, sans vraiment me regarder.

Je hurle de frustration à l'intérieur. Je ne suis pas une marionnette, il est temps qu'il s'en rende compte ! Je ne suis pas à sa botte ! Je n'accours pas dès qu'il me siffle !

Et pourtant…

Il s'éloigne et je contemple son dos et ses épaules larges, sa démarche assurée. Je grommelle en montant dans ma voiture, imaginant les pires scénarios sur sa soirée. Il fait des rencontres.

Ramène une fille dans son lit. J'enrage à cette idée, et pourtant, je pense que c'est une des conséquences de sa seule condition. S'il n'est pas mon copain, il a le droit de voir ailleurs, non?

Je fais une marche arrière et pile brusquement quand une silhouette se matérialise dans mon rétroviseur. Voyant qu'elle ne bouge pas, je me retourne pour lui faire signe de s'en aller, mais l'homme, d'après le physique qu'on devine sous les vêtements, ne bouge pas. Son visage est dissimulé par une large capuche par-dessus une casquette et il me fixe longuement. Je commence à flipper et m'apprête à attraper mon portable dans mon sac quand l'homme reprend enfin sa route, comme si de rien n'était.

Euh, c'était quoi, ça?

Je rentre chez moi, légèrement nauséeuse, m'enferme dans ma chambre et me roule en boule sous la couette sans même dire bonsoir à mes parents qui, pour une fois, sont à la maison ensemble, assis à table. J'allume mon PC, me connecte à Netflix et regarde des séries jusque très tard dans la nuit. Je ne veux pas savoir ce qu'il fait. Avec qui.

Je m'endors en pleurant, me sentant minable et pathétique.

***

[La salle. Avant 18 h.
Seule.]

Je suis tellement en colère de lire ses ordres que je réponds sur une impulsion :

[J'apporte mon os aussi?]

Sa réponse ne se fait pas attendre :

[Je préférerais de l'alcool.
Mais c'est comme tu veux.
N'oublie pas ton joli petit cul
de skateuse.]

Je rougis malgré moi, grogne quelques secondes pour le principe et me précipite sous la douche. Je m'habille avec soin, en mettant une chemise claire dont je déboutonne les quelques boutons du haut, un jean moulant et des bottines noires. Je me souviens de ce qu'il fait, un samedi sur deux.

Il se bat.

Et ce soir, il m'invite personnellement. Je sens qu'on passe une étape.

Quand j'arrive chez lui à la limite de l'heure qu'il m'a accordée, c'est le branle-bas de combat. Isaac est au téléphone. Il donne des directives en agitant les mains à trois garçons qui portent du matériel, embarquent la sono et l'ampli d'Angel et parquent le tout dans une camionnette garée devant la salle de sport. J'aperçois les poteaux métalliques avant qu'ils ne claquent les portes, ceux qui servent à délimiter le ring sur place.

– Pas avant un mois, dit Isaac au téléphone quand je le rejoins côté cuisine. C'est comme ça, mec, à prendre ou à laisser.

Il me fait un clin d'œil en m'apercevant, tout en continuant sa conversation. Je m'assois sur un des trois tabourets, devant une nouvelle table de bar que je n'ai encore jamais vue dans la cuisine. Les trois garçons entrent à nouveau, l'un prend un sac de sport, les deux autres s'approchent de moi. Ils n'ont pas l'air bien plus vieux que moi.

– Hey, salut, toi, dit un grand blond qui porte une casquette retournée sur la tête. T'es la copine de Gauthier, non?

Mon cœur entame un marathon en constatant que sans être

étudiante sur le campus, on me connaît déjà, mais qu'en plus on me prend pour la petite copine de Gauthier.

– Une amie, bredouillé-je. Et toi?

– Je suis Jérémy, on s'est rencontrés à la fac, avec Gauthier, je suis son tuteur. Je vous ai vus traîner ensemble au resto U.

J'ouvre grand la bouche, de stupeur. Je ne savais pas que Gauthier avait un tuteur. Si mes calculs sont bons, Jérémy est en troisième année de médecine et doit avoir dans les 21 ans.

– Enchanté, dit-il d'un ton charmeur avant de s'incliner théâtralement.

Je rougis comme une pivoine, peu habituée à être traitée aussi galamment. Je suis étonnée qu'il se souvienne de moi s'il m'a juste aperçue de temps à autre sur le campus aux côtés de mon ami. Un grognement derrière moi me fait lever la tête et je vois Angel en contre-plongée, sa mâchoire carrée contractée. Il est habillé comme d'habitude d'un jean et d'un sweat à capuche. Malgré ma position inconfortable, je remarque qu'il s'est coupé les cheveux, ils sont presque rasés sur les côtés. J'ai terriblement envie de me pelotonner contre lui. Je surprends le regard réprobateur qu'il jette à Jérémy, lequel s'en va sans plus m'adresser la parole, et Angel se détourne pour remplir une bouteille d'eau dans l'évier de la cuisine.

Il vient de se passer quoi, là?

– On est prêts, Pappas!

Isaac remplit plusieurs bouteilles vides avant de les fourrer dans un sac. Je comprends que le départ pour la salle secrète est proche, et mes mains deviennent moites sur mes cuisses.

– Vous allez où ce soir? demandé-je en sortant ma bouteille de tequila de mon sac et en la posant sur le bar.

– On, ma jolie. On ne va pas très loin. J'ai trouvé in extremis une grande salle sur le campus, tout le monde pensera à une soirée privée d'étudiants. J'ai pas tous les jours un bol pareil.

Je me souviens de ses paroles, de l'organisation de ces combats. Je reste silencieuse, observatrice, attendant qu'Angel fasse un pas vers moi, me montre un quelconque intérêt, me dise un mot. Juste un seul. Il est encore très tôt, mais je comprends qu'il faut du temps pour mettre en place le matériel, délimiter un ring, il faut qu'Angel s'échauffe. Je saute du tabouret quand les deux garçons se dirigent vers la porte et se retournent comme un seul homme pour m'inciter à les suivre. Je réprime un sourire en marchant jusqu'à eux. Angel claque la porte derrière nous. Je passe devant ma voiture, heureuse de faire partie de ce cercle si particulier. Je trottine presque pour rester à leur hauteur.

– Vous attendez du monde? demandé-je en sachant que c'est Isaac qui répondra à mes questions.

– Plus d'une centaine, me confirme-t-il, les yeux braqués sur son portable.

– Et après? Vous faites la fête là-bas?

– Sûrement, on verra.

– J'ai laissé ma bouteille à la salle, expliqué-je.

– Pas grave, j'irai la chercher plus tard.

Je me retiens de dire que je peux encore courir pour la récupérer et me contente de satisfaire ma curiosité :

– C'est toujours avec trois adversaires?

Angel ne dit rien, il a allumé une cigarette et fume tranquillement comme si je n'étais pas là.

– Non, pas ce soir. Pappas va affronter Andreas, des paris sont lancés. C'est un vrai match en règle, dit Isaac en me jetant un regard en coin, avant de demander, dans un ricanement : Tu n'as pas peur du sang?

Je comprends alors qu'Andreas est sûrement une bête, lui aussi, et je ne peux pas m'empêcher d'avoir peur pour Angel. Je me redresse, pleine de fierté, et affirme :

– Je veux devenir médecin. Peur du sang? Tu oublies que le sien macule encore ma banquette arrière, dis-je en désignant du pouce Angel en retrait derrière nous.

C'est faux, à vrai dire. J'ai conduit ma voiture dans une station de lavage et elle est ressortie comme neuve, même si la personne qui m'a rendu mes clés m'a dévisagée comme si j'avais commis un meurtre. Isaac explose de rire face à mon répondant.

– C'est vrai. Mille excuses, la secouriste.

On marche en silence, et je ne peux m'empêcher de le briser :

– Vous faites ça depuis longtemps?

Je vois Isaac lancer un coup d'œil en arrière, comme pour avoir l'approbation d'Angel avant de me répondre.

– Quelques années.

– Les autres sont déjà sur place?

– Les autres?

– Les trois garçons que j'ai vus à la salle.

– Ah, oui. Ils transportent le matos. Ils sont en train de décharger les boissons et de fabriquer un espace pour se battre.

– Comment tu connais Jérémy? résonne tout à coup la voix d'Angel, toujours en retrait derrière moi.

Son intérêt soudain me déstabilise et je réponds d'une petite voix :

– Je le connais pas vraiment. C'est le tuteur de Gauthier.

Je me souviens que mon petit secret concernant Angel n'en sera bientôt plus un. Et que je devrais parler à mon ami au sujet de mes escapades avant que quelqu'un ne le fasse à ma place. Je me sens fautive, sans savoir de quoi. Et puis, tout à coup, un miracle se produit. Angel se rapproche de moi et frôle mes doigts avec les siens. Je suis entre les deux garçons et Isaac continue de textoter sans plus faire attention à nous. Je me retiens de regarder Angel pour voir l'expression de son visage à ce moment précis et affiche une mine indifférente, alors qu'à l'intérieur, mon estomac fait des nœuds. Quand sa main se pose sur le bas de mon dos, je trébuche sur un caillou dans la rue et il me rattrape par le bras.

– Attention, Anna, fait-il en en profitant pour me caresser la poitrine de son autre main, l'air de rien. Tu es distraite?

J'avise enfin son air amusé. Ses yeux rieurs qui pétillent. Et j'ai envie de l'embrasser, tellement, que je reste statique sur la route. Il me pousse gentiment en avant. Isaac prend un appel et avance plus vite pour nous distancer. Je me demande où se trouve cette salle ; le campus n'est pas immense, mais j'ai hâte d'y être. Tout en braquant mes yeux sur Isaac, sans entendre ses mots, je prends la main d'Angel à mes côtés et la pose sur mes fesses. Il n'attend pas une seconde pour me les malaxer, et tente même de glisser sa main par-dessous mon jean. Mais Isaac raccroche et Angel se détache à nouveau.

– On est arrivés.

Il est encore tôt. Le soir tombe doucement, les lampadaires clignotent joyeusement avant de se stabiliser. Le camion que j'ai vu tout à l'heure est fermé et on entend des éclats de voix dans le bâtiment qui nous fait face. Je le connais, il est grand et abrite régulièrement les soirées les plus prisées du campus. Isaac entre sans faire attention à nous et Angel me tient la porte avant d'entrer à son tour. Quand j'arrive dans la salle vide, mon cœur se remet à battre violemment à l'idée du match illégal qui va s'y dérouler dans à peine une heure. Quand Angel disparaît dans un couloir avec Isaac, je devine qu'ils doivent être seuls et je rejoins les trois garçons de tout à l'heure. Je frappe dans mes mains.

– Alors! Qu'est-ce que je peux faire?

J'enlève mon sac et ma veste que je mets en boule avant de cacher le tout sous le bar. Je retrousse les manches de ma chemise.

– Tu peux commencer par mettre ça dans le frigo, derrière toi, m'indique Jérémy.

Il parle des caisses de bières et d'eau entassées sur le bar et je me mets au travail en l'écoutant.

– D'habitude, on se démerde avec les moyens du bord, mais là il y a tout ce dont on a besoin. Surtout la lumière.

Il me sourit et s'attarde sur ma silhouette avant de se reprendre et de repartir chercher d'autres boissons qui sont restées dans l'entrée. Ses deux acolytes sont en train d'étirer les sangles et se disputent l'emplacement idéal du ring. J'ai fini ma tâche quand un nouveau groupe fait son entrée, et j'ai à peine posé mes yeux sur un type au milieu de la bande que je sais d'instinct que c'est Andreas. Il dégage l'assurance nonchalante de ceux qui n'ont peur de rien. Je l'observe discrètement tandis qu'ils se saluent tous. Il semble plus sec qu'Angel, mais sa force ne fait aucun doute. Il est brun, avec une touffe de cheveux indociles qui part dans tous les sens et lui donne un charme indéniable. Ses yeux noirs brillent sous les lumières aveuglantes de la salle, et peut-être sent-il mon regard sur lui, parce qu'il se tourne vers moi et s'approche. Je réalise seulement à ce moment-là que je suis la seule fille au milieu de toute cette testostérone, ça explique certainement leur intérêt à tous.

– Une nouvelle barmaid? demande-t-il en posant ses mains sur le comptoir.

Je baisse les yeux, troublée, mais je n'ai pas le temps de répondre qu'Isaac surgit d'un couloir et s'approche vivement. Il lui murmure à l'oreille et la lueur dans ses pupilles change de ton.

– Pardon, dit-il en s'éloignant. Alors, pour l'échauffement, on se met où?

Ils m'ont déjà tous oubliée. J'ai hâte de me sentir moins seule, est-ce qu'Anaïs va venir? Plus pour m'occuper qu'autre chose, je grimpe sur une chaise afin d'avoir une vue d'ensemble et m'exclame aux deux garçons au fond de la salle :

– Ça irait mieux de l'autre côté !

Ils me dévisagent comme si je venais de tomber du ciel.

– Hein ?

– Les poteaux ! Ici, ça bouche le passage. De l'autre côté, An... Pappas et Andreas pourront plus facilement circuler.

– Elle a raison, Manu ! braille Isaac en déboulant dans la salle. Allez hop !

Il claque des doigts et les deux garçons bougonnent en se mettant en branle pour déplacer le ring. Je constate qu'il est presque vingt heures, heure à laquelle, si je suis bien, les choses sérieuses commencent.

– Mais il n'y a personne, dis-je à Isaac qui passe derrière le bar.

Il allume la musique sur son portable et au bout de quelques secondes, elle hurle sur l'ampli.

– Tu plaisantes ?

Devant mon air ahuri, il me prend la main et m'entraîne vers l'entrée de la salle.

– Et ça ?

Je contemple avec stupeur la foule qui s'amasse sur le trottoir devant les portes. Ils sont bien plus que cent ! Je le fais remarquer à Isaac qui ricane.

– Peut-être bien, dit-il en commençant à faire entrer les gens.

Il récupère chaque fois un billet de vingt euros par tête et la foule s'installe, petit à petit. Je me sens de trop, tout à coup, et me réfugie dans le couloir où j'ai vu les boxeurs disparaître. Je passe devant une grande pièce, où Andreas s'échauffe avec ses amis. Je continue et ouvre une porte, certaine de ce que je vais y trouver.

Angel est en train de faire des pompes dans ce qui semble être le local où sont entreposées des tables et des chaises. Il ne porte que des baskets et un jogging gris, similaire à celui de la dernière fois. Il ne m'entend pas, ne me voit pas, est complètement focalisé sur sa tâche. Je remarque au dernier moment les écouteurs dans ses oreilles. Il se redresse avec souplesse et ne cille même pas quand ses iris se posent sur moi.

– Tu es venue m'encourager? dit-il en retirant ses écouteurs qui tombent et se balancent sur sa jambe.

Il approche doucement, tel un félin certain de bientôt dévorer sa proie.

Je me sens pousser des ailes. Quand nous sommes seuls, j'ai le sentiment d'être invincible, d'être capable de tout. Je déboutonne ma chemise sans le lâcher du regard. Ses yeux dérivent sur ma poitrine, mon ventre, remontent sur mon visage. Il se mord le coin des lèvres, comme il le fait quand ses pulsions prennent le dessus sur la raison. Puis il se jette sur moi. Sa bouche me percute de plein fouet et me fait chanceler, mais il m'enlace et me rapproche au même moment. Ses doigts courent partout, il est moite de sueur et je m'accroche à ses épaules, son dos avec avidité, l'urgence que je ressens n'a rien de romantique ni de doux. Je le veux. Tout de suite. Quand j'enroule mes jambes autour de lui, je me rends compte qu'il m'a soulevée et me porte à bout de bras.

– J'aime quand tu te lâches pour moi… murmure-t-il en embrassant ma gorge, en prenant un sein dans sa large main.

– Tu me dévergondes, qu'est-ce que tu veux…

– Et j'adore ça…

Il trouve un siège pour s'asseoir et je caresse son cuir chevelu avec délectation. Il ferme les yeux et bascule la tête en arrière, sans oublier toutefois de parcourir mon dos et de dégrafer mon soutien-gorge d'une manière experte. Son érection n'a plus de secret pour moi. J'abandonne ses cheveux pour glisser sur ses abdominaux et m'insérer sous son pantalon, par-devant. Il trouve les pointes de mes seins érigées et les pince violemment, m'arrachant un cri de surprise autant que de douleur.

– Ça va pas? m'écrié-je en le lâchant pour me protéger la poitrine comme je peux.

– On n'a pas le temps, grogne-t-il en se penchant pourtant en avant pour chasser mon bras avec son nez et avaler un sein endolori.

Je gémis sous la caresse de sa langue après la brusquerie de ses doigts et remets mes mains dans ses cheveux, presque en transe.

– Et tu me punis de quoi, exactement?

– De m'ensorceler...

J'entame un lent va-et-vient, nos pantalons faisant barrage à notre nudité, et maintenant que je sais ce que c'est de lui faire l'amour, les sensations que ça déclenche en moi et certainement en lui, je me demande comment il a pu accepter que je me frotte sur lui, au début, jusqu'à la jouissance. C'est tellement frustrant...

Des coups sur la porte me font sursauter mais Angel reste concentré sur sa tâche, à savoir me dévorer, et je pousse un petit cri strident quand ses dents griffent mon téton.

– Dans cinq minutes, Pappas! hurle Isaac de l'autre côté.

– Il a dû te voir entrer, réplique Angel en passant à l'autre sein, parce que d'habitude, il se gêne pas pour débouler sans frapper.

Tout à coup il se lève, en me tenant toujours fermement par la taille, et me replace sur mes pieds comme si je ne pesais rien. Le moment est passé. Il ramasse mes vêtements et me les tend en jetant de brefs coups d'œil sur mon corps à demi dénudé. Je me rhabille rapidement et il m'aide à enfiler la chemise, mais c'est moi qui ferme les boutons avec mes doigts fins tandis qu'il me dévisage. Je lève les yeux et me perds un instant dans ses iris à la teinte si acérée qui semblent creuser jusqu'à mon âme.

– Merde, dis-je rapidement en me hissant sur la pointe des pieds pour lui voler un baiser.

Et sans lui laisser le temps de réagir, je sors de la pièce. Quand j'arrive dans le couloir, je suis frappée par la chaleur dégagée par les corps impatients, la clameur des gens réunis, la musique qui se répand partout. L'ambiance est électrique et je me faufile pour aller au seul endroit où je me sens à l'abri : derrière le bar.

J'y rejoins Jérémy qui sert à boire et semble quelque peu dépassé par la foule qui lui réclame de la bière à grands cris. Je l'aide sans même y réfléchir, il me remercie d'un coup d'œil entendu, tout ça me paraît si naturel. Alors que je récupère des billets à la pelle, je réalise qu'il y a un mois, je découvrais pour la première fois les activités louches d'Angel, dont je ne connaissais même pas le prénom. J'ai l'impression d'avoir été complètement métamorphosée depuis.

Isaac se matérialise derrière le bar et monte sur une chaise. La musique change de ton, les basses font vibrer le sol, et il n'a pas besoin de taper dans ses mains pour avoir l'attention générale. Je l'observe, accoudée au comptoir, tandis qu'il réexplique les règles du jeu, les conditions de déroulement des trois matchs qui se feront en dix minutes max, sauf en cas de K.-O. Il rappelle qu'exceptionnellement, des paris ont été lancés. La foule est en délire, il y a encore trois fois plus d'hommes que de femmes, mais je me sens bien entourée. Je sais qu'en cas de débordement, je ne serai pas seule.

Au pire, je me cache sous le bar en attendant que ça se calme…

Quand Isaac annonce Andreas, les sifflements et les applaudissements me font sourire. Il présente son parcours en quelques mots, puis l'intéressé se matérialise dans un espace qui a été dégagé jusqu'au ring afin de créer un couloir avec des barrières métalliques pour que les boxers amateurs puissent se déplacer sans faire bouger la foule. Il enjambe les sangles du ring et lance des coups de poing dans les airs. Il me semble plus féroce et dangereux maintenant que quand il est arrivé. J'ai cru comprendre que lui et Angel se connaissent bien, tout devrait bien se dérouler. Ils ne vont pas s'entre-tuer.

N'est-ce pas ?

Puis Isaac annonce Hermès, et les acclamations se font plus fortes. Il est le favori, et bêtement, mon cœur se gonfle de fierté. Il arrive par le couloir mais s'élance souplement par-dessus les premières barrières, forçant la foule à se diviser. On lui tape dans le dos, on l'encourage, et je me surprends à grimper sur la chaise qu'Isaac a délaissée pour mieux voir et encourager avec la foule. Quand le regard clair d'Angel me repère, je m'enflamme et lui souris. Il ne répond pas, garde un air sérieux et se détourne. Il n'a pas laissé percer la moindre émotion, mais je sais qu'il est content que je sois là, il m'a cherchée. M'a trouvée.

Isaac retrouve les deux boxeurs au milieu du ring et fait un petit speech alors que la musique se fait de plus en plus discrète. Je vois Manu, près du bar, en train de gérer le son avec un portable. Puis un hurlement de klaxon me déchire les tympans et les hostilités commencent.

Je suis en transe. Je mugis quand Angel reçoit un coup, mais hurle encore plus fort quand il réussit à prendre le dessus sur Andreas. Il commence par observer, parer les coups plutôt qu'en donner. Je me dis qu'il a tellement l'habitude de se battre avec des adversaires différents qu'il a dû monter sa défense en fonction. Il s'adapte à tous. Il observe avant d'attaquer.

Quand Isaac annonce la fin du premier round, j'ai l'impression que ça vient juste de commencer. Je descends de mon perchoir pour aider Jérémy à servir de nouveau, et me rends compte qu'Anaïs nous a rejoints derrière le bar. Je suis sincèrement heureuse de la voir.

– Salut, Anaïs ! Tu as raté le premier round.

Elle rit en tendant une bouteille d'eau à un couple.

– Non, j'étais bien là. Tu étais juste trop occupée pour t'en apercevoir…

Je rougis mais ne réponds rien. Je me suis peut-être un peu emballée. La pause passe très vite et le deuxième round est annoncé. Je regrimpe sur ma chaise pour être aux premières loges, ignorant le sourire amusé d'Anaïs. Pendant cette période-là, Angel a le dessus, alors qu'Andreas menait à celle d'avant. Il est plus agressif, son corps musclé luit sous la sueur et les lumières. S'il prend des coups au visage, il les évite avec habileté. À un moment, je crois qu'Andreas est sonné, mais il reprend du poil de la bête et la pause est de nouveau annoncée. Sous le regard des amis d'Angel, je n'ose pas me précipiter dans la salle où il doit se trouver. Je me contente de servir quand c'est nécessaire, avec Anaïs qui semble beaucoup s'amuser de la situation.

Je la regarde furtivement alors qu'elle est occupée à servir et ramasser l'argent. Elle est jolie, plus petite que moi, mais plus voluptueuse, surtout qu'elle ne cache pas ses formes. Elle porte un jean moulant et un débardeur bariolé qui fait ressortir sa poitrine. Son visage est serein, doux, elle sourit tout le temps ; ses cheveux décolorés, mi-longs, sont en pétard et son piercing à la lèvre attire les regards.

– Où est parti Jérémy ? bougonné-je en me disant qu'il a abandonné son poste.

– Avec Pappas, sûrement.

– Pourquoi ?

Ça paraît évident pour tout le monde, sauf pour moi.

– C'est lui qui s'occupe de ses éventuelles blessures, dit-elle en haussant les épaules, comme si tout ça était parfaitement normal. Et Gauthier n'est pas venu avec toi ?

C'est moi cette fois qui la dévisage en me demandant si elle est vraiment intéressée par mon ami ou si elle fait juste la conversation, mais elle m'ignore et se décapsule une bière.

– Il ne sait pas où je suis, ce soir.

– Pourquoi ?

Je fais comme elle et m'ouvre une bière avec nonchalance, avant de réprimer une moue écœurée quand le breuvage mousseux coule dans mon œsophage.

Qu'est-ce que c'est dégueulasse !

– Je suis pas sûre qu'il approuverait, expliqué-je en restant évasive sur la situation.

Les matchs illicites ou ma relation avec Angel ?

– Pourtant, on se marre bien, fait-elle comme si ça excusait tout.

Je lui souris en retour avant de demander :

– Tu es venue toute seule ?

– Je suis célibataire, si c'est ta question.

Elle boit une gorgée en scrutant la foule, comme si elle cherchait quelqu'un.

– Tu n'es jamais sortie... avec Isaac ? Ou... Pappas ?

J'étais à deux doigts de prononcer son prénom, et je me dis qu'il faut que je fasse plus attention. C'est la deuxième fois de la soirée que ça m'arrive. Elle se tourne vers moi et me dévisage en souriant avant de finir sa bière en quelques gorgées.

Quelle descente !

– Non. On est juste potes. Pourquoi ? Tu as des vues sur l'un des deux ?

Elle pose la question comme si elle cherchait juste à me mettre mal à l'aise et connaissait la réponse. Je m'empourpre avant de rétorquer :

– Ils sont canon, c'est tout.

Elle rit.

– C'est vrai. Et bien plus, si tu veux mon avis. Mais on est juste amis.

– OK.

La sirène du klaxon à air comprimé me fait sursauter et je reprends ma place sur mon perchoir. Le match a repris, les deux adversaires semblent passer aux choses sérieuses. Alors que je pensais qu'ils s'appréciaient et allaient y aller mollo, je constate que c'est tout le contraire : ils ne sont pas là pour faire semblant. Ils ne portent pas des gants de boxe comme j'en ai déjà vu, mais des plus fins, en cuir noir, découvrant le bout des doigts. Andreas a sûrement besoin de points sur l'arcade sourcilière et le menton, d'après ce que je vois de ma place. Il pisse le sang. Angel porte des marques sur le torse et les flancs, mais son visage a été plus ou moins épargné.

Quand il s'écroule par terre à la suite d'un crochet sur la tempe, je hurle et bondis pour contourner le bar et me mêler à la foule. Mais le temps que j'arrive jusqu'au ring en balançant des coups de coude de tous les côtés pour qu'on me laisse passer, le match a repris et Angel se défoule sur Andreas. Il est à califourchon sur son ventre et abat ses poings au niveau de son cou et de son torse, et je regarde la scène, fascinée. Je suis au plus près des boxeurs, je sens l'odeur du sang, de la sueur et de l'excitation. Je tombe à genoux, m'accroche à un poteau délimitant un coin comme si j'avais peur de tomber et scrute le visage d'Angel. Ses yeux sont fous, ils sont si sombres que je ne distingue presque plus la couleur de ses iris, je comprends que ses pupilles sont dilatées. Il est comme possédé, déchaîné, et Isaac donne des coups de klaxon pour le faire réagir mais rien ne l'arrête. Il finit par entrer dans le ring et réussit à le maîtriser par-derrière en agrippant son bras droit. Angel semble sortir de sa transe, regarde autour de lui, secoue la tête plusieurs fois et se relève en abandonnant Andreas gémissant au sol. Sa figure est beaucoup moins jolie à regarder, maintenant, et je me concentre sur Angel. Isaac lève son poing au plafond, pour déclarer sa victoire, et la foule hurle. Tandis que les gens crient, sautent de tous les côtés et acclament Hermès, je me faufile pour m'extraire de ces corps en sueur. Je me fous complètement qu'on juge mon comportement, qu'on sache que j'ai Angel dans la peau.

J'assumerai.

Mais le temps que j'arrive au bout, vers le couloir et l'entrée de la salle, les boxeurs ont disparu. Je ne réfléchis plus et ouvre la porte de la pièce où doit se trouver Angel. Je remarque tout de suite Jérémy qui fait un état des lieux mais ne déclare aucune fracture et aucun point de suture à donner.

– Je vais voir Andreas, c'est lui qui a le plus besoin de moi, dit-il en se redressant et en emportant avec lui une mallette de médecin.

Isaac me regarde un moment, indécis, puis son ami qui est assis sur une chaise, penché en avant, la tête posée sur ses avant-bras croisés entre ses genoux. Finalement, il prend la direction de la sortie.

– Je te laisse récupérer, dit-il avant de claquer la porte.

Je m'approche d'Angel et me mords la lèvre. Ses flancs commencent à se couvrir de marbrures, je n'ose même pas imaginer son torse. Comme il ne bouge pas, je m'agenouille et pose mes mains sur ses bras.

– Tout va bien? demandé-je bêtement.

Comment pourrait-il aller bien? J'ai vu ses yeux. J'ai vu la haine qu'il essayait de transmettre à Andreas. Comme s'il voulait la projeter dans son corps pour s'en débarrasser. Jamais je n'oublierai ce regard. Il n'était pas comme ça, la première fois où je l'ai vu se battre. Comme si Andreas l'avait poussé à bout et forcé à exsuder la noirceur qui le ronge. Quand il relève enfin la tête, je sens mes yeux se remplir d'émotion. Les siens sont rougis, et je suis persuadée que des larmes se mêlent à la sueur qui macule son visage. Il a un bleu sur la pommette et sa lèvre supérieure est légèrement enflée et fendue. Mes mains remontent de ses épaules à son cou, sur son cuir chevelu humide de transpiration, et il bascule un peu la tête en arrière sans me lâcher du regard. Le gris de ses yeux est de nouveau là.

– Pourquoi tu te bats, Angel?

Il ne répond pas, se contentant de me regarder. Je suis dans une position inconfortable, mais je ne bougerais pour rien au monde. Il se redresse tout à fait et m'attire à lui. Je me presse contre son torse encore trempé en essayant d'être délicate. Je l'enlace et je suis surprise quand il me rend mon étreinte fermement, me serre à m'en faire mal aux côtes. Sans desserrer l'étau de ses bras, comme s'il avait peur que ses paroles me fassent fuir, il me répond enfin.

– Il y a un monstre tapi en moi.

Je veux me dégager pour le voir, le rassurer, le contredire, mais il me retient.

– Je lui donne régulièrement à manger pour qu'il se tienne tranquille. Si je ne m'occupe pas de lui, il se déchaînera. Alors, je ne pourrai plus rien faire pour le retenir. Il sera trop tard.

Je reste statufiée face à sa révélation et ses mots poignants. Il a beau se qualifier de brute, j'ai rarement entendu un garçon prononcer des mots aussi beaux.

– C'est pour ça que je me bats, Anna. Pour ne pas le lâcher.

– Je comprends, murmuré-je, alors que c'est loin d'être le cas.

– Je n'ai pas de limite. Je ne les vois pas, ne les sens pas. Tu comprends?

Je ne réponds rien.

– Tu n'as toujours pas peur de moi?

Son ton est sérieux. Il me caresse les cheveux, je sens ses

doigts passer dedans, son menton planté dans mon omoplate. Il me tient toujours aussi fermement.

– Jamais, soufflé-je en fermant les yeux.

Cet homme me bouleverse. Me renverse. J'ai conscience qu'il vient de me faire entrer dans une brèche qui le caractérise, et je m'y faufile comme une anguille. Et même si je suis terrorisée à l'idée qu'il me brise le cœur, jamais je n'aurai peur de lui.

21

Angel
Six ans plus tôt

Il y a cette colère en moi.

Telle une tumeur, elle prend sa source dans mes entrailles, elle se loge dans mes cellules, se fond au milieu des autres pour se faire passer pour une des leurs. Chaque jour, elle grandit, se renforce. Jusqu'à tout exploser. Tout faire sauter.

De ma chambre, je regarde mon père dévaler l'escalier du perron sans se retourner. Putain de merde, je crois même qu'il accélère le pas, avant d'arriver à sa voiture. Il s'y engouffre, claque la portière. Ses bagages sont déjà dans le coffre depuis le début de l'après-midi, et j'ai la rage.

Comme si ce n'était pas suffisant d'avoir perdu Elia, le voilà maintenant qui fout le camp. J'abats mon poing sur le rebord de la fenêtre.

Quel enfoiré !

Faire ça à ma *mama*? Qui pleure son enfant morte depuis presque deux ans? Faire ça à sa femme qu'il disait tant aimer? S'enfuir comme un lâche ! Je lui ai dit qu'il n'était pas un homme, avant de foncer dans ma chambre. Il m'a crié qu'on se retrouverait, que ce n'était pas contre moi, mais je ne le crois pas. Qu'il se casse, qu'il nous laisse gérer la merde !

Il a quitté son travail il y a quelques mois, a supplié ma mère de partir d'ici. Il ne supporte plus la maison, la région, il exècre le fait de rouler tous les jours sur la route où son bébé a perdu la vie. Je le comprends ! Putain, qu'est-ce que je le comprends ! Mais ce n'est pas une raison ! Il aurait dû insister plus, la forcer, la soutenir ! Au lieu de simplement se casser !

On aurait pu croire que le fait que je marche aujourd'hui serait considéré comme un putain de miracle ? Mais non. Ce n'est qu'une injustice qu'il m'arrive de bonnes choses, parce que j'ai tué ma sœur. C'est arrivé huit mois après l'accident. J'ai vu mon orteil bouger alors que j'avais le regard dans le vide, assis comme une merde dans un fauteuil roulant que je vomissais. Alors je me suis battu. Je me suis défoncé, sans en parler à personne, j'ai tout fait pour marcher à nouveau. Pour que ma mère retrouve le sourire, pour qu'elle comprenne que la vie continue, qu'elle peut encore nous réserver des surprises. Ça m'a pris des mois. Et quand je me suis levé tout seul, devant eux, ma mère a fondu en larmes et s'est précipitée dans sa chambre, comme si me regarder était décidément trop insupportable. Mon père m'a froidement reproché de n'avoir rien dit. Comme si j'avais kiffé de rouler sur ce corbillard ambulant, comme si j'avais fait semblant tout ce temps ! Finalement, c'est passé comme si j'avais encore fait une connerie. Une de plus ! Angel qui n'en fait qu'à sa tête de petit con ! L'inconscient de la famille ! Le dégénéré !

Celui qui assassine sa propre sœur.

Je donne un autre coup sur le bord de la fenêtre, cette fois avec mes deux poings, quand la voiture disparaît au bout de la route. Je me retourne, ne supportant plus la vue des montagnes enneigées, me sentant étouffer à l'idée que je puisse marcher alors que ma sœur pourrit en ce moment même dans un cercueil.

Je frappe contre le mur avec le tranchant de ma main, encore, mais ça ne fait pas assez de bruit, alors je me propulse sur mon bureau, sur cette planche de bois soutenue par des tréteaux, qui éclate en deux sous ma fureur. Mon matériel informatique tombe au sol dans un fracas de vie brisée et j'attrape un bout de planche pour la balancer en l'air.

J'ai beau être maigrichon, mes muscles d'adolescent sportif ayant fondu pendant ma convalescence, j'ai encore de la rage à expulser, elle décuple des forces que je n'ai pas et je m'en prends maintenant à l'étagère qui croule sous mes livres, ma chaîne hi-fi, tous ces bibelots de gamin que je collectionne depuis des années. Je donne un grand coup de pied dedans et elle s'effondre au sol avec un vacarme de fin du monde. Je piétine mes possessions, tout ce qui fait de moi ce que je suis, pleure mon impuissance, hurle mon incompétence.

Je ne sers à rien, à part semer le chaos.

Quand mes poumons me brûlent, quand mes larmes me brouillent la vue, quand je sens une faiblesse dans mes jambes, je m'effondre sur le lit, les pieds au sol, le corps bancal à moitié pendant à l'extérieur, comme la merde que je suis. Je tends le bras pour ouvrir un tiroir dans ma table de nuit et en sors un paquet de cigarettes.

Si je suis incapable de monter dans une voiture sans avoir l'impression que je vais vraiment crever, je marche beaucoup. Je passe mes journées à déambuler, je me rends au village en passant par les champs, ce que j'aurais dû faire ce maudit jour d'août où j'ai condamné ma sœur. Je n'ai pas encore repris le vélo, comme si je n'en étais pas digne. Comme si je ne le méritais pas.

J'ai acheté mes premières cigarettes en ayant le besoin d'être un acteur de mes choix, aussi merdiques soient-ils. Fumer ne fera de mal à personne, à part moi. J'avais pris ma première taffe comme si je retrouvais une vieille amie, une qui m'écoutait enfin.

Entre poisons, on se comprend.

Je me redresse, pose ma tête sur le mur, balaye d'une main les cheveux trop longs qui tombent dans mes yeux. Allume ma cigarette. Aspire la fumée comme si elle seule avait le pouvoir de comprendre sans juger, d'accepter sans condamner.

Quand ma fureur est un peu retombée, après ma troisième clope, je contemple l'état de ma chambre. Une tornade n'aurait pas mieux fait le job. C'est alors que je me redresse pour sortir et peut-être aller voir comment va *mama*, que je vois du sang sur mes cuisses. Je porte un vieux jogging pourri qui était blanc à l'origine, mais d'un gris délavé à présent, avec un tee-shirt déchiré dans lequel j'ai dormi. On a beau être au mois de février, je n'ai jamais froid. Je repère alors seulement mes mains. Elles sont écorchées, il y a même une grande coupure qui va de mon poignet jusqu'à mon coude. Le sang a séché, cette entaille paraît plus profonde et je la pince entre mon pouce et mon index, comme pour la ressouder, mais je ne sens rien. Je me rassois, intrigué.

Vraiment intrigué. Je reprends mon paquet que j'ai laissé sur le lit, me rallume une cigarette, pensif. Tiens, c'est la dernière. Je tire une première taffe en scrutant mon bras, en essayant de me souvenir de la dernière fois où j'ai eu mal. Vraiment mal.

L'accident, bien sûr. Et après? J'essaye de me rappeler des sensations simples. Des fourmis dans le pied, dans la main. Une piqûre d'insecte. La brûlure dans la bouche quand on boit trop chaud et trop vite. La douleur quand on se cogne contre un meuble. Mais non. Rien. Je me rends compte que mes lèvres sont gercées quand j'ai le goût du sang sur ma langue. Je me dis que ma douche était trop chaude quand je vois ma peau rougie dans le miroir.

De plus en plus perplexe, et un peu curieux, j'aspire encore ma nicotine, excitant la pointe de ma tige qui rougeoie, puis je l'approche doucement de mon bras encore maculé de sang. Mes poils se recroquevillent, dégagent une odeur de chair grillée. J'approche encore. Ma peau semble flamboyer, prendre vie sous la chaleur qui commence à la grignoter. Je vais jusqu'à appuyer le bout sur ma peau, et une petite pique, semblable à un pincement désagréable, me fait enfin reculer. Je contemple alors le rond noir qui vient d'encrer ma peau. Je suis hébété.

Je n'ai presque rien senti.

Le lendemain, je fais des expériences. Je teste la température de l'eau sous la douche : elle est égale. Je me pince. Je vais jusqu'à me mordre la peau tendre du bras, près de l'aisselle. Mes dents s'y dessinent, mais rien. Je sors en tee-shirt jusqu'au bureau de tabac du village, il se met à pleuvoir sur le chemin du retour. De la buée sort de ma bouche, ma peau est couverte de frissons, je crois même que je grelotte. Oui, je claque des dents. Mais je ne sens pas le froid. Je me réveille le jour d'après avec la crève, mais je ne l'ai pas sentie arriver.

Au bout de trois jours, je me rends compte que je n'ai pas pensé à Elia depuis longtemps. Depuis le départ de mon père. Me faire du mal a eu l'avantage de dévier mes pensées morbides quotidiennes. Ce soir-là, je prends mon vélo pour la première fois, en mettant un blouson parce que je suis toujours malade. Je descends jusqu'au centre-ville de Grenoble, où je rentre dans un bar, un de ceux où j'allais de temps en temps avec mes potes d'autrefois, et m'installe au comptoir. Je n'ai plus d'amis à présent. Je les ai tous fait fuir avec mon humeur de merde. Logique.

Quand je suis assez bourré pour croire que mon accident et le meurtre de ma sœur n'ont jamais existé, je repars, à pied. Je déambule dans les rues éclairées, croise des groupes de gens, beaucoup, je crois que je braille comme un bébé. Je ne sais pas ce que je cherche, mais j'ai l'impression immonde d'être vide, de ne pas être là. C'est ça. J'ai l'impression d'être déjà mort.

Je ne remarque pas tout de suite que je me fais bousculer. Ils sont plusieurs, ils rient. Ils m'entourent. L'un d'eux me propulse contre un mur, dans une ruelle que je ne me rappelle pas avoir empruntée. Je ne comprends pas ce qu'ils me veulent, je n'arrive même pas à les compter tellement je suis bourré. Je reçois des claques, des insultes et je me défends mollement. J'ai beau avoir la rage, je ne suis pas un violent, j'ai juste envie de disparaître.

Qu'on me foute la paix, bordel.

Quand un type m'enserre la gorge en me maintenant contre le mur, tandis qu'un autre ouvre sa braguette, je comprends que ça pue. Vraiment. Et quand celui qui m'épingle au mur commence à me tripoter l'entrejambe de sa main libre, je vrille. Je me déconnecte de mon corps, de la scène, de ma vie. Je propulse ma tête en avant, alors que je ne me suis jamais battu de ma vie, je ressens le choc dans mon front, mais pas vraiment de douleur. Et le mec me lâche en hurlant sa mère. Les autres me fixent, médusés, peut-être parce que je suis capable de me défendre alors que je tiens à peine sur mes jambes. Je me jette sur le plus proche de moi en poussant un cri de bête aux abois, roule au sol avec lui et lui donne un coup dans les côtes en m'asseyant sur lui, puis me mets à le labourer comme s'il n'était qu'un putain de pantin entre mes cuisses.

Et c'est alors que je la ressens. Cette rage que j'expulse. Ce fiel que je déverse enfin de mes pores. Je suis gagné par une euphorie proche de la démence, je me défoule, pousse des cris inhumains, jusqu'à ce que je sois violemment projeté au sol. Je me retrouve sur le dos, sonné. Des têtes furieuses se détachent au-dessus de moi, leurs visages ne sont que des ombres dans cette ruelle mal éclairée. Et les coups pleuvent. Mais je m'en fous. Je ne les sens même pas ! Frappez-moi, bande de bâtards !

Je crois que je ris.

Je ne me suis jamais senti plus monstrueux qu'en cet instant. Celui où je comprends que je n'ai même plus la douleur physique pour me rappeler que je suis vivant.

22

Angel
De nos jours

Elle a vu. Senti. Entendu.

Elle s'est tenue au plus près de la bête enragée que je suis, à la fin du combat. Isaac me l'a dit dès qu'on s'est retrouvés seuls dans le local. Je lui avais demandé de la surveiller, d'épier son comportement avec mes amis mais aussi avec les autres, pour voir si elle était sympa, amicale, dragueuse. Sincère. Peut-être que je teste son honnêteté. Son dévouement. Peut-être que je ne suis qu'un connard fini.

Quand elle nous a retrouvés, elle n'a pas pu s'empêcher de palper mon corps en fronçant ses sourcils si singuliers, et faire les mêmes constatations que Jérémy. Je n'ai rien. Des bleus à foison, peut-être une ou deux côtes cassées, Andreas ne manque pas de puissance. Mais on s'est battus à la loyale, presque comme des pros.

Elle a fourré distraitement les billets de la vente des bières dans les mains d'Isaac dès qu'on est sortis de ma cachette, comme si elle voulait s'en débarrasser au plus vite. Elle s'est tenue à bonne distance de moi, c'est-à-dire à peine un mètre, mais je sens que c'est sa limite. Quand les gens impatients de me parler nous ont séparés pour de bon, elle s'est réfugiée derrière le bar, avec une Anaïs qui me regardait bizarrement. Comme si elle me voyait pour la première fois.

Maintenant, je bois ma bière en la scrutant de loin. On a décidé de faire la fête sur place, l'endroit étant idéal pour ce genre de soirée. Le plus gros du monde s'est rappliqué vers dix heures, il y a maintenant presque plus de filles que de garçons, et Anna a réussi à trouver des connaissances parmi la foule. Cette nana m'étonnera toujours. Je me suis fait alpaguer par des beautés plusieurs fois, on m'a même caressé les fesses par-dessus mon pantalon, mais je n'y ai pas fait attention. Je n'ai même pas vu la propriétaire de cette main baladeuse. En revanche, je crois qu'Annabelle n'a pas loupé la scène, si j'en crois le regard meurtrier qu'elle m'adresse depuis tout à l'heure. Elle est passée de mère poule inquiète à femme bafouée et verte de jalousie. C'est presque mignon à voir.

Presque.

Parce que je suis libre. Comme. L'air.

Personne ne changera jamais cet état de fait. Je ne rends de comptes à personne, pas même à une jolie secouriste au cul magnifique, aux yeux de tigresse et à la douceur d'une madone.

Je l'ai invitée ce soir sans arrière-pensée. Je ne voulais rien lui prouver, même pas lui faire peur, pour une fois. Encore moins la faire fuir. Et alors que j'avais décidé de laisser voir venir, de ne pas me prendre la tête, le monstre tapi en moi s'est déchaîné face à la maîtrise d'Andreas. Quand il a pris le dessus, quand son crochet m'a à moitié assommé, je me suis senti hurler de l'intérieur, avec le besoin de me débattre comme si on me maintenait la tête sous l'eau pour me noyer… Et le trou noir. Jusqu'à ce que le klaxon me réveille, qu'Isaac me tire en arrière, me sorte de ma torpeur. L'état d'Andreas sous moi m'a atterré, ses deux yeux étaient tellement gonflés que sa mère ne l'aurait pas reconnu.

Il aurait dû rester avec nous, après le match, pour faire la fête, mais il a préféré partir.

Pas en état.

Et maintenant, Anna-foutrement-belle m'assassine à son tour, à distance, mais contrairement aux autres, en me regardant bien en face. Andreas avec ses poings, ma mère avec son indifférence, Elia avec sa culpabilité. Et elle, là, qui discute avec mes potes...

Remonté par son attitude possessive, je divise la foule et je vois sur son visage le doute prendre le pas sur sa colère. Je contourne le bar où elle s'est réfugiée, qui croule maintenant sous des dizaines de bouteilles d'alcool et de boissons gazeuses, et je me sers un verre de gin tandis qu'elle fait comme si de rien n'était. Comme si elle ne me lapidait pas par la pensée depuis une bonne heure. Voyant la tempête s'amonceler, Anaïs prend son verre et s'éloigne sans demander son reste. Derrière le bar, c'est un peu notre carré VIP. Jérémy et Manu sont en grande conversation et ne font pas attention à nous.

– Un problème, la secouriste?

Je bois une longue rasade sans me préoccuper du goût de l'alcool que j'ingurgite. Je serais bien incapable de faire la différence entre du whisky et de la tequila. Elle croise les bras avec nonchalance et scrute la foule qui danse, boit, se dévergonde au fil des minutes qui passent.

– Pas du tout, Pappas.

Je lui sers un gin-fizz avec les moyens du bord, bien tassé, et le lui tends en me plaçant devant elle pour lui bloquer la vue et capter son attention.

– Bois, dis-je d'un ton sans appel.

Elle continue de me foutre une branlée par la pensée, et bordel, elle n'a jamais été aussi belle qu'en cet instant. Une vraie furie silencieuse. Elle s'empare du grand gobelet en carton, je finis le mien et elle boit sans s'arrêter. J'ouvre des yeux étonnés quand elle finit le cocktail sans même prendre une pause pour respirer. Je hausse un sourcil amusé.

– Ça va mieux?

– Non, répond-elle du tac au tac entre ses dents.

Je soupire et lui prends la main. Je la tire littéralement derrière moi en me foutant qu'elle se débatte et glapisse avec frénésie. J'essuie les regards étonnés des inconnus et m'engouffre dans le couloir, passe devant les chiottes encombrées de meufs qui tapent la conversation, ouvre précipitamment le local qui me servait de vestiaire tout à l'heure. Il s'allume automatiquement sur notre passage et je la balance dedans, puis claque la porte sans ménagement. La musique nous parvient toujours, mais assourdie.

– Ça va pas? hurle la blonde. Je suis pas ton chien, Pappas! Je suis pas à ta botte!

– Oh, la tigresse, tu te calmes?

Je pose ma grande main sur sa poitrine, la forçant à reculer dans le fond de la pièce jusqu'à une pile de tables contre laquelle je la plaque. Elle grimace, peut-être de douleur, et me frappe les épaules avec ses petits poings.

– Arrête de me traiter comme ça!

– Mais qu'est-ce que j'ai fait, merde?!

– Tu devrais aller trouver une de tes pétasses qui attendent leur tour, mais ça sera pas moi!

– Pardon?

– Tu crois peut-être que j'ai rien vu? Elles te sautent dessus! Mouillent rien qu'à te regarder! Te touchent en passant! T'aguichent!

– Et alors?

Soudain, sa colère retombe comme un soufflet et ses yeux s'emplissent de larmes.

– Écoute, dis-je plus doucement en plaçant mes mains au niveau de sa nuque.

Elle tourne la tête sur le côté, certainement pour résister à mon attraction. Je sens l'électricité entre nous de manière presque douloureuse. Je caresse ses épaules, comme si je la massais, et ce geste semble la calmer. Un peu.

– Il y a une sorte de tradition, c'est vrai.

– Une tradition? crache-t-elle en rallumant le feu dans ses iris.

Cette fille dégaine sa jalousie plus vite que son ombre.

– Après le *fight*. Il y a toujours un after. Et les femmes savent que je suis *open*, que je cherche...

– Que tu cherches quoi, hein? À tirer ton coup?

Je ne réponds rien et elle semble suffoquer.

– Lâche-moi, Pappas!

Elle se remet à se débattre.

– Pourquoi? Pour que tu fasses un scandale? Que tu crèves les yeux à une pauvre fille? Tu te comportes comme une gamine!

– Je savais pas que tu aimais baiser les gamines!

Elle voit qu'elle est allée trop loin. Elle se statufie contre moi et la panique défile dans ses prunelles. Tout à coup, elle n'a plus rien à dire. Je la sens chercher ses mots, elle bafouille.

– C'est pas...

– Ta gueule.

Maintenant, c'est moi qui la pulvérise de mes prunelles incandescentes. Les lumières automatiques s'éteignent et elle pousse un petit cri étranglé quand on se retrouve dans le noir complet. Mes mains claquent sur ses hanches et elle gémit. Je suppose qu'on est trop loin pour déclencher l'allumage.

– C'est moi qui décide qui je baise ou pas.

Je faufile ma main dans son pantalon par-derrière et trouve son petit cul rebondi. Elle se tortille et je passe avidement devant pour la déboutonner. Ses doigts caressent mon torse tandis que je baisse le pantalon sans douceur, entraînant sa culotte avec. Je dégage une jambe en me penchant rapidement, fais voltiger une bottine et laisse l'autre jambe à moitié habillée, le pied chaussé. Puis je me plaque contre elle, faisant vibrer la pile de tables, mon érection forçant le passage de mon caleçon et de mon pantalon de combat. Elle vient rapidement passer ses mains sous l'élastique pour trouver mon membre tendu à l'extrême, que sa fougue et notre altercation ont terriblement chauffé, et se met à me branler. Je déchire sa chemise, empoigne ses seins et mes lèvres retrouvent rapidement le chemin jusqu'à sa bouche.

– Et t'as rien à dire. C'est compris?

Je glisse ma main devant, trouve son sexe offert, humide, étroit. J'engouffre un doigt, elle s'accroche d'une main à mon épaule, de l'autre à mon sexe, et relève sa jambe nue comme si c'était plus fort qu'elle. Comme elle ne dit rien, j'enfonce un autre doigt, bouge en elle, la secouriste gémit et me lâche en bas pour se suspendre à mon cou. Bordel, elle est trempée et ça m'excite à un point! J'empoigne son cul et la soulève, elle s'enroule autour de ma taille. Je la pétris, m'aventure même entre ses fesses écartelées et elle pousse une plainte étouffée, mélange d'appréhension et d'excitation.

– Et celle que je décide de baiser ce soir, c'est toi, Anna, chuchoté-je tout contre sa bouche.

J'ai le pantalon à moitié baissé sur mes cuisses, je guide mon gland juste à l'entrée de sa petite chatte, et je commence à faire de petits allers-retours presque frénétiques, avant de m'enfoncer jusqu'au fond sans prévenir. Bordel. Elle s'accroche, gémit, écarte les cuisses pour m'accueillir encore plus et je la pilonne sans pudeur, comme pour la punir.

Je n'appartiens à personne. Il est temps que ça rentre.

Mais alors que je veux lui donner une leçon, lui prouver que je suis libre et que je suis le seul à avoir le droit de décider de ma vie sexuelle, je me surprends à l'embrasser avec passion, à la caresser avec addiction, à la pourfendre avec une allégresse proche du délire. Ma queue ne m'appartient plus. C'est Anna qui la possède, pour le temps que durera notre étreinte. J'ai une main sous son cul, l'autre dans ses cheveux, je tire, je pousse, je tremble, je grogne, je ne suis plus là, je suis dans un autre monde. On est dans le noir, on ne se voit pas, on ne peut pas lire sur le visage l'émotion de l'autre, et pourtant je me sens connecté à elle comme jamais je ne l'ai été jusqu'à présent. Je la sens se contracter, se relâcher, se cambrer, me recevoir toujours plus loin en elle. Son don de soi est beau, sa jalousie est avalée par notre fureur, par notre décadence. Je marmonne en grec, lui dis des mots que je ne suis pas sûr de comprendre moi-même. Je lui avoue qu'elle est belle, si douce, que son corps est mon salut, et plein d'autres conneries. Je ne sais pas pourquoi je parle autant quand je baise avec elle, jamais je n'ai fait ça avec les autres. Mais en même temps, jamais je ne me suis autant lâché, avec qui que ce soit. Pas dans une telle intimité.

Quand je me bats, j'étale le pire de moi aux yeux de tous. Mais maintenant, en entrant en elle, c'est comme si je lui confessais le meilleur.

Je la pénètre de plus en plus fort, sentant que je vais éclater d'une minute à l'autre. Elle glisse ses mains sur mes fesses et plante ses ongles dedans pour m'inciter à y aller plus vivement, et je sens son sexe se contracter autour du mien. Elle jouit en poussant des cris, plus puissants que d'habitude, peut-être parce que je ne peux pas la voir, décrypter ses expressions faciales, et je viens à mon tour, en glissant ma langue dans sa bouche, je me sens me déverser en elle comme si je voulais la marquer à jamais. C'est si bon que je la tiens longtemps contre moi, que je respire encore la senteur de ses cheveux, que j'enfouis mon nez dans son cou.

Et puis je percute.

– Merde…

Je me recule en la tenant contre moi, puis me retire en la faisant glisser au sol.

– Putain de merde ! Quel con !

Je remonte mon pantalon, en colère contre moi-même, ma stupidité, mon impatience. Je me dirige vers l'entrée du local et les lumières s'allument.

– Qu'est-ce qu'il y a ? demande la voix timide d'Annabelle.

Elle se protège les yeux de cette agression soudaine, puis les baisse sur ses jambes à moitié dénudées. Ma semence qui coule déjà sur ses cuisses est le témoin de notre inconscience.

– Oh… dit-elle simplement en remettant son jean et sa culotte correctement.

Et c'est tout. Elle ne dit rien de plus. Elle se rhabille en fixant le sol.

Je capte soudain pourquoi c'était si bon. Je n'ai jamais couché sans mettre une capote, sauf peut-être la première fois où j'étais trop bourré pour m'en soucier. Et surtout pour m'en souvenir. Même ivre mort, je mets toujours une protection. Je me sens con, j'ai l'impression de l'avoir salie, souillée, trahie. Je fourrage dans mes cheveux, me frotte vigoureusement le cuir chevelu, tourne en rond, réfléchissant à ce qu'on va faire. Quand j'arrête de m'agiter comme un lion cherchant à s'évader de sa cage, je la contemple enfin, qui est plus ennuyée d'avoir une chemise immettable que d'avoir fait n'importe quoi.

– Peut-être en faisant un nœud… fait-elle distraitement en entortillant le bas de sa chemise.

Je m'approche d'elle, abasourdi par sa réaction.

– T'as compris qu'on vient de s'envoyer en l'air sans capote ?

Elle est échevelée, ses yeux sont encore brillants de l'extase qu'on vient de partager, sa bouche est rougie de l'urgence de nos baisers.

Qu'est-ce qu'elle est belle...

– Parce que t'as pas l'air de percuter, insisté-je.

Je dois avoir l'air d'un fou, à côté de son apathie. Je m'assois sur une chaise et elle se place devant moi. Je contemple son ventre, puis le haut de ses seins, que la chemise nouée ne dissimule pas tout à fait, et je me dis que je ne veux pas qu'elle se montre dans cette tenue. Elle retrousse sa manche et me montre son bras.

– J'ai un implant, explique-t-elle.

Je fixe, hébété, le petit tube sous sa peau. Elle le fait rouler sous ses doigts et, fasciné, j'en fais autant. C'est la première fois que j'en vois un, même si j'ai entendu parler de ce moyen de contraception.

– Je l'ai depuis presque deux ans. C'est quand j'ai eu mon premier petit copain. Ma mère ne voulait pas que je prenne des risques avec une grossesse, et je suis trop tête en l'air pour la pilule. J'allais l'enlever, je ne le supporte pas très bien. Je pense que j'ai bien fait d'attendre...

Je lève les yeux sur son visage. Merde, j'ai encore envie de me perdre en elle.

– Et qu'est-ce qu'il s'est passé?

– Comment ça?

– Pourquoi c'est pas devenu plus sérieux, avec ton mec?

– Il a voulu aller trop vite... Brûler des étapes.

Je la regarde, sidéré par son aveu. C'est bien la même fille qui est venue me trouver pour que je lui prenne sa virginité? Elle doit sentir mon aberration, parce qu'elle se croit obligée d'ajouter :

– J'avais 16 ans, Angel...

– D'accord, mais... Et les autres saloperies, hein? Tu y penses? Les MST?

– Ça t'arrive souvent de… coucher sans protection?

Elle a hésité, comme si elle allait dire « faire l'amour » et je souris malgré moi.

– Non.

Elle ne dit rien, et j'ajoute :

– L'année dernière, ils ont fait un grand dépistage gratuit du sida dans le quartier où j'habitais. Avec Isaac, on y est allés, presque comme pour relever un défi.

Elle le cache, mais je vois bien qu'elle est soulagée. Je l'attire à moi en plaçant mes mains sur ses hanches et comme si elle lisait dans mes pensées, elle s'installe à califourchon sur moi. Plonge ses doigts délicieux dans mes cheveux. Embrasse ma tempe.

– Donc tu es clean?

Je grogne en réponse en sentant mon sexe s'éveiller à nouveau. *On peut baiser sans capote? Oh, merde…*

– On fera attention, la prochaine fois, dit-elle alors que je passe mes mains dans son dos, sous sa chemise inutile.

Je me recule sur le dossier pour la regarder en face.

– Pardon? Pourquoi?

– Si tu te souviens, tu n'es pas mon copain. On ne va pas coucher ensemble sans protection.

Elle semble s'amuser profondément de ce retournement de situation. Je grommelle. Lui retire le bout de tissu qui lui sert de chemise.

– Qu'est-ce que tu fais?

– Hors de question que tu te balades avec ce bout de tissu.

Je me redresse en la soulevant dans mes bras, puis la repose à terre. Je récupère mon sac de sport laissé là et farfouille dedans. Je jure en rencontrant la boîte de capotes et en retire le tee-shirt que je portais en arrivant. Je le lui lance au visage avec ma délicatesse légendaire.

– Tiens, mets ça.

Elle le hume discrètement, mais pas assez, avant de l'enfiler. Je mets mon sweat à mon tour. C'est assez comique de la voir nager dans mes vêtements mais elle est toujours renversante. Quand elle place la masse de ses cheveux blonds sur le côté, celui marqué par la vie, je m'approche et l'embrasse. Je pose mon front sur le sien, chasse sa chevelure dans son dos. Il s'écoule un moment avant que je n'ouvre la bouche :

– Arrête de te cacher. Tes cicatrices font de toi celle que tu es aujourd'hui. Sois-en fière. Tu es belle, Anna.

Son air est grave, mais elle résiste à son émoi. Ses lèvres tremblent. Puis les lumières s'éteignent à nouveau. Et comme aucun de nous n'esquisse un geste, on reste dans le noir. Je m'enhardis.

– On porte tous des cicatrices, Anna.

Je souhaite rester comme ça indéfiniment. Dans un espace réduit où on peut se toucher sans se voir, où on peut tout se dire sans avoir peur d'être jugé.

– Certains les exposent plus que les autres, c'est tout.

– C'est ce que tu fais, Angel? Quand tu te bats? Tu exposes tes cicatrices?

J'ai envie de la toucher, de l'embrasser, mais je sais que si je bouge, le charme sera rompu. Elle doit avoir la même pensée.

– Mon cœur est bouffi de cicatrices, ma belle. Elles te feraient peur, crois-moi.

– Tu as oublié que je n'ai peur de rien?

J'esquisse un sourire.

– Montre qui tu es, Anna. Arrête de te cacher, répété-je, comme si je voulais lui graver les mots dans son cerveau. Ose être qui tu es.

Je la sens se déplacer, si doucement que les lumières automatiques ne la détectent pas.

– Et je suis qui, Angel ?

Elle est si proche que je sens son haleine sur mon visage.

– Je suis quoi ? Même pas ta copine.

Je craque et fonds sur sa bouche, nos lèvres s'effleurent, se reconnaissent, se nouent, les lumières éclatent autour de nous et je l'enserre comme si je voulais l'étouffer avec ma seule force, croisant les bras dans son dos.

– Arrête de cogiter, Anna ! Tu es trop sérieuse. Arrête de te prendre la tête.

Je l'embrasse encore, mes doigts sur sa taille se plantent dans sa peau, la faisant éclater de rire contre ma bouche. Elle se tortille et se débat, essaye de me rendre la pareille mais je la serre si fort qu'elle ne peut même pas insérer une main entre nous.

Pourquoi j'essaye de la faire rire ? Alors que je suis si mal placé pour donner des leçons ! Je suis bien le premier à ressasser mes malheurs, me complaire dans ma merde. Après tout, je vois régulièrement ma sœur décédée et je m'occupe d'une femme qui m'accuse d'être responsable de sa mort.

Mais elle, je ne veux pas qu'elle soit triste. Elle ne mérite pas la peine ou la douleur. Que ce soit celle de l'âme ou celle du corps. Je ne veux pas lui faire de mal.

J'espère que j'en suis capable.

23

Angel

Ça fait des semaines que je vois régulièrement Anna, et on commence à avoir nos habitudes. Je prends mon téléphone pour lui envoyer un texto, comme chaque samedi avant de partir pour mon *fight*.

[Tu veux qu'on se voie avant,
ou on se retrouve sur place?]

Je finis de faire mon sac quand sa réponse me parvient.

[Peux pas ce soir, désolée.
Peut-être un autre jour?
Bisous.]

Hein? C'est quoi ce bordel?

Interloqué, je mets quelques secondes avant d'insister. Ça ne lui ressemble pas de ne pas m'accompagner, encore moins de ne me fournir aucune explication.

[Pourquoi?]

[Je t'expliquerai plus tard.]

Et puis quoi, encore?

Je m'empresse de composer son numéro, mais elle ne décroche pas. De plus en plus remonté, je recommence, et elle décroche juste avant la mise en route du répondeur.

– Oui?

– Pourquoi tu m'évites?

– Je ne t'évite pas, je n'ai juste pas eu le temps de répondre.

Je grogne. Je ne la crois pas, elle le sait.

– Alors pourquoi tu ne viens pas?

Je la sens nerveuse et hésitante au bout du fil, et putain, je déteste ça. Elle est en train de m'embobiner ou je ne m'appelle pas Hermès!

– Dis, je n'ai pas droit à une vie privée, Pappas?

Une colère sourde monte en moi, si vite que je ne parviens pas tout de suite à parler, tant elle obstrue ma trachée. Je m'étouffe d'indignation.

– Très bien! Reste chez toi!

Et je lui raccroche au nez. Sans plus m'attarder dans mon taudis, je plante les écouteurs dans mes oreilles ; après un signe de tête à Isaac, je pousse mon vélo hors de la salle et l'enfourche sans douceur. J'ai une petite heure de route à faire pour arriver chez Andreas. Il vit dans une ferme isolée, dont la vieille grange nous sert de salle de *fight*. Andreas est d'accord pour m'aider à m'échauffer, ce soir. On restera sur place pour notre petit after.

Je sais que je n'ai pas vraiment le droit d'être en colère. Je suis libre, non? Elle aussi, hein? Alors pourquoi j'ai cru, l'espace d'un instant, qu'elle était à moi? Qu'elle devait me suivre partout où j'allais? Et depuis quand j'en ai quelque chose à foutre? Tout ça, c'est sa faute. À force de venir régulièrement, de m'offrir ses bras, son corps, sa voix, je m'y suis habitué. J'ai commencé à guetter le bruit de ses pas sur le sol bétonné de mon squat, j'ai envie de la voir, de scruter ses traits, de provoquer ses émotions.

Je veux qu'elle s'impose. Qu'elle me force à l'accepter. Pourquoi? Pour ne pas admettre que j'en ai envie? De la voir, de la toucher? De l'entendre me raconter sa journée, ses cours? C'est tellement plus simple de laisser faire les choses, de laisser couler sans intervenir. Sans m'investir.

Mais voilà. J'ai commencé à l'attendre. À être heureux, oui, heureux à la simple idée de la retrouver certains soirs. Quand je vais voir ma mère, je ne prends plus autant à cœur le fait qu'elle ne me regarde pas. Je n'entends plus ses accusations de la même manière, parce que mon esprit divague ailleurs, là où toute cette merde n'existe pas. Je fais ce que j'ai à faire, et je me barre. Je n'attends plus rien d'elle, de toute façon. Maintenant que l'anniversaire de la mort d'Elia est loin derrière nous, elle semble s'être calmée un peu. Il arrive qu'elle soit sobre, quand je passe le dimanche. Enfin, autant qu'on peut l'être quand on boit une bouteille de gin par jour. Disons qu'elle a un peu dessoûlé.

Que fait Anna? Est-ce qu'elle sort avec Gauthier et n'ose pas me le dire? On avait dit pas de faux-semblants! Pas de mensonges! Mais si elle est un vrai livre ouvert, elle ne sait pas mieux dissimuler ses états d'âme par téléphone. Elle n'ose pas me dire ce qu'elle va faire. Elle a préféré me mettre en colère plutôt que de l'avouer.

Très bien!

Je constate avec effarement que je suis déjà arrivé alors que je suis parti depuis à peine une demi-heure. Je ne me souviens même pas de la route. Je longe un chemin caillouteux et entends de la musique. Je me dirige directement vers la grange, balance mon vélo dans un tas de foin, contre un mur, et entre sans plus attendre.

Andreas est là, il discute avec une belle brune aux cheveux qui lui tombent au ras des fesses. Quand tous deux tournent la tête pour me voir entrer, je sais tout de suite que c'est sa sœur. Ils se ressemblent trait pour trait. Il m'adresse un haussement de sourcils étonné, elle un sourire amusé.

– Déjà là, Pappas ? L'appel du sang, hein ?

J'esquisse un demi-sourire en matant sa frangine. Elle a des formes là où il faut, et elle sait qu'elle est belle. Sa manière de se déplacer le confirme, elle croise ses longues jambes moulées dans un collant opaque et nous observe.

– Tu peux t'échauffer avec moi ? Maintenant ?

– Ouais, je me change, je reviens.

Il s'éloigne et je regarde la sœur droit dans les yeux.

– Moi aussi.

Je me désape en gardant mon boxer moulant et elle me lèche du regard pendant toute l'opération. Ça fait longtemps que je n'ai pas été sensible au regard d'une autre femme sur mon corps, et bizarrement, j'en ressens une gêne que je dissimule en lui tournant le dos. J'enfile mon pantalon de combat et mes gants. Andreas nous rejoint avec deux bouteilles d'eau.

– Oh ! Faut pas vous gêner ! Pappas, tu touches pas à ma sœur !

– Et la sœur a un nom ?

– Jimena, répond l'intéressée sans rien perdre du spectacle.

– Jim, t'as pas des trucs de gonzesse à faire ? T'épiler, par exemple ?

Elle lui fait un doigt d'honneur sans me lâcher du regard.

– Tu crois que j'ai envie d'être ailleurs ? Alors que ma maison va être pleine de testostérone ? Je suis célibataire, au fait, ajoute-t-elle à mon intention.

– Rien d'étonnant, avec ton caractère de merde !

– Ta gueule, Andreas !

Je me marre et les remercie mentalement. J'ai arrêté de cogiter. Je saute sur le ring qu'Andreas a préparé, un espace d'au moins vingt mètres carrés, un peu surélevé par rapport au reste. Je constate qu'il a dégagé la grange de tout son matériel, et que la lumière sera largement suffisante pour les matchs de la soirée.

– Ça te fait rire, toi ?

Comme je ne réponds pas et commence à faire des pompes, il me tourne autour.

– Je te jure que si tu touches à un de ses cheveux…

– Elle a l'air assez grande pour savoir ce qu'elle fait, non ? Et puis arrête de me menacer, ça me donne juste envie de te faire chier…

Il se met à sautiller sur place, en frappant son poing dans sa main, puis en changeant de côté.

– Tu sais qui tu affrontes ce soir, Pappas ?

Comme je ne réponds pas, il reprend :

– L'Ukrainien. Celui qui est passé dans le journal local.

– Je vois pas. Je lis pas ces merdes.

– Ouais, ben t'aurais dû. Apparemment, Vitali est un champion dans son pays.

– Ah, et qu'est-ce qu'il fout là, alors ?

– J'en sais rien et on s'en branle. Tout ce qui compte, c'est que c'est une bête.

Je me redresse pour effectuer un petit footing sur place. Mais de toute façon, avec le temps passé sur le vélo, j'ai déjà pas mal échauffé mes muscles.

– Moi aussi.

– Crois-moi, à côté du mec, t'es un bisounours.

Je vois sa sœur, derrière lui, qui me fait un signe avant de se détourner, peut-être pour être sûre que je materai son cul engoncé dans une petite jupe moulée quand elle quittera la grange. Andreas se retourne à ce moment-là, et quand ses yeux se reportent sur moi, ils sont tout sauf amicaux.

– Après tout, vas-y, elle ne fera qu'une bouchée de toi.

Je ricane avant de prendre place en face de lui. On commence doucement mais il n'en a pas fini avec moi.

– Et puis, comme ça, ça me laissera le champ libre.

– Ah? demandé-je en faisant mine de ne pas comprendre où il veut en venir.

S'il veut me déstabiliser, ça ne marchera pas!

– Ouais, je croyais que la blonde était chasse gardée, mais d'après ce que je vois, c'est plus le cas. Et ça tombe bien, j'adore le côté prude.

Comme je ne réagis pas, sauf en attaquant un peu plus vivement, il continue :

– Tu sais bien, le genre de meuf qui porte des petites culottes plutôt que des strings, mais qui se met gentiment à genoux quand tu lui demandes…

Je grogne en tentant de ne pas répondre à son attaque verbale.

– Oui, si tu t'en fous, je me ferai un plaisir de mettre mon…

– Ta gueule!

Je lui décoche un crochet dans le flanc qu'il esquive, et enquille à nouveau avec une série de *jabs* qui le fait grimacer.

– Garde ta puissance pour tout à l'heure, p'tit con!

– Ferme ta gueule, Andreas!

– Tu crois duper qui, avec Anna? Pourquoi vous vous cachez?

– Ça te regarde pas!

J'enchaîne les jeux de jambes, les crochets et les uppercuts sans m'en rendre compte, à l'instinct, et je remercie chaque jour Eric d'avoir su m'apporter l'équilibre qu'il me manquait. Jusqu'à ce que la blonde se pointe et fasse pencher la balance.

– Elle est où, d'ailleurs, hein? Y a de l'orage dans l'air?

Je vois rouge. J'imagine Anna en train de sortir avec ses propres copains, ceux de son âge, ceux qui ne sont pas morts à l'intérieur. Je l'imagine en train de flirter ou de se faire draguer. Et j'envoie un direct en plein dans son œil. Andreas hurle en reculant et m'insulte en espagnol.

– Très belle langue. Tu devrais t'en servir pour trouver une meuf, tu te sentirais moins seul.

– Connard !

Il crache à mes pieds mais reprend sa position.

– Fini de jouer, Pappas.

– Enfin.

Je ne sais pas combien de temps on reste comme ça, à s'affronter, avec plus ou moins de brutalité, mais quand Isaac arrive et m'interpelle à plusieurs reprises, je mets un moment à redescendre sur terre. Et je me fais royalement insulter.

– Mais quels cons, je te jure ! Vous avez pas pu vous en empêcher, bande de malades !

J'avoue que j'ai du mal à ouvrir un œil et Andreas a une arcade qui saigne. La même que l'autre fois. On se regarde, pas vraiment désolés, comme deux frères qui se font engueuler après une bagarre fraternelle. La vérité, c'est que je kiffe de me battre avec lui. Il est comme moi, il ne fait pas semblant.

– L'Ukrainien va te défoncer, c'est tout ce que tu mérites !

Il continue de m'injurier en sortant de la grange, suivi de près par Andreas qui tente de dédramatiser la situation. Moi, je cherche mes clopes dans mon pantalon laissé sur une chaise. Je m'en allume une, en me demandant si une étincelle pourrait faire cramer la grange. À part dehors, où j'ai laissé mon vélo, il n'y a pas de paille dans les parages.

Je sors dans la nuit. Des voitures commencent à arriver, à se garer dans un champ voisin et le long de la route. Je m'adosse, en sueur, au mur de la bâtisse et regarde le sol tout en aspirant ma cigarette. Jimena, je m'en fous. La seule que je voudrais voir n'est pas là.

Isaac avait raison. Les deux premiers challengers, à qui j'aurais dû mettre une branlée, me font voir trente-six chandelles. Quand arrive le tour de l'Ukrainien, j'ai la tête qui tourne et je me fais avoir comme un bleu par une série d'attaques que je n'ai pas vues venir. Il pare mes enchaînements, me laisse rarement en placer une et me met hors combat en cinq minutes à tout casser.

Je me sens terriblement con.

Quand Vitali est déclaré vainqueur de ce duel, j'ai le sentiment d'avoir trahi Isaac. Je me suis laissé emporter par ma rage avec Andreas et j'ai foutu en l'air notre cession de combat.

Alors je bois pour oublier. Je ne me change même pas, je m'effondre au bout d'un moment sur un canapé, d'où j'ai une vue dégagée sur une fête dont je me suis exclu tout seul. Il me semble qu'une brune m'accompagne à la bouteille, ou pas. Est-ce Jimena ? Je crois que je mate un couple en train de baiser, ou c'est peut-être dans ma tête. Peut-être que je suis en train de m'imaginer en train de faire l'amour avec ma secouriste.

***

Je me réveille dans un canapé avec un goût de gerbe dans la bouche. J'arrive à peine à me lever, je titube jusqu'à une salle de bains, au rez-de-chaussée, et me mets à poil pour prendre une douche. Comme je ne connais pas la robinetterie, dans le doute, je n'allume que le robinet de l'eau froide.

Manquerait plus que je me crame.

Même si je ne sens pas vraiment les gouttes froides crépiter sur ma peau, cette douche me fait un bien fou et m'aide à dessoûler.

Je renfile mon caleçon et pars à la recherche de mes affaires. Je trouve mon sac de sport à côté du canapé, là où Isaac l'a certainement laissé. Il prend toujours soin de moi, même quand je ne le mérite pas. Je m'habille et cherche mon téléphone. Pas de message.

Et puis merde !

Sans rien dire à personne, je récupère toutes mes affaires et trouve mon vélo dehors. Il pleut, pour changer. Je prends le chemin de Grenoble dans le silence, puisque mon portable n'a pas assez de charge pour tenir une heure de route. Je fais un long détour avant d'arriver chez ma mère. Je me prends le bec avec elle, elle m'insulte et je pars en claquant la porte et en la traitant d'ingrate. Comme d'hab.

Sur le retour, je passe devant la maison d'Annabelle et m'arrête, tel un *stalker*, derrière un arbre qui borde l'avenue. Je m'allume une clope et fixe les fenêtres.

C'est trop compliqué de dire simplement pourquoi ? Pourquoi tu ne pouvais pas être avec moi ?

Eh merde ! Ça ne va pas du tout ! Merde merde merde !

J'éjecte ma cigarette à peine entamée d'une pichenette et remonte sur mon vélo. J'arrive chez moi trempé et reprends une douche. Le soleil se couche quand je me décide à avaler un truc, une boîte de gâteaux qui traîne ; je me fais un café et retourne dans ma chambre. J'ignore mon portable qui sonne, regarde quand même qui c'est, et en lisant le nom d'Isaac, j'insulte mentalement ma blonde.

Fait chier, la secouriste !

***

Quatre jours. La petite chieuse a mis quatre jours pour enfin venir me voir. Je suis en train de ranger des affaires qui traînent sur le canapé quand elle passe le seuil de la porte, avec quand même un air un peu contrit sur le visage. Et moi, ça fait quatre jours que je ne décolère pas. Oui, j'ai l'air d'un con. Même Eric a préféré me laisser tranquille, voyant que je n'étais bon à rien. Il est parti après une heure à peine d'entraînement. Alors quand je la vois pénétrer dans mon squat avec un sourire timide, j'ai très envie de l'envoyer bouler !

Je fais semblant de ne pas remarquer qu'elle porte les cheveux attachés, pour une fois, et que ça lui va très bien. Son visage est mis en valeur et ses yeux paraissent plus grands encore. Je l'ignore, fais semblant de ranger, farfouille dans le placard de la cuisine tandis qu'elle avance à petits pas mesurés, ne sachant pas comment se comporter. Elle opte finalement pour l'attaque.

– Bon, si tu préfères, je me casse ?

Bien malgré moi, mon estomac se crispe sur ces mots et je grogne comme un ours mal léché. Je me retourne pour la regarder, et je me retiens de tendre les bras pour qu'elle vienne s'y nicher. Pour ne pas être tenté, je les croise sur mon torse.

– Non.

– Oh. Mon. Dieu. Il sait parler.

Je réprime un sourire et fronce les sourcils, toujours muet. Alors elle reprend :

– Je te rappelle quand même que c'est toi qui m'as raccroché au nez.

– Tu l'avais mérité, ajouté-je en sachant que ce n'est pas vrai.

– Sérieux ? C'est ton excuse ?

– Ouais.

Elle s'avance jusqu'au bar qui nous sépare et pose son sac dessus. Je remarque que ce n'est pas le même que la dernière fois. Un détail insignifiant. Elle soupire et attend. Je craque le premier.

– Pourquoi, Anna ? Pourquoi tu ne pouvais pas venir ?

– Mais je comprends pas, pourquoi c'est si important?

– Ce qui est important, c'est que tu ne réponds pas à cette simple question.

– J'avais mes règles! gueule-t-elle comme si ça ne demandait qu'à sortir.

Je suis tellement ahuri que j'en reste bouche bée. Elle détourne la tête, honteuse, l'air de retenir ses larmes.

– Pardon?

– Voilà! T'es content?

– Mais… commencé-je. Je comprends pas, ça fait quoi?

– Eh bien, on peut pas… faire l'amour.

– OK, et alors?

Je me retiens quand même de lui dire que les deux ne sont pas incompatibles. Ce n'est pas vraiment le moment.

– Alors, tu m'as clairement fait comprendre qu'on se voit que pour le cul! Et que si on peut pas coucher ensemble, je vois pas pourquoi je viendrais te voir. C'est comme ça que ça marche, avec toi?

Je m'approche d'elle et pose ma main sur son poignet, par-dessus la table.

– Non, mais… Pour quoi tu me fais passer? Je suis pas un monstre!

– Ça te fait passer exactement pour ce que tu n'es pas… mon copain!

Elle me crache ces mots en plongeant son regard tremblant dans le mien. Puis des larmes coulent sur ses joues.

– Anna…

Je contourne le bar sans la lâcher et me plante face à elle, prêt à la recevoir. Je réfléchis un moment avant de continuer.

– Tu m'as dit que tu ne jugeais pas sur les apparences, tu te rappelles?

Elle opine, ne comprenant pas où je veux en venir.

– Parfois, il faut se fier aux apparences, murmuré-je comme un secret.

Comme elle ne saisit toujours pas et qu'elle ne bouge pas d'un iota, je la tire à moi. Quand j'ouvre mes bras, elle ne résiste pas et se blottit contre mon torse. Je l'enferme avec ma force et ma volonté de la préserver.

– Je ne te montre pas que ça me fait plaisir de te voir?

Elle soupire, comme si elle me respirait, avant de répondre :

– Oui, pour le cul.

– Non, pas que, Anna. J'aime bien te voir chez moi. Te savoir là, à partager un moment avec moi. Tu crois que je câline mes plans cul en matant un film sur l'ordinateur?

Elle se redresse comme si je l'avais giflée. Elle arme ses prunelles et tire.

– Justement, tes plans cul... J'ai peur de ce que tu vas faire, si je ne te donne pas... ce que tu veux.

– Pardon?

– Si je ne viens pas quand tu me le demandes, ou lors d'un combat... Est-ce que tu vas te jeter sur une autre fille, Angel? Est-ce que c'est déjà fait?

Je sens que prononcer ces mots est difficile, elle a un hoquet silencieux qu'elle dissimule difficilement. Je pense à Jimena et à la façon dont j'ai voulu la draguer pour me prouver quelque chose. Au fait qu'on a bu toute la nuit ensemble, bien que le souvenir soit assez flou dans mon esprit. Je suis cependant certain de ne pas avoir couché avec elle. A-t-on échangé des baisers? Je n'en sais rien. Et franchement, je m'en fous.

– T'es en train de me dire quoi? Que tu veux qu'on soit exclusifs?

– C'est déjà fait, Angel? T'es déjà allé voir ailleurs?

Comme je ne réponds pas, je la sens frémir de fureur et son

regard me transperce de part en part. Elle recule mais je la rattrape par le poignet, dans un geste désespéré pour la retenir, alors que je voudrais tant qu'elle s'éloigne de moi. Ce serait tellement plus simple qu'elle disparaisse, tout bonnement. Tout est si compliqué depuis que je l'attends, depuis que je la désire, depuis que je ne vois plus qu'elle. Elle me comble tout en me vidant de ma quintessence.

Je pense à la bande de Marcello qui n'en a certainement pas fini avec elle, est-ce qu'elle serait plus en sécurité si on arrêtait de se voir? À ce moment-là, je préfère lui mentir. Je préfère qu'elle croie que j'ai couché après mon *fight* avec une nana sans intérêt, plutôt qu'elle continue à m'implorer silencieusement de l'aimer. Parce que je ne sais pas faire.

Putain, je ne sais pas faire.

Mon silence vaut pour un aveu, elle donne un grand coup avec son coude pour se dégager de ma poigne, et je ne la retiens pas. Je dois avoir l'air coupable alors que je ne suis pas son petit copain et que je n'ai rien à me reprocher. C'était pourtant clair! Alors pourquoi je me sens comme une merde? Pourquoi je veux lui dire que je l'ai dans la peau?

– Tu me dégoûtes!

– J'ai jamais été ton mec!

– C'est très clair!

Des larmes jaillissent de ses cils et dès cet instant, elle perd toute sa hargne. Toute la misère du monde semble se concentrer dans ses yeux et un spasme lui secoue la poitrine, qu'elle repousse dans toute sa fierté. Sa voix glaciale me brise le cœur.

– Tu as gagné. Je ne remettrai plus jamais les pieds ici.

Elle fait quelques pas en arrière en regardant le sol, sans plus oser poser les yeux sur moi. Je la scrute, comme si je voyais au ralenti le pire de mes cauchemars prendre vie, et je sais que je pourrais me réveiller à n'importe quel moment, pourtant je ne fais rien. Elle fixe toujours un point invisible et se retourne définitivement. Se détourne de moi, plus blessée que jamais. Quand elle franchit le seuil et que je me retrouve seul avec moi-même, seul avec mes merdes, seul avec ce silence et ce vide qui m'engloutit, je panique. Je fais un pas en arrière, avant de donner un coup de poing dans le bar qui s'écroule sous le choc, puis je vrille.

Je quitte mon squat comme un fou et me mets à courir, avec le sentiment que je vais mourir. Je brûle mes poumons comme je l'ai rarement fait, je ne cours pas pour l'endurance ni pour les performances. Je cours pour ne pas crever. Après avoir fait un long détour qui me laisse harassé sur le trottoir, je me retrouve devant la maison de la secouriste, en nage. Sa voiture est garée à l'arrache dans la rue, elle n'a même pas pris le temps de la rentrer dans l'allée.

Je reste longtemps debout, à quelques mètres de sa propriété, à hésiter. La sueur coule abondamment de mon visage sur mon tee-shirt collé à ma peau. Je sais qu'elle sera mieux sans moi. Je sais que je suis toxique, que je ne vaux rien, et surtout, que je ne la mérite pas.

Assassin.

Complètement vidé, me sentant tellement inadapté dans ce monde, je retourne au squat, avec une démarche de robot, comme si chaque pas modifiait un peu plus ma substance. Je fonce droit dans ma chambre, je ne passe même pas par les douches. Dégueulasse, puant la transpiration et la déchéance, je tombe sur le lit. Allongé sur le ventre, je passe en revue les moments partagés avec la skateuse.

Ce n'était rien.

Je ferme les yeux, refoulant l'extase, les sourires, les non-dits, parfois plus intenses que les mots. Je renie la flamme dans les tripes, celle qui ne brûle que pour elle, celle qui me rend vivant, éveillé au monde, enfin à ma place.

Ce n'était rien.

Les moments partagés devant un film ou à se regarder comme s'il n'y avait que nous dans une salle bondée de monde. Cette alchimie qui fait crépiter mon corps quand elle s'approche, pire, quand elle me touche. Putain, quand elle passe ses doigts dans mes cheveux…

Ce n'était rien.

Son odeur sucrée, la douceur de sa peau, le velouté de ses courbes, la finesse de ses traits, le son de son rire, le poids de son corps, la délicatesse de ses mouvements, le vert de ses yeux, la tendresse de ses lèvres, de sa langue, l'amour dans le fond de ses iris.

C'était tout.

***

Pour la première fois de ma vie, je n'arrive pas à sortir du lit. J'ai faim, je pue, je me sens minable. J'ai blessé la secouriste en lui faisant croire qu'elle n'est pas assez, alors qu'elle est beaucoup trop. Ça me tue, ça me dévore, ça me creuse.

Plus je la vois, plus je veux lui faire regretter d'être toujours là. Lui prouver que je ne suis qu'un minable. Je ne suis pas un homme pour elle, je ne vais lui apporter que des ennuis. On vient de deux mondes différents, moi je déverse la violence et la honte, elle, les sourires et l'insouciance. Je ne veux pas la détruire, je ne veux pas blesser son âme si belle, si pure.

Je sais que j'ai pris la bonne décision.

Elle ne reviendra pas.

Elle me déteste.

Rien qu'à cette idée, je sens la nausée envahir ma trachée et je sors enfin du pieu pour aller gerber dans les vestiaires. Si elle savait que quand elle n'est pas là, je me sens inutile ! Que tout m'est égal, même les nanas qui se déhanchent devant moi après le *fight*... Sans elle je n'ai pas envie de rire ou de m'amuser, juste boire à m'en faire griller les neurones. Parce que rien n'a de sens si elle n'est pas là pour me regarder. Pour m'encourager, me soutenir. Pour me rendre vivant.

Je passe enfin sous le jet et me rince comme si je ne m'étais pas lavé depuis des jours, je frotte jusqu'à faire rougir ma peau, puis, sur une impulsion, je sors de la cabine et fonce droit dans le salon où je trouve mon téléphone. Toujours à poil, j'appelle Isaac qui décroche à la seconde sonnerie.

– Quand tu peux.

Et je raccroche. Pas besoin de longs discours, Zac me connaît par cœur. Le temps de m'habiller et de remettre sur pied mon bar que j'ai renversé la veille et le voilà qui débarque, avec des cernes sous les yeux qui doivent bien valoir les miens.

D'un signe de tête, on se place de part et d'autre du sac de frappe et je commence à éjecter de mon être cette merde collante qui coule dans mes veines.

Droite, droite, crochet, *kick*, recul, uppercut.

– Plus fort, Pappas !

Plus fort.

Encore.

Je frappe comme si c'était mon propre visage que je démolissais sous mes poings, je ne suis qu'un connard, qu'un asocial qui va crever tout seul après avoir détruit tout ce qui est beau autour de lui.

Plus fort !

Je ne contrôle plus rien, pour la première fois de ma vie, je frappe avec une haine que je déverse dans ce sac de cuir, je me déconnecte complètement pour m'évader loin dans les montagnes.

– Pappas !

J'aurais préféré crever, putain, j'aurais dû crever avec ma sœur !

Pardon Elia, pardon !

Pardon maman.

Pardon Annabelle.

Tous les muscles contractés par l'effort, par la démence, j'expulse, encore et encore, mais ce n'est pas assez, alors je pousse un cri de rage, d'impuissance, mes cordes vocales se brisent, je tombe, toujours plus bas, comment c'est possible ? Où est l'enfer ? Ou alors, j'y suis déjà ? Alors pourquoi je suis toujours là ?

– Pappas…

Je continue, aveugle, de frapper. Je ne sais faire que ça.

Frapper.

Semer le chaos.

La destruction.

***

Je suis sur le canapé. En tenue de sport, trempé, comme si je venais de courir sous la pluie. Penché en avant, je suis du regard les gouttes qui tombent sur le béton de mon squat pourri. Parfois elles sont pourpres, et je sais que c'est du sang qui coule d'une blessure je ne sais où. Je n'ai même pas la force de remuer pour vérifier.

De toute façon, je m'en fous.

– Tu veux rien me dire ?

La voix de Zac derrière moi est étrange, presque enrouée. Je l'entends se déplacer, allumer le robinet de la cuisine, boire. Ouvrir le frigo, y prendre des bières qui s'entrechoquent. Puis il revient face à moi et les pose sur la table basse mais je ne le vois toujours pas.

– Qu'est-ce que tu veux que je te dise?

– Tu peux commencer par m'expliquer pourquoi tu pètes un câble, aujourd'hui?

Enfin, je redresse la tête. Elle m'élance immédiatement, tout tourne autour de moi, et je ferme les yeux. Je m'essuie la bouche avec le bras, avise la bouteille fraîche devant moi et l'attrape d'une main tremblante. Mes doigts sont écorchés, sanglants, et je décapsule ma bière avec le briquet qui traîne, je n'ose pas regarder. Les dégâts que j'ai causés, encore.

– Tu m'as fait peur, sur ce coup.

Je bois une gorgée en basculant la tête en arrière et en scrutant mon frère. Putain, il a une sale gueule. Il était comme ça, quand il est arrivé? Avec un œil éclaté et une lèvre fendue? Bien sûr que non. C'est encore mon œuvre.

Ma création.

– C'est à cause de samedi?

– Quoi, samedi?

– Du fait que tu t'es pris la première branlée de ta vie? À cause certainement d'une blonde qui n'était pas là? Ou alors on parle du fait que tu as été incapable de baiser Jimena qui s'est presque foutue à poil pour toi?

Merde. Je voulais pas savoir jusqu'où j'étais allé.

– Andreas ne m'a pas tué avant?

– Il était occupé ailleurs.

Je tente de plaisanter, mais j'ai tout sauf envie de rire.

– Mais non, c'est pas ça, réfléchit-il à voix haute. On s'est vus depuis, pour l'entraînement, et ça allait. Enfin, pas pire que d'habitude. Qu'est-ce qui s'est passé? Encore ta mère?

Je rencontre ses yeux d'une teinte étrange, et secoue

imperceptiblement la tête, incapable pour le moment de verbaliser la haine que je me porte. Du moins, pas plus que d'habitude, comme il dit. Alors on boit en silence. Enfin, je lâche sans prévenir :

– C'est la secouriste. Je l'ai chassée pour de bon.

Les yeux de Zac se plissent et il pose sa bière sur la table avant de dire le fond de sa pensée.

– Connard.

Je me place dans la même position que lui, nos visages ne sont plus qu'à une dizaine de centimètres.

– C'est toi qui dis ça?

– Exactement.

– Tu te fous de moi?

– Pour une fois que tu vibres pour autre chose que tes *fights*, tu fous tout en l'air.

Je serre les poings contre mes cuisses. On ne va pas encore se battre, quand même!

– Tu me fais chier, Isaac.

– C'est toi que tu punis. Toi seul. Il n'y a pas que la souffrance dans la vie, tu sais?

Non, je sais pas!

– Même quand tu baises, tu ne prends pas ton pied, pas tellement.

La ferme, la ferme!

– Mais elle, elle a quelque chose. Je sais pas ce que vous fricotez, mais je ne suis pas aveugle. Tu dégages un truc quand elle est dans la même pièce, je pourrais même pas le décrire, j'ai jamais vu ça.

Il me coupe le souffle, il vient de me balancer un *back-fist*[1] verbal en plein dans mon estomac qui se contracte. Je n'ai rien avalé depuis si longtemps que je ne me souviens plus de mon dernier

1. Coup porté du revers du poing.

repas. Il sort une clope du paquet sur la table entre nous et tapote sèchement le filtre sur le bois avant de la porter à ses lèvres.

– Alors je répète : connard.

Puis il allume sa cigarette et souffle la fumée sur mon visage, mais je reste toujours statique. Je suis complètement vide, de mots et de rage. Je prends à mon tour une tige que je taquine longtemps entre mes lèvres avant de l'allumer, sans bouger de ma place. On se jauge en silence.

– Tu comptes rester un connard toute ta vie?

– Tu me fais vraiment chier, Zac.

– J'espère bien.

Et il se lève, rassemble ses affaires et se casse sans un regard en arrière. Avec juste quelques bleus et blessures en plus. Je bondis à mon tour pour aller dans la cuisine et allume le robinet, me penche pour y boire avidement. Puis je gagne les douches, me déshabille et me place sous le jet dans un état second.

Au fond, je ne veux pas la perdre.

Elle m'est devenue aussi nécessaire que ce besoin de frapper, comme l'antithèse de ma colère. J'ai besoin d'elle pour me sentir apaisé. Je n'ai pas envie de la blesser, de lui faire croire qu'elle ne compte pas.

Connard.

Je m'habille en vitesse, récupère mon portefeuille, mon portable et sors du squat en pressant le pas. Au lieu de courir après ma vie, comme ça me démange, je marche doucement en réfléchissant à toutes les conneries que j'ai faites jusque-là. On peut parfois être très fort pour se pourrir la vie, mais est-ce que c'est vraiment ce que je veux? Même en étant un raté?

Est-ce que je veux faire du mal à Annabelle?

Je ne voulais pas d'elle dans ma vie, mais elle y est entrée. Je ne voulais pas m'attacher, mais le mal est fait.

C'est trop tard.

Quand je reconnais sa rue, je ne suis pas plus étonné que ça et m'adosse un long moment au muret en face de sa maison. Je repense aux propos d'Isaac, allume une clope et fixe la fenêtre qui donne sur la rue. Puis j'écrase la cigarette contre un poteau et crache une dernière fois la fumée avant de traverser la rue, de pousser le portail comme si j'étais chez moi et de monter l'escalier du perron.

Là, j'hésite encore. Est-elle au lycée? Ses parents sont-ils là? Sont-ils au courant de notre dispute? Ont-ils envie de me scalper et d'enterrer mes restes dans la Chartreuse? Je suis à deux doigts de reprendre une cigarette quand la porte s'ouvre doucement. Le visage d'Annabelle apparaît, sans aucun maquillage, les cheveux relevés comme la veille, et mon cœur s'émiette à nouveau. Ses yeux sont gonflés et rougis, elle n'ose pas me regarder et fixe le sol devant elle.

– Qu'est-ce que tu veux? demande-t-elle d'une voix éteinte.

– Je ne veux pas que tu aies mal.

– C'est trop tard.

Je serre les mâchoires et les poings avant d'articuler :

– C'était clair dès le début, entre nous.

– C'est pour ça que tu es venu? Pour me dire que je ne suis qu'une idiote naïve?

– Mais non! C'est juste que…

– Que quoi?! crie-t-elle en me coupant la parole et en faisant un pas dehors. Tu me dis que seuls les actes comptent, puis cinq minutes après, que tu as couché avec une autre!

Oui, je suis un minable. Mais je refuse qu'on me mette sur le dos des exploits que je n'ai pas commis, je fais assez de conneries comme ça.

– J'ai rien fait.

– Quoi? s'étrangle-t-elle de fureur.

– J'ai rien fait samedi!

– Mais tu as dit…

– Je n'ai rien dit! Je n'aime pas les étiquettes, tu le sais! Tu veux quoi? Qu'on se tienne la main dans la rue? Qu'on aille au resto?

– Non…

Elle lève le visage, perdue, et croise enfin mes prunelles. Je n'ai jamais été aussi sincère qu'à ce moment-là, et j'espère que c'est suffisant. Elle poursuit :

– Je veux juste savoir qu'il n'y a que moi.

Comme elle voit que je ne réagis pas, elle change de tactique.

– Tu aimerais que j'aille voir ailleurs? Que je me fasse draguer?

Tout mon corps se crispe sur ces derniers mots et j'expire bruyamment en faisant craquer mes doigts. Elle le remarque et s'engouffre dans la brèche.

– Tu te fous que j'embrasse un autre que toi? Que je lui donne ce que tu m'as donné?

Ma respiration s'accélère. Si je peux mettre un crochet à Andreas pour qu'il la ferme, je ne peux évidemment pas faire de même avec Annabelle. J'ignore sa grimace de colère et me rapproche d'elle, mais elle recule.

– Alors tu t'en fous? On fait ça? On sort chacun de son côté, et on ramène des plans cul!

– Arrête, chuchoté-je comme si j'allais craquer.

– Mais tu sais quoi? Moi, je suis pas comme ça.

La voix d'Annabelle se casse et ses larmes coulent à nouveau.

– Si je vais voir ailleurs, Angel, ça sera pour trouver ce que tu refuses de me donner…

– Je veux pas que tu ailles voir ailleurs!

Elle est soudain sur ma bouche, son souffle se mêle au mien, elle me frictionne le crâne avec ses doigts et je gémis en la serrant dans mes bras. On s'embrasse comme deux sauvages, comme deux affamés, comme deux condamnés. J'ai le sentiment de respirer à nouveau, de ressentir la faim et la soif à nouveau. Je la plaque contre le mur du perron et lui vide l'air de ses poumons en l'écrasant. Elle pousse un gémissement plaintif et je me recule pour la regarder.

– Tu es très belle, comme ça. Les cheveux attachés.

Elle sourit sous le compliment et lève le menton.

– Tu as un coquard, dit-elle enfin en touchant du bout du doigt l'œuvre d'Andreas.

– J'ai perdu, samedi...

– Pourquoi?

– Je crois que j'avais pas envie de faire semblant.

Elle trace le contour de mes tatouages sur mon crâne fraîchement rasé et se mord la lèvre avant de demander :

– Faire semblant de quoi?

– J'étais déçu que tu ne sois pas là. Je croyais que tu allais sortir avec tes copains. Rencontrer un mec normal.

– Pourquoi je ferais ça quand je t'ai, toi?

Je l'embrasse du bout des lèvres, puis notre baiser s'enflamme et quand ses mains se faufilent sous mon pull, je lâche dans un grognement :

– Je t'interdis de coucher avec un autre.

Elle se cambre, comme si mes mots bruts l'excitaient.

– Mais je suis toujours pas ta copine, c'est ça?

Ma main droite se faufile sous son pantalon, rencontre la peau soyeuse de ses fesses. Nos yeux se trouvent et se sourient.

– T'as tout compris.

– Et toi, Angel?

– Quoi, moi?

Je fais exprès de ne pas comprendre où elle veut en venir, bien sûr. Parce que je ne m'explique pas ce que je m'apprête à dire, ce que je suis sur le point de lui promettre. Elle attrape ma lèvre inférieure entre ses dents et tire légèrement dessus. Quand elle recommence et mord un peu plus fort, je sens une pulsion qui me vient du fond du ventre. Je la plaque contre le mur un peu plus violemment en posant ma main sous ses seins, puis je remonte sans me soucier de lui faire mal à la poitrine, remonte encore le long de sa gorge, de son cou, enroule mes doigts autour de sa nuque et mon pouce se pose sur sa joue. Puis sur sa lèvre. Elle entrouvre la bouche et je me penche sur son visage, sans pour autant l'embrasser. Je fais glisser mon index entre ses lèvres et elle l'aspire voluptueusement.

Merde, qu'est-ce que j'ai envie d'elle.

Je crois que je n'ai jamais bandé aussi fort pour une femme. Plus que son corps, c'est son âme que je désire posséder. Je veux qu'elle soit mienne, je veux l'absorber tout entière avant de la rendre à la vie, marquée à jamais. J'ai conscience des pensées incohérentes qui traversent mon cerveau déglingué tandis qu'elle ferme les yeux et repousse mon doigt à l'extérieur d'elle. Alors c'est ma langue qui vient la supplier.

– Dis-moi, murmure-t-elle entre deux baisers.

Je pose mon front sur le sien, mes mains effleurent ses hanches sans la brusquer. Elle pose ses coudes sur mes épaules, arrive à me caresser la tête dans cette position et elle sait que ça me rend fou, je ne vois pas d'autre explication. C'est de la manipulation pure et simple. Je ferme les yeux.

Je t'ai dans la peau, Anna.

– Je ne veux personne d'autre que toi.

Le pire, c'est que j'en pense chaque mot.

24

Angel

Je continue de voir Elia, même si sa petite tête fâchée est désormais carrément accusatrice. Comme si elle me reprochait de ne penser qu'à être heureux sans elle. Elle apparaît le plus souvent quand je suis seul et que je n'ai rien pour me distraire. Alors je prends mon téléphone et envoie des textos à Annabelle pour qu'elle apaise le brasier que ma frangine cherche à allumer dans mon cerveau.

Je préfère quand c'est la secouriste qui l'allume dans mon caleçon.

J'essaye d'espacer mes visites chez ma mère, mais chaque fois que je débarque chez elle, c'est toujours plus crade que la dernière fois. Elle aussi me punit de la délaisser. Je pense qu'elle fait même exprès de salir ses vêtements, de mettre de la bouffe partout, histoire que je ne vienne pas pour rien. J'ai retrouvé des traces de sang sur le tapis du salon, mais elle a refusé de me dire d'où il venait. Elle n'a pas voulu non plus que je l'emmène chez un docteur, histoire de faire un check-up. Je me demande si je peux l'embarquer de force, mais ce n'est pas une solution non plus.

Je ne sais pas ce qu'il se passe dans sa tête, mais ça fait deux fois que je viens et qu'elle ne me traite pas d'assassin. Elle fait toujours la gueule, refuse de me regarder, mais ne m'insulte pas. Peut-être est-ce dû à mon coup d'éclat de la dernière fois, quand je lui ai dit que bientôt, il ne lui resterait vraiment plus personne? Parce que je ne la regarde plus, moi non plus? Elle comprend peut-être que j'en ai vraiment ma claque. Peut-être qu'elle commence enfin à assimiler que je ne serai pas toujours là, même pour elle.

Je la quitte ce dimanche après-midi sans claquer la porte, pour une fois, et prends le chemin du retour sur mon vélo. Je roule un moment sur cette avenue désormais familière et m'arrête devant la maison d'Annabelle. Je lui envoie un message et sors une cigarette de ma poche pour fumer en attendant une réponse. Sa voiture est là, j'aperçois un bout de carrosserie à travers les lattes du portail fermé. Je pose mon vélo contre le muret, en face de sa maison, replie une jambe pour m'adosser confortablement, et aspire ma nicotine en sentant l'odeur de la pluie qui stagne malgré le rayon de soleil qui traverse les nuages gris. L'averse est passée, mais il subsiste une humidité dans l'air que je sens à peine. Je remarque juste que mes fringues collent à ma peau. J'ai fait comme tout le monde ce matin : j'ai mis un manteau. Mais j'ai très envie de le dégager, j'ai l'impression d'étouffer après ma course à vélo. Si je n'ai toujours pas conscience de la température extérieure, celle de mon corps m'échappe complètement. C'est Isaac, au courant de mes problèmes, qui me rappelle la plupart du temps s'il faut que je porte un blouson ou un tee-shirt. Je ne ressens pas le froid, mais je peux choper la crève. Malgré tout, j'ai de bonnes défenses immunitaires puisque je suis rarement malade.

Je recrache la fumée quand j'aperçois Gauthier qui sort de chez elle, un skate à bout de bras. Je bloque un instant, mais mon étonnement fait place à la stupéfaction quand je le vois faire quelques pas dans la rue et pousser le portail de la maison voisine. Merde alors!

J'aspire fort sur ma tige pour passer mes nerfs, et Annabelle débarque dans la rue, portant une veste coupe-vent remontée dans le cou, un jean, des baskets et son skate sous le bras. Son air juvénile me prend aux tripes, comme chaque fois que j'ai le loisir de l'observer à son insu. Parce que quand ses yeux se posent sur moi, elle se métamorphose. Elle devient une femme. Désirée et désirable.

Elle fait quelques pas sur le trottoir, cherche un instant du regard avant de me trouver, à quelques mètres de là. J'écrase mon mégot sur le muret avant de le balancer d'une pichenette dans la rue.

– Arrête de faire ça!

Je sais qu'elle déteste que je jette mes mégots n'importe où, elle a un côté militant pour la nature. Je la scrute, fermé, pas très amical, tandis qu'elle traverse la route et se plante devant moi. Elle a noué ses cheveux en un chignon décoiffé qui lui donne l'air d'une femme d'affaires débordée. J'attends qu'elle soit assez près pour encercler ses mâchoires de mes mains et l'attirer à moi. Je l'embrasse doucement, c'est presque une caresse sur ses lèvres délicates. Je sais que je touche sa cicatrice, dans son cou, mais je ne la sens pas. Pas vraiment.

– Gauthier est ton voisin? attaqué-je sans préambule.

– Bonjour, Angel, murmure-t-elle en se blottissant contre moi.

Je craque et l'enlace, la serrant fort.

– Bonjour, Annabelle. Que foutait Gauthier chez toi?

– On a fait un tour de skate, c'est tout. Et, oui, c'est mon voisin depuis plus de dix ans, on est amis, mais tu le sais déjà, hein?

Je grommelle. Je viens juste de réaliser à quel point ils sont proches.

Amicalement ET physiquement.

– On fait un tour? demande-t-elle en se détachant de moi.

– Comment? ironisé-je. Moi sur mon vélo et toi sur tes roulettes?

– Bien sûr. T'as peur que je te mette la pâtée?

Elle n'attend pas ma réponse et saute sur son skate. Elle file à toute allure en direction du centre-ville et je m'empresse de retrouver ma selle et de donner quelques coups de pédale pour la rejoindre. Même s'il est évident qu'elle ne fait pas le poids avec ma bécane, je dois dire qu'elle maîtrise parfaitement son engin. Elle va vite, sait freiner, tourner, sauter les obstacles.

Elle rigole, me dit que j'ai des traînées de boue dans le dos, alors quand je passe devant une flaque, je fais exprès de rouler dedans pour faire gicler l'eau sale sur elle. Elle hurle d'effroi quand l'eau la trempe jusqu'à la poitrine, et je ne peux pas m'empêcher de rire de la tête qu'elle fait. Je ne sais pas pourquoi j'agis comme un gamin insouciant, ni pourquoi j'essaye de la faire marrer. Et surtout, pourquoi j'aime ça.

Le son de son rire.

Il fuse de sa bouche jusqu'à mon estomac, ricoche à l'intérieur et me réchauffe comme rien ne l'a jamais fait jusqu'à présent. Je pensais que je ne sentirais plus jamais ce sentiment physique, celui d'une douce brûlure dans les entrailles, comme quand on boit un alcool bien fort. Et c'est quelque chose d'immatériel qui me le procure. Un rire.

Je la regarde, plein de curiosité, tandis qu'elle frime et saute une dizaine de marches qui mènent à une place étrangement bondée pour un dimanche pluvieux. Je la suis en me mettant debout sur mes pédales, songeur.

Je m'arrête devant une fontaine, pose mon vélo et m'assieds sur le rebord encore mouillé. Quand Anna remarque que je ne la suis plus, elle fait demi-tour et vient freiner devant moi.

– Déjà fatigué?

Avec un demi-sourire, je l'attrape par le bras et la tire à moi. Elle abandonne son skate qui glisse à un mètre de là avant de se stabiliser. Elle s'accroche au tissu de mon manteau au niveau des bras et me regarde en haussant un seul sourcil perplexe.

– Tu fais quoi?

– Je te regarde.

– Ah? Pourquoi?

Mouvement d'épaule ignorant. Je l'attire encore. Elle se laisse faire quand j'écarte les cuisses pour qu'elle vienne se caler au plus près de moi.

– Et là, tu fais quoi?

– Je t'embrasse…

Elle enroule ses bras autour de mon cou et vient se plaquer contre moi. Elle répond à mon baiser avec frénésie, désespoir presque, et je prolonge le moment au maximum. Puis elle s'écarte légèrement et j'en profite pour chercher une clope dans une poche latérale de mon manteau.

– Le monde ne te gêne plus? dit-elle l'air de rien.

J'allume ma cigarette en regardant autour de moi. Les gens se tiennent par la main, se déplacent en groupe, se parlent, s'interpellent, rient.

– M'en fous, je connais personne.

– Et si tu voyais Isaac? Anaïs?

Elle se décale pour se placer à côté de moi sur le bord de la fontaine mais ne s'installe pas. Elle se contente d'y caler ses cuisses et de croiser les bras.

– Tu m'embrasserais encore? insiste-t-elle.

Je souffle la fumée loin devant moi.

– Rien ne m'empêchera de t'embrasser, la secouriste. Arrête de te prendre la tête. Je fais juste ce que j'ai envie de faire, OK? Tu devrais en faire autant.

Elle reste quelques instants silencieuse, semble plus d'une fois sur le point de dire quelque chose quand elle se lance enfin :

– D'accord, alors si je te dis que mes parents s'en vont ce soir? Pour une semaine?

– Hum.

Je ne vois pas vraiment où elle veut en venir.

– Ouais, et?

– Et j'aurai la maison pour moi toute seule.

Comme je ne réagis pas plus, elle insiste :

– Toute seule. Dans mon grand lit.

Je ferme les yeux et soupire.

– Va droit au but, Annabelle.

– Je veux que tu viennes chez moi, pour changer.

Je contracte les mâchoires, ne sachant pas vraiment ce que ça signifie. Elle ne veut quand même pas qu'on crèche ensemble pendant tout ce temps?

– Toute la semaine?

– Non, juste une nuit ou deux. Ou plus, si tu veux. Mais j'ai des projets demain soir avec Gauthier. Et je sais que tu as tes entraînements la journée. J'ai juste pensé qu'on pourrait se rejoindre le soir...

J'ai très envie de m'en griller une autre, mais je résiste. Je fume un peu trop. Annabelle se déplace pour se lover de nouveau entre mes bras.

– Voilà ce que j'ai envie de faire... dit-elle au creux de mon cou.

– Alors tes désirs sont des ordres.

Je n'en reviens pas d'avoir accepté de dormir chez elle. Mais après tout, un lit est un lit, non?

***

La première fois que je pénètre dans sa maison, en sachant ce qu'on va y faire, mon pouls s'emballe malgré moi. Je ne me sens pas à ma place dans cet environnement opulent, même s'il reste modeste en apparence. Je suis un étranger. Ses parents savent-ils qu'elle m'a invité? Que j'existe, simplement? Et puis, qu'est-ce que ça peut me faire?

Elle m'ouvre la porte en souriant de toutes ses dents. Son bonheur presque enfantin me tire un sourire alors qu'elle me fait entrer. Elle porte un pull rouge, un pantalon de style jogging noir mais moulant, et je ne vois pas la marque de sa culotte sur ses fesses. Elle est en chaussettes et repousse nerveusement des mèches blondes derrière ses oreilles en se reculant. Quant à moi, j'avance en scannant chaque détail de son intimité.

La première et seule fois où je suis venu, j'étais persuadé que je ne remettrais jamais les pieds dans cette baraque. Et maintenant, j'y entre en sachant que cette fille qui vit là m'a harponné comme un vulgaire poisson. Tous les jours, elle tire sur la ligne pour me ramener à elle. À la fin, va-t-elle me bouffer ou me rejeter à la mer?

– Tu peux laisser ton sac là ou le monter dans ma chambre.

– Plus tard.

Je le délaisse sur le parquet, retire mon blouson et elle me le prend pour le suspendre près de la porte. Je la suis dans le salon, lance un coup d'œil à la cuisine en ordre. Tout est propre, rien ne dépasse, pourtant le mobilier et les plantes donnent un côté cocon et rassurant qui me détend aussitôt. Je cherche par réflexe mes cigarettes dans ma poche arrière puis laisse tomber.

– Tu as faim? demande-t-elle en s'installant sur le canapé. Ma mère m'a préparé des repas pour toute la semaine. Je n'ai qu'à les réchauffer.

Mon cœur se serre. Ma propre mère n'aurait jamais fait ça, même quand tout allait bien dans notre vie. Chez nous, c'était plus « chacun pour soi ». Je comprends maintenant pourquoi Elia s'accrochait tant à moi, tout le temps. J'étais plus que son frère.

Un peu son idole, beaucoup son refuge.

Merde, pourquoi je pense à elle maintenant?

– Je peux ranger le vélo dans le garage? Je veux pas me le faire piquer.

– Bien sûr.

Annabelle se relève pour prendre le bip dans la cuisine et ouvrir l'ouverture automatique du garage en se penchant à une fenêtre. Purée, elle a un cul d'enfer. Je m'empresse de ranger ma bécane et retourne dans la maison.

Pourquoi, quand je me retrouve dans un lieu familial, je pense à ma sœur?

Pour faire taire ces idées idiotes, j'enlace Annabelle qui m'attend dans le couloir. Je l'embrasse en enserrant sa taille de mes deux mains, elle se cambre pour me voler de la chaleur qui se dégage de mon torse et de mes cuisses.

– Bonjour, toi, dit-elle en fourrageant dans mes cheveux.

– Salut. Tu veux faire quoi?

Elle hausse les épaules, me prend par la main et m'entraîne dans le salon. Elle se laisse tomber dans le canapé et me supplie du regard de me joindre à elle. Ce que je fais avec plaisir. Je me sens décalé dans cette maison, j'ai peur de casser un truc, de salir.

– On peut faire quelque chose de simple pour manger? proposé-je. Des pâtes?

Je la sens frissonner dans mes bras et je crains qu'elle n'ait froid. Je la rapproche de moi, elle plonge son nez dans mon cou. Elle me force à m'allonger tandis qu'elle se cale entre le dossier du canapé et moi. Je retire mes chaussures, passe mon avant-bras sur mes yeux, comme souvent quand je sens une situation m'échapper. Je ne sais pas ce que je fous là, alors que je ne veux être nulle part ailleurs.

Étrange, hein?

– Je ne cuisine pas, dit-elle tout à trac.

– À cause de ton accident ?

Elle ne répond pas, ce n'est pas la peine. Je peux comprendre, je n'ai pas foutu les pieds dans une voiture depuis des années.

Enfin, pas sans être conscient.

– Moi, je peux le faire.

– Ah ?

– Bien sûr. Tu me crois toujours aussi con, hein ? Même pas capable de faire cuire des pâtes ?

– Ça va pas de dire ça ? C'est juste que pour une fois qu'on est chez moi, je veux m'occuper de toi.

Elle bascule sur moi mais je n'ose toujours pas ouvrir les yeux.

– Pour changer…

Je ressens un truc bizarre d'être ici avec elle. Ça me bouleverse, et je ne comprends pas pourquoi. Est-ce que ça semble trop normal ? Trop naturel ?

Annabelle se met à embrasser mon cou, passe une main aguicheuse sous mon sweat et suit du bout des doigts les muscles de mon ventre, de mon torse, remonte jusqu'à mon épaule. Elle m'embrasse doucement sur les lèvres, comme si elle ne voulait pas me brusquer, alors que je me cache toujours avec mon bras. Ma main libre vient d'elle-même se poser sur ses fesses, et je me rends compte tout à coup qu'elle ne porte pas de culotte. Je l'empoigne, de mes deux mains cette fois, et elle me sourit quand je pose enfin mes yeux sur son visage.

– Tu te rattraperas, dis-je dans un sourire entendu.

Elle comprend le message et ondule sur mon corps, me faisant durcir de plus en plus. Je ne peux pas m'empêcher de glisser une main sous son pantalon pour vérifier sa tenue. Putain, elle est toute nue dessous. Son air canaille m'achève et je la retourne dans un geste souple ; elle se retrouve sous moi et je suis à deux doigts de basculer du canapé. Je la ramène correctement, pour la bloquer de mon corps.

Je réalise que j'arrive de mieux en mieux à compartimenter ma vie privée et mes *fights*. J'avais peur que le fait de m'attacher à Annabelle ne m'apporte que des emmerdes, mais pour le moment, elles semblent loin. J'ai complètement occulté la bande à Marcello, que je n'ai pas vue traîner sur le campus depuis un moment. Je sais de source sûre que le chef est en taule, je présume que les autres se tiennent à carreau pour le moment. On ne se croise pas souvent, de toute manière, Marcello ratisse les quartiers Sud pour son trafic, tandis qu'un autre dealer, Valentin, celui qui me vend mon herbe, a hérité du campus et de ses étudiants, plus au nord. Depuis que je ne vis plus chez ma mère, je ne suis plus au courant de leur entente et, franchement, je m'en branle. Tant qu'il oublie Annabelle… Je me dis souvent qu'il va réapparaître comme la foudre qui frappe un soir d'orage, mais je ne peux pas passer ma vie à l'attendre. Alors je fais avec en attendant.

Oui, pour le moment, il n'y a que du plaisir à côtoyer cette secouriste qui me bouffe des yeux comme si j'étais la huitième merveille du monde. J'arrive même à relâcher un peu ma garde, avec elle. Surtout quand elle me fait l'amour, en témoignent les mots grecs qui sortent impulsivement de ma bouche. Avant, je parlais tout le temps dans ma langue maternelle avec ma famille, et ça me manque. Quand je vois ma mère, elle me parle en français, toujours, comme si pour elle notre passé n'existe plus. Je ne comprends pas non plus ce détail, puisqu'elle est obsédée par la mort de sa fille. Elle aurait dû se raccrocher à ceux qui restent, non?

Et voilà que je pense encore à elles! Peuvent pas me foutre la paix, un peu?

J'embrasse Annabelle plus passionnément, autant parce que ses caresses réveillent mon ardeur que pour éloigner mes pensées parasites. C'est encore une chose sur laquelle j'avais tiré un trait. En ne ressentant pas la douleur, je pensais être définitivement hermétique à toute perception, même une simple caresse. Je ne m'attardais jamais avec les nanas que je baisais parce que je savais que je ne ressentirais rien, et je ne voulais pas en faire la constatation, encore et encore. Le savoir était amplement suffisant. Et pourtant…

Et pourtant, quand ma secouriste m'effleure, je sens chaque terminaison nerveuse de ma peau s'enflammer. Oui, je sens ses caresses, comme si on ne m'avait jamais procuré du plaisir en me touchant. Est-ce que cette sensation est différente depuis mon accident ? Sûrement. Mes souvenirs d'avant s'estompent, je n'en garde qu'une saveur amère. Annabelle me les fait redécouvrir, chaque jour qui passe. Elle est mon exhausteur de goût.

Je crois que je me suis fait une raison. J'ai eu beau la repousser de toutes mes forces, quand elle a débarqué dans ma vie, elle persistait à s'imposer, à venir chez moi, à forcer le passage. Elle m'a fait sa proposition ridicule pour qu'on soit quittes et qu'on puisse repartir chacun de son côté, et c'est tout le contraire qui s'est passé. Elle a foré en moi, s'est infiltrée, puis s'est claquemurée. Et, comme la rage et la haine qui se disputent la place au plus profond de moi, elle a fait son nid. Elle est chez elle.

Oui, je me suis fait une raison.

Je ne veux pas la laisser partir. Je commence à m'habituer à son regard sur moi, j'en ai besoin. Il me rend vivant, il me donne envie de me battre, mais aussi d'être tendre avec elle. D'être profondément humain. Sa seule présence dans mon squat adoucit mes cauchemars, mon caractère, les côtés acérés de mon cœur. Et ma seule certitude, tandis que je cherche à lui enlever son pull, c'est que je ne la chasserai plus jamais. Elle ira où elle veut.

Alors qu'elle est en soutien-gorge, j'embrasse ses côtes, descends mes mains sur son pantalon pour le lui retirer, et je rencontre un objet qui frotte sur mon menton. Je baisse les yeux sur son nombril et j'y découvre un piercing en forme d'étoile. Je relève la tête pour l'interroger du regard, elle s'est mise sur ses coudes et m'observe à son tour. Elle se mord la lèvre inférieure et ce simple geste me fait frémir, en bas.

– Anaïs m'a donné une adresse. Elle est venue avec moi, quand je l'ai fait.

– C'est où ? demandé-je simplement.

– Le tatoueur de la place aux Herbes.

Je ne réagis pas, c'est lui qui m'a fait les tatouages sur le crâne et les mains. Il a une hygiène irréprochable.

– Pourquoi tu as fait un piercing ?

– Ça ne te plaît pas ?

Je fronce les sourcils.

– Tu l'as fait pour moi ?

Je me redresse sur les coudes. Ses genoux sont au-dessus de chacune de mes épaules et mon torse contre son entrejambe que je rêve de dévorer.

– C'est très joli, dis-je en me penchant pour embrasser son ventre.

– Attention, c'est pas encore complètement cicatrisé.

– Hum… Alors, tu l'as fait pour qui ? Toi ou moi ?

– Moi. Je voulais me marquer, à ma façon.

Je n'y tiens plus et la déshabille entièrement, avant de lui faire l'amour, avec toujours un mélange d'impatience et de tendresse. Il m'arrive de plus en plus de faire durer le plaisir une fois qu'elle a joui, pour en profiter encore un peu, avant de m'abandonner à mon tour.

– Qu'est-ce que tu sens bon, murmure-t-elle.

Sa nudité est belle à voir. Je porte toujours mon jean que j'ai juste remonté sur mes hanches sans le boutonner, et la sentir alanguie contre moi me ravit plus que je ne peux l'admettre. Je sais que je ne suis pas un grand bavard quand il s'agit de débattre de mes sentiments, mais j'espère que mes actes sont plus parlants que mes mots. Je laisse le bout de mes doigts courir sur son bras, son épaule, je chasse ses cheveux dans son dos et embrasse sa tempe. Au bout d'un moment, je la sens de nouveau frissonner.

– Tu as froid. Habille-toi.

– J'ai une meilleure idée, dit-elle en se levant.

Elle me passe par-dessus, me donnant son corps nu en spectacle, puis me tire par la main. Je la suis, ne perdant rien de son cul qui balance à chacun de ses pas, monte l'escalier à sa suite et entre dans une pièce. Sa chambre.

Ce n'est pas une chambre d'enfant, et pourtant tout semble doux et épuré, ici. Des couleurs neutres, un lit moelleux, un bureau en bois blanc, des rideaux violets qui donnent une ambiance feutrée et intimiste. Elle ne me laisse pas le temps d'observer son antre qu'elle pousse une autre porte et pénètre dans une salle de bains attenante. Je souris devant son empressement.

– Tu es si excitée à l'idée de te laver?

– Avec toi, oui.

– Pourquoi?

Elle hausse les épaules en réglant la température de l'eau, chose dont je suis bien incapable.

– J'en rêve depuis que je te connais.

Cet aveu fait naître une boule d'angoisse dans ma gorge, et quand Annabelle s'approche de moi telle une déesse, nue et tentatrice, je la regarde sans broncher. Elle se saisit de mon pantalon et de mon caleçon, se baisse pour les faire glisser mais ne touche pas à mon sexe qui, de toute façon, doit sentir le latex et le sperme. Je me débarrasse de mes fringues avec mes pieds tandis qu'elle remonte sur le haut de mon corps.

– Viens, dit-elle tout naturellement.

Elle entre dans la cabine, se place sous le jet qui fume et j'ai un geste de recul. Je n'ai pas pris de douche chaude depuis… des années. Alors je commence par la contempler, en retrait. Elle ferme les yeux et savoure ce moment, j'en serais presque jaloux. Puis elle me pousse sous l'eau et se décale pour m'observer. Ce n'est pas si différent de d'habitude, sauf que cette fois, j'ai une sirène avec moi qui passe ses doigts dans mes cheveux. Elle prend du shampoing qu'elle fait mousser, et je m'amuse à lui masser le crâne pour la laver. Elle fait de même avec moi, avant de savonner son corps et de le presser contre le mien, faisant glisser nos peaux, me donnant des envies plus que cochonnes.

Même si j'ai toujours été un fêtard sachant trouver une fille pour la nuit, je n'ai jamais été obsédé par le cul comme lorsqu'elle se tient face à moi. Quand elle est dans les parages, je ne peux pas penser à autre chose. Alors si elle est glissante et chaude sous mes doigts… Avec sa chevelure qui coule jusqu'à la naissance de ses reins…

– Pourquoi tu n'es jamais venue sous la douche, chez moi? demandé-je en me retenant d'enfoncer mes doigts en elle.

Elle gémit de plaisir avant de me répondre.

– Ton eau est tiède, presque froide. Comment tu peux supporter ça?

Je hausse les épaules.

– Faut croire qu'on s'habitue à tout.

Elle ouvre les yeux et me regarde. L'eau donne à son regard vert-marron un nouveau caractère qui me foudroie.

– Tu t'habitueras à moi? demande-t-elle presque timidement.

Je l'attire contre mon torse pour lui faire sentir l'effet qu'elle me fait.

– C'est pas déjà fait ?

Elle avale ma réponse qui n'en est pas une, notre baiser prend l'eau et j'ai très envie de la soulever par les fesses pour la prendre contre le carrelage. Mais déjà elle éteint l'eau et sort la première. Elle s'enroule dans une serviette avant de m'en tendre une. Je m'essuie rapidement, ne perdant jamais de temps avec ce genre de détails qui ne font aucune différence pour moi. Je remets mon caleçon tandis qu'elle ouvre la porte pour aérer la pièce qui baigne dans la buée. Je profite de ce qu'elle se brosse les cheveux pour scruter les moindres détails de son univers, de sa chambre. Il y a beaucoup de livres, je déchiffre les dos sur les étagères et constate qu'on a les mêmes goûts littéraires. J'ai lu la plupart de ses polars.

Si je ne possède presque rien, ni ordinateur, ni télé et encore moins de livres, j'ai pris l'habitude d'aller régulièrement à la bibliothèque pour emplir mes nuits. Ça n'empêche pas Elia de faire irruption dans ma vie, mais ça la tient à distance quelques heures. Il y a toujours au moins un bouquin qui traîne dans mon squat. Même quand je ne suis pas passionné par l'histoire, je vais jusqu'au bout. Question de principe. Le bruit du sèche-cheveux emplit la chambre et je regarde par la fenêtre. Elle donne sur la rue, on a une vue plongeante de l'endroit où je me tiens régulièrement quand je passe la voir et observe sa maison en l'attendant. Peut-être qu'elle me voyait alors, moi aussi.

L'épieur épié.

Cette idée me plaît, comme un renversement de situation. Je la rejoins dans la salle de bains, où elle se tient toujours aussi nue, mais ses cheveux sont maintenant secs et brillent sous la lumière. J'arrive par-derrière sans quitter son reflet des yeux. Le miroir est grand, il recouvre une bonne moitié du mur, et je me concentre sur elle. La couleur de ses yeux, de ses cheveux. L'odeur de son shampoing. De son parfum. Je rassemble sa chevelure dans mon poing et embrasse le côté gauche de son cou. Elle frémit, fronce les sourcils en me fixant à travers le miroir, mais je ne lâche rien. Je reporte mon attention sur son corps, en la regardant bien en face, tout en étant plaqué à son dos.

– Tu es belle, Anna.

J'aime répéter cette phrase. Je veux que ce soit encré en elle comme les tatouages sur ma peau.

– Regarde-toi.

Je répète en murmurant ces deux phrases en grec dans son oreille. Elle semble savourer mes mots qu'elle ne comprend pas, avant de se regarder enfin. Ses seins modestes, ronds, à la pointe érigée, la finesse de sa taille. Les marbrures de son corps.

– Tu es si belle. J'aimerais te donner mes yeux pour que tu voies ce que je vois.

Ses paupières s'emplissent de larmes mais elle finit par sourire.

– Et toi ? Regarde-toi.

Je me crispe, une main sur son épaule, l'autre toujours dans ses cheveux.

– Pourquoi tu es incapable de te regarder, Angel ? J'ai bien vu ton vestiaire. Les miroirs brisés.

Mes mains quittent leur emplacement pour venir se réfugier sur son ventre, entourant son piercing. Elle s'en saisit et baisse les yeux sur mes doigts. Caresse les lettres gravées sur mes phalanges.

– Tes tatouages… commence-t-elle.

– Mes tatouages ont tous un sens, la coupé-je.

Je sais où elle veut en venir. Ne pas aimer son image et se faire tatouer, c'est un peu ironique, peut-être.

– Le scorpion m'étreint le cou pour m'étrangler. Les symboles maoris sur mon cuir chevelu ont tous un sens bien précis. Les ailes, c'est pour un ange qui n'est plus là. Le crâne sur mes mains représente la mort que j'ai semée.

Je serre les poings devant elle et les joins pour que les deux faces du crâne se dévoilent et se complètent.

– Et les lettres sur mes doigts…

J'élève lentement les poings devant nous, l'enfermant de mes bras musclés, pour qu'elle puisse lire, même à l'envers, le message que je renvoie chaque fois que je me bats.

DEEP DOWN.

Comprenant qu'il est inutile d'insister, elle pivote pour me faire face et je glisse mes mains sur ses reins, bouleversé malgré moi par les confidences que je viens de lui faire.

– La mort que tu… ?

Mais je ne la laisse pas finir. Je la soulève par les hanches et elle m'aide en enroulant ses jambes autour de ma taille. Je sors de la salle de bains pour la déposer sur le lit. Sans lui laisser le temps de respirer, je la recouvre de mon corps, de ma puissance, et dévore sa bouche comme une urgence, un besoin viscéral d'apaiser un feu que j'ai moi-même allumé. Je recouvre son corps de baisers, de caresses, elle plante ses doigts sur ma peau, dans mon crâne, sur mes épaules, faufile une main entre nous pour me débarrasser de mon caleçon et empaume mon membre pour me masturber avec avidité.

– Je te veux, Anna…

– Prends-moi, Angel !

Mes mots sont des supplications. Des confidences.

– Je te veux vraiment.

– Fais-moi l'amour…

– Je n'ai pas pris… commencé-je mais elle me coupe dans mon élan.

– Viens.

Je la contemple, plonge mon regard dur d'acier dans ses prunelles tendres pour y lire la permission qu'elle n'a pas dite à voix haute, et commence à entrer en elle sans me détacher de ses yeux, si doucement. Et plus je pousse, plus je m'ancre en elle de façon indélébile. Sentir sa chair se refermer sur moi me procure un plaisir encore jamais égalé. On se noie dans le regard de l'autre, sentant monter un désir indécent, décadent. Je lui fais l'amour, vraiment, dans la position la plus intime qui soit, en ne sentant ni peur, ni haine, ni angoisse. Juste un plaisir qui monte, m'arrachant des râles presque désespérés.

Quand elle balance ses bras au-dessus de sa tête, me montrant son corps comme elle ne l'a encore jamais fait, m'offrant ses blessures les plus intimes, je sais au fond de moi que je ne lutterai plus. Même si je ne sais pas comment l'aimer, je ferai tout pour lui montrer à quel point elle est précieuse. Alors qu'elle jouit en enfouissant ses doigts dans son oreiller, je m'évade quelques secondes, le temps de savourer son abandon, son don, avant de reprendre mon assaut avec vigueur, de laisser monter l'orgasme plus haut que je ne l'ai jamais autorisé. Je jouis en me plaquant contre sa peau, en plongeant ma langue dans sa bouche.

C'est long, terriblement bon et douloureux.

Je reprends mon souffle, me décale sur le dos pour ne pas l'étouffer, et elle vient s'enrouler autour de mes jambes, la tête sur mon pectoral.

– Je t'aime, Angel.

Ma respiration se coupe. Ma gorge se serre. Mon cœur cesse de battre. Elle me caresse tranquillement le ventre alors qu'elle vient de déposer une bombe dans mes entrailles. Avec horreur, je sens mes yeux me brûler. Je n'ai pas entendu ces mots depuis si longtemps que je ne suis pas certain de les avoir déjà entendus un jour.

J'ai envie de bondir, de dégager de cette chambre, de cette maison qui m'étouffe, de me casser loin. De fumer et de me bourrer la gueule. Mon côté rebelle et destructeur a envie de l'envoyer chier. De lui dire qu'elle ne sait pas ce que c'est, d'aimer. Que ce n'est qu'une illusion. Qu'elle prend juste son pied, c'est tout. Et pourtant, je sais au fond de moi qu'elle connaît ce sentiment mieux que personne, mieux que moi. Alors je la ferme, je ne dis rien. Je ravale ma souffrance. Et je réalise, dans le silence qui emplit la chambre, entrecoupé par le bruit de la circulation au-dehors, la puissance de ses mots. La pureté de ses sentiments. À l'opposé de la brute que je suis.

Je desserre les poings que j'ai noués depuis son aveu. Je respire à nouveau. Détends mes muscles devant la certitude qui coule en moi.

Son corps innocent est devenu mon calice. Au lieu d'y déverser ma haine avec violence, comme je le fais lors de mes *fights*, j'y dépose mon amour avec toute la douceur dont je suis capable.

Et je lui montrerai.

Oui, je lui prouverai que je suis capable de l'aimer.

25

Annabelle

Les quelques jours qu'on a passés dans la maison de mes parents semblent avoir eu un drôle d'effet sur Angel. Il me regarde différemment, comme s'il avait enfin levé un voile sur ma personnalité. La sienne me paraît toujours aussi inaccessible et complexe, mais je ne désespère pas de le comprendre un jour. J'avais peur qu'il me rejette après ma révélation, mais non. Il agit comme d'habitude, comme si je n'avais rien dit. Comme si ça ne changeait rien. Ça me blesse un peu mais j'ai depuis longtemps compris qu'Angel n'est pas un garçon comme les autres.

Je me débarrasse de mon sac et mon manteau noir en arrivant à la salle, révélant un haut moulant bleu nuit avec un col en V et un slim en jean. J'ai attaché mes cheveux en une queue-de-cheval haute, alors qu'on prévoit d'aller en soirée, et je n'ose pas poser les yeux sur le groupe d'amis qui ont déjà commencé à boire. C'est la première fois que je me dévoile autant devant un autre qu'Angel et je me sens rougir rien que d'imaginer leur étonnement face à mes cicatrices. Ou leur dégoût.

Je reporte mon attention sur les amis, me demandant où est Angel. Isaac est penché en avant, il roule un joint. Andreas rit d'une blague que le copain d'Anaïs a certainement faite.

– Alors, Loïc, dit Isaac en léchant le papier, t'as vraiment jamais fumé ?

– C'est si horrible que ça ? s'exclame l'intéressé. Anaïs, tu veux plus de moi si je suis un puceau du joint ?

Elle se marre en posant sa bière sur la table en face d'elle. Et ignore les garçons.

– Annabelle, va te servir quelque chose à boire. Le frigo est plein.

Isaac me lance un clin d'œil en allumant son pétard, ne remarque rien de particulier.

– Vous voulez une autre tournée ? demandé-je en m'éloignant.

Ils répondent tous par l'affirmative et je m'empresse de gagner la cuisine. Alors j'entends Angel qui discute, sans doute au téléphone. Je ne sais pas à qui il parle ainsi, mais sa voix est plutôt cassante. Je me penche sur le frigo, faisant mine de ne pas écouter.

– Merci de m'avoir prévenu. Je passerai demain. Non, demain !

Je devine qu'il a raccroché sèchement quand il déboule derrière moi. Je me redresse vivement et me retourne en même temps. Il me jette un drôle de regard avant de prendre les bières que j'ai sorties et, sans un mot, les apporte à ses potes. Puis il revient à moi et me lance un regard entendu. Il s'éloigne dans le couloir. Je le suis.

Nous sommes à peine hors de vue qu'il me pousse contre le mur, m'écrase de son corps puissant et terriblement chaud. Il m'embrasse avec fureur, désespoir. Il est en jean et tee-shirt à manches longues noir, ce qui fait ressortir la noirceur de ses tatouages dans son cou et sur ses mains, l'éclat métallique de ses iris. Je comprends qu'il puisse tenir les autres à distance avec ce comportement froid, mais moi, il me renverse. Il me rend complètement docile et terriblement amoureuse.

– Salut, toi… susurre-t-il d'une voix cajoleuse.

– Salut. Tout va bien ?

Il grogne en se détachant de moi, et je sens que le moment de tendresse est déjà passé. Il retourne vers les autres sans me répondre. J'attends un moment, comme si j'étais allée aux toilettes, puis reviens et me place à côté d'Andreas, en face d'Angel. Ils font tourner le joint mais je passe mon tour et le tends à mon amour secret qui se penche et plonge ses yeux dans les miens en effleurant nos doigts.

L'ambiance est légère au squat. J'essaye de ne pas dévorer Angel des yeux mais c'est terriblement dur. Il est tellement charismatique, il m'attire comme un aimant. Je discute un moment avec Anaïs qui a donc amené avec elle un nouveau petit copain. Je ne sais pas comment elle fait pour n'être jamais seule. Oui, elle est très jolie, mais je pense surtout qu'elle n'a pas froid aux yeux et sait ce qu'elle veut. Quand notre groupe se met en branle pour se rendre à une soirée étudiante sur le campus, je fais exprès d'être la dernière pour me retrouver en retrait avec Angel. On marche ensemble, sans parler, nos mains se trouvent et se lâchent. Il fume en silence, me lance des compliments à voix basse.

– Très beau pull. J'ai envie de dévorer ce qui se trouve en dessous.

Je me sens rougir, pourtant je ne lui retourne pas le compliment, même si ça me démange. Je voudrais tellement être libre de lui dire à quel point il me plaît, mais j'ai peur de le braquer. J'ai compris qu'il ne fallait pas lui parler de son physique. J'ai toujours du mal à réaliser qu'il accueille mes mots d'amour sans me rejeter. Mais il le fait.

Dans la résignation, certes, mais il les accepte.

Quand on arrive vers minuit, la fête bat son plein. Des groupes à l'extérieur fument et débattent bruyamment. Loïc prend soudain la main d'Anaïs, comme pour marquer son territoire. Je le vois tanguer de temps en temps, certainement un effet de la beuh qu'il a ingérée plus tôt. Ça fait rire Anaïs qui le guide au milieu de la foule. On délaisse les garçons qui commandent à boire et on se perd au milieu des étudiants pour danser. Cette fille est tellement décomplexée que je ne ressens aucune gêne face à elle. J'essaye de ne pas scruter les gens comme si j'allais me faire attaquer, mais c'est parfois dur de me lâcher. Elle se penche sur moi pour me parler à travers la musique.

– C'est quoi dans ton cou ? Une marque de naissance ? Je l'avais jamais remarquée avant.

Je secoue la tête. Les deux verres que j'ai bus chez Angel m'aident à répondre franchement sans tourner autour du pot.

– Non. Cicatrice. Brûlure.

Elle fait une grimace, l'air de dire « Ma pauvre, t'as dû douiller », et se remet à chanter par-dessus la musique. Libérée d'un poids, je cherche du regard Angel, qui me dévisage comme si j'étais seule sur la piste de danse. Il paraît très dur, comme d'habitude, mais quand il se rend compte que je l'observe à mon tour, il esquisse un sourire qui me fait flageoler. Je ne me ferai jamais à l'intérêt qu'il me porte. À moi. Annabelle April.

Je ris. Rejoins la bande, me colle à Angel, l'air de rien, comme si j'avais trop bu et ne tenais plus debout. Il grogne à mes côtés, comme si je l'ennuyais, mais me met de temps en temps une main aux fesses, me murmure des mots que je suis la seule à entendre.

J'ai envie de toi.

J'aime ton sourire.

Tu me rends fou.

Viens, on va chez moi.

C'est dur de faire semblant. J'ai envie de me suspendre à son cou, de l'embrasser à pleine bouche, qu'il me serre à m'en étouffer. À un moment, je suis Anaïs aux toilettes. On attend patiemment dans un étroit couloir de pouvoir accéder aux lavabos quand elle me prend au dépourvu.

– Ça roule, avec Pappas ?

Je m'étrangle avec ma salive et me mets à tousser. Ça ne perturbe pas du tout Anaïs qui rigole en me montrant ses dents.

– Plus vous vous ignorez, plus ça saute aux yeux !

Je bafouille et fixe un point au sol. Comment va réagir Angel si ses amis sont au courant ?

– Je comprends que Pappas n'ait pas envie de se donner en public, c'est un mec très discret et pudique. Mais bon, avec nous, quand même !

Je hausse les épaules, ne sachant pas quoi lui répondre. Elle attend apparemment que je lui livre des infos.

– Il préfère comme ça.

– Hum. Et toi, dans l'histoire ? Ça te plaît de te cacher ?

Au début, je pensais que ça allait me rendre folle, mais il ne drague pas d'autres filles, ne fait pas non plus comme si je n'existais pas. Alors non, ça ne me dérange pas plus que ça.

– Ça nous convient.

Pour le moment.

– C'est sérieux entre vous ? Je n'ai jamais vu Pappas comme ça.

Je dresse l'oreille, attentive.

– Comment, comme ça ?

Anaïs pose sa tête contre le mur et laisse passer une fille derrière nous pour pouvoir continuer à discuter tranquillement.

– Je sais pas comment dire… des étoiles plein les yeux ?

Cette remarque fait bondir mon cœur. Avide de détails, j'attends qu'elle poursuive.

– Je le sens plus doux, moins… tourmenté.

Ah, j'allais dire l'inverse ! Mais elle sait sûrement mieux que moi de quoi elle parle. Elle ouvre soudain les yeux et me regarde plus attentivement.

– Mais à ta place, je n'admettrais pas qu'il me cache. Tu devrais le secouer un peu, le faire réagir.

– Ah? Comment?

– Je sais pas, moi, rends-le jaloux…

Je reste un certain moment aux toilettes, et quand j'en sors, seule, je tombe sur Angel qui paraît soucieux.

– Annabelle, je dois y aller. Y a un problème avec Isaac.

Je le suis dans la salle qui se vide, puis aperçois de loin Gauthier. Statique, planté devant le bar, il me fusille du regard. Il me condamne. Depuis combien de temps nous a-t-il repérés? Pourquoi ne pas venir me parler?

Je n'ai pas le temps de me poser plus de questions, Angel se tourne vers moi, et lorsque je capte le chagrin dans ses yeux, je sens tous mes muscles se crisper.

– Quoi, il est malade? Il a trop bu?

Je dois avouer qu'il n'est pas du genre à abuser des stupéfiants, mais ça peut arriver.

– Non. C'est son père.

Il s'éloigne et je le suis sans broncher. Le reste devra attendre.

– Qu'est-ce qu'il a?

J'avais cru comprendre qu'il était malade. Je n'ai pas posé plus de questions, sentant qu'Isaac n'avait pas envie de s'épancher sur le sujet.

– Cancer de l'estomac.

Aïe. C'est jamais bon.

Je cherche des yeux nos amis, mais ne les trouve pas.

– Ils sont où?

– Déjà partis.

Je récupère mes affaires et enfile mon manteau en courant presque sur le trottoir à côté d'Angel. Son téléphone sonne et il décroche immédiatement.

– Où? Merde! À la clinique? Oui. OK. On arrive.

Il s'arrête un instant, ne sachant apparemment pas quoi faire ni où aller. Sa panique me tétanise, je ne l'ai jamais vu dans cet état, si désorienté. Il frotte son cuir chevelu, tourne en rond et se retient visiblement de craquer. Je sens les larmes affluer sous mes paupières.

– Qu'est-ce qu'il y a, Angel? Parle-moi.

– Il a fait un malaise, il ne supportait pas son traitement. Ils sont tous allés à la clinique, de l'autre côté de la ville. Isaac a besoin de moi.

– D'accord, alors on y va.

Il relève les yeux et j'ai soudain l'impression que c'est un enfant qui se tient devant moi.

– Y a plus de tram, c'est trop tard.

Sa voix est étrange, désespérée, comme s'il retenait des sanglots.

– Mais c'est pas grave. Viens, on va prendre ma voiture.

– Je peux pas. Je vais y aller à vélo.

Et il repart, sans plus se préoccuper de moi. Je lui cours après.

– Non! Tu vas venir avec moi. Ça ira vite, en voiture!

– Je peux pas! hurle-t-il dans la nuit, avant de dire plus bas : Je monte pas en voiture.

On arrive devant son squat et je panique. Je ne veux pas qu'il parte sans moi. J'ai besoin qu'on reste ensemble, connectés. Je me précipite devant lui et lui fais face. Je me débats intérieurement pour souder nos regards, et quand je capte le sien, je ne le lâche plus.

– Angel, je te promets de rouler doucement. C'est la nuit, il n'y aura pas de circulation. D'accord? On sera très vite arrivés. Je veux rester avec toi.

C'est cette dernière phrase qui semble le décider et je me dirige vers ma voiture, Angel à bout de bras. Il semble choqué. Je ne connais pas exactement le lien qu'il a avec les parents d'Isaac, mais je sais qu'ils sont proches. Je démarre rapidement, de peur qu'il ne change d'avis, mais il s'assoit à sa place et s'empresse de mettre sa ceinture. Puis il ouvre la fenêtre en grand et met son visage côté extérieur.

Je fais tout pour rouler doucement, ne pas faire d'à-coup avec le levier de vitesse, et on arrive rapidement devant la clinique qui est réputée pour son service d'oncologie. Je me gare dans la rue sur une place de livraison et me retiens d'enlacer Angel, qui a l'air d'être sur le point de vomir. À cause de la voiture, ou de la situation avec le père d'Isaac ? Il prend quelques minutes pour se ressaisir et on s'engage ensemble dans l'entrée des urgences. Je reconnais tout de suite la famille d'Isaac. Ses frères lui ressemblent beaucoup, même s'ils ont la peau plus foncée que lui. Je n'en vois que deux sur les trois et repère sa mère, à la peau blanche, cheveux bouclés, qui est en larmes, assise sur un banc. Anaïs tente de la consoler. Loïc n'est pas dans les parages, peut-être qu'il n'a pas voulu s'imposer dans ces circonstances. Angel fonce vers Isaac et lui parle un moment. Je reste en retrait, à tous les observer, me sentant de trop. Voir Isaac pleurer me fend le cœur et je retiens à grand-peine mes larmes. Quand ce dernier s'assoit aux côtés de sa mère inconsolable, Angel les laisse pour me rejoindre. Il se pose avec moi sur un autre banc, en face.

– Il est en train d'être opéré. Apparemment, c'est le cœur, il aurait fait une sorte d'attaque.

Angel se penche en avant, la tête dans les mains, et je pose une paume rassurante dans son dos.

Voilà pourquoi je suis là.

Il reste longtemps comme ça, et quand il se redresse et se cale contre le mur, je n'hésite pas une seconde et prends sa main. Il ne dit rien et se laisse faire. On attend longtemps. Des petits groupes se forment, Isaac sort plusieurs fois pour, si j'ai bien compris, appeler un de ses frères absent et fumer avec Angel. Je vais à plusieurs reprises acheter un café au distributeur, et Angel attend toujours que je boive le mien pour en faire autant.

Je me lève, échange quelques mots avec Anaïs qui souhaite rester à la clinique et soutenir ses amis. Je me rends aux toilettes, fais un petit détour par un vestibule et réalise que le soleil est en train de se lever. Alors que je retourne dans la salle où la famille d'Isaac est en train d'attendre des nouvelles, un cri féminin déchire le silence et m'emplit d'effroi.

Je me précipite, mais je sais déjà.

Je n'ai pas besoin d'explication pour comprendre que le père d'Isaac n'a pas survécu à son opération. Sa mère entoure ses deux enfants plus jeunes, Isaac se tient contre son dos et l'enlace. Je croise le regard embué d'Anaïs qui me désigne Angel, dans un coin reculé de la grande pièce, dos à nous. Je m'approche doucement, comme si j'avais peur de l'effrayer, et m'adosse au mur, sans m'imposer physiquement, pour qu'il sache que je suis là. Il a posé son front contre le mur, regarde le sol et ses poings se crispent sur ses cuisses. Il est sur le point de craquer mais se retient. Je me glisse au plus près de lui et murmure son prénom, jusqu'à ce que ses yeux vides se posent sur moi. Alors, sans lui demander son avis, sans me soucier de me donner en public, je me faufile dans l'espace restreint entre lui et le mur et enroule mes bras autour de son cou. Si d'abord il ne réagit pas, il finit par m'enlacer la taille et me serrer très fort en enfouissant son nez dans mes cheveux. Il me fait mal et je le presse plus fort. Et quand ses sanglots me secouent tout entière, mouillent mon épaule, je pleure avec lui.

J'ai mal pour lui.

26

Annabelle

Angel va mal.

En rentrant de la clinique, lui tellement vide et amorphe qu'il est monté dans ma voiture sans broncher, on s'est couchés ensemble dans son lit, sans échanger un seul mot. Il était près de sept heures du matin, je savais que je ne me rendrais pas en cours ce jour-là, je ne pouvais pas le laisser. On a passé des heures enlacés, soudés l'un à l'autre. Il a dormi profondément dans mes bras. Mais au réveil, il est complètement possédé. Il bondit hors du lit en caleçon, fonce sous la douche en marmonnant des mots incompréhensibles, et quand je risque un œil dans les vestiaires, mon cœur se serre. Il se frictionne les cheveux avec rage, face au jet qui doit être froid. Quand il arrête l'eau et se tourne face à moi, son regard me calcine sur place. Il est noir et empli de hargne.

Au fond de moi, je sais que cette colère ne m'est pas destinée. Mais ça fait quand même mal.

Je retourne doucement dans la chambre et prends le temps de me rhabiller. Je ne veux pas le laisser, mais son attitude me dit clairement qu'il a besoin de solitude, peut-être de se décharger dans la violence. Je l'entends parler au téléphone et en arrivant dans le salon, il frappe déjà dans son sac de sable. Il est encore trempé, il n'a enfilé qu'un short long. Il tape si fort que le sac valdingue dans tous les sens.

Je comprends le message et je m'en vais.

Je reviens en début de soirée, mais il n'y a personne. Je lui envoie des messages auxquels il ne répond pas. Alors j'attends. J'attends, seule, dans ce squat qui me terrifie quand Angel n'y est pas, assise dans le canapé à lire un livre sur ma liseuse. Quand un fracas me fait sursauter, il est près de minuit.

Isaac arrive en premier, ou plutôt il tombe dans la grande salle en se raccrochant au chambranle, suivi de près par Angel. Ils sont complètement soûls, mais je ne peux pas les blâmer. J'ai à peine échangé deux mots avec Isaac depuis la veille, et je ne sais pas comment lui parler. Je me lève pour aller faire du café, même si je sais tout de suite que je serai la seule à en boire, tandis qu'ils s'affalent sur les coussins des canapés.

– Mais regarde qui est là, Pappas ! La secouriste.

Angel rigole en se passant la main sur le visage puis il s'assoit devant Isaac pour éventrer une cigarette sur la table basse. Je me retiens de faire des remarques, je ne veux pas les énerver. Angel se lève et je crois qu'il va enfin me donner un geste d'affection, mais non, il farfouille dans les placards pour récupérer des verres à *shooter*. Il en prend trois, c'est déjà ça. Mais il ne dit rien et prend garde de ne pas me toucher. Un peu remontée, je retourne dans le salon et m'assois à côté d'Isaac. Je pose une main maladroite dans son dos. Comme je sais que les mots ne servent à rien, je ne dis rien. Il me surprend en se tournant face à moi et en me prenant brusquement à bras-le-corps dans une étreinte farouche.

– Anna ! Qu'est-ce que tu fous là, hein ? T'attendais sagement Hermès ?

Il me serre plus fort et la proximité de son corps brûlant me dérange, il sent l'alcool, me maintient les bras le long du corps.

Je n'ai jamais été aussi proche de lui qu'à cet instant. Puis sa voix se fait caressante.

– Vous voulez peut-être que je vous laisse, hein? Vous avez des choses à faire?

Je sens avec horreur qu'il me caresse le dos et je commence à me débattre pour qu'il me relâche.

– Mais non, Isaac.

J'entends Angel qui s'assoit sur l'autre canapé mais il ne dit rien. Je ne le vois pas, Isaac m'empêche de bouger. J'aurais aimé qu'il dise quelque chose… Peut-être qu'il ne veut pas braquer son ami qui vient de perdre son père? Ou qu'il me laisse le gérer toute seule? Ou alors ça lui plaît, cette situation gênante? Je lui tapote le dos avec amitié.

– On va boire un coup, hein? Tous ensemble.

– Hum, tous ensemble… Ça me manque…

Il se décale un peu et j'arrive à dégager un bras pour le repousser.

– Enfin, Isaac, qu'est-ce que tu fous?

Quand il écrase sa bouche sur la mienne, j'ai un tel geste de recul que je tombe à la renverse du canapé, avec Isaac qui s'écroule littéralement sur moi. Il m'étouffe et m'écrase de tout son poids, et je donne des coups de pied par réflexe pour le faire réagir. Quand, enfin, Angel se décide à intervenir.

– Bon, c'est pas bientôt fini?

Puis le poids sur moi est soulevé. Je croise le regard noir d'Angel, comme si c'était ma faute. Il éjecte sans ménagement Isaac sur le canapé qui se met à sangloter. Angel est de nouveau en colère, il me fusille de ses prunelles, puis son pote, comme s'il hésitait sur la conduite à tenir. Isaac est assis sur le bord du canapé et pleure dans ses mains, les coudes posés sur ses genoux. Je ne tiens pas face à son chagrin et me rapproche de lui, toujours agenouillée, avant de lui saisir les poignets.

– C'est pas grave, Zac…

Toujours pleurant, il marmonne des « Je suis désolé ». Il passe ses bras autour de mon cou, cette fois pour une étreinte tout à fait amicale, et me serre contre lui en sanglotant. Je le berce en sentant les larmes affluer, je déteste voir les gens pleurer. Alors un ami… C'est à ce moment que je réalise à quel point je me suis attachée à cette bande. Je suis encore dans cette position inconfortable quand Andreas et Anaïs font irruption dans la salle. Devant la scène, ils s'installent sur le canapé, chacun d'un côté de leur ami pour le consoler. Tous les trois, on lui apporte le soutien dont il a besoin. Je lorgne par-dessus mon épaule pour découvrir qu'Angel nous scrute, en retrait, enfoncé dans son siège, les bras croisés. Fermé. Je lui fais signe de nous rejoindre, mais il ne cille même pas. Puis, enfin, Isaac se calme et se redresse en fixant le sol, comme s'il avait honte.

– Bon, Pappas, il vient ton *shooter*? J'en ai besoin, là.

Je me relève enfin, les genoux douloureux, et Angel me suit du regard, l'air furieux. Je suis bien obligée de me poser à côté de lui, dans le canapé qui fait face aux trois amis. Il s'allume un joint tandis que je me sers un verre sur la table. Je le bois cul sec et le remplis à nouveau. Cette nuit, moi aussi j'ai envie de me déconnecter.

La fumée âcre emplit déjà l'espace. Quand Angel se penche pour faire tourner son joint à Isaac, il pivote vers moi et, avec une brutalité que je ne lui connaissais pas à mon encontre, pose fermement ses lèvres sur les miennes et souffle la fumée dans ma bouche. Je suis si surprise, choquée et dégoûtée que je lui balance par réflexe une claque retentissante qui se fracasse entre nous. Le silence se fait tout à coup, tout le monde s'est arrêté de parler pour nous observer. Et nous, on se jauge, on se scrute, lui à moitié avachi sur moi, moi presque allongée sous son corps, prête à décamper à tout moment. C'est Anaïs qui nous sauve.

– Bien fait, Pappas ! C'est dégueulasse de faire ça.

Enfin il se redresse et se sert un *shooter* de tequila qu'il vide en une seconde. Je ne sais pas ce qu'il vient de se passer, mais je commence à en avoir marre de ses changements d'humeur.

– C'est vrai ça, continue Anaïs, si elle veut fumer, elle peut le faire toute seule, hein ?

Et elle me tend le joint. Angel va pour l'intercepter mais je m'en empare et le porte à ma bouche. L'étonnement sur le visage d'Angel est presque comique, plus encore quand j'aspire la fumée, sans doute un peu trop fort. Après tout, c'est la première fois. Je tousse immédiatement, ils éclatent tous de rire et l'ambiance remonte d'un cran. Isaac arrive à mettre de la musique sur l'ampli, Andreas nous sert régulièrement à boire, et moi je commence à avoir la tête qui tourne. Je m'en tiens à deux ou trois taffes, toujours sous le regard presque amusé d'Angel. Ou alors c'est l'effet de la drogue ?

À un moment, quand Anaïs part dans une discussion animée avec les deux autres garçons, Angel se penche sur moi en me serrant le poignet.

– Ne refais jamais ça, dit-il d'un ton froid.

Je plante mon regard dans le sien, un peu flou. Il est tout décoiffé, les yeux rougis, il est plus beau que jamais. Mon cœur rate un battement.

– Tu parles de la claque ? Tu la méritais.

– Non, grogne-t-il. Je parlais d'Isaac.

Je me dégage de sa poigne, ne sachant pas où il veut en venir. Mais il est éméché et bafouille presque.

– Pas question de faire un plan à trois. Ni avec lui ni avec personne.

Un plan à trois ? Il m'a bien regardée ? A-t-il vraiment cru que je draguais Isaac ? Ou que ça me plaisait qu'il se jette sur moi ? Je me redresse et le force à reculer, c'est moi maintenant qui prends l'ascendant sur lui et je le menace de mon index planté sur son torse. Je murmure, tout près de sa bouche, si près de lui, devant ses amis, en sachant que la musique couvrira mes mots :

– Je ne veux que toi, Angel. Tu n'as toujours pas compris?

Il me défie du regard. Il me défie de le dire. Alors c'est ce que je fais.

– Je t'aime, idiot.

Il fronce les sourcils, perdu, ne sachant pas comment réagir. Mon cœur bat si fort qu'il me fait mal. Je m'imagine qu'il va se mettre en colère, peut-être même me chasser et me demander de rentrer chez moi. Mais il rapproche son visage encore plus près, touche nos nez, puis m'embrasse. Au moment où nos lèvres entrent en contact, c'est comme si on était seuls. Il m'empoigne les fesses et, comme une danse longtemps orchestrée, je l'enfourche en l'embrassant sauvagement. Je me perds dans ses cheveux et gémis sous l'assaut de sa langue, jusqu'à ce que les encouragements des trois autres nous fassent revenir à la réalité.

– Partouze! hurle Isaac en se mettant debout.

Andreas éclate de rire et l'empêche d'enlever son pantalon, Anaïs s'écrie qu'elle ne laissera aucun boxeur fou poser les mains sur elle et se lève pour aller chercher de nouvelles boissons. Si mon estomac est délesté d'un grand poids, je ne peux pas m'empêcher de jeter de brefs coups d'œil à Angel qui s'est de nouveau installé confortablement sur le canapé et a posé un bras par-dessus le dossier, l'air détendu. Quand nos regards se croisent, je me dis que le chemin est encore long avant qu'il se laisse aller.

Baby step.

***

Quand j'arrive au squat, il est désert. Je préviens par message Angel que j'y suis, lui demande s'il veut qu'on se voie. Son « OK » est bref et concis, mais ça me suffit. Je sors les courses que je viens de faire dans le but de lui préparer un repas surprise et débouche le vin rouge avant d'allumer le four pour le préchauffer. Puis je prépare ma viande, me sers un verre que je sirote, déniche un grand bol en plastique dans le placard pour y mettre la salade. Je suis en train d'allumer mon ordinateur, assise au bar face à la porte d'entrée, quand la silhouette d'Angel passe le seuil. Mon cœur entame une course folle quand il marque un arrêt, comme s'il avait oublié que j'étais là, puis il avance jusqu'à moi, mais en fronçant les sourcils.

– Salut, dis-je avec entrain.

– Hum…

– Ah, toujours aussi heureux de me voir, ça fait plaisir.

Ma plaisanterie tombe à plat et son air mécontent commence à me stresser.

– J'ai voulu te faire une surprise en préparant à manger…

Il fronce le nez, presque écœuré, et c'est alors que je remarque un truc qui cloche.

– C'est quoi cette odeur? dit-il en prenant une inspiration.

– Hé, c'est pas mon rôti, je l'ai pas encore mis au four.

– T'as allumé le four?

Au même moment, il se précipite sur la gazinière. Je me retourne à temps pour le voir ouvrir la porte du four d'où se dégagent une fumée blanche et une forte odeur de plastique fondu et… de beuh.

– Putain! s'écrie-t-il en sortant un grand sachet à moitié fondu en le tirant avec ses doigts.

Sous mon regard ébahi, il en sort aussi une cartouche de cigarettes qui n'a pas bonne mine. Mais quand je remarque qu'il a tout empoigné à mains nues, je bondis du tabouret et le fais lâcher son butin en secouant ses poignets.

– Mais laisse, c'est brûlant !

Il desserre enfin les doigts et je contemple médusée ses doigts rougis. Sans réfléchir, je le tire jusqu'au lavabo et allume l'eau froide, qui coule sur ses mains.

– Ça va pas ? T'es malade de faire ça ? Tu t'es brûlé ? T'as mal ?

– C'est bon, Anna, tout va bien.

– Mais non, ça va pas ! Regarde ! Ça commence déjà à cloquer !

– Anna, calme-toi ! C'est rien ! J'ai pas mal !

J'essaye de refouler les images de mon accident qui me sautent à la figure comme des chiens enragés, je sens que j'hyperventile, je commence même à sentir des larmes affluer sous mes paupières, quand Angel arrête l'eau et me prend dans ses bras.

– Tout va bien, Annabelle, calme-toi, chut…

Je compte dans ma tête pour refouler la crise de panique, inspire, expire, et sens contre le haut de ma poitrine le cœur d'Angel qui frappe durement contre moi. Je me reprends, soupire profondément et ouvre de nouveau le robinet pour remettre ses doigts sous l'eau.

– Reste comme ça, c'est important. Ça limitera les dégâts.

Je le laisse ainsi devant l'évier, et je me recule pour l'observer.

– Je ne comprends pas… Ça ne te fait pas mal ?

Son visage se ferme, il ne répond pas. Je me rassois sur le tabouret, tâtonne sans le quitter des yeux pour trouver mon verre de vin sur le bar et bois quelques gorgées. Il me lance une œillade contrariée puis finit par éteindre le robinet. Il observe ses mains, longtemps, avant d'ouvrir enfin la bouche. Sans me regarder.

– Non, ça ne me fait pas mal. Je ne ressens rien, Anna.

– Comment ça ?

Il se tourne vers moi avec des éclairs dans les yeux, comme si je lui faisais de la peine.

– Je. Ne. Ressens. Rien.

Je fronce les sourcils, complètement perdue. Il avale rapidement la distance qui nous sépare et m'attrape les bras si soudainement que je laisse échapper un petit cri.

– Je suis mort à l'intérieur, c'est clair maintenant?

Il me secoue en criant ces mots, comme pour se raccrocher à quelque chose, puis me rejette avant de s'éloigner, me laissant vacillante sur mon tabouret. Sidérée. Il s'avance vers le canapé, prend ses cigarettes sur la table basse et se dirige à pas pressés vers la porte, qu'il ouvre en grand avant de disparaître à l'extérieur.

Je reste un moment interdite, sans comprendre ce qu'il vient de se passer, puis descends de mon perchoir pour éteindre le four. J'ai très envie de tout balancer par terre, de crier, de frapper moi aussi, de me défouler de ce trop-plein d'émotions qu'il emmagasine en moi. Je referme mon ordinateur, retourne vers le canapé pour rassembler mes affaires, prête à rentrer chez moi, quand j'entends un son étouffé. Comme hypnotisée, je me dirige vers la porte toujours entrebâillée et l'ouvre. Angel est là, à quelques mètres. Assis par terre, les jambes repliées devant lui, les avant-bras en équilibre sur ses genoux, il fume. Il tourne la tête de mon côté. Dans le reflet des quelques lampadaires au loin, j'aperçois ses yeux briller. Il se détourne à nouveau pour aspirer sa nicotine. Je m'approche de lui, regrettant immédiatement la chaleur relative du squat. On est début décembre et il fait très froid. De la buée sort de ma bouche, mes bras se couvrent de chair de poule malgré mon pull à col roulé. De petits flocons de neige virevoltent dans l'air sans jamais se poser au sol.

Quand j'arrive à son niveau, il écrase son mégot contre le bitume et sort immédiatement une autre cigarette du paquet. Il la porte à sa bouche, la fait glisser sur ses lèvres un moment avant de dire doucement :

– Je suis désolé, Anna.

Puis il l'allume et aspire une longue bouffée. Mue par un instinct de protection, je m'agenouille derrière lui et l'enlace en nouant mes mains sur son ventre. Sa chaleur corporelle s'infiltre sous mon pull et je le serre plus fort. J'essaye de lui transmettre tout l'amour que je lui porte.

– Il y a huit ans, j'ai eu un accident. Un grave accident de voiture.

Après un autre moment de silence, il ajoute :

– C'est moi qui conduisais.

– Je croyais que tu avais 23 ans, comme Isaac?

– J'en ai 24. Et, oui, j'avais 16 ans quand c'est arrivé.

Un horrible sentiment d'appréhension me tord les boyaux. J'ai peur de ce qu'il va me dire.

– J'ai eu la brillante idée de prendre une vieille bagnole de mes parents pour aller voir ma copine. J'habitais dans un coin de campagne, je faisais déjà de la conduite accompagnée, je maîtrisais la caisse. Je n'avais qu'une seule route nationale à traverser, c'était le mois d'août, les routes étaient désertes.

Il fume encore quelques taffes avant de reprendre :

– La voiture qui venait sur ma gauche avait mis son clignotant pour tourner dans mon chemin, et le camion sur ma droite était loin, alors j'y suis allé. Sauf que la voiture n'a pas tourné et qu'elle m'a percuté. J'ai fait quelques tête-à-queue et je me suis immobilisé sur la voie.

Je me crispe malgré moi contre lui. Le froid me fait grelotter mais je suis incapable d'émettre le moindre son.

– Le camion m'est rentré dedans et a broyé ma petite voiture. Ils ont mis des heures pour m'en extirper. J'aurais dû mourir, Anna.

J'enfonce mon menton dans son dos pour ne pas l'interrompre.

– J'ai entendu des récits d'accident, où les gens disaient : « Heureusement, j'étais inconscient. » Ils se souvenaient d'un réveil agité, perdu dans un lit d'hôpital. J'aurais aimé pouvoir en dire

autant. Le mien s'est fait au milieu des sirènes, des voix, des bruits de moteurs, d'outils indéfinissables. Dans une douleur telle que je n'ai pas pu ouvrir la bouche, tétanisé par la peur, l'horreur de la situation que je sentais autour de moi. De la merde que j'avais semée.

***

Mes parents vont me tuer.

Je fais un effort herculéen pour soulever les paupières. Un visage se penche sur moi, crie à d'autres personnes que je suis conscient, puis revient à moi. Je vois le sol de la route sous un angle étrange qui me donne mal au cœur. J'entends ses mots à travers la brume de mon cerveau, ne capte que quelques paroles.

– Tu as eu un accident. On est tous là pour te venir en aide. On va devoir te désincarcérer, ça va faire du bruit, mais quand ce sera fait, on pourra te sortir de là.

– Elia…

Il n'a pas l'air de m'entendre. Il continue de m'expliquer le foutoir en omettant la panique et l'agitation que je perçois.

– Qu'est-ce que tu dis? Il y avait une autre personne avec toi? Elle était devant?

C'est quoi ce bordel? Il suffit de jeter un coup d'œil à l'arrière et de voir ma sœur, non? Il est con ou il le fait exprès? C'est une blague? Je l'entends crier des ordres, mais il ne regarde pas derrière. Il ne s'occupe pas d'elle, il reste concentré sur moi.

Soudain, j'ai la peur de ma vie.

– N'essaye pas de bouger. On va tous s'occuper de toi.

De nous! De nous, putain! Où est Elia? Pourquoi je ne l'entends pas chouiner? Pourquoi mon corps est si immobile et oppressé que je n'arrive pas à respirer? Pourquoi je sens l'odeur du sang si fort que je pense le sentir jusqu'à la fin de ma vie?

Petit à petit, quelque chose d'étrange m'arrive. Mes pieds, mes jambes, mon dos, mes bras. Je ne sens plus rien. Dans mon cerveau chante une musique, celle que j'écoutais avant qu'Inès ne m'envoie le message. Elle tourne en boucle, encore et encore, tandis que je ne sens plus rien. Avec la certitude que le moment que je suis en train de vivre me hantera jusqu'à la fin de mes jours.

Je suis encore loin du compte.

***

Mes larmes coulent dans le dos d'Angel. Son récit est glaçant, j'ai l'impression que plus rien ne pourra jamais me réchauffer. Puis ses mains froides rencontrent les miennes, plus glacées encore. Je me mets à claquer des dents.

– Tu es gelée. Rentrons.

Il se relève et me tire par le bras pour me sortir de la torpeur dans laquelle ses mots m'ont plongée. Il nous fait entrer dans son squat, ferme la porte à clé derrière lui et allume le chauffage électrique. Il me pilote jusqu'au canapé et récupère la couverture dans sa chambre qu'il pose sur moi. Je me laisse faire en grelottant. Quand enfin il s'assoit à mes côtés, je me colle à lui comme si je ne voulais plus jamais qu'il s'éloigne de moi. Je pose ma tête sur son épaule, froide, et ma main caresse son bras. Je sais qu'il n'a pas fini. Il soupire avant d'allumer une autre cigarette et continue son explication.

– À l'hôpital, on m'a dit que ma colonne avait été amochée. Qu'elle était restée longtemps compressée. Bref, mes jambes ne fonctionnaient plus. J'ai passé des mois dans un fauteuil. Et puis, je ne sais pas pourquoi, un jour, j'ai pu remuer les orteils. Je me suis battu pour remarcher.

Ma main se pose par réflexe sur sa cuisse. Je le cajole, le câline,

tente de lui insuffler ma chaleur. Ses doigts sont toujours aussi froids.

– Presque deux ans plus tard, j'ai constaté que je ne ressentais pas la douleur physique. J'ai fait des tests, pour être certain. Je me suis brûlé avec une clope. J'ai pris des douches froides. Mais je ne sentais toujours rien. Un jour, je me suis battu, et j'ai compris que je sentais à peine les coups. Ça m'a donné la force de les rendre, et je me suis défoulé comme jamais en deux ans. C'était la première fois que je me sentais si vivant depuis… l'accident.

Une question gonfle dans ma gorge, que je n'ose pas poser. Mais comme il ne dit plus rien, j'enlace nos doigts ensemble et lâche ma bombe :

– C'est qui, Elia ?

Je risque un coup d'œil vers son visage. Il se ferme. Se durcit. Ses mâchoires se contractent et il finit par me répondre, la voix neutre et presque impersonnelle :

– Elia, c'est ma sœur. Elle avait 5 ans. Je l'ai tuée.

27

Angel

Mes mots semblent flotter dans l'air entre nous. Ils nous repoussent, nous dérangent, me font suffoquer. C'est la première fois que je parle d'elle et j'ai plus que jamais envie de crever. Je me sens minable, inhumain, monstrueux. Je ne mérite pas de vivre, je ne mérite pas l'amour qu'Anna place en moi. Il n'y a rien dans mon cœur, que le trou béant que ma sœur a creusé, que cette culpabilité qui me détruit, que cette haine de moi que je cherche à expulser en me battant.

– Elle était avec moi, dans la voiture.

Je lui raconte comment ma mère se déchargeait régulièrement sur moi en me confiant cette sœur qui m'empêchait de m'amuser avec mes copains, de sortir quand j'en avais envie, même pendant les vacances d'été. Qu'au fond, je lui en voulais, à elle, de me priver de ma liberté.

– Tout le monde m'a caché sa mort. Je ne comprends toujours pas pourquoi ils ont fait ça, comme si ça allait faire oublier la réalité de la situation. De ce que j'avais fait. Ils ont pu l'enterrer au bout d'une semaine, et ma mère n'est plus venue me voir à l'hôpital, après. Ça l'a bousillée. On m'a caché les obsèques de ma propre sœur.

Je voudrais relâcher Annabelle, lui dire de partir pour ne jamais revenir, je devrais avoir les couilles de la chasser pour de bon, pour la préserver, mais je n'en ai pas la force. Parce que la chaleur qu'elle m'apporte me laisse apercevoir une issue autre que la mort, parce que le tourbillon qu'elle fait naître dans mon ventre est devenu une drogue.

Elle dénoue nos doigts et je sens l'horrible doute me ronger les entrailles. Je ferme les yeux. Voilà. Elle va s'en aller. Finalement, il suffisait de lui dire que j'étais un assassin, ça aurait eu le mérite d'être clair dès le début, et elle ne serait jamais revenue vers moi comme elle l'a fait. Oui, j'aurais dû tout lui déballer depuis longtemps, on n'en serait pas là, maintenant.

Je la sens bouger près de moi, mais au lieu de s'éloigner, elle se met à califourchon sur mes cuisses et je suis toujours incapable d'ouvrir les yeux et d'affronter son regard. Je ne veux pas y voir de la pitié. Ma mère ne sait plus me regarder, elle a trop honte de moi. Je ne veux surtout pas lire dans les prunelles de ma secouriste un sentiment proche du vide qui m'habite.

Elle pose son front sur le mien, glisse ses doigts le long de ma nuque, les remonte sur le dessus de ma tête, joue avec mes cheveux plus longs sur le dessus. Je sens son souffle sur mon visage, le bout de ses doigts crisser sur mon cuir chevelu. Je retiens à grand-peine un gémissement sourd de satisfaction. Cette caresse est sublime. J'esquisse un sourire pour lui expliquer :

– Je pensais ne plus jamais rien ressentir. Physiquement, je ne ressens pas la douleur, alors je la cherche souvent. C'était pareil pour le plaisir. J'ai toujours baisé vite fait, ne laissant personne me toucher vraiment. C'est tellement immonde de ne rien ressentir dans ces moments-là, si tu savais. C'est si… inhumain.

Elle accentue la pression sur mon crâne et je gémis.

– Mais ça, tu aimes, non ?

Ses lèvres frôlent les miennes, son corps enroulé sur le mien m'apporte un réconfort que je suis loin de mériter.

– Oui…

Elle accentue la pression sur mon bassin.

– Et ça, tu le sens… ?

Je pose des mains timides sur ses cuisses, par-dessus son jean.

– Oui, putain.

Je remonte mes doigts pour que mes pouces glissent entre ses cuisses et son pubis et je la sens se cambrer contre moi. Son souffle s'accélère et elle m'embrasse doucement du bout des lèvres.

– Et ça… ?

Entre deux baisers, elle commence à insérer sa langue dans ma bouche, et j'appuie son corps sur le mien. Ma trique est tellement intense que sa position sur moi est presque douloureuse. Je remonte une main derrière sa nuque et enserre ses cheveux pour la maintenir contre moi.

– Je ne pensais pas pouvoir ressentir une caresse… Je croyais que j'étais insensible pour tout, de partout. Sur mon corps…

Je déboutonne son pantalon tandis qu'elle ondule de plus en plus fort sur moi.

– Dans mon cœur…

Elle me fait taire d'un baiser sauvage qui m'arrache une plainte impatiente et je la bascule brutalement sur le canapé. Elle soulève le bassin pendant que je tire son jean vers le bas et achève de la déshabiller. J'enlève mes vêtements comme si j'étais possédé, sous le feu de son regard que j'ose enfin affronter. Il brûle de désir. De passion. Il déborde d'amour.

Je me replace sur elle, nos corps nus se retrouvent. Elle écarte les cuisses pour m'accueillir mais je plante mes coudes de chaque côté de son visage pour lui caresser les cheveux, fondre dans son regard, m'immerger complètement en elle. Elle se mord les lèvres, comme si elle hésitait à dire ce qui la démange. J'imagine qu'elle va me répéter qu'elle m'aime, mais elle me surprend encore.

– Tu vois bien que tu ressens plein de choses… à l'intérieur.

Je l'embrasse longuement, amoureusement.

– C'est vrai, chuchoté-je.

Grâce à toi.

Et elle garde ses iris flamboyants ancrés aux miens tandis que je la pénètre lentement, sans à-coup, que j'ondule sensuellement sur elle en comprenant pleinement une expression que j'ai toujours trouvée absurde. Aujourd'hui, elle prend tout son sens.

Faire l'amour.

***

Je crois que je me suis assoupi.

On est allongés sur le canapé, emmitouflés sous la couverture, les membres étroitement emmêlés les uns aux autres. Je me libère, tâtonne au sol pour dénicher mon jean et sors mon téléphone de ma poche. Il est près de minuit et je commence à avoir la dalle. Annabelle ne bouge pas et respire doucement contre moi, j'imagine qu'elle dort. Elle est calée entre mon corps et le dossier du canapé. Je repose mes affaires par terre et pivote pour lui faire face. Aussitôt, elle vient se blottir contre mon torse et ma main libre se promène sur son corps en propriétaire. Je ressens pour la première fois cette sensation d'appartenance. Comme si, avec ce qu'on a partagé cette nuit-là, il n'y avait pas d'autre option possible. On s'est connectés, c'est indéniable. Même moi je ne nie plus.

Et si, jusqu'à présent, je me contentais de ne plus la chasser, je sais maintenant que je ferai tout pour qu'elle reste près de moi. Elle réveille en moi un maelström de sensations dont j'avais oublié la saveur. Elle a mis au jour mes blessures mais aussi cet amour dont je refusais la réalité.

Après tout, elle m'a sauvé la vie.

Depuis le premier jour, j'aurais dû comprendre qu'une force mystique voulait nous rapprocher. Je l'ai ignorée de toute mon énergie, mais ma secouriste est coriace. Elle a bravé sa timidité, sa gêne, sa douleur et ses propres démons pour être avec moi. Je crois que la moindre des choses, c'est que je lui témoigne la même faveur.

Ses cils papillonnent, son premier réflexe est de me sourire quand ses yeux reconnaissent mon visage, que ses doigts trouvent la peau nue de mon torse et de mes bras. Je lui caresse les cheveux, son sourire s'élargit.

– Merci, soufflé-je.

– De quoi ?

– De m'avoir sauvé.

Je ne parle pas de notre rencontre initiale. Je parle de tout le reste, mais je suis incapable de le lui préciser. Quand elle est dans la même pièce que moi, mon cœur s'emballe, mes paumes deviennent moites, mon ventre se réchauffe. Je veux être digne de son intérêt, de ses regards amoureux. Oui, en sa présence, mon côté sombre est écrasé par sa lumière. Et je deviens accro. C'est quand je lui fais l'amour que cette luminosité éclate partout en moi, autour de moi. Et même si je suis terrorisé à l'idée d'être de nouveau abandonné à mes ténèbres, je veux prendre le risque.

Un nouveau challenge.

La garder. La rendre heureuse.

Je lui embrasse le bout du nez et me tourne pour me placer sur le dos. Mon estomac se manifeste et je lance un regard circulaire, en quête d'une idée pour me remplir le ventre. Il est trop tard pour se faire livrer.

– Ça met longtemps à cuire, ton truc?

– Non, moins d'une demi-heure. Et c'est un rôti.

Je me lève sans trop de délicatesse, enfile vite fait mon caleçon – je n'ai jamais aimé me balader nu – et m'apprête à l'enfourner lorsqu'elle s'écrie :

– Non, il faut préchauffer le four avant!

Je grogne en m'exécutant, réglant le bouton à fond et découvre mes cigarettes et ma beuh par terre. J'inspecte les paquets, hésite à balancer l'herbe, mais comme je n'ai pas envie d'inhaler du plastique fondu, je me résigne à la jeter. Je sauve quelques paquets de clopes et m'en décachette un en fouillant dans les placards en quête d'un truc à bouffer. Je déniche un paquet de chips entamé, me sors une bière.

– Tu veux quelque chose?

Je suis encore étonné de l'avoir vue fumer, quelques jours plus tôt. Elle se lâche petit à petit avec moi et mes amis, mais pas comme si elle se forçait pour intégrer notre bande. Plus comme si elle souhaitait vraiment expérimenter. Des vices, des plaisirs…

Je sens mon sexe se tendre à ces pensées de tout ce que je rêve de lui faire vraiment. Laisser parler mon côté obscur avec elle, dans une entente et une acceptation totales. Maintenant qu'elle connaît la plus grande partie de mon âme nécrosée, j'ai très envie de la lui révéler dans les plaisirs de la chair. Je bande rien que d'y penser.

Annabelle me rejoint, enroulée dans la couverture. Je sais qu'elle est complètement nue en dessous et je me retiens de la renverser sur le sol. Elle baisse le thermostat du four, y place sa viande, prend le paquet de chips et retourne sur le canapé.

– Je veux bien une tequila, si tu en as encore.

Je souris en lui préparant son verre, me replace à ses côtés et allume une cigarette. Elle boit le liquide doré par petites gorgées et je ne peux pas m'empêcher de me tourner pour regarder sa gorge délicate, le tracé de sa mâchoire, de remonter me perdre un instant dans ses yeux de démone. Puis elle se penche pour fouiller dans son sac et en extirpe son portable. Elle soupire en le reposant sur la table basse.

– Un problème ?

Son haussement d'épaules est presque imperceptible sous la couverture.

– C'est Gauthier. Il me fait la gueule.

Je souffle la fumée au plafond.

– Je sens qu'on s'éloigne et ça me fait de la peine. Je comprends pas pourquoi il réagit aussi mal, lui aussi s'est fait des amis sans moi, à la fac.

– Tu comprends pas ?

Sa naïveté n'a pas de limites. C'est touchant. Comme elle reprend son verre pour le finir, je poursuis, bien décidé à étaler toutes nos interrogations au grand jour :

– Il est amoureux, Annabelle.

La clope calée au creux de mes doigts, je la fixe pour étudier sa réaction. D'abord elle reste figée, comme si mes mots ne parvenaient pas jusqu'à son cerveau. Alors j'insiste.

– De toi.

– Pfff.

Voilà, c'est tout ce qu'elle est capable de prononcer, en fronçant les sourcils.

– C'est mon meilleur ami. Depuis si longtemps…

– Crois-moi, la coupé-je, il est amoureux de toi. Je l'ai compris dès la première fois que je vous ai vus, à la soirée médecine. Sa manière de te regarder, de te toucher et de me fusiller du regard… Pas de doute.

– Il est protecteur avec moi. Surtout depuis mon accident.

– C'est plus, Anna. Tu es trop impliquée pour t'en rendre compte.

Mon estomac s'est serré depuis que je le lui ai dit. Quels sont ses sentiments à elle ? Et si elle décide de se tourner vers son ami, qu'elle se rend compte qu'elle l'aime, elle aussi ? Elle est perdue dans ses pensées, sceptique, et ma question fuse toute seule :

– Et toi ?

Elle tourne son visage de poupée vers moi et m'interroge du regard.

– En sachant ça. Tu ressens quoi pour lui ?

Son bras sort de la couverture, se tend pour toucher ma joue rugueuse, il faut que je me rase. Je ne retiens pas mon instinct animal et penche la tête pour apercevoir sa peau sous le tissu qui la couvre. Puis ma main se faufile d'elle-même dans la chaleur de son cocon. Elle ferme les yeux quand mes doigts rencontrent la chair tendre de son ventre.

Oh, putain, j'avais raison. Elle est toute nue.

– C'est mon ami. Il ne sera jamais plus.

Sa confidence me rassure et je relâche mon souffle. Je retire ma main pour récupérer ma clope sur mon cendrier de fortune et me remets à fumer.

– Pour ce qui s'est passé avec Isaac… dit-elle, j'ai pas compris ta réaction.

– Laquelle ? J'ai pas mal de réactions débiles.

– Tu n'as rien fait quand il a commencé à… me toucher.

On a décidé d'être toujours honnêtes, hein ? Pas de faux-semblants ?

– Je crois que ça m'excitait. Au début.

– Tu as déjà fait ça ? Partager une fille ?

Je mets plus de temps à répondre, elle ne connaît pas encore tout de moi. Elle est si pure, si innocente…

– Oui. Quelques fois.

Je tente un coup d'œil dans sa direction, son visage s'est empourpré et ses pupilles sont dilatées. Elle se penche sur la table et se ressert un petit verre de *shooter* qu'elle avale cul sec.

– Pourquoi tu es intervenu ? fait-elle d'une voix enrouée.

– Déjà, ça avait pas l'air de te plaire. Ça m'a réveillé. Et quand vous êtes tombés par terre, qu'il t'a embrassée, j'ai vrillé. Je supportais pas qu'un autre te touche.

J'écrase ma clope et me tourne vers elle, lui saisis le menton pour qu'elle me regarde en face.

– Je veux pas qu'un autre te donne du plaisir. C'est mon truc à moi.

Elle ancre ses prunelles aux miennes, puis fixe ma bouche un long moment avant de donner son avis.

– C'est que toi et moi.

Pour toute réponse, je l'embrasse fiévreusement. Puis elle se redresse et quitte le salon pour la cuisine.

– Anaïs avait peut-être raison, finalement.

Je vais à sa rencontre, elle me fait signe de sortir la viande du four et je m'exécute, en prenant un chiffon pour ne pas me brûler, cette fois.

– Qu'est-ce qu'elle t'a dit encore ?

– Elle m'a conseillé de te rendre jaloux.

– Anaïs et ses idées de merde... grogné-je.

– Mais je l'aurais jamais fait, même si apparemment, ça a bien marché.

Elle prend des plats et les pose dans le salon, puis commence à s'habiller à mon plus grand désarroi. Mais après tout, l'effeuillage, c'est excitant aussi.

– T'as parlé de ça avec elle ?

– C'est elle qui a abordé le sujet. Ils n'étaient pas dupes.

Je râle pour montrer mon mécontentement. Je trouve deux fourchettes mais un seul couteau, des assiettes en carton, ça fera l'affaire. J'ai trop faim. Je découpe la viande, m'en sers une tranche avec des pommes de terre froides et coupe grossièrement ma viande avant de laisser le couteau à Annabelle qui se prépare une belle assiette, avec un peu de tout. À côté, je mange comme un sale. Elle me désigne la bouteille de rouge et je bois au goulot. Elle soupire d'exaspération.

– Quel sauvage… T'as pas un verre qui traîne ?

Elle s'empare du sien, un vieux verre à moutarde, comme pour me montrer l'exemple et boit délicatement. Je reprends une gorgée directement à la bouteille. Je détaille sa tenue, elle s'est complètement rhabillée, s'est attaché les cheveux en une queue-de-cheval haute. Je suis toujours en caleçon, remarque ma chair de poule et délaisse mon repas cinq minutes pour m'habiller moi aussi. Puis je finis mon assiette alors qu'Annabelle a à peine touché à la sienne. En retournant à la cuisine pour me prendre une bière fraîche, je découvre des pâtisseries et les sors pour les emmener sur la table du salon.

– Je ne savais pas ce que tu préférais… explique-t-elle.

Sans hésiter, je prends la tarte au citron. Est-ce parce que j'ai le goût moins prononcé que les autres ? Quoi qu'il en soit, j'aime quand ça pique. Je lui explique. Elle semble réfléchir en picorant dans son assiette.

– Ça paraît logique.

Je m'assois sur le canapé en face d'elle le temps de fumer ma cigarette sans trop l'ennuyer. On se regarde de temps en temps, à travers les volutes de fumée.

– J'aime ta manière de fumer.

Je soulève un sourcil.

– Ah bon ? Pourquoi ? Je pensais que tu détestais ça.

– Tu as une façon d'aspirer la fumée, de jouer avec le filtre sur tes lèvres…

Je souris carrément en entendant ces mots.

– En fait, t'es une vraie cochonne.

Elle me tire la langue et boit une gorgée de vin.

– Tu es sensuel, termine-t-elle en laissant son assiette pour s'adosser au canapé.

– Moi ? m'indigné-je. La brute sans cœur ?

– Tu n'es pas une brute, murmure-t-elle presque pour elle-même.

Puis, tout à trac, elle me balance :

– Tu l'as pas tuée.

Je fixe ses yeux qui me harponnent et me supplient de ne pas me détourner. Je serre les dents pour me retenir de dire des saloperies que je vais regretter.

– C'est ton opinion, dis-je finalement en reprenant ma cigarette et en tirant une dernière taffe.

Elle se lève et vient s'asseoir à côté de moi en s'agenouillant à moitié pour pouvoir me faire face. J'écrase mon mégot sur les autres et sors automatiquement une autre clope. J'ai vraiment besoin de m'occuper les mains. Elle suit chacun de mes mouvements des yeux et pose des doigts apaisants sur le demi-crâne qui recouvre le dessus de ma main.

– Ce n'était pas ta responsabilité. Tu as fait une erreur, mais tu étais jeune et tu ne pouvais pas savoir…

– Je suis responsable, Anna.

– De l'accident, peut-être. Mais tu n'avais pas la responsabilité de ta sœur. Et je répète que tu ne l'as pas tuée. C'était un horrible accident.

Mes mains tremblent sur le briquet et je m'y prends à trois fois avant d'allumer ma tige. J'aspire la nicotine comme si je pouvais m'injecter une dose de poison directement dans les veines et fixe un point sur le mur en béton.

– Tu pourras dire tout ce que tu voudras, j'ai sa mort sur ma conscience depuis huit ans.

– Je comprends. Vraiment. Et je sais que tu te punis, chaque jour. Je crois que tu culpabilises assez sans avoir à te flageller sans arrêt. C'était un terrible accident, Angel. Tu as assez souffert.

– Jamais assez. Jamais trop.

– Tu as pris une décision stupide, d'accord. Mais on n'aurait jamais dû t'imposer cette charge qui n'était pas la tienne.

Ses mots circulent en moi, mais ne m'apportent aucun réconfort. Ils se heurtent au mur que j'ai bâti autour de ma conscience et de ma culpabilité. Sur le canapé en face, Elia me toise et me lance un sourire narquois.

Je te déteste.

– Tu ne voulais pas sa mort. Tu ne l'as pas tuée.

Pourtant, je n'ai pas pensé à elle, ma sœur, au moment où je l'ai mise dans la voiture. Si je l'avais aimée un peu plus, si j'avais été moins égoïste, j'aurais annulé ma journée et je me serais occupé d'elle comme ma mère me l'avait demandé. Mais je n'ai pensé qu'à ma gueule.

– Tu as assez souffert, Angel. Tu as le droit de vivre. D'être heureux.

Quelque chose se détache en moi. Ça claque dans ma tête tandis que je fume doucement, que les doigts d'Annabelle parcourent mon cou et remontent sur ma nuque. Elle pose son front sur ma tempe et je continue à fixer Elia de l'autre côté.

– Je déteste cette ville, dis-je comme si je n'entendais pas les paroles rassurantes de ma secouriste. Je déteste les montagnes, que je regardais pendant des heures quand j'étais à l'hôpital. Je déteste savoir que ma sœur est morte à quelques kilomètres de là. Je croyais que je ne pourrais jamais m'en passer, mais en fait c'est l'inverse. Elles me tirent vers le bas.

– Tu voudrais aller où?

Je bascule la tête sur le dossier, emprisonnant sa main dans mes cheveux, et la regarde en ignorant le fantôme de ma sœur qui tire la gueule.

– Dans le Sud, peut-être. Voir la mer au lieu des montagnes. Je sais pas.

Ce qui est sûr, c'est que ma mère ne partira jamais d'ici. Elle ne quittera jamais le souvenir de ma sœur. Mais ça fait du bien de rêver.

– Pourquoi tu continues à te punir, Angel?

– C'est-à-dire?

– Les combats, ta manière de vivre... Tu entretiens ta punition, ta culpabilité.

Si tu savais, jolie Anna...

Comment lui dire que ma mère ne me laisse jamais oublier ce que j'ai fait? Qu'elle nourrit cette haine en moi que j'ai ensuite besoin d'expulser en me battant? Comment lui faire comprendre qu'une mère peut se montrer plus destructrice que protectrice? Et que, d'une manière, je cherche cette douleur qu'elle m'inflige? Parce que je sais la mériter?

La main libre d'Anna se faufile sous mon pull et vient taquiner mes muscles, en dessiner les contours.

– Moi, tu me fais tellement de bien...

Elle se mord la lèvre, comme si elle en disait trop, et me lance une œillade à la dérobée avant de continuer :

– Je voudrais tant produire le même effet sur toi. Te faire tout oublier...

– C'est ce que tu fais, douce Anna.

Est-ce que ça sera suffisant?

– J'aimerais que tu envisages quelque chose, ajoute-t-elle. Mais tu vas te moquer de moi.

Je souris déjà devant son embarras.

– Dis-moi.

– La nuit de notre rencontre. J'aimerais que cette nuit où tu as failli mourir marque la fin de ton errance. Que tu considères qu'une nouvelle vie s'offre à toi, comme une nouvelle chance de repartir à zéro. Tu en as assez bavé, il est temps que ça s'arrête, tu ne crois pas?

Je me retiens de lui parler de Marcello qui a joué à la roulette russe avec moi, de mon besoin de me battre qui est profondément enraciné désormais, du fait que j'attends la mort chaque jour. Je sais qu'Anna illumine ma vie, mais pour combien de temps? Combien de temps avant qu'un autre ne veuille me faire la peau? Avant que je ne tombe pour ne jamais me relever? Je ne suis pas certain de pouvoir m'extirper un jour du cercle vicieux dans lequel j'ai chuté.

Je veux être honnête, mais je ne peux pas lui mentir. Et quand elle se penche sur moi pour m'embrasser, je me contente d'une demi-vérité :

– Je veux bien essayer.

– Je t'aiderai à y croire, Angel.

Elle m'enfourche et je lui caresse le dos, ressentant sous mes doigts la chaleur de sa peau comme si je n'étais pas brisé de l'intérieur. Elle se cambre avant de se plaquer contre moi dans une étreinte presque désespérée. Elle me serre fort et soupire dans mon cou.

– Je t'aime, Angel.

Mon cœur se comprime à ces mots, devient une petite pierre dure dans ma cage thoracique, réflexe de protection stupide que j'ai forgé depuis tant d'années.

– Laisse-moi entrer, murmure la voix hypnotique d'Anna contre ma bouche. Je te promets de ne jamais te faire de mal.

Les promesses sont des flèches empoisonnées. Je le sais. Je m'étais juré de ne plus jamais me faire avoir. Mais Anna est différente. Elle est pure, si angélique.

Elle, je lui fais confiance. Je veux la croire.

28

Annabelle

Je vois souvent Anaïs, elle devient une vraie copine. On passe ce samedi en ville à faire les boutiques, on mange dans un bon petit bistrot, puis on finit notre journée chez le coiffeur. Ce soir, on prévoit une super soirée déguisée après le *fight*, et je suis bien décidée à me lâcher. On se sépare à un arrêt de tram, vu qu'on ne va pas dans la même direction, après qu'elle m'a donné son adresse. J'arrive chez moi exaltée par ma journée, excitée par la soirée qui m'attend, et le regard de mon père quand je franchis le seuil me gonfle de bonheur. Il me fait un sourire plein de compassion.

– Tu as passé une bonne journée, ma chérie?

– Super, et toi, papa?

Il ne répond pas et ouvre le frigo. Il me dit souvent que les problèmes de l'hôpital doivent rester à l'hôpital, et quand il élude mes questions, c'est en général que sa journée a eu son lot de blessés, voire pire. Chirurgien n'est pas le métier le plus reposant qui soit. C'est quand il s'assoit derrière l'îlot de la cuisine, avec sa canette de Perrier à la main, qu'il remarque mes cheveux.

– Ça te va bien! J'en reviens pas que tu aies osé les couper…

Il s'arrête, comme s'il risquait de trop en dire.

– On peut en parler, papa. On voit ma cicatrice dans mon cou. Je ne veux plus la cacher.

– C'est bien, Anna. Tu reprends le dessus, je suis fier de toi. Tu sais qu'on t'aime telle que tu es. Qu'on te soutiendra toujours.

Je me mords la lèvre à la pensée de mon petit ami, boxeur de 24 ans qui vit dans un squat, ne travaille pas, n'a pas beaucoup d'ambition dans la vie, à part puncher ses adversaires lors de combats clandestins. Chaque chose en son temps. Ils savent que je vois quelqu'un, c'est déjà bien.

– Je ne rentre sûrement pas ce soir! lancé-je en montant l'escalier.

Je balance tous mes achats sur mon lit et me plante devant le miroir. Même si je suis plus maquillée que d'habitude, ça reste discret. Mes yeux sont mis en valeur et ma coiffure est parfaite. Anaïs a bien fait de m'orienter dans ce petit salon sans prétention, le coiffeur qui y travaille est un vrai pro.

– Tu étudies, quand même?

Je sursaute à la voix de mon père qui m'a suivie jusque sur le seuil de ma chambre. Je le regarde à travers le miroir, il s'appuie au chambranle avec son épaule comme pour signifier qu'il va rester un petit moment.

– Tu sors beaucoup, ces derniers temps, insiste-t-il.

– On a des examens de bac blanc la semaine prochaine, avant les vacances de Noël. Je suis prête, tu sais. J'ai beaucoup étudié l'année dernière, même si je n'allais pas en cours.

Dans la solitude de ma chambre, je lisais les programmes, faisais des exercices de bac pour m'occuper et garder un certain niveau, très souvent avec Gauthier. Je l'aidais à réviser. Pour tout dire, aujourd'hui je m'ennuie beaucoup en classe. J'y passe de nombreuses heures à rêvasser de mon beau Angel…

– J'aurai mon bac avec mention, dis-je avec assurance en me retournant pour faire face à mon père. Rassure-toi.

Il s'en va après m'avoir encore posé quelques questions sur mon petit ami, mais je suis restée évasive. Pour le moment, ils savent seulement qu'il est plus âgé que moi. Je passe l'heure suivante à me préparer, me faire belle en retouchant légèrement le maquillage. Je me bombe les cheveux en orange, et si je me trouve plutôt décalée ainsi, avec la tenue adéquate, je me trouve super. Plus que super. Sexy.

Je fais la moue à mon reflet, imaginant l'effet que je vais produire sur Angel. Je fourre des affaires de rechange dans un sac, ma trousse de toilette (au cas où on dort sur place) et préviens mon père de mon départ. Je file jusque chez Anaïs en voiture et l'attends dans la rue en mettant le chauffage et mes warnings. Quand elle arrive, en tenue et avec sa longue capuche rouge rabattue sur la tête, le masque accroché à son bras comme dans la série *La casa de papel*, un frisson remonte le long de ma colonne vertébrale.

– Waouh, la classe !

– Je te retourne le compliment, dit-elle en prenant place à mes côtés. Pas mal la caisse !

Je n'ose pas dire que c'est mon cadeau pour mes 18 ans. À côté de mes amis, j'ai l'impression d'être plus que privilégiée, et ça me met mal à l'aise. On roule dans une joyeuse ambiance de musique et de rires insouciants. On arrive chez Andreas une demi-heure environ avant le coup d'envoi des combats, et il y a déjà du monde qui franchit les grandes portes d'une grange, à quelques mètres d'une immense maison en pierre. C'est là que je me gare, comme une VIP. Je vois tout de suite que les invités ont respecté le code vestimentaire et on croise une bonne dizaine de zombies avant de parvenir à l'entrée du bâtiment.

– Ils n'ont aucune imagination, c'est dingue ! s'écrie Anaïs. Attends, je vais faire une blague à Isaac. Ce soir, appelez-moi Tijuana.

Elle rabat la capuche sur sa tête, avec le masque si caractéristique sur son visage, puis s'éloigne sans un mot de plus. Je souris en faisant un tour d'horizon pour voir si Angel est déjà là ou s'il se prépare encore. Quand je le repère, il est face à moi alors qu'Andreas me tourne le dos. Il se trouve à une bonne dizaine de mètres et ne me remarque pas tout de suite. Du moins, il me regarde, ne me reconnaît pas et continue sa conversation sans plus se préoccuper de moi. Mon cœur se comprime devant cette indifférence non feinte.

Alors ça fait cet effet, de ne pas être vue de lui ?

Je le vois pourtant jeter des coups d'œil furtifs vers l'entrée, comme s'il attendait quelqu'un. J'en profite pour l'observer à la dérobée : il porte son éternel pantalon gris de combat, comme il l'appelle, et un sweat à capuche dézippé dévoilant son torse nu et sa peau veloutée. Je sens tous mes muscles internes se contracter tandis que je m'approche de lui tel le chat s'apprêtant à sauter sur sa proie. Enfin, il remarque cette tache orange qui avance et me regarde à nouveau. Ses yeux sont inexpressifs, jusqu'à ce qu'il me reconnaisse. Alors ils se mettent à briller, ses lèvres s'étirent dans un sourire canaille et j'avance plus confiante. Andreas se retourne au moment où j'arrive à leur niveau. Comme j'ai préparé mon entrée, je sors ma carte d'identité de la poche arrière de mon pantalon et lance à Angel un regard amusé :

– Leeloo Dallas Multipass[1] !

Andreas éclate de rire et Angel fait une drôle de tête, entre l'amusement et la stupéfaction. Quand il voit son ami si troublé, l'Espagnol se détourne pour nous laisser seuls et seulement alors Angel semble se reconnecter avant de saisir ma taille à deux mains. Puis il se penche pour me chuchoter à l'oreille :

– Tu pourrais dire « Leeloo Pappas Multipass »…

1. Héroïne du film *Le Cinquième Élément*, de Luc Besson.

Je me contente de le dévisager, incrédule et ravie qu'il entre dans mon jeu. Puis lui souris.

– Tu es magnifique ! dit-il gentiment.

– On n'aurait pas dit.

Je fais la moue en fixant sa bouche.

– Qu'est-ce que tu racontes ?

– Tu m'as aperçue deux fois et tu m'as à peine regardée.

– Mais je t'avais pas reconnue ! T'es une bombe !

En même temps, je devrais être rassurée, il ne voit même pas les autres filles… !

– Et ta perruque est bien faite.

– C'est mes cheveux, enfin !

– Ah bon ?

Pour être sûr, il tire sur mes mèches de devant, m'arrachant un petit cri de protestation.

– Tu t'es coupé les cheveux ? C'est une nouvelle Anna ce soir ?

Dans sa bouche, cette phrase sonne comme une promesse et je sens mon cœur s'emballer. Oui, ce soir, j'ai décidé de me lâcher. De m'amuser comme je ne l'ai jamais fait. Anaïs débarque avant même que j'aie pu échanger un baiser avec mon amant.

– Pfff, Zac n'est pas drôle ! Je lui ai fait un petit numéro et il m'a calcinée sur place ! Il est encore d'une humeur massacrante.

Angel grogne pour confirmer ses dires.

– Je vous laisse, les filles, Hermès doit aller se battre.

Et il me vole un baiser avant de se détourner. Je gémis en le regardant s'éloigner, frustrée de ne pas avoir pu me perdre quelques instants avec lui. Oui, on s'est quittés le matin même, mais ce n'est pas une raison !

– Viens, Andreas m'a montré un spot d'où on aura une super vue !

Je la suis, et je dois reconnaître que je détonne dans la foule avec mes cheveux orange. Au moins, Angel n'aura pas de mal à me repérer. On grimpe sur une échelle et on s'installe dans une sorte de niche dans le mur qui fait à peu près un mètre de profondeur, d'où on a une vue imprenable sur la salle. Une jolie brune est déjà installée et nous salue, puis échange quelques mots avec Anaïs, qui du coup se retrouve entre nous deux.

– C'est la sœur d'Andreas, me crie-t-elle pour couvrir la musique qui résonne plus fort qu'en boîte, maintenant qu'on se retrouve à trois mètres de l'ampli.

– Je suis pas sûre que ce soit la meilleure place !

– Ils vont couper la musique après.

J'attends patiemment que le combat commence. Isaac fait son entrée et fend la foule pour rejoindre le ring. Il saute par-dessus la sangle, le silence se fait d'un coup et je repère Manu avec Jérémy, qui me voit et me fait un signe amical.

Il m'a reconnue, lui au moins !

J'observe attentivement Isaac et me dis qu'il n'a vraiment pas l'air d'aller bien. Il est cerné, arbore un rictus agacé et même un tic nerveux, il porte régulièrement ses doigts sur son sourcil pour le lisser. Quand il prend la parole, sa voix d'habitude enjouée et malicieuse fait place à un ton grave et déterminé. Il annonce d'abord Hermès, qui fait son entrée en regardant droit vers moi. Son sourire entendu fait bondir mon cœur dans tous les sens et Anaïs me donne un coup d'épaule, l'air de dire « Tu vois, je t'avais dit qu'il était accro ». Je souris comme une idiote et n'entends pas le nom du premier challenger d'Angel. Ils se battent une bonne dizaine de minutes, mais j'ai l'impression qu'Angel se retient, je l'ai souvent observé pendant ses entraînements ; je sais qu'il est capable d'y aller bien plus fort.

On papote entre filles pendant la première pause, et je ne peux pas m'empêcher de repenser à la première fois où j'ai vu Angel se battre. J'étais avec Gauthier qui avait tiré la gueule toute la soirée. Dans un sens, je suis peinée de ne pas pouvoir partager ces moments avec lui, mais je sais aussi qu'il désapprouverait. Je me promets d'essayer de le faire entrer dans ce monde avec moi, de le convaincre que je ne risque rien. Je ne supporte pas qu'on soit fâchés.

Je me rends à peine compte qu'un nouveau round a commencé, avec un nouveau challenger, plus musclé que le précédent, qui arrive à désarçonner Angel un moment. Je bondis sur place, c'est-à-dire sur les fesses, pousse des cris perçants, encourage mon boxeur, et parmi tous ces gens, j'ai une attitude normale, même avec mon costume. Je me sens à ma place.

Je me sens si bien.

Angel finit par prendre le dessus, même si l'autre en face lui fait une espèce de prise avec la jambe qui le fait tanguer. Quand le klaxon sonore indique la fin de ce deuxième round, je fais un signe aux filles pour leur indiquer que je les laisse un moment.

Je dois le voir.

Je passe devant Isaac et lui demande où est Angel. Il me détaille longuement sans me répondre et se détourne, l'air perdu dans ses pensées. Je décide de jouer des coudes jusqu'à l'extérieur et me fais alpaguer avant de mettre un pied dehors.

– Pratique, tes cheveux orange.

Je me retourne vers Angel qui m'entraîne immédiatement contre un mur, près de la porte d'entrée. Je me blottis contre son torse dur et encore humide, tandis qu'il m'enferme dans ses bras. Puis il glisse son doigt sous l'élastique orange de mon harnais au niveau de l'épaule et le fait claquer sur ma peau.

– Ça me donne des idées, ça…

Je sens tout mon corps chauffer au ton coquin qu'il emploie et je lève le visage vers lui. Il m'embrasse tendrement. Je le laisse m'inonder de l'odeur entêtante, de la chaleur indécente qu'il dégage et souris de contentement.

Je n'ai pas le temps de lui demander quel costume il a prévu qu'Isaac arrive par-derrière et lui parle à l'oreille. Il me lance encore ce drôle de regard brillant d'une émotion que je n'arrive pas à définir, puis Angel le suit après un clin d'œil complice à mon intention. J'avise, dans le fond de la grange, le coin bar tenu par Jérémy et Manu et m'en approche pour boire quelque chose. Quand les matchs seront terminés, on pourra profiter de la soirée tous ensemble.

– Super costume, Anna ! s'écrie Jérémy avant de me tendre une bière bien fraîche.

Je le remercie d'un sourire timide.

– Et vous, alors ?

– Après, on a de quoi se changer.

La voix d'Isaac résonne tout à coup dans l'espace et j'ai beau me retourner pour voir le ring, je n'aperçois pas grand-chose.

– Pour ce dernier round, je vous prévois du gros. Du lourd. Vous voulez voir un adversaire à la hauteur de notre Hermès ?

Un pressentiment vient me chatouiller l'estomac. Angel ne m'a pas dit qu'Andreas voulait de nouveau se battre avec lui. Je ne souhaite pas qu'ils s'amochent, surtout avant notre soirée. Les exclamations se calment et je tends l'oreille.

– Vous voulez du sang ? crie Isaac.

Acclamations enthousiastes chargées de testostérone. Mon pouls s'accélère.

– Vous voulez de la rage ?

Je me retourne et me précipite pour me rapprocher des boxeurs.

– Ce soir, pour la première fois… Ce sera Hermès contre Siaka !

Ce n'est que quand je suis au plus près d'un poteau avec une vue dégagée que je comprends que ce nouvel adversaire n'est autre qu'Isaac. Sous les clameurs et les sifflements, il se débarrasse de son pull et le balance dans la foule, se retrouve en tee-shirt mais l'enlève également en tournant autour du ring, pour se retrouver torse nu. Son regard me fait peur. Il est chargé d'une haine qu'il a, aujourd'hui, besoin lui aussi d'expulser. J'ai bien compris, à voir Angel se battre régulièrement, que ce dernier se retient la plupart du temps. Il sait doser sa force pour ne pas faire tomber ses challengers trop tôt, il se fait rarement vraiment mal, sauf devant un mec aussi nerveux que lui. Andreas, par exemple.

J'essaye de capter l'attention d'Angel mais il fixe obstinément son ami, luttant apparemment entre laisser tomber et faire plaisir à Isaac en se défoulant avec lui. Avec Andreas, ils forment un trio infernal, toujours à chercher les sensations fortes, la douleur, l'exaltation, l'excitation de donner des coups, mais aussi et surtout d'en recevoir. Ils sont bruts, brutaux, et peuvent rapidement se transformer en de véritables animaux en quête de sang.

Quand Andreas se pose à côté de moi, je lui secoue le bras.

– Fais quelque chose, ils vont s'entre-tuer !

Je n'aime pas ce que je vois dans le regard d'Angel. Ses yeux sont de nouveau très sombres, trop pour que je perçoive la nuance de gris qui peut s'y refléter. Les vociférations autour de nous les enveloppent et les transportent dans un lieu où plus rien n'existe à part se défouler.

– T'inquiète. Mais c'est sûr qu'ils vont pas faire semblant, pour le coup.

Je gémis de frustration et quand je vois l'Espagnol enjamber les sangles rouges et se mettre entre les deux, je me dis que ça peut encore s'arrêter là. Mais il saisit le klaxon à air comprimé et le fait sonner.

– Que le meilleur gagne !

Je me bouche les oreilles et ne peux qu'assister, impuissante, à la déchéance des deux amis. Andreas revient de mon côté et je crois qu'il s'apprête à tout moment à me retenir d'intervenir. Il prend ma bière que je tiens toujours entre mes doigts et la boit à grandes gorgées. De toute façon, je la trouvais hideuse.

Je ne sais pas ce qui me fait le plus peur : les crochets et les uppercuts qui s'enchaînent, marquent les peaux, ou la lueur d'excitation que je lis aussi bien dans les yeux d'Angel que dans ceux d'Isaac.

Pas un pour rattraper l'autre !

Les deux amis se connaissent bien, se battre entre eux est aussi naturel qu'une tape amicale sur l'épaule, mais là, ils y mettent tout leur cœur. Angel prend toujours garde de bien protéger son visage, mais un direct bien placé lui éclate la pommette et le sang gicle autour de lui. Il utilise plus que d'habitude ses jambes et ses pieds, attribuant à Isaac des *kicks* fouettés qui le font reculer au plus près de la foule.

Rapidement, je sens la présence d'Anaïs près de moi, aussi déconcertée que moi.

Si au début je me sens complètement démunie et inquiète pour le garçon que j'aime, qui est en train de se mesurer à son meilleur ami, l'excitation et les mugissements de la foule ont raison de moi : j'encourage maintenant comme une lionne mon Hermès qui n'est jamais plus impressionnant que quand il joue des poings. Anaïs prend le parti d'Isaac et bientôt, on se retrouve à sauter en hurlant comme des forcenées.

À un moment, Isaac s'écroule au sol après un coup dans le genou, et je vois Angel hésiter une fraction de seconde. Il se bat, mais il n'est pas emporté par le combat comme lorsqu'il s'est mesuré à Andreas. Il garde le contrôle de lui-même, et je me demande bien comment ça se fait, pourtant Isaac a plus de technique que l'Espagnol. Il connaît par cœur les faiblesses d'Angel et sait les exploiter. Quand il comprend qu'Angel se retient, la rage déforme son visage et il se redresse en faisant un balayage au niveau du sol, propulsant Angel par terre, au même rang que lui. Puis il le maintient ainsi et lui donne des coups traîtres. Je lui hurle de le lâcher et je panique à l'idée qu'ils se fassent vraiment mal. Isaac n'est pas dans son état normal, ils ne devraient pas être en train de se tabasser de cette manière. Mais Angel lui assène un coup de genou dans les côtes qui fait basculer Isaac sur le flanc. Celui-ci se redresse maladroitement, visiblement sonné, et quand Angel se hausse sur un coude à son tour, il lui envoie violemment son poing droit en pleine face. Isaac s'écroule, avec, je le jure, un sourire plaqué sur le visage.

Ils sont tous fous!

Andreas intervient, fait reculer Angel qui tangue et s'accroupit aux côtés d'Isaac. L'Espagnol a les genoux repliés et frappe le sol avec sa main de façon saccadée. Alors que Jérémy passe sous le cordon rouge pour évaluer les dégâts, Andreas se lève et donne un coup de klaxon.

– Notre vainqueur : Hermès!

Comme chaque fois que le match est terminé, la foule acclame, bouscule, cherche à féliciter son champion, la musique est relancée. Je me retrouve très rapidement submergée et abandonne l'idée de rejoindre Angel. Jérémy, Andreas et Manu aident à porter le perdant hors du ring, et je leur emboîte le pas, me retournant quand même pour voir Angel me lancer un regard désolé depuis le fond de la grange.

Quand je me retrouve dehors, je regrette immédiatement la chaleur du bâtiment, frissonne dans mon tee-shirt qui me découvre le nombril et traverse rapidement un grand jardin avec les garçons, suivie de près par Anaïs et la sœur d'Andreas.

– Dans quel état il l'a mis! s'écrie cette dernière.

Isaac marche, mais épaulé par Manu et Jérémy, un œil est

complètement boursouflé et fermé, sa lèvre saigne encore du dernier coup infligé.

– Je crois qu'ils ont reçu autant l'un que l'autre, ne puis-je m'empêcher d'affirmer.

Ils installent Isaac sur un canapé planté dans un grand et large couloir et Jérémy s'agenouille près de lui. Il fait son inspection, longuement, tandis que les filles regardent de loin. Je m'approche du médecin en herbe, me penche sur son épaule. Il ne perd pas de temps et lave les blessures. Il pose des *strips*, étale une sorte de colle sur les plaies qui n'ont pas besoin d'être recousues, tâte le ventre et les côtes du blessé qui gémit.

– Et Pappas, il a besoin de rien? demande Jérémy, toujours agenouillé devant Isaac.

– Non, ça va.

Je retiens une exclamation quand la voix d'Angel résonne si près de mon oreille et je me retourne en même temps. J'ai envie de lui sauter au cou, de l'embrasser comme une enragée, mais il me désigne Isaac d'un mouvement du menton.

– Comment il va?

Je l'attire loin des autres pour pouvoir parler tranquillement avec lui.

– Il va bien, t'inquiète pas. Rien de grave, en tout cas.

Je sais que lui faire la morale ne servira à rien à part l'énerver, et je m'abstiens.

– Et toi? Tu es sûr que tu n'as rien?

Il porte une cigarette à la bouche et aspire une longue taffe avant de répondre.

– Rien de pire que d'habitude.

Alors je me détache de son visage dont la pommette ne saigne plus, parcours son corps avec des yeux que je veux professionnels. Il a des bleus à profusion, dont deux plus volumineux juste sous les côtes et au niveau du genou.

– Tu n'as pas de mal à marcher? Ton genou n'est pas joli.

– C'est quand je suis tombé, ça va passer.

Je grogne, sachant que ça ne servira à rien de lui parler de médecin ou de soins.

– Viens au moins nettoyer ton visage, on dirait un cannibale.

J'attrape les *strips* au passage et l'emmène dans la cuisine. Je lui rince longuement les traces de sang, ne résiste pas à l'envie de l'embrasser tendrement sur les lèvres avant de lui poser le pansement sur la joue. Il me saisit par les hanches, me soulève en me faisant pivoter et me dépose sur le plan de travail, avant de venir se nicher contre moi. Je le serre un moment en mettant mes bras autour de son cou et on reste silencieux. Isaac fait son entrée et nous observe de son œil valide.

– Hé! Cinq chambres dans cette baraque.

Angel se détourne à peine pour lui répliquer.

– Comment va ta gueule?

– Comment va ton genou?

– J'ai connu pire.

– Moi aussi.

– Alors tout va bien.

– Ouais, c'est ça.

Isaac nous bouscule pour ouvrir le frigo et se prend une bière. Puis il se ravise et en sort une deuxième qu'il tend à Angel. Je le regarde en haussant un sourcil mécontent.

– Oh, c'est bon, fait-il. Je sais que tu détestes ça.

Maintenant que je le vois de près, je trouve qu'il a une mine horrible. Il ne se sert pas de sa main droite et s'appuie sur le plan de travail en la posant sur son ventre.

– Allez, Pappas, on se change et on leur montre comment on fait la fête!

– Dans la grange?

– Ouais.

– Au moins, y aura pas de dégâts dans la maison comme la dernière fois.

C'est une voix féminine qui a dit ça et je me détache d'Angel pour voir la sœur d'Andreas faire son entrée dans la cuisine. Je ne sais pas en quoi elle est déguisée, mais on dirait une princesse exotique. Elle est très jolie, avec ses cheveux noirs nattés qui coulent dans son dos. Angel se retourne pour se retrouver devant moi et me tourner le dos. Il reste calé entre mes jambes pour boire sa bière avec Isaac, les coudes sur mes cuisses. Je décale ma tête vers son épaule et entoure sa taille de mes bras. Je ne suis pas habituée à avoir le droit de le toucher devant les autres et je ne m'en lasse pas.

Isaac s'approche d'elle comme s'il flirtait avec sa proie et va jusqu'à lui toucher l'épaule. Il se penche sur son oreille et lui murmure :

– OK, Jimena. On peut se lâcher, alors…

Je la vois frissonner tandis qu'il quitte la pièce. Puis elle ouvre des placards, sort des saladiers, des paquets de biscuits apéritifs. Angel me fait descendre de mon perchoir puis me donne une petite tape sur la fesse.

– Tu peux rejoindre les autres. J'arrive.

Je fronce les sourcils en regardant tour à tour Angel puis Jimena qui m'ignore. Mais je décide de faire abstraction du pincement dans mon cœur et quitte la cuisine. Je retourne dans la grange ; la musique qui s'en échappe me guide sur la pelouse plongée dans le noir de la nuit. Je passe du froid hivernal à une chaleur étouffante, il y a déjà deux fois plus de monde que pour le combat et j'ai du mal à retrouver Anaïs. Elle a retiré sa capuche et ouvert la fermeture de sa blouse devant, laissant apparaître ses jolies formes juste couvertes par un soutien-gorge. Elle danse avec un gars qui porte le même costume qu'elle et je souris en les regardant évoluer ensemble. J'avise une grande table au fond recouverte de boissons et m'empresse de me servir un verre.

Un gin-fizz fera l'affaire.

Andreas me rejoint, déguisé en Joker, avec un costume violet et des cheveux verts partant dans tous les sens, je le trouve génial. Puis c'est Isaac qui arrive vêtu à la mode des années trente, un béret en laine grise, et je reconnais un Peaky Blinders. Avec sa tête amochée et sa mine sombre, il est parfait pour le personnage. Anaïs me repère, vient m'alpaguer et m'entraîne avec elle pour danser. Je ne me fais pas prier.

La musique est forte, je ris avec mon amie, me déhanche sans plus penser à rien quand une main se plaque sur mon ventre. Je me retourne en me dégageant de l'étreinte qu'on m'impose et me trouve nez à nez avec une personne masquée portant une grande cape noire rabattue sur la tête. Je recule, apeurée par le faciès qui me scrute, l'impression étrange que ce visage blanc et lisse remue en moi. En noir ne ressortent que les sourcils, une fine moustache et une ligne de bouc au niveau du menton. Je reconnais le symbole des Anonymous.

Alors que mon cœur bat comme un fou à cause de cette apparition qui me dérange, l'inconnu me tire soudain par le bras et m'entraîne hors du centre de la grange qui sert de piste de danse. Je commence par le suivre, me détendant légèrement, en me disant que ça ne peut qu'être Angel. J'essaye de voir la main qui me tient mais la cape qui le recouvre est longue et retombe sur son poignet.

– C'est toi, Angel? C'est dans quel film, ton costume?

Je commence à m'agiter, consciente que ça peut être n'importe qui. Je tire à mon tour mais sans résultat : l'homme est fort et m'entraîne dehors. Quand on arrive à l'extérieur, il me propulse contre le mur de la grange, à l'écart du bruit et de la lumière, et m'écrase de tout son poids.

– C'est toi ? C'est toi, Angel ?

Je ne vois pas son visage ni même la couleur de ses yeux, je ne sens pas son odeur. Je tente de le repousser avec mes poings mais ne rencontre qu'un torse en béton. J'essaye de lui enlever sa capuche mais il esquive aisément toutes mes tentatives.

– Qu'est-ce que tu fais ?

Je tente de ne pas paniquer, mais la peur me vrille les entrailles. Une main me maintient fermement sous la poitrine et me plaque contre le mur, puis l'autre remonte tout doucement en effleurant des zones dénudées de mon corps. Je ne vois rien de cette personne, il dégage un danger qui me fait transpirer malgré le froid de la nuit. Enfin, il lève son index qu'il presse contre la bouche du masque, m'intimant l'ordre de me taire.

C'est alors que je vois les lettres sur les phalanges. Le demi-crâne tatoué sur le dessus de la main. Mon soulagement est tel que je lâche un gémissement et je me détends d'un coup contre le mur. Je sais qu'Angel a une grande part de noirceur en lui, et c'est comme s'il cherchait à me montrer cette facette, en restant toutefois dans l'ombre. Sans se dévoiler vraiment…

Il empoigne un sein, qu'il malaxe par-dessus mes vêtements. Je le sens brutal, sec, impatient. Et à ce moment précis, alors que la musique nous parvient étouffée et que son autre main vient se plaquer contre mon intimité, je décide de le laisser expulser ses démons en moi. Quoi qu'il me demande de faire, quoi qu'il veuille de moi, je lui donnerai.

Voilà comment je l'aime. Sans concession. Sans dérobade. Sans limites.

Il fait descendre mon harnais orange le long de mes bras comme des bretelles et déboutonne rapidement mon pantalon. Je ferme les yeux pour ne plus voir ce faciès qui me perturbe mais qui semble lui convenir parfaitement pour cette fois.

Ce soir, il est anonyme.

Ça me dérange de ne pas voir son visage, de ne pas lire dans ses yeux, de ne pas avoir sa bouche qui dévore la mienne. Il me manque un élément essentiel pour que je profite entièrement de ce moment étrange. Lui.

Je ne dis rien quand il baisse mon pantalon, ni quand ses mouvements m'indiquent qu'il compte me faire l'amour ainsi, contre le mur. Je l'ai rarement vu comme ça. Me prendre de manière bestiale en ne pensant qu'à son propre plaisir. Si je n'arrive pas à en profiter, je sais que le vrai Angel m'aurait déjà fait décoller. Le fait que je ne puisse pas l'embrasser, qu'il se cache derrière un masque comme s'il avait peur de me montrer le vrai lui me fait de la peine, même si je peux comprendre que ce soit excitant pour lui.

Quand il finit son affaire, il s'éloigne sans un mot et moi, blessée, je me rhabille et retrouve mes amis.

***

Je ne sais pas où il est. Ce qu'il fait. Avec qui. Je ne le vois pas et il ne cherche pas ma compagnie. Alors je bois. Je fume même un petit peu. Je danse. Je me déhanche avec Anaïs, quelques gars nous entourent mais Isaac et Andreas ont vite fait de les chasser, ils sont ivres et le métis semble se détendre pour la première fois depuis des semaines.

Une chanson de reggaeton que j'adore commence, « Criminal » de Natti Natasha, et quand Isaac me plaque contre lui et insère une jambe entre les miennes pour me faire onduler, je me laisse faire et savoure presque la sensation de ce corps viril contre moi. J'ai bien bu aussi mais je m'amuse comme jamais.

Qu'Angel fasse la gueule.

Andreas vient rapidement se plaquer contre mon dos. Je reconnais le bas de son costume, il a retiré la veste et porte une chemise blanche retroussée. Je me crispe par réflexe, mais la musique, l'alcool et les rires autour de moi me font tout oublier. Je commence même à me sentir étrangement bien, prise en sandwich entre ces deux hommes. Je sens l'anatomie dure d'Andreas contre ma croupe, et ça ne me dérange pas plus que ça. Je trouve presque ça normal. J'ai envie d'ouvrir les bras, de les laisser m'embrasser et profiter de mon corps.

Les laisser faire tout ce qu'Angel m'a refusé quelques heures plus tôt.

Isaac est le premier à s'en aller et Andreas me tient encore un moment contre lui, ses bras autour de ma taille, et je laisse ma tête retomber contre son épaule. Il est un peu moins grand qu'Angel, son odeur est un mélange de musc et d'alcool. Puis il me fait pivoter pour qu'on soit face à face et je lui souris. Son maquillage blanc s'est estompé, les marques rouges de son sourire s'étalent sur ses joues et la sueur coule le long de ses tempes.

Je remarque seulement à ce moment-là que la musique a changé. Elle est plus douce, même si ce n'est pas un slow, et il me tient contre lui dans un mouvement de balancier hypnotisant. C'est plus fort que moi, les larmes dévalent mes joues et je renifle contre l'épaule d'Andreas. Il s'en aperçoit.

– Où est Pappas ?

Je hausse les épaules, incapable de parler.

– Va le chercher, dit-il en me faisant un bisou sur la joue.

Et il s'éloigne à son tour. La foule est encore dense, les couples se pressent et s'embrassent, quelques groupes boivent et rient en toute insouciance. Je cherche Anaïs, la trouve avec un garçon – il me semble reconnaître Loïc –, je me dis que j'ai décidément trop bu, puis je me dirige vers la sortie de la grange en sentant le sol en terre battue tanguer sous mes pieds. Le froid et l'humidité de la nuit me frappent le visage et je respire un bon coup, plusieurs fois.

De l'eau. Il me faut de l'eau.

J'arrive jusqu'à la maison et me dirige droit vers la cuisine qui est déserte. J'ouvre le robinet et bois avidement en me penchant en avant, en laissant le jet couler sur mes lèvres. J'entends des voix qui viennent du salon et je m'en approche. Cinq garçons sont étalés sur le canapé et sur le sol, ils font une partie de jeu vidéo. Je fixe l'écran, un instant captivée, en sentant la raison revenir petit à petit en moi.

Puis je m'éloigne, en me souvenant que je cherche Angel. Je longe un couloir en pensant atterrir dans l'entrée, mais je m'enfonce dans la maison. Je fais demi-tour et des bruits m'interpellent, à travers une porte à moitié fermée. Des bruits de succion, de baisers, des gémissements. Une boule affreuse grandit dans mon ventre, gonfle jusqu'à ma gorge, semble envahir tout mon être.

Où est Angel ?

Les larmes affluant de nouveau sous mes paupières, je m'approche de la scène, sachant que je vais trop loin, mais je suis incapable de me détourner. J'ai très peur de vivre la même scène que dans le squat la fois où j'ai surpris Angel en train de faire l'amour dans sa chambre. Mais à ce moment-là, on n'était pas ensemble. On n'avait encore rien partagé. Je ne sais pas si je m'en remettrais, aujourd'hui.

La pièce est plongée dans la pénombre. Je ne distingue rien à part un couple, debout contre un mur, qui s'embrasse avidement. Puis très rapidement, la silhouette qui me tourne le dos s'agenouille et j'entends le bruit caractéristique d'une braguette que l'on descend. Je vois des flaques de couleur, la personne qui est agenouillée porte un haut blanc, mais c'est tout ce que je distingue. Malgré tout, mes yeux s'habituent à l'obscurité et je vois de mieux en mieux. Je tente de me concentrer sur la silhouette toujours debout, en ayant la conscience aiguë que c'est un garçon en train de se faire sucer. À cet instant précis. Et je ne pars pas en courant.

Et c'est au moment où mon cerveau percute qu'il s'agit d'Isaac qui gémit sous les assauts virils de celui qui est à genoux que je reconnais Andreas, le pantalon de son costume, sa chemise blanche retroussée sur ses bras musclés. J'émets un hoquet incontrôlé et les yeux d'Isaac s'ouvrent d'un coup et se braquent sur moi. On se regarde intensément pendant les secondes les plus longues de ma vie et je recule, puis me cogne contre le chambranle de la chambre. Je n'avais même pas conscience d'être entrée dans la pièce.

– Anna !

Mon prénom claque comme un coup de fouet et dans ma précipitation à fuir, je bute contre un meuble et je tombe sur le côté, mon épaule heurte le sol. Je me remets debout le plus vite possible mais Isaac est déjà là, me saisit par le bras, me tire en arrière et me propulse littéralement contre le mur. Mes réflexes sont englués et ma tête cogne en arrière. Je grimace. Il me tient avec sa main contre ma gorge et je ne comprends pas la fureur qui déforme ses traits, les flammes dans ses prunelles claires, la violence dont il fait preuve à mon égard.

– T'as rien vu, compris ?

Je suis tétanisée par la peur, par sa voix haineuse, je ne peux même pas hocher la tête tant il me tient fermement contre le mur. Andreas arrive derrière lui et lui met la main sur la nuque. Il l'enserre, en propriétaire.

– Laisse-la tranquille.

Personne ne cille.

– Isaac. Lâche-la.

Mon regard dérive vers les yeux d'Andreas, emplis de compassion et de détermination. Quand enfin Isaac semble reprendre ses esprits et me libère, je suis prête à m'effondrer sur le sol mais j'avance sur mes jambes tremblantes et suis les rires du groupe dans le salon pour me repérer. Je suis complètement paumée, choquée par l'agressivité de ce garçon qui est pourtant mon ami. Je ne réalise même pas l'importance de la scène que je viens d'interrompre et j'arrive à quitter la maison sans plus croiser personne.

Le froid extérieur me revigore. Ma tête cesse de tourner, je respire longuement, ignorant les frissons qui me secouent. Je trouve une chaise longue dépliée sur la terrasse et m'y assois.

– Rentre, il fait froid.

Je sursaute et plaque la main sur ma bouche pour étouffer ma surprise. Je me retourne, cherche dans la pénombre Angel qui vient de me parler. Je distingue le bout incandescent d'une cigarette, loin de là, et je me lève pour me diriger vers ce point lumineux. La lumière qui vient de la maison éclaire légèrement le sol.

– Attention, y a une piscine.

Effectivement, je remarque le rebord en pierre, le contourne et m'éloigne de plus en plus de la terrasse pour m'approcher d'Angel qui fume tout seul dans le noir. Il porte un jean et un pull, mais ne semble pas ressentir le froid qui me glace les os.

Normal, il ne ressent pas, tu te rappelles ?

Je me dis que son insensibilité n'est peut-être pas que physique mais je chasse vite cette idée saugrenue. Je remarque la bouteille de tequila près de la chaise longue sur laquelle il est étendu, l'assiette en carton remplie de mégots de cigarettes et de joints. Il a certainement passé la soirée ici, tout seul, à fumer et ruminer.

Il fixe un point invisible près de la grange, comme s'il ne

pouvait plus me regarder en face, moi. Je recommence à trembler de froid et je m'assois perpendiculairement à lui, entre ses jambes qui reposent de chaque côté du transat.

– Pourquoi tu restes ici tout seul?

– Pourquoi tu as dansé avec eux?

Je soupire. Il veut que je me lâche mais ne supporte pas que je le fasse. Il me poursuit pour mieux me fuir ensuite.

– Pourquoi tu es resté en retrait si tu étais là?

– Tu n'avais clairement pas besoin de moi, ajoute-t-il d'une voix cassée.

– Tu te trompes.

Je me tourne pour le regarder, même si tout ce que je vois, ce sont les reflets lointains de son visage découpés par le bout de sa cigarette quand il tire dessus. Je persiste :

– J'avais très envie de te voir. Te toucher. Je ne comprends pas ton attitude, depuis la fin du combat.

– Pourtant il ne manquait pas grand-chose pour que la grange se transforme en bordel.

Sa voix est étouffée, déformée par la cigarette pincée entre ses lèvres, comme s'il n'arrivait même pas à articuler les mots qui s'ancrent dans ma chair. Il martèle :

– Pour que tu prennes ton pied.

– C'est toi que je veux, Angel…

Je le sens glisser vers un chemin miné et, instinctivement, je me laisse tomber sur le côté pour retrouver son corps. Je me cale contre son torse gelé, me pelotonne entre ses bras qu'il finit par refermer sur moi. Je m'agrippe à son col.

– C'est avec toi que je voulais danser. M'amuser. Avec toi que je voulais faire l'amour.

Il se crispe, ne bouge plus pendant quelques secondes, et, tout à coup, je doute. Il va me rendre dingue. C'était bien lui sous le masque des Anonymous ! Qu'il ne vienne pas le nier maintenant ! Il cherchait quoi, au fond ? Le frisson ? L'excitation ? Je lui en veux soudain de ce doute qu'il laisse germer en moi, puis, tout aussi vite que cette pensée m'a traversée, il s'évapore dans la nuit quand il me serre dans ses bras. Je commence un peu à me réchauffer, même si je lutte pour ne pas claquer des dents.

– Tu n'as pas joui, constate-t-il enfin.

– Non.

– Pourquoi tu m'as laissé faire ?

– Parce que tu en avais besoin.

Le silence s'installe et il lève son bras pour prendre une taffe. Je suis son geste des yeux. Puis je me sens obligée d'expliquer :

– Je voulais t'embrasser. Te sentir. Ça m'a trop manqué pour que je me lâche vraiment.

Il se penche au-dessus de ma tête, me fait un baiser sur le dessus du crâne et articule dans mes cheveux :

– Moi aussi je voulais te goûter. C'était bon, excitant, mais c'était frustrant.

– Recommencer avec le vrai Angel, je suis pas contre. Mais pas avec un inconnu. Je n'ai pas peur de regarder en toi, Angel. Laisse-moi lire en toi. Je ne fuirai pas.

Il me serre un peu plus fort sans me répondre.

– Tu as eu peur ? demande-t-il enfin.

– C'est ce que tu cherchais à faire ? M'effrayer ?

– Je ne sais pas. J'avais envie de laisser libre cours au sauvage en moi. Une soirée déguisée, c'est parfait pour ça. Et tu étais là…

Il ne finit pas sa phrase, mais j'en devine la fin.

– Pour accueillir tes pulsions ?

Il soupire. Me serre encore plus fort après avoir laissé son mégot tomber dans l'assiette.

– Peut-être.

– Je serai toujours là pour ça. Avec Angel.

– Compris.

On se lève d'un même mouvement pour retrouver nos amis. On est propulsés dans une ambiance festive et décadente. Une trentaine de personnes sautent de partout, pogotent en se percutant sur une chanson de metal qui hurle dans l'ampli. Je ris aussitôt en reconnaissant Anaïs qui agite ses cheveux dans tous les sens et quand elle me repère, elle fonce droit sur moi. Elle s'arrime à mon bras et m'entraîne avec elle. Je regarde Angel par-dessus mon épaule qui se dirige vers le bar. Puis Andreas et Isaac me saisissent par la taille et je me déconnecte complètement. Je saute moi aussi, j'oublie le geste fou d'Isaac et ses doigts autour de ma gorge, la scène que je n'aurais jamais dû voir, les blessures qu'on ne montre pas.

On a tous quelque chose à cacher. Certains y arrivent mieux que d'autres, c'est tout.

29

Angel

Je cours.

Je cours dans le froid que je ne ressens pas, habillé comme tous les autres joggeurs. Je longe la digue, croise des vélos qui me frôlent, mais je n'entends rien, à part la musique qui explose dans mes oreilles. Les arbres dénudés me permettent d'admirer les rameurs et les bateaux d'aviron qui filent dans le Drac en ne laissant presque pas de traces de leur passage dans l'eau. Eux aussi semblent hermétiques au froid qui fige le temps.

J'aime beaucoup venir ici ; parfois j'y viens à vélo, mais pas aujourd'hui.

Courir me remet les idées en place, chose que la boxe semble bien incapable de faire. Elle me défoule, m'excite, me libère d'une certaine manière, mais ne me permet pas de me sentir apaisé. Ici, pas d'attente, pas de consignes, pas de règles. Pas de duel. Juste moi et les éléments.

Anna me trouble de plus en plus. La veille a eu lieu son dernier examen de bac blanc, c'est maintenant les vacances de Noël et j'appréhende un peu. J'ai peur qu'elle envahisse mon espace, maintenant qu'elle n'a plus ses cours pour l'éloigner de moi. On a fêté ça ensemble hier soir, elle doit encore dormir dans mon lit. En tout cas, c'est ainsi que je l'ai quittée : repue de plaisir et de fatigue.

J'ai envie d'elle, qu'elle s'immisce dans mon monde, mais j'ai peur que quelque chose ne la pousse à partir et à m'abandonner. Je me suis promis de ne plus jamais la chasser et je tiendrai parole, même si parfois c'est dur. Comme quand elle se pointe chez moi avec des plats tout prêts, ou son ordinateur sous le bras.

Petit à petit, elle fait son nid dans mon squat, apporte une lampe (« Il fait trop sombre, ici »), un autre radiateur électrique pour la chambre (« Pour éviter de trimballer l'autre partout »), de la vaisselle (« C'est si agréable des assiettes, tu ne trouves pas ? »), marque son territoire comme un chat pisserait aux quatre coins de la pièce. Elle a laissé une brosse à dents dans le vestiaire, un ou deux vêtements de rechange dans ma chambre, des bouquins dans le salon.

Le pire dans tout ça ? Au lieu de m'empresser de lui demander de les récupérer, de remballer tout ça vite fait, je la laisse faire. Ma poitrine se serre quand je prends une douche et vois sa brosse sur le lavabo, je me sens moins seul quand je vais me coucher sans elle et que son tee-shirt me rappelle qu'elle pense à moi. Je suis presque ému quand elle révise, assise en tailleur sur mon canapé, perdue dans ses calculs et ses dissertations. J'ai dévoré les livres qu'elle a laissés l'air de rien. J'ai adoré sa surprise quand j'en ai abordé les histoires avec elle et elle s'est empressée d'en amener d'autres.

Oui, j'aime lire. Et c'est la première fois de ma vie que je prends plaisir à parler de littérature avec une autre personne, échanger des points de vue sur un bouquin, me rendre compte qu'on a parfois vécu différemment les mêmes scènes.

C'est perturbant.

Elle prend de plus en plus de place, chez moi et dans ma tête.

Elia se fait plus discrète, mais ses regards sont plus glaçants que jamais quand elle apparaît, comme pour me punir de l'oublier. Ma mère n'a pas tellement changé, finalement, c'est juste que ses paroles me blessent moins. J'ai enfin dressé ce bouclier qu'il me manquait tant et que je n'avais pas le courage d'ériger entre nous. Je suis blindé à présent. Je ne quitte plus sa maison en claquant la porte, même quand elle m'insulte. Je ne me retiens plus de l'étrangler.

Je commence à avoir très envie de gratter sa surface, moi aussi. Découvrir les petits secrets d'Anna, ses espoirs, ses projets. J'ai envie de voir plus loin que le bout de mon lit.

Quand j'arrive enfin chez moi, je suis accueilli par l'odeur du café qui coule. Je porte un regard neuf sur mon squat, observe le tapis entre les canapés, les fringues qui traînent, me retiens de les ramasser, en prends juste une pour la renifler. Son parfum me flanque des frissons dans la poitrine. J'entends de petits gémissements plaintifs et suis le son jusqu'aux vestiaires tout en me débarrassant de mon téléphone et de mes écouteurs. Annabelle est là, nue, et couine en sautillant sous la douche, les cheveux emmêlés dans un chignon approximatif sur sa tête. Elle ne m'a pas vu tant elle est occupée à râler à cause de l'eau froide.

Tout en retirant mes baskets, je fais voler mon tee-shirt et mon short et me plaque contre elle sans qu'elle fasse attention à moi. Elle sursaute et se retourne, ses yeux grands ouverts s'adoucissent en me reconnaissant. Je lui saisis le poignet.

– Je déteste ta douche, dit-elle d'un ton plaintif.

– Je suis venu pour te réchauffer, dis-je d'un ton taquin.

Bordel, elle m'a fait bander dès que je l'ai découverte sous le jet. Mais elle m'échappe, son corps glissant se dérobe.

– Ah non ! Désolée ! Je reste pas une seconde de plus sous cette eau gelée !

Elle s'éclipse rapidement et je me lave comme un automate. Puis je m'essuie vaguement en partant à sa recherche. Ma queue toujours dressée réclame son dû. Je la trouve dans la chambre, elle a mis un jean et attache son soutien-gorge en me faisant face. Je dois avoir l'air d'un félin affamé parce qu'elle a un mouvement de recul. Ses mains sont emprisonnées dans son dos et je bondis pour en profiter, je plaque mes paumes sur ses fesses et la rapproche de moi. Je rêve de l'attacher et de profiter de son corps, de la faire gémir et même crier de plaisir. Mais plus que tout, à cet instant précis, je rêve de sa bouche.

On couche ensemble depuis presque trois mois et elle ne m'a jamais fait de fellation. Elle me caresse, ouvre les cuisses, mais semble réticente à regarder mon anatomie, à la goûter. Je la vois bien, des fois, à deux doigts de descendre plus bas quand elle m'embrasse, mais elle reste bloquée au niveau de mon nombril.

Elle se laisse embrasser dans le cou, n'oppose pas de résistance quand je me mets à genoux pour baiser son ventre, ses seins parfaits, que je la couvre de caresses. Je me redresse et m'assois sur le bord du lit, mon érection pointant droit entre nous deux et enserre mon sexe dans ma main. En la regardant droit dans les yeux, je fais glisser mon poing de haut en bas, rêvant qu'elle vienne y poser sa langue. Elle fixe mon visage, dérive de temps en temps vers cette zone qu'elle ne regarde jamais en face, comme si ça lui faisait peur. Elle est debout devant moi, à moitié dénudée. Ses cheveux ondulent et retombent en vagues autour de son visage.

– Tu sais qu'on a fait l'amour toute la nuit? dit-elle en se mordant la lèvre.

Je vois bien qu'elle en a envie aussi, alors où est le problème?

– J'y peux rien si j'ai encore envie de toi.

Mon gland humide réclame sa bouche. Je m'appuie avec ma main libre derrière moi pour mieux la regarder.

– Viens…

C'est tout ce que je suis capable de formuler. Elle est trop proche de moi, et en même temps, trop loin. Je comprends que mon sexe l'effraie, ce que je ne comprends pas, c'est pourquoi. Alors je me décide à la brusquer pour le découvrir.

– J'ai envie que tu me suces, lancé-je tout à trac.

Elle se fige, se crispe et je scanne son visage pour lire les mots qu'elle ne dit pas. Mais pour la première fois, je ne décrypte rien. J'arrête mon geste sur mon sexe, hésitant sur la conduite à tenir, et elle se met doucement à genoux. Elle libère ses seins et laisse tomber son soutien-gorge sur le sol. Pendant tout ce temps, je n'ai pas quitté son regard devenu glacial. Elle est à quelques dizaines de centimètres de mon corps nu, mais je ne l'ai jamais sentie aussi loin de moi. Elle pose ses mains sur mes cuisses ; ma queue se gorge d'impatience et pointe haut entre nous. J'en ai envie, putain, j'en crève d'envie, mais je me redresse et l'arrête d'une main sur son cou.

– Qu'est-ce qu'il y a, Anna?

– Tu veux que je te suce, hein?

Son ton est horriblement froid. Détaché. Il me file la chair de poule.

– Pas comme ça. Dis-moi ce qui ne va pas.

Elle détourne le visage et fixe un point invisible. Je sais qu'elle me cache des choses. Alors qu'elle connaît tout de moi, de ma noirceur, de la colère qui guide mes pas. Je devrais débander devant la déception qui s'abat sur moi, non parce qu'elle me refuse cette caresse, mais parce qu'elle se renferme sur elle-même plutôt que de m'avouer ce qui la tracasse. Pourtant j'ai envie d'elle, quitte à la faire parler en la pénétrant comme un dingue.

Je me relève si brusquement que je la bouscule, ouvre mon tiroir rageusement et sors un caleçon propre. J'enfile encore un short et sors de la chambre. Je débarque comme un dérangé dans le salon, passe en revue les affaires qui traînent, le café qui n'attend que nous, ne pige pas pourquoi elle se referme alors qu'elle sait tout de moi. Si je compte tellement pour elle, pourquoi elle ne me dit rien? Elle me croit trop con pour la comprendre? Pour l'écouter?

Je commence à rassembler les fringues sur le canapé, range pour me calmer. Quand j'avise son grand sac par terre, je laisse tout tomber pour m'en approcher et l'ouvre sans aucun remords. Je me sens le droit de fouiller, et si je ne peux pas le faire dans sa tête, je peux bien le faire dans son sac. Je bloque aussitôt sur cette arme de défense qu'elle trimballe partout. Je la sors au moment où elle arrive dans le salon et je la tends vers elle.

– Et ça, hein? Tu vas me dire ce que tu fous encore avec ça?

J'ai soudain peur de comprendre. Marcello serait-il de nouveau à ses trousses? Est-ce qu'il l'aurait approchée sans que j'en sache rien? Et pourquoi elle ne me le dit pas, putain!

– Laisse ça tranquille! J'en ai besoin, c'est tout!

– Mais pourquoi? Tu veux te défendre de qui?

Elle s'approche de moi en me mitraillant de ses prunelles vertes tirant sur le marron, les joues rougies, et merde, je me remets à bander. Elle m'arrache l'arme des mains et me contourne pour récupérer son sac et la fourrer dedans.

– Pourquoi tu ne me dis pas où est le problème? Qu'est-ce que tu me caches?

– Fous-moi la paix!

Et elle se casse. Putain, elle se casse, sans même enfiler son manteau, juste avec son sac à la main! J'imagine qu'elle va se réfugier dans sa voiture, le temps de se calmer. Je reprends le ménage pour faire retomber la pression, bouscule le peu de mobilier que je possède, fais la vaisselle de la veille. Puis je me sers un café dans le bol à mon nom et allume une cigarette, les fesses contre la gazinière. Quand je finis ma clope et qu'elle n'est toujours pas revenue, j'en allume une autre. Puis quand mon café ne fume plus, que je ne risque pas de me brûler, je le bois d'une traite. Je mets mes baskets délaissées dans le couloir et quand j'arrive dans le salon, elle entre sans me regarder, prend son manteau sur le canapé. Elle va s'en aller comme ça ? Trop facile !

Ses yeux rougis et un peu gonflés me brisent le cœur mais je fais comme si ça ne me touchait pas.

– Je peux savoir où tu vas, maintenant ?

– Je rentre chez moi, dit-elle d'une voix cassée.

– Je crois pas, non.

– Pardon ?

Elle semble étonnée que je la retienne. Que je la force à rester, que j'exige des explications. Elle croit peut-être qu'on va se faire la gueule pendant des jours, des semaines, tout ça parce que l'un de nous a crié plus fort que l'autre ? Je m'approche d'elle à grands pas, lui prends le poignet et l'entraîne au milieu de la salle de sport, là où le sac de frappe est suspendu. Je lui arrache des mains son sac et sa veste que je fourre en boule dans un coin. Puis je reviens à elle et lui tourne autour, comme un chasseur qui accule sa proie.

– Tu te retiens. Tout le temps. Tu ne laisses rien voir, rien sortir, rien éclater. Tu contiens tout en toi, tu es bien pire que moi. Dis ce que tu penses ! Crie-le s'il le faut ! Rebelle-toi ! Montre-moi !

Elle reste statique, ses poings se ferment sur ses cuisses. Je me plante devant elle, juste derrière le sac de frappe.

– On dirait toujours que tu as peur de t'en prendre une, si tu t'exprimes.

Son visage se déforme, sa souffrance me déchire en deux mais je tiens bon.

– Quoi, Anna ! Dis-moi.

Sa respiration est saccadée, ses yeux emplis de larmes qui ne couleront pas. Elle ne me regarde pas, comme si elle avait honte. Mais honte de quoi, putain ? Je réprime ma frustration, les deux mains dans les cheveux, puis récupère de vieux gants de boxe qu'Anaïs a déjà mis pour s'amuser. Je les lui envoie sans ménagement et elle les attrape par réflexe.

– Enfile ça. Enlève ton pull.

Elle fait tomber les gants par terre et s'exécute.

– Tu ne veux rien me dire ? D'accord. Mais tu dois sortir ce qui te ronge. Et je vais te montrer ce que ça fait, d'expulser ses démons. Si tu sais te défendre, tu auras moins peur.

Logique.

Je branche l'ampli et mets de la musique. Je n'ai jamais coaché personne, mais je sais que ce n'est pas le plus important pour le moment. Je veux juste lui montrer qu'elle est forte et n'a pas besoin de cette arme dans son sac qui lui rappelle tous les jours qu'elle a peur.

Mais peur de quoi, bordel ?

Je sais que je ne peux pas la forcer à me parler et c'est bien ce qui m'enrage pour le moment. Je me sens impuissant et elle ne fait rien pour me soulager. J'essaye de ne pas réagir comme un abruti, mais je ne sais pas faire autrement. Alors je lui intime l'ordre de frapper. Je hausse le son de la musique électro pour qu'elle ne pense plus à rien, et crie des ordres. Je me fous de l'heure, du fait que je n'ai rien avalé depuis la veille et que mon estomac se tord sous la faim. Je ne vois qu'elle. Sa souffrance muette.

Celle que je vais lui extorquer.

30

Annabelle

Je n'ai jamais autant apprécié les vacances.

Je dors la plupart de mes nuits dans le lit d'Angel, même si je dois avouer qu'il fait froid dans sa chambre. Son corps chaud et nu contre le mien me fait omettre où l'on se trouve, on fait l'amour, souvent, et on s'endort dans les bras l'un de l'autre, parfois. Pas toujours. Il a besoin de son espace, de ses moments de solitude. Je retourne de toute façon régulièrement chez moi, pour parler avec mes parents, prendre une douche chaude, faire une lessive. Je le laisse respirer.

Ma mère insiste pour rencontrer mon ami, mais pour le moment, je tempère. Je doute qu'Angel ait envie de jouer au petit couple devant ma famille.

Je me balade beaucoup en ville avec Anaïs. Je passe la prendre après son boulot et on fait les boutiques en déambulant dans les rues. Elle m'a avoué être en froid avec ses parents et ne sait pas encore où elle fêtera Noël cette année. Elle a quand même acheté un petit cadeau pour eux et s'est fait plaisir avec de nouveaux vêtements et une nouvelle tenue pour l'aviron, qu'elle pratique depuis des années. Je réalise que je délaisse un peu mon skate. Gauthier ne souhaite toujours pas traîner avec moi, et je n'ai pas très envie de pratiquer seule.

En passant devant une vitrine, j'avise des briquets Zippo personnalisables et je n'hésite pas deux fois avant d'entrer et de passer ma commande. Je ne sais pas si Angel va me faire un cadeau pour Noël, mais qu'il le fasse ou non, je ne vais pas me priver. Il me demande d'être plus impulsive, plus insouciante, et c'est exactement ce que je compte faire.

J'ai mal dans tous mes muscles depuis qu'il s'est mis en tête de m'apprendre à me défendre. J'aurais pu lui dire que je ne veux pas, que la violence m'effraie, ce que j'ai toujours clamé. Mais je sais aujourd'hui que c'est faux, bien sûr. J'évite toujours les conflits, mais quand Angel se bat devant ses challengers, que le sang gicle, je deviens une bête assoiffée de revanche.

Peut-être que j'imagine mon agresseur face à moi quand Angel m'ordonne de frapper dans le sac, et peut-être que dans ma tête, je rends les coups. Plus fort que je ne l'ai jamais fait.

Pour m'avoir humiliée.

Pour m'avoir défigurée.

Oui, peut-être que la stratégie Pappas fonctionne.

Je marche la tête un peu plus haute. Je souris plus, sans croire qu'un homme va surgir en réclamant plus de moi. Je me sens plus spontanée. Moins oppressée. Peut-être que ça vient de ses méthodes. Ou de lui, tout simplement.

Et quand je sors de ma voiture, à deux rues de chez Angel, et qu'on me bouscule si violemment que je fais tomber tous mes paquets, je laisse échapper un « Hé, attention! » assez fort, celui que je n'aurais jamais osé avant d'apprendre à me défendre. Non, avant, je me serais excusée d'exister. Mais quand la personne me plaque contre la voiture, poitrine contre la vitre, et tord mon bras en arrière, les mots et les protestations meurent sur mes lèvres et je reste interdite quelques secondes. Je sens le corps se presser contre moi et se pencher à mon oreille pour me chuchoter en italien :

– Ton tour viendra, ma jolie…

Peut-être pense-t-il que je ne le comprends pas, mais j'apprends cette langue depuis le collège et je ne me débrouille pas trop mal.

– Lâche-moi ! m'écrié-je en italien en tentant de me libérer.

Il paraît surpris de m'entendre et je donne un coup de coude énergique qui le fait lâcher prise. Je me retourne dans un même mouvement mais déjà il part au trot et se fond en quelques secondes au milieu des bâtiments. Le cœur battant la chamade, encore secouée par ce qu'il vient de faire et de me dire, je ramasse mes paquets.

C'est bien la même personne qui me suit et m'en veut personnellement, apparemment. Est-ce qu'il y aurait un rapport avec Angel ? Je ne lui ai rien dit, j'ai trop peur qu'il ne me repousse et s'éloigne de moi, en pensant le faire « pour mon bien », au cas où ces attaques lui seraient destinées. Je me redresse et scrute les environs pour voir s'il est encore là, mais je ne vois personne. Je serre les anses de mes sacs entre mes doigts et m'empresse de retrouver le squat où, étrangement, je me sens désormais plus en sécurité que dans la rue.

Tout en tentant de faire abstraction de la scène qui vient de se produire, je laisse une partie de mes achats sur le canapé. L'autre est emportée dans la cuisine et je range les quelques provisions que j'ai achetées, dont des bières au rhum, que je commence à vraiment apprécier. Je fais un tour par la chambre d'Angel et regarde, satisfaite, le lit où on fait très souvent l'amour. Il y a désormais deux oreillers ainsi qu'une vraie couette et les draps qui vont avec. Quatre romans s'empilent sur la petite table de nuit, je sais qu'Angel les a déjà dévorés. Je ne l'aurais jamais cru féru de lecture, pourtant il a lu une quantité phénoménale de livres, plus que moi, certainement. Et il ne se cantonne pas à la science-fiction ou à la fantasy, comme la plupart des garçons que je connais – il aime les polars et même quelques romans plus féminins. En revanche, il déteste les livres d'horreur et n'a jamais lu plus de quelques lignes de Stephen King. Sans doute qu'il côtoie assez de drames dans sa vie sans en rajouter.

Quand je reviens dans le salon, je crois qu'Angel est arrivé, mais c'est Isaac qui farfouille dans un panier côté salle d'entraînement. Quand il se retourne, il me jette un regard noir. Je ne lui ai pas encore parlé seule à seul depuis la soirée chez Andreas mais je pensais qu'on était en bons termes, vu comment s'était terminée la soirée – à nous amuser tous ensemble.

D'ailleurs, la meilleure soirée de ma vie.

C'est ce que j'aime dans le fait de sortir avec Angel. Rien ne se passe jamais comme prévu, tout est une succession de situations excitantes, de sensations fortes, d'étonnement perpétuel. J'aime le chaos qui l'entoure.

Isaac se redresse et s'approche de moi. Il semble vouloir me dire quelque chose d'important, puis se ravise.

– Pappas n'est pas encore là ?

– Non. Je ne sais pas où il est.

Il grommelle. C'est l'heure de l'entraînement mais si je connais ses habitudes, il ne me dit jamais où il va ni avec qui.

– Je repasserai, dit-il avant de se détourner.

– Reste, s'il te plaît. Il faut qu'on discute.

Il me lance un regard chargé de colère mais je tiens bon. Depuis la mort de son père, c'est comme si un mur s'était écroulé, dévoilant des bribes de son vrai visage. De sa vraie nature.

Un homme tourmenté. Qui se cache derrière des réseaux sociaux et une façade de don Juan coureur de femmes. Une couverture ? C'est si facile d'écrire sur un mur Facebook qu'on pète la forme, que tout va bien. Le sentir vraiment est complètement différent.

Je fais comme s'il n'essayait pas de me lapider par la pensée et je m'installe sur le canapé chargé de sacs.

– De quoi tu voudrais bien parler? dit-il d'un ton froid mais en s'installant malgré tout en face de moi.

– J'aimerais comprendre pourquoi tu m'en veux autant.

– Tu n'es pas le centre du monde, Anna.

Il a dit ça sans méchanceté, en extirpant une cigarette du paquet laissé sur la table entre nous.

– Alors c'est quoi, Isaac? Je pensais que te battre avec Angel te ferait du bien.

Il soupire, tapote plusieurs fois le filtre de sa clope sur le bois de la table, songeur, et murmure presque :

– Moi aussi.

Puis il l'allume, sans la grâce et la douceur d'Angel. Non, Isaac tire sèchement sur sa tige, qu'il tient entre le pouce et l'index, et recrache la fumée tout aussi vite. Si elle n'avait pas changé de couleur, j'aurais pu penser qu'il fait semblant.

– Je n'ai rien dit, si c'est ce qui te fait peur...

Il me regarde à travers la fumée violette.

– Je sais. Tu n'oserais pas.

Je me sens rougir et bouillonner, me penche en avant en mettant mon coude sur le genou et le regarde bien en face.

– Tu crois peut-être me faire peur? Que ton petit numéro chez Andreas m'a dissuadée d'en parler?

– C'est le cas, pourtant.

– Je crois pas, non. Si je n'ai rien dit, c'est parce que tu n'en as visiblement pas envie, mais je commence à croire que c'est ce qu'il faut que je fasse.

Il se penche brusquement à son tour. Son visage n'est qu'à une dizaine de centimètres du mien, mais je ne céderai pas d'un millimètre.

– Ne t'avise pas de faire ça...

– Pourquoi, Isaac? Est-ce que c'est si grave?

Il me fixe longtemps, sans répondre, sans ciller, sans fumer. Puis, voyant que je suis sérieuse, il se laisse retomber en arrière contre les coussins défraîchis.

– Tu ne sais pas de quoi tu parles, gamine. D'où je viens. Tu ne connais pas ma famille.

Comme je ne dis rien et me rassois doucement à mon tour, il continue sur sa lancée en tirant sur sa cigarette nerveusement. Il reprend son tic et lisse son sourcil avec l'index de sa main libre.

– Déjà avant la mort de mon père, c'était inenvisageable. J'ai un cousin qui a fait son coming out, et crois-moi, il n'est plus le bienvenu aux réunions de famille.

Angel m'a souvent parlé de la famille d'Isaac, de ses parents.

– Je croyais qu'ils étaient…

– Ouverts d'esprit? complète Isaac. Ils le sont, tu sais. Mais j'imagine qu'ils ont leurs limites. Enfin, elle. Il n'y a plus qu'elle, maintenant.

Sa voix ne s'est pas voilée, il n'a pas été trahi par l'expression fermée de ses traits.

– Je suis le chef de famille, désormais. Je dois assurer. Montrer l'exemple. Tenir mon rôle.

– Tu sais, tu peux en parler avec Angel. Il ne te jugera pas.

– Non.

Son ton est sans appel. Il ajoute :

– Surtout pas Angel.

Le regard déterminé dont il me gratifie me laisse interloquée. Pourquoi, surtout pas lui? Mais il ne laisse pas mes pensées vagabonder.

– Tu sais beaucoup de choses sur lui.

C'est une constatation, mais je me sens l'obligation de répondre.

– Oui. Je crois.

– Tu sais pourquoi il est si fort, quand il se bat?

Je ne peux pas empêcher un sourire en coin de fleurir sur mes lèvres.

– Parce que c'est un super-héros?

Il me rend mon sourire mais continue comme s'il ne trouvait pas ça drôle du tout.

– Il croit que c'est ce qui le rend fort, mais c'est sa faiblesse. Il ne sait pas s'arrêter. Il va toujours plus loin, il ne sent pas ses blessures, pas tout de suite, ni sa fatigue, et un jour, ça finira mal.

– Je trouve que son jeu change.

Isaac s'apprête à répliquer mais je le coupe.

– Il se maîtrise de plus en plus. Comme s'il avait déjà expulsé tout ce qui le ronge, et que, désormais, il se battait plus avec sa tête qu'avec ses poings.

– Tu crois bien le connaître, hein, la secouriste?

Je redresse le menton et lui réponds avec un aplomb qui m'étonne moi-même.

– C'est le cas.

Il tire une dernière taffe et se penche en avant pour jeter son mégot dans la canette de soda qui semble toujours là pour servir de cendrier.

– Et Andreas? rajouté-je.

C'est plus fort que moi.

– Je l'ai vu entouré de filles, mais jamais en train de les embrasser.

Isaac prend le paquet de cigarettes et joue avec un moment, sans me regarder.

– Il est très discret. Mais refuse de faire semblant.

– Contrairement à toi, tu veux dire?

Il remonte lentement son regard sur moi, me transperce de ses iris verts, profonds.

– Ce que tu as vu… On s'amusait, c'est tout. Ne va pas en faire toute une histoire.

Le temps semble se suspendre entre nous, parce que je sais qu'il ment, et qu'il sait que je le sais. Puis Angel fait son entrée dans la salle.

– Zac ! crie-t-il, visiblement remonté, avant même de me regarder.

Ce dernier, nullement impressionné par les changements d'humeur de son ami, se redresse doucement et se penche sur moi en chuchotant pour que je sois la seule à l'entendre :

– Ne dis rien, s'il te plaît.

Je vois du coin de l'œil Angel se déshabiller avec rage, balancer ses fringues par terre et, avant même d'enfiler un short, se mettre au sol pour faire des pompes. Je ne sais pas d'où il vient, mais je sens qu'il veut être seul, comme souvent quand il a besoin de se défouler à l'entraînement. Je rassemble mes achats, prête à prendre la poudre d'escampette, quand sa voix claque :

– Anna ! Habille-toi !

– Pardon ?

Isaac ricane en se mettant en tenue, comme s'il me défiait de contredire Hermès. Je passe de l'un à l'autre, pour voir s'ils sont sérieux.

– Euh… Pour quoi faire ?

– Tu vas te battre avec un vrai adversaire.

– Hein ? s'écrie Isaac.

– Ouais, continue Angel à son intention, aujourd'hui, ça sera toi, le punching-ball. T'as peur de la secouriste ?

Isaac me lance un regard effronté et pouffe doucement. On retrouverait presque le Zac d'avant.

– D'accord, dis-je en le fixant.

Puis je m'empresse d'aller dans la chambre pour me changer et enfiler des vêtements adaptés. Quand je débarque dans le salon, les deux garçons mènent un assaut pour s'entraîner. Angel me fait signe de m'échauffer pendant qu'ils continuent un moment. Puis il nous met face à face.

– Isaac, tu sais que je lui enseigne les bases. Aide-la, s'il te plaît. Je crois que tu es mieux placé que moi pour lui apprendre.

Ce dernier me détaille de haut en bas, goguenard, tandis que j'ai les bras levés pour m'attacher les cheveux dans un chignon approximatif, et Angel lui file un coup de pied dans la cuisse.

– Je parle pas de ça, couillon !

Je ne peux pas m'empêcher de le titiller.

– T'inquiète pas, je suis pas son genre.

Le regard d'Isaac se voile, il plisse les paupières et les lèvres et s'approche pour me bousculer. Je bondis en arrière en sautillant comme me l'a montré mon coach.

– C'est ça, gamine, défile-toi, grogne-t-il.

– Allez, Anna ! s'écrie Angel en dépliant sa corde à sauter. Montre-lui ce que tu as dans les tripes.

J'étonne Isaac en enchaînant des prises que j'ai déjà apprises, même si je suis loin d'être efficace en cas de légitime défense.

– Pas mal, la skateuse. Tu ferais fuir les pigeons avec ta planche, remarque, ça peut toujours servir.

Je ne me vexe pas. Il se laisse attaquer un moment, s'amuse parfois en attrapant mon pied au vol pour me déstabiliser. Il me lance des vannes et, petit à petit, je le sens se détendre, se relaxer. J'ai du répondant et je le fais sourire plus d'une fois. Deux gamins en train de se chamailler.

J'essaye de voir ce que fait Angel, comment il va, mais le corps d'Isaac me gêne et il ne me rate pas dès que je me déconcentre une seule seconde. Mon amant ne semblait pas au top de sa forme en arrivant, je me demande bien ce qu'il a.

Qui il a vu.

Qui le met dans cet état.

***

On se promène dans la rue, une première. Il est tard, on est venus du campus par le tram. Les rues ont été désertées au profit des bars et des restaurants. Angel est certain, ainsi, que je ne vais pas le traîner dans les magasins et le faire jouer au parfait petit couple. Demain aura lieu le réveillon de Noël et mes parents ont pris des congés pour aller voir la famille du côté de Gap. Si je leur ai dit vouloir rester à Grenoble cette année, ils m'ont persuadée de les accompagner. Je ne les vois pas beaucoup ces derniers temps, je peux bien faire un effort pour les fêtes. Je pars le lendemain matin pour trois jours, et je sens tout mon corps se crisper à la seule idée d'être éloignée de mon boxeur si longtemps.

Comment je faisais, avant lui ?

– Je n'ai pas envie de partir…

Sa main me serre plus fort. On déambule sans se soucier du regard des gens et ça fait un bien fou. Je réponds à son étreinte en me retenant pour me mettre face à lui et l'embrasser afin de me réchauffer. Depuis quelques jours, je lis un sentiment étrange dans son regard gris, une dureté qui me fait peur.

Un spleen qui me tord les entrailles.

Je le sens triste, pas distant avec moi, mais avec le monde en général. Comme s'il était ailleurs, même quand il me fait l'amour. Il me murmure toujours des mots tendres, en grec, je le sais maintenant, mais son timbre est moins enfiévré, moins désespéré, et je ne sais pas comment le prendre. Je ne sais pas comment l'accueillir.

– Ça passera vite, me rassure-t-il distraitement. On a déjà passé plus de temps sans se voir…

– Je savais que je te collais trop. Tu en as marre de moi.

– Mais non.

Son ton est défaitiste, et il ne cherche pas plus que ça à me contredire ou à me retenir.

– Et toi, tu vas faire quoi, pendant ce temps ? Tu as de la famille à voir ?

Je sais qu'il ne voit plus son père et que sa mère vit seule, mais à part ça, pas grand-chose. A-t-il des grands-parents ? Des cousins ? Sur la place Victor-Hugo, il s'arrête devant un chalet du marché de Noël qui est en train de fermer. Il est tard et mon estomac se rebelle.

– Je vais rester avec Isaac, répond-il finalement. Peut-être aussi Anaïs.

– Ah.

Je n'ose pas le questionner plus, je sais que c'est un sujet douloureux. Les fêtes de fin d'année doivent lui rappeler ce qu'il a perdu, à savoir, sa sœur, sa famille. Mon cœur se serre à l'idée de le laisser traverser ça seul, alors que je suis là, cette année.

– Ça te fera du bien de passer du temps avec tes parents, dit-il finalement en se remettant en route.

Bien sûr, il ne porte pas de gants, et j'enlève celui de ma main droite pour entrelacer nos doigts sans obstacle. Les siens sont gelés.

– Oui.

C'est tout ce que je suis capable de formuler. Je n'ai pas envie de le laisser.

Angel ne me voit pas, ne m'entend pas, il est complètement ailleurs. Quand on se quitte, il ne m'accorde même pas un regard et se détourne de moi comme si nous n'avions jamais rien partagé ensemble, et ça me brise le cœur. Je rentre chez moi en ayant l'impression de le perdre sans même savoir pourquoi. L'angoisse me noue l'estomac.

Le soir même, mes parents partent pour Gap. Je leur ai expliqué que je souhaitais parler avec Gauthier, passer cette soirée avec lui et que je les rejoindrais le lendemain matin dans ma propre voiture. Je sais qu'il est chez lui, je vois de la lumière à travers la fenêtre de sa chambre. Ils fêtent toujours Noël en solo avec sa mère. Quand je frappe chez eux après l'heure du dîner, cette dernière a l'air franchement étonnée de me voir.

– Depuis quand tu frappes, Anna ?

C'est une simple constatation, pourtant elle prouve à quel point ma relation avec mon ami a changé. Il n'y a pas si longtemps, j'aurais utilisé ma clé et je serais montée directement dans sa chambre, sans même prendre la peine de chercher sa mère pour la saluer. Ça me prouve aussi que Gauthier ne lui a rien dit de notre relation tendue.

Elle me laisse rapidement pour se replonger dans son film et je grimpe l'escalier en faisant le plus de bruit possible. Je ne souhaite pas le surprendre. Puis je frappe à la porte de sa chambre. Quand il l'ouvre enfin, après deux bonnes minutes à me laisser poireauter, il est sincèrement étonné de me découvrir là. Puis il se renfrogne et referme la porte sur son corps pour m'empêcher de voir à l'intérieur de la pièce.

– Qu'est-ce que tu veux, Anna ?

– Ah, alors on ne se dit même plus bonjour ?

Il s'accoude au chambranle et me toise froidement.

– Bonjour. Tu veux quoi ?

Je soupire. J'avais oublié à quel point il peut être têtu. Presque plus que moi. Je remarque qu'il est débraillé, négligé, ses cheveux ondulés sont un peu trop longs et lui retombent sur les sourcils. Mais ce qui me choque, c'est son odeur. Il sent la beuh. Mon sang ne fait qu'un tour. Je pousse brutalement la porte, la faisant râper sur son pied nu, et il recule en criant et en sautillant sur place.

– Qu'est-ce que tu fous ?

Je passe en revue en une seconde l'état de sa chambre. Son ordinateur portable est ouvert sur son matelas ; j'aperçois, entre le lit et le mur, une bouteille de soda et un cendrier contenant encore un mégot de joint, et il n'a pas dû sortir depuis un moment. Ni aérer, d'ailleurs.

– Tu fais semblant de bosser? Et tu fumes en plus?

– C'est l'hôpital qui se fout de la charité!

– Pardon?

– Ouais, t'as très bien compris! Pourquoi tu viens me faire chier, hein? Tu cherches à faire ta B.A.? Ou alors tu as besoin de pleurer sur mon épaule?

Même si je comprends sa douleur, ses mots me font de la peine.

– Pourquoi tu m'en veux, vraiment, Gauthier? Parce que j'ai un copain?

Il donne un coup dans sa chaise de bureau qui tourne sur elle-même, et va se planter devant la fenêtre, les bras croisés.

– Va-t'en, Anna.

– Non.

Je prends la même position que lui mais je reste où je suis, à savoir devant le lit.

– Je sais qu'on s'est éloignés, ces derniers temps…

– Toi, Anna. Moi, j'étais là.

Je soupire et il reprend :

– Tu ne m'as rien dit de ce mec, Anna, tu as tout gardé pour toi. Même quand je t'ai pris sur le fait, à la soirée étudiante, tu n'as pas cherché à m'en parler.

J'avais hésité. Je m'apprêtais à le faire, même – me rendre chez lui et tout lui avouer, renouer avec ce copain d'enfance –, mais le père d'Isaac avait été transporté à la clinique et j'avais préféré rester avec Angel.

– Je voulais essayer, Gauthier, j'avais peur de ta réaction. Je te jure. Mais depuis, tu refuses de me parler.

– Tu aurais dû essayer plus fort. C'est trop tard, maintenant.

Ses paroles me font l'effet de sombrer dans un lac gelé. Je

chancelle mais il ne le voit pas, trop occupé à fixer la route. Sa chambre aussi donne côté rue.

– J'allais le faire, ce soir-là.

– Alors, qu'est-ce qui t'a retenue?

Je me mords la lèvre, sachant très bien que quoi que je dise, ça va me retomber dessus. Il a raison. Ce soir-là, j'ai fait un choix. Et ce n'est pas lui que j'ai choisi. Je décide de changer de sujet.

– Tu as des problèmes pour travailler? Comment se sont passés tes partiels?

– Ne fais pas semblant de t'y intéresser.

– Tu n'as pas le droit de dire ça! Je suis ton amie!

Il fait brusquement volte-face.

– Si tu veux tant le savoir, sache que je foire tout! Je ne comprends pas la moitié des cours, je me fais chier, je ne voulais pas le faire sans toi!

Il a presque crié et s'est tant rapproché de moi que je sens de nouveau cette odeur d'herbe qui se mélange à celle de son parfum. Cet arôme inhabituel sur lui me trouble autant que ses mots.

– Je passe mon temps à t'imaginer avec ce type. Tu as tellement changé depuis que tu le connais, Anna. Je te reconnais plus.

Il dit ça en pinçant une mèche de cheveux entre son pouce et son index, presque dédaigneux, et ça me fait mal. Il se détourne et n'ose plus me regarder dans les yeux. Je me grandis pour me défendre comme je peux.

– Peut-être que je suis en train de changer, c'est vrai. Mais pour le mieux, crois-moi. Je suis heureuse avec lui, quoi que tu en dises!

Je porte un pull bleu avec un joli décolleté, mes cheveux sont ondulés autour de mon visage, et je ne me sens pas mal à l'aise. À croire que mes problèmes avec mon apparence n'ont jamais existé. Et il s'en fout. Pire, ça le dérange.

– Je pensais que tu te réjouirais pour moi.

Les sanglots dans ma voix lui font enfin lever les yeux et son regard s'adoucit. Il pose une main sur mon bras.

– Je pensais aussi, Anna. Mais j'y arrive pas. Ça me fait trop mal.

Je comprends juste à ce moment-là qu'Angel avait raison au sujet de ses sentiments pour moi. Au lieu de me sentir désolée pour lui, ma colère se réveille. On est amis ! Il ne peut pas me lâcher pour ça !

– Alors finalement, tu étais sympa avec moi juste pour tenter ta chance ?

Des flammes s'allument dans ses prunelles.

– Tu n'as pas le droit de dire ça !

– Tu n'étais pas sincère ?

– Arrête !

Je suis lancée et je m'emporte :

– T'en as rien à foutre de moi ! Peut-être que tu ne cherchais qu'à me sauter !

Je suis si choquée par mes propres mots que je n'aurais pas été étonnée de me recevoir une baffe. On se dévisage quelques instants, ses narines frémissent de colère. Puis il me prend de nouveau le bras qu'il avait lâché et me tire brusquement vers la sortie.

– Dégage, Annabelle ! C'est dégueulasse de me dire ça ! C'est toi qui n'en as plus rien à foutre, et je veux pas de ta pitié !

Avant même de comprendre ce qui m'arrive, je me retrouve propulsée dans le couloir plongé dans le noir et la porte claque. La mère de Gauthier, toujours à l'ouest, lance un « Doucement, les enfants ! » et c'est tout ce que j'entends, avant que Gauthier ne mette de la musique dans sa chambre et pousse le son à fond.

Je reste abasourdie pendant un long moment, choquée par sa brutalité, avant de me décider à bouger. J'hésite à labourer sa porte de coups de pied et prends finalement le chemin de l'escalier.

Quand je passe devant la porte d'une autre chambre, vide, qui sert de débarras, j'avise une table recouverte de classeurs et de crayons. Je vois un marqueur noir indélébile, je ne réfléchis pas, m'en empare et allume la lumière du couloir. Et là, bercée par le son d'un groupe de metal de l'autre côté, je trace un symbole qu'on s'amusait à dessiner sur nos agendas et nos fournitures scolaires quand on était en classe ensemble. Un A et un G enlacés, avec une planche de surf en fond. C'est débile, c'est kitsch, mais c'est nous. Je le remets en place avant de saluer la mère de Gauthier et de retrouver ma maison vide.

J'hésite longtemps à envoyer un message à Angel, me dis finalement qu'il a besoin d'espace et ne l'embête pas avec mes histoires. Je pleure un long moment avant de prendre une douche et de m'enfouir sous la couette. J'attends de voir si Gauthier va venir me trouver pour qu'on parle vraiment, comme avant.

Mais il ne vient pas.

C'est le cœur lourd que je prends la route le lendemain, jour du vingt-quatre décembre. Il n'y a presque personne dans mon sens de circulation, je roule à une vitesse modérée. Il est encore très tôt, j'ai évidemment mal dormi et me suis fait un café dans un thermos avant de partir. Quand j'arrive chez ma tante, il est à peine dix heures du matin et la maison s'éveille doucement. Je salue tout le monde, des cousins si lointains qu'on ne se voit qu'une fois par an ; je me souviens à peine de leur âge, les plus jeunes ont tant changé que je ne les reconnais pas.

Je ne prends même pas la peine de sortir ma valise du coffre, un terrible pressentiment me broie le cœur depuis la veille. J'ai envoyé un message à Angel ce matin, et il ne m'a répondu qu'un laconique : « Bon voyage ». Il m'aurait souhaité bon débarras que ça m'aurait fait le même effet.

À midi, quand la famille se réunit pour un repas léger, je

mange sans parler à personne, incapable de cacher ma tristesse. Je rumine ma conversation avec Gauthier, cherche un moyen de lui faire comprendre qu'il compte pour moi sans avoir à choisir entre les deux hommes de ma vie. En même temps, je suis en colère contre lui, par la façon dont il m'éjecte si facilement après toutes ces années passées ensemble. Je pensais que notre amitié était plus forte que ça.

Ma mère remarque mon mutisme et ma petite mine, tente de me tirer les vers du nez mais je me dérobe. Je pars avec un groupe faire une promenade dans la forêt et envoie un autre message à Angel avant de partir.

[Tout va bien?
Tu me manques.]

Je m'énerve de ne pas avoir de réponse avant de partir à pied et laisse délibérément mon portable dans la maison. Mais je le regrette pendant toute la balade, pour me rendre compte, en rentrant au bout de trois heures, qu'il ne m'a pas répondu! Je me retiens de jeter le portable contre le mur.

En début de soirée, je m'habille d'une jolie robe noire à bretelles, laisse mon gilet dans la chambre et viens me planter devant la cheminée allumée du salon, avec le reste de ma famille. Ma mère me complimente sur mon choix de tenue, mon père regarde mon cou avec un sourire épanoui, mais rien n'arrive à m'enlever de l'esprit que quelque chose ne va pas. Que j'aurais dû rester à Grenoble. On prend l'apéritif, je bois une coupe de champagne, grignote du bout des doigts les amuse-gueules qui circulent et fixe obstinément par la fenêtre les décorations lumineuses sur la terrasse.

Je ne me sens pas à ma place.

Le champagne, les toasts au foie gras, les rires trop forts, les couleurs trop éclatantes, tout me donne le tournis. Je suis à deux doigts de m'enfermer dans une chambre d'amis, je me sens étouffer. Et quand je reçois un message d'Angel, mon cœur bondit frénétiquement.

[Anna-follement-belle,
À moi aussi tu me manques,
comme jamais je ne pensais
qu'on puisse me manquer.
Si je te repoussais avec tant
de force, c'était pour ne pas en
arriver où on en est aujourd'hui.
Je ne voulais pas que tu prennes
trop de place dans mon esprit
torturé, je ne voulais pas
espérer que ma vie change,
qu'elle soit meilleure.
À cause de toi, je souris,
je plaisante, j'ai de la vaisselle
et un tapis dans le salon.
Un tapis, putain!
Je ne pensais pas aimer ça
un jour, mais je ne regrette pas
la place que je t'ai faite.
Désolé de ne pas savoir te le
dire, de ne pas avoir le courage
de t'avouer que tu comptes
pour moi.
Pardon d'être un sale con. A]

31

Angel

Je suis affalé sur le canapé. En face de moi, Isaac est entouré de deux blondes trop décolorées qui se ressemblent énormément, Andreas est dans le coin cuisine et discute avec Anaïs qui est allée se chercher une bière. Il y a une quinzaine de personnes dans le squat, cette ambiance intimiste n'a rien à voir avec les soirées bondées dont je suis coutumier. L'alcool et l'herbe sont toujours présents, certains se lâchent en s'embrassant devant tout le monde, voire plus, ce qui peut rapidement transformer la petite *party* en orgie. Une musique rythmée est diffusée sur mon ampli via un téléphone.

D'ailleurs, la brune qui s'est assise à côté de moi pour fumer semble faire exprès de faire remonter sa jupe sur sa cuisse pour que je n'en perde pas une miette. Elle s'est collée à mon bras alors qu'il y a de la place, et se sert de l'excuse du joint qu'elle vient de fumer pour s'appuyer contre moi.

Personnellement, j'aurais préféré que tout le monde se barre. À l'origine, c'est Isaac qui a voulu qu'on se voie pour une soirée au calme entre nous, avec Anaïs et Andreas. On a commandé chinois et on a mangé tranquillement en se charriant, comme d'habitude. L'Espagnol a emmené Jimena qui m'a fait un rentre-dedans pas possible jusqu'à ce que je lui dise carrément qu'elle me gonflait. Alors elle s'est rabattue sur un autre mec, moins musclé, moins tatoué, moins torturé. D'ailleurs, je ne la vois plus depuis un moment, elle a dû se casser avec lui.

Isaac doit faire un repas de Noël avec sa famille demain, je ne sais pas dans quel état il sera. Chez eux, le vingt-quatre n'est pas important, ils suivent cette tradition juste pour les enfants, alors que ça l'était pour moi. C'était le soir où on ouvrait nos cadeaux, où on partageait un repas qui durait parfois jusqu'au milieu de la nuit, même si ma sœur s'endormait sur le canapé bien avant. De la famille du pays côté paternel venait parfois se joindre à nous, et je ne les ai pas vus depuis que mon père s'est fait la malle.

Elia s'est installée par terre, en tailleur entre les canapés, et me fixe, comme toujours. Le visage fermé. Réprobateur. J'ai bu un moment pour la faire dégager, j'ai fumé aussi, beaucoup, mais ça n'a rien arrangé, bien au contraire. Parfois, elle se dédouble et c'est deux paires d'yeux qui me jugent.

Su-per.

Je regarde pour la millième fois mon portable, mais la secouriste ne m'a pas répondu. J'imagine qu'elle est trop occupée avec sa famille, et je ne peux pas le lui reprocher. Ce n'est pas sa faute si je n'ai plus personne. Elle mérite de s'amuser, même sans moi.

J'ai failli lui demander de rester avec moi, mais je n'ai pas pu me résoudre à lui imposer ce sacrifice. Échanger une ambiance familiale et joyeuse, faite de rire et de cadeaux, contre un squat pourri, des amis paumés, de la drogue et de l'alcool ? Même moi je me serais cassé, si j'avais eu un meilleur endroit où aller.

Ou si j'avais été capable de monter dans une voiture.

Un rire s'étrangle dans ma gorge. Je suis coincé à vie dans cette boîte que j'ai moi-même érigée autour de moi. Les parois se rapprochent jour après jour.

La fille qui me colle se méprend sur mon hilarité et pose sa main sur mon genou. Je concentre mon attention sur Isaac, qui me fixe comme s'il attendait que je dérape. Que sait-il, lui ? Je ne l'ai jamais vu avec une fille plus d'une nuit. Il ne peut pas comprendre ce que je traverse, ce gouffre qui se creuse en moi, même moi je n'y pige que dalle. Lui n'a jamais rien éprouvé pour personne, il ne sait pas ce que c'est d'attendre que l'autre vous sauve, encore. Parce que c'est ce que je fais, ce soir, je m'en rends compte au moment où je dégage la nana pour me lever en titubant. Je crois que, comme un con, j'attendais que ma secouriste me sauve à nouveau.

Je m'approche de la cuisine, fais demi-tour pour récupérer un joint et mes clopes sur la table, ignore la moue désabusée de la brune qui me scrute de ses yeux de biche, et prends la direction de ma chambre. J'ai prévenu que je ne voulais voir personne y traîner, et je soupire de soulagement quand je constate que le lit n'est pas occupé. J'entends des mouvements répétés côté vestiaire, quelques gémissements étouffés et je souris comme un con en m'affalant sur mon lit.

Ces vestiaires ont vu plus de chattes qu'un club de strip-tease.

Je mets bien cinq minutes à m'allumer mon joint qui, je le sais, est de trop. Puis je cale une main derrière ma tête et fume, bercé par ces sons étranges qui peuplent mon chez-moi.

Tous les ans, je vois ma mère le vingt-cinq décembre, mais pour je ne sais quelle raison, cette année je n'ai pas envie de la voir. Enfin, encore moins que les autres jours, disons. Je sais qu'elle passe la soirée avec ses copines de l'immeuble, grecques aussi, et que je ne lui manque pas. De toute façon, ça fait huit ans qu'elle pleure sa fille en oubliant son fils.

Pire.

Elle fait comme si j'étais mort, moi aussi.

Je ne me suis jamais senti comme ça, autant au bord du gouffre. Pourtant, quand la bande à Marcello a fait mumuse avec moi et le flingue, j'étais à un cheveu de mourir. Mais je n'ai pas ressenti cette mélancolie m'étreindre comme maintenant. Plus je m'attache à Annabelle, plus je me sens vulnérable. Ça devrait être le contraire ? Enfin, je ne suis pas un pro des relations, mais je devrais me sentir bien, non ? Alors pourquoi j'ai... peur ?

Peur ?

Ridicule.

Je passe mon bras sur mes yeux pour ne plus rien voir et mon esprit s'évade petit à petit. Quand je revois dans ma tête des flashs de cette journée fatidique qui a fait de moi un assassin stupide, je serre les poings et gémis en pressant mon bras sur mes yeux. Puis je me force à penser à autre chose, à des trucs agréables, comme les doigts de ma secouriste dans mes cheveux, son souffle sur mes lèvres, son cri de jouissance quand elle se tortille sous mon corps. Putain, je crois que je bande. Mais je suis tellement *stone* que je n'en suis pas certain.

Et quand je me sens enveloppé, assailli par des froissements sur mon corps, je soupire d'aise. C'est ma secouriste. Elle est là pour moi.

Je rêve ? J'ai dormi ?

Je retire mon bras et papillonne des yeux un moment pour comprendre ce qu'il se passe. Malgré les étoiles qui fusent devant ma vision, je vois bien que la meuf qui se trémousse à moitié à poil n'est pas la mienne. Ses cheveux noirs ne sont pas ceux de ma blonde. C'est l'autre qui m'a collé toute la soirée. Merde, y en a qui sont vraiment tenaces. Qu'elle aille se taper un pute, ça doit bien exister ça, non ?

Elle retire son soutien-gorge et se met à genoux devant moi.

– Mais qu'est-ce que tu fous là, toi ? Dégage !

– Je sais que tu m'attendais…

Elle pose sa main sur mon ventre dénudé – mon tee-shirt est remonté sur mon torse –, puis commence à défaire ma braguette. Je vois rouge et donne une claque sur ses doigts.

– Pas du tout ! Je fume tranquillement, t'as pas compris que tu me fais chier ? Va baiser quelqu'un d'autre !

Putain, à coup sûr, ça va encore me retomber dessus. Elle presse ses mains sur sa poitrine, aguicheuse, comme si ça allait m'exciter. Je bondis sur le côté, tangue un peu, me rattrape au mur, marche sur mon paquet de clopes par terre et fais le tour du lit.

– C'est pas possible, j'en ai marre qu'on me prenne pour un *toy boy* !

Je l'attrape par le bras, lui arrachant un cri de douleur, et la tire en la faisant glisser sur le lit. Cette meuf n'est pas dégueulasse, mais j'en ai assez de cette vie débridée. Elle n'est rien à côté de ma bombe de secouriste. Je ne veux pas d'elle ni d'aucune autre.

Pour la première fois depuis des années, je regrette de vivre dans ce squat qui n'a même pas de chambre qui ferme à clé quand on veut être tranquille.

– Si je me comportais comme ça, tu crierais au viol !

Je la jette dans le couloir, me foutant qu'elle sanglote ou que je lui fasse mal. Puis je me rends compte que ses fringues sont par terre, dont son soutif que je ramasse, et je me précipite pour les lui balancer à la figure. Je bouscule une nana qui va aux toilettes, et je gueule en arrivant dans le salon :

– Qu'on arrête de me faire chier ! Compris ? Merde !

Je suis tellement énervé, tout à coup, que je suis à deux doigts de provoquer Isaac ou Andreas pour me battre. On a suspendu les combats pour la période des fêtes, trop d'étudiants ayant déserté le campus, et j'ai envie de voir le sang gicler, d'entendre le bruit des peaux qui claquent, qui se déchirent. Je retourne dans ma chambre et m'assois sur le lit comme un fou, me prends la tête dans mes mains.

Il faut que je me calme.

Et quand un poids se pose sur mon crâne, je suis à deux doigts de péter un câble, vraiment. Pourquoi les gens sont-ils aussi cons ? Ils me prennent pour quoi ? Un jouet ? Une machine dénuée d'émotion ?

Je relève la tête, prêt à hurler de rage, quand des yeux verts me percutent. Il y a peu de lumière, j'ai juste allumé ma lampe de chevet avant de m'allonger pour fumer, et la silhouette qui se découpe me rappelle trop celle de la secouriste, alors je ne dis rien, détourne le regard. Je ne comprends pas pourquoi j'ai tant besoin d'elle maintenant, alors qu'on s'est vus la veille. C'est débile.

Encore une hallucination. De mieux en mieux.

L'ombre se met à genoux et quand ses deux mains encerclent mon visage, je doute que ce soit un rêve. Elia ne m'a jamais touché. Là, je ferme les yeux parce que la caresse me rappelle trop celles d'Anna.

– On peut pas me foutre la paix ?

– Qui, on ?

Cette voix…

– Tous, tout le monde… Ma mère, Elia, ces gens que je connais pas, tous, putain…

J'ai conscience de dire n'importe quoi à une ombre. Je suis vraiment un déchet.

– Va-t'en…

– Non.

J'ai besoin d'air. J'ai besoin de fumer. La voix familière reprend :

– C'est les premiers mots que tu m'as adressés, à l'hôpital. Et je savais déjà, à ce moment-là, que tu allais me rendre dingue. Même si je ne devais jamais te revoir…

J'ouvre les paupières et percute de nouveau les yeux d'Anna. Je fronce les sourcils.

– Annabelle ?

– Qui d'autre ?

Je me recule, me frotte vigoureusement le cuir chevelu, puis je tends la main pour toucher ses cheveux blonds et courts qui ondulent autour de son visage.

– C'est toi ? Qu'est-ce que tu fais là ?

– J'avais besoin de te voir, je n'ai pensé qu'à toi depuis que je suis partie ce matin…

J'esquisse un sourire, j'ai encore du mal à croire ce que je vois.

– Moi aussi…

– Ah bon ?

Son ton a changé. Ses yeux se voilent et elle détourne la tête, m'offrant son profil gracieux.

– C'est qui, la fille à poil qui vient de sortir de ta chambre ?

– Tu veux dire la chatte en chaleur que j'ai éjectée ?

Elle se concentre de nouveau sur moi et la colère qui fuse de toute sa personne me fait frémir.

– J'ai vu ça, oui !

– Alors c'est quoi le problème ? J'ai rien fait !

Je me lève d'un bond, putain, on ne va pas m'en vouloir pour des trucs que j'ai même pas fait, maintenant ?

– Je fumais tranquillement et elle s'est jetée sur moi ! Je l'ai même pas entendue arriver !

– J'étais là, souffle-t-elle.

– Hein ?

Je suis encore groggy, je ne suis même pas certain que cette conversation soit réelle. Elle réduit la distance qui nous sépare en deux enjambées et plaque sa main sur mon entrejambe.

– Tu bandes encore.

Je me penche sur elle et attrape sa nuque nue d'une main, son cul de l'autre.

– C'est à toi que je pensais.

Elle recule sa tête pour me faire face à nouveau, pas très convaincue.

– Si tu étais là depuis le début, tu as bien vu que je voulais pas d'elle ?

De sa main libre, elle me gifle. Enfin, elle me fouette plus qu'autre chose, et en plus, je n'ai rien senti. Mais je sens mon corps s'enflammer, se tendre, tourbillonner.

– Ça me fait chier, Angel.

– De quoi ?

Putain, j'ai envie d'elle comme un sauvage, elle me rend malade.

– Que tu sois le genre de gars sur lequel les filles se jettent à poil. Tu l'as brutalisée…

– Frappe-moi, Anna.

Elle se crispe, sa main est toujours sur mon épaule après sa petite rébellion. Elle tente de reculer mais je la tiens toujours fermement par une fesse.

– Pourquoi je ferais ça ?

– Je suis nul. Je te mérite pas.

– Peut-être. Mais tu es mon *toy boy* à moi, tu te souviens ?

Je me rappelle effectivement lui avoir donné le droit de jouir de mon corps comme elle l'entendait. Ce qu'elle fait si souvent… Merde, pourquoi elle ne m'embrasse pas ?

Ma main derrière sa nuque descend sur la sienne entre nous et la presse pour qu'elle sente bien mon érection.

– J'avais tellement envie de te voir, si tu savais…

– Je suis là, Angel.

– Oui…

Tant pis, je fais le premier pas et me jette sur elle comme un affamé. Je la soulève et la bascule sur le lit, je m'écrase sur elle dans la même seconde. Elle enroule ses jambes autour de ma taille et je remarque à ce moment-là à quel point elle est belle. Maquillée, parfumée, avec une robe noire, putain, une robe ! Je me faufile dessous et empoigne sa fesse sans ménagement. Elle ne porte jamais de robe. Qu'est-ce que c'est bon.

– J'avais tellement envie de te voir…

Je sais que je me répète, mais c'est tout ce que je suis capable de lui avouer. Je l'embrasse, la déshabille et me redresse pour retirer mon tee-shirt. De l'autre côté du mur, le son est plus fort, j'entends des cris et des rires, et j'espère seulement qu'on ne va pas nous interrompre. Nos gestes sont saccadés, urgents, possessifs et désespérés. Je me sens connecté avec Anna. On ne se lâche pas du regard, je la remercie mentalement d'être là, d'être revenue pour moi. Je murmure en grec en goûtant sa peau, en faisant se cabrer son corps de déesse, je la remercie de m'aimer, de me rendre vivant, d'être celle qu'elle est. Et comme elle ne comprend sûrement rien, tandis qu'elle se crispe entre mes bras, au bord du gouffre, je lui murmure dans une langue qu'elle connaît :

– Je t'aime.

J'avale son cri de jouissance en la possédant encore et encore. Mon secret qui n'en est plus un me libère et je viens à mon tour en me sentant mieux que jamais.

J'ai retrouvé en elle un foyer.

***

Quand j'émerge du brouillard, je grimace avant même d'ouvrir les yeux. Je n'ai pas l'habitude d'avoir mal à la tête, mais là, j'en tiens une bonne. Je remonte les mains pour les porter sur mon visage, rencontre une résistance et moleste un instant le corps à mes côtés avant de me rendre compte que c'est ma secouriste, et qu'elle dort à poings fermés. Je me redresse sur un coude pour l'observer. Elle est couchée sur le côté face à moi, elle devait dormir lovée contre moi. Des mèches de cheveux lui barrent le visage, ne laissant que sa bouche à découvert. Une bouche rougie et encore gonflée de nos baisers enflammés. Je tire un peu sur la couette pour découvrir le haut de son corps, ses seins dénudés semblent me narguer… Puis je remets la couette en place et sors du lit à poil.

J'hésite un moment mais enfile finalement un caleçon propre avant de me diriger vers le salon. J'ai une vague idée de la soirée de la veille, je me souviens de l'alcool et des joints qui ont tourné, de la musique qui résonnait, de la sensation d'être un minable qui ne m'a pas quitté. D'avoir envoyé un message à Annabelle avant de me soûler comme un poivrot.

Le reste…

Comment a-t-elle atterri dans mon lit? Elle n'est pas censée être à Gap?

Oh, merde, on est quel jour?

Et si j'avais fait un black-out? J'arrive dans le salon, découvre Andreas ronflant sur un canapé, Isaac sur l'autre. Il règne un foutoir sans nom, on a encore dû faire un sacré bordel. Je farfouille sur la table basse, puis dans la cuisine, avise une bouteille de soda vide que je remplis d'eau et en descends la moitié avant de la remplir à nouveau. Je lance la machine à café puis je repars à la recherche de mon portable. Quand j'arrive dans la chambre, je constate qu'Annabelle s'est tournée de l'autre côté et qu'elle est désormais sur le ventre. Je souris. Elle est bien là.

Je ramasse mon jean et trouve mon téléphone dans ma poche arrière. On est le vingt-cinq décembre et il n'est que dix heures du matin. J'ai plusieurs appels manqués de ma mère, mais je les ignore. Je mets mon portable sur silencieux et me rends dans les vestiaires pour me doucher. J'ai le sentiment d'être un détritus, entre l'alcool et les clopes que j'ai fumées. Ma propre odeur corporelle me dérange. Je me savonne un long moment, en me sentant de mieux en mieux au fur et à mesure que l'eau froide me rince de la crasse de la veille. Je me lave les dents sous la douche, deux fois, puis prends le temps de me sécher et de mettre du déo. C'est bête, je me sens nerveux. Je ne sais toujours pas ce qu'Anna fout dans mon lit.

J'arrive dans ma chambre nu comme un ver ; Anna est réveillée, ébouriffée, la mine endormie. Elle est assise dans le lit avec la couverture jusqu'au menton, son bras droit dépassant de la couette, et elle pianote sur son portable. Elle lève les yeux de son écran et ses iris semblent rayonner jusqu'à moi. Il n'y a pas de volet à l'unique fenêtre, un rayon de soleil vient même couler sur la couverture, rendant cette scène post-soirée arrosée assez irréaliste.

– Salut, toi, dis-je en tirant sur la couverture.

– Hé !

Elle la rattrape mais je m'agenouille dessus, l'empêchant de se recouvrir, et me plaque sur elle. Elle rit tandis que je la manie comme si elle m'appartenait, m'accoudant près de son visage, et je glisse ma main libre sous son corps, sur la peau veloutée de son cul.

Oh, putain ! Elle est. Toute. Nue.

Ma queue se dresse instantanément. Elle gémit en basculant la tête en arrière, m'offrant sa gorge à suçoter, et je me fais plaisir. Elle se cambre, écrase sa poitrine délicate sur mon torse viril. Mon nez respire son parfum, l'odeur de ses cheveux, détaille cette zone abîmée dans son cou qui n'en est que plus belle à mes yeux ; je suis du bout de la langue sa cicatrice qui descend le long de son sein. J'aspire son mamelon, reviens à son cou, place mes deux mains autour de son visage et embrasse ses lèvres.

– Au fait, qu'est-ce que tu fais là?

Elle pouffe, comme si c'était risible de parler dans un moment pareil et elle a tout à fait raison. Depuis quand je préfère parler plutôt que baiser? Ça donne à son corps un mouvement qui ondule contre le mien et je tressaille d'impatience de me sentir en elle. Elle rouvre les yeux et me regarde bien en face, en passant une main dans mes cheveux.

– Ma place était près de toi. J'avais besoin de te voir.

– Tu es arrivée quand?

– Je rêve ou tu ne t'en souviens pas?

Soudain honteux d'être tellement déchiré que j'ai oublié mes actes de la veille, je roule sur le côté et me retrouve sur le dos. Je me dissimule derrière mon bras qui retombe sur mes yeux et ne réponds pas. Je la sens bouger, elle pose une main sur mon ventre et j'imagine qu'elle est sur le flanc, accoudée, car sa voix est proche de mon oreille quand elle explique :

– Je suis arrivée vers onze heures, je crois. Il n'y avait pas grand monde, peut-être une quinzaine de personnes, mais la bande était là. J'ai à peine eu le temps d'enlever mon manteau que je t'ai entendu crier, dans la chambre. Je crois que c'était un truc du genre « Va baiser quelqu'un d'autre ». Tu n'imagines pas l'effet que ça m'a fait.

J'ai dit ça, moi? À qui? Mais elle continue, comme si les explications n'avaient pas d'importance.

– Tu m'as bousculée dans le couloir sans même me voir, tu étais remonté, et tu as presque jeté cette pauvre fille à moitié nue devant tout le monde, dans le salon. Tes yeux étaient injectés de sang, tu étais à faire peur.

– Pauvre fille?

Je décale mon bras pour l'observer en coin.

– Je crois me souvenir d'une brune qui m'a collé toute la soirée, alors que je lui ai dit de me laisser tranquille. Elle a dû me suivre dans la chambre.

Elle grimace.

– C'est quoi qui te gêne? Que je l'aie foutue dehors? T'aurais préféré que je la laisse me baiser, peut-être? T'as pitié d'une fille que tu connais pas, qui a cherché à se faire ton mec?

– C'est bon, j'ai compris! Là ce qui m'énerve le plus, c'est que je tire sur les poils de ton ventre mais que bien sûr tu ne sens rien!

Je me redresse, faisant travailler mes abdos, pour regarder sa main s'agiter. Je la lui prends et la fais glisser plus bas, sur mon sexe.

– Tire un peu ici, tu verras si je ne sens rien…

Elle m'empoigne le membre mais sans sa douceur coutumière. Je gémis quand elle me serre si fort que je le sens au plus profond de mon ventre.

– J'ai pitié de cette pauvre fille qui s'est jetée sur toi et s'est pris la honte de sa vie. Si elle n'avait pas été à moitié à poil et en pleurs, je n'aurais pas cru que tu venais de la virer de ta chambre. J'avais envie de te rouer de coups, en sachant très bien que finalement, tu n'y étais pour rien. J'ai entendu votre conversation, j'ai vu ta colère quand tu l'as bousculée.

Elle se met à me caresser tendrement, langoureusement, et je m'arque pour lui offrir mon corps.

– Mais ce qui me fait plaisir, c'est que tu viens de dire que tu es mon mec, ça efface l'accueil que j'ai reçu…

– Quel accueil? haleté-je en fourrageant dans mes cheveux.

– Tu m'as dit de m'en aller. De te foutre la paix.

– Quoi?

Je me redresse d'un coup mais elle se met soudain à genoux au niveau de mon ventre et abat sa main sur mes clavicules pour m'empêcher de me redresser. Bien sûr, j'aurais pu le faire quand même, elle pèse l'équivalent d'un paquet de chamallows pour moi, mais c'est si bon de se laisser aller sous sa domination… Je me soulève juste ce qu'il faut pour scruter sa main qui monte et descend sur mon membre long, épais et dur comme un roc.

– Je sais que tu n'étais pas dans ton état normal… Tu as dit des choses étranges…

– Hmm…

Je ne l'entends plus. C'est rare qu'elle prenne le temps de me caresser, me cajoler. En général c'est moi qui prends les initiatives et ça me comble parfaitement. D'une main, j'agrippe le drap près de ma taille, de l'autre, sa fesse. Je remonte le long de son dos, sa nuque, puis descends de nouveau. La main qui ne me branle pas se promène sur mon ventre, mon torse, mes clavicules. Elle semble attirée par mon os saillant qui ne s'est pas bien ressoudé suite à une fracture, puis m'enserre la gorge et je me sens tiraillé, épinglé sur le lit, et putain comme c'est bon. Je suis à sa merci.

– J'aime te voir comme ça… Presque soumis, inoffensif…

– Je suis à toi, Anna… Fais ce que tu veux.

Elle se penche et embrasse mon nombril.

– Tu sens si bon… J'ai presque envie…

Ma main sur son corps glisse dans l'arrondi de sa fesse, elle gémit en rapprochant sa croupe de moi et mes doigts trouvent avec délice tout ce qui me rend fou : son sexe offert et humide, son cul qu'elle pointe en arrière et qui me donne des envies de meurtre. Quand son souffle balaye mon gland, je tressaille et me redresse à la force de mes muscles.

– Qu'est-ce que tu fais… ?

– J'ai envie d'essayer…

Son coup de langue sur le bout de mon sexe m'arrache une plainte, elle tourne son visage vers moi et son sourire m'achève.

– J'adore te voir comme ça… Tu veux toujours que je te suce ?

Ce mot dans sa bouche… !

– Oh, oui, putain, Anna…

– Tu me guides ?

– Tout ce que tu voudras. Fais comme tu le sens, c'est si bon…

Elle glousse avant d'embrasser encore mon gland.

– Caresse-moi, pendant que tu le fais… Oui, comme ça.

Je me rallonge pour profiter pleinement de cette fellation maladroite et pourtant si sensuelle, tellement excitante. Je suis déjà à deux doigts de la jouissance.

– Tu peux aller un peu plus vite, et faire ce que tu veux avec ta bouche…

Elle commence d'abord par m'embrasser partout sur le sexe, comme pour apprivoiser la bête tout contre ses lèvres, avant d'y aller un peu plus franco, en me faisant entrer en elle. Je me crispe sous ce plaisir dont j'ai déjà tant rêvé depuis que je la connais. Quand elle se rend compte qu'elle me fait perdre mes moyens, elle s'enhardit et m'enfonce un peu plus dans sa gorge.

– Doucement, il ne faut pas que ça te dégoûte.

J'accompagne mon propos en faisant glisser un doigt dans son intimité et elle couine en m'empoignant plus fort. Je la pénètre ainsi un petit moment puis ressors pour aller trouver l'autre zone érogène qu'elle m'offre sur un plateau. Je me retiens d'enrouler ses cheveux dans mon poing de ma main libre pour prendre le contrôle des opérations et me contente de faire pression sur son anus qui semble vouloir m'aspirer en elle. Je ne fais que l'effleurer, le titiller, mais elle se cambre, gémit, la bouche pleine, et accélère très rapidement la cadence, me faisant transpirer sous ses assauts. Je voudrais lui dire d'y aller plus fort, plus loin, me retiens de me cambrer pour ne pas la brusquer et venge ma frustration d'une pression plus forte entre ses fesses. Je la sens se contracter sous mes doigts et c'en est trop.

– Attention, Anna…

Au lieu de se dégager, elle accentue sa succion en pointant les fesses en arrière, comme pour m'implorer, et je m'exécute en enfouissant un doigt en elle, juste avant de jouir à longs jets dans sa bouche. Elle ne me lâche pas, et c'est si bon que l'espace d'un instant, je ne sais même plus où je suis. Puis je reprends mes esprits, elle bouge sur moi et s'essuie la bouche en se redressant.

– Désolé, je t'ai prévenue, pourtant…

– C'est pas grave, mais il faudra changer les draps.

– Pourquoi? demandé-je en l'attirant à moi pour la prendre dans mes bras.

– J'ai tout craché…

C'est presque instinctif : j'éclate de rire.

– C'est pas drôle… C'est pas bon, vraiment… Ça m'a surprise.

Je ris encore en l'allongeant contre moi, puis je nous recouvre de la couette souillée.

– Je veux bien te croire, dis-je simplement.

Elle se love contre moi, la tête sur mon biceps, une main sur ma taille. Je soupire.

– Ça va?

Elle opine, silencieuse. Je ne peux m'empêcher d'insister :

– Ça t'a plu?

– C'est la position que tu avais, je crois. Je ne me suis pas sentie… obligée.

Je me crispe.

– Obligée?

– J'ai adoré te voir dans cet état, continue-t-elle comme si elle ne disait rien d'incongru. C'était jouissif.

Je souris en me souvenant d'une altercation qu'on avait eue dans sa cuisine. Je l'avais accusée de ne pas connaître le sens de ce mot.

Quel connard, franchement.

– Je comprends toujours pas ce que tu me trouves, Anna. J'ai vraiment été odieux avec toi, dès le début.

– Je sais pas. Je crois que j'ai senti qu'il y avait autre chose sous la façade. Et quelle façade!

– C'est-à-dire?

Elle se redresse pour planter son regard dans le mien.

– Comme si j'allais t'apprendre que tu es beau! Gaulé comme une statue grecque!

Je grogne, mal à l'aise sous les compliments.

– Et tu n'as pas eu peur de moi, vraiment? Jamais?

Je repense à cette fois où je l'ai retournée comme un malpropre dans ma cuisine, en pensant qu'elle me chauffait… J'ai rarement eu aussi honte de moi qu'à cet instant.

Ses yeux descendent sur ma bouche.

– Je sais à quoi tu penses. Ce jour-là, j'ai eu peur, c'est vrai. Mais je crois que c'était plus de ce que tu éveillais en moi. Tu étais brutal, et plus tu me poussais, plus ça m'excitait. Enfin, j'avais réussi à te faire sortir de ton indifférence.

– Tu ne m'as jamais laissé indifférent.

– Ah?

Je regarde ailleurs pour m'exprimer. Tiens, la tache sur le mur…

– Quand tu as déboulé dans mon squat, le premier jour, j'étais persuadé que tu venais pour Isaac. Une fille comme toi ne pouvait pas voir un homme comme moi. Vraiment voir. Et chaque fois que tu ouvrais la bouche, tu disais le contraire de ce que j'attendais, j'ai adoré que tu me remballes. C'était comme si on me donnait des claques pour me réveiller…

Je trouve le courage de lui faire face à nouveau. Son air est presque grave et je souris pour la rassurer.

– Ça faisait du bien, continué-je. Je te repoussais par réflexe, mais en espérant que tu reviennes à la charge. C'était comme un jeu.

– On joue toujours, Angel?

– Bien sûr que non. C'est devenu réel.

– Tu ne te souviens de rien au sujet d'hier soir? De ce que tu m'as dit?

Je fais mine de réfléchir, les sourcils froncés.

– Pourquoi? J'ai joui en criant le nom d'une autre?

Rien que de parler d'orgasme, mon sexe frétille à nouveau. Elle me tape le torse. J'insiste :

– J'ai dit des méchancetés?

– Pas du tout, souffle-t-elle, déçue.

Je la bascule tout à coup, lui arrachant un rire surpris. Je me cale entre ses jambes et elle s'enroule autour de ma taille. J'embrasse son cou, ses seins et son ventre, admire le bijou dont son nombril est maintenant paré, puis redresse la tête, affichant un air amusé et un sourire joueur. Elle me regarde sous ses cils, la respiration saccadée.

– Je sais ce que j'ai dit, bébé.

Je lape son bouton dur comme une petite pierre et elle s'arc-boute en lâchant un gémissement. Puis je fais lentement glisser mon index et mon majeur le long de ses lèvres suintantes de désir, sans aller plus loin, la laissant mariner un peu.

– Je t'aime, Anna.

J'enfonce sans prévenir mes doigts en elle et elle écarte les cuisses pour m'accueillir. Elle se redresse pour pouvoir me regarder et tirer sur mes cheveux tandis que je l'admire tout en aspirant son clitoris. Elle ouvre la bouche, prête à dire quelque chose mais je remonte jusqu'à ses lèvres en rampant presque sur son corps, saisis ma verge pour la guider en elle et la pénètre d'une poussée vigoureuse. Je ne veux pas entendre ses mots. Pas maintenant.

Je la fais crier de plaisir de façon presque brutale et pourtant si douce. Avec mes deux mains soutenant ses fesses, on se déchaîne l'un dans l'autre, on se laisse emporter par la passion, oubliant que dehors, la vie ne nous fait pas de cadeaux.

***

Je verse le café dans quatre mugs qu'Anna a apportés, puis en refais aussitôt. On vient de passer une petite demi-heure à tout ranger, mais à quatre, c'est allé vite. Je me retourne, prêt à aller servir mes amis, mais le tableau que je découvre me cloue sur place. Mes yeux papillonnent un instant pour que mon cerveau enregistre l'information. Andreas est assis sur un canapé et fixe Isaac et Anna qui le regardent également. Isaac a posé sa tête sur l'épaule d'Anna et elle sur la sienne, une main sur le bras de mon ami. On dirait qu'elle le réconforte. Je sais que la mort de son père est encore très fraîche, mais les voir se câliner ainsi me tord les boyaux.

Je prends les mugs et en apporte deux sur la table, un peu brutalement, et pars chercher les autres. Quand je reviens, Isaac s'est redressé mais ne me regarde pas, conscient de ma colère et de la jalousie qui suinte par tous les pores de ma peau. Annabelle me sourit comme si je n'étais pas en train de la fusiller du regard, puis, résolu à faire le mec grognon, je m'assois à côté d'Andreas. Je ne détache pas ma mitraillette de ses prunelles tout en sortant une cigarette et en l'allumant.

L'amour, c'est chiant, putain.

Le yoyo émotionnel, ça n'a jamais été mon truc. Anna fait un drôle de mouvement avec ses yeux, comme pour m'adoucir par la pensée et, merde, je crois que ça marche. Je tire un peu moins sauvagement sur ma tige et soupire, en ayant envie qu'elle se blottisse contre moi.

– Merci, Pappas, dit-elle avec un demi-sourire par-dessus sa tasse fumante.

– Hum.

Mon regard glisse enfin vers Isaac et je me fige en constatant ses yeux rougis. Je suis certain que ce n'est pas à cause de la fatigue ou de sa nuit de débauche. Parfois, j'oublie que son père est mort. Je suis vraiment trop con.

– Ça va, Isaac?

Il ne dit rien et se penche pour me piquer une cigarette. Andreas s'en mêle.

– Vous fumez trop, les mecs.

Puis il se tourne vers moi.

– D'ailleurs je comprends toujours pas comment tu peux être aussi bon à la boxe en encrassant ton corps comme ça.

Sa mère est une gourou de la diététique et du bien-être, il faut croire qu'elle a bien éduqué ses enfants.

– C'est inné chez moi, dis-je pour leur montrer que je vais arrêter de râler. Je suis un surhomme, tu n'avais pas remarqué?

Il rit en buvant une gorgée de café. Je frappe mon poing deux fois sur mon torse.

– Moi, invincible.

Isaac se marre et me regarde enfin. Ce que je lis dans ses iris verts me fait de la peine. Un mélange de regret et de douleur indescriptible.

– Tu veux y aller à quelle heure, Pappas?

Je regarde ma blonde, qui m'interroge du regard. Elle est censée être dans sa famille, je ne lui ai pas parlé de mes plans. Et puis, il est hors de question qu'elle vienne avec moi. Mais je ne peux pas la planter non plus, après qu'elle a tout laissé tomber pour moi.

– Je n'y vais pas.

– Aller où? demande-t-elle innocemment.

– Nulle part.

Je fronce les sourcils à l'attention d'Isaac pour qu'il la ferme. Mais ma trahison vient d'ailleurs :

– Tu devais pas aller voir ta mère?

J'aspire ma nicotine et écrase violemment ma cigarette à peine entamée contre la canette puis me tourne vers Andreas pour lui souffler la fumée à la figure. Il se recule en s'éventant, mais ne semble pas gêné de dire des conneries. L'imbécile, il l'a fait exprès.

– Pourquoi tu n'irais pas, Pappas? demande Annabelle.

Son ton est trop doux, trop sucré et je sais d'avance que ça pue les emmerdes. Elle insiste sur mon nom comme pour me signifier qu'elle connaît mes secrets et que je n'ai rien à lui cacher.

Non. Tout mais pas ça.

Je prends mon mug et bois doucement, en ignorant tous ces chieurs autour de moi.

– Ce n'était pas prévu que je sois là, mais je peux venir avec toi, ça ne me dérange pas, insiste-t-elle.

Je reporte mon attention sur Isaac pour qu'il m'aide à me tirer de là. Il sait très bien de quoi il retourne, il sait que je ne peux pas emmener Anna chez ma mère! J'ai prévu d'aller la voir, mais rien d'autre. Un jour comme un dimanche ordinaire, quoi. En revanche, je devais rejoindre Isaac après, pour avoir un vrai moment en famille.

– Mais tu ne veux pas de moi, dit-elle soudain en se levant. J'ai compris. Je vais rentrer chez moi.

Elle abandonne son café à moitié bu et se rue vers la chambre.

– Putain, vous faites chier les mecs!

– Tu comptes lui dire un jour? me balance Isaac en pleine face.

– Occupe-toi de ton cul!

Je les abandonne et retrouve Annabelle dans la chambre en train de sécher ses larmes. Elle cherche son portable, mais c'est moi qui l'ai planqué parce qu'il n'arrêtait pas de sonner. Je l'ai enfoui sous le matelas pour étouffer la sonnerie, je ne voulais pas la réveiller.

– Je ne veux pas que tu partes.

Elle se fige mais regarde le sol. Puis se remet à fouiller.

– C'est compliqué, Anna...

– Tu as honte de moi?

– Pardon?

J'ai des hallucinations auditives, là, c'est pas possible!

– Moi? Avoir honte de toi?

C'est le monde à l'envers!

– Tu ne m'as jamais parlé d'elle! Je croyais que tu étais seul, sans famille dans cette ville! Et j'apprends que tu as prévu de la voir aujourd'hui. Elle ne doit pas habiter très loin, puisque tu ne prends pas la voiture! Si tu ne veux pas de moi, d'accord, mais hors de question que je t'attende ici, toute seule à me geler! Je retourne chez moi!

Je lui saisis le bras et elle ne se dégage pas.

– Tu es revenue pour moi, je reste avec toi!

Elle secoue la tête, faisant voleter ses cheveux ondulés.

– Non, je veux surtout pas faire foirer tes plans! Fais comme si j'étais pas là!

Et elle se rue dans le couloir avant de s'engouffrer dans le vestiaire. Je pense aux deux abrutis qui doivent tout entendre, puis la suis. Je rêve ou elle cherche son portable dans cette pièce?

– Arrête de dire n'importe quoi. Tu es là et ça change tout, Anna.

Je m'approche derrière elle, l'enlace et pose mes mains sur son ventre.

– Je n'ai pas honte de toi, ça va pas?

Non, j'ai honte de moi.

– On va rester là, d'accord? On peut récupérer ton ordinateur et passer la journée au lit à regarder des films...

Elle se dégage brusquement et repart dans la chambre. Merde! Pour le coup, ça me fout les boules qu'elle me fuie ainsi et j'arrive chargé comme un taureau en rut. Elle roule la couette, je m'approche de mon côté du lit, soulève le matelas sans effort pour récupérer son portable et le brandis sous son nez. Puis je me plante devant elle, sur le point de dire la pire connerie de ma vie.

C'est ça, casse-toi!

On n'a rien à faire ensemble!

Je ne voulais pas d'une relation, c'est de la merde!

– Tu veux venir, hein? Tu veux connaître ma mère?

Ses yeux s'écarquillent devant mon ton haineux, celui que je garde pour mes pires ennemis. Je la sens se recroqueviller en elle, mais la bête est lâchée. Elle a besoin de se déchaîner.

– Tu veux connaître ma famille?

Je lui crie dessus, mais je m'en fous à cet instant. J'attrape son poignet que je serre, comme si j'avais peur qu'elle s'en aille pour de bon.

– Tu veux sentir la misère de plus près? Tu l'auras voulu.

Je ne parle pas d'argent, mais elle ne peut pas le savoir. Toujours avec son portable dans une main et son poignet de l'autre, je la tire derrière moi et déboule dans le salon.

– On se casse!

Mais ils sont déjà prêts, leurs manteaux mis, ils savaient que ça allait déraper. Je lâche Annabelle juste le temps qu'elle finisse de s'habiller à son tour et j'enfile mon blouson par-dessus mon tee-shirt. Trop énervé pour me préoccuper de ne pas choper la mort.

On marche à grands pas dans le froid polaire de cette journée de fin décembre. Il est midi passé, et le soleil éclatant me fait mal aux yeux. On stoppe devant l'arrêt de tram et on attend. De la fumée doit me sortir par le nez pour que personne n'ose dire quoi que ce soit. Quand il arrive enfin, après bien un quart d'heure d'attente en ce jour férié, je n'ai toujours regardé personne.

Je remarque à peine qu'Andreas nous suit, je me demande l'espace d'une seconde pourquoi il ne va pas chez lui, pourquoi il vient avec nous. Lui aussi, il ne fête pas Noël? Va-t-il chez Isaac? Puis je reviens à mes idées noires.

Je ne veux pas que ma mère la voie. Lui parle. La regarde. Elle risque de la contaminer. Elle risque d'insuffler sa haine en elle, et je ne le supporterai pas. Je serre les mâchoires. Je refuse de la perdre. Si ma mère fait de la peine à la femme que j'aime et qui, par miracle, m'aime aussi, je ne pourrai jamais le lui pardonner. Et je n'aurai vraiment plus rien.

Plus rien à quoi me raccrocher.

Quand on arrive dans le quartier, je ne regarde toujours pas Anna. Je ne veux pas lire sur son visage la désolation, la pitié. Pas déjà. Isaac et Andreas partent de leur côté et la secouriste trottine derrière moi pour ne pas être à la traîne.

– Ma mère habite ici depuis cinq ans. Moi, je me suis barré au bout de deux. Je viens la voir tous les dimanches. Parfois, elle délire et m'appelle. Je regrette tout le temps de venir…

Je me retiens de lui avouer que si je suis parti, ce n'est sûrement pas pour fuir la misère ambiante, mais plus celle qui vient de l'intérieur. Celle que ma mère plante dans mon cœur à chacune de mes visites. Chaque fois qu'elle refuse de me regarder dans les yeux.

– Ma mère a quelques… problèmes.

Je pousse la porte du rez-de-chaussée à moitié défoncée qui n'a pas de verrou depuis belle lurette, ignore l'ascenseur qui fonctionne encore par miracle et commence à grimper à une allure soutenue l'escalier. À mi-chemin, je vois qu'Annabelle peine à suivre mais je continue, comme si j'avais l'espoir de la semer. De la faire renoncer. Arrivé au bon étage, je m'adosse au mur pour sortir une cigarette. Je l'allume en essayant de me vider l'esprit. De repousser cette angoisse qui me rend tremblant et maladroit.

Elle arrive, essoufflée, et je ne vois pas l'expression de son visage car je fixe obstinément ses pieds. C'est plus fort que moi, je ne peux pas l'affronter. Ce n'est pas cet appartement qui me répugne, mais la désolation qui règne à l'intérieur.

Je lui en veux de me forcer à exposer mes blessures, ma souffrance. Mes cicatrices perfides.

Je sors mes clés, ouvre et entre en laissant la porte béante. Je suis accueilli comme d'habitude par une odeur de renfermé, rance et tenace, et l'opacité de l'air me fait plisser les yeux. Je me dirige droit vers la fenêtre, comme toujours, l'ouvre en grand et me retourne. Il y a apparemment eu un festin hier soir, à moins que ça ne date de plus longtemps, difficile à affirmer avec les mœurs de ma mère. Quoi qu'il en soit, la table est jonchée de plats, de vaisselle sale, de restes de nourriture. Je compte cinq bouteilles de vin sur la table, en repère encore bien quatre côté cuisine, qui est encore plus crade que d'habitude. Je ne suis pas venu la voir depuis plus d'une semaine et ça se voit. Ça se sent, aussi. Ses amis ne doivent pas être bien plus propres qu'elle pour accepter de passer la soirée dans ce taudis. Mon squat a beau être froid, désertique, au moins il est clean.

Je commence à m'activer comme d'habitude, range, remplis le lave-vaisselle, jette les tissus qui traînent dans la machine à laver. J'ignore superbement Anna, toujours prostrée dans l'entrée. Elle s'attendait à quoi ? À ce que ma mère arrive en courant, me prenne dans ses bras ? À ce qu'elle me souhaite un joyeux Noël ? Je fais du café. Je n'ose pas aller à sa recherche, voir ce qu'elle fait, pire, avec qui. Elle n'est peut-être même pas là et je m'impose ça pour rien. Au bout d'un moment, quand l'appartement reprend forme, j'aperçois Annabelle qui s'approche timidement, son sac pressé contre sa poitrine. Il fait chaud dans cet immeuble, elle a retiré son manteau mais le garde dans ses bras, comme si elle voulait être prête à prendre la fuite au moindre mouvement suspect. Je la comprends. Mon attitude n'arrange rien à son stress, mais c'est au-dessus de mes forces de penser à son confort quand je ne souhaite qu'une chose, qu'elle débarrasse le plancher.

Mais je reste amoureux d'elle, c'est un fait avéré, à présent.

– Un café?

Ce sont les premiers mots sympas que je lui adresse depuis qu'on est partis de chez moi et je sais qu'elle me regarde, ne sachant plus comment se comporter avec moi. Elle répond d'une voix éteinte.

– Je veux bien, s'il te plaît.

Je trouve par miracle trois bols propres et en remplis deux. Puis je me dirige vers la table débarrassée et les pose dessus. Annabelle s'approche et, comme tout le monde qui entre pour la première fois ici, elle reste un instant en contemplation devant le paysage qu'on voit depuis la fenêtre et les baies vitrées. Les montagnes enneigées luisent sous le soleil et c'est instinctif : je viens par-derrière et l'enlace, nouant mes mains sur son ventre. Elle se laisse aller. Qu'est-ce que j'ai pu souhaiter rencontrer un être cher à aimer, une femme qui m'aimerait pour ce que je suis, et maintenant qu'elle est là, je la repousse de toutes mes forces.

– Écoute, Angel… Je vais m'en aller.

Ne pas nous affronter simplifie les confidences. Elle laisse sa tête aller sur mon épaule.

– Je n'aurais jamais dû te forcer. Je vais aller chez mes parents, tu me rejoins quand tu veux. D'accord?

Est-ce que je suis d'accord? Maintenant qu'elle est là, je me rends compte que ce n'est pas si terrible. Peut-être que ma mère va enfin ouvrir les yeux? Constater que la vie suit son cours? Alors que je suis sur le point de lui répondre que je l'aime avant qu'il ne soit trop tard, je sens la présence aérienne de ma mère derrière moi.

Elle a toujours eu cette démarche traînante qui semble la faire glisser sur le sol, et depuis qu'elle a perdu beaucoup de poids, elle se déplace avec la grâce d'un fantôme.

Je me crispe contre Anna qui a senti le changement et se redresse également. Ma mère va droit vers la machine à café, je finis par croire qu'elle m'entend toujours arriver, mais qu'elle attend patiemment que j'aie tout rangé et nettoyé pour sortir de sa tanière. Elle n'a sans doute pas encore vu Anna, dissimulée derrière ma large silhouette. Je la lâche, tendu comme un arc, et déglutis avant de pivoter et faire face à cette mère qui ne m'aime plus.

– T'étais où? crache-t-elle, dos à moi. T'as vu l'heure?

Quand ma mère s'approche, son bol à la main, sans me regarder, je réalise que je traite Anna de la même manière depuis ce matin. Je l'ignore. Ma blonde semble hésiter, puis pose son manteau sur le dossier d'une chaise et ma mère ne cille toujours pas.

– Bonjour, madame. Je suis une amie… d'Angel.

Je tressaille et regarde, éberlué, Annabelle discuter avec ma mère qui, enfin, sort de sa torpeur pour l'observer. Elle plisse les yeux comme si elle ne voyait pas bien. Anna me jette un drôle de regard avant de tirer la chaise et de s'y asseoir, comme si elle me demandait la permission muette de papoter tranquillement avec elle. Elle prend son café.

– Angel… Qu'est-ce qu'il a encore fait, celui-là?

Je ferme les yeux et soupire. Je pensais qu'elle était dans un bon jour, vu qu'elle a pris une douche et porte des vêtements propres, mais ce n'était qu'un leurre.

– Rien du tout, on est venus vous voir pour vous souhaiter un joyeux Noël.

Ma mère pouffe.

– Il faut une famille, pour ça. Non?

Putain, elle est vraiment barrée. Elle est peut-être même encore bourrée, ou droguée, ou je ne sais quoi de la veille.

– Oui, une famille, ne se démonte pas Annabelle. Votre fils.

Ma mère cesse de ricaner et son regard se braque sur la fenêtre, comme chaque fois qu'elle est confrontée à la réalité. Elle s'évade dans les montagnes.

– Je peux aller voir Elia, c'est une bonne idée. Elle n'a plus personne, elle.

Toujours statufié devant la fenêtre, je vois Annabelle poser sa main sur celle de ma mère. Elle a tout de suite compris qu'elle était à l'ouest. Comme si le futur médecin avait pris les rênes de cet échange grotesque.

– Vous voulez qu'on y aille avec vous ?

Les yeux agrandis d'horreur, je vois ma secouriste porter de la compassion à ma mère et je ne sais pas comment réagir. Mon être intérieur rugit de rage et d'injustice, parce que ma mère me traite si mal, mais l'autre est heureuse qu'on prenne soin d'elle dans ces circonstances. Je sens la nausée ramper dans mon œsophage rien qu'à l'idée de foutre les pieds au cimetière, serre les poings. C'est un cauchemar et j'ai hâte qu'il se termine.

– Vous voulez peut-être manger d'abord ? On peut faire des pâtes, n'est-ce pas, Angel ?

À l'évocation de mon prénom, le visage de ma mère se tourne vers moi mais reste à distance de mes yeux.

– Angel ne supporte pas d'aller sur sa tombe. Il est incapable de regarder en face le désastre qu'il a causé.

Et voilà. Ça n'a pas traîné. Pour la première fois depuis qu'on a décidé de venir ici, je braque mon regard dans celui d'Anna, pour tenter de lire que rien n'a changé, qu'elle m'aime toujours. Elle parle à ma mère mais c'est moi qu'elle regarde.

– Oui, il m'a expliqué. C'était un terrible accident.

– Un accident?!

Elle a presque craché ses mots. Elle se penche sur Anna qui n'a d'autre choix que de lui faire face et elle baisse la voix, en conspiratrice :

– Il l'a tuée. C'est un assassin.

Anna retire sa main comme si elle venait de se brûler.

– Pardon? souffle-t-elle, la regardant droit dans les yeux.

– Rien de ce qu'il fera ne changera ce qu'il s'est passé. Il m'a pris mon bébé.

Anna se redresse sur sa chaise, cherche mon attention que je lui dérobe. J'ai trop honte de ce fardeau que je porte. Je réalise que je me suis approché de la table, j'ai agrippé le dossier d'une chaise et la serre si fort que les jointures de mes doigts sont blanches. Je vois flou et le goût de la bile envahit ma bouche.

– C'était un accident, dit fermement Annabelle, d'une voix dure que je ne lui connais pas.

– C'était un meurtre.

– Vous ne pouvez pas dire ça. Vous croyez qu'il ne s'en veut pas? Qu'il ne se punit pas de ce qui est arrivé?

– Ça ne sera jamais suffisant! crache ma génitrice.

– Mais vous voulez quoi?

– C'est un assassin! Un assassin, j'te dis!

Annabelle cherche un allié du regard, une explication à ces paroles haineuses et délirantes, mais je suis *out*. Incapable de prendre part à ce désastre. Elle bafouille mais sa voix se raffermit de plus en plus :

– Il ne se passe pas un jour sans qu'il se reproche ce qui est arrivé! Qu'est-ce que vous cherchez, à lui parler comme ça?

– Je lui parle comme je veux...

La voix de ma mère est tranchante comme une lame de rasoir, j'entends tout ce qu'il se passe mais mon cerveau s'est déconnecté.

– Vous n'avez pas le droit de l'accuser d'un crime ! C'est ignoble ! C'est votre fils. C'était un accident.

La voix d'Anna commence à flancher et j'ai de la pitié pour elle, pour l'espoir dont elle déborde, celui que ma mère piétine sans regret.

– Et ma petite fille est morte !

– Alors vous vous acharnez à tuer votre fils ?

C'est le déclencheur. Je retombe sur terre et les observe. Elles sont debout, l'une face à l'autre de part et d'autre de la table. Elles se jettent des regards meurtriers et la rougeur du visage d'Anna me fait prendre conscience de ce qu'elle est en train de faire. Elle est devenue une lionne qui protège sa famille. Moi.

– Votre fils est bien vivant, lui, et vous êtes incapable de le regarder en face ! Vous faites comme s'il n'était pas là !

– Anna…

Je tente de la calmer, mais en même temps je suis fasciné par son changement, par sa manière sauvage de me défendre.

– C'est ce que vous lui dites, chaque fois qu'il vient vous voir ? On est là depuis dix minutes et vous débitez déjà des horreurs devant moi, une inconnue !

– Oui, une inconnue ! Tu peux t'en aller. Emmène l'autre avec toi ! J'ai besoin de personne ! Allez-vous-en !

Ma mère crie, tape sur la table et je bouge enfin. Je prends le poignet d'Anna qui me regarde, affolée.

– On s'en va, Anna. C'était une mauvaise idée.

Je prends son sac et son manteau, récupère le mien dans l'entrée, mais elle ne m'a pas suivie. Elle est toujours plantée dans le salon, à toiser ma mère sévèrement. Ça fait peur à voir, cette transformation soudaine chez ma secouriste si douce.

– Anna !

Je vois bien qu'elle est sur le point d'ajouter quelque chose. Ma mère se détourne et va en direction de la cuisine en l'ignorant.

– Vous n'êtes pas seule. Votre fils est bien vivant, lui. Je crois que vous ne méritez pas tout le mal qu'il se donne pour vous.

Ma mère pousse un cri de rage et j'attrape Annabelle pour la tirer hors de l'appartement. Un bruit de verre brisé se fait entendre quand la porte claque et je la propulse dans l'escalier, la faisant trébucher, mais je veux partir loin, le plus vite possible, tant pis pour Isaac. Je ne suis pas en état d'aller le voir et passer le reste de la journée avec lui comme prévu. Je dévale les étages, arrive en bas de l'immeuble et marche en direction de l'arrêt de tram sans me retourner. Je ne sais pas ce que je veux, ce que je fais, ce que je ressens, je suis complètement paumé. Une rame arrive à ce moment-là et je me précipite à l'intérieur. Annabelle saute dedans avant que les portes ne se ferment, essoufflée d'avoir couru derrière moi. Il n'y a presque personne. Je m'assois, insensible, et prends ma tête dans mes mains. Elle se pose à côté de moi et renifle.

– Je suis désolée, Angel. Je ne sais pas ce qu'il m'a pris. Pardon.

Elle murmure ce mot, encore et encore, puis se lève à mi-chemin de notre trajet et me force à en faire autant. On sort dans le froid, on n'a toujours pas mis nos manteaux. Elle ouvre un portail, on monte des escaliers en pierre, puis elle pousse une porte. Je réalise à ce moment-là qu'on est chez ses parents. Elle laisse ses affaires dans l'entrée et me guide jusqu'en haut, jusque dans sa chambre. Elle grelotte. Hoquette. Elle me déshabille et je me laisse faire. Je crois que je tremble, moi aussi. Elle allume l'eau de la douche et me pousse sous le jet d'eau. Je ferme les yeux pour me laisser envahir par la sensation de redescendre sur terre, je reprends peu à peu mes esprits.

Annabelle me rejoint, se blottit contre moi et me serre fort, ses bras autour de ma taille, la tête contre mon épaule. Pour une fois, sa nudité n'éveille aucun désir charnel, même quand elle m'embrasse fiévreusement et parcourt mon corps de ses mains comme pour me réchauffer. On sort pour se réfugier sous sa couette.

– Pourquoi tu t'excuses?

– Je n'aurais jamais dû parler comme ça à ta mère…

Je ne lui en veux même pas. Elle a eu le courage de lui dire tout haut ce dont je suis incapable.

– Regarde-moi, Angel. Ton apathie depuis ce matin me fait peur…

– Je ne supporte pas que tu aies vu et entendu sa haine, son animosité contre moi.

– Elle est comme ça depuis longtemps?

Je hausse l'épaule qui n'est pas écrasée par mon poids.

– Surtout depuis que mon père est parti. Elle est tombée dans la dépression, l'alcool, ça a été de pire en pire. Puis elle s'est mise à me dire ouvertement que c'était ma faute, tout le malheur qui nous est tombé dessus, depuis des années. Et elle a raison.

Annabelle se mord la lèvre puis dit enfin :

– C'était un horrible accident qui a brisé vos vies. Tu n'es pas le seul responsable. Et tu as assez payé pour cette erreur, Angel. Elle est toujours comme ça avec toi?

J'opine.

– Arrête d'aller la voir, à quoi ça sert?

Je ne dis rien, parce que je ne sais pas pourquoi je m'inflige tout ça.

Si. Je sais.

– Je mérite la manière dont elle me traite.

Annabelle se plaque contre moi, comme pour se fondre dans mon corps.

– Ce n'est pas vrai. Tu mérites d'être aimé. Je t'aime, Angel.

Mais je suis incapable de réagir, à part pour la laisser se blottir contre moi. On reste comme ça un moment, longtemps. Je crois que la nuit tombe quand Annabelle se redresse pour me regarder.

– Au fait, joyeux Noël.

Je vois bien qu'elle cherche à détendre l'atmosphère mais je suis incapable de simplement sourire. Elle se lève, toute nue, ses cheveux humides tombant n'importe comment autour de son visage, puis elle ouvre son placard et déniche un petit paquet qu'elle me tend après s'être agenouillée près de moi. Mon sourire ne gagne pas mes yeux.

– J'ai aussi quelque chose pour toi. Au squat.

– Tu me le donneras plus tard. J'étais pas sûre que tu me fasses un cadeau…

Je la dévisage un long moment, avant de déchirer le papier, un coude planté dans le matelas pour être face à elle. J'ouvre la petite boîte et découvre un Zippo en argent. Sur une face, un arbre est gravé, sur l'autre, les initiales A et P sont enlacées.

– C'est l'arbre de la vie.

Je suis incapable de la remercier. De parler. Ça fait si longtemps qu'on ne me témoigne pas d'affection, qu'on ne me fait pas de cadeaux, et je ne parle pas de biens matériels. Et puis, tout à coup, je lâche :

– C'est mon anniversaire, aujourd'hui. Ma mère était si heureuse quand je suis né, en plus le jour de Noël, qu'elle a insisté pour m'appeler Angel. J'étais son ange. Après, ils ont eu beaucoup de mal à avoir Elia…

Ma voix se brise, se meurt. Je serre le briquet dans ma paume et relève la tête pour prendre toute l'affection d'Anna de plein fouet. Je me rue sur elle, la renverse sur le lit, l'embrasse avec une détresse que je n'arrive plus à refouler et elle se laisse faire sans protester. Et je craque. Je craque pour de bon, comme je ne l'avais jamais fait. J'enlace son corps et le serre contre moi, mes sanglots deviennent de la lave qui décime ma poitrine, ils sortent avec toute la douleur que je suis incapable de ressentir sur ma peau. Je pleure comme un imbécile, comme un gros bébé, je sanglote dans son cou, pivote pour ne pas l'étouffer et elle s'enroule autour de moi comme si elle n'allait jamais me lâcher.

Je suis pathétique. Je le lui dis. Je lui avoue aussi que je l'aime et que je déteste cet amour qui me fait souffrir, me force à faire face à la misère qu'est devenue ma vie. Que cette passion me tue et me rend vivant à la fois. Elle me cajole, accueille ma souffrance pour la faire sienne, me murmure des mots apaisants, sa main dans mes cheveux, m'embrasse le visage, me dit que tout ira bien.

Pour une fois, je me laisse consoler.

Je sombre dans le sommeil.

32

Annabelle

– Tu as faim?

Il ne répond pas.

On est réveillés depuis une bonne quinzaine de minutes. Il fait nuit, la neige s'est remise à tomber, si j'en crois les petites ombres qui flottent devant la fenêtre éclairée par le lampadaire de la rue. J'arrive à distinguer son visage à travers cette lueur de l'extérieur et je suis bien. Il scrute chaque détail de mon visage comme pour les graver en lui et je fais de même. Jamais je ne lui avouerai, mais sa souffrance est belle. Le spleen qui emplit son regard gris me fascine, m'attire, me liquéfie.

Je le sens en proie à des sentiments contradictoires, je vois bien qu'il est sur le point de me dire quelque chose, puis se ravise.

– Dis-moi…

Il soupire, résigné.

– Je peux fumer dans ta chambre?

Je grimace.

– Normalement non, tu t'en doutes. Mais ce soir, on va faire exception.

Il ne perd pas de temps et se lève, nu. J'en profite pour l'admirer encore, je fonds devant la vision de ses fossettes au niveau des lombaires, ses cuisses fuselées, sa taille plutôt fine vu son gabarit, ses omoplates développées, ses épaules rondes… Il entre dans la salle de bains où son pantalon a échoué et il récupère son paquet de cigarettes après avoir enfilé son caleçon. J'ai remarqué qu'il n'aimait pas être complètement nu, il a un petit côté pudique que je trouve charmant.

Je sors du lit à mon tour, allume la lampe de chevet, entrouvre la fenêtre et frissonne quand l'air froid s'engouffre dans la chambre et me flatte la peau. J'admire une seconde la neige qui recouvre la route et les trottoirs, puis j'avise un verre sur mon bureau qui fera office de cendrier et le pose sur le lit, avant de m'enfouir sous la couette que je remonte jusqu'à mon menton. Un comble, pour une fille aussi frileuse que moi, d'être avec un garçon qui ne sentirait pas un glaçon fondre sur sa peau. On dormirait la fenêtre ouverte en hiver que ça ne le dérangerait même pas.

Il s'assoit sur le bord du lit, pensif, joue avec le filtre sur ses lèvres, comme j'aime le voir faire, et je le trouve si beau… Même son profil est emblématique, charismatique, il dégage une énergie dont il n'a pas conscience. Ses cheveux noirs et raides, ébouriffés, lui tombent sur le front. La cigarette coincée entre les lèvres, il fait tourner le Zippo entre ses doigts et dit, les paroles déformées par le filtre :

– Mon père en avait un comme ça, j'adorais jouer avec. J'ai même mis le feu à la balançoire d'Elia, un jour, mais je ne l'ai jamais avoué à mes parents.

Puis il se tourne vers moi, me fait un sourire en coin et mon cœur rate un battement.

– Merci.

Il fait rouler la pierre, admire la flamme un moment avant d'allumer sa cigarette. Puis il se rallonge à mes côtés, une main sous la tête, et maintient sa clope loin de moi, avec cette manière presque féminine de la tenir, le poignet cassé, et j'ai encore plus envie de lui. Je me mets sur le ventre, les mains jointes sous mon menton, pour l'admirer à ma guise.

– En parlant d'Elia…

J'attends qu'il continue, mais il fume encore deux taffes, comme pour se donner du courage. Je l'entends marmonner mais ne comprends rien. Il expire longuement avant de se lancer, le regard fixé au plafond.

– Je la vois. Très souvent.

Il fait une pause, comme s'il avait terminé son histoire.

– C'est-à-dire ? Tu rêves d'elle ?

Il ferme les yeux.

– Non. Je la vois comme je te vois.

Ma respiration se coupe. Tout mon corps se tétanise, comme pour laisser à l'information le plus de fluidité possible pour arriver jusqu'à mon cerveau. Puis mon cœur se remet à pomper et mes poumons cherchent de l'air. Il prend une voix presque nostalgique.

– Avant, c'était surtout quand j'étais pété, défoncé. Elle m'apparaît dans la tenue qu'elle portait le jour de l'accident, souvent elle croise les bras et me fixe. Elle m'en veut.

Je déglutis.

– Tu crois ?

– Bien sûr. Quoi d'autre ?

Est-ce qu'on est vraiment en train de parler du fait qu'il voit un fantôme ? Un vrai ?

– J'ai cru l'avoir aperçue, dans ma chambre d'hôpital, le soir où tu m'y as emmené. Mais en fait, c'était toi. J'étais vraiment dans les vapes.

– Oh…

C'est tout ce que je suis capable de formuler.

Va-t'en. Laisse-moi tranquille.

Ses mots prennent tout leur sens, à présent. Il ne me chassait pas. Il me prenait pour sa sœur venue le hanter, et il la chassait, *elle*.

Mes yeux se floutent, mais je ne laisserai pas mes larmes couler.

– C'était quand, la dernière fois?

Histoire de juger son degré de folie.

– Hier soir. C'est pour ça que j'ai bu.

– Ça la fait partir?

Il ricane et reprend une longue taffe.

– Non.

Je tends la main sur son biceps qui saille dans cette position, rond et dur, doux, le caresse du bout du doigt avant d'y planter mon ongle. Puis je lui donne une petite tape et il regarde ce que je fais.

– C'est bizarre, ton truc, quand même. Tu sens quand je te touche, mais pas quand je te fais mal.

Il contracte son biceps, joueur, en me lançant un regard chargé de reconnaissance de ne pas prendre ça trop au sérieux.

– Je suis parfait, qu'est-ce que tu veux…

– Et qu'est-ce que tu fais, quand tu la vois?

– Qu'est-ce que je fais?

– Oui.

– Quelle question. Je me bourre la gueule.

– Hum. Je veux dire, tu lui parles? Tu l'ignores?

– Si je lui parle? Anna, je tchatche pas avec une morte! Bien sûr que je l'ignore.

– Tu dis qu'elle te fixe? Qu'elle t'en veut?

– Oui. Quoi d'autre?

Je réfléchis. Je ne suis pas une pro de la psychologie, mais je suis persuadée que c'est sa culpabilité qui la fait apparaître. Cet homme est rongé par les remords. Et si je me souviens bien, il n'a pas assisté à son enterrement, ne sachant même pas qu'elle était morte. Glauque.

– Tu dois te pardonner, Angel. Peut-être lui demander pardon, aussi. Faire la paix avec elle. Parle-lui, fais-la réagir. Peut-être qu'elle n'est pas là pour t'accuser. Libère-toi.

– C'est toi qui es complètement barrée.

Il bondit hors du lit et je sais à quel point cette conversation est dure pour lui, mais je le suis, retiens son bras et me plante devant lui.

– Tu te sentiras mieux après, j'en suis sûre. Ça peut te faire du bien.

Il se penche sur moi avec un rictus mauvais sur les lèvres, et murmure dans mon oreille :

– Qui te dit que je veux me sentir mieux?

Pappas super connard est de retour. Mais notre relation a évolué. Je cherche le contact visuel sans bouger. Je suis toujours nue, lui en caleçon, et ma peau se couvre de chair de poule.

– Moi, je le sais.

Il se recule, sceptique.

– Tu es quelqu'un de bien, Angel.

– Tss.

Il s'éloigne encore et je me précipite pour le pousser dans la salle de bains. Je le positionne devant le miroir. Son air colérique ne m'arrête pas et je me plante à côté de lui.

– Regarde-moi.

Ses mâchoires contractées me prouvent qu'il est à deux doigts de m'envoyer balader, mais il obtempère et pose ses yeux sur moi, à travers nos reflets. Il n'est éclairé que par la lueur dorée qui vient de la chambre, et c'est peut-être la vision de cette ombre inoffensive qui adoucit ses traits. Il met sa main dans mon dos et sa chaleur irradie dans mon bassin.

– Arrête de te punir. Tu vaux mieux que ça. Je voudrais que tu te regardes.

Il baisse les yeux. Je me décale pour me placer entre le miroir et lui et me retourne pour lui faire face. Il se mord le coin des lèvres en plongeant le regard sur mes seins, puis remonte doucement jusqu'à mes yeux.

– Fais-le pour moi.

– Pour quoi faire ? Ça va prouver quoi ?

– Si tu es capable de te regarder en face, tu pourras tout faire, j'en suis sûre. Tu pourras avancer.

Il pose ses mains sur mes hanches, se plaque contre moi pour me faire sentir son érection.

– Pourquoi quand tu m'énerves, tu me fais bander ?

– C'est mon pouvoir à moi...

Mon sourire malicieux le déride et il soupire. Je m'accroche à ses épaules.

– Allez, Pappas, je le dirai à personne.

Il décale légèrement son regard pour aller derrière moi et je deviens reine. Je me sens transportée par un sentiment de toute-puissance, celui de pouvoir lui faire du bien, quelle que soit sa douleur. Je sens sa peau devenir moite sous mes doigts, je peux presque entendre les sons sourds de son cœur qui frappe contre ses côtes, sa respiration difficile.

– Qu'est-ce que tu vois ?

– Je vois ton putain de petit cul.

Je lui donne une tape sur le torse et il me plaque contre lui, fait glisser ses mains sur mes formes qu'il vénère.

– Je vois... Mes crânes sur les mains. Mes bras musclés. Les pinces du scorpion sur mon cou. Les ailes d'Elia sur mon torse.

J'en suis le tracé du bout du doigt. Il déglutit.

– Je vois mes tatouages maoris sous mes cheveux. Faut que j'aille chez le coiffeur, d'ailleurs.

– Tu veux que j'allume la lumière, c'est un peu sombre...

– Il y a ma cicatrice sur mon sourcil, elle scelle notre rencontre.

Il sourit et j'ai envie de lui sauter au cou.

– Et ma sale gueule, voilà, t'es contente ?

– J'ai enfin le droit de dire que tu es beau ?

Il pouffe et m'écrase entre lui et le petit meuble de salle de bains qui m'arrive au milieu des fesses.

– Plutôt crever.

– La prochaine fois, regarde tes yeux. Ils sont magnifiques. C'est la première chose qui m'a fait trembler, quand je t'ai ramassé sur le trottoir. Je me demande si ce n'est pas à ce moment-là que je suis tombée amoureuse de toi. Regarde-les, et dis-toi que c'est grâce à eux que je t'aime.

Il m'embrasse le cou, la joue et se recule pour embrasser mes lèvres.

– Et sinon, c'était quand ?

Je fais semblant de réfléchir.

– Le premier baiser que tu m'as donné, quand je suis venue te voir pour ton combat.

– Hum… Je m'en souviens, c'était dehors. J'avais envie de t'allonger sur le premier capot à ma portée pour prendre ton corps… Tu réveillais un besoin bestial, viscéral.

– Pourtant tu étais si doux…

– Crois-moi, mes pensées étaient loin d'être douces.

– Et toi ? Quand es-tu tombé amoureux de moi ?

– Je ne sais pas. Peut-être un jour quand on faisait l'amour. Quand tu étais sur moi. J'adore tellement te regarder prendre ton pied grâce à moi.

Il a presque chuchoté sa dernière phrase, comme si c'était un secret, et enfouit sa bouche dans mon cou. Je gémis en basculant la tête en arrière. Il embrasse cette zone que je déteste, celle qui me crispe même quand c'est lui qui la touche. C'en est presque douloureux, mais pour lui, je me laisse faire. Il empoigne mon sein, le désir reflue entre mes cuisses mais je prononce les mots qui me brûlent les lèvres :

– Toi aussi tu portes des cicatrices. Mais elles sont plus profondes. Plus destructrices.

Il plante ses doigts dans la chair tendre de mes fesses, me faisant crier de surprise, mais je finis de parler au moment où son regard affronte le mien à nouveau.

– Plus sournoises.

Ses iris se voilent. Mes paroles le touchent et se disputent le désir que je lui inspire. Il pince ma lèvre inférieure avec ses dents et tire dessus.

– Ici ou sur le lit?

33

Angel
Trois mois plus tard

Plus le temps passe et moins j'ai envie de voir ma mère.

Je fais toujours ses courses, son ménage, mais je ne la cherche plus dans tout l'appartement, je n'attends plus rien d'elle. Je ne veux plus la voir ni lui parler. J'ai de ses nouvelles par la mère d'Isaac qui connaît tout le monde dans le quartier, et c'est largement suffisant pour le moment. Je ne lui pardonne pas de m'avoir tant rabaissé devant Annabelle, encore moins d'être tellement à l'ouest qu'elle ne s'est sans doute rendu compte de rien. Je crois que c'est ça le pire : qu'elle foute ma vie en l'air sans même s'en apercevoir.

Annabelle m'a parlé d'aide à domicile, et si ça ne m'avait même pas effleuré l'esprit jusqu'à présent, j'y pense de plus en plus. Elle a besoin d'une assistance que je ne peux plus lui apporter, mais tout n'est pas perdu.

Alors que je cours sur la digue qui s'est vidée des joggeurs sous le temps menaçant, que le vent fait valdinguer les arbres autour de moi, les paroles d'Annabelle tournent en boucle en rythme avec la musique qui explose mes tympans.

Tu n'as pas à t'infliger ça.

Arrête de te faire souffrir.

Tu vaux mieux que ça, Angel.

Si elle savait à quel point sa présence m'est indispensable, à quel point elle a embelli ma vie, s'est imposée dans mon existence. Je lui fais comprendre, je lui montre, lui dis même, parfois.

Oui, je veux tellement lui prouver qu'elle peut me faire confiance que j'ai accepté un truc improbable : je dîne ce soir avec elle et sa famille.

Un dîner!

Moi!

Je rentre au squat, prends une petite douche avant de m'habiller rapidement. J'enfile ma veste, y planque mes clopes et mon briquet, et je rabats ma capuche pour affronter la pluie du mois de mars. Le soir commence à tomber, je ne croise personne et marche jusqu'au tram. Même si j'aurais pu tirer ainsi jusque chez Anna, je n'ai pas envie d'être complètement trempé en arrivant chez elle.

L'arrêt est à quelques mètres de sa maison et avant même que je n'appuie sur le bouton à côté de la boîte aux lettres pour annoncer mon arrivée, le portail vibre en émettant un bruit caractéristique et je le pousse en fixant la porte d'entrée. Mon cœur entame sa course folle, comme quelques heures plus tôt, mais cette fois je ne parcours pas la ville en courant. Non, je m'apprête juste à me jeter dans la gueule du loup.

J'escalade l'escalier en pierre avec une nonchalance que je suis loin de ressentir, et la porte s'ouvre sur ma blonde. Son sourire illumine son visage et c'est tout ce que je vois pendant quelques secondes. Je reste planté à l'extérieur pour la contempler. Elle a mis un jean moulant qui découpe sa silhouette gracieuse, avec un pull décolleté noir qui me fait saliver d'avance. Elle porte au cou le collier que je lui ai offert à Noël, un oiseau pendu à une chaîne en or. Elle met nerveusement ses cheveux derrière les oreilles et j'admire encore une fois le piercing qu'elle s'est fait sur l'hélix, le haut de son oreille blessée, dont le petit diamant violet met en valeur sa coupe courte et sa blondeur aérienne. Elle se recule sans un mot et je retire ma veste pour la secouer, à l'abri sous l'auvent de l'entrée. Elle me la prend des mains, comme si elle n'osait pas me parler ou me regarder dans les yeux. Puis elle jette un regard derrière en direction de la cuisine et se tourne vers moi, le visage transformé. Alors qu'elle bondit presque, j'ouvre les bras pour la recueillir et l'embrasse avec ce mélange de tendresse et de brusquerie qui nous caractérise désormais. Je m'appuie contre le mur de l'entrée, caresse ses fesses à ma portée, la presse contre mon corps et la repousse presque aussi vite.

– Putain, Anna…

– Bonjour, mon amour, chante-t-elle avec malice. Tu es très beau.

Je grogne pour toute réponse.

– Tu veux vraiment que je me présente à tes parents avec la trique?

Elle baisse les yeux sur mon entrejambe déjà gonflé et fait un sourire canaille.

– Ma mère est descendue à la cave à l'instant, elle risque d'y rester un petit moment, elle hésite toujours dix minutes entre deux bouteilles de vin. Et mon père n'arrive pas avant une bonne heure, il est encore à l'hôpital.

Rien que ce dernier mot me fait frissonner et je me décolle du mur où Annabelle m'a plaqué pour lui signifier qu'il faut arrêter le pelotage. Je rajuste mon pantalon avec un soupir. Je n'ai pas touché son corps depuis quelques jours et c'est comme la drogue : je suis en manque. Sa proximité est une torture pure et simple. Je tremble rien qu'à l'idée de tracer sa peau avec mes doigts. Il est convenu qu'on aille en soirée avec la bande, juste après le repas, et je ne suis pas certain de pouvoir attendre d'être arrivé chez moi pour la faire gémir de plaisir.

Elle abdique et se dirige vers la cuisine pour faire semblant de s'intéresser à ce qui mijote dans une grande marmite. Elle soulève un couvercle, recule sa tête quand un nuage de buée s'élève, puis hume le délicieux parfum qui vient jusqu'à mes narines. Si elle n'a plus peur de s'approcher de la gazinière, elle ne fait toujours pas à manger. Du moins, rien qui demande de faire chauffer de l'eau ou qui risque d'éclabousser. Et jamais je ne la brusquerai de ce côté-là, je suis toujours incapable de monter dans sa voiture sans avoir envie de vomir.

Je suis en train de mater le cul d'Annabelle quand une voix retentit dans mon dos.

– Oh, tu es déjà là ! On va pouvoir prendre l'apéro !

Je me retourne en cachant mon embarras d'avoir été pris les yeux là où il ne faut pas, et souris à la mère d'Annabelle. J'ai déjà remarqué son air avenant et sa sympathie à mon égard la dernière fois que je l'ai croisée, même brièvement. Elle a le même sourire encourageant que sa fille, et possède une faculté de mettre à l'aise n'importe qui, même moi.

Elle brandit deux bouteilles de rouge et passe devant moi sans chercher à me faire la bise. Annabelle a dû les prévenir que j'étais un peu sauvage et elle ne me détaille pas avec curiosité. Juste avec un regard appréciateur. Je mets les mains dans les poches arrière de mon jean, peut-être pour cacher ma nervosité, ou juste mes tatouages sur les mains.

– Bonjour, madame April.

– Appelle-moi Sylvia, s'il te plaît !

– Si tu veux te la mettre dans la poche, tu peux aussi l'appeler Dr April, s'impose Annabelle en ouvrant le frigo pour en sortir une bouteille de blanc.

– Anna !

Cette dernière pouffe derrière la porte du frigo avant de mettre une main sur sa hanche, pas du tout désolée.

– Arrête de dire des bêtises et sors donc l'apéritif, les olives et les toasts, là, devant toi.

Anna s'exécute et je souris de voir cette complicité entre les deux femmes.

– Osso buco et risotto, ça te va ? Tu aimes la viande ?

– Oui, Sylvia.

J'insiste sur le prénom, et elle me fait un grand sourire sincère avant de placer la nourriture sur un plateau. Je le prends pour transporter le tout dans le coin salon que j'admire comme chaque fois que je mets les pieds dans cette maison, bien évidemment le plus souvent quand les darons ne sont pas là. Une plante gigantesque donne des allures de jungle à la pièce, et je m'installe dans le siège juste en dessous, en ignorant la moue boudeuse d'Anna qui aurait sans doute préféré que je me mette à côté d'elle sur le canapé. Mais j'ai envie de garder la tête froide et le contrôle de mes pensées, chose difficile quand la secouriste pose une main sur ma cuisse ou cherche à me chauffer par la pensée. Ce qu'elle sait parfaitement faire, la diablesse.

Mais au bout de quelques minutes à peine, je m'aperçois que la regarder suçoter ses olives et me jeter des regards brûlants ne va pas m'aider dans ma tâche. J'aurais peut-être dû me soulager sous la douche avant de venir… Je retire mon pull. C'est moi ou on crève de chaud, ici ?

– Pardon ?

Eh merde, je n'écoute rien de ce que dit sa mère !

– Annabelle m'a dit que tu avais un logement sur le campus ? Mais tu n'es pas étudiant, c'est ça ?

Je ne sais pas ce qu'elle leur a raconté à mon sujet. Je sais bien qu'elle n'a pas honte de ce que je suis ni de l'endroit où je vis, c'est juste moi que ça dérange. Je n'ai pas envie de donner une mauvaise impression de moi, et j'opte pour des demi-mensonges.

– Effectivement, je suis sur le campus. Je fais de la boxe.

– Oui, je vois ça.

Sa mère pique un fard tout d'un coup et se donne une contenance en se resservant un verre d'alcool. Le tee-shirt gris souris que je porte moule mon corps, comme presque tous mes vêtements, et mes biceps ressortent alors que je suis accoudé sur mes genoux, légèrement penché en avant. Je ne laisse aucune femme indifférente, même quand elles ont dépassé la quarantaine.

Je mange une olive pour éluder la question suivante.

– Des projets pour l'avenir ?

Je mastique un moment et bois une longue gorgée de vin.

– Maman ! Vous m'aviez promis de ne pas le harceler de questions !

Annabelle me lance un regard désolé et je lui fais un clin d'œil. C'est normal de chercher à savoir ce que je vaux. Sa mère a beau être charmée par mon physique, je fréquente quand même sa fille. Et j'ai quelques années de plus, je me rends bien compte que notre relation peut déplaire.

– Je suis dans un club, j'aimerais passer pro.

Annabelle ouvre de grands yeux étonnés, il est vrai que je ne lui ai jamais parlé de tout ça. Ce n'est pas vraiment un mensonge, j'y pense de plus en plus. Eric me tanne aussi avec ça, ces derniers temps. Il dit que j'ai du talent et que je le gâche, ainsi que ma jeunesse, à m'enterrer dans mon trou. Je le soupçonne d'être venu me voir lors de mes matchs clandestins, même s'il ne m'en a rien dit.

Quand la porte d'entrée claque, je me dis que je suis sauvé par le gong et je me dresse sur mes pieds, droit comme un I. Sylvia me dévisage tandis que le père d'Annabelle arrive dans la pièce, avec la prestance de celui qui est le maître des lieux. Il nous lance un joyeux « Bonsoir tout le monde » avant de se diriger droit vers l'évier de la cuisine pour se laver les mains.

– Je te sens un peu tendu, me glisse Annabelle à l'oreille en posant sa main rassurante dans le bas de mon dos, avant de me faire un baiser sur l'épaule.

– Moi? Pas du tout.

J'essuie mes paumes moites sur mon jean et m'avance vers le patriarche qui me tend la main. Si je charme facilement les femmes, il n'en est pas de même des hommes, qui ont tendance à se méfier de moi.

– Bonsoir, Angel...?

Je lui rends sa poignée, pas trop fermement j'espère.

– Angel Pappas. Bonsoir, monsieur April.

On se jauge quelques secondes sans ciller, comme pour sonder l'âme de l'autre, puis le charme est rompu en même temps que notre poignée de main.

– Xavier, précise le père en acceptant le verre de vin que lui tend sa femme.

On se réinstalle pour continuer l'apéritif, mais cette fois, Annabelle se perche sur l'accoudoir de mon petit fauteuil, comme pour me soutenir, et passe son bras sur mes épaules. Comme lors de mes matchs, j'esquive comme je peux les questions embarrassantes en tripotant nerveusement une serviette que je récupère sur la table.

Les études? J'ai arrêté tôt, j'aime tellement le sport (j'ai décroché à 16 ans et je n'ai même pas mon bac).

Si je travaille? Je me concentre plus sur la boxe, pour le moment (je me fais un paquet de blé avec des matchs clandestins, et en plus, ça m'éclate).

Ma famille? Mes parents sont séparés (je n'ai pas vu mon enfoiré de père depuis qu'il nous a abandonnés il y a six ans).

– Non, pas de frère ou de sœur.

À cette question, Annabelle pose sa main sur la mienne et la serre impulsivement. Nos regards se croisent et s'arriment.

– J'ai fait une fausse couche quelques années après la naissance d'Annabelle, on a pris la décision de ne pas avoir d'autre enfant, après ça.

Le silence accueille cette déclaration inattendue de Sylvia, si franche que je reste comme un abruti avec mes mensonges grotesques. Pourquoi je mens? De qui je me cache?

– Tu n'en parles jamais, souffle Annabelle, tout aussi choquée que moi.

– C'est vrai. Mais j'ai compris qu'il faut arrêter de se voiler la face, de se cacher derrière des faux-semblants et affronter la réalité.

Elle me scrute comme si elle savait que je mens et j'inspire un grand coup pour refouler la boule qui grimpe depuis mon estomac et se loge dans ma trachée.

– En fait, ma sœur est morte dans un accident de la route quand elle avait 5 ans.

Tous me regardent sans bouger, même Annabelle qui ne sait pas comment réagir. Putain, j'ai envie d'une clope. Je bois une gorgée de vin, finis mon verre et le repose sur la table.

– C'était il y a plus de huit ans, expliqué-je.

– Quelle tristesse, dit finalement Sylvia d'une petite voix, au bord des larmes.

Son père se lève et claque dans ses mains.

– Ça sent divinement bon, Sylvia, comme toujours. J'ai une faim de loup.

Je remercie mentalement Xavier de me sortir de là, Annabelle file dans la cuisine pour aider sa mère et je me redresse de toute ma hauteur pour affronter le paternel qui est sur le passage en direction de la salle à manger. Il me regarde différemment tout à coup, comme si lui aussi avait compris que je cachais des choses, mais que j'étais peut-être quand même un gars bien, dans le fond.

– Annabelle ne parle pas beaucoup de toi, dit-il simplement. Mais elle a tellement changé depuis qu'elle te connaît.

– En bien, j'espère ? demandé-je bêtement, comme si je parlais avec mon pote.

Il a un petit rire indécis et confirme.

– Oui. Elle rayonne. Tu fumes ?

Étonné, je suis son regard et constate que j'ai roulé la petite serviette en cylindre comme une clope, et que je la tiens entre mes doigts, prête à la consommation. Je m'empresse de la rejeter sur la table, en sentant mon sang fuser dans mon visage. Je ne rougis pas, quand même ?

– Euh, un petit peu. Ça m'arrive.

Merde, je suis dans une maison de toubibs ! Il n'est sûrement pas dupe de mon mensonge, vu son air taquin. Mon addiction doit suinter par tous les pores de ma peau.

– On va dehors cinq minutes ?

J'acquiesce avec soulagement et récupère mes clopes et mon Zippo dans ma veste, puis je le rejoins devant la porte de la maison. Il s'éloigne en faisant le tour de la propriété et je le suis en allumant machinalement une cigarette. Il ne pleut plus, mais le sol est détrempé. Je suis toujours en tee-shirt alors qu'il a enfilé un gilet par-dessus sa chemise avant de sortir.

– Tu en as une pour moi, s'il te plaît ?

Je stoppe net, comme un con. Il se retourne et s'amuse de ma posture figée.

– Un médecin n'a pas le droit d'en fumer une de temps en temps ?

Je réponds avec la clope au bec, tout ce qu'il y a de plus classe, en prenant mon paquet dans ma poche arrière :

– Euh si, bien sûr.

Je lui tends ce qu'il faut et il ne tarde pas à souffler la fumée au ciel.

– Bonté divine, ça fait du bien.

On marche un moment dans le jardin et j'observe l'univers d'Annabelle. Je l'imagine, enfant, rire sur la balançoire, courir dans cet espace de verdure relativement confortable pour Grenoble. Jeune, heureuse, insouciante.

– Annabelle a eu beaucoup de problèmes, l'année dernière.

– Oui, elle m'en a parlé.

– Je pense, non, je sais que c'est en partie grâce à toi qu'elle est si joyeuse, en ce moment. Elle rayonne.

Je ne dis rien, me sentant bêtement fier, alors que je n'ai jamais rien fait de concret pour la mettre dans cet état.

– C'est réciproque.

Je suis moi-même étonné de me confier aussi facilement, comme si je voulais lui prouver que notre relation est sérieuse et que je ne vais pas tout faire capoter. J'ai tiré tellement fort sur ma clope que je la finis plus rapidement que Xavier. Je me baisse pour l'écraser sur le sol gravillonné, et je garde le mégot dans la main. Et puis, je ne sais pas pourquoi, mais tandis qu'on fait demi-tour pour revenir devant la maison, j'ajoute :

– Je tiens à elle. Je la protégerai toujours.

Il s'arrête derrière moi et je me retourne pour le voir soulever le couvercle d'un énorme pot en céramique qui doit surtout servir pour la décoration extérieure. Il me fait un signe de tête et balance son mégot à l'intérieur. Je m'approche et regarde dedans avant de faire de même – mélanger mon vice à celui, caché apparemment, de Xavier. En témoignent les nombreux mégots qui s'amoncellent dans le pot.

– Bien. Bien. Tu sais que cette merde te tuera, un jour ?

C'est tout ce qu'il trouve à dire en remontant les marches et en pénétrant dans la maison. On est accueillis par une odeur alléchante et le rire des deux femmes, que l'on contemple un instant depuis l'entrée de la pièce principale. Puis Anna me rejoint et enroule son bras autour du mien pour me tirer dans la salle à manger.

– Mais ça sent la cigarette, ici ! s'exclame sa mère en plissant son nez ravissant.

Xavier se dérobe pour faire la distribution de pain.

– Désolé, Sylvia, c'est moi, dis-je en tirant une chaise pour m'asseoir. Une sale habitude que j'ai.

Annabelle se marre en pensant sans doute à toutes les sales habitudes qui me collent à la peau et je pince sa cuisse sous la table quand elle s'installe à côté de moi. Le repas se déroule dans une ambiance relativement décontractée et tourne surtout autour d'Annabelle, peut-être parce que je la crible de questions pour que l'attention se détourne de moi. Elle joue le jeu, et la main baladeuse sous la table me prouve qu'elle est toujours aussi joueuse. Elle déchante un moment quand je remonte la mienne jusqu'à son entrejambe et que je trouve son point sensible par-dessus ses vêtements. Elle se tortille pour se libérer, finis carrément par se lever de table pour remplir le pot à eau déjà plein, et je décide d'arrêter de la taquiner. Il y a quand même ses parents pile en face de nous !

Juste avant le dessert, cette chipie se penche discrètement vers moi pour me murmurer :

– Je voulais pas te le dire, mais tu as un gros trou dans ton jean sur la fesse gauche. Je sais que tu portes le caleçon rouge, celui qui te fait des fesses d'enfer.

J'étouffe un juron dans ma serviette à l'idée d'avoir exposé mon cul à ses parents, qui ont été bien trop polis pour m'en faire la remarque. Je dois vraiment passer pour un clodo !

À la fin du repas, Annabelle déclare qu'il se fait tard, qu'on doit aller à une soirée sur le campus et rejoindre nos amis, et m'entraîne dans sa chambre pour se changer tandis que ses parents font la vaisselle.

– Tu as survécu, bravo, me dit-elle en retirant son pull.

– Eh, oh, tu fais quoi là ?

– Hein ? Je me change, tiens !

Je m'assure que personne ne monte à l'étage en ouvrant légèrement sa porte et j'entends ses parents discuter dans la cuisine. Quand je reviens vers elle, elle enfile un débardeur si échancré que je vois la dentelle de son soutien-gorge. Je grommelle en empoignant sa taille menue.

– Tu vas sortir comme ça ?

– Ah oui, t'as raison.

Et elle tire sur le haut pour découvrir encore plus sa poitrine. Je couvre ses seins de mes mains et embrasse son cou.

– Je vais encore passer la soirée à te surveiller…

Je ne peux pas m'empêcher de ronchonner. C'est épuisant d'être en couple et de passer plus de temps à fusiller les mecs du regard qu'à enfiler les bières avec les potes. Je n'ai toujours pas l'habitude.

– Tu sais bien qu'il n'y a que toi…

Elle m'embrasse encore quelques minutes, me chauffant comme c'est pas possible avec ses mains baladeuses, avant de remettre son débardeur correctement, c'est-à-dire par-dessus ses sous-vêtements.

– Ça te va comme ça, monsieur Pappas ?

– C'est parfait, miss April.

Elle se penche encore devant un petit miroir juste à côté de la porte d'entrée pour faire bouffer ses cheveux et s'engage dans le couloir, en faisant exprès de secouer ses fesses mises en valeur par son pantalon. Je regarde une dernière fois sa chambre qui nous a souvent accueillis pour des chevauchées sauvages en l'absence de ses parents. Je me tourne devant le miroir pour constater qu'effectivement, on voit la moitié de mon caleçon.

Bah, tant pis.

Puis, alors que je m'engage dans l'escalier pour les rejoindre, je passe devant une porte entrebâillée que je ne peux me retenir de pousser pour lorgner à l'intérieur. Annabelle m'a demandé de ne jamais y mettre mon nez, mais elle est descendue et c'est plus fort que moi. Je découvre son atelier. L'odeur des peintures et de la térébenthine me saute aux narines et je fronce le nez pour la refouler. Mais mon attention est détournée par les toiles qui s'alignent par terre contre le mur. Je m'en approche et m'accroupis pour les voir sous un angle différent.

Il y a deux paysages évoquant des plages féeriques. On devine aisément le sable et les arbres exotiques, alors que les traits et les contours sont flous. Je suis en admiration devant cette technique qu'elle semble maîtriser sur le bout des doigts. Rien n'est net ni précis, pourtant il n'y a aucun doute sur ce qu'on regarde. Je passe à la suivante, qui représente Gauthier et elle allongés dans l'herbe en train de se regarder en souriant.

Je sors avec Annabelle depuis des mois, plus de la moitié d'une année, et pourtant elle n'a jamais voulu me montrer son travail. Je me redresse et constate qu'il y en a encore plus de l'autre côté, sur le mur à l'opposé de la fenêtre. Et je reste sur le cul en reconnaissant immédiatement le sujet peint sur près d'une dizaine de toiles.

Moi !

Ma coupe de cheveux caractéristique, ma manière de fumer, car oui, elle m'a peint sur au moins six toiles en train de fumer. Et dire que son père a fait semblant de ne pas savoir ! C'est la toile posée sur le chevalet qui m'interpelle le plus. C'est la plus détaillée. En gros plan, on voit mon visage qui prend presque toute la place, et en me penchant et en regardant plus attentivement, je remarque la silhouette d'une enfant brune dans mes pupilles. Tout le sang se retire de mon visage, mais je ne sais pas où il va.

Ce portrait est magnifique, cependant il me terrifie, il fait monter la colère que je sais pourtant dompter désormais et je sursaute quand une main frêle se pose dans mon dos.

– Je ne voulais pas que tu les voies... dit la voix éteinte d'Anna.

– Pourquoi ça? demandé-je en me retournant brusquement.

– C'est rien, tu sais, c'est juste ce que j'ai besoin de...

Je ne la laisse pas terminer et sors de la pièce. Je remercie ses parents pour le repas, récupère mes affaires et m'allume une cigarette à peine le pied sur le trottoir. Je fume comme si je ne l'avais pas fait depuis des semaines et quand elle arrive à son tour, je file en direction du tram sans l'attendre.

Je ne sais pas pourquoi ça me dérange autant. Pourquoi je n'arrive pas à la regarder. Elle a vu loin, si loin en moi, et en plus elle a réussi l'exploit de coucher ses sentiments sur un support avec ses pinceaux et sa peinture. Elle s'installe à mes côtés sur une banquette et pose une main hésitante sur ma cuisse. On descend à un arrêt et on marche une dizaine de minutes dans un silence glacé que j'impose avec mes humeurs. Je ne fais pas attention à ses doigts qui se sont accrochés à la poche arrière de mon jean mais ralentis un peu pour qu'elle n'ait pas à trottiner derrière moi.

Je ne sais pas quoi dire.

Je ne sais pas quoi faire.

Une fois que nous sommes arrivés devant l'immeuble d'Anaïs, je sonne comme un connard à en réveiller tout l'immeuble et Anaïs finit par décrocher en me gueulant d'arrêter de m'exciter, qu'ils arrivent, que ce n'est pas la peine de venir. Alors je m'adosse au mur décrépit et sors une autre cigarette. Annabelle soupire et pose les mains sur ses hanches. Elle me toise comme si j'étais un sale petit merdeux mal dégrossi.

– Je comprends pas où est le problème...?

– T'as pas des sujets plus intéressants, sérieux?

– Qu'est-ce que ça peut te faire, au juste ? Je peins ce qui me plaît !

Elle recule, donne un coup de pied dans un caillou qui s'éclate contre une voiture garée à deux mètres de là.

– Merde ! Alors toi, tu as le droit de te battre et de sortir tout ce que tu as à l'intérieur, mais moi, je n'ai pas le droit de peindre ?

– Mais me peindre moi !

– Oui, toi ! J'ai que toi dans la tête ! J'ai besoin de t'expulser de temps en temps tellement tu m'envahis, tellement tu prends toute la place !

Elle se met à crier et j'ouvre de grands yeux étonnés : elle ne s'emporte jamais d'habitude, encore moins dans la rue.

– Ouais, toi ! Tu me hantes ! Tu m'obsèdes ! Je t'aime, putain !

Je balance ma clope sur le trottoir, me rue sur elle et la fais presque basculer en arrière en l'enlaçant.

– Redis-le.

Je plonge mon regard dans le sien, en proie à une panique qu'elle seule pourra mater.

– Je t'aime.

– Plus fort !

– Je t'aime !

– Vos gueules !

À la voix qui vient de s'élever d'un balcon, on éclate de rire en même temps. La tension chute d'un coup et je l'embrasse comme le sauvage que je suis. Je la serre contre moi et murmure dans son oreille :

– Ça me bouleverse, la façon dont tu m'aimes, Anna…

– Je sais. C'est pour ça que je ne t'ai rien montré.

– C'était si beau…

– Merci.

Elle couine quand je la serre si fort que je vide ses poumons, puis je la relâche et elle soupire.

– Je peux pas me retenir, il faut que je le peigne, Angel.

– Angel ?

Je pivote pour observer Anaïs qui a ouvert la porte de l'immeuble et la tient en place pour les retardataires.

Je passe du regard désolé d'Annabelle à celui, amusé, d'Anaïs. Je fais les gros yeux et prends ma voix bourrue.

– Ouais, c'est mon prénom. Et si tu te marres, tu vas le regretter.

– Non, non, je ne dirai rien, réplique-t-elle en se pinçant les joues. Ça te va si bien.

Mais Annabelle éclate d'un rire hystérique et Anaïs se joint à elle. Purée, elles vont me rendre barge. Andreas et Isaac me sauvent du massacre en déboulant dans la rue et en poussant des cris de bêtes. Ils se ruent sur Annabelle, la soulèvent en ignorant ses protestations, et tous les deux courent presque jusqu'à l'arrêt de tram avec leur fardeau sur leurs épaules. Je jette un coup d'œil à Anaïs qui farfouille dans son sac à main.

– C'est pas tellement un secret, dis-je doucement. C'est juste que c'est le passé.

Elle me regarde en biais et ferme son blouson tout en poursuivant son chemin à mes côtés.

– C'est pas le passé, voyons. C'est toi.

– Hum.

– Et je suis contente de le savoir enfin.

Elle passe son bras autour de ma taille et je ne la chasse pas. Je mets même le mien autour de ses épaules. Elle me donne un coup de hanche avant d'ajouter :

– Grosse brute.

– Grande gueule.

Quand on arrive presque à notre arrêt où les trois autres nous attendent en discutant, je lui demande tout à trac :

– Comment va Isaac ?

– Mal. Il se prend la tête à cause de son frère qui a disparu de la circulation. Il cache un truc, je sais pas si ça a un rapport.

– Et moi, il m'évite toujours autant.

Oui, depuis des mois, notre amitié en a pris un coup. Elle est toujours forte, mais ma relation avec Anna nous a irrémédiablement éloignés, alors que les deux s'entendent parfaitement bien. Je le soupçonne même de se confier plus à elle qu'à moi. Mais après tout, le plus important, c'est qu'Isaac ait des amis sur qui compter.

Je rejoins ma blonde et notre bande, grimpe dans le tram qui nous dépose à la sortie du campus, pour une soirée DJ qui va certainement rameuter tous les étudiants de la ville. La foule à l'extérieur est déjà si dense qu'on n'aperçoit pas l'entrée du bâtiment où se déroulent les réjouissances. Je ne suis pas fan des soirées si bondées, mais Annabelle et Anaïs adorent ce type de musique, et elles s'extasient sur les *guests* dont les noms ne me disent rien.

Je suis toujours autant fasciné par les changements qui se sont opérés en elle depuis la première fois où elle est entrée dans mon loft et passait son temps à bafouiller et à tripoter nerveusement son sac ou ses cheveux. Une bande de garçons que je ne connais pas se joint à nous. Andreas nous présente ses amis, une belle bande de beaux gosses espagnols. Ils parlent et rient fort, et pour la première fois, je n'ai pas beaucoup d'effort à faire pour rester dans mon coin tant ils attirent les regards féminins.

L'un d'eux en particulier, Mateo, tape un peu trop la conversation avec Annabelle et je me rapproche d'Isaac.

– Tu les connais?

Il tire la gueule depuis qu'ils sont arrivés. On est toujours dehors, à faire la queue pour pouvoir entrer. Andreas arrive par-derrière et pose une main sur l'épaule de Mateo, qui la tapote distraitement.

– Ouais. Des vieux potes d'Andé. Je sais pas ce qu'ils foutent là.

Je regarde plus attentivement mon frère. Si je ne le connaissais pas si bien, je dirais qu'il est jaloux.

– T'inquiète, y aura toujours des meufs pour toi.

Il grogne en cherchant des cigarettes et je lui tends les miennes.

– Tu peux garder le paquet, il faut sérieusement que je réduise ma consommation.

Je récupère le Zippo à l'intérieur et le glisse dans ma poche.

– Faut que je drague, dit-il nerveusement. Tu te joins à moi?

Je le regarde de travers.

– Pour lancer le truc! s'exclame-t-il. Tu vois bien comment on faisait, avant.

Ouais, je me souviens très bien. Draguer en exposant nos muscles et en vantant notre force a largement fait ses preuves. Et ce ne sont pas les groupes de nanas qui manquent, ce soir. Et puis, il faut bien lui remonter le moral.

– OK. Mais que pour toi. Et qu'elles ne me touchent pas.

– OK!

Il fume une dernière taffe avant de jeter sa cigarette par terre et de l'écraser avec son talon. Annabelle est toujours en grande conversation avec Mateo qui n'a pas la langue dans sa poche. Mais tant qu'il la garde dans sa bouche, ça me va. On va dire ça.

Je ne sais pas pourquoi, je la sens mal, cette soirée.

34

Annabelle

Je jette un coup d'œil discret vers Isaac, mais il a disparu dans la foule, apparemment en embarquant Angel avec lui. Je le connais bien maintenant : voir les copains d'Andreas débarquer n'a pas dû le réjouir, surtout qu'il s'attendait à passer des moments volés avec son Espagnol. Mais Mateo, malgré sa tchatche et le charme qu'il déploie pour donner le change, ne me fera pas croire qu'il n'est pas venu que pour Andreas. Je ne suis pas aveugle, je vois bien les regards en coin, les frôlements de mains, l'émoi que ces deux-là partagent quand ils pensent que je ne les vois pas. J'ai juste de la peine pour Isaac. J'ai beaucoup discuté avec Andreas récemment et il en a marre de se cacher. Il est clairement homosexuel et n'a jamais couché avec une fille, contrairement à Isaac. Il n'est pas du genre à étouffer ses sentiments, et si j'en juge par l'attitude de Mateo avec lui, il est prêt à passer à autre chose.

Finalement, Angel nous rejoint, seul. Nous entrons à notre tour en payant et les garçons se précipitent au bar tandis que je découvre les lieux avec Anaïs qui, par la force des choses, est devenue ma meilleure amie. Elle m'emmène pour nous fondre dans la foule, et je me retrouve à me tortiller avec elle sur des sons entraînants. On reste néanmoins dans un coin moins fréquenté, plus loin des platines, et je m'éclate.

On passe une super soirée. On fait des allers-retours entre l'ambiance à l'intérieur et à l'extérieur, quand la chaleur est irrespirable dans le bâtiment. Je danse et je m'amuse avec Anaïs comme jamais avec une fille, on boit, on rigole, et à un moment où je nous sais isolées de nos amis sur la piste de danse, je soulève mon débardeur pour lui montrer mon nouveau tatouage. Évidemment, elle me félicite et on se met à parler de celui qu'elle rêve de se faire dans le bas du dos. Les garçons se joignent parfois à nous, mais ils passent plus de temps à tourner autour du bar qu'autour des filles.

J'aime mes amis. J'aime Angel. La vie me comble.

C'est cette pensée qui me fait sourire comme une idiote quand, derrière Anaïs, je croise une silhouette étrange, un peu incongrue. L'homme ne sourit pas. Il n'a pas l'air très heureux d'être là. Il me dévisage, je le comprends au bout de quelques secondes sans qu'il détourne le regard. J'avise son crâne rasé, son débardeur noir, ses muscles volumineux, les dessins sur ses épaules. Son air grave achève de me terroriser et je me rapproche d'Anaïs.

– Y a un mec bizarre derrière toi.

– Ah?

Elle se retourne tout en dansant, discrètement, puis revient face à moi.

– Tu lui plais, je crois!

– Il me dit quelque chose…

Je cherche des yeux Angel et percute un autre visage fermé qui ressemble au premier. Crâne rasé, marcel blanc. Tatouages et muscles imposants. Je l'ai déjà aperçu, j'en suis certaine. Puis je vois un autre gars pareil à lui. Je prends la main d'Anaïs quand je comprends qu'on est encerclées, au milieu des autres danseurs. Par une bande que je reconnais à présent. Je m'affole en affrontant les yeux de celui qui est derrière Anaïs, le même qui avait pointé un doigt vengeur devant moi alors que je le menaçais de mon arme de défense, dans un mois d'août lointain. Pour défendre un inconnu.

« Je me souviendrai de toi, gamine. »

Je sens tout le sang se retirer de mon corps et s'étaler à mes pieds. Je lance des regards affolés autour de moi en les voyant s'approcher de plus en plus de nous. Anaïs cesse de se balancer en rythme et fronce les sourcils.

– Euh... Ça devient bizarre, là...

Alors que je fais un pas de côté pour sortir de ce cercle menaçant, en tenant toujours fermement la main d'Anaïs, l'inconnu en face de moi esquisse un geste dans la même direction et se retrouve à moins de deux mètres de moi. Il n'y a plus personne entre nous. Sous son sourire qui n'atteint pas ses yeux, je discerne des dents en or et cette vision est tout simplement flippante. Ses lèvres bougent, il va me parler, mais tout à coup je ne vois plus qu'une masse compacte devant moi, le dos d'Angel. Anaïs me tire derrière elle pour qu'on sorte de là en vitesse mais je reste derrière mon boxeur, légèrement décalée pour les voir et les entendre.

– Qu'est-ce que t'es en train de foutre, Marcello?

Tout son corps est crispé. Il serre les poings machinalement contre ses cuisses, il domine le fameux Marcello d'une tête mais ça n'empêche pas l'autre de lui lancer un regard narquois et confiant.

– Je savais bien qu'on la retrouverait. Il suffisait de traîner un peu sur le campus, finalement, même si c'est pas mon territoire. Et toi qui avais l'air de pas la connaître... Tss-Tss.

– Tu ferais mieux de dégager en vitesse. Et n'oublie pas tes clébards.

– Pourquoi ça? Je suis bien ici, moi. C'est bourré de femmes plus que baisables...

Il croise mon regard mais juste un instant, parce qu'Angel fait de nouveau barrage entre nous et il lui empoigne le débardeur pour le rapprocher de son visage.

– Arrête de faire ton malin. Je te jure que si tu touches à un de ses cheveux, je t'arrache les couilles avec mes mains et je te les fais bouffer jusqu'à ce que tu crèves en t'étouffant avec. Puis je ferai pareil avec tes potes.

L'autre ricane, même si je n'entends pas grand-chose de son rire sous les hurlements des platines. Mais je le vois. Oui, je le vois rire devant un Angel enragé.

– Lâche-moi, *piccola merda*.

– Pourquoi tu viens nous emmerder?

– Je déteste qu'on se mêle de mes affaires, tu le sais mieux que personne, non?

De quoi il parle? Mais il rajoute :

– Et ta copine, là, elle aurait mieux fait de rester à sa place.

Quand Isaac arrive et les bouscule tous les deux, je réalise que tous nos amis sont là, et que ceux de Marcello se sont regroupés derrière lui. Les deux bandes se font face. Isaac empoigne Marcello à son tour au niveau de ses vêtements et se met à hurler :

– Où est mon frère, espèce d'enculé?

Contre toute attente, c'est Angel qui incite Isaac à lâcher prise.

– Calme-toi, ça sert à rien.

Mais il l'ignore.

– S'il lui arrive quoi que ce soit...

– Il n'arrivera rien que ton frère n'aura pas cherché, crois-moi. C'est lui qui est venu nous trouver, figure-toi.

Isaac chancelle un instant et l'autre en profite pour se dégager et lisser son débardeur sans jamais se départir de son sourire diabolique.

– C'est l'un de mes meilleurs hommes, maintenant. Il a fait ses preuves. Je suis fier de lui.

Isaac pousse un cri de rage mais Angel met un bras en travers de son torse pour l'empêcher de se ruer sur l'Italien.

– Ne rentre pas dans sa provocation!

– Je te ferai la peau !

Le groupe se marre dédaigneusement et Angel lâche Isaac pour foncer dans leur tas, donner des coups d'épaule aux uns et aux autres et je me fais toute petite quand je croise son regard noir et meurtrier. Andreas et Isaac se rapprochent également, peut-être pour leur prouver que même à eux trois, ils sont plus grands, plus forts, plus baraqués qu'eux six. Puis ce sont les amis d'Andreas qui se placent à leurs côtés, même s'ils sont moins impressionnants. Ils nous soutiennent.

Je me sens minuscule, à serrer la main d'Anaïs comme pour nous préparer à fuir à tout moment. Le visage de mon amie est hermétiquement fermé. Est-ce que je serais vraiment capable de me défendre si je me faisais attaquer? Ou est-ce que je ne sais que danser, comme me l'a si souvent dit Isaac quand il me taquine pendant notre cours ?

Finalement, Angel finit son tour de piste d'intimidation en se plantant devant le chef, d'après ce que j'ai compris.

– Je croyais qu'on était quittes, lui dit-il d'une voix si basse que je l'entends à peine avec la musique.

– Toi, oui. Pas elle !

Angel l'attrape par la gorge d'une seule main, si vite que je sursaute, et tous ses amis se tendent, perdant leur sourire de façade.

– Elle, moi, c'est pareil. Et je te le répète gentiment. Si tu l'approches encore, je te bute. Et je me ferai un plaisir de m'occuper de ta sœur et de ta mère.

La rage déforme le visage de Marcello et il essaye de se dégager de la poigne d'Angel, qui resserre l'emprise de ses doigts autour de son cou. L'autre devient tout rouge et ses copains se mettent à gueuler. Mais je n'entends que les mots d'Angel.

– Moi, je n'ai pas besoin de trois clebs pour te maintenir. Je n'ai pas besoin d'un flingue pour te maîtriser. Ni d'un couteau pour te vider de ton sang.

Je ne vois pas tous les garçons autour qui cherchent à les séparer, je n'entends pas ce qu'ils leur crient. Je ne vois que leur duo et le visage d'Angel qui est si près du sien qu'il est prêt à le toucher avec son nez.

– S'il lui arrive quoi que ce soit, si elle a le moindre accident, je te bute, toi et toute ta famille, t'as compris ? Et je le ferai de mes propres mains !

Il le relâche enfin et tout se passe très vite. Marcello est entraîné quelques mètres plus loin, deux restent devant nous tandis qu'Isaac, remonté et excité comme jamais, sautille dans tous les sens en clamant qu'il faut en finir ce soir avec eux. Angel pivote pour tourner le dos à la bande des Italiens et me regarder tout en écoutant Isaac déblatérer.

J'ai peur. Je suis terrifiée.

Pour lui, pour nous.

Je m'approche, pose une main sur son torse et nos yeux s'arriment. Et je suis là, plantée devant lui, le suppliant mentalement de ne pas aller plus loin, quand Isaac pousse un reniflement dédaigneux.

– Ils se cassent, les connards ! Qu'est-ce qu'on fait, Pappas ?

Il lui répond sans me quitter du regard.

– On les laisse.

Mes paupières s'emplissent de larmes de soulagement, qui coulent sur mes joues. Isaac lâche des jurons en tournant en rond, Andreas essaye de le calmer et je perds pied. Je me mets à pleurer de plus en plus fort, Anaïs parle des toilettes et je me sens entraînée par elle et Mateo. Je me retrouve devant un lavabo et je passe de l'eau sur mon visage. Je vois Anaïs faire de même, j'entends les voix de mes amis, mais le monde semble tourner de nouveau à l'endroit seulement quand les bras forts d'Angel m'enlacent et qu'il murmure dans mon cou pour m'apaiser. Ça fonctionne.

– Ça va mieux?

J'opine dans son cou et resserre mon étreinte. Je veux encore l'entendre parler.

– Comment tu les connais?

– Il y a presque deux ans, ils ont commencé à chercher Amad, le frère d'Isaac. On leur a fait comprendre de le laisser tranquille, mais ça n'a fait que les pousser à le recruter. Ça fait plus d'un an qu'Isaac ne l'a pas vu, des mois qu'il n'a plus du tout de nouvelles. Il s'inquiète. Amad n'est même pas venu à l'enterrement de son père. Ils sont capables de lui faire un lavage de cerveau pour le faire entrer dans leur bande. Du style « Maintenant, ta famille c'est nous ». Ils ont des rites de passage pour tester la confiance des membres, ça te ferait froid dans le dos.

Ça, je veux bien le croire.

– C'est quoi, cette histoire de flingue?

Il soupire et met du temps avant de me répondre.

– Rien, une vieille histoire entre nous.

Je lâche un juron, sentant qu'il ne me dit pas tout, et il enchaîne :

– Je me doutais qu'ils ne lâcheraient pas l'affaire avec toi si facilement, mais ils se tenaient tranquilles jusqu'à maintenant. Si tu savais dans quelle merde tu t'es mise quand tu m'as sauvé sur ce trottoir...

Son ton n'est plus qu'un soupir, presque un regret. Je suis assise sur le lavabo, et je lève les jambes dans son dos pour le rapprocher de moi et le serrer plus fort. Je n'ose toujours pas lui dire que je me sentais épiée, qu'on m'a même bousculée, une fois... Non, je ne dis rien.

– Si c'était à refaire, je ne changerais rien.

Quand ses lèvres se posent dans mon cou, m'électrisent de la racine des cheveux jusqu'aux orteils, je sais que la passion va nous emporter. Je cherche sa bouche en fourrageant dans ses cheveux, sa langue s'insère en moi et je me cambre pour l'accueillir. Il me soulève et pivote pour pousser la porte d'une cabine de toilettes. Je me fous de savoir où je suis. Tout ce qui compte, c'est cette exaltation sauvage qui ne demande qu'à être expulsée, là, maintenant, tout de suite. Et notre étreinte est à la hauteur de notre amour. Passionnée et sauvage.

Je descends sur terre en me rhabillant et son air grave me fend le cœur.

– Il ne m'arrivera rien, Angel.

Je tends la main pour toucher sa joue, il penche le visage pour recevoir ma tendresse.

– Je ne laisserai jamais rien t'arriver, affirme-t-il si naturellement que mes bras se couvrent de chair de poule.

Il passe ses doigts dans mes cheveux, les serre dans son poing et se penche pour me donner un baiser possessif. Il l'approfondit en me plaquant de nouveau contre la porte et je passe inlassablement ma main dans son dos, comme pour l'apaiser.

Une question me hante de plus en plus, quand je vois sa rage et sa jalousie à mon égard. Elle me terrorise et me grise tout à la fois.

Jusqu'où ira-t-il pour me protéger?

35

Annabelle

Quand je m'éveille, il fait toujours nuit. J'entends des voix côté salon et souris en reconnaissant le timbre et l'accent chantant d'Andreas. Puis tout me revient : la soirée, Marcello, l'intimidation et la menace que l'Italien fait peser sur moi… Je m'apprête à sortir du lit mais je suis enchaînée au matelas par la force brute d'Angel qui renforce son étreinte.

– J'ai besoin d'une douche, dis-je d'une petite voix éteinte.

– Alors viens, chuchote Angel en prenant ma main pour me tirer hors du lit.

Je le suis mécaniquement jusqu'aux douches et le laisse me déshabiller. Il prend garde de ne jamais rompre le contact visuel. Quand nous sommes nus tous les deux, il me serre contre lui, recule jusqu'à sa douche habituelle et allume le jet d'un geste du coude. L'eau commence d'abord à glisser sur ses épaules avant de percuter ma peau. Mais là, je ne sens presque pas sa fraîcheur, il n'y a que le contact de son corps nu et bouillonnant contre le mien.

Quand je suis assez mouillée, il entreprend de me savonner, mais j'ai un geste de défense quand il presse mes flancs.

– Qu'est-ce qu'il y a ?

Vu la réaction qu'il a eue en voyant son visage sur mes toiles, j'ai peur de lui dévoiler mon tatouage fraîchement dessiné.

– Viens, on retourne dans la chambre.

Je sors sans l'attendre tandis qu'il finit de se laver, me sèche en vitesse et regagne le lit encore chaud. Je me glisse sous la couette et il me rejoint en me câlinant comme il sait si bien le faire.

– Alors ? Tu me montres ce que tu caches avec ton bras ou je regarde de moi-même ?

Je me mords la lèvre sans répondre et il plante son regard dans le mien en s'emparant de mes deux mains pour les plaquer près de mon visage. Il semble changer d'avis et les remonte au-dessus de ma tête pour les saisir d'une seule main, tandis que l'autre s'applique à allumer un brasier sous ma peau. Quand ses doigts frôlent mon sein gauche, je me tortille et il baisse le regard sur mon tatouage.

– Je rêve ?

Pas la peine de répondre. Je scrute sa réaction et essaye de me redresser sans mes bras, mais je n'ai pas sa force musculaire et retombe mollement sur le lit.

– C'est pour moi que je l'ai fait.

– Hum.

Il se pose tranquillement sur le coude et reprend ses caresses sensuelles. Sur mon flanc, en plein dans mes côtes, deux petits mots, l'un sous l'autre, de la même typographie que ceux sur les phalanges d'Angel.

DEEP SCAR.

– Et ça te plaît ? demande-t-il distraitement.

Au lieu d'épier ma réaction, il taquine mon nombril.

– Oui. Beaucoup.

– Alors c'est ce qui compte.

– Et… toi ?

– Moi, on s'en fout.

– Non. Dis-moi.

Il bascule sur mon corps.

– Ça m'énerve. Ça m'énerve parce que plus le temps passe, plus je te trouve belle, forte, sexy, désirable, tu me surprends de jour en jour. Et plus je t'aime, plus j'ai peur de te perdre. Regarde ce qu'il s'est passé cette nuit…

Sa voix se brise, et mon cœur avec.

– À cause de moi…

– Non ! Tu ne peux pas dire ça. Je t'aime, Angel, tu me rends heureuse. Je ne veux pas que tu penses le contraire.

Je passe mes mains dans ses cheveux. Il ferme les yeux et fait tomber sa tête en arrière. Il finit par reculer et poser sa joue sur mon ventre, sans peser de tout son poids sur moi. Et on reste comme ça, à se cajoler, chacun perdu dans ses pensées. Même si mes seins nus se couvrent de chair de poule, je ne changerais de position pour rien au monde.

Je pense à la force qu'il me transmet depuis des mois, cette confiance dont je manquais cruellement avant de croiser sa route. Je repense aux conditions de notre rencontre, à tout ce qu'on a déjà traversé ensemble, à toutes ses confessions sur son passé qui me hantent encore la nuit quand il s'endort à mes côtés. Au poids de la vie et de la mort qu'il porte en lui, aux secrets que je ne lui ai pas révélés. À cette foutue cicatrice que j'ai enfin acceptée comme faisant partie intégrante de moi. À celles qui lacéreront à jamais son âme.

DEEP SCAR.

36

Angel
Trois mois plus tard

J'essaye de bouger, mais mes jambes ne m'obéissent pas. Comme dans un cauchemar, quand on est englué et que l'air semble nous retenir, nous empêcher d'avancer. Je ne peux même pas ouvrir la bouche pour aspirer de l'air, appeler à l'aide. Je suis seul. Il n'y a que mes bras qui s'animent, et je les rabats sur mes yeux pour ne plus voir.

Je ne peux plus marcher.

Je veux mourir.

Je sursaute et me réveille dans l'obscurité, sans qu'aucun bruit vienne perturber mon environnement. Mon téléphone me confirme qu'il n'est que six heures douze du matin et je sors du lit à poil avant de me diriger vers la cuisine. Je prépare le café et prends une douche pendant qu'il coule. Puis je consulte la météo sur mon Smartphone pour savoir comment m'habiller.

Vendredi vingt-trois juin – soleil – trente-quatre degrés annoncés au plus chaud.

Aujourd'hui, Anna passe son dernier examen de bac, et je me suis appliqué tous les jours à aller la chercher chez elle et la ramener après ses épreuves. On a prévu une grosse soirée chez moi pour fêter ça, avec notre bande de copains habituelle, même si je sais que d'autres personnes vont venir s'y greffer.

J'enfile un short type bermuda qu'Annabelle m'a forcé à acheter, et je dois dire qu'elle a bon goût. Il me va parfaitement et n'a aucun trou, contrairement au reste de mes fringues. Un tee-shirt noir complète le tout et je me tartine les aisselles de déodorant avant de retourner dans la cuisine. Je verse le café dans mon bol distraitement. Même si Annabelle a regarni mes placards, je ne peux pas boire mon nectar dans un autre récipient. Plus qu'un rituel, c'est un besoin que je ressens le matin, celui qui me rattache à mon passé avant qu'il ne soit entaché de drames.

Comme chaque fois que je fais des cauchemars, que je pense à Elia et à ce qu'on a vécu, celle-ci se matérialise sur le canapé côté salon. Je récupère un sachet de viennoiseries et un pot de Nutella et apporte le tout sur la petite table avant de m'installer à mon tour en face de ma sœur. Je me confectionne des tartines écœurantes et lèche le chocolat qui déborde. Je les trempe dans mon café avant de les engloutir comme si je n'avais pas bouffé depuis des jours.

– T'en veux une ? Non ?

Bien sûr, pas de réponse de mon fantôme qui ne cille même pas.

Depuis quelques mois, je ne l'ignore plus. Je ne la fuis plus. Au début, je pensais que ça allait me torturer, la faire revenir plus souvent, mais non. Elle est juste là quand il m'arrive de penser à elle ou à notre accident. Je la tolère. Si je n'avais pas aussi peur des toubibs et des hôpitaux, j'irais sérieusement consulter. Annabelle me soutient qu'Elia finira par s'en aller, quand j'aurai fait mon deuil. Quand j'arrêterai de culpabiliser.

Autant dire jamais.

– Je sais que tu préfères le miel.

Bordel, je suis vraiment en train de lui parler…

À l'époque, j'avais beau ruser pour lui faire goûter mon petit déj et la rendre accro à son tour, elle réclamait toujours son miel sur une tranche de pain de mie. Tous les matins. J'avais même dit à ma mère que ce n'était pas possible qu'elle soit ma sœur si elle ne mangeait pas de Nutella et je m'étais pris une taloche derrière la tête. C'est vrai que j'étais un sale gamin.

Et encore maintenant.

Je finis la dernière goutte de café et m'allume direct une cigarette. Je la fume en fixant ma sœur défunte. Alors que je m'apprête à lui parler encore, je sens mon corps réagir. Mon cœur bat plus fort, mon estomac se tord, la salive inonde ma bouche, et je me dis que je suis à deux doigts de rendre mon petit déjeuner. Alors je fume.

– Je t'aimais, tu sais. J'ai changé tes couches, je t'ai bercée quand tu pleurais. Je t'ai donné des centaines de biberons. Et tu m'aimais aussi. C'est dans mon lit que tu te glissais si tôt le matin, pas celui de nos parents. T'étais un boulet, mais tu étais mon p'tit boulet à moi.

Ma vision se floute et ça m'arrange, comme ça je ne la vois plus. Mais je sais qu'elle est toujours là.

– Tu voulais sans arrêt que je te lise des histoires pour enfants, et comme un jour ça m'a soûlé, j'ai lu à voix haute le roman que j'étais en train de lire, de la fantasy. Tu t'es endormie au moment où Richard fait la connaissance de Kahlan[1], et tu m'as réclamé la suite le lendemain. Tu étais insatiable. Je râlais tout le temps, tu me collais trop, mais au fond ça me flattait que tu me réclames autant. C'était pas ta faute si on habitait au milieu d'un champ et que tu ne voyais tes copines qu'à l'école, que t'avais personne pour jouer avec toi. Je sais bien que c'était pas ta faute.

Putain, qu'est-ce que je me sens con. Et en même temps, ça

---

1. *L'Épée de vérité*, de Terry Goodkind.

me fait du bien de parler de mes souvenirs à voix haute, un peu comme si je leur ouvrais la porte pour qu'ils s'en aillent enfin. Pour les libérer. Je me rallume une clope et tente un coup d'œil en face. Elle a mis son pouce dans sa bouche et se dandine comme si elle allait s'endormir. J'ai l'impression que ses yeux me sourient. Je ferme les paupières et pose ma tête sur le dossier du canapé.

– C'est un câlin que tu veux?

Je l'imagine dans mes bras, comme avant. Avec sa petite tête sur mon épaule et cette odeur de vanille dans ses cheveux. En silence, je lui demande pardon pour tout ce que je lui ai fait. Je laisse ainsi les souvenirs me submerger pendant un long moment, même après, quand ma clope est largement terminée. Et je n'ose pas ouvrir les yeux, pas tout de suite.

Car je sais qu'elle ne sera plus là.

***

Je presse le pas, même si le lycée d'Annabelle est à deux rues de sa maison. Je sais qu'elle est toujours très ponctuelle et préfère arriver vingt minutes avant tout le monde et patienter dans la salle d'examen. Je n'ai même pas à sonner qu'elle dévale l'escalier de sa maison et se jette dans mes bras, sur le trottoir. Je l'embrasse comme toujours, en la serrant trop fort, et j'essaye de garder ma langue dans ma bouche mais elle remonte sa main derrière ma nuque et je m'emballe. Elle rit en se reculant et se met en route.

Au risque de devenir parano, je ne voulais pas qu'elle se balade toute seule depuis qu'on a eu notre altercation avec la bande à Marcello, et c'est toujours le cas aujourd'hui.

– Pfiou, j'en ai marre!

On s'arrête devant le portail du lycée et je l'embrasse chastement.

– On sait tous que c'est toi la meilleure, lui glissé-je à l'oreille.

Elle soupire en me retenant contre elle, se met sur la pointe des pieds et fourrage dans mes cheveux.

– Vivement ce soir !

– Parce que ce soir… dis-je en frottant mon bassin contre le sien de façon lascive.

– Mais non ! Tout sera terminé.

– Ah oui, bien sûr.

Elle rit en sachant très bien à quoi moi, je pense. Elle a tenu à passer toute la semaine chez ses parents pour réviser tranquillement et se focaliser sur ses cours, et bien qu'elle m'ait invité plusieurs fois à passer la nuit chez elle, je n'ai pas pu m'y résoudre, avec ses parents dans la pièce à côté. Je n'y dors que quand on a la maison pour nous tout seuls.

Avant qu'elle ne s'éclipse, je lui murmure à l'oreille :

– Ce soir, je te jure que tu vas prendre cher…

– J'espère bien, Pappas.

Et elle se fond dans la masse de lycéens stressés en me laissant dans la rue comme un puceau excité. J'ai proposé de manger avec elle ce midi mais elle préfère rester au lycée avec les autres, et au moins je sais où elle est pendant ce temps-là.

Je retourne à la salle, envoie un texto à Isaac pour lui proposer une virée à vélo. Il a enfin validé sa troisième année de licence et la soirée de ce soir est aussi en son honneur. Je sens qu'il va inviter plein de nanas et finir en bonne compagnie, comme d'habitude.

J'espère que ça se passe mieux avec Andreas. Depuis qu'il nous a clairement dit être homosexuel, Isaac lui fait ouvertement la gueule. Il est très désagréable avec son mec, Mateo, et même si je suis un peu tombé sur le cul en apprenant la nouvelle, je ne vois pas bien ce que ça change, et je ne savais pas Isaac si borné sur le sujet.

L'histoire avec son frère lui prend vraiment la tête, mais son comportement est limite et il est temps que je le recadre un peu. Il fout une sale ambiance chaque fois qu'on fait un truc tous ensemble, et je n'ai pas envie de me retrouver à devoir faire un choix entre les deux. Étrangement, c'est Annabelle qui s'éclipse avec lui quand on le sent au bord de la rupture et ils discutent un moment. Elle revient souvent seule, parfois avec lui. Alors il se roule un joint ou se ressert un verre, et tout semble oublié.

Mais à moi, il ne parle pas de ça. On aborde la boxe, les combats, très souvent les meufs, et son désir de dénicher des athlètes pour les coacher. Ça fait des mois qu'il élabore des projets pour gagner enfin de la thune légalement dans ce qu'il aime faire le plus. Il m'a assuré que ça ne changerait rien pour nous et les *free fights*, mais depuis que j'envisage de passer pro, et donc d'intégrer un vrai club de boxe, je réalise que notre collaboration touchera bientôt à sa fin.

Il est temps d'arrêter nos conneries.

On a eu de la chance si jusqu'à présent on n'a pas eu de gros problèmes. Je sais qu'il a mis de l'argent de côté ; il m'en remercie souvent, même si je lui dis que je n'ai rien fait à part me battre. C'est grâce à mon frère si j'ai gardé la tête hors de l'eau pendant toutes ces années.

Il me répond qu'il passe à la salle dans une heure et j'en profite pour nous préparer un truc à manger sur la route. On va certainement partir une bonne partie de la journée, je veux juste être rentré pour aller chercher Annabelle à la sortie de son dernier examen. Ce qui nous laisse presque six heures à rouler dans la montagne.

– *Yo*, Pappas !

Isaac débarque dans la salle sur son vélo, ses solaires sur le nez, son casque avec la GoPro vissée sur la tête et son sac à dos plein.

– T'as quoi, là-dedans ? dis-je en le désignant.

– À bouffer, à boire, à fumer. Comme d'hab.

Ça nous arrive souvent de partir ensemble toute la journée, dans les montagnes qui ne manquent pas chez nous, et on passe la plupart du temps une bonne heure à manger et fumer un joint avant de redescendre à la civilisation. Il est évident que ce n'est jamais une bonne idée de se mettre minable avec un joint quand on fait du sport, et j'ai pris la plus belle gamelle de ma vie après une virée avec Isaac. Ma clavicule s'en souvient encore, et Isaac en conserve un petit souvenir, vu que je portais la caméra sur mon casque.

J'enjambe ma bécane et on s'engage sur le chemin de la Tronche pour filer à notre destination finale : Chamechaude.

On prend notre temps, passant par des chemins détournés, pour arriver à bon port moins de deux heures plus tard. On se pose à un spot d'où on a une vue magnifique, sur une pente rocheuse. On croise à peine quelques randonneurs qui ne nous accordent pas un regard. Et on s'installe comme si on était les rois du monde.

Casquette rabattue sur le front, je finis de descendre ma première bouteille d'eau tandis qu'Isaac nous roule de quoi fumer. Lui qui n'était pas vraiment fan, on dirait qu'il ne peut plus rien faire sans, maintenant.

– Tu t'es habitué, on dirait?

Il me jette un regard en coin avant de l'allumer.

– Je te retourne la question en ce qui concerne ta blonde. Et puis, on s'habitue à tout, rétorque-t-il le plus sérieusement du monde.

– C'est ce que je dis toujours à propos d'Anna.

On se marre et je tire une taffe.

– Tu veux vraiment pas me dire ce qui ne va pas, Isaac?

– Tu sais tout, Pappas. C'est mon frère, ça me prend la tête. Ma famille part en couille.

– T'es sûr qu'il n'y a que ça?

– Mais ouais. Et puis j'ai fini mes études, je vais gagner de l'argent légalement, ça fait tout drôle, dit-il en souriant.

– Et ta mère, comment ça va ? Je l'ai pas vue depuis quelques semaines.

Il regarde dans le vide sans répondre. Comment pourrait-elle aller bien ? Elle vient de perdre son mari d'un cancer. J'aspire mon herbe avant de la passer à Isaac et ajoute :

– Je pense souvent à lui, tu sais.

– Je sais. Moi aussi.

Je nous sors des sandwichs et on commence à manger sans plus rien dire. Je sais qu'il y a autre chose, avec Isaac. Ces messes basses avec Annabelle, ça ne concerne pas son frère ou son père. Il ne me dit pas tout, je ne suis pas aveugle. Mais ma diablesse ne crache pas un mot, et c'est pas faute d'avoir essayé de la soudoyer. Je mastique en me disant encore une fois que ce n'est pas grave, s'il ne me dit rien. Ce qui compte, c'est qu'il en parle à quelqu'un.

On passe un super moment de calme et de sérénité ensemble. Je crois même que je m'endors, tellement je me sens bien. Puis on décide de se mettre en route, il faut encore que je me change avant de retrouver Annabelle.

Que je n'ai pas touchée depuis six jours. Un enfer. Une torture. Une aberration.

Je crois que c'est la première fois depuis qu'on est ensemble qu'on reste si longtemps sans faire l'amour. J'en deviens un gros obsédé et je rêve de sa peau et de ses gémissements dans mon oreille. Chaque fois que je l'ai vue, durant cette semaine de calvaire, je me suis retenu de glisser ma main sous son pantalon, même pour quelques minutes. Elle n'avait pas la tête à ça.

Isaac bifurque au niveau de l'avenue Ambroise Croizat pour rentrer chez lui, et je file à la salle en suant abondamment. Je vide une nouvelle bouteille d'eau et patiente quelques dizaines de minutes avant de prendre ma douche, le temps de retrouver un souffle régulier et d'arrêter de transpirer. S'il fait froid chez moi en hiver, la fraîcheur est appréciable en été. Un short et un tee-shirt plus tard, me voilà en train de refaire le chemin du matin pour retrouver ma secouriste préférée. Quand je vois un flux d'étudiants sortir par le portail, je retire mes écouteurs pour ne rien rater de son arrivée. Elle est encore perdue au milieu de la foule quand on se repère, elle ne peut pas avancer plus vite et je m'amuse de son impatience à me sauter dans les bras. Ce qu'elle fait dès qu'elle en a la possibilité.

– Enfin liiiiibre !

Je l'embrasse sauvagement, en tirant sur ses cheveux.

– Je suis sûr que tu as déchiré, dis-je entre deux baisers.

Elle gémit en réponse et je la dirige vers le tram.

– On peut aller chez moi, si tu veux. Il n'est que cinq heures, ma mère ne rentre pas tout de suite…

– Oh, non. Crois-moi, je compte bien te faire crier et je te veux rien qu'à moi.

Elle rit et je l'installe sur mes genoux, sur le banc, en attendant une rame. Mes mains se baladent mais je suis vite interrompu par le ding ding de notre moyen de locomotion. On s'assoit à l'intérieur sans que je la quitte des yeux.

Elle rougit, comme si elle n'était pas habituée depuis le temps à mes manières un peu rustres, et on reprend nos galochades malgré la vieille dame outrée en face de nous qui décide de changer de siège. Je m'enhardis même à glisser ma main sous son débardeur et je fais claquer l'élastique de son soutien-gorge dans son dos.

– Putain, Anna, murmuré-je dans son cou. J'ai les couilles qui vont éclater.

– Charmant, dit-elle d'un ton taquin, ce qui ne l'empêche pas de frotter discrètement sa main sur mon entrejambe tendu à craquer.

Quand on sort du tram, je la plaque contre un arbre.

– Et si je te prenais là ? Comme ça, vite fait ?

– Y a un peu trop de monde, non ?

Je grogne en avisant les passants, les enfants qui courent dans tous les sens, et elle rit devant ma mine dépitée.

– Allez, on est bientôt arrivés !

Cette nana me rend complètement dingue.

On passe devant sa voiture et elle regarde distraitement s'il ne lui est rien arrivé depuis le samedi qu'elle est garée ici. Pas de bosse ni de casse à déplorer. J'ai tellement tenu à la ramener en tram qu'elle s'est décidée à la laisser devant chez moi. Elle pousse la porte de la salle et se débarrasse de son sac de cours.

– Ça, je veux plus le voir avant des semaines !

Avant même que je ne fasse un geste vers elle, elle sautille en direction des vestiaires.

– Attends, encore cinq minutes ! J'ai trop besoin d'une douche !

Je grogne et me dirige vers le frigo pour prendre une bière et me calmer. Je deviens lourd, je le sais bien, mais c'est plus fort que moi. Six jours ! Si je suis honnête, je dirais que ça m'est déjà arrivé de passer des semaines sans baiser. Mais c'était avant d'avoir Annabelle dans ma vie. Je suis en manque de ma drogue, c'est comme ça.

Je bois ma dernière gorgée, enlève mon tee-shirt moite et le laisse tomber dans le couloir. Puis je déboutonne mon short, retire mes baskets et mes chaussettes, tout en matant Annabelle qui est dans une cabine de douche. J'hésite à la rejoindre, mais elle a l'air de savourer l'eau fraîche et je décide d'entrer dans une autre cabine pour me laver à mon tour sans l'emmerder. Mon eau se coupe en même temps que la sienne, elle s'enroule dans une serviette et sort du vestiaire sans m'avoir entendu. Je me savonne et me rince rapidement, puis m'essuie vaguement avant de balancer ma serviette derrière moi.

Je suis un animal.

Je bande et je suis en rut.

J'arrive dans la chambre et la vue d'Annabelle accroupie nue devant le lit et qui me tourne le dos me fait vriller complet. Ses cheveux mouillés gouttent sur ses épaules et la vision affole mes sens. La queue tendue à exploser, je m'approche d'elle par-derrière au moment où elle se redresse, tenant dans ses mains un objet qui, apparemment, était tombé sous le lit. Son téléphone. Elle n'a pas le temps de se retourner et de me reconnaître que j'empoigne ses cheveux et approche ma verge près de son visage.

– Putain, comme j'ai envie que tu me suces.

Elle ouvre des yeux que je ne reconnais pas, voilés, paniqués, serre les lèvres et les paupières si fort que tout son visage est transformé, puis je vois son geste au ralenti. Elle éjecte son coude en arrière, serre le poing et me balance une droite magistrale en plein dans les couilles. Je hurle en la lâchant et me plie en deux. Je me retrouve à genoux, les mains en coupe sur mes bijoux de famille, sentant les larmes affluer sans que je sois capable de les contrôler.

Putain de bordel de merde, ça je l'ai bien senti !

Je grogne comme un animal blessé, le front sur le bitume de ma chambre minable, et elle s'approche de moi en rampant, en pleurant si fort que j'arrête de beugler pour me tourner vers elle. Elle est bouleversée, répète des pardons inlassablement, puis elle continue à psalmodier en se levant pour s'habiller.

– Comment ça va ? Je t'ai vraiment fait mal ? Laisse-moi voir…

Je me redresse, me relève maladroitement et m'assois sur le lit en maintenant toujours mes mains sur mon entrejambe.

– Merde, ça fait un mal de chien…

– Et ça fait quoi, d'avoir mal ?

Elle essaye de plaisanter, à genoux devant moi, mais ça me fait moyennement rire. Je l'interroge :

– C'est possible de se péter la teub ?

Elle met la main devant sa bouche, partagée entre le rire et les larmes.

– C'est pas drôle, putain !

Mais elle part dans un fou rire incontrôlable et je détourne les yeux pour ne pas l'insulter. Petit à petit, son rire se calme mais se transforme en sanglots et je me lève pour enfiler un caleçon, puis je pose mon cul sur le sol pour être à son niveau et je l'attire dans mes bras.

– Je suis tellement désolée, Angel…

– Chut, allez, c'est pas si grave…

– Laisse-moi regarder, oui, c'est possible de la casser… enfin, de la fouler.

Elle pouffe encore nerveusement et je la serre plus fort.

– Ça attendra.

Pourtant, elle m'a déjà fait des fellations, même si elle a mis le temps, mais jamais à genoux devant moi, c'est vrai. Je ne savais pas que cette position l'effrayait autant. Chaque fois, elle s'est occupée de moi alors que j'étais allongé sur le lit. Je lui caresse les cheveux en attendant qu'elle se calme et pose un baiser sur son front.

– Je suis désolé, je pensais qu'on n'en était plus là.

– C'est pas toi, Angel, je te le jure. C'est pas ta faute.

Je soupire. J'ai beau m'être comporté comme un abruti, est-ce que c'est une réaction normale que n'importe quelle fille aurait eue ? Ou y a-t-il une autre raison ? Mon cerveau se met à cogiter à une allure infernale, je suis obligé d'éloigner Annabelle pour remettre les morceaux du puzzle en place.

Elle ne se met jamais à genoux. Elle a toujours son arme de défense sur elle, même s'il lui arrive de plus en plus souvent de l'oublier. Sa peur, au début de notre relation. Et maintenant, son coup fatal dans mes couilles…

– Je sais que tu ne me dis pas tout, Annabelle.

– Je vois p…

– Arrête de me prendre pour un con !

Puis une lumière se fait dans mon esprit.

– Tu l'as dit à Isaac, hein ? Je sais bien que vous faites des cachotteries !

Je la repousse. Et si, finalement, ils ne partageaient pas un secret à lui, mais un secret à elle ? Cette idée m'enrage, c'est à moi qu'elle doit se confier, déverser sa peine comme je l'ai fait si souvent avec elle ! Je me sens trahi à l'idée qu'il soit au courant de quelque chose qu'elle me cache.

Je me relève en la bousculant.

– T'as plus confiance en lui qu'en moi ?

Elle passe devant moi pour tenter de capter mon regard qui se défile. Je sens monter la colère.

– Mais pas du tout ! Arrête de délirer !

– Je délire pas ! Tu me caches un truc, et je sais que tu lui as dit !

– Je lui ai rien dit du tout ! Je l'ai dit à personne, personne, tu m'entends ?

Ses yeux s'agrandissent d'horreur quand elle se rend compte qu'elle vient de gaffer. Elle me tourne soudain le dos et plaque une main devant sa bouche. Ça ne m'empêche pas de l'entendre sangloter. Tout son corps crispé se fige, et je m'approche doucement pour l'enlacer. La tête au-dessus de son épaule, je plaque mes mains sur son ventre. Elle a rapidement enfilé un débardeur et un pantacourt.

– Dis-le, à moi, Annabelle. Tu sais tout de moi. Qu'est-ce qui peut être pire que de parler au fantôme de sa sœur, hein ?

Elle émet un reniflement qui peut passer pour un petit rire et s'arrache à moi pour s'éloigner dans le couloir. Je l'entends se moucher bruyamment, et je passe devant les vestiaires pour m'asseoir sur le canapé. J'ai désespérément besoin d'une clope. Elle me rejoint, penaude, et s'installe en face de moi. Elle me scrute tandis que j'allume le poison et que je l'aspire comme s'il me permettait de respirer. Je tente de montrer que quoi qu'elle s'apprête à me dire, ce n'est pas grave. Mais je sens déjà mon sang s'échauffer.

Je sens que je ne vais pas aimer.

– Je l'ai dit à personne, Angel. Pas même à Gauthier ou à mes parents.

– Et ta psy?

Elle cherche mes iris et s'y rive.

– Ça ne compte pas.

J'aspire ma taffe comme si je n'avais pas envie de frapper sur quelque chose. Je me dois d'entendre ce qu'elle a à me dire avant de me défouler.

– OK. On va dire ça. Alors?

Elle soupire, détourne le regard et je déteste qu'elle soit obligée de le faire pour se confier à moi.

– J'ai eu… une altercation. Avec un homme.

Ça commence très mal. J'ai déjà envie de tuer quelqu'un.

– C'était chez moi. Il était venu récupérer un dossier de mon père, ils avaient une réunion de boulot. C'était l'été, j'étais habillée légèrement, il faisait très chaud…

Elle déglutit. Ça fait mal de faire remonter la merde.

– Il était déprimé à cause de son divorce et il avait bu, je crois. Enfin bref, il m'a raconté qu'il se sentait seul depuis que sa femme l'avait quitté, c'était les vacances et il n'avait plus sa fille avec lui. Il a commencé à se montrer démonstratif, en me disant que je savais sûrement bien y faire. Que c'était pas grand-chose.

Sa voix se casse.

– Je sais plus vraiment ce qu'il m'a dit…

Je me lève et me détourne. Je ne sais pas pourquoi, je sens qu'elle a besoin de se sentir libérée de mon regard pour me dire les choses franchement, sans les minimiser.

– Il a fini par me toucher, par mettre ma main sur son érection que j'ai tout de suite sentie à travers son pantalon. C'était incompréhensible qu'un ami de mes parents fasse une chose pareille et j'ai mis du temps à réaliser. À me défendre.

– Tu as fait quoi?

Je ne reconnais pas ma voix. Presque mielleuse. Pour l'encourager.

– Je lui ai crié d'arrêter. Il a fini par croire que je voulais plus d'action, et il m'a empoigné les cheveux pour me mettre à genoux. Il m'a fait très mal, puis il a…

Elle ne dit plus rien et j'ai peur de me retourner. Je sais qu'il ne faut pas que je la fixe si je veux tout savoir.

– Tu vois, quoi.

– Non, je vois pas. Qu'est-ce qu'il a fait?

Mon ton est détaché, alors que je rugis comme un lion à l'intérieur.

– Je n'arrivais pas à me relever, il me tenait fermement par les cheveux, et quand j'ai crié, il m'a… Enfin, tu vois. Il me l'a mise dans la bouche.

Je sens une sorte de torpeur m'envahir. Pas de colère, pas de rage. Juste un calme qui me fait prendre conscience que mon corps se prépare. Il se prépare à combattre.

– Et tu as fait quoi?

Elle semble soulagée que le plus horrible ait été révélé, et elle débite la suite comme si ça n'avait pas d'importance :

– Je me suis débattue. Et quand j'ai compris qu'il ne me lâcherait pas, je l'ai mordu.

Je crois avoir mal entendu.

– Tu l'as… mordu ?

Je me retourne pour la contempler.

That's my girl.

Elle esquisse un sourire désolé et je me rassois sur le canapé en prenant une nouvelle cigarette. Je ne sais pas où je puise mon sang-froid, mais je réussis à l'observer, à lui sourire même, comme si ses paroles ne venaient pas de me briser de l'intérieur.

– C'était chez toi ?

– Oui.

– Un ami de tes parents ?

Elle détourne les yeux. Elle ne va pas chercher à me cacher des détails maintenant ! C'est trop tard ! Il faut qu'elle aille jusqu'au bout. Je me penche en avant sur la table basse qui nous sépare.

– Qui ?

– Pourquoi tu veux le savoir ?

– Qui est le fils de pute qui a abusé de toi ?

– Je peux pas te le dire, c'est l…

– C'était quand ? la coupé-je soudain.

– Quoi ?

Elle pâlit, et quelque chose me dit qu'on va enfin au fond des choses.

– C'était quand ? répété-je doucement avec une voix glaciale. Tu avais quel âge ?

– Je n'étais pas une enfant, si c'est ce que tu te demandes.

– Je te demande quand ça s'est passé.

Ses larmes se remettent à couler mais je veux tout savoir. Je me sens bizarre. Trop calme. Trop passif.

– Dis-moi ! Il n'y a pas que ça, je le vois bien ! Qu'est-ce qu'il a fait d'autre, hein ? À quoi il t'a forcée, encore ?

– À rien… C'était il y a presque deux ans.

– Je croyais que tu me faisais confiance, Anna. Dis-moi ce qu'il t'a fait. Dis-moi tout.

Elle hoquette, ses larmes coulent abondamment et tout mon corps se prépare à ce qu'elle va dire. Nerveusement, j'allume la cigarette qui est toujours entre mes doigts crispés. J'ai déjà un goût de cendre dans la bouche, et je sais qu'il va y rester un moment.

– Je... je l'ai mordu. J'étais par terre, choquée, et l'instant d'après, je hurlais dans la maison.

Elle pleure de plus belle mais je suis incapable d'aller la consoler. J'ai besoin d'assimiler ce qu'elle vient de dire.

– Comment ça ? Il a fait quoi ? Il t'a frappée ?

Mes poings se serrent. Je jure que je lui rendrai au centuple ce qu'il lui a fait. Elle redresse la tête, affronte mon regard dérouté et m'achève d'un coup de hache en plein cœur.

– C'était le même jour que mon accident.

Je crois que le temps s'arrête. Je la dévisage, elle ne pleure plus, son mascara a coulé, ses lèvres tremblent.

– Ton accident ?

Comme si le monde se remettait soudain à tourner, mon sang rue dans mes veines, mes doigts me démangent et je serre les poings de manière spasmodique, inconsciente. Mon instinct prend le dessus. Je me relève d'un bond.

– Un accident, mon cul !

Je jette ma cigarette par terre, fais quelques pas en direction de la cuisine puis reviens. Je vais devenir fou.

– J'ai bien entendu ? C'est lui qui t'a brûlée !

Annabelle a quitté le canapé et me parle mais j'entends à peine ce qu'elle dit, elle marche derrière moi et cherche à me faire face mais je me dérobe.

– C'est qui ? Dis-moi qui est l'enflure qui t'a fait ça ! Un mec qui travaille avec tes parents? Dis-moi!

J'ai hurlé, vraiment, chose que je n'ai jamais faite, même devant Annabelle, et elle se recroqueville. Je sens chaque atome de mon être pulser d'une rage que je suis à deux doigts de ne plus contrôler.

– Calme-toi Angel, ça ne changera rien.

Je ne l'écoute pas et cherche son sac du regard. Par terre, j'avise celui qu'elle utilise pour ses cours et je me jette dessus.

– Tu cherches quoi?

Quand je trouve ses clés de voiture, je la regarde froidement. Elle comprend que je vais passer à l'action et se met à paniquer.

– Arrête! Ça ne sert à rien!

– Si tu ne me dis pas où le trouver, je débarque à l'hôpital. Je chercherai à parler à tes parents et je leur dirai tout. Ou sinon, encore mieux, je vais maintenant chez Gauthier, je suis certain qu'il pourra me renseigner.

Je me rapproche d'elle et elle recule. Pour la première fois, je crois qu'elle a vraiment peur de moi. Je la dépasse et m'engouffre dans le vestiaire. J'ouvre une trappe fermée à clé où je garde ma plus grande réserve de beuh et mon cash, déplie le chiffon où j'ai emballé le flingue de Marcello. Celui-là même qui m'a épargné, quelques mois plus tôt. Presque un an. Je l'ai rangé là, parce que je ne me voyais pas le jeter simplement à la poubelle, et je me disais que peut-être un jour, il pourrait servir. Je n'ai touché à rien depuis, même pas à la balle qui n'a pas été tirée. La bande de malfrats est partie avec le reste des recharges. Je l'ai juste stocké là. Annabelle m'a suivi et pousse un cri désespéré.

– Angel! C'est quoi? Qu'est-ce que tu fais?

– Tu choisis : l'hôpital ou Gauthier?

Je la dépasse comme si finalement je m'en foutais, tout en mettant l'arme dans mon dos, sous mon jean. Je ne fulmine pas. Je n'enrage pas. Je crois que je suis encore bien au-delà. Quand Annabelle réalise que je me casse avec ou sans elle, elle se met à courir derrière moi. Elle pense peut-être que j'ai besoin d'un chauffeur?

– Je t'en supplie, arrête! Ça ne vaut pas le coup…

Je fais volte-face en pleine rue.

– Tu n'en vaux pas le coup?

– Non, c'est pas ça, mais tu es trop énervé, calme-toi… Tu me fais peur.

Je l'ignore et repars en direction de sa voiture. Je l'ouvre et me glisse derrière le volant.

– Mais qu'est-ce que tu fous, merde!

Elle se positionne devant la portière ouverte et me lance un regard paniqué. Je recule le siège pour caler mes grandes jambes et appuie sur le bouton de démarrage de la voiture. Rien ne se passe.

– Tu ne peux pas faire ça, Angel. C'est de la folie! Sors de là!

Je ne suis pas un fan de bagnoles, la dernière que j'ai conduite avait une clé tout ce qu'il y a de plus basique, celle-ci n'en a pas et je ne sais pas quoi faire du boîtier dans ma main. J'appuie sur toutes les pédales en pressant ce foutu bouton rouge et la voiture se met à ronronner. Je pivote la tête en direction d'Anna tout en tirant la ceinture de sécurité à moi, mais je suis loin de jubiler à l'idée d'avoir réussi à démarrer cette putain de voiture. Elle en fait précipitamment le tour, se propulse presque sur le siège passager et s'empresse de boucler sa ceinture. Elle répète encore et encore :

– Tu deviens fou!

Oui, je deviens fou. Quel connard. Pendant des mois, je surveillais ses arrières de peur que la bande à Marcello ne s'en prenne à elle, alors que le danger était ailleurs. Il avait déjà pris racine, dans la perversité et la perfidie d'un ami de sa famille. Il avait éclaté sous son propre toit. Je mets quelques secondes seulement à me souvenir de chaque pédale, je manie le levier de vitesse comme si j'avais conduit toute ma vie, et je me souviens, dans ce moment complètement incongru, du bonheur que je ressentais avec un volant entre les mains. J'adorais conduire, je me sentais si libre…

– Hôpital ? Gauthier ?

J'ignore ses gémissements de détresse, je n'ai plus aucune place en moi pour la compassion.

Je n'en ai que pour la vengeance.

37

Annabelle

– Je vais te donner l'adresse.

On sort du campus et je lui indique le chemin pour nous rendre chez Baptiste. Mon agresseur. Il habite encore dans la maison familiale qu'il n'a toujours pas mise en vente depuis son récent divorce. J'avais beau me boucher mentalement les oreilles quand mes parents parlaient de lui, j'ai entendu qu'il faisait traîner les choses, que ça ne se passait pas très bien avec son ex.

Tu m'étonnes.

J'espère gagner du temps et réussir à calmer Angel. Il y a très peu de chance que Baptiste soit chez lui, et non à l'hôpital ou même en vacances, pourquoi pas? Oui, il y a une chance sur mille de le trouver dans sa maison.

Je lance des œillades à Angel, qui contre toute attente manie mon Alfa avec beaucoup de naturel. Son visage est fermé, il s'est barricadé à l'intérieur de lui et reste hermétique à mes demandes de rentrer à la salle.

– Qu'est-ce que tu vas faire, Angel, hein?

Soudain, je prie pour qu'on croise les flics et qu'ils nous demandent nos papiers. Angel aura sûrement des problèmes, mais pas autant que s'il retrouve le cardiologue, avec l'arme qu'il cache dans son dos.

Oh, putain! Une arme!

C'est un cauchemar. Il y a moins d'une heure, je finissais mes examens du bac, je m'apprêtais à passer des moments délicieux avec mon amour, avant de faire une soirée avec mes amis. Et maintenant? J'ai dévoilé à Angel mon agression et les origines de mes brûlures, et nous voilà partis à la poursuite de mon pire cauchemar…

C'était à prévoir! Quelle conne! J'aurais dû mentir!

Je commence à m'énerver et lui dis à voix haute mes pensées :

– Je n'aurais jamais dû te le dire! Je ne veux pas te perdre, Angel!

– Pourquoi me perdre?

– Tu te fous de moi? Tu t'apprêtes à faire quoi, au juste? Tu penses aux conséquences?

– Et là, je vais où?

Je me retiens de l'emmener sur le mauvais chemin. S'il s'en aperçoit, il serait capable de me laisser au bord de la route pour se rendre à l'hôpital sans moi. Or, il est plus qu'essentiel que je reste avec lui pour garder un minimum de contrôle sur le monstre que j'ai libéré.

– Longe l'avenue Jean-Perrot jusqu'à Eybens. Il habite à Bresson.

Je n'en reviens pas qu'Angel, qui exècre la voiture et n'a pas le permis, soit en train de conduire ma berline dans les rues de Grenoble. C'est une mauvaise blague. Surtout quand je pense à ce qu'il cache dans son dos…

Mais qu'est-ce que je dois faire?

J'aurais peut-être dû lui dire d'aller chez Gauthier, on aurait réussi à gagner du temps, j'aurais certainement trouvé les mots pour l'apaiser.

– Tu comptes faire quoi, avec ton arme?

– Elle n'est pas à moi.

– Maintenant, si. Tu vas faire quoi à Baptiste?

– C'est le prénom de ce fils de pute?

Bon. Il n'est toujours pas calmé.

– Et s'il n'est pas là? Ou s'il n'est pas seul, hein? Tu vas faire quoi?

– Je dirai à ses amis l'enflure qu'il est.

Mon cœur se remet à faire des bonds dans ma cage thoracique.

– Ça va pas? Tu comptes le crier sur tous les toits?

– C'est tout ce qu'il mérite, affirme-t-il sans me regarder.

– Et moi? Et moi, Angel, tu y penses?

– Je ne pense qu'à ça, dit-il en bougeant à peine les lèvres.

– Je ne veux pas que tu le dises à tout le monde!

Il me jette enfin un coup d'œil, peut-être parce que je me suis remise à pleurer. Le silence se fait jusqu'à ce qu'il ouvre enfin la bouche :

– N'oublie pas de me guider.

Je comprends que ça ne sert à rien de tenter de le raisonner. Du moins, pas maintenant. Il est trop remonté, trop haineux. J'envisage de lui donner une mauvaise adresse finalement, tant pis s'il me plante pour mener sa vendetta tout seul, mais je me surprends à le mener jusqu'à la maison de l'ami de la famille.

Je n'ai jamais plus osé lever les yeux sur lui, depuis. Il a eu le culot de venir à l'hôpital, dans ma chambre, quand j'étais encore sous morphine, le lendemain de l'accident, et j'ai fait semblant de dormir tout le long. Je l'entendais parler à ma mère, mais je refusais de l'affronter. Il répétait dans quel état il m'avait trouvée, qu'il m'avait entendue hurler depuis la rue, et ma haine s'était mise à gonfler dans mon âme. Il était aussi venu à la maison, bien plus tard, en m'apportant un cadeau.

Un cadeau!

Je n'avais pas quitté ma chambre pendant sa visite et quand mon père l'avait posé sur mon lit, j'avais attendu d'être seule pour le jeter par terre et le piétiner. J'avais donné des coups rageurs dans cette boîte, mais ça m'avait plus frustrée qu'autre chose. C'est sur sa sale gueule de violeur et de menteur que j'aurais voulu porter des coups vengeurs.

– Tourne la deuxième à droite et longe le chemin de terre. C'est la maison isolée avec les volets bleus.

Je crois qu'en cet instant, moi aussi je veux savoir. Voir ce qu'Angel va lui dire. Lui faire. Je me redresse sur mon siège et contemple, affolée, la voiture qui est garée devant le garage. Je ne sais pas si c'est la sienne, s'il en a plusieurs, mais ce qui est certain, c'est qu'Angel ira jusqu'au bout.

Il s'arrête brusquement en dérapant sur les cailloux de l'allée et ouvre sa portière sans même arrêter le moteur ou chercher un frein à main qu'il n'aurait pas trouvé. Je presse le bouton pour éteindre la voiture et descends à mon tour. Il est déjà à la porte. Je cours derrière lui.

– Calme-toi !

Il tourne son visage déformé par la haine vers moi, plonge son regard dans mes prunelles, tout en actionnant la poignée de la porte d'entrée. Elle s'ouvre dans un cliquetis et il entre sans entendre mes supplications.

Il fait quelques pas dans le couloir, atterrit dans le coin salon et fonce jusqu'à la cuisine. Il lance des regards sur tous les meubles, les fenêtres, comme s'il repérait l'habitat de son ennemi, se faisait une idée de sa personnalité, évaluait ses chances de réussite.

Je ne sais pas si c'est le fait d'être à l'abri des regards dans la maison, mais je n'ai plus envie de le dissuader de rien. Être chez lui, chez celui qui m'a agressée avant de me défigurer à vie ne m'emplit pas de peur ou de terreur. Peut-être que c'est grâce aux cours de boxe que j'ai pris avec Angel et Isaac ou à la confiance que son amour me porte à cet instant même, mais je me sens de plus en plus calme. Peut-être déterminée à en finir, une bonne fois pour toutes.

Angel se retourne, me découvre plantée dans le couloir, et je lui indique d'un geste de la tête la montée de l'escalier dans l'entrée. Il est passé devant sans même la voir. Il me fait un petit sourire en coin, ravi que je l'aide à trouver Baptiste et que je devienne sa complice du moment. Il passe devant moi et escalade l'escalier avec son aisance habituelle. Je le suis.

Je ne suis montée qu'une seule fois à l'étage, quand il nous a fait visiter sa nouvelle maison, il y a des années. Je me dirige droit vers sa suite parentale, Angel sur mes talons.

Mon cœur se comprime.

Il cesse de battre.

Baptiste se tient là et nous tourne le dos. Devant l'immense dressing dans le fond de sa chambre, en caleçon, avec ses chaussettes aux pieds. Il sort visiblement de la douche, il y a comme une odeur de savon et d'humidité dans l'air. Et là, ça part tout seul.

– Violeur.

Il fait volte-face et fait tomber la chemise qu'il venait de décrocher de son cintre. Je regarde son corps un peu ramolli, poilu, son visage aux yeux si bleus, son bouc qu'il arbore toujours, et j'ai envie de vomir.

– Annabelle ?

Son regard dévie sur Angel et il ouvre de grands yeux fous.

– Parce que tu as violé d'autres filles ?

Je ne sais pas ce que je fais ni ce que je dis. Il y a quelques minutes, je tentais de dissuader Angel de le confronter, et maintenant c'est moi qui ai besoin de déverser ma haine et ma colère. L'injustice. Voilà le mot qui me brûle la langue. Maintenant qu'il est là devant moi, avec Angel à mes côtés qui ne laissera plus rien m'arriver, je me sens pousser des ailes.

– Qu'est-ce que vous faites là ?

Je m'avance de quelques pas et il a l'audace de soutenir mon regard haineux.

– Tu vois, mon mec vient d'apprendre ce que tu m'as fait.

Ma voix est dure, mon ton est ferme, mais des larmes affluent sous mes paupières. Je lève le menton pour découvrir la cicatrice dans mon cou qui plonge dans mon débardeur.

– Le viol et l'infamie de ton geste.

– Enfin, Anna, tu sais que c'était un accident…

– Ta gueule !

C'est Angel qui a crié et je sens sa présence dans mon dos. Je me sens forte. Invincible.

Le regard de Baptiste se voile et il comprend qu'Angel n'est pas un enfant de chœur. Je le vois détailler sa silhouette, son air meurtrier qui a figé ses traits. Puis il revient à moi.

– Qu'est-ce que tu veux ? Je m'apprête à sortir…

– On en a rien à foutre de ce que tu t'apprêtais à faire, réplique Angel. Tu crois qu'elle faisait quoi, elle, quand tu t'es jeté sur elle comme une bête ?

– Écoute, toi, je sais pas ce qu'elle t'a dit…

C'est le mensonge de trop qu'il aurait dû ravaler.

Angel me bouscule et lui assène une droite dans la mâchoire qui le propulse à terre et il s'effondre contre sa penderie comme un poids mort. Je pousse une acclamation en me décalant, mais je n'ai plus peur. Angel est devenu un lion et il défend mon honneur. Je suis presque fascinée par la force avec laquelle il m'aime.

– Tu oses nier ? Tu oses dire qu'elle ment ?

Baptiste est par terre, sonné, il remue mais on voit qu'il a du mal à fixer son regard ou à bouger correctement les bras. Il arrive à se mettre à quatre pattes avant de s'asseoir sur les talons. Il se tient le visage à deux mains.

– Qu'est-ce que vous voulez? gémit-il doucement.

– Ce qu'on veut? Il est sérieux?

Angel s'accroupit devant lui et prend sa gorge en coupe dans sa main.

– Elle veut la justice. Elle veut te rendre ce que tu lui as fait.

Il me regarde avant de finir sa phrase, les yeux dans les miens.

– Et si elle le fait pas, je le ferai à sa place.

Angel ne connaît que ça. Œil pour œil. Dent pour dent.

– Tu veux quoi, Anna? continue-t-il, intraitable.

Je ne réfléchis pas avant de m'avancer vers eux et de le toiser de toute ma taille.

– Je veux qu'il l'admette. Je ne supporte plus ce cirque. Je veux que tu n'approches plus jamais de mes parents. Ni de moi. Je veux que tu disparaisses…

Ses yeux se fixent sur moi et il semble oublier Angel pendant quelques secondes. Grossière erreur.

– On travaille ensemble à l'hôpital. On a des opérations en commun, on est amis. Tu crois quoi?

Sa manière de me parler fait grimper d'un coup ma haine à son égard, je repense à ces semaines de douleur, de rééducation que j'ai subies à cause de lui, sa lâcheté et sa brutalité, et je balance mon pied pour l'atteindre en plein dans l'estomac. Il se plie en deux, Angel le lâche et se relève.

– Tu feras ce que je te dis, ou je dis à tout le monde ce que tu as fait! Je leur dirai qui tu es vraiment! Sale porc!

Au moment où je prononce ces paroles, je sais que je leur révélerai, quoi qu'il en soit. Il est temps que mes parents sachent et comprennent. Il est temps que la justice soit rendue. Et elle le sera, je me le promets.

Aussi vite que ma colère est montée, je la sens redescendre avec ma prise de décision. Je me sens plus calme, apaisée. Il n'y a plus rien à faire ici. Il ne mérite pas qu'on ait des problèmes. Je touche le bras d'Angel, qui est brûlant sous mes doigts, et le tire vers moi.

– Viens, on s'en va, Angel. Il n'en vaut pas la peine.

Mais il n'en a pas fini avec lui. Baptiste s'est redressé et semble avoir repris ses esprits. Sa confiance et son arrogance aussi. Angel le fixe comme s'il se retenait de le démolir avec ses poings.

– Dis-lui, crache-t-il, debout devant lui.

Baptiste relève la tête, certain d'avoir gagné cette bataille puisque j'ai décidé de m'en aller, et ose le défier.

– Lui dire quoi ?

Je vois avec horreur Angel passer ses mains derrière lui et sortir l'arme dans son dos. Baptiste ouvre des yeux fous en suivant son geste et se recroqueville sur lui-même.

– Arrête, Angel ! On s'en va !

Il pointe l'arme sur son front.

– Non ! Il doit avouer ce qu'il a fait ! Sinon, il niera toujours. Cette ordure n'a aucun remords ! Il n'en a rien à foutre d'avoir détruit ta vie !

Baptiste réalise dans quoi il est tombé et me lance des regards suppliants, me conjure silencieusement de lui venir en aide.

– Elle était consentante.

Il n'a pas dit ça. Ce n'est pas possible ! Comment peut-il dire des choses pareilles avec une arme braquée sur son front ? Angel en perd ses mots et appuie le canon plus fort sur sa tête.

– Consentante ? Tu veux que j'aille trouver ta fille et que je lui fourre ma queue dans la bouche ? Tu veux qu'on en parle, après, du consentement ?

Baptiste sursaute à l'évocation de sa famille et plisse les yeux.

– Ma fille n'a que 13 ans, connard !

– Et alors ? Ça change quoi, hein ? Et puis, quand elle se débattra, je lui jetterai de l'eau bouillante dans la gueule ! Tu me fais gerber !

– C'était un accident ! Je voulais pas ça ! C'était un réflexe !

– Un réflexe ?

Je commence sérieusement à paniquer, et même si les paroles de Baptiste me donnent la nausée à moi aussi, je ne veux pas de ça. Je veux juste rentrer chez moi et me blottir dans les bras d'Angel. Des larmes silencieuses coulent dans mon cou et je suis à deux doigts de me mettre entre l'arme et Baptiste. C'est le seul moyen pour qu'il arrête ses conneries. Jamais il ne tirera sur moi.

Angel passe son pouce sur le chien du revolver, l'actionne et mon estomac se soulève. La voix d'Angel est étrangement calme, rauque, et je tombe de haut en l'écoutant.

– Il y a presque un an, un fou a pointé cette arme sur mon front. Il avait mis une seule balle dans le barillet et a tiré. Comme tu vois, je suis toujours là. Je savais que ce flingue servirait un jour à rendre la justice, ce n'est pas la mienne et c'est beaucoup plus important. J'ai touché à rien. C'est le destin, tu crois pas ?

Baptiste gémit à terre, des larmes jaillissent de ses yeux hagards, il comprend enfin qu'Angel ne joue pas.

– Pardon, Annabelle, je te jure que je sais pas ce qu'il m'a pris ce jour-là, je suis allé trop loin et…

– Trop loin ?

Angel se met à sa hauteur en fléchissant les genoux et promène le bout du revolver sur le visage de Baptiste. Sa joue, sa mâchoire, puis le cou. Il descend petit à petit sur son corps toujours dénudé, dont les bras sont amorphes le long de ses flancs. Baptiste sait bien qu'Angel fait deux fois sa masse musculaire et il ne cherche même plus à se défendre. Mon amant le regarde droit dans le fond des yeux en fixant le canon contre ses parties génitales.

– La violence sexuelle et la brûlure. C'est une double peine.

– Arrête ! gémit-il.

Pathétique.

– C'est marrant, je crois que c'est ce qu'elle a dit ce jour-là. Tu t'es arrêté, toi ?

Angel appuie plus fort sur son entrejambe et Baptiste expulse un couinement de détresse qui me donne un haut-le-cœur. Je ne veux plus qu'une chose : sortir Angel de là et nous éloigner de ce monstre.

– Je crois pas, dit-il en esquissant un geste de recul.

Et il tire.

Le bruit du cliquetis résonne dans la pièce et je pousse un hurlement. Mes nerfs sont tellement tendus que je n'arrive plus à bouger, mon cerveau peine à comprendre la scène surréaliste qui se déroule devant mes yeux. La balle n'est pas partie. Le corps de Baptiste se détend comme si on avait dégonflé ses os et il s'affaisse, mais se reprend bien vite quand Angel charge à nouveau le chien. Je me réveille enfin.

– Angel, arrête !

Mais il tire à nouveau.

Le même cliquetis, la même nausée qui soulève mon corps. Je me jette à genoux contre le corps d'Angel.

– Ça suffit, on se casse ! Angel ! Viens avec moi !

Il fronce les sourcils, presque choqué, mais plus par le fait qu'aucune balle ne soit partie que pour le geste qu'il a fait. Deux fois. Je le secoue vivement en le tirant pour qu'il se relève.

– Viens ! On s'en va, il a eu sa leçon !

Baptiste est en état de choc. Il ne bouge pas. Je ne suis même pas certaine qu'il respire tant son corps est figé. Enfin, Angel me regarde, encore un peu sonné, et se relève. Je me mets derrière lui et le pousse en direction de la porte.

– Allez !

Une fois sortis de la pièce où Baptiste n'a toujours pas montré signe de vie, on dévale l'escalier et je cours jusqu'à la voiture, où je me glisse derrière le volant. Angel ne bronche pas et s'installe sur le siège passager. Je remets le siège à ma hauteur et fais démarrer la voiture.

Je ne m'inquiète pas de ce qu'il appelle les flics, je n'aurais qu'à déballer ce qu'il m'a fait et il prendrait plus cher que nous. Je veux juste partir loin d'ici avant qu'Angel ne décide de le tuer de ses propres mains. Je sais que cet homme fantastique est capable du meilleur comme du pire.

J'accélère rapidement, comme si j'avais le diable à mes trousses.

Mais où se trouve-t-il vraiment? Est-ce que je l'ai laissé dans la maison, en état de choc, ou est-ce qu'il se tient juste à mes côtés?

38

Angel

J'ai tiré. Deux fois. Et je crois que j'aurais continué à appuyer sur la détente jusqu'à ce que la balle parte enfin, si Annabelle ne m'avait pas ramené à la réalité.

Je suis devenu fou, oui.

Annabelle roule doucement sur l'avenue qui est de plus en plus saturée, et je n'ai même pas le cœur à avoir peur d'être dans sa voiture. Je crois que je suis passé à autre chose, aujourd'hui. J'ai franchi une nouvelle barrière que je ne savais pas sur mon chemin.

– Planque ça, putain!

Je remarque que je tiens toujours l'arme dans mes mains. Je la regarde, toujours hébété, la tourne dans mes mains et finis par la placer sous mes cuisses. Je jette un regard à Annabelle qui fixe obstinément la route.

– Tu es en colère?

Elle pousse un rire hystérique.

Je crois que oui.

– En colère? Non, je suis au-delà de la colère!

Elle hurle et frappe le levier de vitesse.

– Mais tu as pété un câble, Angel! Tu veux finir en prison? Pour un connard pareil? Tu crois vraiment qu'il en vaut la peine?

Je vois bien qu'elle n'est pas en état de conduire, pourtant je n'ose pas lui proposer de prendre le volant. Ce serait une touche d'humour bienvenue, mais je pense qu'elle ne passerait pas très bien.

– Tu veux vraiment que les flics se mettent à fouiller dans ta vie?

Je grogne, parce que je n'ai que ça à faire. Je sais qu'elle a raison. Elle continue à me faire la leçon, je crois même qu'elle me traite de putain d'inconscient mais je me barricade. J'ouvre la fenêtre pour prendre l'air dans la figure et je laisse mon corps se reprendre, je souffle régulièrement.

Le pire, c'est que je ne regrette rien.

Mais comme je ne suis pas un « putain d'inconscient », je ne le lui dis pas.

Quand elle se gare à quelques mètres de la salle, je me détends enfin et lui jette un coup d'œil. Elle pleure en silence en regardant droit devant elle. Je tends le bras pour toucher son menton et le fais pivoter pour qu'elle me contemple, moi.

– Je n'aurais jamais pu rester là à ne rien faire. Tu le sais, non?

– Mais, Angel… Une arme!

Je me rappelle soudain ce flingue et le récupère de sous mes cuisses. J'arrive à ouvrir le barillet et le scrute intensément pendant plusieurs secondes. Je ne comprends pas.

Il est vide.

Je fronce les sourcils, papillonne des yeux plusieurs fois puis la regarde, elle, comme si elle avait toutes les explications.

– Qu'est-ce qu'il y a?

– Comment ça? Tu vois bien qu'il est vide! Il y avait une balle, je le sais! J'ai vu l'autre connard la mettre à l'intérieur!

– Ne me crie pas dessus, je ne sais pas où elle est! Mais tu sais quoi, je suis bien contente que ce putain de flingue soit déchargé!

J'inspire un grand coup et sors de la voiture, claque la portière et me précipite dans la salle avec ce revolver de mes deux toujours dans la main. Je fonce droit vers ma cachette, dans les vestiaires. Je retourne le chiffon où l'arme était cachée, fouille le fond du trou, mais rien.

Pas de balle.

Ça ne peut pas être Annabelle, elle ne savait pas que j'avais cette arme et elle n'a pas quitté mon dos depuis le début. Je mets les deux mains sur le bord du lavabo pour réfléchir. Annabelle s'approche doucement de moi, m'enlace avec prudence par-derrière et pose sa tête sur mes omoplates. Ses mains se nouent sur mon ventre.

Je respire enfin.

– Je veux partir, Angel.

Elle me serre plus fort.

– Je veux qu'on s'en aille. Tu as besoin de t'éloigner, tu vas devenir fou.

– C'est déjà fait, ma secouriste.

– Non.

Elle poursuit, imperturbable.

– Marcello. Baptiste. Elia. Tes souvenirs douloureux qui te collent à la peau. Il faut s'éloigner d'ici.

– Pour aller où?

– Quelque part où il n'y a plus ces montagnes qui te rappellent le passé. Quelque part où je pourrai m'inscrire en fac de médecine, et toi dans un club de boxe.

Je ne peux pas m'empêcher de la taquiner devant tant de confiance.

– Tu es si certaine d'avoir ton bac?

– Oui. Et avec mention.

– Et tes parents?

– Je crois que je vais tout leur dire. Et on partira. Ils comprendront que je n'ai pas le choix.

Elle relâche légèrement son étreinte quand elle remarque que je veux me retourner pour lui faire face. Je prends son visage en coupe et caresse ses mâchoires avec mes pouces.

– Pourquoi tu ferais ça?

– Parce que tu as besoin de t'éloigner de tout ça. Et que je viendrai avec toi.

Sa détermination me touche plus que je ne voudrais l'admettre.

– Et Gauthier? Et Anaïs? Isaac?

– Ils comprendront.

Elle se rapproche encore et pose un baiser léger sur mes lèvres. Elle passe ses mains dans mes cheveux, elle le fait exprès, elle sait que quand elle fait ça, je ne peux rien lui refuser.

– On a besoin d'un nouveau départ, Angel. Accepte, ça sera mon cadeau d'anniversaire.

– Anniversaire?

– Oui. C'est dans deux jours. Et pour l'argent, je pourrai trouver un petit boulot, ou toi, quand tu seras pas à la salle…

– On pourra bosser, mais j'ai de l'argent de côté.

Elle ne dit rien pendant quelques secondes.

– Ah bon?

– Oui. Tu as vu le monde qui vient me voir me battre. Je ne dépense jamais rien.

– C'est vrai, ça. Ça pourra nous aider, alors, au début…

– Et plus que ça, crois-moi.

Je fais ça depuis des années. Et même si j'aide ma mère régulièrement, j'ai réuni un joli pactole, il avoisine les six chiffres. Je ne le dis pas tout de suite à Annabelle, parce que je me fous de l'argent. Une seule idée tourne inlassablement dans ma tête.

Tout quitter.

Un poing invisible m'oppresse la poitrine. Partir? Laisser ma mère à sa misère? Laisser le fantôme de ma sœur sur le bord de cette route où elle est morte? Oublier la bande d'Italiens qui ne nous laisseront jamais tranquilles? L'enflure qui a abusé d'elle?

Ma secouriste me serre plus fort contre elle, et elle n'a jamais aussi bien porté son surnom. Elle me berce et je l'écoute, le menton posé sur son épaule.

Est-ce que ça serait si simple, finalement, pour s'en sortir? Annabelle me murmure des choses pour me convaincre. Elle me dit qu'elle est majeure et qu'elle fait ce qu'elle veut. Qu'elle veut partir pour ses études, qu'on ira dans le Sud parce qu'elle souhaite se lever tous les matins en contemplant la mer. Elle me chante des promesses.

– Parfois, Angel, le plus courageux n'est pas de rester. C'est de partir.

Alors je pense à mon père qui nous a abandonnés, ma mère et moi. À la lâcheté dont je l'ai si souvent accusé. Et je me rends compte que par amour, je vais faire la même chose.

***

Elle envoie un message à Gauthier pour l'inviter à la soirée qu'on a maintenue malgré les circonstances. On a tous besoin de relâcher la pression, de s'amuser en toute insouciance. La salle se remplit en fin d'après-midi, les boissons s'empilent sur la table, le son éclate sur mon ampli.

Maintenant qu'elle a pris sa décision, Annabelle est pressée de faire des projets. Elle les fait déjà dans sa tête sans même se demander ce que ses parents vont en penser. Je sais bien que sans moi, elle s'inscrirait en fac de médecine à Grenoble, qu'elle n'imaginerait pas une seule seconde un autre avenir. Et pourtant, la voilà qui n'hésite pas un instant à tout lâcher et partir avec moi.

Elle discute avec Gauthier qui, par miracle, a accepté de venir la voir. Il jette des œillades énervées à tout le monde, on dirait moi avant qu'Annabelle n'entre dans ma vie. Je les laisse tranquillement et récupère deux bières fraîches dans le frigo. Je les décapsule sur le rebord du bar et me dirige vers Isaac qui, les bras croisés, les narines frémissantes, fixe Mateo et Andreas plus loin, comme s'il allait déclencher une troisième guerre mondiale.

– Fous-leur la paix, merde.

Il m'assassine du regard mais prend la bière et la siffle d'un trait.

– C'est quoi ton problème avec Mateo ? Ou Andreas ?

Il tâtonne dans ses poches pour trouver ses cigarettes et s'en allume une. Il me tend le paquet et j'hésite une seconde avant de me servir. Je dois prendre soin de moi si je veux intégrer un club de boxe sérieux et passer pro, mais après tout, on n'y est pas encore. On allume notre clope avec la même flamme et je croise ses yeux emplis de regrets. Je sais que j'aurai beau le questionner, il ne me dira rien, car il n'est pas prêt à le faire. J'observe Annabelle et Gauthier, qui n'a pas l'air très content, et lâche tout à coup :

– Je crois que je vais partir.

J'entends le rire haut perché d'une fille qui a sans doute déjà trop bu.

– C'est-à-dire ?

– J'ai trop de casseroles, j'ai besoin de lâcher du lest.

Une image à la con qui ne veut rien dire, mais Isaac ne relève pas.

– Tu le sais, quand je me suis foutu en l'air dans mon accident, il y avait ma petite sœur de 5 ans avec moi. J'ai besoin de m'éloigner de son fantôme. De ma mère qui me traite d'assassin les seuls moments de son existence où elle se rappelle qu'elle a encore un enfant en vie.

– Putain.

– Oui.

Il ne dit plus rien, et je sens que je dois tout lui dire.

– Et j'ai déconné, Isaac. Je me suis servi de l'arme des Ritals que je cache dans le vestiaire.

En prononçant cette phrase, je réalise que ça ne peut qu'être lui qui a retiré la balle. Il est le seul à savoir où je cache ma réserve d'herbe, il a dû trouver l'arme et la vider pour m'empêcher de faire une connerie.

– Celle qui est déchargée ?

– Je ne le savais pas, à ce moment-là.

Merde. C'était bien lui.

– Et je ne regrette rien, affirmé-je.

Il se tourne vers moi et je me mords le coin des lèvres, putain, j'ai envie de lui dire que je l'aime, cet imbécile. Je me contente d'une main ferme sur son épaule.

– Merci, mec. Tu as bien fait.

– Tu as tiré ?

Sa question me déroute, m'interpelle. Ces derniers temps, lui aussi emmagasine de la rancœur, et je sens remonter en lui une noirceur que je ne lui connaissais pas. Devant lui, je n'ai pas honte d'être un monstre. J'avoue, sans ciller :

– Oui. Deux fois.

Il tire une dernière taffe avant d'expulser le fond de sa pensée.

– Putain.

– Comme tu dis.

On se retourne en même temps pour rester côte à côte, et j'observe cette petite foule qui boit et se trémousse, en me sentant encore étranger. J'ai 25 ans et je passe ma vie avec des étudiants, comme si je cherchais à vivre par procuration. Il est temps que ça s'arrête. Quand je vois Eric franchir la porte, je tapote distraitement le bras de mon ami.

– J'ai un truc à faire.

Je le laisse mitrailler Andreas du regard et je file vers mon entraîneur.

– Merci d'être venu, Eric.

– Pas de problème, dit-il en fourrant ses mains dans ses poches. Ça ne pouvait pas attendre la semaine prochaine ?

– Non. En fait, je voulais te remercier pour tout ce que tu as fait pour moi.

– Mais c'est rien, voyons. Tu as du potentiel, je te l'ai déjà dit, et tu gâches ta vie, ici.

– Je sais. Je vais m'inscrire dans un club. Je vais essayer de passer pro.

Je n'en suis pas certain, mais il me semble voir briller les iris d'Eric. Je crois qu'il est fier.

– Merci pour tout ce que tu as fait pour moi, ajouté-je maladroitement.

– Eh, oh ! Ça ressemble à un adieu, là ! Donne-moi plutôt une bière.

– Ouais, dans cinq minutes. En fait, je voudrais aussi te présenter quelqu'un. Il cherche un entraîneur.

Je le guide vers Andreas qui nous regarde approcher avec un sourcil interrogateur. J'ai toujours gardé Eric jalousement pour moi, et il faut que ça change.

– Tu sais, je crois qu'il est temps que je raccroche les gants et…

Sa tirade est stoppée net quand on s'arrête devant Andreas et sa gueule de boxeur né. Eric plisse les yeux, le reluque comme s'il matait une belle femme et siffle entre ses dents.

– Après tout, on peut peut-être faire un essai…

Je m'empresse d'aller chercher une bière pour le duo qui discute et croise Annabelle qui a perdu son sourire.

– Ça va pas, ma belle ?

– Gauthier s'est fâché. Il ne comprend rien. Il n'a même pas cherché à se mettre à ma place.

– Tu lui as dit, pour… ?

– Non !

– Tu as peur qu'il le bute, lui aussi ?

Elle me fusille du regard.

– Pardon. C'est trop tôt ?

– Ça le sera toujours, dit-elle en frémissant des narines.

– OK, OK. Pardon.

Je pose une main dans son dos. Quand je repense à ce qu'elle a vécu, j'ai encore des envies de meurtre. Elle finit par capituler et poser sa tête sur mon épaule.

– Je vais partir fâchée avec lui et ça me fait de la peine. On était si proches avant…

– Avant que je débarque ?

Elle ne répond pas.

– Est-ce que c'est vraiment ce que tu veux, Anna ? Partir ?

Elle se décale pour me faire face, glisse une main sous mon tee-shirt, une autre dans mon cou. Je ferme les yeux pour apprécier son contact.

– C'est la seule chose dont je sois absolument certaine, Angel. Et le fait que je t'aime, bien sûr.

Toujours les yeux fermés, je la tire à moi. L'odeur de son shampoing et de son parfum me gonfle le cœur, son étreinte m'enveloppe. J'entends « Broken » de DNMO résonner dans mon logement pourri, celui qui m'a pourtant sauvé des paroles démentes de ma mère. Je déteste cet endroit, et pourtant j'y ai vécu les plus beaux moments de ma vie.

Je me penche pour embrasser son cou, m'emplir de son essence. Elle avait raison, quand elle disait que je porte mes propres cicatrices. Les miennes sont plus profondes, plus destructrices.

Oui, plus sournoises. Et je ne suis pas sûr qu'elles guériront vraiment un jour. Elles seront toujours là pour me rappeler à quel point on peut tomber bas.

DEEP SCAR.

Heureusement, il est possible de s'en sortir. Parfois en prenant le temps, en passant par des chemins peuplés d'obstacles qui nous ralentissent. Mais on se relève. Plus grand. Plus fort. Plus riche.

Annabelle est ma richesse.

Et je la chérirai toute ma vie.

ÉPILOGUE 1

Annabelle

– À quoi tu penses?

Angel esquisse un sourire canaille sans toutefois détourner son regard de la Méditerranée, qu'il contemple depuis le petit appartement au sixième étage dont on vient juste de signer la location. Il appartient à un ami de mes parents, et j'ai conscience de notre chance d'avoir pu nous installer si rapidement. L'espace n'est pas immense, moins de cinquante mètres carrés en tout, mais un bow-window dans le salon nous offre une vue à couper le souffle, surtout pour celui qui est coutumier des montagnes. L'appartement est plus proche de ma fac de médecine que du club de boxe où Angel s'est déjà inscrit, mais celui-ci affirme que courir pour s'y rendre est une très bonne chose pour l'échauffement.

On est ici depuis trois semaines, et on n'a pas perdu de temps pour chercher un logement et m'inscrire à la fac. Je m'approche de lui à petits pas, ne souhaitant pas rompre sa fascination. Puis je tends le bras et agite les clés à quelques centimètres de sa tempe.

– On est chez nous…

Il pivote brusquement et me saisit à bras-le-corps. Je pousse un cri en enroulant mes jambes autour de sa taille et il nous fait tourner un moment, jusqu'à ce que je le supplie d'arrêter. Ce qu'il fait, en me plaquant contre la vitre.

– Oh, putain. J'en rêve depuis qu'on a visité l'appart…

– Me donner la nausée?

Il me fait un clin d'œil en me pressant un peu plus.

– Hmm... Te prendre avec cette vue en arrière-plan...

Quel romantique!

Je ris de soulagement. Venir à Marseille n'a pas été facile : on a emprunté de petites routes de campagne peu fréquentées, on a mis le double du temps qu'on aurait passé si on avait pris l'autoroute, mais c'étaient les conditions pour qu'Angel puisse faire le trajet, bien qu'il n'ait pas été très détendu pour autant. Mais ma bonne humeur, le soleil et la musique l'ont aidé à passer ce moment difficile. Était-ce aussi le fait de quitter la seule ville dans laquelle il ait jamais vécu, avec tous les souvenirs qu'elle recelait? Nos amis?

Ensemble, nous avons monté un dossier auprès d'une assistante sociale, pour que sa mère bénéficie d'une aide à domicile, qui vient désormais trois fois par semaine. Celle-ci fait régulièrement des comptes-rendus à Angel ; il sait que sa mère est entre de bonnes mains. Il paraît que l'aide-soignante a même réussi à lui faire baisser sa consommation d'alcool, la confiance s'installe entre elles et je suis ravie que les épaules de mon boxeur s'allègent de ce poids.

La bouche d'Angel s'attarde longtemps dans mon cou. Il me respire tout en laissant ses mains traîner sur mes flancs, puis soulève d'une main le débardeur que je porte et soutient mes fesses de l'autre. Mais il ne cherche pas à aller plus loin, juste à toucher ma peau, et mon regard se porte sur la cuisine vide derrière lui, mon menton planté dans son épaule.

– Je veux un four, dis-je soudain, ma voix ricochant dans la pièce vide.

Angel rit en me serrant contre son torse. Il a retiré et jeté son tee-shirt en l'air dès que l'agent immobilier est parti, nous laissant à notre enthousiasme d'être enfin chez nous. Il porte juste son short qui ne va pas faire long feu, je le sens.

– OK, ronronne-t-il dans mon oreille.

Ce simple son déclenche un torrent de frissons dans toute ma colonne vertébrale, et je ferme les yeux tout en continuant ma liste d'exigences.

– Un canapé hyper confortable, aussi.

– Hmm hmm…

Je glisse, rajuste ma position sur lui en m'accrochant à ses épaules et il en profite pour s'engouffrer sous mon pantacourt et enrober ma fesse.

– Et un tapis. Devant la télé.

Il recule la tête pour pouvoir me dévisager, surprend mon sourire joueur et connaît le meilleur moyen pour me faire taire. Il m'embrasse, d'abord avec cette façon si particulière de frotter nos lèvres ensemble, avant d'entrouvrir la bouche et de me donner envie de me fondre en lui. Je suis la première à caresser sa langue avec la mienne, puis il recule en me portant toujours à bras-le-corps, pivote et s'accroupit, avant de me laisser m'allonger à même le parquet brut. Il se redresse en me dévorant du regard et je lui adresse mon plus beau sourire.

Je suis heureuse.

– Et toi? demandé-je en détaillant chaque tatouage qui le recouvre.

– Quoi, moi?

Je suis le mouvement de ses doigts quand il déboutonne son short. Ses iris gris s'attardent un instant dans les miens avant de rester figés sur ma bouche. Il se mord le coin des lèvres.

– Tu n'as pas d'exigence?

– À part inaugurer immédiatement l'appart, tu veux dire?

Ses paupières se plissent, il fait mine de réfléchir, puis tout à coup se retrouve allongé devant moi, en équilibre sur ses mains, comme s'il faisait une pompe.

– Je peux pisser la porte ouverte?

J'éclate de rire en me tortillant sous lui et lui donne une tape sur l'épaule. Autant dire la caresse d'un papillon, quand on connaît l'animal.

– Non !

Il repart à l'assaut de ma bouche et ondule sur moi. Il chuchote :

– Alors non. J'ai tout ce qu'il me faut, la secouriste.

C'est vraiment bête, mais j'adore quand il m'appelle comme ça, presque autant que lorsqu'il laisse échapper un « bébé ». Ce petit surnom évoque tout ce qui fait de nous le couple qu'on est devenus. On sait tous les deux qu'il ne fait pas uniquement référence à ce soir d'août où je lui ai porté secours, mais qu'il revêt un sens bien différent.

Bien plus profond.

Car finalement, c'est bien ce qu'Angel est, un être complexe, tourmenté, mais tellement intense. Dans l'amour qu'il me porte, dans sa tendresse dont il n'a même pas conscience, dans ses iris qui me livrent son âme.

– Angel ?

Il s'acharne à picorer mon cou sans que le reste de son corps entre en contact avec le mien.

– Hmm ?

– Je t'aime.

– Hmm.

Il continue son manège en me dévorant de baisers, soulève mon débardeur et croque dans un téton, par-dessus le soutien-gorge en dentelle. Je me cambre, l'électricité irradie dans chaque atome de mon être, et quand je l'entends murmurer ses mots d'amour dans sa langue maternelle, je sais qu'il va encore nous emmener loin, très loin d'ici.

Peut-être au paradis.

ÉPILOGUE 2

Angel

– Grouille, Pappas, c'est lourd ton truc !

Je me retiens de dire à Isaac que tous ces « trucs » appartiennent à Annabelle, puisque moi, mon déménagement n'a consisté qu'à récupérer mon vélo et quelques babioles qui tiennent dans un sac de sport. C'est d'ailleurs lui-même qui s'en est chargé. Je lui fais un geste vague de la main pour lui signifier qu'il peut poser le carton où bon lui semble, je ne sais même pas ce qu'il y a dedans. Anaïs franchit la porte d'entrée avec un grand sac-poubelle qui contient certainement les couettes et oreillers, et elle me lance une œillade menaçante, du genre « Tu fais une remarque, ça va mal se passer », et bien sûr je ne dis rien, me contentant de hausser un sourcil moqueur. Elle me tire la langue et jette son poids plume sur le matelas nu, dans l'unique petite chambre de l'appartement.

J'ai moins de difficulté à monter en voiture, surtout depuis que je suis inscrit dans une auto-école. Tenir le volant entre les mains ne m'angoisse pas, du moins pas comme lorsque je suis passager. Au contraire, je me sens confiant et maître de ma destinée.

Ce matin, j'ai eu ma mère au téléphone. Elle ne semblait pas sous l'emprise de l'alcool et j'ai fait comme m'a conseillé Anna, j'ai embrayé sur des projets à court terme, plutôt qu'essayer de la sortir de son quartier. Je me suis fait une raison, on a chacun notre vie, maintenant. Elle se lie d'amitié avec Marthe, l'aide-soignante, et cette pensée m'a profondément réconforté.

Annabelle n'est pas encore arrivée, elle est montée à Grenoble il y a deux jours pour préparer ses affaires, tandis que je restais ici pour m'entraîner. Elle était bien entourée de nos amis et de sa famille, c'était aussi pour elle l'occasion de leur dire au revoir. Je n'arrête pas de lorgner par la fenêtre de la cuisine qui donne dans la rue, où je ne vois que le camion de déménagement.

Ils sont où, bordel?

– Relax, Pappas, ils ont dû s'arrêter prendre de l'essence. Il y avait du monde sur la route.

Je grogne, enjambe quelques cartons et dévale les étages à toute vitesse. Andreas et Annabelle ont pris la voiture et ils devaient tous se suivre depuis Grenoble. Or ça fait maintenant une heure qu'Isaac et Anaïs sont arrivés, on a déjà bien déchargé, et ils ne sont toujours pas là. Je ressens un besoin viscéral de la serrer dans mes bras et de constater que tout va bien.

Il n'est que neuf heures du matin et j'ai déjà trop chaud dans mon tee-shirt déchiré aux manches et mon bermuda. Je ne vois plus la mer depuis la rue, mais je la sais tout près, et j'ai hâte qu'on aille tous se baigner.

Alors que je saute sur le hayon, je repère enfin l'Alfa de ma secouriste qui déboule dans la rue, et quand je constate qu'elle rit avec Andreas, je me retiens de me précipiter sur eux pour les engueuler comme il se doit. Au lieu de ça, je croise les bras et les assassine du regard du haut de mon perchoir tandis qu'ils sortent de voiture. Andreas me fait un signe, mais il est alpagué par Zac qui lui fait comprendre qu'on veut être seuls, et tous deux s'éclipsent dans le hall de l'immeuble.

Annabelle ouvre la portière arrière ; elle sort un grand sac rempli de viennoiseries et de sandwichs, d'après ce que je constate, et ignore ma mauvaise humeur.

– Bonjour, mon amour!

Merde, j'ai passé deux nuits loin d'elle et c'était de la torture pure et simple ! Et elle est si rayonnante… Elle porte des tennis, un short court en jean, un débardeur blanc et un long collier qui coule sur sa poitrine. Je grommelle en bondissant sur le trottoir, puis l'empoigne par la taille et la soulève comme si elle ne pesait rien. Elle éclate de rire en lâchant ses sacs et s'enroule autour de moi.

– Je t'attendais, dis-je simplement.

Elle soupire d'aise en se blottissant contre moi. Je la serre si fort que je crois que pendant quelques secondes, elle ne respire plus. Alors, dans cette langue maternelle qu'elle commence à bien connaître, je lui murmure à quel point elle compte pour moi.

– Je t'aime, Anna-diablement-belle.

– Mon amour, chuchote-t-elle en grec.

Elle apprend très vite.

– Tu m'as terriblement manqué, Angel.

– Pas trop dur de quitter ta maison ?

J'ai demandé ça l'air de rien, en la reposant par terre, et je m'apprête à ramasser les sacs pour monter à l'appartement prendre le petit déjeuner quand elle place ses mains sur mes mâchoires et me force à la regarder en face. Je ne me fais pas prier et lui adresse un sourire en coin qui, je le sais, la fait craquer.

– Ma maison, c'est là où tu es, Angel.

Cette déclaration me tord les tripes. Elle me dit souvent qu'elle m'aime, et pourtant, chacun de ses mots me touche chaque fois en plein cœur. Je l'embrasse sur les lèvres, on se sourit, et j'oublie quelques instants ce qu'on fout là, dans la rue.

– Ah, ils sont là ! J'ai faim, moi !

Anaïs me prend le sac de viennoiseries des mains et nous encourage à nous bouger.

– Allez, Anna, Pappas a fait un café à réveiller les morts.

Cette dernière sourit et, ensemble, on monte jusqu'au salon, où mes amis ont disposé les meubles pour qu'on puisse se poser cinq minutes. Quand je surprends Zac qui porte un briquet allumé au bout de sa cigarette, je gueule presque :

– Oh ! À la fenêtre, Zac !

Ce dernier tourne vers moi un visage si choqué, avec ses yeux écarquillés et la clope pendant à ses lèvres, que j'éclate de rire.

– Tu déconnes ?

– Pas du tout. On est aussi chez Annabelle, mec, on fume pas dans l'appartement.

– Rho, t'es devenu chiant.

Ma secouriste m'adresse un sourire éclatant, et je la contemple, rempli de fierté. Elle sort de la vaisselle en carton et s'installe en tailleur sur le parquet, avant de mordre dans un croissant. Je les rejoins, me carre confortablement sur le nouveau canapé et les observe. Ma secouriste, Zac qui râle depuis la fenêtre qu'il a faim, Anaïs et Andreas qui parlent d'un concert qui aura lieu le week-end prochain au stade des Alpes, et moi…

Moi ?

Je souris, putain.

Fin

PLAYLIST

« How Will I Know » – Yael Naim
« Falling » – Trevor Daniel
« Dans l'univers » – Nekfeu, Vanessa Paradis
« Killer » – Kristina Bazan
« It's You » (acoustic) – Ali Gatie
« Down » – Jason Walker
« Anyone » – Demi Lovato
« Creep » – Radiohead
« Wolves » – Loïc Nottet ft. Raphaella
« Stack It Up » – Liam Payne ft. A Boogie Wit da Hoodie
« Heal » – Tom Odell
« Chandelier » (piano version) – Sia
« Million Eyes » – Loïc Nottet
« Conversations in the Dark » – John Legend
« Mutate » (acoustic) – Jeanne Added
« Light of the Seven » – Ramin Djawadi
« Roses » – SAINt JHN
« I Feel Like I'm Drowning » – Two Feet
« Des larmes » – Mylène Farmer
« Crazy In Love » (Remix) – Beyoncé
« Broken » – DNMO ft. Sub Urban
« C'est beau, c'est toi » (version acoustique) – Philippine
« Corps » – Yseult
« Always » (acoustic) – Gavin James
« Isolate » – Sub Urban

« No Scrubs » – Unlike Pluto ft. Joanna Jones
« Snow White » – Dennis Lloyd
« Criminal » – Natti Natasha ft. Ozuna
« Bad Karma » – Axel Thesleff
« Fête de trop » – Eddy de Pretto
« Movements » – Pham ft. Yung Fusion
« High Enough » – K.Flay

REMERCIEMENTS

Tout d'abord, je souhaite remercier l'équipe des Éditions Addictives, pour m'avoir fait confiance et avoir cru en cette histoire qui est chère à mon cœur. Le premier coup de fil que l'on reçoit de sa future éditrice… Quel bonheur ! J'ai conscience, chaque jour, de ma chance de faire partie de la team.

Ensuite, je remercie du fond du cœur mes amis et ma famille. Mon mari pour sa disponibilité, sa patience et ses encouragements. Je suis la première à savoir à quel point il est dur de me supporter ! Chéri, merci de m'écouter quand je déblatère sur mes histoires, tu es une aide précieuse pour mettre en place mes idées :-) Et mes petits bouts, qui liront un jour ces lignes, et comprendront alors pourquoi il m'arrivait parfois d'avoir l'esprit ailleurs.

Enfin, merci à mes fidèles lectrices. Qui me lisent, postent leurs avis, viennent me parler en privé, parlent de mes livres autour d'elles, attendent une sortie avec impatience. Je suis si fière à chaque fois que je découvre vos mots, vous parlez de mes livres mieux que moi ! Et même si je ne te connaissais pas, Gaëlle, quand Pappas a donné son premier coup de poing, je te remercie d'être une bêta en or. J'ai une confiance totale en ton jugement !

Merci à vous tous de me faire vivre cette aventure extraordinaire dont j'ai rêvé depuis toute petite.

P.-S. : J'oubliais… Merci GOOGLE !

Billie

addictives

Romans déjà parus

Rose Becker
Le Bébé, mon milliardaire et moi (aussi en poche)
Torride, sexy & dangereux
Forever You – saisons 1 et 2
Dangerous

Aimée Bianca
B.O.S.S. Beau, Odieux, Sexy, Snob

Phoebe Campbell
Lui résister… ou pas – l'intégrale
You Again
Single Daddy. Try Me if You Can

Mia Carre
Bad for You
Teach Me Everything
Charmant connard !

Mélodie Chavin
Campus Rules
Fucking Wedding

Alexia Clemens
Red Python. Save Me

Sonia Eska
Ne me tente pas

Emma Green
Toi + Moi : L'un contre l'autre (aussi en poche)
Toi + Moi : Envers et contre tout (aussi en poche)
Toi + Moi : Seuls contre tous (aussi en poche)
Call Me Baby – volumes 1 et 2
Call Me Bitch
Love Me if You Can
Kiss Me if You Can
Bliss. Le faux journal d'une vraie romantique – volumes 1 et 2
Jeux interdits
Jeux insolents
Jeux imprudents
Une toute dernière fois
Fallait pas me chercher ! – volumes 1 et 2
Corps impatients (aussi en poche)
Cœurs insoumis (aussi en poche)
Âmes indociles (aussi en poche)

Cent facettes de Mr Diamonds – l'intégrale
Bliss. Le faux journal d'une vraie romantique – l'intégrale
(Im)parfait
Love Me if You Can – l'intégrale
Kiss Me if You Can – l'intégrale
It's Raining Love!
The Boy Next Room
Call Me Baby – l'intégrale
Call Me Bitch – l'intégrale
PS: Oublie-moi!
Fallait pas me chercher! – l'intégrale
Recherche coloc: emmerdeurs, râleurs, lovers… s'abstenir!
10 bonnes raisons de te détester!
Just 17
Love & Lies on Campus
Bien plus forte que toi!
If You Wanna Be My Lover…
The Boy on Fire

Megan Harold
Breaking the Rules
Initiation with My Boss

Ludivine Hart
Arrogant & Tattooed

Amy Hopper
Gone Boy
Le Coloc

Julie Huleux
Alpha Player

Charlie Lazlo
Mon insupportable boss

Sienna Lloyd
Mords-moi!

Caroline Mongas
Mariage forcé. Un contrat indécent

June Moore
Étreinte – volumes 1 à 3

Zoé Murat
Stepbrother Love
Boss Me Around

Clara Oz
Arrogant

Gaëlle Sage
Kiss, Kill & Ride
Lost Rider

Ana Scott
Dark Ride
Last Ride
Vicious Ride
The Dominant
Evil Ride
Sensual Stepbrother
Un enfoiré mais un coup d'enfer !
Say Yes to the Boss

Camilla Simon
Le voisin parfait est un enfoiré
Initiation with My Enemy
Le mec parfait est un inconnu… ou presque !

Ève Souliac
Sexy Mistake

Liv Stone
Love Lessons

Lisa Swann
Adore-moi ! – l'intégrale

Louise Valmont
Toi & moi, c'est compliqué !
Campus Initiation
Mon insupportable voisin !

Chloe Wilkox
Extreme Lover – l'intégrale
Immoral
Dominant Boss. Apprends-moi
The Virgin's Price

Luv

Romans déjà parus

Ana K. Anderson
Indompté
Scottish Bastard

Sophie Auger
Be with Me

Sonia Birdy
L'Initiation
Touchdown. Campus Star

Laura Black
Dark Initiation
Games of Desire
H.A.R.D. Hot, Arrogant, Rebelle, Déterminé
Sulfurous Bad Boy

Margot D. Bortoli
Too Young

Juliette Brunel
Delicious

Anne Cantore
Promets-moi. Louise et Marco

Sarina Cassint
Avec toi... peut-être
Insolent Boss

Romy Cole
Never Kiss a Soldier

Mary Ann Davis
Coach Me Love

Sarah Dheilm
Hot Reward

Gwen Delmas
Noël, toi & moi
Sex Friends. Pas de contraintes, que du plaisir!

Eugénie Dielens
Imprévisible boss

Cléa Dorian & Ninon Vars
Dark Love

Laurie Eschard
Love Naked

Lil Evans
Savage Rider
Crash & Burn
Boss Affair

Lou Garance
Can You Keep a Secret?
Foutu coloc!

Alexandra Gonzalez
Shades of You

Erin Graham
Teach Me Love
The Boss
Secret Stepbrother
Strong Addiction
Coloc avec mon boss
The Initiation

Joh Harper
Crazy Love
Broken but Alive

Marie Hayle
Under Control
Lover Next Door

Ellie Jade
About Last Night

Emma S. James
Under the Rain

Lucie F. June
Fight with Darkness

Sara June
Rider in the Dark
Sexy Wild Rider

Emily Jurius
Love to Hate You

Allie Krown
High School Challenge

Antinea Kane
In Love with My Enemy

Marion Laurent
Mr Alpha
I Want You in My Bed!

Pauline Libersart
Tiger. Entre ses griffes

Nina Loren
Breaking the Ice
Teach Me Again. Impossible Desire

Ella Lores
Mariée par accident à un connard arrogant rencontré

la veille…
My Best Enemy

Jessica Lumbroso
Emma X. Secrète et insoumise

Lili Malone
Coloc avec un inconnu

Mila Marelli
Dark Man in Love
Crazy Wedding

Mag Maury
My Hipster Christmas

Billie Morgan
Free Fighter

Alix Parks
Never Kiss the Boss

Jeanne Pears
Insupportable coloc
Colocs & Sex Friends
H.O.T. Hypnotique, Obstiné, Ténébreux
The Most Insolent Man

Alexia Perkins
Arrogant Fake Lover

Sophie S. Pierucci
L'Inconnu de l'ascenseur & Moi (aussi en poche)
My Stepbrother. L'initiation

Silvia Reed
Darkest. La dernière heure
Too Close

Anita Rigins
No Rules
My Rules

Isla A. Rowley
Le coloc de mon frère

Avril Rose
Coffee, Sex & Law

Jana Rouze
Effet de vague – saisons 1, 2 et 3

Wendy Roy
Une seule fois (ou presque)

Ana Scott
À corps brisés

Adora Sky
Decadent Lover

Léana Soal
Fight & Hope

Cara Solak
Perfect Obsession

Izia Soley
Fauve
Initiation. On Your Skin

Liv Stone
Initie-moi. Mes jours contre tes nuits

Lena K. Summers
Perfect Bad Boy
Donovan, roi des connards

Kaly Swann
Austin. Breathe with Me

Lily Tortay
Dance for Me

Flore Valier
Ta peau contre la mienne

Anna Wendell
Arrogant Bad Boy
Apprends-moi le désir
Colosse. Le maître du jeu
Break Your Chains

Mina Zadig
Just Sex & Tattoos
Arrogant Highlander

New adult **addictives**

Romans déjà parus

Sonia Birdy
California High School

Mélodie Chavin
Stepbro' Next Door

Sianna Milano
High School Initiation

Isla A. Rowley
Toxic Games

addictives POCHE

Romans déjà parus

Rose Becker
Le Bébé, mon milliardaire et moi (aussi en grand format)
Désirs & Désastres

Marjorie Burbaud
The Campus Teacher

Phoebe Campbell
Tes ordres sont mes désirs

Olivia Dean
À lui, corps et âme – volumes 1 et 2

Lou Everly
Bad Boy Crush

Erin Graham
Nos amours contraires

Emma Green
Seuls contre tous (aussi en grand format sous le titre *Toi + Moi : Seuls contre tous*)
L'un contre l'autre (aussi en grand format sous le titre *Toi + Moi : L'un contre l'autre*)
Envers et contre tout (aussi en grand format sous le titre *Toi + Moi : Envers et contre tout*)

Corps impatients (aussi en grand format)
Cœurs insoumis (aussi en grand format)
Âmes indociles (aussi en grand format)

Megan Harold
Sublime-moi !

Charlie Lazlo
Kiss Me I'm Famous
The Duke

Jeanne Pears
Jamais avec mon coloc !

Sophie S. Pierucci
L'Inconnu de l'ascenseur & Moi (aussi en grand format)
Deep & Dark

Lise Robin
Forbidden Stepbrother

Alexane Tolley
The Boss Rules

Chloe Wilkox
Your Game, My Rules

Decadent Lover
Adora Sky

Il ne cède devant personne. Elle non plus.

Samuel est une rock star : il a le monde à ses pieds, les filles qu'il veut dans son lit, pas d'autre attache que son groupe et aucune limite, peu importent les conséquences.
Adylin est une serveuse qui ne se laisse impressionner par rien ni personne, pas même par un musicien arrogant !
Leur première rencontre est électrique et marque le début d'un affrontement houleux fait de piques acérées et d'un désir féroce. Mais malgré les nuits torrides qu'il fait vivre à Adylin, Samuel n'est pas prêt à se laisser apprivoiser. Il s'est déjà brûlé les ailes et plutôt aller en enfer que de prendre le risque d'être à nouveau blessé…

Auteure : Billie Morgan

Edisource – Éditions Addictives
100, rue Petit, 75019 Paris
Imprimé par FINIDR – Lipova cp. 1965 – 73701 Cesky Tesin,
République tchèque
Dépôt légal : juin 2022 – Achevé d'imprimer : mai 2022
ISBN : 978-2-37126-503-5
Réf. contrat : ZBEL_001